Margit Simon
Nichts geschieht umsonst

Carola verlässt Hals über Kopf ihren Mann und ihr gutsituiertes Leben. Ohne ein Wort stürzt sie sich in eine abenteuerliche Flucht in den Süden und landet in Sizilien. Dort startet sie ein neues Leben, nach Zögern lässt sie sich auf ein neues Glück ein. Mit Talent und Charme baut sie eine Existenz auf, alles scheint ihr zu gelingen. Wenn nur nicht ihre Vergangenheit wäre, die sie wie ein Schatten verfolgt...

Doch Sizilien schreibt seine eigenen Gesetze, die sie erneut zur Flucht treiben.

Ob es purer Zufall oder das Schicksal selbst ist, das sie wieder zum Anfang von allem zurückbringt. Sie wird sich schließlich ihren Gefühlen und der drohenden Gefahr stellen.

Margit Simon

Nichts geschieht umsonst
Eine Flucht nach Sizilien und zu sich selbst

Roman

Das wichtigste auf dem Weg unseres Lebens,
dass wir dem Leben und der Liebe nicht aus dem Wege gehen
Ernst Ferstel

Bibliografische Information der Deutschen Nationalbibliothek:Die Deutsche Nationalbibliothek verzeichnet diese Publikation in der Deutschen Nationalbibliografie; detaillierte bibliografische Daten sind im Internet über http.//dnb.dnb.de abrufbar.

© 2019 Margit Simon

Umschlaggestaltung: Bianca Simon

Herstellung und Verlag:
BoD - Books on Demand, Norderstedt
Alle Rechte vorbehalten
Verlag BoD GmbH Printed in Germany

ISBN: 978-3-7322-5253-4-

Sie war froh, dass diese schlaflose Nacht endlich vorüber war. Dumme Gedanken jagten ihr ständig durch den Kopf. Sie grübelte über ihr Leben nach, es wurde zu einem riesigen Gebirge mit tiefen Schluchten. Ein Blick auf die Uhr zeigte ihr, dass es fast halb acht Uhr war, aber nichts hielt sie mehr im Bett. Sie schlüpfte in ihren leichten türkisfarbenen Morgenmantel und ging die Treppe hinunter in die Küche, um sich einen Kaffee zu kochen. Noch war alles sehr still. Sicher war Michael schon auf dem Weg in seinen Sportklub. Sie liebte diesen Moment des Alleinseins.

Mit müden Schritten ging sie auf die Terrassentür zu, öffnete sie und atmete die kühle Morgenluft ein. Der Morgentau lag noch auf dem Rasen, die Sonne ließ den Tau wie tausend winzige Lichter glitzern. Der Rasenroboter fing gerade an, seine tägliche Arbeit zu erledigen. Der Rasen musste ja immer perfekt geschnitten sein. Sie lehnte sich an die Terrassentür und holte tief Luft, so als müsse sie sich Mut machen. Eine junge Frau, schlank, aber mit weiblichen Formen, mit mittelblonden, halblangen und leicht lockigem Haar und einem ovalem Gesicht. Ihren blauen Augen konnte man ansehen, dass sie strahlen konnten, aber dieser Glanz war nicht mehr vorhanden. Ihre Augen verfolgten den Roboter, blieben an der kleinen Schale hängen, wo ein Vogel sein morgendliches Bad nahm. Aufgeplustert planschte er freudig und schwang sich dann auf einen Ast, um seine Gefieder in der Morgensonne trocknen zu lassen. Sie drehte sich um und ging in das Wohnzimmer. Ihr Blick wanderte unruhig und suchend durch den Raum und blieb an einer antiken wertvollen ovalen Schale hängen, die aus grünlichem hauchdünnen Alabaster war. Wie magnetisch angezogen, ging sie auf die Schale zu. Drehte sie etwas und stellte sie genau wieder an dieselbe Stelle, als wäre ein unsichtbarer Punkt zu sehen. Sie stand davor, ihre Augen bekamen einen zornigen Ausdruck. Sie wandte sich mit einem trotzigen in sich gekehrten Blick ab, der sich in dem großem Raum und in dem Garten verlor. Auf der Terrasse mit seinen tiefen Gartensesseln, den großen dekorativen Terrakotta Blumentöpfen, es kam ihr alles so fremd vor. Ein Garten wie in einem Garten-Magazin, alles gepflegt, ordentlich, nicht eine

Blume ließ den Kopf hängen oder ein Unkraut war zu sehen. Alles hatte seine perfekte Ordnung. Bevor sie sich wieder abwandte, ging ihr ein blöder Spruch durch den Kopf: „Quadratisch, praktisch, gut." Ein leises Geräusch ließ sie aufhorchen und machte sie stutzig. Ein leises Miauen ließ sie zusammenschrecken und sie schaute auf eine kleine Katze, die zu ihren Füßen saß.
Gedankenverloren beugte sie sich zu der Katze, hob sie hoch und drückte den kleinen vibrierenden Körper gegen ihre Brust. Da wusste sie es plötzlich, dass sie verloren war oder es sein würde, wenn ihr noch einmal solche eine Gelegenheit zur völligen Selbstzerstörung gegeben würde. Aber würde das geschehen? Ihre Augen verweilten auf den Möbeln, alles war edel in weiß gehalten. Das Sideboard, der große Tisch mit seinen unbequemen Designerstühlen, das einzige Bunte waren die Gemälde, ein Klimt und eines von - sie musste überlegen - „wie hieß der Künstler noch mal?" Sie gaben dem Raum eine Leichtigkeit mit einem Hauch unterkühlter Lebendigkeit. „Hauptsache es waren alles wertvolle Bilder", ging es ihr durch den Kopf. Sie fand die Bilder mit den kräftigen Farben sehr schön, aber ihr war es egal, von wem sie waren und welchen Wert sie hatten. Aber bei Michael musste es ja teuer sein, obwohl er von Kunst wirklich keine Ahnung hatte. Dafür hatte er seine Kunstexperten, die ihn gerne berieten. Die große weiße Sitzgarnitur mit den kleinen Glastischen und den weißen Fliesen. Diese himmlische Ruhe im Haus, es war dieser friedvolle Moment, aber sie wusste, es war nur ein kurzer Moment, der sofort wie von einem Windhauch fortgetragen wurde. Schon versteifte sie sich, zupfte an ihrem Morgenmantel und strich sich über das Haar, als wäre es in Unordnung und ohne es selber zu bemerken, wurde sie wieder zu der Person, die sie sich angeeignet hatte. Sie ging wieder zu der Terrasse und setzte die Katze ab, schloss die Tür, wendete sich um, um durch den Raum zu gehen.
Wieder blieb sie an der Schale stehen, streckte ihre Hände aus, um nach der Schale zu greifen. Zögernd griff sie nach ihr und es überkam sie die Vorstellung, diese wertvolle Schale zu nehmen, sie einfach fallen zu lassen und dabei zu zuschauen, wie sie in tausend

Scherben zerfiel. Sie spürte es in ihren Fingern, ein starkes Gefühl, fast schon ein lustvolles Gefühl, sie einfach los zu lassen. Diesen Drang, es nicht zu tun, empfand sie als richtig schmerzhaft. Sie zog ihre Hände zurück, ärgerte sich, dass sie es nie tun würde, aber sie versuchte sich vorzustellen, was Michael dazu sagen würde! Der Michael, der perfekte Michael, der glaubte, er könne alles, er hatte alles, inklusive sie und er habe das Recht überall seine Regeln aufzustellen. So wie diese Schale immer an einem unsichtbaren Punkt zu stehen hatte, wie alles liegen musste, wie es auszusehen hatte. Ein Buch oder eine Zeitschrift, das konnte doch nicht herum liegen! Sie hatte es versucht, wenn sie ein Buch las, aber kaum war sie aufgestanden, war das Buch in einer Schublade verschwunden. „Du kannst es dir ja wieder holen!" Alles musste perfekt sein! Natürlich mochte sie es auch ordentlich. Aber sie liebte es, Dinge auszuprobieren, es neu zu gestalten, es sollte alles lebendig wirken.

Ihr Alltag bestand darin, nur noch darin, seinen Anordnungen zu folgen. Alles natürlich in einem sanften aber bestimmten Tonfall! Es hatte sich so eingeschlichen in all den Jahren.

„Liebes, hast du in den Spiegel geschaut? Deine Haare! Du wolltest doch zu deinem Friseur gehen?" Dabei hing ihr nur eine Strähne ins Gesicht! Es ging ständig so, seit Michael so erfolgreich als Unternehmer war. Sie hatte es so satt! Sie war müde, ausgelaugt und überhaupt nicht mehr die Carola, die sie einmal war. Alles war so trostlos. Wo war ihr Unternehmungsgeist geblieben, wo ihr Lachen? Carola gab sich einen Ruck und wendete ihre Gedanken wieder den Dingen zu, die heute zu erledigen waren. Michael hatte Geschäftsgäste für den Abend eingeladen und sie musste dafür sorgen, dass alles wie immer perfekt ablief. Er, der sich so große Mühe gab, selber auch perfekt auszusehen. Wie viel Zeit er vor dem Spiegel verbrachte! Seine Anzüge, seine Hemden, selbst seine Unterwäsche, alles vom Feinsten und natürlich teuer! „Gut sah er ja aus", dachte sie, groß, sportlich (dank Fitnesstraining!), warme braune Augen, wenn sie einmal warm schauten, was in den letzten Jahren immer seltener vorkam. Sie konnten aber fast schwarz werden, wenn ihm etwas nicht passte! Wer ihn nicht genau kannte, war von ihm fasziniert. Schlank, aber gerade so, dass er richtig männlich aussah.

Sie angelte sich ihren Kaffeebecher aus dem Schrank, ging zu der Kaffeemaschine. Füllte die Milch in den Behälter und drückte auf die Einstellung Cappuccino. Gedankenverloren hörte sie dem leisem Mahlen der Kaffeebohnen und dem Blubbern zu und atmete den würzigen Kaffeeduft ein. Mit dem heißen Kaffee, Papier und Kuli setzte sie sich an den großen Küchentisch, trank einen Schluck und schaute verträumt durch das Fenster. Gab sich einen Ruck und machte ihren Einkaufszettel fertig, als ihr Blick auf einen Zettel fiel, der auf dem Tisch lag.

„Bevor ich es vergesse! Liebes, gehe bitte zum Friseur und ich habe bei *Bellas Boutique* ein passendes Kleid gesehen für heute Abend, hole es dir bitte." Mit einem Ruck setzte sie ihre Tasse ab, ein Schwall Kaffee ergoss sich über den Holztisch. Eine Welle des Zorns machte sich sofort in ihr breit. Sie stand auf, mit leicht zittrigen Händen holte sie ein Tuch und wischte den Kaffee unwillig auf. Zornig schrie es in ihr. „Carola mach dies, Carola mach das." Sie schleuderte das Tuch mit einer wütenden Bewegung in die Spüle. Konnte sie nicht alleine entscheiden, was sie anzog und wie und bei wem sie ihre Haare machen lässt? Sie war nun 33 Jahre alt, hatte ihr Studium Michael zuliebe aufgegeben. „Was musst du studieren, ich werde genug Geld für uns beide verdienen, wir werden ein schönes Leben haben." Sie war so blöd, ihm zu glauben und sie war ja auch so verliebt in ihn gewesen und hatte natürlich davon geträumt mit ihm Kinder zu haben. Das Haus, das sie einmal haben werden, das gepflegte Zuhause würde auch mit Kinderlachen erfüllt sein. Später als sie schon eine ganze Weile zusammen lebten, sprachen sie oft von Kindern. „Wenn es uns besser geht!" ‚kam es stets von ihm, aber dann, als sie es sich schon längst leisten konnten, ja dann…?

Als sie noch rechnen mussten, sie sich noch nicht sehr viel leisten konnten, da war es einfach nur schön mit ihnen beiden gewesen.

Er hatte sie wirklich vom ersten Tag an verwöhnt, war immer charmant, witzig. Es war einfach unmöglich sich neben ihm zu langweilen. Ihre Freundinnen beneideten sie alle, auch noch heute. Auch wenn sie so gut wie keinen Kontakt zu ihnen hatte, auch das hat Michael auf seine Art fertig gebracht. Es passte ihm nicht, wenn sie sich trafen. Wenn aber einmal eine Freundin kam, so überschlug er sich, versprühte seinen Charme und lauschte ihrer Freundin voller Aufmerksamkeit, die sie nur umso glühender beneideten. Ja, dieser Charme, der hatte bei ihr alle Zweifel und Überlegungen ausgeschaltet und ihr war nie auch nur ein kleiner Gedanke des *Abers* gekommen. Natürlich war er auch beim Sex einfach perfekt! Er spielte mit ihr, wie auf einem Klavier und kein Fehlgriff passierte ihm, er spielte das Lied bis zum Ende. Sie glaubte, es sei Liebe, wenn er sie in den Himmel holte, aber später dann, wusste sie es. Bei Michael war es eben so, auch beim Sex wollte er einfach nur perfekt sein. Nein, es war keine echte Liebe mehr, es gab einfach in seinem Leben nichts, wo er für sich sagen könnte, dass war nicht so gut!

Sie stand auf, schaute in all ihre Vorratsschränke, was sie noch brauchte, griff zum Telefon, um sich bei ihrem Friseur anzumelden.

Unter der Dusche überlegte sie, wie sie den Tisch heute Abend dekorieren wollte, rubbelte sich trocken und zog ihre Jeans und eine weiße Bluse an, holte sich noch ihre rote Jacke aus dem Schrank. Oh, wenn er das nun wieder sehen würde, keine Pumps, nur einfache sportliche Schuhe! „Wie kann man nur?" grinste sie hämisch, holte ihren Einkaufskorb und stieg in ihren BMW - Cabrio ein. Dort legte sie eine CD von Udo Lindenberg ein, wartet einen Moment und mit dem Song „hinterm Horizont geht's weiter" fuhr sie aus der Garage, bog in die Straße ein, mit ihren teuren Häusern und den gepflegten Gärten, um zu *Bellas Boutique* zu fahren. Das Kleid war wirklich schön und es saß perfekt. Es passte zu ihren Augen und schmeichelte ihr sehr! Die Verkäuferin lobte natürlich Michael, was er für einen tollen Geschmack hätte und meinte, „ach wissen Sie, mein Mann, der sieht noch nicht einmal, wenn ich etwas Neues anhabe, geschweige, dass er mir sagen würde, ich soll mir etwas kaufen!" ‚kam es fast traurig von der Verkäuferin. Carola hörte gar nicht zu, bezahlte und dachte nur, ja es war wie immer!

Beim Metzger holte sie die bestellte Lammkeule, die sie mit Knoblauch, Kräutern und mit Olivenöl marinieren wollte. Im Eilschritt durch den Supermarkt, mit den großen Tüten fuhr sie durch den dichten Verkehr nach Hause. Zu Hause beim Auspacken drückte sie auf den Mp3 Player und ein kleines Lächeln verzauberte ihr Gesicht.

„*Freiheit ist das einzige was zählt...*". „So ist es!" sagte sie laut zu sich sich selbst mit einem Seufzer und ließ die Lammkeule mit einem Schwung auf die Arbeitsplatte fallen. Laut sang sie das Lied „*Freiheit!*"mit, sie schrie es laut heraus. Dabei steckte sie die Knoblauchzehen fast brutal in die Keule und merkte es nicht, das ihr Tränen dabei über die Wangen liefen. Gewürze wurden mit fester Hand einmassiert und mit der letzten etwas heiseren Stimme *von Freiheit* landete die Keule mit einem Schubs im Backofen. Um sich zur Ruhe zu zwingen, setzte sie sich an den Tisch, presste die Lippen so heftig zusammen, bis der körperliche Schmerz groß genug wurde den Kampf gegen die bösartigen Gespenster aufzunehmen, die sie schon eine lange Weile beherrschten und immer mehr sich in den Vordergrund schoben. Es machte ihr Angst, was würde sein, wenn ihre Geister sie plötzlich besiegen würden? Energisch stand sie auf, wischte über den Tisch um unsichtbare Krümmel zu entsorgen und überlegte. Ihr Blick ging dabei zu dem Fenster. Im Garten erwachte nach diesem kalten Winter die Natur aus ihrer Starre. In den schattigen Ecken im Garten lagen immer noch ein paar träge Nebelschwaden, wie winzige kleine Daunendecken die sich über die ersten Blüten legten. Die zaghafte Frühlingswärme, sie drang in die noch kühle Welt ein und erweckte alles zu neuem Leben. Die Vögel, sie plusterten sich auf, tanzten von Ast zu Ast und sangen lautstark ihre Liebeslieder in diesen strahlenden Morgen hinaus. Sie reckte ihr Gesicht dem Sonnenlicht zu und genoss das wohlige Gefühl.

Als sie sich wieder umwandte und in die lichtdurchflutete Küche blickte, dachte sie für einen kurzen Moment, es könnte ein schöner Tag werden. Wenn das Wörtchen wenn nicht wäre! Dann sagte sie zu sich selbst mit einem Seufzen, „dann mal auf zum Friseur", den sie im Ort heute aufsuchen wollte, nicht den, den Michael wollte, da reichte ihr die Zeit heute wirklich nicht. Er wird es vielleicht nicht bemerken, denn in seiner Vorstellung kam nur der *eine* Friseur in Frage und mit einem Schulterzucken und wenn schon, es war ihr auch egal.

Es war schon fast Mittag, überall standen Schüsseln und Töpfe in der Küche, Dolores ihre Hilfe war gekommen und schnitt eifrig das Gemüse. Sie kochten gerne gemeinsam, Dolores war ihr wie eine Freundin, auch wenn sie selten über etwas Privates redeten. Sie verstanden sich auch so. Dolores Art, sie war so typisch spanisch, und herrlich erfrischend temperamentvoll und wenn sie arbeitete war im ganzem Haus ihr spanischer Gesang zu hören. Es kam ihr dann so vor als erwache dieses Haus kurz aus seiner kalten abweisenden Verschlossenheit. Sie beugte sich über das Rezept und murmelte leise das Rezept von der türkischen Joghurtsuppe mit Minze die sie schon lange nicht mehr gekocht hatte, vor sich hin. Die Terrine mit dem Serrano Schinken und dem Frischkäse, die schon fertig im Kühlschrank stand. Danach würde es die Lammkeule mit den Rosmarinkartoffeln mit den verschiedenen Gemüsesorten geben. Dolores hatte am Vormittag allen sichtbaren und unsichtbaren Staub entfernt und schaute sie jetzt sorgenvoll beim Gemüseschneiden an. Ihre Stirn war in Falten gelegt, die wie eine Ziehharmonika aussah und sie konnte einen Seufzer nicht zurückhalten.

„Sie sehen müde aus und so sorgenvoll, Sie tun mir so leid." Carola hob den Kopf, schaute geflissentlich an ihr vorbei und fixierte einen Punkt an der Wand. „Wieso das denn? Mir geht es doch sehr gut, ich habe heute nur ein wenig mehr zu tun," kam es sarkastischer, als sie es sagen wollte.

„Sie wissen es schon, wenn Sie in ihr Herz schauen! Denn das sollten Sie wirklich einmal tun. Sie sind zu jung und zu schön, um so zu leben!" Carola seufzte, neigte etwas den Kopf, damit Dolores es nicht sehen konnte, wie sie rot wurde und sagte leise: „Manchmal spielt das Leben einem einen Streich, man merkt es leider zu spät."

Später deckte sie den Tisch, der heute eine besondere leichte frische Note bekommen sollte. Ein Traum der frühlingshaften Leichtigkeit. Sie machte aus Frühlingsblumen kleinere Gestecke mit zarten Schmetterlingen die über den Blumen schwebten und einen Eindruck hinterließen als wären sie gerade auf der Suche, wo sie sich nieder lassen konnten. Weiße kleine Kerzenständer mit gelben Kerzen und ein gelbes Band zierten den Tisch. Gelbe Servietten, die noch gefaltet werden mussten und, kurz bevor die Gäste kamen, noch frische Blütenblätter, die der Wind leise vom Baum herunter schweben ließ und den Tisch in einen zarten Blütenteppich verzauberten.

Carola war in ihre Arbeit vertieft, Kochen machte ihr Spaß. Es war für sie, als würde sie in einem guten Buch lesen. Für Gäste zu kochen, dem Tisch einen besonderen Flair zu geben und zu sehen wie es allen schmeckte, ja das freute sie. An Ideen fehlte es ihr nie. Sie konnte ihrer Fantasie bei den Einladungen, die sie gaben, voll entfalten.

Am meisten freute es sie, dass Michael sich nicht selber die Lorbeeren umhängen konnte. So konnte er nur solche Bemerkungen mache wie:

„Augen auf bei der Partnerwahl, ich habe mir die richtige Frau ausgesucht." Sie war so in ihre Arbeit vertieft, dass sie Michael gar nicht kommen hörte. Sie zuckte zusammen, als er hinter ihr stand und sie sein verächtliches Schnaufen hörte. Sein Kommentar war dann auch recht giftig, als er den Tisch musterte:

„Du hättest ruhig mehr teure Deko machen können, dass sieht hier recht billig aus! Warum hast du bei der Gärtnerei Blumig keine Blumengebinde machen lassen? Sie sind Profis und machen einfach tolle Gestecke!" Carola ließ sich zu der Bemerkung hinreißen, „weniger ist oft mehr!" Ein spitzes „wenn du es sagst," kam prompt, blickte er auf Carola und seine Mimik erstarrte.

„Kannst du mir sagen, was das für eine Frisur ist? Sie hat dir wohl ein Azubi verpasst!" Sie richtete sich auf und sah ihn kalt an.

„Eine ganz normale Frisur und nicht für einen Laufsteg oder den Opernball, denn wir haben nur eine normale Einladung!" Sein Gesicht verfärbte sich leicht. „Ich kann es nicht fassen! Meine Frau glaubt tatsächlich, dass sie wie jede gewöhnliche Dorfpflanze herumlaufen kann!" Sie nahm sich zusammen und meinte betont spöttisch. „Ja, damit wirst du wohl heute Abend leben müssen!" Dabei überkam sie eine schreckliche Wut und nur mit Mühe konnte sie sich zurück halten, denn in ihr stieg ein bitteres Lachen auf, das mit der Wucht eines wütenden Wasserfalles sich in ihre Kehle drängte und sie konnte sich nur mit Mühe zurück halten. Das Messer was sie gerade in der Hand hatte, es lockte sie, es ihm hinterher zu werfen. „Scheißkerl" sagte sie leise und schnitt ihre Kräuter weiter, etwas heftiger als die armen Kräuter es verdienten. Mein Gott, was war nur aus diesem Mann geworden? Wie lange geht das schon? Wann war seine Liebenswürdigkeit ihr gegenüber verloren gegangen? Michael drehte sich um und murmelte nicht gerade schöne Worte vor sich hin. Carola hatte plötzlich die Idee, ihn noch ein wenig mehr zu reizen, in ihr keimte ein Gefühl auf, dass es nun genug sei! Ihr kamen die vielen Kleinigkeiten in den Sinn, dieses ewige Verbessern, wenn sie etwas sagte, dieses ewige an allem Schuld zu sein, auch wenn es sich heraus stellte, dass er es verschlampt hatte. Diese eiskalte Bösartigkeit, wenn er glaubte über allen anderen zu stehen, statt sich auf die gleiche Ebene zu stellen. Nein, er musste doch zeigen, wie klug er ist. Ich bin nur gespannt, ob er sich wieder zuerst bedient. Er, der doch so gute Manieren hat!

Alles war bereit für ihre Gäste, Michael sah sich kritisch im Spiegel an, er war schon umgezogen, Carola hatte ihm ja alles bereit gelegt. Sie zögerte es noch heraus, sich umzuziehen und schminkte nur leicht ihr Gesicht. Sie blickte sich im Spiegel an und fand, dass sie gar nicht schlecht aussah. Ein wenig müde, die

Augen könnten mehr Glanz haben. Ihre dunkelblonden Haare waren nach hinten zu einem Knoten gesteckt und ein paar vorwitzige Locken fielen wie zufällig heraus. Ihr ovales Gesicht mit den großen blauen Augen blicken ihr ernst entgegen. Sie war groß, nicht super schlank, ihr Busen könnte ein Hauch kleiner sein. Aber, dachte sie, wir Frauen sind ja nie mit uns zufrieden. Nur die leichten Fältchen um ihren Mund zeigten, dass sie nicht die glückliche junge Frau war, die sie darstellen sollte. Als die Zeit drängte, klingelte es auch schon. „Mach bitte auf", rief sie Michael zu. „und begrüße bitte die Gäste, ich komme sofort".

Stimmengewirr, Lachen drang zu ihr nach oben und mit etwas weichen Knien schlüpfte sie in das Kleid. Es hatte schon viele Jahre in ihrem Schrank gehangen, sie hatten es am Gardasee an einem schönen Tag gekauft. Sie war ständig um Michael herum getanzt. Damals, was waren sie glücklich gewesen, ständig mussten sie sich berühren, er lachte sie an und drehte sie im Kreis. Dieses Kleid es tanzte ihr schwingend um die Beine. Noch ein paar Tropfen ihres Parfüms, dann gab sie sich einen Ruck, klopfte sich symbolisch auf die Schulter, sagte sich, „auf in den Kampf, Carola!"

Sie ging die Treppe hinunter trat auf die Gäste zu und begrüßte diese sehr freundlich. Michael. der gerade etwas sagte, verstummte und starrte sie an. Einen winzigen kleinen Moment sah sie nur Hass in seinen Augen, dann hatte er sich wieder in Gewalt. „Darf ich dir Dr. Manfred Schlosser vorstellen mit seiner Frau Jutta und Stefan Kleiber mit seiner bezaubernden Frau Andrea. Meine Frau Carola." Die beiden Herren blickten sie bewundernd an. „Oh, sie sehen einfach bezaubernd aus", kam es von ihnen und die Frauen lächelten wohlwollend und bestätigend zu Carola.

Michael verteilte die Drinks und Carola sagte kurz darauf, dass sie ganz schnell in die Küche muss. Kurz darauf kam Michael und fragte sie giftig, was das alles soll!

„Habe ich dir nicht geschrieben, dass ich ein Kleid sah, bei *Bellas Boutique*?" Trotzig stand sie vor ihm, lächelte ihn an und mit einen leicht gehässigen Blick.

„Ja, das hängt auch oben, aber mir war nicht danach!"
„Mir war nicht danach?!" kam es voller Zorn und er bemühte sich, nicht laut zu werden. „Mir ist es auch oft so, - mir war nicht danach! - Wir sprechen uns noch!"
Der Abend verlief angenehm, Michael spielte den witzigen tollen Gastgeber. Die Gäste lobten das Essen und am Appetit konnte Carola feststellen, dass sie einen Erfolg zu verbuchen hatte. Es ging schon sehr auf Mitternacht zu, als die Gäste sich heiter verabschiedeten. Mit vielen Komplimenten, wie gut das Essen war. Carola stellte das Geschirr in die Küche, morgen früh kam Dolores ihr zur Hilfe, die machte dann den Rest.
Sie nahm sich noch ein Glas Wein, um den Abend ausklingen zu lassen, als Michael dazu kam, sich vor sie stellte und mit eisiger Stimme sagte:
„Warum kommst du meinen Anweisungen, eh, meiner Bitte nicht nach? Ist es denn so schwer, mir einen Wunsch zu erfüllen?" Kühl und stolz stand sie vor ihm.
„Ganz einfach, mein Lieber, weil ich ich bin und es satt habe, mir von dir gesagt zu bekommen, was ich anziehen und zu welchem Friseur ich gehen soll und überhaupt, möchte ich bestimmte Dinge, die nur mich alleine etwas angehen, selber entscheiden."
Verständnislos und voller Wut schleuderte er ihr nun entgegen.
„Es geht hier nicht um deine Entscheidung, es geht immer um mehr und wenn ich es wünsche, dann möchte ich auch, dass du das tust! Du wusstest, dass es um ein Geschäftsessen ging! Schließlich geht es auch dir sehr gut, mit dem was ich tue und verdiene!"
Gedankenverloren wendete sie sich halb ab von ihm und spielte mit ihrem Weinglas.
„Wenn du meinst, so ist das richtig, so sage ich dir, es ist falsch! Du kannst deine Leute formen, wie du es willst, wenn sie es mitmachen, aber ich mag nicht mehr! Vor Jahren habe ich gebettelt, dass wir eine Kind haben sollten, bei dem Wohlstand, den wir haben, aber nein, es ging ja immer nur nach deinem Willen." Theatralisch hob er seine Arme hoch. „Oh je, jetzt kommt das auch wieder! Kannst du dir denn in diesem Haus vorstellen,

dass hier so ein kleines Monster herum läuft, alles würde sich ändern das Haus ist für so kleine Krümelmonster doch gar nicht geeignet! Nein, sollen andere sich mit dem angeblichen so tollen Gefühlen herum plagen, wenn ich nur das Gesülze schon höre, niedlich, putzig, wie Mama, wie Papa, da graust es mir!"
Carola drehte sich wieder zu ihm um, schaute ihn mit ihren Augen an, die so dunkel und bedrohlich wie ein Moor waren, stellte ihr Glas auf den Tisch, bewusst vorsichtig und ging aus dem Raum. Verblüfft schaute er ihr hinterher.
„Hey, Carola!" Carola antwortete nicht, sie ging leise in ihr Schlafzimmer, schloss die Tür und sank auf das Bett. Nein, nein und nochmals nein! Ich mag nicht mehr! Aber was soll ich tun? Sie legte sich auf das Bett und schloss die Augen. Vor ihren Augen sah sie, wie sie am Meer entlang ging, die Füße im Wasser. Die Möwen schrien am Himmel und stürzten sich in die Wellen, um einen Fisch zu erbeuten. Der blaue Himmel und die Sonne waren wie Balsam auf ihrer Haut. Sie fühlte sich frei, fast so, als wäre sie auch eine Möwe, keine Grenzen, keinen Zwang, nur sie, das Meer, die Wellen, Sonne und der blaue Himmel.
Sie wachte auf und schaute erstaunt auf sich herab und sah, dass sie noch ihr Kleid an hatte, sie war demnach eingeschlafen. Langsam kam ihr die unerfreulichen Erinnerung an den Abend. Einen Moment lang, lag sie noch da und die Bilder kamen wieder, vom Meer, dem Barfußlaufen im Wasser. Auf einmal erfasste sie solche eine Sehnsucht, dass es sie schmerzte. Sie stand auf und schaute auf die Uhr. „Mein Gott, es ist ja schon gleich 9.00 Uhr! Michael ist hoffentlich schon fort!" Sie ging aus dem Zimmer und hörte unten in der Küche Dolores ein spanisches Lied singen. Die Melodie wehte wie ein zarter Wind durch das Haus. Sie kannte das Lied und bei Zuhören bewegten sich ihre Lippen mit, als könne sie die Worte schmecken. Die morgendliche Sonne warf ihre warmen Frühlingsstrahlen durch das Haus und der unwiderstehliche Geruch von Kaffee zog sie magisch an. „Guten Morgen Dolores." Dolores, mit ihren schwarzen Haaren, einer recht guten Figur, die

sie gekonnt zur Geltung brachte und immer mit einem Lächeln und einem Lied auf den Lippen.

„Guten Morgen Frau Carola, waren sie noch gar nicht im Bett?" Sie schaute Carola von oben bis unten an, schaute ihr ins Gesicht und machte ein betrübtes Gesicht.

„Oh ich ahne es, wieder einmal dasselbe! Ich sagen Ihnen immer, gehen Sie fort von dem Mann, er ist nix gut für Sie, er machen Sie nur kaputt, schlechter Mensch er!" Carola nahm sich einen Kaffee, seufzte und setzte sich an den Küchentisch. Nachdenklich blickte sie in den Kaffee, schaute sich um und alles wirkte plötzlich so fremd. Nein, das war nicht ihr Zuhause, dieses sterile Haus mit seinem Protz. Mit einem heftigen Schubs schob sie die Tasse von sich, stand auf und ging auf Dolores zu, nahm sie in den Arm und sagte „Danke!" Dolores schaute sie erstaunt an, aber da löste sie sich auch schon von ihr, drehte sich um und ging wieder in ihr Schlafzimmer. Fast wie im Schlaf holte sie zwei Koffer und eine Reisetasche und fing an zu packen. Quer durch ihren Schrank wanderten Kleidungsstücke in die Koffer. Dann setzte sie sich auf das Bett, blickte sich um, es war der einzige Raum, der ihr gehörte, aber leider nicht ganz, auch hier wirkte alles etwas unterkühlt. Erst auf den zweiten Blick erkannte man, dass da noch eine weibliche Hand im Spiel war. Wie im Trance duschte sie, zog sich Jeans mit einen leichten Pulli an. Sie stand an ihrem Bett, schaute sich noch einmal um. Dann nahm sie ihre Tasche und die Koffer, ging aus dem Zimmer ohne noch einmal einen Blick zurück zu werfen. Sie verließ das Haus und ging zu ihrem Auto. Dolores stand am Fenster und nickte zustimmend. „Endlich", dachte sie, „dass wird ihm eine Lehre sein! So seine Frau zu behandeln, die immer für ihn da war, alles so perfekt im Griff hatte! Das ist gut so! Viel Glück!"

Als sie alles verstaut hatte, saß sie einen Moment über sich selbst erstaunt im Wagen und überlegte, was sie nun tun sollte. „Noch kann ich zurück," überlegte sie, aber der Gedanke war noch nicht fertig, da war da ein dickes NEIN! „Nein, ich gehe fort!" In diesem Moment hörte sie in ihrem Kopf ein Rauschen. Das Meer kam spontan mit seinen Verlockungen, ein flüchtiger Gedanke und schon ließ sie das Auto an und fuhr los!

Sie fuhr durch den Ort, vorbei an einem großem Park, vorbei an schmucken Fachwerkhäusern und überlegte, wohin sie überhaupt wollte. Als sie an ihrer Bank vorbei fuhr, trat sie schnell auf die Bremse. „Ich werde doch nicht ohne Geld wegfahren! Das wäre echt dumm von mir." Lässig stieg sie aus, ging hinein, lächelte den Mitarbeiter freundlich an und hob alles was möglich war von ihren Konten ab. Der Angestellte schaute sie etwas erstaunt an, aber sie reagiert nicht darauf, soll er denken, was er mag. Eigentlich erstaunlich, dass Michael ihr alle Vollmachten gab, aber wahrscheinlich traute er ihr ja so etwas nicht zu. Er wird garantiert sofort die Konten sperren lassen, wenn er merkt, dass sie fort war. Mir steht das zu, ich hole mir einfach mein Gehalt ab, was ich mir ja auch erarbeitet habe. Wenn sie später Geld abheben möchte, dann konnte er sie aufspüren und das wollte sie nicht! Jetzt nicht, später, sie würde es sehen! Hier, mit diesem Geld endete ihr Leben mit ihm, in diesem Ort. „Schauen wir mal, wo der Weg mich hinführt, ich lasse mich jetzt einfach treiben."

Sie fuhr auf die Autobahn in Richtung Süden, mal könnte sie vor Freude und Übermut jauchzen, dann wieder tauchten die finsteren Wolken mit all den Bedenken und Ängsten auf. Aber eines war ihr klar, sie musste jetzt ihren Weg gehen, egal was kommen mag!

Beim Tanken trank sie einen Kaffee und holte sich ein Brötchen und immer mehr nahm der Gedanke Formen an, immer weiter in den Süden zu fahren und als sie den Blick hob, schaute sie auf ein Plakat von Sizilien. Ja, das war es!

„Ich fahre nach Sizilien!"

Sie kaufte sich eine Straßenkarte von Italien und holte sich einen Kaffee. Nun mit einem Ziel vor Augen trat ein Lächeln auf ihr Gesicht. Sie bezahlte mit einem freudigen Blick trank ihren Kaffee und blickte den Kassierer erstaunt an, da er sie bewundernd anlächelte. Beschwingt lief sie zu ihrem Auto und schaltete das Radio an. Das Wetter war herrlich, der würzige Duft des Frühlings blies alle dunklen Gedanken in tiefe Schluchten. Sie klappte das

Autodach auf und suchte einen Sender mit Musik, wo sie nach einer Weile laut mitsang.
Der Tag fing an sich zu verabschieden. Die Schatten wurden länger. Die Sonne stand schon tief und blendete ihr direkt in die Augen. Der kühle Abendwind verfing sich in ihren Haaren und sie merkte, dass es für heute reichte. Bei der nächsten Abfahrt fuhr sie von der Autobahn herunter um nach einem Hotel Ausschau zu halten. Sie schaute, wo sie überhaupt war und staunte, dass sie schon fast in Bozen war. In einem kleinen Ort sah sie einen netten Gasthof „zum Hirschen". Sie parkte und ging zielstrebig auf das Hotel zu. Beim Öffnen der Tür schlug ihr ein verlockender Geruch von leckeren Bratenduft entgegen, der sofort ihren Magen laut knurren lies. Eine einladende Halle und die junge Frau im feschen Dirndl lächelte ihr freundlich zu. Bei der Frage nach dem Zimmer stutzte die junge Frau und sagte dann mit Bedauern, dass keine Doppelzimmer mehr frei sind.
„Ich brauche nur ein Einzelzimmer."
„Oh entschuldigen Sie, aber ich dachte, Sie wären verheiratet", mit Blick auf ihren Ehering. Freudig griff sie zu einem Schlüssel und reichte ihn Carola.
„Ein Einzelzimmer haben wir gerade noch frei", strahlte sie Carola an. „Einen schönen Aufenthalt wünschen wir Ihnen."

Nach einer erfrischenden Dusche erkundete sie den Ort, sah ein Geschäft, wo sie am anderen Morgen noch etwas Obst, Getränke und ein paar Süßigkeiten einkaufen konnte. Später im Gasthof bei einem Glas Wein, Tiroler Knödeln mit einem guten Braten fühlte sie sich richtig wohl. Kein blöder Kommentar, sie war frei! Mit einem Ehepaar das hier Urlaub machte, plauderte sie. Das Ehepaar erzählte von schönen Wanderungen, den saftigen Wiesen und der tollen Luft. Sie hörte zu und genoss diese Situation. „Was schon 23 Uhr", sagte der Mann, „aber nun wird es aber Zeit Schatzel, komm schon!" Sie wünschten sich noch schöne Tage und kurz darauf lag sie wohlig in ihrem Bett und mit einem zufriedenen Lächeln schlief sie ein.

Das laute Krähen eines Hahns begrüßte sie, die Sonne blinzelte vorsichtig in das Zimmer, so als wolle sie noch nicht stören. Sie schlug die Augen auf, ist einen Moment erstaunt über die fremde Umgebung. Dann streckte sie die Arme aus, „ich bin ich, frei wie ein Vogel", und lachend sprang sie aus dem Bett, schaute aus dem Fenster holte tief Luft und rief ziemlich laut:
„Guten Morgen ihr Berge, guten Morgen Sonne und guten Morgen Meer, ich komme!"
Nach einem kräftigen Frühstück startete sie los bis Verona. Dort wollte sie eine Pause machen, die Stadt musste sie sehen, wenn auch nur kurz. Nach mühsamen Suchen nach einem Parkplatz, kam sie endlich dazu, die Altstadt mit seinem Theater zu bewundern.
Wie schön, so alleine durch die Gassen zu schlendern, kein „komm jetzt." Sie setzte sich in eines der Lokale im Freien, streckte die Beine in die Sonne, genoss die Stadt, die Menschen und sie fühlte sich, als ob sie die ganze Welt umarmen könnte. Weiter ging die Fahrt nach Bologna, wo sie wieder von der Autobahn abfuhr um nach einem Hotel zu suchen. Bei einem Glas Wein fingen ihre Gefühle an, Achterbahn zu fahren.
Bedenken und schlechtes Gewissen über das, was sie da vor hatte! Den ganzen Stiefel hinunter fahren? Musste es gleich so weit sein? War es überhaupt richtig, einfach so abzuhauen? War das nicht sehr feige von ihr? Nein, er hätte sie doch nie gehen lassen. Wenn ja, dann mit einem furchtbaren Rechtsstreit, der aber auch so irgendwann kommen wird. Ich werde nicht kämpfen, soll er doch alles behalten! „Ja", sagte eine Stimme in ihr, „du tust das jetzt! Du schaffst das!"
Was Michael wohl schon unternommen hatte? Ihr Handy läutete ja oft genug, sie erschrak jedes mal und ihr Herz fing an zu rasen. Ist er froh, dass sie fort ging, oder war er gar zur Polizei gegangen? Nein, dass würde er nicht tun, denn das schadet ja womöglich seinem Ruf, was ihn ja unmöglich machen würde. Sicher wird er bei ihren Freundinnen anrufen, aber das dürfte es auch schon sein. Na ja, wenn er merkt, dass die Konten geplündert sind, dann wäre

es schon möglich, dass er versuchte sie zu finden. Vielleicht mit einem Privatdetektiv? Was heißt, sie musste schön vorsichtig sein! Das Auto! Wenn sie auf Sizilien war würde sie es verkaufen. Auch nicht gut, sie musste es hier schon los werden. Wer weiß was für ein Zufall es will und eine Spur führte nach Sizilien. Sie musste schnell eine Lösung finden, so konnte sie nicht weiter fahren!

Am anderen Morgen fragte sie nach einem Autoverkäufer und wurde ein paar Straßen weiter geschickt. Das Autohaus war mehr eine Werkstatt und sie wurde unsicher, ob man nicht misstrauisch wurde, wenn sie mit ihren dicken BMW hier ankam, um ihn zu verkaufen. Ob so ein Wagen überhaupt hier zu verkaufen war? Unschlüssig blickte sie um sich und wollte schon umkehren, als ein Mann mittleren Alters mit einem freundlichen Grinsen, einer leicht schmuddeligen Hose und mit einem Hemd auf dem etliche Flecke ihren festen Platz hatten, auf sie zu kam. Er wischte sich die Hände an einen sehr dunklen, mit Öl und Schmiere getränkten Handtuch ab. „Oh Signora, mein Vetter rief mich an, dass Sie zu mir wollen, was kann ich für Sie tun?"

Verwirrt, dass sie gleich mit ihrem Vorhaben konfrontiert wurde, stotterte sie. „Ja, ich möchte einen Wagen, der kleiner ist. Ich möchte noch mehr in den Süden, da ist mir mein Wagen zu groß und darum möchte ich meinen Wagen verkaufen. Ich weiß, es ist blöde von mir, aber so ist es." Sie war verlegen, sie kam sich dämlich vor mit dem, was sie da sagte, denn kein Mensch glaubte so eine Geschichte! Aber was sollte sie denn sonst sagen? Der Mann musterte sie und versuchte sich eine Bild zu machen, denn was diese Frau da erzählte, war doch Schwachsinn! Da musste etwas anderes dahinter stecken. Sie war hübsch, sah auch nicht aus, als wäre sie eine Diebin, die den Wagen gestohlen hat, aber irgendwas stimmte da nicht! Na ja, dachte er für sich, ich taste mich vor, mal sehen ob ich der Wahrheit ein Stück näher komme und was sie mir erzählen will und wie ich ihr behilflich sein kann. Mit einem freundlichen und hilfsbereiten Lächeln meinte er zu ihr: „Ja, da haben Sie heute aber ihren Glückstag, gerade bekam ich einen kleineren Wagen herein. Aber ich weiß nicht, ob das Ihre

Marke ist, einen Fiat, sehr schön und sparsam. Kommen Sie, schauen Sie in sich an, er steht gleich da vorne." Sie war verwirrt und suchte nach Worten um die Situation besser zu erklären. „Wissen Sie, ich kann es nicht so ganz erklären, aber ich möchte ein Weile einfach einmal für mich und unerkannt sein. Darum wäre so ein kleineres Auto auch praktischer."
Er wischte sich die Hände an seiner Hose ab, schaute sich die Frau an und seine Menschenkenntnis sagte ihm, die Frau hatte Probleme! Mit ihrem Mann? Könnte sein, dass sie vor ihm geflohen ist. Sehr geheimnisvoll, etwas nervös und ihre Augen waren zu traurig. Als sie vor dem Wagen standen, schaute sie ihn gar nicht richtig an, sie wollte nur weg und kam sich so dabei selber weltfremd vor, wie sie sich hier benahm. Sie nickte ihm bestätigend zu.
„Ich finde den Fiat genau richtig und wie viel würden Sie mir geben für mein Auto?"
Er schaute sie nachdenklich an und stellte sich erst einmal mit einem freundlichen Lächeln vor. „Mein Name ist Salvator. Ich muss mir Ihren Wagen genauer anschauen und Sie geben mir bitte die Daten des Wagens. Kommen Sie, trinken Sie einen Kaffee."
Sie zögerte, sie war sich nicht sicher, ob sie jetzt nicht einen großen Fehler machte. Sie seufzte. „Na gut, ich gehe kurz in den Ort und bin in ca. in einer halben Stunde wieder hier. Ist das so in Ordnung?" ‚kramte in ihrer Handtasche und gab ihm die Papiere. Unsicher mit einem Hauch von Ängstlichkeit, stotterte sie es holprig vor Verlegenheit.
„Mir fällt noch etwas ein. Wie ist das mit der Abmeldung?" Jetzt war er sich sicher! Sie war vor etwas auf der Flucht. Verbrechen schloss er aus, so einen Eindruck machte sie nicht, aber die Idee mit ihrem Mann oder Liebhaber, da könnte was dran sein!
„Machen Sie sich da mal keine Sorgen, das geht ganz einfach! Sie rufen bei Ihrer Zulassungsstelle an und wir erledigen den Rest, dass ist kein Problem!"
Grübelnd ließ sie sich durch die Gassen treiben, bummelte durch die wenigen Geschäfte, aber ihre innere Unruhe war ein ständiger

Begleiter. Mit einer Eistüte setzte sie sich auf eine Bank und schaute dem Treiben auf der Straße zu. Sie hatte doch überhaupt keine Ahnung, was ihr Wagen Wert war. Sie zuckte zusammen, als ihr Handy wieder läutete. Das musste sie auch los werden! „Eigentlich brauche ich doch nur eine neue Karte einsetzen und die alte vernichten, so kann ich nicht gefunden werden!" Im nächsten Geschäft holte sie eine Prepaid Karte und die alte zerstörte sie sehr gründlich. Wie ihr Auto! Nur, das sie es nicht zerstörte. „Sicher werde ich total mit dem Preis für das Auto übers Ohr gehauen" überlegte sie, als sie wieder auf dem Weg zur Werkstatt war. Wenn das hier Michael sehen würde, es wäre gefundenes Fressen für ihn!

Aber das Risiko, mit einem auffälligen BMW mit ihrem Nummernschild zu fahren, falls sie gesucht würde, war auch nicht ohne. Verluste musste sie einfach hinnehmen, es waren halt außergewöhnliche Umstände!

Unschlüssig stand sie im Hof von der Werkstatt, sie fühlte sich fehl am Platz und schaute auf die etwas schäbige Hauswand, der Farbe sehr gut tun würde.

„Da sind Sie ja wieder!" rief ihr lächelnd der Meister entgegen, der aus dem Schatten der Werkstatt trat.

„Ihr Wagen ist ja wirklich wie neu und sehr gepflegt, nicht ein kleiner Kratzer zu sehen, alles Tipp topp in Ordnung. Ich denke, dass wir uns über einen Preis einigen können.

Im Vertrauen, ich habe einen Kunden, der genau so einen Wagen sucht."

Nach kurzem hin und her hatte Carola das Gefühl, dass es wirklich ein sehr fairer Preis war und sie nicht mit dem Gefühl hier hinaus ging, dass ein Halsabschneider am Werke war.

Sie ging zu dem Fiat und schaute sich ihn näher an. Sofort gingen ihr verschiedene Gedanken durch den Kopf, ob sie dann nicht doch gefunden werden kann? Wie war das mit der Anmeldung? Sie wandte sich wieder an den Meister und fragte ihn unsicher:

„Ich muss ja den Wagen anmelden, was für mich heißt, jeder kann dann den Wagen finden?

Wieder wurde ihm klar, das sie Spuren verwischen wollte und er würde ihr Geheimnis leider nicht erfahren, aber er möchte ihr einfach helfen. Über sich selber verwirrt, strich er sich eine Haarsträhne fort und meinte:
„Warten Sie einen Moment, ich muss kurz überlegen, wie ich Ihnen helfen kann."
Er ging in sein Büro und überlegte laut. „Ich nehme mal an, dass meine Vermutung stimmt und sie läuft vor irgend etwas weg. Ihrem Mann? Wenn ich ihr meinen Fiat verkaufe, die Anmeldung bleibt auf meinem Namen, dann findet sie außer mir keiner! Wenn sie sich dann mal einen anderen Wagen braucht, schickt sie mir die Schilder und ich melde ihn ab. Ich vertraue ihr und das wäre doch gut machbar!" Strahlend ging er auf Carola zu und erzählte ihr sein Angebot, auch dass es sein Fiat ist. Ungläubig schaute sie ihn an.
„Sie sind ein Engel", lachte sie erleichtert, „Sie helfen mir so sehr!" Vor sich her brummend, kramte er in seinen Unterlagen hob freudig seine Unterlagen hoch. Er rechnete den Preis für Versicherung und Steuer aus und sie vereinbarten, dass Sie ihm das Geld für Versicherung und Steuer überweisen würde und bezahlte für die nächsten Monate und gab das feste Versprechen, dass sie irgendwann sich meldete und gab ihm ihre neue Handynummer.
Ein letzter Blick auf ihren „alten" Wagen, einen freundlichen Händedruck und mit einem leichten Gefühl fuhr sie davon.
An einem Straßenkaffee hielt sie und studierte die Straßenkarte, wie sie am besten den Rest der Fahrt bewältigen könnte.
Sie schaute noch eine Weile dem Treiben der Menschen zu, die Urlaub machten, gut gelaunt und mit fröhlichen Gesichtern herum liefen oder auch genervte Eltern, weil die Kinder absolut nicht das tun wollten, was die Eltern sagten. Ein buntes Treiben in fröhlichen Farben, überall blühte es in Trögen, Töpfen und Kästen. Die Farben verdrängten einfach die grauen Gedanken, Und die Sonne, sie lachte ihr einfach in das Gesicht.

Es war noch früh am Nachmittag und sie beschloss noch ein Stück zu fahren. Wieder auf der Autobahn flog die Landschaft an ihr vorüber, wechselten die Landschaftsbilder und der Süden nahm sie immer mehr in seine Arme. Pausen, Hotels, Tanken, alles wurde zu einer Einheit und sie war sehr erstaunt als plötzlich das Ortsschild Villa San Giovanni zu sehen war. Nun wurde sie doch aufgeregt. Sizilien war zum Greifen nah! Sie fuhr zum Hafen, um nach einer Fähre Ausschau zu halten. Lebhaftes Treiben mit den temperamentvollen Wortgefechten erfüllte das Hafengelände. Sie kämpfte sich durch das Gewühl und schaffte es, den Schalter zu finden, wo es die Tickets zu kaufen gab. Avanti, Avanti tönte es, Menschen und Autos strömten zu der Fähre. Carola schloss sich dem allen einfach an und fand sich auf der Fähre wieder. Sie schloss das Auto ab und ging zur Reling. Sie schaute auf die Wellen und sie glaubte, es flüstern zu hören. „Da bist du ja. Wir warteten schon auf dich und begleiten dich." Carola schüttelte den Kopf, lächelte verträumt zum Himmel hoch. Amüsiert schaute sie den Möwen zu, die mit ihrem Geschrei das Schiff begleiteten und sah zu, wie das Festland kleiner wurde und Sizilien näher kam. Der Wind verfing sich in ihrem Haar, sie atmete die salzige Luft ein und mit jedem Atemzug war ihr, als würde sie alles ausatmen was sich schmerzlich in ihr breitgemacht hatte. Messina kam immer näher, mit dem Geschrei der Möwen legte die Fähre an. Wieder machten sich Mensch, Tier und Autos auf den Weg und Carola fuhr fast ehrfürchtig und mit Herzklopfen von dem Schiff herunter.

„Carola," sagte sie zu sich selbst, „jetzt hast du es geschafft, der Weg führte mich hierher, wieso, weshalb, ich weiß es nicht, aber ich habe es geschafft und hoffentlich bin ich weit genug weg von meinem alten Leben!" Ja, wohin jetzt? Rechts, da ging es durch das Land, Richtung Palermo mit sehr viel scharfen Kurven um dann am oberen Teil der Insel zu sein, oder links die Küste entlang nach Catania? Ich sollte würfeln! Die Entscheidung wurde ihr abgenommen, da sie auf der rechten Spur stand und so sah sie es als Schicksal, erst einmal rechts zu fahren. Sie war froh, dem

Gewimmel der Stadt zu entkommen und schon befand sie sich auf einer Straße, die sich durch die Landschaft fraß und sich fast anfühlte wie auf einer Achterbahn. Ihr war heiß, dazu die Fahrweise der Italiener, sie fühlte sich nach kurzer Zeit, als würde sie im eigenen Saft schwimmen. „Ja, nun weiß ich auch was Angstschweiß bedeutet!" Hier lernte man es! Sie hatte die beiden Hände um das Lenkrad gekrallt, saß kerzengerade und verspannt hinter dem Steuer. Sehr kurvig führte die Straße sie in die Berge. Die Olivenbäume vermischt mit Pinien flogen an ihr vorbei, die Sonnenstrahlen blitzten wie Gewitter durch die Zweige und zwangen sie ständig zu blinzeln.

„Wenn das mal gut geht, Mann oh Mann, haben die Italiener vor nichts Angst beim Autofahren? Haben sie überhaupt einen Führerschein? Wenn ich diese Fahrt lebend überstehe, dann werde ich heute Abend eine Flasche sizilianischen Wein trinken und zwar die ganze Flasche!"

Sie überlebte es und kam an die Küste, wo sie bis Giolosa Marea, einem kleinen Ort direkt am Meer fuhr. „Ich bin einfach nur alle", stöhnte sie leise, „bis hierher und keinen Kilometer weiter."

Sie hatte auch keinen Blick mehr für die Stadt, suchte ein Hotel, kaufte eine Flasche Wein, etwas Käse und Brot, duschte, legte sich erschöpft und auch erleichtert, dass sie es bis hierher geschafft hatte, auf das Bett und trank genüsslich ein Glas nach dem anderen. Als ihre Bedenken und Ängste wie Monster auftauchen wollten, verscheuchte sie sie, stand auf und öffnete weit das Fenster. Betört von den Düften und dem Rauschen des Meeres, was wie leise Musik klang, es und nahm ihre finstern Gedanken mit hinaus auf das Meer.

Als sie ihren Kopf am Morgen anhob, stöhnte sie laut auf. „Oh weh, mein Kopf!" Sie hob die Hände an ihren brummenden Brummkreisel der dröhnte und hämmerte und hielt ihn fest. „War das nun nötig, die ganze Flasche Wein zu trinken? Ja das war es und die kleinen Sünden werden ja schließlich sofort bestraft, die größeren erst später." Aber dachte sie gleich, „das ist alleine meine

Sache, eine kleine Tablette und einen starken Kaffee, dann bin ich auch wieder fit. Ich schwöre aber, nie wieder!" Nach einem doppelten Espresso mit einem Hörnchen kehrten kurz darauf die Lebensgeister wieder zurück.

Mit neuem Elan schwang sie sich in ihr Auto und fuhr nun die Küste entlang mit einem Ziel. Da wo es ihr gefiel, da wollte sie erst einmal bleiben. Sie drehte die Fenster hinunter und atmete die würzige Luft von Blumen und Kräutern ein. Immer wieder konnte sie einen Blick auf das Meer werfen, das in der Morgensonne silbrig glitzernd, mit seinen kleinen weißen Kämmen, die ans Ufer purzeln, sie freundlich begrüßte. An manchen Stellen hielt sie an, machte einen kleinen Spaziergang, oder saß einfach am Strand und ließ ihre Seele baumeln und konnte sich nicht satt sehen an den Pinien und den Dachzypressen, die sich so dekorativ in den Vordergrund stellten und dann erst den Blick auf das glitzernde Meer frei gaben. Die Sonne stand schon ziemlich im Zenit als sie das Ortsschild Cefalu las. Von weitem machte die Stadt einen einladenden Eindruck, mit seinem Berg und der Ruine einer Burg. Neugierig fuhr sie in den Ort, parkte ihren Wagen und schlenderte durch die Altstadt, um dann am Strand zu landen. „Das ist sehr schön hier" dachte sie, die Altstadt reichte bis zum Meer, die alten Häuser, die kleine Bucht, wo die Häuser fast im Wasser standen, die Fischer, die in der Sonne saßen und ihre Netze flickten. Es kam ihr so vertraut vor. War das nicht alles wie in ihrem Traum? Sollte es sein, dass sie hierher fuhr? Die Menschen schlenderten umher, die jungen Frauen mit ihren sehr zarten Blusen und kurzen Röcken oder kurzen knappen Shorts mit den knappen Bikinihöschen darunter und waren sich ihrer Wirkung sehr bewusst. Sie zog ihre Schuhe aus und lief an das Wasser, tauchte ihre Füße hinein und stand verzaubert da. Ja, es war genau das Bild, wovon sie in jener Nacht träumte bevor sie floh. Sie lief durch das Wasser, hob die Arme zum Himmel, schaute in den blauen Himmel hoch und ließ sich das Gesicht von der Sonne küssen. Da wusste sie es, ihr Weg hatte sie hierher geführt! Sie setzte sich und lauschte dem leisen Rauschen der kleinen Wellen, es klang fast so als würden sie sich uralte Geschichten von vergangener Zeit erzählen. Mal war es fast ein Stöhnen und Ächzen, mal ein Raunen und war da nicht auch ein Kichern dabei? Sie versank in ihre Tagträume und lauschte den Geräuschen und sie dachte, „wenn ich jetzt eine Seejungfrau wäre, würde ich aus den Wellen steigen, mich hierher setzten und auf diese Welt schauen." Jetzt erst wurde ihr bewusst, dass ja ein buntes Strand-Treiben stattfand, sie hatte das alles nur am Rande bemerkt. Sie stand auf und ging ein Stück den Strand entlang. Bei einem kleinen Kaffee setzte sie sich hin und bestellte sich eine kalte Cola. Entspannt genoss sie es, hier in der warmen Sonne zu sitzen. Ihre Zehen spielten im Sand und ein verträumtes Lächeln verzauberte ihr Gesicht.

Der Besitzer brachte ihr die Cola und fragte sie auf deutsch, ob sie hier Ferien mache, er habe sie noch gar nicht gesehen. Erschrocken fuhr sie zusammen und starrte ihn überrascht und leicht zornig an. Erst wollte sie abweisend reagieren, es war so schön hier zu träumen. Aber dann mochte sie auch nicht unhöflich sein, noch dazu an so einem schönen Tag. Sie nickte und erzählte kurz, dass sie eben erst hier angekommen ist, den Ort traumhaft findet und das sie gerade überlegte, ob sie hierbleiben soll. Er schaute sie etwas neugierig an, sie lächelte und bevor ihr es bewusst wurde, machten sich ihre Gedanken selbständig und purzelten aus ihr heraus.

„Ich weiß, es klingt etwas verrückt, aber ich finde es hier wunderschön und überlege, ob ich nicht für eine ganze Weile hierbleibe und schaue wie es mir hier ergehen wird!"

Er hatte einen schwarzen Lockenkopf, sein Sonnengebräuntes Gesicht mit den fast schwarzen Augen, die sie neugierig anschauten und um seinen leicht gewölbten Bauch war eine recht große, nicht ganz saubere Schürze umgebunden. Er setzte sich zu ihr, stellte eine Cola für sich auf den Tisch und meinte recht trocken, „dass ist mir auch noch nicht über den Weg gelaufen, so einfach hier bleiben? Hier gehen die Leute eher fort und die Touristen, na die gehen ja auch. Entweder ist ihr Urlaub zu Ende, oder wir haben sie arm gemacht! Spaß beiseite! Warum möchten

Sie hierbleiben? Wenn Sie hier arbeiten wollen, das wird schwierig. Wenn Sie genug Geld haben, dann ist das eine gute Entscheidung! Wissen Sie denn, wo Sie wohnen werden? Wenn nicht, so kann ich Ihnen ein sehr gutes Hotel empfehlen." Sie überlegte was sie sagen sollte. Wieso es ihr hier gefiel und eben dem Warum, er würde sie für etwas verwirrt halten.

„Nein, ich muss mich in den Ort erst noch umschauen. Ich bin ja gerade erst hier gelandet und habe mich halt sofort verliebt. Am liebsten hätte ich eine kleine Wohnung." Er schaute sie genauer an und versuchte zu ergründen, was sie damit meinte! Als Touristin wollte sie hier nicht sein, und wenn sie im Geld schwamm dann würde sie wohl kaum bei ihm sitzen. Was war mit dieser jungen hübschen Frau los? Einerseits wirkte sie recht fröhlich, aber ihre Augen, denen fehlte der gewisse Glanz! Ihre ganze Gestalt war umgeben von einem geheimnisvollen Flair. Wer hatte ihr etwas getan? Sie musste etwas erlebt haben, was sie sehr erschreckte, oder, dachte er, belustigt über seine Gedanken, sie war ihrem Mann davon gelaufen! Erstaunt fragte er sie:

„Sie wollen länger hier bleiben?"

„Ja so wie ich mich im Moment fühle, möchte ich das gern." Er kratzte sich am Kinn, überlegte und platzte dann heraus. „Wenn Sie wollen, dann könnte ich mich einmal schnell kundig machen, Sie haben ja auch Glück, noch sind wenig Touristen hier, es wird sich etwas finden. Ich habe da auch schon eine Idee. Dafür müssen Sie aber auch mir helfen. Ich frage bei meinen Freunden nach und Sie halten hier die Stellung. Möchte ein Gast etwas bestellen, dann geben Sie es ihm. Preise stehen auf der Tafel." Carola schaute ihn erstaunt an.

„Wie bitte, was soll ich?"

„Na, wenn ich Ihnen eine Wohnung besorge, dann müssen Sie in der Zeit Bier, Espresso und Cola verkaufen! Schließlich muss ich hier meine Geld verdienen!" Grinste er sie spitzbübisch an. „Ich bin ja gleich wieder da. Band seine Schürze ab, steckte sich eine Zigarette in de Mund und winkte ihr beim Weggehen zu."

„Na gut, hoffentlich mache ich nichts falsch."

„Ach, da ist nichts falsch zu machen, bis gleich...." Beim Gehen wunderte er sich über sich selber. „Sag mal, was mache ich denn da? Hat die Sonne mir einen Stich verpasst? Na was soll's, eine gute Tat am Tag soll jeder machen, meine ist jetzt das hier!"

Beim Laufen dachte er für sich, eine nette Frau, so hübsch, aber ihre Augen, sie haben so eine Unruhe, schauen traurig aus, finde ich. Darum wohl meine Hilfsbereitschaft mit der Wohnungssuche hier ich bin halt ein echter Sizilianer!"

Carola stand etwas sprachlos auf und schaute sich die Strandbar etwas genauer an. Wie kam der Wirt so spontan auf die Idee ihr gleich zu helfen? Hatte sie so einen hilflosen Eindruck auf ihn gemacht? Sie stellte sich hinter die Theke und musste sofort lächeln, als sie sich die Dekorationen anschaute oder besser, die zaghaften, mehr als hilflosen Versuche. Alles wirkte lustig, aber recht lieblos zusammengewürfelt wie vom Flohmarkt, sämtliche Stühle waren unterschiedlich.

Ab und zu sollte wohl eine Plastikblume auf dem Tisch für „Stimmung" sorgen. Ihr Blick wanderte über den Strand und schaute auf das blaue Meer mit seinen kleinen Wellen, den einzelnen Booten, die aussahen, als würden sie im Wasser tanzen. „Und hinterm Horizont geht's weiter," ging ihr durch den Kopf. So friedlich lag der Strand mit seinem weißen Sand da, unschuldig streckte er sich endlos und unergründlich dahin. Sie fand ein einigermaßen sauberes Tuch und wischte gedankenverloren die Theke und die Arbeitsplatte ab. Ja, ging es ihr durch den Kopf, da hätte ich gleich ein paar Ideen, aber es ist nicht meine Bar! Die kleinen verschiedenen Tische mit den zusammengesuchten Plastikstühlen, sie standen alle lieblos kreuz und quer, nicht gerade einladend, um sich zu einem Drink zu setzen. Ihre Gedanken machten Purzelbäume und ohne dass sie es merkte, stellte sie Flaschen und Gläser dekorativ in das Regal. Sie blieb mit einem Grinsen davor stehen. Leise kichernd meinte zu sich selber: „Das fängt ja gut an, kaum stehen meine Füße im Sand, da verkaufe ich Bier und Cola! Aber der Wirt ist echt sehr nett und ich bin gespannt, was er für mich tun kann? Sicher eine sündhaft teure

Bleibe! Ab und zu kam ein Kunde, ein Bier, eine Cola, ein Wein. Es ging ganz gut. Die wenigen Leute waren guter Laune und ein Mann so gegen dreißig kam auf die Theke zu, schaute erst erstaunt, dann grinsend und neugierig auf Carola, sie schaute ihn etwas verwirrt an und fragte: „Ist etwas Besonderes an mir, oder warum schauen Sie so, als wäre ich ein Gespenst!" Er stutzte und lachte ein warmes herzliches Lachen. „Oh entschuldigen Sie, aber normalerweise ist hier ein Kerl mit einem fleckigem T-Shirt, einer großen Schürze vor dem Bauch und einer Zigarette im Mund. Er heißt Pedro. Ich wusste nicht, dass er sich so verwandeln kann, in so eine Schönheit."

Carola wurde etwas rot und stammelte sehr verlegen, dass Pedro versuchte, eine Wohnung für sie zu besorgen. Neugierig betrachtete er sie, dass Pedro so eifrig war, das war ihm neu und diese geheimnisvolle Schönheit schien sich hinter der Theke wohl zu fühlen. „In echt? Seit wann ist er unter die Immobilienhändler gegangen? Jetzt bin ich aber sehr neugierig, wieso er das wohl macht!" Mit einem verwundertem Lächeln, „aber eigentlich wundert mich das nicht! Ich wäre auch sofort losgestürmt."

„Ich habe ihm erzählt, dass ich hier wohnen möchte und er zog los um mir zu helfen." Er setzte sich auf einen Barhocker und fragte neugierig.

„Wie, das verstehe ich jetzt nicht? Sie wollen hier wohnen? Nicht nur so auf Besuch? Was führte Sie denn zu uns?" Ein unsicheres Lächeln machte sich auf ihrem Gesicht breit und mit einer leicht verbitterten Stimme meinte sie:

„Ach das ist eine lange Geschichte. Nur so viel, ich kam vor zwei Stunden hierher und habe mich verliebt!" Theatralisch hob er die Hände zum Himmel und mit gespieltem Entsetzen rief er:

„Ich sage es ja, kaum ist die schönste Frau unter der Sonne zu sehen, da ist sie auch schon in einen von uns verliebt!"

„Nein", lachte sie belustigt auf, „ich habe mich in die Stadt verliebt!" Erleichtert strahlte er.

„Madonna, ich danke dir. Ich werde zehn Kerzen anzünden, dass Sie sich nicht in einen Konkurrenten verliebt haben!" Sie lachte

herzlich auf und die Schatten der Traurigkeit in ihren Augen wurden für einen Moment von einer fröhlichen Leichtigkeit verdrängt. Sie stellte ihm den bestellten Wein hin und fragte ihn neugierig:
„Das fällt mir eben erst auf, Sie können so gut deutsch sprechen? Einen Moment lang vergaß ich ganz, dass hier ja italienisch gesprochen wird." Er musste sich von ihren Augen losreißen.
„Ich studierte in München. Aber was haben Sie hier vor beruflich zu machen, wenn sie auf Dauer hier bleiben wollen? Haben Sie schon einen Job hier?"
„Na ja, das habe ich noch nicht, aber da ich im Moment noch nicht am Hungertuch nage, kann ich in Ruhe schauen, ob ich eine Chance hier habe."
„Was können Sie denn?"
„Ich hatte die Hälfte meines Wirtschaftsstudiums hinter mir, als ich es aufgab. Kochen, so sagen viele, liegt mir sehr und außerdem, so sagt man es mir nach, hätte ich für Dekorationen ein gutes Händchen. Ja, das ist nicht sehr viel, ich weiß! Dabei kam sie sich recht lächerlich vor. Viel war das ja nicht gerade!"
„Mit dem Kochen, dass ist doch hier schon eine gute Grundlage, wir hier in Italien lieben gutes Essen! Mal sehen, was es da so für Möglichkeiten gibt! Entschuldigen Sie, ich bin aber auch ein Stoffel! Da stehe ich vor der schönsten Frau Siziliens und benehme mich wie ein Tölpel. Er sprang von seinem Barhocker, verneigte sich, gestatten, mein Name ist Bernando Contarini."
Carola schaute in sein braun gebranntes Gesicht, ein großer sportlicher Kerl, mit dunklen Augen und fast schwarzen lockigem Haaren stand vor ihr und was sie sah, gefiel ihr sehr gut, aber das Beste an ihm war sein offenes Gesicht mit einem sehr warmen Lächeln. Sie zögerte und mit einer selbstbewussten Geste nannte sie ihren Mädchennamen. „Hallo, mein Name ist Carola Benzig, frisch aus Germany."
„Darf ich Sie Carola nennen? Der Name passt zu Ihnen!"
„Natürlich!"
„Ich darf Sie jetzt zu einem Glas Wein einladen?"

„Hm", meinte sie mit einem spitzbübischen Lächeln, „eigentlich habe ich dem Wein abgesagt, aber ein Glas wird mir schon nichts tun und mich ausheben."
„Wieso ausheben? Was macht der Wein mit dir, eh, Ihnen?"
„Ich denke wir bleiben beim du und was das Ausheben angeht, so habe ich mir gestern eine Flasche Wein gegönnt, nachdem ich die E90 gefahren und fast den Heldentod gestorben bin." Verschmitzt lächelte sie ihn an, „so wollte ich mich halt so umbringen. Ich habe mich dabei über die Fahrweise der Italiener gewundert, um es gelinde zu sagen und heute morgen glaubte ich, mein Kopf sei ein riesiger Ballon der kurz vor dem Platzen war." Er lachte, es war ein tiefes und angenehmes Lachen.
„Was hat dich gerettet?"
„Aspirin!" Er schaute sich suchend um und rief laut. „Hey Pedro, wo steckst du? Bitte bringe uns zwei Wein!" Sie lachte und fragte ihn schelmisch.
„Welcher Pedro? Hier habe ich im Moment die Getränke unter meiner Obhut."
„Stimmt ja! Pedro stellte dich hinter die Theke. Du hast so ein wunderschönes Lachen und ich habe wieder mal einer meiner genialen Bernando Ideen. Der Tag scheint der Tag der guten Ideen zu sein, weißt du was, wir warten auf Pedro und ich entführe dich an einen noch schöneren Ort zum Wein trinken."
Sie neigte sich etwas über die Theke und blickte ihn mit gespielter Entrüstung an.
„Ich meine, du bist ganz schön stürmisch, wenn ich daran denke, dass du mich gerade mal kennen gelernt hast!"
„Bei den schönen Dingen im Leben sollte niemand auf den Morgen warten, denn wer weiß schon, was der Morgen bringt!" ‚konterte er und warf ihr galant ein einen Handkuss zu.
In diesem Moment erschien Pedro mit einem sehr zufriedenen Lächeln, stutzte einen kleinen Moment, schaute sich die Szene an die er vor sich sah und fragte Bernando:
„Mir scheint du hast dich schon mit meiner neuen Kraft angefreundet?"

„Ja, ich habe sie glatt mit dir verwechselt," grinste er spitzbübisch Pedro an, „aber dann sah ich doch, dass du mit ihr nicht konkurrieren kannst! Aber erzähle deine Neuigkeiten! Du setzt dich ja für diese hübsche Lady ein."

„Ich war bei meiner Tante Marina, um sie zu fragen, ob sie nicht jemanden kennt, der eine kleine Wohnung frei hat und siehe da, ihr Nachbar Guiseppe, der hat eine kleine Wohnung, die möbliert ist. Sein Mieter zog vor kurzem aus."

„Das klingt ja einfach fantastisch!", freute sie sich und strahlte Pedro an. „So schnell hätte ich das nun wirklich nicht gedacht, es scheint so, als müsste ich einfach hier bleiben, so wie sich alles fügt! Wann kann ich mir die Wohnung anschauen?"

„Na gleich natürlich, wer zu spät kommt, den bestraft das Leben!", platzte Bernando Pedro dazwischen, der gerade etwas sagen wollte.

„Ich werde dich begleiten, wenn du magst," fügte er schnell hinzu, denn für einen Bruchteil von Sekunden zog ein Schatten über ihr Gesicht und ihr Gesicht bekam einen entsetzten Ausdruck. Entschuldigend meinte er, „ich halte mich aus allem raus, ich möchte dich nur begleiten. Denn du musst ja für dich entscheiden."

„Danke dir, dass ist sehr lieb und auch wegen dem Weg dorthin, ich würde mich sicher in den Gassen verlaufen und ich kann ja kein Italienisch. Also, bin ich auf Hilfe angewiesen," betonte sie übertrieben hilflos. „Apropos, hast du eine Ahnung, wo ich Italienisch am schnellsten lernen kann?"

„Am besten bei mir natürlich! Spaß beiseite, natürlich lernt man die Sprache am schnellsten bei den Menschen, aber mit Unterstützung geht es schneller. Ich kenne eine gute Lehrerin, die kann dir sicher ein paar Stunden geben."

„Grazie, Bernando!"

„Ciao Pedro, wir sehen uns später…." Pedro kratzte sich am Kopf und schaute den beiden grinsend nach.

Sie gingen durch vielen alten Gassen mit dem blanken schwarzen Pflaster, das in der Nachmittagssonne schwarz glänzte, war. In

Schuhen mit Absätzen ein leichtsinniges Unterfangen. Die Gassen waren alle sehr eng, das Sonnenlicht es verfing sich in den bunten Markisen, die über den kleinen verrosteten Balkonen als Sonnenschutz gespannt waren. Dieses bunte leichte Flattern ließ die alten Häuser mit seinen bröckelnden Fassaden lebendig werden. Sie lenkten ab von den vom Wind und Meer gebleichten Farben der Häuser. Überall standen dekorativ auf Treppen und Fensterbänken Blumentöpfe. Sie verbreiteten eine freundliche einladende Gemütlichkeit. Carola war verwirrt und war auch froh, dass Bernando sie begleitete. In diesem Straßengewirr fände sie sich nicht zurecht, ging es ihr durch den Kopf. Sie war fasziniert von all diesen neuen Eindrücken in diesen Gassen mit seinen Häusern, die viel zu erzählen hatten. Erst liefen sie durch die Via Vitt. Emanuele entlang und Bernando zeigte ihr ein altes arabisches Waschhaus, wo sie die breiten Stufen zu den Waschtrögen mit seinen Klopfsteinen hinabstiegen. Wo es angenehm kühl war. Ein unterirdischer Bachlauf, der aus dem Kalkmassiv des Rocca entspringt, liefert das ganze Jahr ausreichend Wasser, was dann aus den bronzenen Löwenköpfen des Brunnens fließt. Es gab einen Hausbogen zum Meer durch den das Wasser abfließen konnte. Bis ins 20 Jh. wurde es von den Frauen als Waschhaus benutzt. Weiter gingen sie in die Viaco di Bordonardo, deren Straßenpflaster heller war und zur Meerseite gaben sich Restaurants die Hand. Die Besonderheit war, dass die Gäste ihren Wein auf sehr waghalsigen, auf Stelzen gebauter Terrassenkonstruktionen trinken können. Eine Besonderheit bei einem guten Essen auf die Brandung zu schauen. Die Straßen waren jetzt voller. Es war schon spät am Nachmittag. Hausfrauen kauften noch schnell etwas ein und die Touristen schlenderten durch die Straßen. Sie bogen in eine kleine hübsche Straße mit kleinen Läden und bunten Blumenkästen ein. Sie blieben vor einem für Carolas Geschmack schon recht altem Haus stehen.
Aus bunten Tontöpfen und leere Olivenöl-Kanistern strahlte die üppige Blumenpracht und lenkte von der abgefallenen Farbe ab. Es passte zu dem Haus und der Straße. Sie klingelten und von

drinnen hörten sie Schuhe klappern und eine Stimme rief, „Momento prego." Mit leichtem Quietschen wurden die Tür geöffnet, eine kleine etwas rundliche ältere Frau mit einem freundlichen Lächeln trat vor die Tür.
„Oh hallo Bernando? Welch eine Freude dich zu sehen" und ein temperamentvolles gegenseitiges Wortspiel mit vielen Gesten spielte sich vor Carola ab. Sie ahnte, dass sie über sie redeten, denn auf einmal wandte sich Marina um, trat vor sie und ehe sie sich versah, war auch sie in den Armen von Marina und ein Wortschwall ergoss sich über sie. Bernando erklärte ihr dann, dass Marina sich freue, dass sie nun Nachbarn werden und sie würden auch gleich zu Giuseppe gehen, der sicher schon neugierig auf sie wartete. Carola hatte den Eindruck, alle in dieser Straße schauten hinter den Gardinen zu oder sie standen plaudernd in ihren Haustüren und zeigten offen ihre Neugier. Zwei Häuser weiter stand Giuseppe wartend und neugierig an der Tür und wieder gab es erst einmal ein paar Minuten lang ein gegenseitiges Palaver. Carola wurde auch hier wieder gedrückt und begrüßt als wäre sie die heimgekehrte Tochter. Alle gingen eine Etage nach oben und Giuseppe öffnete eine Tür und ließ sie als Erste eintreten. Sie machte einen vorsichtigen Schritt. Ihr Herz klopfte, was um alles in der Welt tat sie hier? Es kam ihr wie in einem Traum vor, wollte sie das alles wirklich? Noch vor ein paar Tagen hatte sie ein anderes Leben! Jetzt ging hier alles rasend schnell, sollte das so sein? Verwirrt blieb sie einen Moment stehen, holte tief Luft für diesen einen wichtigen Schritt in ein anderes sehr neues Leben. Mit angehaltenem Atem und geschlossenen Augen, machte sie diesen ersten Schritt in ihr neues Leben und öffnete die Augen wieder. Sie stand in einem recht geräumigen Zimmer, die Sonnenstrahlen verloren sich in dem Raum, der hell, freundlich und einladend auf sie wirkte. Sie hatte eigentlich etwas Dunkles, Muffiges erwartet und war nun von der Freundlichkeit des Zimmers überrascht. Eine gemütliche Sitzecke, auf der die Sonnenstrahlen tanzten, ein runder Tisch mit vier Stühlen. Eine

schlichte Tischdecke mit einer weißen Vase, die mit einem bunten Blumenstrauß einen bunten Farbtupfer voll Heiterkeit verbreitete. Der Schrank war modern mit Glastüren und ein kleiner Sekretär rundeten die Einrichtung ab. Carola drehte sich zu den erwartungsvollen Gesichtern um und sagte: „Das sieht wirklich sehr schön aus. Es gefällt mir gut!" Sie ging durch den Raum auf eine Tür zu und öffnete sie vorsichtig und ihr Blick fiel auf ein Metallbett über dem sich andeutungsweise ein Hauch Himmel aus weißem zartem Batist spannte. Weiße leichte Gardinen, die Wände in einem zartblauen Ton und ein weißer Kleiderschrank luden geradezu zum Träumen ein.

„Einfach bezaubernd", stellte Carola fest, „wunderschön!"
Bernando nahm ihren Arm und zog sie hinaus und zeigte auf eine Tür und meinte: „Da ist die Küche!" Carola ging in den Raum und stand in einer kleinen aber gut aus gestattenden Küche. Das Bad fand auch ihren Anklang mit seiner altmodischen Badewanne und sie blickte alle mit einem glücklichen Lächeln an.

„Ja, hier möchte ich gerne wohnen, wenn es nicht gar so teuer ist."
„Dann holen wir jetzt einen Wein und reden darüber, ich heiße Giuseppe und ich hoffe, dass mein Angebot Ihnen zusagt." In Gedanken fügte er hinzu, „hoffentlich nimmt sie es, dann weiß ich wenigstens, dass alles in Ordnung bleibt. Denn man weiß ja nie, was die Leute so machen. Aber wenn Pedro und Bernando es richtig finden, dann ist es für mich bestens!"

In Giuseppes Wohnzimmer setzten sich alle hin, auch Tante Marina und Bernando öffnete den Wein.

Nach einem Schluck übersetzte Bernando dann den Vorschlag von Giuseppe, der meinte er hätte sich 350.- € vorgestellt, aber sie könnten ja noch darüber reden.

„Nein, dass ist nicht nötig, ich finde den Preis völlig in Ordnung." sagte sie schnell, denn sie war völlig überrascht von dem Preis.

„Na gut, dann Hand darauf und es ist mir eine Freude, eine so hübsche Mieterin zu haben. Wann möchten Sie denn einziehen?"
Fast bittend und ein wenig verlegen meinte sie, „am liebsten heute noch, ich bin heute Mittag hier angekommen und mir ist ganz

schwindelig, wie sich das alles so schnell entwickelt hatte. Ich dachte, ich müsse erst in ein Hotel und dann auf Suche gehen, aber das hier es ist einfach so überwältigend!"

„Wo haben Sie denn ihre Koffer gelassen? Sie werden doch nicht nur mit ihrer Handtasche auf der Reise sein?"

„Mein Auto steht auf dem großen Parkplatz mit meinem Hab und Gut."

Einen Moment lang schauten alle erstaunt, aber das ging im Lächeln unter. Die Gläser klangen und sie wurde herzlich willkommen geheißen.

Bernando bot sich gleich an, mit ihr zu gehen, denn hier in der Nähe vom Haus einen Parkplatz zu bekommen gleiche einem Weltwunder.

Sie schlenderten durch die Straßen und er fragte so ganz nebenbei wo sie denn herkam. Carola zögerte und sagte dann einfach einen Ort. „Aus Ansbach".

„Warum willst du denn hier bleiben?" Flapsig grinste er sie an. „Hat dich etwas zuhause fort getrieben?" Ihre Augen schauten ihn durchdringend, fast flehend an.

„Bitte sei mir nicht böse, aber ich möchte im Moment nicht darüber reden. Es ist alles etwas schwierig und ich muss mit mir selbst erst einmal ins Reine kommen. Sei mir nicht böse!"

„Natürlich, entschuldige, ich wollte nicht in dich dringen. Es war pure Neugier, weil du mich interessierst." Um ihn abzulenken zeigte sie nach vorne. „Schau da vorne steht ja mein Wagen und es ist noch alles dran, soweit ich es sehen kann."

„Wenn du magst, fahre ich den Wagen, nicht weil ich dir das nicht zutraue, aber die engen Gassen haben es in sich und ich kenne den Ort wie meine Westentasche."

Es lag ihr schon eine etwas bissige Bemerkung auf den Lippen, ihr sträubte sich alles, nicht schon wieder dieses „Lass das", aber dann merkte sie, dass es nicht Machohaft gemeint war und nickte Bernando zustimmend zu.

Er fuhr wirklich eben wie ein Sizilianer durch die Gassen und Carola dachte, mein Gott wie kann man hier nur Auto fahren? Was ihr auch aufgefallen war seit sie hier auf Sizilien war. Die Männer, hatten ständig ihre Handys am Ohr. Sie musste vor sich hin lachen, denn ihr fiel gerade ein Vergleich ein. Es machte den Eindruck als wäre es ein Ersatz für vieles, eine Geliebte, eine (seine) Frau die ihm in den Ohren lag oder ihm am Ohr hing, jetzt fehlte nur noch, dass sie ihr Handy nachts auf ihre Brust legten! Ein leises Lachen konnte sie sich nicht verkneifen und Bernando schaute sie erstaunt an, aber das wollte sie ihm wirklich nicht erzählen!

„Ich fahre in die Straße vor das Haus von Giuseppe und wir laden dein Gepäck ab und ich suche dir einen dauerhaften und sicheren Parkplatz. Ist das für dich in Ordnung?"

„Das ist wirklich nett von dir und ich danke dir ganz herzlich, ich würde hier sicher nur im Kreis herum fahren und der Angstschweiß liefe mir in Strömen über das Gesicht."

Giuseppe stand schon wartend am Haus und schnappte sich ihre Koffer um sie mitten in das Zimmer zu stellen. Bernando winkte ihnen zu und rief, „ich suche einen Parkplatz."

„So, dann herzlich Willkommen und fühlen Sie sich wohl bei uns. Den Vertrag können wir in den nächsten Tagen unterzeichnen. Dann packen Sie mal aus und genießen Sie den ersten Abend hier, wie ich hörte, möchte Bernando Sie ja noch entführen?"

Giuseppe ging und Carola stand mitten im Zimmer und auf einmal kam ihr ihr ganzes Tun so richtig zu Bewusstsein und ohne dass sie es merkte, fing sie an zu weinen. War sie denn von allen guten Geistern verlassen?

Das entsprach doch alles nicht ihrer Art. Wie sollte sie aus dieser Nummer heraus kommen?

Das Klopfen an der Tür erschreckte sie und schnell wischte sie sich die Tränen fort und machte die Tür auf. Bernando schaute in ihr Gesicht, wollte etwas sagen, aber er wendete sich ab und erzählte ihr, dass er einen guten Parkplatz für ihr Auto gefunden hatte. Pro Monat für 50.-€, wenn das in Ordnung ist? Er wendete sich ihr wieder zu und meinte locker: „Ich denke, wir beide gehen jetzt an den Strand in ein kleines Restaurant, schauen der untergehenden Sonne zu und wenn ich ehrlich bin, ich habe einen

Riesenhunger, du sicher auch! Ach so, nimm eine Jacke mit, es ist manchmal etwas kühl am Wasser, komm!"
In den Gassen machten sich die Schatten immer mehr lang und breit. Es schien als ob der Tag sich noch ein wenig in die Länge ziehen wollte, um dann doch von der Nacht besiegt zu werden. Ein krasses Licht- und Schattenspiel wechseln sich ab und als sie aus den Gassen heraus traten, da traf sie die tief stehende Sonne doch noch. Sie schaute ihnen direkt in die Augen. Sie schlossen für einen Moment geblendet die Augen, noch war der Strand belebt. Mit seinem Stimmengewirr verwirrte es sie nach der Stille in den Gassen. Das Meer breitete sich wie ein breites Band vor ihnen aus, fast dunkelblau leuchtete das Wasser mit seinen kleinen Wellen in der Abendsonne. Sie liefen ein ganzes Stück am sich allmählich leerenden Strand entlang. Die Stimmen der Menschen wurden leiser und ein kleines Restaurant mit kleinen Tischen und bunten Sonnenschirmen, die wie bunte Schmetterlinge am Strand tanzten, tauchte vor ihnen auf.
„Hier, schau, da können wir gut sitzen und die Sonne wird sich vor dir verneigen für heute." Sie hatte ihre Schuhe in der Hand und ihre Jeans hochgekrempelt, lächelte ihn süffisant an. „So, du meinst sie verneigt sich vor mir? Das ist wirklich nett von der Sonne. Sie macht das sicher jeden Abend so aber ich fühle mich heute sehr geschmeichelt!" Sie setzten sich und streckte ihre Beine in die Sonne und ließ sich von den letzten Strahlen küssen.
„Isst du Fisch?" Sie schrak etwas zusammen.
„Natürlich!"
Bernando bestellte einen Vino rosso und als Vorspeise Insalata di Polpo, dann alla griglia Triglia mit Salat und frischem Brot.
„Kannst du mir verraten was du gerade bestellt hast?"
„Vino rosso, dass ist klar, Rotwein, dann Tintenfischsalat, der hier köstlich ist und gegrillte Rotbarbe."
„Hmm, dass hört sich echt gut an!" Ernst schaut er ihr in das Gesicht und meint etwas verlegen.
„Ich weiß nicht recht, wie ich es sagen soll, aber ich bin ein guter Zuhörer, auch wenn ich ein Kerl bin, also, wenn du einfach mal

Ballast abwerfen willst, ich stehe gerne zur Verfügung. Ich habe Letzt einen guten Satz gehört und ich denke, den kannst du bei deinen Überlegungen mit einbeziehen. *Wie viel Vergangenheit verträgt die Zukunft?"* Einen Moment lang zog ein Schatten über ihr Gesicht, und sie dachte über den Spruch nach. „Das klingt nicht schlecht! Das finde ich echt süß von dir, aber ich denke, dass ich selber erst einmal nachdenken muss, alles sortieren muss. Mal sehen wie viel die Zukunft dann verträgt. Aber wenn ich jemanden zum Reden brauche, dann komme ich gerne auf dein Angebot zurück." Der Kellner kam gerade Richtung Tisch.
„Schau, da ist der Salat, sieht das nicht köstlich aus? Guten Appetit!"
„Danke, dir auch."
Als er sie anschaute, lagen die letzten Sonnenstrahlen voll auf ihrem Gesicht. Die Belustigung in ihren blauen Augen, der neckische Schwung ihrer Lippen, es faszinierte ihn. Er merkte, dass diese Frau ihn mehr anzog, als alle anderen Frauen und mit seinem letzten roten Sonnenstrahl versank die Sonne als riesiger Ball im Meer und knipste die Farben des Tages aus. Lichter fingen an, den Ort mit seinen verwunschenen geheimnisvollen Gassen zu verzaubern. Den Berg hinauf gingen in den Häusern die Lampen an, die sich in dem jetzt schwarzen Meer spiegelten und mit seinem gleißende Lichtstrahl des Leuchtturms, der gespenstisch über das Meer herum wanderte. Der Wind der sein ewiges leises Abendlied anfing zu summen, man musste nur genau hinhören, um das Lied zu verstehen.
Was für ein verrückter Tag war das heute! Wenn sie darüber nachdachte, kam es ihr vor, als wäre sie hier schon viele Tage und nicht erst ein paar Stunden. Wenn das so weiter ging, na, dann konnte sie sich ja auf etwas gefasst machen! Er schaute ihr ernst in die Augen und er konnte nur mit Mühe seine Hände zurückhalten, die sich auf ihre Hände legen wollten. In seinem Inneren tobte ein Aufstand. War es Mitleid, Neugierde. Was war das, was ihn so faszinierte? Nachdenklich sprudelte aus ihm heraus:

„Ja, manchmal ereilt uns das Schicksal ohne unser Zutun, es gibt kein Warum und Weshalb. Es geschieht einfach mit uns. Das Leben hat seine eigenen Spielregeln, mal sind sie gut, manchmal auch sehr grausam. Wir können uns dem nicht entziehen, wir sind die kleinen Bälle und mal werden wir sanft geworfen, oder auch sehr hart geschmettert. Genießen wir im Moment, dass unsere Bälle gerade sanft hin und her fallen, lassen wir uns auch in den Moment fallen!"

Seine Worte gingen ihr ans Herz. Sie taten so gut. Ja, sie kam sich wie ein Ball vor, der geworfen wurde. Sie merkte seinen zärtlichen Blick und wollte die Situation entschärfen. Verstohlen versteckt sie ein Gähnen, lächelte ihm zu. „Fallen ist gut, ich bin total kaputt und jetzt da die Sonne mir gute Nacht wünscht, möchte ich auch im Meer des Schlafes versinken. Bist du so lieb und bringst mich nach Hause?" Jetzt sage ich schon Zuhause, setzte sie in Gedanken hinzu, war alles andere so weit schon weg? Fast sprang er auf und sagte erschrocken, „na klar, du musst ja müde sein, ich bin doch ein maßloser Egoist, der jeden Moment mit dir auskosten möchte." Lange gespenstische Schatten machten sich in den Gassen breit und die Laternen spendete ihnen ein spärliches Licht. Vor ihrem Haus reichte sie ihm ihre Hand.

„Bernando, ich danke dir für den schönen Abend und ich werde mich bestimmt dafür revanchieren, Guten Nacht."

„Darf ich dich morgen Nachmittag abholen, dann kann ich dich zu einer Bekannten von mir bringen, die dir Unterricht geben kann,wenn du es willst?"

„Ja, sehr gerne, bis morgen dann!"

Sie stieg die Treppe hinauf, öffnete die Tür, machte das Licht an und einen kleinen Moment lang stand sie angstvoll da. „Ich habe alles hinter mir gelassen und stehe hier alleine, kein Michael wird kommen. Ich muss mich ab heute dem Leben stellen. Ich kann nun nicht mehr zurück, es ist zu spät!" Sie schnaufte tief durch und schnappte sich einen Koffer, um ihre Kleider in den Schrank zu hängen. Nach einer ausgiebigen Dusche musste sie sich einfach noch für einen Moment auf den kleinen Balkon setzen. Sie lauschte dem Gesang des Meeres und sah dem noch regen Treiben auf der Straße zu. Junge Pärchen schlenderten noch mit verliebten Blicken umher, ein paar Touristen kamen laut lachend aus einem Restaurant. Das war jetzt ihre Welt, sie musste ihren Weg finden. Sie stand auf warf einen Blick auf den kurzen Lichtstrahl, den der Leuchtturm über das Meer schickte, wendete sich ab und war mit einem Satz im Bett. Sie schlüpfte unter ihre Decke und rollte sich wie eine Katze zusammen. Sie dachte noch über diesen merkwürdigen Tag nach und glitt in das Land der Träume.

Michael

Michael wachte recht früh in seinem Zimmer auf, sie hatten es sich angewöhnt, dass jeder in einem Zimmer schlief. Natürlich gab es auch sehr seltene Nächte, wo er bei Carola schlief, aber da er oft spät nach Hause kam, wollte er sie nicht stören, oder aber…, (den Gedanken verschob er lieber) hatte es sich halt so ergeben. Gerade überlegte er, warum er so missmutig wurde. Einen Moment überlegte er, was ihn schon oder immer noch ärgerte. Dann fiel ihm der Abend ein und sein Groll auf Carola verstärkte sich. Was zum Kuckuck hatte sie sich dabei gedacht, sich seinem Wunsch zu widersetzen? Ist es denn so ein Problem wenn er nicht möchte, dass sie zu so einem Provinzfriseur geht, oder sie ein Kleid trug, wo er genau wusste, dass es ihr toll steht und, was genau zu ihr passte. Ist es denn so ein Drama, zu zeigen, dass seine Frau keine billigen Klamotten tragen musste? Nein, da musste sie ihn bloßstellen! Seine Gäste waren doch nur aus Höflichkeit nett zu ihr, sie hatten bestimmt bemerkt, dass ihre Haare gewöhnlich aussahen und dieses Kleid! Seine Stirn legte sich nachdenklich in Falten, ein Gedanke schob sich deutlich in den Vordergrund, der sich nicht verdrängen ließ. Missmutig murmelte er, ich hatte ihr doch früher auch einmal so ein Kleid gekauft? War es das etwa? Wann war das denn, es war einfach so aus Freude gewesen, wieso fiel ihm das gerade jetzt ein? Wann war denn das bloß? Ach ja, in Italien! Mein Gott, das war ja schon ewig her, dass sie das Kleid noch hat? Wann war dieses Lachen verschwunden und auch ihre Leichtigkeit? Quatsch, das war alles so lange her! Der Groll hatte wieder Oberhand und er sagte sich, mein Gott, wir sind doch keine Kinder mehr. Heute geht es um andere Sachen! Wer brachte denn das Geld nach Hause? Von alleine kam das alles hier schließlich nicht! Das alles so positiv in seinem Beruf lief, ja sicher, da war auch ein wenig Glück dabei, aber er war und ist ja auch sehr strebsam, er konnte halbe Sachen noch nie leiden und so hat er sich so richtig mit Leib und Seele seinem Beruf geopfert. Geopfert? Nein, so konnte er das nicht stehen lassen! Spaß machte es, und schließlich hatten sie doch beide etwas davon! Als ob sie es nicht genoss, sich etwas leisten zu können. Sie musste nicht auf das Preisschild achten. Oder in guten Hotels zu übernachten, wenn sie einmal wegfuhren. Wegfuhren? Wann war das eigentlich das letzte Mal? Er drehte den Kopf etwas abrupt zur Seite und strich sich unwillig durch das Haar. Mein Gott, man konnte eben nicht alles haben! Es gab ja genug Beispiele „für das nicht auf das Preisschild zu achten!" Da konnte er doch wohl verlangen, dass sie das tat, von dem er eben meinte, es war richtig. Es war doch ihre Pflicht, alles zu tun um ihn zu unterstützen, damit er dann ein leichtes Spiel bei den Verhandlungen hatte, dass so ein Essen eben richtigen ablief. Schließlich redete er ihr ja auch nicht rein, was sie kochte!

Er zog seine Krawatte fest, schaute in den Spiegel und fuhr etwas erschrocken zusammen, war er das wirklich? Leichte Tränensäcke und seit wann waren diese Falten in seinem Gesicht? „Ich sah auch schon besser aus," knurrte er grimmig vor sich hin, ich sollte zu einer Kosmetik gehen, so ein Ärger, bekommt mir nicht: „Carola, darüber werden wir noch reden!"

Er ging in die Küche und stellte erstaunt fest, dass es keinen Kaffee gab! Was soll das denn wieder? War sie jetzt total übergeschnappt? Na gut, dann eben ohne Kaffee, er hatte ja genug Geister, die ihm gerne einen Kaffee kochten und manches mehr. Da kam ihm der Gedanke, dass er heute Nadine wieder einmal anrufen sollte. Erstens hatte sie sehr gute und viele Verbindungen, die ihm schon sehr zu guten Geschäftsabschlüsse gebracht hatten und dann so ein paar Stunden mit ihr, die waren echt entspannend, noch dazu, dass er keine Angst haben musste, dass es Forderungen geben würde und wenn man etwas geschickt war, dann gab es auch mit der Ehefrau keinen Stress. Sie selbst wollte keine feste Bindung, so ein verheirateter Mann der in festen Händen war, wie sie es sagte, so herrlich unkompliziert.

Er knallte die Haustür laut zu und setzte sich wütend in seinen schwarzen Sportwagen. Mit laut aufheulenden Motor fuhr er aus der Garage.

Zornig fuhr er viel zu schnell und dachte: „Pah, ich bekomme meinen Kaffee schon, dich brauche ich nicht dazu!"

Sein Tag verlief ohne große Anstrengung, der gestrige Abend verschwand unter Akten und Besprechungen, er erfreute sich an seinen jungen Mitarbeiterinnen, die ihn alle auffällig hofierten und er machte dieses Spiel gerne mit, ein Kompliment hier mit einem Lob dort, sie schmolzen wie Eis in der Sonne. So hatte er seine Mitarbeiterinnen hoch motiviert und er fand sich als perfekten Chef sehr gut. In Gedanken klopfte er sich auf die Schulter. „Ich mache das einfach gut und nebenbei liebe ich es, dass ich hofiert werde!"
Aber je länger der Tag sich dem Feierabend näherte, umso mehr bröckelte seine Gelassenheit, wie er sein Verhalten nannte. Er wusste auch nicht warum, ein blödes Gefühl nagte an ihm. Er war fast erleichtert, als es Zeit war in seinen Wagen zu steigen.
Er fuhr in die Garage und sein Blick fiel auf die leere Stelle neben seinem Platz.
Wieso war sie nicht da? Hatte sie angerufen? Man hätte es ihm doch gesagt! Sie sollte ihm bloß nicht noch mehr Ärger machen, er hatte sich gerade abgeregt! Er ging in das Haus, ihn schauderte es kurz, ihm war, als strömte ihm eine Kälte entgegen. Alles war ordentlich und sauber, Dolores war ja heute da. „Carola", rief er, aber keine Antwort. Er ging durch die Räume, im Wohnzimmer goss er sich einen Whisky ein und ging weiter. In ihrem Schlafzimmer hielt er an und schaute erst verständnislos, dann etwas fassungslos auf den offenen Kleiderschrank. Der ihn leer anstarrte! Im Bad fehlten ihre ganzen persönlichen Kosmetika. Nur an der Tür hing einsam ihr türkisfarbener Morgenmantel. Er setzte sich auf das Bett, um zu begreifen, was er da sah. Seine Frau war einfach abgehauen! Abgehauen, ja genau das hatte sie getan! „Die spinnt doch total! Was denkt sie sich dabei?" Schrie er laut in den Raum. „Ha, weit konnte sie nicht kommen, mit den paar Scheinen, die sie wahrscheinlich in der Tasche hat." Er stutzte kurz. „Halt, nein, dass würde sie nicht getan haben! Auf die Idee käme sie nie!

So weit denkt sie doch nicht!" Er sprang auf, lief zu seinen Laptop und gab seine Bankdaten ein. „Dieses Luder" brüllte er, „ich füttere sie durch und dieses Weib ging zur Bank und hob mal eben 20.000.-€ ab." Als Vermerk hatte sie auch noch die absolute Frechheit besessen und „Gehalt" geschrieben. Dass Auto hatte sie ja schließlich auch noch! „Na warte, dich kriege ich! Wozu habe ich meine Leute, die nehmen wie Bluthunde deine Spur auf." Er brauchte noch einen Whisky, aber er wurde nicht ruhiger, er kochte, aber nicht auf Sparflamme, er kochte über! Wie ein Löwe in seinem Käfig lief er ständig auf und ab. Zwischendurch wählte er ihre Handynummer, aber sie ging nicht dran.
Nach mehreren Whiskys machte der Alkohol dem Zorn ein Ende und er schlief ein.

„Oh Mann, was für ein Mist! Der letzte Whisky war wohl schlecht gewesen," ihm dröhnte der Schädel. Das morgendliche Licht blendete ihn, brummend stand er auf und schlich sich in das Bad und schluckte erst einmal zwei Aspirin und wankte in die Küche zur Kaffeemaschine. Blieb davor stehen und die Erkenntnis traf ihn, dass er nicht einmal wusste, wie das Ding Kaffee ausspuckte. Nach etlichem Drücken der Schalter, die alle im Chaos endeten, mal spuckte die Maschine Milch, mal kam nur Wasser, gab er es fluchend auf und ging in die Dusche. Nach einer Weile wirkten die Pillen und sein Gehirn begann wieder zu arbeiten.
Wen konnte er beauftragen, der Carola findet? Die Polizei? Ja, er könnte sie ja als vermisst melden! Schei…, das gab nur Gerede, womöglich kam das auch noch in der Zeitung. Das ginge auf keinen Fall! Das konnte er sich im Moment nicht leisten.
Auf dem Weg zu seinem Büro fiel ihm ein, dass er vor ein paar Jahren einen Detektiv hatte, als er über einen Kunden bestimmte Dinge wissen wollte. Das war zwar nicht die feinste ehrenhafteste Methode, aber es hatte ihm ein dickes Geschäft eingebracht. „Ich müsste die Nummer noch haben," überlegte er. Er stürmte in sein Büro und rief seinen Bürodamen knapp zu.
„Kaffee bitte und schnell, ich möchte dann nicht gestört werden."

„Jawohl Chef, Kaffee kommt sofort."
„Wo habe ich er nur die Adresse?" Er wühlte sich durch viele Adressen und fand es endlich. D*as Detektivbüro diskret und schnell Maier*. Nach mehrmaligem Läuten meldete sich eine müde Stimme.
„Maie*r"*
„Ich muss Sie unbedingt und vertraulich sprechen, wann geht das?"
„Sagen wir um 11 Uhr bei mir?"
„Ich komme, bellte er Maier in`s Ohr!"
Die Stunden zogen sich, seine Laune war auf dem Gefrierpunkt als er bei Maier das Büro betrat. Kaum war er in dem Raum, wollte er sich umdrehen und den Raum verlassen. Die Luft war zum Schneiden von vielem Zigarettenqualm. Auch durch den Dunst war deutlich zu sehen. Alles sah nach viel besseren Zeiten aus, die aber schon lange vorbei waren. Der Schreibtisch überladen mit Papieren, Zeitungen und Ordnern. Wozu lag der ganz Kram hier herum, überlegte er, nach Arbeit sah es hier nicht aus. Er zweifelte kurz, ob das der richtige Mann war, der seine Frau finden sollte? Aber nun war er schon einmal hier! In kurzen Sätzen erzählte er Maier, was er von ihm wollte.
„Gut, ich brauche erstens die Autonummer, ihre Handynummer, alle Adressen der Kontaktpersonen von ihrer Frau. Denken Sie nach, ob Ihre Frau irgendwelche Pläne oder Wünsche geäußert hatte und schauen Sie nach, ob irgendeine Notiz zu finden ist. Ich werde ihre Telefonate überprüfen, ob es da einen Hinweis gibt. Wenn Bankbewegungen sind, muss ich das auch wissen, denn dann haben wir ganz schnell ihre Spur. Mein Honorar kennen Sie ja, sollte ich verreisen müssen, kommt das obendrauf."
„Machen Sie, dass es schnell geht, ich will hier keinen Skandal. Im Moment kann ich Ausreden erfinden, aber nicht auf Wochen hin."
„Sie wissen, ich bin schnell und diskret!", kam es fast beleidigt von Herrn Maier.
„Sie können mich jeder Zeit auf dem Handy erreichen unter der gleichen Nummer, die Sie haben."

„Haben Sie Ihre Frau versucht zu erreichen?"
„Na klar, da habe ich schon zig mal angerufen. Sie meldet sich nicht."
„Dann versuche ich es mit meinem Handy!",und fing an in seinem Papierbergen zu kramen. „Da ist es ja" und wählte die Nummer, die Michael ihm hin hielt.
Aber der Teilnehmer war wieder nicht erreichbar.
„Ich habe da einen Kumpel, der kann schnell heraus bekommen, wo das Handy zuletzt angeschaltet war! Gibt es etwas, was mir helfen kann?"
Leicht genervt, Michael hatte das Gefühl hier zu ersticken.
„Nein habe ich nicht! Machen Sie das und melden Sie sich bei mir."
Als er aus dem Raum von Maier ging, musste er erst einmal tief einatmen, diese muffige Luft, das war doch nicht zum Aushalten!
Aber der Mann war nicht schlecht! Auch wenn man ihm das nicht ansah.
Später saß er in seinem Büro in dem bequemen Sessel und schaute sich um, alles schön ordentlich, sehr gepflegt, nicht wie bei Maier.
„Wo mag sie bloß hingefahren sein? Ich werde jetzt erst einmal bei ihrem Bruder anrufen, was sicher nichts bringt, denn seit Jahren bestand kein Kontakt mehr zwischen ihnen. Früher, da sollten sie sich sehr gut verstanden haben, aber dann gab es aus nichtigen Gründen einen Krach, der nie mehr zu kitten war.
Na, ja, das kenne ich ja auch! Was war mit seinen Geschwistern? Sein Bruder, der kein Geld zusammen halten konnte und es mit vollen Händen ausgab für seine ständigen neuen Ideen und Umbauten, allen auf den Nerv ging, wenn er jammerte, er sei so arm wie eine Kirchenmaus und alle anderen waren daran schuld.
Ich werde trotzdem bei allen anrufen und dann ihre ganzen Freundinnen. Sicher hat sie sich zu einer verzogen, um sich mal so richtig auszuheulen." Eine halbe Stunde später musste er feststellen, Carola war bei niemandem! Jetzt sollte er ihren Bruder anrufen. Nein, dass würde er nicht tun, denn da war sie ganz bestimmt nicht! So gut kannte er sie! Soll sie bleiben wo der

Pfeffer wächst! Aber wenn sie wieder auftaucht, dann werde ich ihr die Meinung sagen, dann kein Wort mehr darüber verlieren. Schoß es ihm durch den Kopf. Verdammt, sie waren doch schon so lange ein Paar, das kann doch nicht einfach alles vorbei sein? Diese Überlegung traf ihn doch hart, er hatte so fest damit gerechnet, dass sie nach einer kurzen Auszeit wieder hier wäre und es wäre doch alles wieder gut gewesen! Einen Moment lang war er ratlos und ein Hauch Panik überrollte ihn. Nervös ging er auf und ab, blieb stehen, rückte eine Schale etwas vor, um sie beim Zurückgehen wieder an ihren alten Platz zu stellen.

„Ich komme auch ohne sie gut zurecht! Mir wird schon eine Erklärung einfallen, warum ich sie nicht suche! Zum Kuckuck! Soll sie doch bleiben, wo sie sich verkrochen hat und ihre Wunden lecken kann. Als Beweis, dass dieses Kapitel erst einmal abgeschlossen war, rief er Nadine an und säuselte ihr etwas übertrieben ins Ohr, dass er vor Sehnsucht schon nicht mehr schlafen konnte!

Nadine lachte laut los und meinte ironisch, „hat dich deine Frau etwa auf Eis gelegt, oder hat sie etwa gewagt, dir ihre Meinung zu sagen? So ein „Säuseln" passt doch gar nicht zu dir! Aber," meinte sie, „heute Abend habe ich Zeit, wir können uns um 20 Uhr bei Giovanni treffen. Dann schauen wir mal…" und die Verbindung wurde unterbrochen.

„Na also!" Er verschränkte voller Selbstbewusstsein die Arme hinter seinem Kopf. „Ich hocke doch nicht alleine in dem Haus herum und heule dir hinterher, das hast du jetzt davon, der Abend ist gerettet!"

Das Telefon ging, seine Sekretärin sagte ihm, „Herr Friedrich ist nun da". Ein Blick auf seinen Schreibtisch und Terminkalender zeigten ihm, dass er noch einiges zu tun hatte.

Freudig auf die Erwartung auf den heutigen Abend, betrat Michael seinen Lieblingsitaliener Giovanni, wo er gleich zu seinem Tisch gebracht wurde. Nadine war natürlich noch nicht da, das war schon immer so, so lange er sie kannte! Er zog einen Moment unwillig die Stirn in Falten, er mochte diese Unpünktlichkeit so gar nicht. Er bestellte sich einen Grappa um seine Nerven zu beruhigen, es schlich sich schon wieder dieser Unmut ein. Das konnte er heute Abend nicht gebrauchen. Er wollte einfach nur Spaß!

Eine große schlanke Frau schwebte förmlich durch die Tür. Nadine rauschte herein! In einem maßgeschneidertem engen Kostüm, sehr sexy und doch seriös. Lange gelockte blonde Haare schwangen bei jedem Schritt und selbstbewusst sehr wohl wissend, dass die Herren verstohlen oder begehrlich nach ihr schauten. Bevor sie den Tisch erreichte traf ihn ihr Duft *„rive gauche"*, sie nahm nur diesen Duft. Schon regte sich bei ihm eine leise Begierde, er mochte ihn, besonders ohne Kleidung an ihr. Er erhob sich mit einem gewissen Stolz, machte einen Knopf an seinem Jackett zu, denn er fühlte förmlich die neidischen Blicke, was er sehr genoss.

„Hallo meine Schöne, du siehst wie immer wunderbar aus!"

„Danke dir", sie neigte sich zu ihm und küsste ihn leicht auf die Stirn. Sie setzten sich, sie musterte mit schnellem Blick die Geste. Es schmeichelte ihn und seine Gedanken wanderten sogleich mit einer Vorfreude zu ihrer Haut. Sie musterte ihn und meinte. „Sag mal mein Lieber, sei mir nicht böse, aber du siehst angespannt aus, hast du Ärger? Deine Falten, sie stehen dir überhaupt nicht! Was ist los"? Sie schaute ihn skeptisch an, schon setzte Michael an etwas zu sagen, da fragte sie schon, ob er schon wusste, was sie essen wollten. Michael klappte seinen Mund wieder zu und vertiefte sich resigniert in die Speisekarte. Ihm war klar, von Problemen, außer wenn es um Geschäftliches ging, wollte sie sowieso nicht hören.

„Möchtest du erst einmal ein Glas Champagner?"

„Gerne" kam es hinter der Menükarte von ihr.

Michael winkte dem Kellner und bestellte eine Flasche und wendete sich wieder Nadine zu.

Sie lächelte und fing an zu erzählen, dem neuesten Tratsch vom Golfklub, von Geschäftsessen, die furchtbar langweilig waren. Der Abend verlief so wie es sich Michael wünschte, er brauchte nicht viel zu tun, Nadine erzählte gerne und sehr amüsant über

Menschen und Begebenheiten. Beim Dessert fragte er so ganz nebenbei, ob sie denn noch ein wenig mehr Zeit hätte?

„Oh, du meinst, dieser Nachtisch kann noch etwas erweitert werden? Ja, ich denke, darauf hätte ich heute Lust!"

Wie immer bei solchen Abenden fuhren sie zu Nadine, die eine hübsche Wohnung hatte und es dauerte nicht sehr lange, bis sie mit je einem Glas Wein in ihr Schlafzimmer verschwanden.

Nadine liebte es, dass sie die Dominierende war und Michael dirigieren konnte. Sie kannte ihn ja auch gut genug und es machte ihr deshalb doppelten Spaß, ihm zu sagen und zu zeigen, wo es lang ging! Michael gab sich mit einer Leidenschaft diesem Spiel hin, war wie besessen vor Begierde. Seine aufgestaute Wut wollte sich auf diese Art ihren Weg bahnen. Einem Kampf gleich stöhnten sie beide auf, um gleich darauf wieder den Kampf der Leidenschaft auszufechten. Als er endlich einem leichten Seufzer der Erleichterung erschöpft in das Kissen sank.

Michael überlegte schläfrig, dass er doch einfach hier schlafen könnte, kuschelte sich an Nadine und murmelte leise, „lass mich heute Nacht hier bei dir bleiben." Ein leises Lachen holte ihn in die Wirklichkeit zurück, denn das gehörte nicht zu den Spielregeln und Nadine wollte das auch gar nicht erst einreißen lassen.

„Hör zu, es ist schon sehr spät, mein Flieger geht morgen früh um 9 Uhr nach Zürich, also sei so lieb und mach dich jetzt nach Hause." Sie kraulte ihn ein wenig im Haar, „wir wollen uns doch keinen Ärger einhandeln?"

Michael wollte schon ansetzen, dass niemand da war, der auf ihn wartete, aber er schwieg, denn das wollte Nadine doch nicht hören, das gehörte in seine Welt, das interessiertere sie nicht. Mit einem leisen „ist schon okay," stieg er aus dem Bett, zog sich an und gab Nadine einen Kuss auf die Stirn. Sie tat so, als ob sie schon schlief, resigniert ging er aus der Wohnung, es war keine Leidenschaft mehr in ihm, zum ersten Mal machte sich bei ihm ein Gefühl breit, dass sich wie ein schlechtes Gewissen anfühlte. Nachdenklich stieg er in sein Auto und fuhr nach Hause. „Mist", dachte er, was war los mit ihm? „So fühlte ich mich schon ewig nicht mehr!"

Nach Tagen kam endlich ein Anruf von Maier.

„Also, ich habe da so Beziehungen bei der Polizei und da habe ich eine tolle Nachricht für Sie. Ihre Frau war Richtung Süden unterwegs, dort konnte das Handy geortet werden und sie hat bei Bozen in einer Autowerkstatt ihr Auto verkauft!

„Was hat sie? Ihr Auto verkauft! Sind Sie sich da sicher?" Er schrie es so laut, dass Herr Maier erschrocken das Smartphone vom Ohr nahm.

„Ja, wie gesagt, habe ich ein paar Freunde und einer konnte auf Suche gehen. Eine Nachfrage bei der Behörde bestätigte das."

„Und was weiter? Das hilft mir ja noch nicht viel! Sie wird ja nicht zu Fuß weiter gelaufen sein!"

„Ja, das wäre die schlechte Nachricht, mehr gibt es nicht! Ob sie einen anderen Wagen hat? Ich nehme es an, aber da war nichts heraus zu bekommen. Der Händler sagte nur, dass sie meinte, den Wagen brauche sie nicht mehr. Leider ist es so, die Spur verliert sich dort. Keiner hat etwas gesehen oder bemerkt. Sie war auch in einem Hotel, aber sie war nach einer Nacht fort."

„Aber", konnte er nur mit mühsam beherrschter Stimme sagen, „sie musste doch einen Wohnort angeben, wegen der Versicherung und Steuer, wenn sie sich einen neuen Wagen kaufte."

„Da schauen Sie mal auf ihre Abrechnungen, da ist sicher die Abmeldung abgebucht, was aber nicht von Bedeutung ist, denn ihre Spur ist kalt."

Nervös trommelten seine Finger auf dem Schreibtisch und er bellte wüten in sein Smartphone. „Bleiben Sie am Ball, versuchen Sie alle Tankstellen nach Videos abzufragen, sie muss ja irgendwo sein! Klappern Sie die Polizei in Italien ab, vielleicht gibt es da einen Hinweis."

„Das wird aber recht teuer werden!"

„Dann ist es denn so und jetzt los!" Michael merkte, dass er schwitzte er sich ständig an den Hemdkragen fasste, um ihn zu lockern und sein Zorn wieder seinen Siedepunkt erreichte. Was ihn aber am meisten ärgerte, er hatte keine Macht, er musste sich auf andere verlassen, die Dinge liefen ohne sein Zutun.

Carola

Sie blinzelte, wollte mit der Hand das Störende, auf ihrem Gesicht wegwischen. „Wo bin ich?", dachte sie einen Moment lang, denn sie wusste erst einmal überhaupt nicht wo sie sich befand. Schaute zum Fenster, durch das der Sonnenstrahl sie erreichte und sanft küsste. Sie lag nachdenklich da, denn sofort meldeten sich Gedanken, jagten ihr durch den Kopf, immer die gleichen, „war das richtig, was konnte sie tun? Sollte sie wieder zurück fahren, sich der Situation stellen und sich offiziell von Michael trennen?" Das wäre fair, aber sie gestand sich ein, was für Erniedrigungen würde das geben? Er wäre bestimmt nicht für eine friedliche und gerechte Trennung. Dazu wäre sein Ego viel zu sehr angegriffen. Sie schob die Gedanken beiseite.

„Ich will jetzt nicht darüber nachdenken! Ich habe gut geschlafen und bin auf den neuen Tag gespannt." Mit einem Ruck war sie aus dem Bett. Ihre ersten Schritte führten auf den Balkon, wo sich vor ihren Augen das Meer frisch dem morgendlichen Übermut mit dem Spiel der Wellen und seinen Farben des noch jungen Tages hingab. Die Möwen machten sich auf die Suche nach ihre Art an das morgendliche Frühstück zu kommen. Sie stürzten sich mit Geschrei in die Wellen und mit etwas Glück flogen sie mit einem Fisch wieder in den Himmel. Sie breitete die Arme aus und sagte leise, „ich bin wirklich hier, ich bin alleine, ich bin Ich, niemand bevormundet mich mehr, ich bestimme wie und wo mein Leben stattfindet!"

Als sie aus dem Bad kam, in die Küche ging, nur um festzustellen, dass es dort nichts gab. „Woher auch", lachte sie. Sie machte sich auf dem Weg, um Brot, Butter und auf was sie gerade Lust hatte, einzukaufen. Gut gelaunt ging sie aus dem Haus und stand erst einmal ratlos da, wohin gehen? Rechts, links, wo gab es ein Geschäft?

„Dann gehe ich mal auf Suche, so ist das eben, wenn ein neues Leben beginnt!" Strahlend wie der frische Tag ging sie mit Schwung und einem Lächeln die schmale Gassen hinunter zur Via

Vittorio Emanuele, es roch nach frischer Wäsche, die hoch über ihrem Kopf rechts und links von den Balkonen hing. Heute schien Waschtag zu sein. Sie war immer bedacht, auch wieder zu ihrem Haus zurück zu finden. Als sie an einem Café vorbei kam, setzte sie sich freudig an einen Tisch und bestellte sich einen Espresso mit einen kleinen Kuchen.

„Fast wie eine echte Italienerin," grinste sie und genoss diese morgendliche Geschäftigkeit der Italiener, das Rascheln der Zeitungen, das Zischen der Kaffeemaschine mit seinem Duft nach Café mit all seinen Geräuschen, den temperamentvollen Stimmen und diese so besondere Stimmung, die ihr noch fremd war, denn im Moment gehörte Cefalu nur den Sizilianern. Die Touristen, aalten sich in ihren Betten oder frühstückten gerade. Sie lauschte noch einen Moment den Geräuschen vom Klappern der Tassen, den Worten, die hin und her flogen, alles hatte den Eindruck von Eile, aber das täuschte, sie nahmen sich die Zeit für eine Tasse Espresso, für einen Blick in die Zeitung oder um sich schnell mit dem Nachbarn eifrig zu unterhalten. Sie überlegte, was sie alles einkaufen wollte. Da sie ja nun einen Kaffee hatte, konnte sie auch in einen Supermarkt fahren. Sie stand auf und machte sich auf die Suche nach dem Parkhaus, wo Bernando das Auto abgestellt hatte. Straße rein, Straße raus, wieder eine Einbahnstraße. Nach einigem Herumirren kam sie auf eine recht großen Straße, der Via Roma, musste rechts abbiegen und dann wieder links und da sah sie endlich einen Supermarkt! Sogar mit Parkplatz! Sie überlegte, was sie so für mehrere Tage brauchte, denn das mit dem Auto war doch zumindest für heute nicht so einfach, sie musste diesen Ort einfach nach Einkaufsmöglichkeiten zu Fuß erobern und sicher würde sie sich bald besser auskennen. Beladen mit volle Tüten füllte sie das Auto und überlegte, wie sie das in ihre Wohnung bekam? „Pah" dachte sie, „einfach in die Gasse rein, ausladen und wegfahren? Ich riskiere es einfach, wir sind in Italien!" In den Gassen merkte sie sich das eine und andere und parkte ihr Auto vor dem Haus. „Siehst du, so schlimm war das gar nicht, da kam sogar noch ein Auto durch". Oh, lachte sie in sich hinein, das war schon echt italienisch mit dem Parken. Ihr „Hinterteil" schaute auch auf die Straße, wie die anderen Autos auch. Keiner hupte, keiner rammte sie, es wurde auch nicht wild geschimpft. Es war so wie es war!

Als sie ihre Einkäufe in ihrer Wohnung hatte, fuhr sie ihr Auto wieder in das Parkhaus und bummelte gelassen und zufrieden nach Hause. Nach dem Einräumen setzte sie sich kurz auf den sonnigen Balkon und schon waren sie wieder da, diese Gedanken, die sie zu überfallen drohten. „Ich weiß ja, das ich Mist gemacht habe, aber ich will im Moment nicht daran denken, später werde ich mir überlegen, was und wie ich es tue. Lasst mich doch in Ruhe, ihr entwickelt euch zu Monster. Eine Weile wenigstens!" Sie schrak zusammen als sie die Türklingel hörte. Marina stand lächelnd mit einer Kanne köstlich duftendem Kaffee vor ihr. Neugierig schaute sie sich um und an den Gesten konnte Carola erkennen, das Marina anerkennend ihr zunickte. Hier sah es schon nach ihr aus. Sie quetschten sich auf den Balkon und waren sich auch ohne viel Worte nahe. Als sie wieder alleine war, schlichen sich die Monster wieder ein, aber sie kämpfte dagegen an. Würde das nun immer so sein? Ihre Vergangenheit ließ sich nicht wegsperren, dass war ihr schon klar. Sie musste sich dem stellen. Irgendwann….! Verzweifelt wollte sie diese belastenden Gedanken einsperren und sie mit einem Sicherheitsschloss fest verschließen. Sie wollte bestimmen, wann es zu öffnen sei! Sie bemerkte die Tränen nicht, die ihr dabei in kleinen Bächen die Wangen herunter liefen.

Als es wieder klingelte, ging sie ängstlich zur Tür. Sie war noch so von ihren Gedanken gefangen, dass sie glaubte, Michael habe sie gefunden und würde hier vor der Tür stehen. Mit erstauntem, leicht erschrockenem Blick sah sie, dass Bernando vor der Tür stand. Er schaute sie etwas irritiert an, aber sie hatte sich schon wieder im Griff und meinte übertrieben locker, sie habe ganz die Zeit vergessen. Er blickte sich überrascht um, wie sie mit wenigen Kleinigkeiten sich schon wohnlich eingerichtet hatte. Nur diese Tränenspuren sie machten ihn nachdenklich. Was trug sie auf ihren Schultern? Er schaute sie lächelnd an, meinte fröhlich zu ihr, sie ist schon sehr neugierig auf dich.

Sie schaute ihn etwas nervös an.

„Ich habe etwas Angst, dass ich nicht schnell genug eure Sprache lerne, denn ich möchte so schnell es geht, nicht mehr als Touristin gelten.

Bernando lachte und meinte: „Du und Angst? Ich glaube auch nicht mehr an den Weihnachtsmann!"

Plaudernd ging es durch die Gassen und Bernando erklärte ihr auf dem Weg ein paar Sehenswürdigkeiten. So auch, als sie zum Plaza Duomo kamen, wo eine breite Treppe bis zur Kathedrale hinauf führte. Beim Hinaufgehen erzählte er ihr die Geschichte der Kirche. Dass der Normannenherrscher Roger II. 1131 gleich kurz nach seiner Krönung diese imposante Kathedrale für die neu gegründete Diözese errichten ließ. Ein glanzvolles Beispiel der normannischen Baukunst."

Auf dem Platz saßen schon zahlreiche Gäste lebhaft plaudernd in den kleinen Cafés. „Komm, lass und dort Platz nehmen", und winkte einer jungen Frau zu. Eine junge Frau an einem Tisch, mit langen schwarzen Haaren, die leicht gewellt locker über die Schulter fielen, schaute ihnen mit ihren fast schwarzen Augen neugierig und lächelnd entgegen.

„Hallo Corinna, schön das du schon hier bist. Darf ich dir Carola vorstellen, die gern unsere Sprache lernen möchte und ich denke, du könntest das am besten, wir telefonierten ja darüber." „*Boun giorno*, Carola, ich freue mich, dass ich dir helfen kann und ja, dann fangen wir gleich einmal an! Wir bestellen uns jetzt drei Cafés und du machst das bitte! Es heißt: „Per favore, *tredi tre caffeè con crema tre grappa*."

Bernando machte ein etwas erstauntes amüsiertes Gesicht zu Corinna, die ihn angrinste und mit den Schultern zuckte. Carola lächelte Corinna fröhlich an, sie war so lustig, so unbeschwert, alles schien so einfach zu sein. Meinte freudig zu sich selber. „Ich glaube, dass werden netten Stunden bei ihr werden!"

Der Kellner kam und Carola bemühte sich, den Satz richtig zu sagen und als der Kellner keine Mine verzog nickte Corinna und meinte, „es geht doch," da mussten alle lachen. Corinna bemühte sich alles auf deutsch zu sagen, aber da sie eine waschechte Sizilianerin war, sprudelten ihre Worte wie ein munteres Bächlein und es wurde eine sehr lebhafte Unterhaltung.

Als der Café kam und Carola einen Schluck nahm, stutzte sie und warf den beiden einen fragenden Blick zu.

„Was habe ich denn da bestellt?"

Lachend kam es von Bernando und Corinna, „mit einen Grappa im Kaffee geht die Sprache viel leichter." Ein lebhaftes Treiben mit einem Kommen und Gehen, Carola schaute sich das Treiben an und ihr Blick blieb bei einem Mann hängen. Sie konnte ihn nicht von vorne sehen, aber diese Haltung, die Größe, die Art, wie sich dieser Mann bewegte, es kann doch nicht sein, ist das Michael? Alles an ihr wurde steif und zur Salzsäule erstarrt saß sie bewegungslos auf ihrem Stuhl, ihr war, als ob der Boden sich unter ihr auftat. Bernando und Lucia sahen diese Veränderung und blickten sie ratlos an. Vorsichtig beugte sich er sich etwas zu Carola und fragte sie: „Was hast du? Siehst du Gespenster?" Sie schluckte, wollte etwas sagen, die Worte sie wollten einfach nicht heraus. So schüttelte sie nur den Kopf, aber immer noch schaute sie gebannt auf diesen Mann. Das musste er sein! Selbst die Bewegungen, es waren seine! Wenn er sich doch bloß umdrehen würde! Nein, besser nicht, denn dann würde er sie ja sehen! Was sollte sie bloß machen? Sie wendete sich den beiden zu, stammelte etwas von „ich habe etwas vergessen, ich muss schnell weg" und war dabei aufzustehen. Bernando folgte ihrem gehetztem Blick und blieb bei diesem Mann hängen. Was hatte dieser Mann mit ihr zu tun? Tollpatschig schob sie den Stuhl zurück, der ins Schwanken geriet und mit leichtem Getöse umfiel. Neugierige Blicke wendeten sich ihr zu und auch dieser Mann drehte sich um. Sie starrte ihn an und mit einem Seufzer hob sie den Stuhl auf, setzte sich erleichtert hin und meinte mit froher Miene, „es hat sich erledigt!" Beide schauen sie verblüfft an, aber sie fühlte sich nur mächtig erleichtert. Dieser Mann, es war nicht Michael! Corinna und Bernando wechselten irritiert kurz einen Blick miteinander und plauderten dann, als sei nichts geschehen. Carolas Herz beruhigte sich und mit einem, um Entschuldigung bittenden Lächeln war sie wieder in der Lage sich an der Unterhaltung zu beteiligen. Corinna und sie verstanden sich sofort und sie machten aus, dass sie jeden Morgen von 9 bis 10 Uhr lernen wollten.

„Wie mache ich das mit dem Bezahlen? Wir müssen doch auch über den Preis reden, schließlich gibst du mir private Stunden!"

„Ach ich warte erst einmal wie du dich machst, dann werden wir uns einig werden!

Keine Sorge, ich kenne ihn schon lange und da du zu ihm gehörst, gibt es einen Sonderpreis."

Sie erzählten noch eine Weile und Bernando meinte dann, „da jetzt schon der halbe Vormittag vorbei ist, ich habe mir sowieso frei genommen, da könnten wir auch eine Runde zum Schwimmen an das Meer."

„Oh ja, dass ist eine ganz tolle Idee, ich hole nur noch meine Badesachen." Sie wandte sich an Corinna.

„Kommst du auch mit?"

„Leider nein, ich muss in die Bank, wir sehen uns dann morgen um 9 Uhr bei dir. Und dann wirst du perfekt unsere Sprache lernen." Sie winkte den beiden beim Weggehen noch lächelnd zu und war schnell unter den Menschen verschwunden.

„Wo wollen wir denn baden, hier an dem großem Strand?"

„Nein, der ist mir zu voll, wir fahren nach Mazzaforno. Das ist gerade vor Cefalu, da gibt es eine kleine Bucht, die ist zwar auch nicht leer, aber viel gemütlicher.

„Komm gehen wir schnell zu dir, damit du deine Badesachen einpacken kannst, ich hole meinen Wagen und hole dich ab." Mit einem verschmitzten Grinsen, „ich habe meine Sachen schon im Wagen."

Beim Packen ihrer Badesachen schaute sie sich ihren Badeanzug an, seufzte etwas ergeben und murmelte leise, „na ja, da gibt es bessere und auch schickere, aber für heute musste das halt gehen. Sie lachte laut auf und dachte amüsiert. „Carola was für Gedanken du da hast. Ich gehe ja nicht mit meinem Liebhaber schwimmen, wo ich natürlich besonders schön und sexy aussehen möchte.

Unter anderen Umständen könnte er mir schon gefallen, aber so? Er wird genug Mädels haben!"

Bernando wartete in seinem Cabrio, sah Carola mit einem beschwingten Schritt auf ihn zu kommen. Eine große Basttasche hing lässig an ihrem Arm. Sie schwiegen und der Wind raufte mit ihren Haaren, immer wieder versuchte sie, sie zu bändigen. Sie fing an in ihrer Tasche zu kramen, fand einen knallrotes Gummiband und mit einer resoluten Bewegung griff sie mit beiden Händen in ihr Haar, bändigte es und schlang das rote Gummiband um ihren Pferdeschwanz. Er schaute mit einem Seitenblick diesem Spiel zu. Wie resolut sie war, es sieht ganz danach aus, dass sie anpacken konnte, sie würde ihren Weg gehen. Ein Gefühl was ihn bisher fremd war, machte sich ihn ihm breit, diese einfache Geste, es berührte ihn, wie sie in ihr Haar fasste und er hatte den Drang, dieses Haar zu streicheln, die einzelnen Strähnen in die Hand zu nehmen. Sie drehte sich zu ihm und lächelte ihn an.
„So, jetzt sind sie gebändigt, diese vom Wind zerzausten Haare."
Faul lagen sie in der warmen Sonne in dieser kleinen Bucht, Bernando erzählte viel über den Ort, mit seinen Menschen. Carola war verzaubert, hörte gespannt zu, ließ den warmen Sand durch ihre Finger rieseln und die Wellen spielten sanft mit den Zehen, die ins Wasser ragten. Der sanfte warme Wind strich ihr zart über das Gesicht, als wolle er sie liebkosen. Als sie ihn fragte.
„Sag mal, was machst du eigentlich beruflich?"
„Ich leite eine Firma, die mit sizilianischen Produkten handelt, vor allem mit Olivenöl und Wein." Sie stand auf, zog ihn dann hoch und rannte in das Wasser. Etwas weiter draußen waren die Wellen stärker und sie stürzte sich mit Begeisterung hinein. Sie konnte nicht genug von dem Spiel mit den Wellen haben. Nach gut einer halben Stunde nahm er ihre Hand und zog sie zurück zum Strand.
„Gönne uns bitte mal eine Pause!" Grübelnd lag sie im Sand und meinte, „sag mal, meinst du, ich kann bei Pedro mal fragen, ob er vielleicht stundenweise eine Hilfe gebrauchen könnte? Ihn kenne ich schon und finde ihn echt nett. Ich möchte doch so schnell wie

möglich etwas tun, sonst wird mein Geld schnell verschwunden sein und irgendwie gefällt er mir."

„Natürlich kannst du das, gejammert hatte er oft genug, aber es war ihm ja nie jemand recht! Ich habe ja gesagt, dass ich mich auch umhöre."

„Na, du machst mir Mut! Da soll er ausgerechnet mich, die nicht mal die Sprache kann, mögen?"

„Dich mag er doch schon jetzt, da mach dir mal keine Sorgen! Wenn du meinst, dass es etwas für dich ist!"

„Für den Anfang denke ich schon, später kann ich ja in Ruhe auf Suche gehen. Ich werde ihn heute noch fragen" Er beugte sich leicht vor, er ertappte sich, dass er er dabei war, ihr einen Kuss zu geben.

Schnell zog er seinen Kopf zurück und meinte:

„Na gut, wenn du nasse Katze es so willst, dann machen wir uns auf den Heimweg!"

Im Auto machte sich Carola so ihre Gedanken, was er von ihr erwartete. So ganz uneigennützig wird er ja wohl kaum sein aber sie konnte und wollte auch nicht mehr geben.

Vor ihrer Tür schaute er sie an, als wartete er auf etwas und Carola wusste nicht was und wie sie es sagen soll.

Stumm schauten sie sich an und sie nahm allen Mut zusammen.

„Es tut mir leid, wenn du von mir jetzt etwas erwartest, aber ich kann und möchte im Moment nichts, ich denke, dass ich auch nicht in der Lage bin, etwas zu geben. Ich mag dich, aber mehr ist nicht drin! Es tut mir leid, wenn du da Hoffnungen hattest!"

Bernando schaute sie ernst an und meinte:

„Hör zu, ich hatte das schon gleich gemerkt, dass du eine Menge schweres Gepäck mit dir herum trägst. Wenn ich ab und zu in deiner Nähe sein kann, ist das okay? Ich sagte dir ja schon, ich kann gut zuhören!"

„Danke, dass ist lieb von dir und natürlich freue ich mich, wenn wir ab und zu etwas gemeinsam machen. Lassen wir die Zeit entscheiden!" Er streichelte ihr kurz über die Wange und merkte, wie sie zusammen zuckte.

„Also, dann lebe dich erst einmal ein, meine Nummer hast du, ich melde mich ganz bestimmt bei dir." Er drückte ihr schnell einen Kuss auf die Stirn und fuhr winkend davon.

Carola schloss seufzend ihre Tür auf und sofort schlug ihr die Einsamkeit entgegen. „Ich muss da durch," sagte sie sich „und es ist richtig, dass ich ihn gleich in die Schranken wies, sonst bin ich gleich wieder in etwas verstrickt, was ich im Moment noch gar nicht will. Ich will frei sein, wie ein Vogel!"

Sie schaute auf die Uhr, 18 Uhr, sie wollte nicht alleine sein und in dunkle Gedanken versinken. Sie schloss ihre Tür zu und machte sich auf den Weg zu Pedro, um ihn zu fragen, ob er Hilfe benötigt. Hier war es ihr im Moment doch zu still. Der Tag heute, er war so schön gewesen in dieser kleinen Bucht. Es gab zwar eine Ferienanlage dort, aber die Häuser waren so versteckt, nur das Strand Restaurant deutete darauf hin, dass es eigene Gäste gab.

Sie ging durch die Gassen, vorbei an der Piazza Garibaldi wo der alte Palast „Osterio Magno" kühl und abweisend stand, manches war ihr schon vertraut. Am Strand bummelte sie bewusst langsam in Richtung Pedros Strandbar. Einsam wurde es jetzt, die meisten Badegäste waren verschwunden, nur ein paar Einheimische und junge Pärchen saßen auf der Strandmauer um sich bei der untergehenden Sonne eng umschlungen ewige Treue zu schwören und sich der Verliebtheit hinzugeben. Dunkle Wolken zogen in der Ferne auf, was auf ein Gewitter hindeutete, auch das Meer wirkte dunkel und bedrohlich. Die weißen Kämme bissen sich kurz am Strandufer fest, um sich nach einem Aufbäumen wieder in das Meer zurückzuziehen. Nur, um gewaltiger ihre Kraft zu zeigen. Dafür konnte die Sonne ihre Strahlen hinter den Wolken wie ein leuchtender Stern ausbreiten.

Pedro sah sie schon von weitem wie sie am Strand entlang kam und rief erfreut: „Ciao Carola, schön das du mich besuchen kommst. Ich habe zwar hier noch alle Hände voll zu tun, es ist einfach zu viel für mich alleine, was soll ich tun?", meinte er mit einem leichten Stöhnen. Sie schaute sich um und tatsächlich waren alle Tische besetzt. Man traf sich wohl noch auf ein Glas Wein

oder Bier. Sie holte Luft, sah ihn an und fragte ihn einfach, „Pedro, ich könnte dir helfen!"
„Du, du würdest in echt Bier ausgeben, Würstchen, Wein, Wasser u.s.w.?", konnte er nur stotternd fragen und strich sich dabei über seine Schürze. Ja wenn du wirklich mir helfen willst!" Er machte eine sehr theatralische Bewegung, warf die Arme zum Himmel.
„Oh Grazie, dich schickt der Himmel!" Ich wusste es doch, heute ist mein Glückstag!" Sie bewegte sich Richtung Theke und sagte:
„Also, dann fange ich doch gleich an!" Und dachte, mein Gott, das ging ja besser, als sie zu träumen wagte und sie war sich sicher, dass es gut mit ihnen klappen würde.
„Ich hätte da auch so ein paar Ideen!", murmelte sie. „Stopp Carola, nun mal langsam mit den jungen Pferden, jetzt geht gleich das ganze Gespann mit dir durch!"
Es wurde ein langer Abend, die Gäste genossen den noch schönen Abend, obwohl schon ein recht starker Wind aufgekommen war. Sie lachten, denn bei der guten Laune, die Pedro an den Abend legte, das steckte einfach an!
Um 22 Uhr trocknete sie das letzte Glas ab und Pedro kam mit zwei Gläser Sekt reichte es ihr um zu sagen:
„Willkommen an Bord und dann mal Prost hier am Strand, das wird schon gehen mit uns!"
„Danke dir, dass du mich nimmst, so einfach hatte ich mir das gar nicht vorgestellt!" Er schaute sie ernst an.
„Weißt du, als ich dich sah und du hattest den Laden doch hier schon geschmissen, da wusste ich es, die nehme ich, wenn sie will!" Sie konnte sich nicht zurück halten es sprudelte wie aus einem Springbrunnen aus ihr heraus.
„Wenn ich noch etwas sagen darf, ich hätte da auch ein paar Ideen, wie und was wir noch machen könnten." Pedro hob seine Hände und lachte laut los.
„Also, nun mal eines nach dem anderen! Wir schlürfen jetzt unseren Sekt aus und dann geht es ab ins Bett, morgen ist schließlich auch noch ein Tag! Außerdem gefällt mir das Wetter nicht, es wird bald regnen. *Buona notte* Carola bis morgen …."

sie war so aufgedreht, sie hätte die ganze Nacht durch machen können. Die ersten Blitze zuckten durch die Nacht, sie lag in ihrem Bett und hörte wie das Meer aufgewühlt und zornig heulte und die Wellen laut gegen die Küstenmauer donnerten. Die Gardinen bauschten sich auf als würden Geister mit ihnen spielen. Blitze erhellten die Nacht, laute Donnerschläge folgten und der Wind peitschte über die Dächer und durch die Gassen. So wie ihre Gefühle waren, so tobte das Wetter, dachte sie und kuschelte sich in ihre Decke. Langsam ließ das Grollen nach, nur die Wellen brüllten noch wütend durch die Nacht. Ihr fielen die Augen zu und sie träumte, vom Meer, von Michael, Pedro, und Bernando, alle schwirrten um sie herum zogen und zerrten an ihr.

Der Morgen lachte ihr in das Gesicht und weg war der Traum und die Ängste. Die Luft war klar, kein Wind jagte durch die Gassen. Selbst das Meer ruhte sanft und erschöpft mit kleinen trägen Wellen. Jetzt begann ihr wirkliches Leben, dachte sie und sprang aus dem Bett. Schnell machte sie sich Kaffee. Oh je, 8.30 Uhr! Um 9 Uhr kam Corinna! Ein verlockender zarter Kaffeeduft reizte ihre Nase und sie schlüpfte in ein leichtes Kleid mit kleinen bunten Blumen und Trägern. Sie setzten sich an den Tisch und genoss ihr Frühstück. Punkt neun Uhr klingelte es und Corinna stand vor der Tür. „Mm, hier riecht es nach Kaffee, da komme ich ja gerade richtig!" Sie setzte sich an den Tisch und holte eine Buch hervor. Carola kam mit Kaffee und meinte:

„Na, dann legen wir gleich los!"

Nach einer Stunde rauchte ihr der Kopf, aber es machte so richtig Spaß und Corinna hatte eine Begabung, die Sprache sehr lebendig zu vermitteln.

„Also dann *arrivederci* bis morgen und lerne fleißig!"

„Mach ich! Es macht richtig Laune, so die Sprache zu lernen, ich kann es kaum bis Morgen erwarten!" Und umarmte Corinna.

Die Tage vergingen, es stellte sich Normalität ein und ab und zu schaute Bernando kurz vorbei, aber er lud sie nicht ein, schaute sie prüfend an, plauderte ein wenig und verschwand wieder. Komisch überlegte sie, „ich hätte wirklich schwören können, er war an mir interessiert? Aber im Moment sieht es nicht so aus. Macht nix, ich habe andere Dinge im Kopf, ich muss jetzt nachdenken, wie ich Pedro dazu bekomme, das Angebot zu erweitern." Sie wartete einen günstigen Moment ab, kam mit zwei Kaffee zu ihm und nahm ihren Mut zusammen.

„Ich habe da eine Idee, wie wir noch so ein paar Kleinigkeiten anbieten könnten, nicht diese fertigen Snacks, nein, etwas was es nur bei Pedro gibt! Ja, das wäre doch wie bei den Franzosen, so ein knackiges Baguette mit Käse, Schinken und allem was das Herz begehrt und lecker ist! Und sie erzählte ihm ausführlich, was sie sich vorstellte und wie sie es hier bewältigen können. Pedro schaute skeptisch, aber auch neugierig, lachte sie an und meinte: „Na, dann mach mal, ich habe nichts dagegen!"

Sie machte sich an die Einkaufszettel, fuhr einkaufen und freute sich auf morgen, denn dann würden sie das Experiment starten!

Es wurde schnell der Erfolg und es folgten noch ein paar Ideen, so wurden die Tische hübsch gedeckt, nicht steif, nein ganz locker, so hatte sie von dem bedeutendsten Töpferzentrum Santo Stefano di Camstra Keramik eingekauft. Sie war dort bei einem Ausflug mit Bernando, ein hübscher Ort ca. 36 km von Cefalu entfernt. In der Hauptstraße gab es viele Geschäfte, die ihre Waren in den typischen leuchtenden Farben, warmes gelb, Kupferoxidgrün und Kobaltblau ihre Keramik anboten. Seit dem 17 Jh. wurde dort schon getöpfert und bis heute gibt es eine Vielzahl von Mustern, von den sehr einfachen und typischen Bauernmuster bis zu innovativen Neuschöpfungen. Stundenlang hatte sie in allen Läden herum gestöbert. Sie hatte Teller kleine Schalen und so manche schöne Vase erstanden.

Dann hatte sie ihre Vorstellung, jeden Tag etwas Besonderes anzubieten verwirklicht. Ein ganz anderes Bild bot sich den Gästen nun. Es sah einladend aus, aber nicht so, dass erst ein Blick auf die Preisliste geworfen werden musste. Nach einer Strandbar sah es nicht mehr aus und immer mehr Gäste kamen, die nicht nur ein

Bier wollten. Es wurde zu einem Geheimtipp, sich bei Pedro zu treffen.

Zwischendurch kam Bernando und sie gingen auch einmal essen, oder sie fuhren in die kleine Bucht zum Baden mit einem Picknickkorb. Sie redeten viel und lachten, aber wenn Carola es nicht sah, dann schaute er sie ernst und auch sehnsüchtig an. Sie alberten im Wasser herum und er versuchte sie unterzutauchen, sie strampelte und wehrte sich aus Spaß. Er hatte sie im Arm und hielt sie fest, drückte sie an sich und atmete ihren Duft ein. Sie hielten plötzlich still, schauten sich an und sie konnte in seinen Augen sehen, er begehrte sie! Einen Moment hielt sie still in seinen Armen, gab sich dem Gefühl der Nähe hin, aber dann kehrte die Angst in ihre Augen zurück und er löste sich von ihr.

15 Monate später

Es war an einem Freitag, alles lief ganz normal, die Gäste kamen in Scharen und schwärmten, wie gerne sie bei Pedro einkehrten. Die Bar hat sich sehr gemausert, es war jetzt „Pedros Speziale", es gab leckere kleine Gerichte wie einen besonderen Salat, oder einen Teller voller kleinen Delikatessen und es war schön, hier zu sitzen mit seinem Ambiente. Ein junges Paar schaute sich alles sehr interessiert an, sie flüsterten mit einander, dass Carola sich schon Gedanken machte, was sie wohl hier suchten oder gar etwas zu beanstanden hätten.

Sie ging zu ihnen fragte, ob sie etwas wünschten und die junge Frau strahlte sie an und fragte, ob sie einen Moment Zeit hätte. Die junge Frau stellte sich als Maria vor und ihren Verlobten Vincent. Ja, sagten sie, sie waren schon öfters hier gewesen und es gefiel ihnen alles so gut, alles sah so einladend aus und hatte einen besonderen Flair, der eben etwas anders und reizvoll hier am Strand war. Deswegen waren sie jetzt hier um zu fragen, ob sie hier nicht ihre Hochzeitsfeier machen könnten.

Carola war einen Moment wie vor den Kopf geschlagen und fragte etwas skeptisch, „wie sie sich das denn vorstellten? Das hier ist ein kleine Bar mit einem kleinem Restaurant am Meer!"

„Ja, genau das ist es doch! Sie haben das hier so schön, so dicht am Meer mit den schön gedeckten Tischen, es hat so etwas, was alle verzaubert."

„Wir können hier kein großes Menü kochen, darauf sind wir gar nicht eingerichtet!" Aber schon schlich sich eine Idee bei ihr ein. „Aber warten Sie, ich habe da so spontan einen Vorschlag. Der könnte gehen, aber ich brauche etwas Zeit. Wie viele Gästen werden es denn sein?"

„Na, so um die 80 Personen kommen schon zusammen und wir haben auch schon unsere Musiker, da müssen Sie sich nicht darum kümmern."

Sie holte hörbar Luft und überlegte scharf. „Wie viel Zeit haben wir?"

„In acht Wochen soll die Hochzeit sein! Wir wissen, es ist etwas spät, aber wir haben einfach nicht den richtigen Ort gefunden und das hier ist es! Wir wissen einfach, dass wir bei Ihnen genau das Richtige gefunden haben und Sie schaffen das, es wird eine wunderschöne Feier."
Carola seufzte leise, aber sie konnte einfach nicht widerstehen.
„O.K. Rufen Sie mich in zwei Tagen an, dann weiß ich, ob es machbar ist und wenn ja, dann treffen wir uns in sechs Tagen wieder, dann habe ich mir einiges überlegt und wir können den ersten Teil besprechen und ich hoffe für Sie und für mich, dass wir danach alle zufrieden sind! „Das werden wir sein! Da sind wir ganz sicher!"
Als das Paar weg war, sie mit Pedro darüber sprach, schlug er die Hände über den Kopf zusammen.
„O Mama Mia, was hast du dir dabei gedacht? Das ist entschieden eine Nummer zu groß für uns, du bist größenwahnsinnig! Ich habe ja schon viel mit dir erlebt, aber eine Hochzeit, eine italienische, weißt du was das heißt? Da wird viel, sehr viel gegessen und gefeiert, mir wird ganz schwindlig, bei dem Gedanken du bist verrückt, wie habe ich das verdient?" Er ging auf und ab, lief durch die Tische raufte sich die Haare murmelte vor sich hin. Kramte eine Zigarette aus der Packung, zündete sie zittrig an. Sie lief hinter ihm her, „Pedro, dass ist genau das, was ich kann und es wird ein tolles Fest werden, du wirst bekannt werden wie ein bunter Hund! Wir hatten doch schon Feste hier gehabt! Denke an die Feier der Firma Prontis, alles ging prima! Wir wollen den Gästen doch nichts verkaufen," meinte Carola, „wir bieten ihnen nur an, sich einen Traum zu verwirklichen für ein paar Stunden."
„Bunter Hund? Was ist das denn schon wieder? Soll es etwa Hund geben?" Fassungslos stand er vor ihr, seine Verzweiflung über ihren Vorschlag war ihm deutlich anzusehen. Wie ein begossener Pudel stand er vor ihr. Sie lachte, „es gibt keinen Hund! Ach Pedro, lass mich das machen und du hilfst mir bei den Adressen und dem Telefonieren. Ich muss unbedingt Bernando anrufen, ihn

werde ich auch brauchen"! Und wirbelte voller Elan über den Strand.

Der sagte erst einmal gar nichts, aber dann brummte er schon recht friedlich, denn er wusste, wenn sie sich etwas in den Kopf setzte, dann machte sie das. „Na klar, helfe ich dir, ich frage schon einmal herum, wer und wie gut die Leute sind, die wir brauchen. Carola, du willst es wirklich wissen? Du klingst so voller Tatendrang, ich glaube, niemand könnte dir abraten. Aber, ich finde das toll und ich verspreche dir, es wird dein Erfolg und ich freue mich einfach mit dir."

Der Laden brummt doch total, dank dir!"

„Danke, es ist sehr lieb, dass du mich verstehst, es ist für mich sehr wichtig, ich brauche das. Es ist für mich, um mir etwas zu beweisen!"

„Ich weiß, es hängt mit deinem schweren Gepäck zusammen, stimmst?"

„Ja" kam es leise von ihr, „wenn man etwas nicht mag, dann ist einem weniger davon lieber."

„Dann packen wir es an!"

„Ich hätte da auch eine Überraschung für euch, dir wird es sofort gefallen."

Sie sah Bernando mit einem Grinsen auf Pedros Speziale zukommen, er strahlte und es war ihm anzusehen, dass er am Platzen war. Er angelte sich einen Stuhl und winkte sie und Pedro zu sich.

„Hört mal, was ich gerade von offizieller Seite gehört habe. Oben am Eingang zur Altstadt gibt der Besitzer sein Lokal auf, es ist doch für euch genau das Richtige! Zugang zum Strand und endlich habt ihr mehr Platz und könnt es zu dem Restaurant machen, was ihr euch wünscht!" Pedro kratzte sich am Kopf, wiegte seinen Kopf und mit einer krächzenden Stimme kam es brummig:

„Heute ist echt nicht mein Tag, Hochzeit, viele Gäste und Carola meint, alles sei kein Problem. Ich weiß nicht, wie das alles gehen soll und dann kommst du auch noch!" Theatralisch warf er seine Arme nach oben, als käme Hilfe von oben. „Mama Mia, was habe ich nur getan, diese Frau zu mir holen! So wie ich Carola kenne, fällt sie mir gleich ins Wort und wird begeistert sein. Bin ich größenwahnsinnig? Ich soll jetzt so ein richtiges Restaurant kaufen? Heilige Madonna, steh mir bei! Ich bin total verrückt, was sie aus mir macht!"

„Mensch Pedro überlege doch einmal, hier der Laden er brummt, wir haben so viele begeisterte Kunden, somit werden wir es doch leichter haben, sie werden erst recht kommen und ich habe da auch schon eine Idee."

„Sag ich doch! Wenn ich schon diesen Satz höre, habe ich schon keine Chance mehr." Aber ein leichtes Lächeln zeigte sich, obwohl er sich sehr viel Mühe gab, brummig zu sein.

„Komm wir setzten uns erst einmal und ich erzähle euch, was ich weiß, es ist ein echtes Schnäppchen, ich kann euch gerne bei der Bank helfen. Du kennst doch Rafael, er war sehr krank, er schafft das nicht mehr und möchte das Leben nun noch ein wenig genießen."

„Na gut," kam es gewollt missbilligend, aber in seinen Augen war da dieser Glanz....

„Aber nur, wenn Carola mit dabei bist, alleine stemme ich das nicht!"

„Na klar, ich bin doch hier Zuhause!" Zuhause?

Sie wandte ihr Gesicht ab, damit keiner sehen konnte, wie sich die dunklen Gedanken in den Vordergrund schoben. Ja es stimmte, wenn da nicht dieses penetrante Monster in ihr wäre, das sie immer wieder an ihre Vergangenheit erinnerte und an ihre eigenen Feigheit, endlich reinen Tisch zu machen. Sich endlich zu stellen und es ganz einfach auszuhalten, was dann auf sie zu kommen würde. Sie hatte den Weg bis hierher geschafft und nun drückte sie sich und lebte jeden Tag mit diesem Gefühl, wie es ein kleines Kind hatte, das Angst hat, erwischt zu werden. Es würde irgendwann etwas passieren, aber was machte sie? Sie ließ sich treiben und steckte den Kopf in den Sand!

Die Tage flogen dahin, in ihrem Kopf waren tausend Dinge, da waren die dunklen Gedanken erst einmal sehr weit weg. In einer

Schublade tief vergraben. Sie schwebte auf Wolken und sie hatte einen perfekten Plan, der nur umgesetzt werden musste. Maria war hell begeistert und freute sich schon sehr auf diesen Tag.

Der 31. August war ein wunderschöner nicht gar so heißer Tag, Carola war schon früh am Strand und gab den Hilfspersonal Anweisungen, wie sie die Tische, Stühle aufzustellen hatten, so wie sie es sich vorstellte. Die Palmen, die sie ausgeliehen hatte, wiegten sich leicht im morgendlichen Wind und ließ die Sonnenstrahlen tanzen. Später wollte Bernando die Lichterketten in die Palmen hängen. Überall gab es große Gläser mit Kerzen. Das Blumendekor, ein Meer aus roten Rosen, verzauberte die Tische.
Servietten und Tischkarten im kräftigem Gelb gaben den Tisch die gebührende Vornehmheit. Teller und Gläser rundeten das Bild komplett ab. Ein Tanzpodest fast am Meer mit hunderten von Lichtern im Sand lud die Gäste am Abend zum Tanzen ein. Selbst für ein Feuerwerk am späten Abend, - das war Bernandos Idee - war vorgesorgt.
Die beiden standen sprachlos vor dem Ergebnis.
Pedro fasste es zusammen: „Dich kann man etwas heißen! Du bringst meine Strandbar dazu, dass es hier wie in einem Märchenland aussieht. Ich kenne mich hier nicht mehr aus!"

Als alle Gäste da waren, der Sekt floss, die Laune bei allen sehr locker wurde, wich der Druck von Carola und sie konnte anfangen das Fest zu genießen. Später kam Maria in ihrem zauberhaften weißem Kleid auf sie zu, eine kleine Träne im Auge, nahm sie in den Arm und sagte überwältigt „Danke! Was du gemacht hast, es ist ein einziger Traum!"
„Dann warte auf heute Abend, wenn die Lichter angehen, da kannst du mit Vincenzo in den Liebeshimmel tanzen."
Es wurde ein Erfolg und zu später Stunde nahm Bernando Carola mit auf die Tanzfläche hielt sie fest im Arm, flüsterte leise, „bleib, lass dich in meinen Armen fallen." Sie schaute zu ihm hoch, in

seine Augen, die voller Sehnsucht auf sie schauten, die vor Liebe glühten und sie schmiegte sich eng an ihn. Tausend Warnungen jagten durch ihren Kopf und wurden nicht beachtet und zur Seite gedrängt. Kurz lieferte sie sich der gefährlichen Hitze aus, wollte ihr entfliehen. Aber sie war gefangen von dem, was sie empfand. Dann gab sie sich dem sehnsüchtigen Verlangen hin. „Endlich" hauchte er und küsste ihr Haar, ihren Hals, ihre Wangen um endlich ihren Mund zu finden. Ein seltsamen Gefühl machte sich breit bei ihm, es war nicht nur, das sein Wunsch nun endlich in Erfüllung ging, es war ein Gefühl, das er nicht kannte. Was war das, dieses Gefühl, das er gerade erlebte? Leidenschaft und auch Verliebtheit gab es genug in seinem Leben. Erst reizte diese Frau ihn nur, aber was in diesem Moment geschah, war ihm neu und er fragte sich kurz, was das war, ob er das wirklich so wollte. Aber dazu war es nun zu spät!

Alles versank, sie fühlte nur ihn, ihr Gepäck, was sonst auf ihren Schultern lag, es war im Hier und Jetzt verschwunden. Nur die Sehnsucht nach mehr waren im dem Lichterglanz unter dem Sternenhimmel und in ihren Augen für sie beide da.

Sie wachte auf und stutzte, war es gestern ein Traum? Sie hatte getanzt, geküsst und nur Glück und Sehnsucht nach mehr empfunden. Sie blinzelte in den Tag, wagte erst ein, dann das andere Auge zu öffnen, richtete sich etwas auf, atmete tief ein und hoffte, dass es kein Traum war. Es war wahr, da lag er neben ihr! Nein es war kein Traum, sie hatte alles erlebt! Was für ein Tag war das! Der Erfolg und dann das hier! Obwohl sie das doch gar nicht wollte, aber sie konnte und wollte auch nicht mehr Nein sagen. Sie legte sich wieder hin, kuschelte sich in seine Arme und er blinzelte, murmelte, „bleib bei mir, für immer und ewig." In Gedanken fügte er hinzu. Was war nur passiert? Keine hatte es bisher geschafft, dass ich mir wünsche sie auch noch in zehn oder zwanzig Jahren im Arm zu halten. Sie hat mein Herz zum Stillstand oder auch wie bei einem Rennen von Null auf Hochtouren gebracht. Er legte den Arm um sie, zog sie fest an sich und wieder drehte sich die Welt für einen Moment nur für sie beide.

„Ich bin so unendlich glücklich!" murmelte sie am seinen Hals. Sie lag glücklich lächelnd da, aber schon öffnete sich zaghaft die Schublade mit ihren Ängsten und Gedanken, die sich brutal in den Vordergrund drängten. „Lasst mich, bitte nicht jetzt, nicht in dem Moment meines Glücks, geht, bitte nur für heute!" Zu gerne hätte sie sie weggeschoben.

Aber sie wurden drängender und ihr glückliches Gesicht wurde ernst und auch traurig. Kam jetzt der Punkt, wo sie sich sagen muss, hätte ich doch…! Feige war das von ihr und auch fies! Nach dem Weglaufen hatte sie nun wirklich genug Zeit und es wäre auch mehr als fair gewesen. Wie lange wollte sie noch den Kopf in den Sand stecken? Ja, nun musste sie ihm alles erzählen und damit platzte dann dieser schöne Traum, bevor er richtig angefangen hatte. Wie sollte sie ihm das erklären? Wie sollte er das verstehen? Er, als Italiener und Sizilianer? Sie konnte das natürlich nicht hinaus schieben und sie konnte nur hoffen, dass er etwas Verständnis hatte! Ja, dann würde sie nach Deutschland fliegen, Michael alles erklären, und sich von Michael scheiden lassen. Wie das wohl ablaufen wird? Ihr wurde übel, wenn sie nur daran dachte!

Aber erst musste sie eine Gelegenheit finden, ihm das alles zu erklären. Jetzt nicht, später!

„Jetzt aber raus du Faulpelz!" lachte er sie an. Carola setzte sich auf und schaute auf die Uhr. Mein Gott, es ist gleich 11 Uhr! Ich muss zu Pedro!"

„Nein, musst du nicht! Ich rief Pedro schon an. Er hat Helfer, die räumen alles auf, du hast heute wohlverdient frei!"

„Oh weh, frei mit dir den ganzen Tag?" Sie gab ihm einen Kuss, „und kannst du mir sagen, was das wohl wird?"

„Kann ich!" Aber erst einmal wanderten seine Lippen von ihrem Ohr, den Hals hinunter, sie fühlte sich ausgeliefert und konnte nur noch lustvoll stammeln, „oh nein, komme lass das", und ihre Lippen fanden sich, sie stammelte, „was kannst du?" aber es war ihr schon egal, ihn zu fühlen und zu spüren, es löschte alle Fragen aus.

Sie lagen immer noch faul im Bett, Carola spielte mit seinem Haar und ihre Gedanken formulierten Sätze, die sie sich scheute ihm zu sagen. So fing sie an ihm Fragen zu stellen.

„Erzähle mir ein wenig von dir und deiner Familie, ich weiß so wenig von dir. Wie sind deine Eltern? Was macht dein Vater beruflich? Hast du Geschwister? Fing sie an, um von ihrer eigenen Geschichte abzulenken.

Um damit Zeit zu gewinnen. Natürlich war ihr klar, sie musste ihm alles erzählen. Nur nicht sofort! Er schaute sie skeptisch an, es war deutlich zu sehen, dass er dieses Thema gerne umgangen wäre.

„Oh je, willst du das wirklich wissen, hier und jetzt? Meiner Familie gehören eine Menge Weinberge und auch Olivenhaine. Mein Vater, er hat in vielen Geschäften ein Wort mit zu reden, umschrieb er es vorsichtig. Meine Familie ist eine sehr alte anerkannte, wohlhabende, traditionsbewusste stolze eben eine typische sizilianische, und mit viel Macht ausgestattete Familie."

„Darum bist du auch im Weinhandel?"

„Das hat mit meiner Familie nichts zu tun, ich habe mich schon vor einer ganzen Weile auf eigene Beine gestellt. Mir passte es nicht, von meinem Vater abhängig zu sein."

„Das wird deinen Eltern sicher nicht gefallen haben, so wie du sie schilderst, ist es sicher wie überall auf der Welt, alles bleibt in der Familie!"

„Du hast Recht. Nein, das hatte ihnen gar nicht gefallen, ich hatte arge Kämpfe, aber ich wusste, dass ich nicht in den Klauen der Familie sein wollte. Ich habe ein Abkommen mit meinem Vater, er lässt mich in Ruhe, ich lasse ihn in Ruhe." In Gedanken fügte er hinzu. Wenn sie wüsste, warum das alles so war, ich hoffe, ich brauche es ihr nie zu erzählen. Gerne hätte er ihr alles erzählt, aber das wäre einfach zu viel und wer weiß, wie sie darauf reagieren würde. Später einmal! Sie holte ihn aus seinen Gedanken, küsste ihn leicht auf den Mund und meinte:

„Das geht?"

„Bis jetzt ja, ich bin zu Geburtstagen dort und Weihnachten, aber bei allem was mit Geschäften zu tun hat, da bin ich außen vor." Sie setzte sich auf, sah ihn aber ernst an. „Jetzt nur aus Neugierde, in solchen Kreisen ist es sicher überall das gleiche, da werden Ehe geschmiedet, man bleibt ja gerne unter sich und es soll sich ja auch irgendwie lohnen. Du bist noch ledig, hoffe ich doch?" ‚drohte sie ihm mit einem Lächeln. „Deine Mutter hatte da bestimmt so einige Damen, die sie dir gerne vorstellen möchte. Wie kannst du dich dem entziehen?"

Er lachte etwas grimmig: „Da hast du recht, dass ist ein wahres Meisterstück von mir, mich dem zu entziehen, denn man hat gefälligst standesgemäß zu heiraten! Aber nur der Gedanke daran, löst ein Gruseln bei mir aus. Diese Damen sind nur dazu da, eine vernünftige Verbindung einzugehen, damit zwei Firmen oder was es sonst für Geschäfte sind, fusionieren können. Es soll auch ab und zu passieren, dass es mit der Liebe klappt, aber das alles ist mir einfach zuwider!"

„Was würden sie denn sagen, wenn sie uns jetzt hier so sehen würden?"

„Ganz ehrlich? Mama wäre schockiert, aber mit dem Gedanken, er ist ja ein Mann, er darf das, es ist ja nur eine Affäre, soll er sich doch austoben. Papa, er würde dich anschauen und feststellen, dass du als Gespielin nicht schlecht bist!" Mit empörter Mine schnaufte sie:

„Wie bitte, so siehst du die Situation hier?"

„Na komm Liebste, du hast gefragt, wie meine Eltern das sehen würden, ich habe nicht von mir gesprochen. du bist mir sehr wichtig und ich würde alles für dich tun, damit du nie das Gefühl hast, es wäre nur so eine Geschichte. Mir ist es mit uns sehr ernst! Ich warte ja schon über 15 Monate auf dich. Wie ist das denn mit dir? Bin ich dir wichtig?" Er wollte sie nicht ansehen, er hatte etwas Angst und schaute gebannt aus dem Fenster.

„Das bist du sehr sogar! Ich wollte das nicht. Das hattest du auch gemerkt, aber dann haben mich meine Gefühle zu dir einfach überrollt und nun liege ich hier mit dir, glücklich und im siebten

Himmel. Aber ich weiß, das du von meinem schweren Gepäck hören willst. Es ist auch wichtig, das ich es dir am Anfang unserer Liebe erzähle, aber ich denke, dazu machen wir besser einen langen Spaziergang. Ich glaube da kann ich es dir besser erzählen. Er wandte sich ihr mit einem zärtlichen Blick zu und sie blickte in seine Augen, die so voller Liebe, tief und klar leuchteten. Wie die Oberfläche eines Sees in der Dämmerung.

„Na gut, da habe ich einen Vorschlag, lass uns ein Stück fahren, in die Berge, da kann ich vielleicht dein Gepäck besser in ein tiefes Tal werfen."

„Wohin möchtest du fahren?"

„Ich kenne einen kleinen Ort, nicht weit von hier so 25 km südöstlich, Patelliton, er liegt in Madonien und ist von Manna-Eschen, Oliven - und Mandelbäumen umgeben. Früher war die Stadt der größte Manna Produzent Italiens. Heute wird Manna noch für Süßspeisen verwendet."

„Wenn das so ist, bin ich gespannt auf eine leckere Süßspeise!"

Betrübt schaut er sie an. „Dann sollten wir beide jetzt aufstehen, ich habe so das Gefühl mit deinem Gepäck werden wir einige Mühe haben." Sie schaute ihn erschrocken an, wusste er schon etwas? Aber er küsste sie nur, lachte und meinte, „das war nur symbolisch gemeint, so ein schweres Gepäck gibt es gar nicht, dass es nicht zu schleppen ist." Sie dachte für sich, er hatte ja keine Ahnung, was sie ihm zu sagen hatte!

In Cefalu ging es rechts ab in Richtung Messina und schon dort fing die Straße an sich zu schlängeln. Sie wurden mit einem wunderschönen Blick auf Cefalu belohnt. Oberhalb des Ortes mit den verschiedenen gelb und braunen Farbnuancen mit ihren Häusern die an dem Berg klebten mit dem Blick auf die Kathedrale. Unterhalb eines großen Felsen stand der Tempel der Diana, der aus gewaltigen Steinblöcken errichtete Tempel der Diana aus den 5 Jh. v. Ch. Jetzt waren nur noch die Überreste zu sehen, die über das Meer schauten. Obwohl es nur noch eine Ruine war, war sie auch noch von der Ferne aus zu sehen. Auf einer

kurvenreichen Straße ging es in die Berge mit ihren Tälern und den Olivenbäumen, die so silbrig leuchteten und ihre Schatten warfen.
Eine unglaubliche Ruhe lag über den Bergen und Tälern. Eine Kirche war zu sehen, die leuchtend weiß an den Berg geklebt schien, zwischen den grünen Bäumen, die von der Sonne angestrahlt leuchtete. Er schaute zu ihr und er erzählte ihr. „Das ist Gibilmanna ein kleiner Ort, er besteht fast nur aus der Kirche, der Santuario di Gibilmanna. Es ist ein Heiligtum der Muttergottes in den Bergen und es war früher ein Kloster der Benediktiner. Die möchte ich dir gerne zeigen."
„Komm, die schauen wir uns an!" Sie sprang aus dem Wagen und lief die breiten Treppen hinauf. Ein recht großer Platz tat sich vor ihr auf. Die Kirche selbst war mit Prunk sehr sparsam und fast störend war die einzige Person, die in der Kirche weilte, der Pfarrer! Er saß an seinem Laptop, was für sie, an diesem Ort befremdlich aussah, so weltlich!
Bei der Weiterfahrt war sie recht still, sie formulierte Sätze, verwarf sie in Gedanken und formte sie neu. Mein Gott, dachte sie, es kann doch nicht so schwer sein, diesen einen Satz zu sagen. „Ich bin verheiratet!" Sie schluckte. Ja, er war schwer! Dieser eine Satz, der alles in ein anderes Licht rückte und einen kleinen Traum, der am entstehen war, zum Platzen verurteilen würde.
Die Straße schlängelte sich und die Landschaft mit ihren großen Hügeln, oder Bergen, alles strahlte eine Ruhe aus. Jetzt, da das Gras schon braun wurde, hob sich das Grün der Bäume besonders hervor. Wieder waren Häuser oben auf dem Berg zu sehen, ein großer Ort und sie fragte sich, wieso ist dieser Ort ganz oben auf dem Berg? Die eng aneinander geschmiedeten Häuser, die aussahen, als ob sie sich gegenseitig hielten und beschützten. Oben angekommen fuhr Bernando in den Ort der Isnello hieß, er erzählte kurz, dass der Ort um ein Kastell herum gebaut wurde und das man in den Höhlen der Umgebung sehr antike Gegenstände gefunden hatte. Die beweisen, dass seit vorgeschichtlicher Zeit dort Menschen gewohnt hatten. Sie krallte sich an der Tür fest und stammelte: „Du hast Mut, hast du eine Ahnung ob wir da auch

wieder heraus kommen oder wenden können, so eng wie die Straßen sind?" Er lachte sie an. "Ich weiß, wie die Orte sind, eng, aber es geht!" Die Straßen waren wieder mit runden Steinen gepflastert und hatten hellere Platten als Muster. Er hielt an und meinte, dass sie ein paar Schritte laufen sollten zu dem Kastell oben auf dem Berg. Durch sehr enge Gassen, die Häuser sahen alle nicht nach Wohlstand aus. Die Farbe an den Häusern, sie war schon lange abgeblätterte. Es sah romantisch aus, aber sicher würden die Bewohner diese Romantik gerne mit Farbe in eine andere Romantik umtauschen. Denn es sah aus als ob hier wenig Geld in diesen Häusern zuhause war.

Die Sonne brannte ihnen auf den Kopf, als sie den Weg bergauf gingen, aber der Blick der sich ihnen bot begeisterte sie. Zum Glück war ein kleiner Brunnen am Straßenrand, mit köstlich kühlem Wasser. Das Kastell war geschlossen, aber sie waren mit der Aussicht und dem Wind, der ihnen durch das Haar wehte, vollkommen zufrieden. Was Carola beim Abstieg am meisten verwunderte, war das die Stufen die in den Ort führten mit je einer Fahrspur versehen waren und sie wollte es nicht glauben, dass da Autos rauf und runter fahren konnten. Bernando lachte dazu nur. "Weißt du, wir sind Italiener, wir können auch dort fahren, wo andere denken, das sei unmöglich!"

"Ja da hast du recht, wenn ich so sehe, wie ihr parkt, die Hintern der Autos schauen einfach in die Straße hinein, oder ihr parkt in zweiter Reihe, und Mofas und Vespas die sich einfach zwischen den Auto durchschlängeln. Es ist schon ein Unterfangen, zu fahren."

Er wandte sich kurz zu ihr und musste herzhaft lachen. "Aber es passiert meistens nicht so viel und wenn, dann gibt es nur Blechschäden. Wir sehen das nicht so eng und ab und zu eine kleine Beule, na und!"

Der Weg schlängelte sich weiter durch die Landschaft, als dann das Ortsschild Castelbuono auftauchte. Das erste was zu sehen war, war das um 1316 erbaute Kastell der Ventimiglia, die 1454 ihren Regierungssitz von Geraci hierher verlegten, erzählte er ihr, was den Ort zum wirtschaftlichen Mittelpunkt von Madonien machte.

„So, jetzt werden wir zu einem Aperitif auf die Piazza Margerita gehen und du kannst dem Treiben zuschauen. Sie schlenderten durch eine kleine Gasse an der Kirche Madrice Vecchia vorbei und ihrem Gezwitscher über den Platz, eine mächtige Geräuschkulisse die an den Häusern wieder zurück prallte.

Sie standen auf einem, vom quadratischen Bau des Rathauses umgebenen Platz. Schwalben flogen mit ihrem Gezwitscher in weiten Kreisen um den Platz herum.

„Komm, hier ist ein schöner Platz zum Ausruhen und lass in Ruhe alles auf dich wirken. Es ist für mich ein magischer Ort. Ich liebe es, hier zu sitzen, wenn die Sonne sich verabschiedet und die Nacht noch nicht die Herrschaft übernommen hat. Hier ist alles beschaulich und höre, die Vögel sie singen uns ein Lied."

Viele Gäste saßen verstreut in den Cafés oder Bars. Ein recht lebhaftes Treiben beherrschte den Platz, Lachen und Wortfetzen flogen über den Platz, der damit von einer lässigen Heiterkeit erfüllt war. Ihre Augen, sie nahmen die Menschen, das Treiben in den Gassen auf, sie wollte diese Stimmung auf sich wirken lassen.

Bei einem Campari erzählte er ihr, dass die wirklich sehenswerte Turmuhr noch immer jeden zweiten Tag per Hand aufgezogen werden musste. „In der Kirche Madrice Vecchia gibt es ein sehenswertes Polyptychon mit der Darstellung der Marienkrönung. Das Bild am Sockel zeigt eine damals ganz neue Erfindung. Einer der Heiligen (der dritte von rechts) trägt eine Brille. Ich zeige es dir dann!"

Sie blickte ihn zärtlich an, er war so unendlich geduldig und schenkte ihr einen wunderschönen Tag.

„Ich danke dir, dass du mit mir diesen Ausflug gemacht hast, ich kenne noch so wenig und um ehrlich zu sein, traute ich mich auch nicht so recht wegen des Verkehrs. Es ist wirklich schön hier, ich kann gut verstehen, dass du diesen Ort magst," Er winkte dem Kellner und meinte beim Aufstehen:

„Wir laufen noch zu dem Kastell, was sicher heute geschlossen ist. Du bekommst einen guten Eindruck, wie mächtig das Kastell den Platz beherrscht. Heute werden dort Aufführungen veranstaltet, es bietet sich mit dem Ambiente an. Dann herrscht hier ein richtiger Ausnahmezustand. Dann werden wir noch hübsch essen gehen und dann meine Liebste, fahren wir zu mir, damit ich dich wieder verführen kann!" Sie lachte und meinte:, „für meinen Geschmack hast du das in meiner Wohnung doch sehr gut gekonnt, wo wäre da noch eine Steigerung?"

„Nein, ich möchte einfach, dass du auch meine Wohnung kennen lernst, ich möchte heute Nacht das Heimspiel haben!"

„Ich bin gespannt!" Aber ihr war, als würde ihr Herz mit einem Stahlreif eingeschnürt, so bang wurde es ihr. Die Stunde Null sie kam nun endgültig näher, sie musste es ihm sagen!

Eine recht breite Straße führte direkt von der Piazza Margherita zu dem Kastell, mit einer breiten Treppe, einem hübschen Platz, der von kleineren Läden und Lokalen umringt war.

Sie liefen um das Kastell herum und hatten einen schönen Blick auf das Tal und die bergige Landschaft. Ein hübsches friedvolles Bild, denn der Maler hatte sich mit den Farben sehr viel Mühe gegeben, die verschiedenen grünen Farbkleckse, die sich leicht im Wind bewegten und der braune Boden mit seinen ockerfarbenen Flecken.

„Jetzt komm aber, mir knurrt der Magen. Es ist nicht weit weg von hier, da gibt es ein Restaurant das wunderbare Pilzgerichte macht. Magst du Pilze?"

„Sehr gerne, mir läuft schon das Wasser im Mund zusammen." Obwohl sie eher einen trockenen Mund hatte, Ihr Magen Purzelbäume schlug, so wie sie sich mulmig fühlte. Jetzt kommt gleich der Moment, wo sich alles wieder ändern wird. Vielleicht hatte er es ja vergessen und wir haben eine Galgenfrist? Ach warum musste das so sein? Hätte sie doch nur eher...?

Beim Wein, als er ihr zuprostete, und dem köstlichen Essen meinte plötzlich Bernando:

„So, nun war es ein langer Spaziergang, jetzt bist du an der Reihe!"
Sie wollte gerade einen Schluck Wein trinken und verschluckte sich, es kam jetzt so plötzlich, er hatte es nicht vergessen, dass sie etwas zu erzählen hatte. Auf ihrem Schoß schloss sie ihre Hände und flehte innerlich.
„Lieber Gott, steh mir bei, dass ich die richtigen Worte finde. Ich will ihn nicht verlieren." Sie schaute ihn erschrocken an und versuchte die richtigen Worte zu finden. Sie strich über den Tisch, rückte das Glas zurecht, bis er ihre Hände in seine nahm und sie auffordernd anblickte. Sie schluckte und fing an.
„Ja, weißt du, in Deutschland, ich lebte in Meiningen, das ist ein recht hübscher Ort und ich, ich," sie wusste nicht mehr weiter, wollte wieder von vorne anfangen, sie entzog ihm ihre Hände, knetete die Serviette und er sah sie ernst an und meinte dann etwas heiser: „Du bist verheiratet! Stimmt das?"
Sie machte große erschrockene, ängstliche Augen und flüsterte leise „Ja". Dabei schien sie in sich zusammen zu sinken.
„O.K. jetzt ist es raus und nun erzähle mir bitte die ganze Geschichte, ohne Verschönerungen, ich möchte einfach nur die Wahrheit über dich wissen."
„Bernando, zuvor muss ich dir sagen, ich wollt das ja nicht mit uns, ich hatte Angst davor und noch dazu du als Sizilianer, darum wich ich dir immer aus, bis auf das eine Mal, da haben meine Gefühle, meine Angst mich besiegt. Aber nur diese eine Nacht, nun sind sie wieder da, denn was wird mit uns geschehen? Kann diese Liebe diese Schwierigkeiten aushalten? Sie erscheinen mir so groß zu sein, dass mir der Kopf raucht."
„Na, nun komm schon," meinte er mit leicht belegter Stimme und versuchte locker zu wirken.
„Ich denke erst einmal, dass du hoffentlich deinen Mann nicht um die Ecke gebracht hast. Das wäre schon ein wenig schwieriger, ansonsten gibt es für alles eine Lösung!" Sie schluckte, schüttelte ihren Kopf und gab sich einen Ruck.

„Also gut, gib mir und dir bitte noch einen Wein und dann höre mir zu, ich sage die Wahrheit und nichts als die Wahrheit!"

Carola erzählte, wie sie Michael kennen gelernt hatte, wie sie geheiratet hatten, wie sich ihr Leben veränderte, wie auch Michael sich änderte und es ihr immer schwerer fiel, dieses Leben zu ertragen.

Kerzen wurden angezündet funkelten die Gläser an und bei mancher Träne die sich aus ihren Augen schlich, spiegelte sich das Kerzenlicht darin, für einen kurzen Moment nur ein Glitzern, um dann im Schatten zu verschwinden.

Es dauerte lange und die Nacht hatte schon lange ihren Mantel um sie beide gelegt, die Lichter und Lampions tauchten alles in ein sanftes Licht.

Er hörte schweigend zu, beim genauen Hinschauen konnte man sehen, wie es in ihm arbeitete, aber er schwieg!

„Ja, das ist nun alles, was es zu erzählen gibt", kam es von ihr leise und etwas ängstlich. „Was wirst du tun?" Zaghaft schaute sie ihn an, nachdem sie mit ihrer Ankunft in Cefalu endete.

Bernando schreckte auf, sah sie an und sagte erstaunt:

„Was ich tun werde? Was soll ich tun? Dir sagen, arrivederci Liebste, war schön, ein Abenteuer mit dir gehabt zu haben? Oder was? Für wen hältst du mich? Ich liebe dich! Vom ersten Moment an, wusste ich, dass ich mit dir leben will, also werden wir eine Lösung finden!" Erleichtert, das es doch so aussah, als würde ihr Traum noch etwas länger dauern. Sie nahm seine Hand und mehr zu sich selbst als zu ihm sagte sie:

„Ich weiß ja, was ich tun werde, jetzt wo ich weiß, dass du mich liebst, ich fahre nach Meiningen und stelle mich dem Problem und werde die Scheidung einreichen. Ich habe zwar keine Ahnung wie er reagieren wird, aber wenn alles nicht geht, dann müssen wir eben drei Jahre lang so zusammen leben, denn dann muss er in die Scheidung einwilligen. Mein Bild von ihm ist so wirr. Ich lebte hier immer mit der Angst, dass er mich suchen würde. Aber vielleicht stimmt das ja alles nicht! Jeder Mensch hinterlässt Spuren, auch ich, obwohl ich mir sehr viel Mühe gab. Selbst mit

dem Auto, da hatte ich ja wirklich Glück, dass ich mit dem Verkäufer so einen verständnisvollen Mann fand. Er ahnte sicher das es eine Flucht war. Ich überweise ihm die Steuer und Versicherung, so konnte man mich auch darüber nicht finden. Aber wer weiß, wo ich doch meine Spuren hinterlassen hatte? Weißt du, man kann nicht ewig zwischen den Zeiten leben, ich habe zu lange gewartet!" Er schüttelte etwas den Kopf und meinte in Gedanken:
„Hör zu, in meinem Kopf geht es im Moment drunter und drüber, nicht wegen uns beiden, aber ich suche nach einer Lösung. Gib mir ein paar Tage Zeit, dass ich in Ruhe Möglichkeiten durchgehe, was wir tun können und glaube mir, ich finde einen Weg! Wenn du mir sagst, dass du mich liebst, dann gibt es immer einen Weg, ich muss es nur wissen!"
„Liebster, ich liebe dich von ganzem Herzen, auch ich verliebte mich schon am ersten Tag in dich und wenn du mich willst, so werde ich alles ertragen, was an Demütigung auch kommen wird."
Bernando stand auf, ging um den Tisch, nahm ihre Hand und zog sie hoch. Er nahm sie in den Arm und sagte sehr laut: „Diese Frau liebe ich und ich bin der glücklichste Mann dieser Welt!"
Es wurde geklatscht, gelacht, Gläser wurden erhoben und Carola stand mir rotem Kopf da, aber ihre Augen strahlten ihn an. Er beugte sich zu ihr und küsste sie ganz zart und flüsterte, „dieser Abend gehört uns, es ist der Anfang und es wird nie enden!"
Spät war es, als sie sich auf den Weg nach Hause machten. Er nahm nun eine Straße, die sehr schnell zur Uferstraße führte. Jeder hing seinen Gedanken nach, er grübelte, was er tun kann, ein Gedanke kam ihm spontan, aber den schob er schnell beiseite. Nein, das war zu riskant und das wollte er nur, wenn es nicht anders ginge, wenn es auch der einfachste Weg wäre. Aber das wollte er absolut nicht tun. Jetzt fuhr er mit ihr zu sich nach Hause und er überlegte kurz, wann er zuletzt eine Frau zu sich nach Hause geholt hatte. Keine, stellte er fest und eine leichte Nervosität beschlich ihn. Sie war gespannt wie er lebte, es hatte sich nie ergeben, dass sie mit ihm nach Hause gegangen wäre.

Sicher hatte das auch damit zu tun, dass er ja nie wusste, wie Carola zu ihm stand und das wäre sicher unangemessen gewesen. Da sie jetzt von der Seite, wo es nach Messina ging, kamen, lag Cefalu mit seinen Lichtern wie eine verträumte und verzauberte Stadt vor ihnen. Ein Bild das in der Dunkelheit eine besondere reizvolle Stimmung erzeugte.

Der große Felsen ragte in das Meer, der Leuchtturm ließ sein Licht über das Wasser wandern und die tausend Lichter der Stadt leuchteten, als schwammen sie im Wasser. Sie fuhren auf die Via Roma und bogen dann ab in die Via da Messina, um dort in eine kleine Seitenstraße zu fahren.

„Hier sind wir und ich bin gespannt, ob du dich bei mir wohlfühlen wirst."

„Ich bin mir da ganz sicher, aber ich platze vor Neugierde!"

Ein schmiedeeisernes Tor öffnete sich leise und ein gepflegter Garten, soweit es im Scheinwerferlicht und der Gartenbeleuchtung zu sehen war. Ein nicht zu großes Haus wurde sichtbar mit Bougainvillea- Büschen, einer hübschen Terrasse und darüber ein recht großer Balkon.

Bernando schloss auf und eine einladende Diele, jetzt in helles Licht getaucht, lud sie zum Eintreten ein. Große Vasen mit bunten Blumen lockerten die Diele auf.

„Ich denke, die Besichtigung können wir auf morgen verschieben, ich habe jetzt andere Dinge im Kopf und endlich habe ich dich für mich alleine. Einen ganzen Tag musste ich dich teilen!"

„Teilen? Mit wem denn? Ich wüsste nicht, dass wir außer beim Bestellen von Essen und Trinken mit jemanden gesprochen haben?"

„Ist das nicht schon genug? Hätte ich vielleicht das tun sollen, was ich jetzt mit dir tun werde?" Damit hob er sie hoch, eilte so schnell er konnte die Treppen hinauf, stieß eine Tür auf und unter Küssen sanken sie auf das Bett. Kleidungsstücke flogen durch den Raum, es konnte ihnen nicht schnell genug gehen ihre Haut ohne Hindernisse zu spüren. Was schon vor Millionen von Jahren zum Leben gehörte, so geschah es wieder. Sie versanken in eine Welt

der Lust und Leidenschaft und es gab nur sie beide, die Welt, sie drehte sich zwar, aber für sie blieb sie einfach eine Weile stehen.
Arm in Arm schliefen sie ein, die Nacht umhüllte sie, bis der beginnende Tag sein Recht einforderte und mit den ersten Sonnenstrahlen, die sich in den Raum stahlen, beiden sanft über ihre Gesichter streichelte, um sie aus ihrer Traumwelt zu holen.
Er schlug die Augen auf, schaute auf Carola und ein glückliches Leuchten machte sich bei ihm breit. „Hallo meine Schöne, hast du gut geschlafen? Hoffentlich hast du etwas Schönes geträumt, denn du weißt, die erste Nacht in einem neuen Bett und dieser Traum geht in Erfüllung."
„Guten Morgen, ich weiß gar nichts mehr, ich weiß nur, dass es schön war und ist, in deinen Armen aufzuwachen."
„Gut, dann werden wir einmal die Küche erobern und sehen, was ich so im Kühlschrank habe. Möchtest du im Bett frühstücken?"
Sie war schon dabei ihre Füße aus dem Bett zu strecken. „Nein, die Sonne lacht so schön, ich sah gestern im dunklen, dass du eine Terrasse hast, ich werde dort den Tisch decken, wenn ich darf. *Il mio preferito?"*
„Mein Haus ist dein Haus, mach es so wie du es magst, ich finde die Terrasse auch prima!"
Sie folgte ihm die Treppe hinunter, schaute sich dabei neugierig um und sie kamen in die Küche, die sonnendurchflutet und sehr gemütlich aussah.Überrascht blieb sie stehen, denn das hätte sie nicht erwartet. Das war keine Junggesellenküche. Sie war modern eingerichtet mit einem gemütlichen großen Tisch, einen hübschen offenen Schrank, in dem bunte Tassen und Teller, eben die typische Keramik, standen. Er machte sich am Kühlschrank zu schaffen und holte frische Eier heraus, nahm eine Schüssel, schlug ein paar Eier hinein und fing an, sie mit etwas Milch zu verquirlen. Er toastete Brot und Carola holte Geschirr und alles, was so nötig war und deckte den Tisch. Sie ging ein paar Schritte in den Garten und pflückte ein paar Blüten ab. Ein wunderschöner Blick über die Stadt und auf das Meer breitete sich vor ihr aus, sie konnte sich nicht satt sehen. Sie blieb träumerisch stehen und ihr war, als wäre

sie in einem anderen Leben. Leicht und schön fühlte es sich an, wenn nur diese Gedanken sie nicht immer überfallen würden. Warum hatte sie nicht vorher, bevor sie einfach losfuhr, reinen Tisch gemacht? Jetzt musste sie es ja auch tun! Sie schaute hoch auf einen Baum, dort hüpfte ein kleiner Vogel von Ast zu Ast und trällerte aus voller Kehle sein morgendliches Lied.

„Weißt du eigentlich, wie schön du wohnst, in deinem kleines Paradies auf Erden, hier auf dem Berg?" Sie gab Bernando einen Kuss und setzte sich ihm gegenüber.

„Du, ich glaube, ich muss später unbedingt bei Pedro vorbei schauen, er denkt sonst, ich hätte genug und wäre mit dir abgehauen. Außerdem möchte ich doch hören, was die anderen zu dem Abend sagten, ob auch alles in Ordnung war."

„Klar, ich muss auch ins Geschäft, so gerne ich mit dir auch hier bleiben möchte. Etwas verlegen kramte er in seiner Hosentasche und meinte mit schüchterner Stimme. „Ach und hier ist der Schlüssel von dem Haus, du kannst also hier schalten und walten wie du möchtest." Sie zögerte, als die Hand mit dem Schlüssel ihr hingestreckt wurde.

„Ist das nicht alles ein wenig schnell? Wir haben uns doch gerade erst kennen gelernt?"

„Gerade? Ich kenne dich seit Monaten und endlich, als ich es fast nicht mehr zu hoffen wagte, da endlich kann ich dich im Arm haben." Sorgenvoll strich sie ihn über die Wange.

„Ja, mit dem „*Gut- werden*," so schnell wird das alles nicht gehen Ich wünsche es mir so sehr." Er nahm ihren Kopf in seine Hände, schaute sie ernst an.

„Ich habe dir gesagt, lass mir ein paar Tage Zeit zum Überlegen, es wird alles gut!"

Durcheinander mit einem verliebten Lächeln lief sie im Eilschritt den Strand entlang, die bunten Sonnenschirme leuchteten ihr entgegen und mit Schwung stieß sie die Tür auf.

„Hallo Pedro ich komme spät, aber ich komme!" Er schaute in ihr Gesicht und grinste und nickte sie zufrieden an.

„Na endlich, das wurde aber auch endlich mal Zeit!! Ich zweifelte schon an ihm, dass er so ein Schwächling ist. Ihr seid doch für einander bestimmt, das sah doch jeder, auch ein blindes Huhn spürte das. Endlich geht jetzt alles seinen Gang!"
Dann sprudelte er schon los, nahm sie kurz in den Arm und erzählte freudig, dass, das das junge Paar gestern noch vorbei kam und sich nochmals bedankte.
„Stell dir vor, auf dem Weg in die Flitterwochen mussten sie es loswerden. Sie schwärmten, wir hätten wirklich den Tag zum schönsten Tage gemacht, dass es allen so gefallen hatte, dass verschiedene Freunde von ihnen unsere Visitenkarten haben wollten, um in den nächsten Tagen bei uns für Feierlichkeiten Termine machen zu können. Mensch Carola, was hatte ich ein Glück, dass du ausgerechnet bei mir gestrandet warst, du hast mir nur Glück gebracht!" Mit einem verlegenen spitzbübischen Grinsen, raufte er sich übertrieben seine Mähne, meinte seufzend, mit dir werde ich noch ein wohlhabender Mann, wenn das so weiter geht."
„So stimmt das aber auch nicht, du hast mir geholfen und du gabst mir die Chance, einfach etwas Neues auszuprobieren. Es hätte ja auch ein Flop werden können. Stolz stand er vor ihr, sein Äußeres war sehr verändert.
Er trug nun eine saubere Hose. Seine Schürze, ein Wahrzeichen von ihm, war jetzt blütenweiß.
„Da kennst du Pedro schlecht! Meine Nase, die betrog mich noch nie und die hatte auch damals sehr gejuckt als du vor mir gestanden hast, und ich wusste, da kommt was auf mich zu. Weißt du, man muss im richtigen Moment Ja sagen, dass hatte ich, und du ranntest los mit deinen Ideen und ab jetzt werden wir in aller Munde sein! Wir haben heute auch einen Termin und ich sage dir, bald haben wir ein eigens Restaurant."
Schelmisch meinte sie zu ihm: „Nun werde nicht übermütig, warten wir es ab, wir wollen doch nicht größenwahnsinnig werden, aber wenn der Preis stimmt...?" Er machte ein lässige Bewegung.
„Ha, ich spüre sie, meine Nase, sie juckt erbärmlich, du wirst es

schon sehen!"Sie lachte, nahm ein paar Gläser von den Tischen, räumte auf, die ersten Gäste schauten herein und gegen Mittag kamen sie wirklich, die ersten Anrufe, ob und wann sie Termine frei hätten.

Sie fühlte sich einerseits wie auf „Wolke sieben," alles schien zu gelingen, aber ihre Dämonen, sie kamen und legten sich wie ein Nebel über sie. Sie litt darunter, aber ändern konnte sie es nicht. Außer sie machte sich auf den Weg…!

Nach dem Geständnis neigte sich wieder eine Woche dem Ende zu. Tagsüber herrschte reges Treiben (sie hatten jetzt für die Abende Personal eingestellt), sie ging ganz in ihrer Arbeit auf, sie hatten nun für die nächsten sechs Wochen schon Vorbestellungen, was ihr genug Kopfzerbrechen bereitete, aber auch mächtig Freude machte, alles zu planen und zu organisieren. Bernando saß oft abends bei einem Glas Wein, um einfach in ihrer Nähe zu sein und um sie und Pedro zu beraten, denn das mit dem Restaurant wurde Wirklichkeit. Die Nächte waren erfüllt von Liebe und der Nähe.

Es war Donnerstag ihr freier Tag, sie hatten gerade gegrillt und saßen gemütlich im Wohnzimmer mit der großen Glasfront zur Meeresseite, kuschelnd auf dem riesigen Sofa, als er sagte:

„Du, ich muss für zwei höchstens drei Tage nach Palermo. Vielleicht komme ich auch schon eher, aber ich kann es nicht versprechen."

„Ist es wichtig für dich? Du schaust nicht gerade glücklich darüber aus?"

„Nein, es ist nur so, dass ich dich ja zwei Tage nicht habe!", versuchte er ablenkend zu sagen. Sie boxte ihn leicht in die Seite und lachte los. „Jetzt geht es aber los! Ich werde es zwei Tage aushalten, also musst du nicht solche Sorgenfalten ziehen."

„Du hast recht, ich mache mir zu viele Gedanken!" Stand auf und goss sich noch ein Glas Wein ein.

„Sag mal, ich muss doch diesen 50. Geburtstag ausstatten. Wenn du nicht da bist und ich ein Problem habe, kann ich da deine Sekretärin um Rat fragen? Du weißt, noch ist mein Italienisch nicht perfekt." Er nippte an seinem Glas und meinte etwas abwesend.

„Mach nur, ich sage es ihr, damit sie Bescheid weiß, sie wird sich freuen, dir helfen zu können."

Am anderen Morgen fuhr er nach Palermo, um sich mit seinen Eltern zu treffen. Die Fahrt fiel ihm sehr schwer, denn nach vielen Überlegungen, wie das Problem mit diesem „Michael" zu lösen war, kam er nur zu dem einen Ergebnis. Carola brauchte neue Papiere! Da sie bis jetzt niemand gefunden hatte, war das die beste Lösung. Sie brauchte nicht nach Deutschland, musste sich nicht mit Michael treffen mit ungewissem Ausgang. Er wollte einfach kein Risiko, womöglich gab sie klein bei und blieb dort. Nein, das wollte er einfach nicht! So war das eine einfache Lösung und alles war geklärt für die Zukunft. Der einzige Haken war sein Vater! Er hat sich ja von allem was die Familie und deren Geschäfte anging, zurück gezogen, aber wenn Vater ihm jetzt half und nur er konnte das, dann war er wieder ein Mitglied. Er konnte nur hoffen, dass sie ihn möglichst in Ruhe ließen, da würde er harte Verhandlungen führen müssen! Aber er wusste es, die Familie hatte ihn wieder! Es war gestern Abend für ihn schwer, nichts davon Carola zu erzählen, es war die erste kleine Lüge, die jetzt zwischen ihnen stand. Aber er wollte nicht darüber reden. Sicher hätte sie sich darüber gefreut, wenn er ihr gesagt hätte, dass er zu seinen Eltern fuhr. Was hatte er in den Tagen alles versucht, aber nichts erschien ihm sicher. So hatte er seinen einsamen Kampf geführt, sich bei seinen Eltern angemeldet und nun saß er hier im Wagen nach Palermo!

Als er die breite Auffahrt zu seinem Elternhaus entlang fuhr, starrte er das Haus an, das ihm entgegen zu starren schien. Das Haus kam ihm immer so kalt und abweisend vor, oder auch angsteinflößend. Ihm war auch jetzt etwas mulmig, er war schon eine lange Zeit nicht mehr hier gewesen. Auch heute hatte er die Fahrt unterbrochen und war sehr lange unten am Hafen. Dort hatte er seine Gedanken geordnet, dem lebhaften Treiben zugeschaut und einen leckeren Fisch in einem der Fischrestaurants gegessen. Jetzt am Nachmittag musste er sich seiner Aufgabe stellen.

Beim Aussteigen eilte ihm schon der Hausdiener seines Vaters entgegen und begrüßte ihn, wie es so seine Art war, etwas steif. Aber an dem verschmitzten Lächeln war zu sehen, wie er sich freute, ihn zu sehen. „Signore, schön das Sie wieder da sind. Ihr Vater und auch ihre Mutter warten im Salon auf euch. Kann ich das Gepäck nehmen, ich veranlasse, dass es auf Ihr Zimmer kommt."

„Danke Silan!" Er langte auf den Beifahrersitz und griff nach einem Strauß Blumen. Bunte Gladiolen, die liebte seine Mutter.

Langsam betrat er dass das Haus, wieder hatte er das ungute Gefühl als würde er einem hungrigen Monster begegnen, das sein Maul weit offen hatte, um alles zu verschlingen. Es wirkte alles sehr streng, vornehm, kühl, es sollte nicht den Eindruck erwecken, dass in diesen Mauern Glück oder gar Lachen herrschte. Unwillkürlich zog er an seinem Jackett und strich sich die Haare glatt, als er den Türgriff zum Salon öffnete. Sein Blick ging in einen recht großen Raum der die Schritte in den schweren Teppichen dämpfte. Die Wände waren mit rot goldenen Tapeten und Gemälden ausgestattet. Weiterhin gab es einen großem offenen Kamin, schwere Sesseln mit den kleinen Tischen, die locker um den Kamin herum standen. Seine Mutter lehnte am Kamin und nach einem kurzem Zögern kam sie mit einem herzlichen Lächeln und mit ausgestreckten Armen auf ihn zu. Eine schlanke elegante Erscheinung, ihre schwarzen Haare, die perfekt zu ihrem schmalen Gesicht zu einem Knoten frisiert waren, ihre Kleidung elegant und lässig getragen mit dem passendem Schmuck, nicht zu viel und nicht zu wenig, sie strahlte einfach die *Herrin* aus, die hier im Hause das Sagen hatte.

„Lass dich anschauen, viel zu lange hast du dich nicht bei uns blicken lassen. Es ist schön, dass du da bist" und sie drückte ihn voller Liebe an sich.

„Gut siehst du aus Mama, mir scheint, du wirst immer jünger!"

„Alter Schmeichler du, aber es ist schön, liebe Worte von dir zu hören."

Er wendete sich seinem Vater zu, der im Sessel saß und ihn genau studierte.

Ihm war die Macht, die er besaß, anzusehen, die Augen verrieten die Härte, seine Gesichtszüge waren geprägt von Beherrschtheit und einer leichten Arroganz. Als er aufstand hatte es den Eindruck als fülle er den Raum aus. Groß, stattlich mit etwas grau in den Haaren, was ihn aber dadurch noch attraktiver machte. Auch er war perfekt im Anzug gekleidet. Seine Zigarre lässig in der Hand haltend kam er auch auf Bernando zu, fasste ihn an der Schulter und meinte:

„Na, dass du deinen Weg hierher findest ist erfreulich, ich bin gespannt was du auf dem Herzen hast."

Er dachte, das ist typisch für ihn, keine drei Minuten stehen wir uns gegenüber, schon ahnte er, dass ich etwas möchte. Zurückhaltend, aber mit etwas Zynismus in der Stimme.

„Du hast recht, vor dir kann man nichts geheim halten, aber davon später, erzählt mir, wie es euch geht und wie die Geschäfte so laufen."

„Soweit läuft alles gut, ich habe einen recht guten Überblick, aber das muss ich dir unbedingt erzählen! Komm setzt dich zu mir!"

Seine Mutter zog etwas die Schultern hoch, blickte beide an und sagte:

„Ach ich sehe schon, da bin ich nicht mehr gefragt, aber ich möchte euch sagen, dass es heute Abend um 19 Uhr Essen gibt. Fast an der Tür, drehte sie sich zu ihm um, „du kennst doch noch Ilaria? Ihr wart doch früher öfters aus, wenn ich mich erinnere? Sie kommt heute mit ihren Eltern zum Essen." Sie war schon halb zur Türe hinaus, als er sich zu ihr umwandte und ihr recht bissig antwortete:

„Mama, du kannst es wohl nicht lassen, auch Ilaria wird nicht mein Herz gewinnen, das hättest du dir sparen können!" Seine Augen wurden schmal, als er seine Mutter anschaute, die sich empört zu ihm drehte. Er spürte Zorn in sich aufsteigen. Diese ewigen Versuche, ihn zu verkuppeln, ihn zu einer Hochzeit zu bewegen, wo vor allem die Väter ihren Vorteil hatten. Innerlich sagte er sich, „bleib ruhig, du willst etwas, also mach gute Miene und lächle, ich bin ja bald wieder weg." Es war nicht zu fassen, keine halbe Stunde war er jetzt hier und schon wurden die Netze ausgeworfen!

Seine Mutter blickte ihn an und er konnte in ihren Augen sehen, wie empört sie über seine Bemerkung war, aber ihre Miene hatte sie sofort wieder im Griff und meinte nur etwas spitz: „Du wirst es überleben!" Damit ging sie hinaus und schloss betont leise die Tür, was aber einem Zuschlagen gleich kam. Sein Vater hüllte sich in Zigarrenqualm und meinte ruhig:

„Komm, wir gehen in den Garten eine Runde drehen, da können wir reden."

Sie gingen durch den Raum in die große Empfangshalle, wo sie gerade noch hörten wie die Mutter in der Küche mit leicht erregter Stimme Anweisungen gab. Sie öffneten eine Terrassentür, die Sonne war noch angenehm, es würde noch eine Weile dauern, bis ihre ganze Kraft erlosch für heute.

Die beiden Männer schlenderten durch den Garten, setzten sich unter eine große Schirmakazie auf eine Bank und lauschten kurz dem lebhaften Zwitschern der Vögel.

„Was möchtest du von mir oder uns haben? Du weißt, ich rede nicht gerne um den heißen Brei herum. Ich kann wohl mit Recht sagen, dass dein Weg dich nicht einfach aus Sehnsucht hierher führte und auch sicher nicht, um zu hören, wie die Geschäfte gehen. Denen hast du dich abgewandt und meintest, all das hier hat nichts mit dir zu tun! Aber wenn du dich da mal nicht irrst, Blut ist dicker als Wein!" Bernandos Blick ging suchend durch den Garten, der eigentlich eher ein Park zu nennen war. Er blieb an einem Springbrunnen hängen und Erinnerungen tauchten auf. Als er ein kleiner Junge war, hatte er diesen Brunnen sehr geliebt und wenn niemand in der Nähe war, da zog er seine Schuhe und Strümpfe aus, die Hose legte er auf die Wiese und stieg in den Brunnen. Er fand es herrlich in dem Brunnen und in den Wasserfontänen herum zu toben. Wie unbeschwert er sich damals fühlte. Er blinzelte das Bild fort und wandte sich seinem Vater zu.

„Es fällt mir wirklich nicht leicht, dich um einen Gefallen zu bitten, noch dazu, da ich weiß, dass ich damit wieder in eure Reihe treten werde, ich mich dir unterwerfen muss mit all den Methoden und Geschäftsgebaren, wenn du es von mir erwartest. Ich weiß und es fällt mir mehr als schwer, aber das ist es mir wert." Er verstummte für einen Moment, lehnte sich zurück und schloss die Augen. Er hörte den Wind, wie er leicht durch die Bäume wehte und die Blätter leise raschelten. Innerlich seufzte er und richtete sich wieder auf.

„Wie hatte Mama damals, als ich mich entschloss meinem Weg zu gehen zu mir gesagt: Wenn du es auch im Moment nicht glaubst, aber es kommt der Tag, da wirst du erkennen, dass man nicht davon laufen kann, es holt uns immer wieder ein! Dessen bin ich mir bewusst, aber es ist für mich zu wichtig, es geht um mein Leben!" Erschrocken ließ Lorenzo seine Zigarre sinken.

„Was ist passiert? Wirst du bedroht? Ich rufe sofort meine besten Männer zusammen, damit wir das Problem lösen!" Er war sichtlich aufgeregt und er wurde recht blass. Bernando sah wie sein Vater beunruhigt war.

„Halt, nein, so meinte ich das nicht! Es betrifft mein zukünftiges Leben, denn ich habe die Frau gefunden, mit der ich leben will und da gibt es ein Problem zu lösen." Erstaunt mit einer Spur Belustigung und Erleichterung konnte er ein kleines Lächeln sich nicht verkneifen.

„Eine Frau mit der es ein Problem gibt? Na, das musst du mir genau erzählen! Aus welcher Familie kommt sie? Kennen wir sie?"

„Komm, laufen wir ein paar Schritte es dauert einen Moment!" Er erzählte die ganze Geschichte, wie er Carola kennen gelernt hatte und er erzählte, was er für einen Plan hatte.

„Vater, ich hatte sehr viel nachgedacht und Carola wollte sofort nach Meiningen fliegen, um mit ihren Mann darüber zu reden, dass sie die Scheidung will. Aber, ich habe da so viele Bedenken. Was ist, wenn er nicht einwilligt, ihr die größten Schwierigkeiten macht? Oder sie wird wieder schwach und bleibt dort. Erst nach drei Jahren könnte sie geschieden werden, wenn alles gut geht! Ich will nicht, dass sie dorthin fährt. Sie hat sich für mich entschieden!" Er blieb stehen und starrte auf einen Punkt. Angst umklammerte seine Brust und es traf ihn brutal, denn mit seinen Worten hatte er sich ausgeliefert. Seine Vater blieb auch stehen und wandte sich zu ihm um und er merkte, wie sein Sohn mit sich haderte. Aber da gab sich Bernando schon wieder einen Ruck und erzählte weiter.

Also, mein Plan ist der, dass sie einfach neue Papiere bekommt und dafür brauche ich deine Hilfe! Keiner hatte sie gesucht, sie hat mit keinem in Deutschland Kontakt, sie ist einfach verschwunden. Nach 15 Monaten hat sich niemand für sie interessiert.

Ich bin mir sicher, dass ihr Mann alle Hebel in Bewegung gesetzt hatte, um sie zu finden, aber sie war recht schlau bei ihrer Flucht und ich bin mir sicher, wenn es eine Spur gab, dann hätte sie sicher ihrem Mann schon gegenüber gestanden. Meinst du, dass wir das lösen können?" Lorenzo verschlug es für einen Moment die Sprache. Mit so einem Anliegen hatte er weiß Gott nicht gerechnet! Er schwieg einen Moment, aber dass sein Sohn wieder hier bei ihm stand, war für ihn das wichtigste. „Junge, ich bin wirklich etwas überrascht! Erstens, gibt es nicht genug hübsche Frauen hier, ohne Vorgeschichte? Dann, muss das denn alles geregelt werden? Mein Gott, du kannst doch so lange du willst mit ihr zusammen leben, aber so wirst du immer in irgendeiner Form an sie gebunden sein! Ein Frau mit Vorgeschichte, du bist noch jung, wer weiß wie du es in einem Jahr siehst? Heirate dann eine Frau aus deinen Kreisen, bekomme Kinder, alles andere sind doch nur Schwärmereien! Glaube es mir! Natürlich habe ich meine Quellen, die solche Sachen hervorragend erledigen, aber überlege dir das sehr gut! Natürlich freue ich mich, dass du mit einer Bitte zu mir kommst, denn das bedeutet ja auch, dass wir als Familie dir doch wichtig sind."

„Vater, ich habe das alles gründlich durchdacht und ich weiß auch, dass du natürlich jederzeit auf mich zurückgreifen kannst. Schön wäre es, wenn es in deinen Überlegungen dann an letzter Stelle käme. Aber ich entziehe mich meiner Pflicht nicht!"

„Das ist schön zu hören, eine Familie hält immer zusammen, in guten und in schlechten Tagen, wir wünschen uns doch alle, dass es nur gute Tage gibt! Ich sage es dir ganz ehrlich, deine Mutter wird scharfes Geschütz auffahren, sollten wir diese junge Dame kennenlernen, dann wird sie einen schweren Stand haben! Ich sehe da eine Menge Probleme, wenn du diese Carola womöglich auch noch heiraten willst. Wovon ich fast ausgehe, wofür sonst dieses Theater? Bist du dir im klaren, was das für Probleme gibt? Wie willst du sie in die Familie einführen? Es gibt Leute, die gerne herum schnüffeln um etwas zu finden, womit wir dann erpressbar sind." Bernando wurde aufgeregt.

„Darum müssen wir genau überlegen, woher sie kommt, um so wenig Spuren wie möglich zu legen. Ich weiß schon, es wird vor allem für Mama ein Drama werden, aber es bleibt ihr nichts anderes übrig und wie ich sie kenne, schafft sie das auch, mit viel Getöse, aber sie wird niemals ihr Gesicht in der Gesellschaft verlieren wollen. Also wird sie umso perfekter sein!" Lorenzo seufzte, aber er konnte nur mit Mühe seinen Unmut zurückhalten. Wenn nicht sein Sohn vor ihm stehen würde, dann würde er jetzt ganz andere Tönen anschlagen!

„Ja, das wird sie und ich natürlich auch!" Dabei war ihm nur das eine wichtig, dass sein Sohn wieder zur Familie gehörte und auch für ihn wieder zur Verfügung stand, wenn es sein musste. Er musste ihn erst einmal ablenken, um Zeit zum Nachdenken zu gewinnen. Einerseits war es kein Problem neue Papiere zu beschaffen, aber wie könnte er ihn von seinem verrückten Vorhaben abbringen? Er musste mit Lucia reden!

„Im Moment gibt es ein paar Leute, die recht aufmüpfig werden, es rumort und noch weiß ich nicht genau, wer versucht gegen uns Stimmung zu machen. Ich versuche alles wie immer im Griff zu haben, aber die Zeiten haben sich geändert und da sind ein paar

Geschäfte die nicht so gelaufen sind und die Zeiten, in denen wir die absolute Macht hatten, sind nicht mehr da, hier werden manche zu aufmüpfig. So rebelliert zur Zeit ein ganzes Dorf und hat mir gepanschten Wein untergeschoben. Ich weiß, wer sie sind, ich möchte aber so weit es geht, das unter uns aushandeln. Noch habe ich alle die, die versuchten mich anzuschwärzen unter Kontrolle." Resigniert meinte Bernando.

„Es hat sich also nichts geändert? Wie sollte es auch! Du weißt, dass das der Grund war, warum ich fort gegangen bin? Ich mag das alles nicht! Es lebt sich viel angenehmer für mich, ich kann jeden Morgen mit guten Gewissen zu meiner Arbeit gehen, ich muss nicht schauen, ob da jemand auf der Lauer liegt. Warum kann meine Familie nicht auch so leben?" Aufgebracht kam es auch prompt von Lorenz: „Weil es schon seit Generationen so ist. Ein Imperium hat immer Neider und du bist der erste, der meint, das gehe ihn nichts an!" Er seufzte. „Ich werde versuchen, dich nur in allerhöchster Not um Hilfe zu bitten und vielleicht gelingt es dir ja einmal, alles anders zu machen! Wann willst du deiner Mutter die Geschichte beibringen?" lenkte er nun wieder das Thema auf Bernandos Bitte zu.

„Das wollte ich heute Abend tun, aber nun hat sie ja schon dafür gesorgt, dass am Abend Gäste bei uns sind, aber ich denke, dass ich morgen Vormittag eine gute Gelegenheit finden werde, um den Sturm über mich ergehen zu lassen." Da wird sie ja von Vater schon alles wissen!

Die Sonne wanderte langsam über die Bäume und die angenehmen warmen Sonnenstrahlen machten sich breit. Sie saßen noch eine Weile im Schatten einer großen Schirmzypresse. Lorenzo stand mit einem Seufzer auf, blickte auf seinen Sohn und meinte mit einem leichten sarkastischen Ton, „Überlege dir gut, was du tust. Scherben lassen sich schlecht kitten." Damit wandte er sich ab und lief langsam auf das Haus zu.

Bernando blieb noch einen Moment sitzen und schaute nachdenklich in die Ferne. Ich muss für eine Weile hier weg und mich auf den Abend vorbereiten, ging es ihm durch den Kopf. Er stand auf und lief als wäre er auf der Flucht, den Kiesweg entlang und schwang sich in seinen Wagen. Laut heulte der Motor auf und die Reifen spritzten den Kies in alle Richtungen. Am Meer machte er an seiner Lieblingsstelle Halt, lief den Strand auf und ab und setzte sich in ein Restaurant am Wasser. Er angelte sich eine Zeitung und schaltete die dunklen Gedanken aus.

Mehr aus Routine heraus schaute er auf die Uhr und stellte erstaunt fest, dass er fast zwei Stunden hier verbracht hatte und fuhr mit einem tiefen Seufzer in die Hölle des Löwen zurück. Bevor er in das Haus ging, machte er noch einen kurzen Spaziergang durch den Garten, um sich für den Abend vorzubereiten. Lange Schatten wanderten über den Rasen, die Vorboten der Nacht. Angenehme Kühle machte sich breit. Ein leichtes Frösteln vertrieb ihn aus dem Park. Gesagt und gedacht war alles, er hing seinen Gedanken nach und wünschte sich, dass er Carola an seiner Seite hätte und ihm half, die schwierigen Stunden zu überstehen.

Im Haus kam ihm schon seine Mutter entgegen um ihm zu sagen, dass er recht spät dran sei, er sich schleunigst umziehen sollte! Sein Vater, der gerade aus seinem Büro kam, sie schauten sich an um sich mit einem kleinen Schulterzucken dem Willen von Frau und Mutter zu fügen.

Der Abend, er war austauschbar mit so vielen Abenden davor, höfliches Geplauder und ein scheinbar unbemerktes Belauern der Eltern, ob da nicht doch ein vertrautes Lächeln oder eine Geste war, was Hoffnung bedeuten könnte.
Ilaria tat auch alles um seine Aufmerksamkeit zu erregen, Bernando war betont witzig, gab sich betont fröhlich und es war, als triebe ihn der Teufel dazu, dass er übertrieb, mit allem was er sagte und tat. Die Eltern, besser die Mutter, sie bemerkte es nicht, sie war viel zu sehr mit ihrem geheimen Plan beschäftigt. Insgeheim war sie sich sicher, dass der Abend ein Erfolg würde. Noch wusste sie nichts über das Gespräch von Vater und Sohn. Sie

hatte ihren Mann kurz gefragt, aber er winkte unwillig ab. Lorenzo schaute seinem Sohn mit gemischten Gefühlen zu und ein Groll machte sich in ihm breit. Und er trieb mit ihnen ein Spiel der Verbissenheit und mit seiner Wut. Aber als er merkte, dass Ilaria ihn verwundert und dann mit einem kleinen sehnsüchtigen Blick anschaute, wusste er, dass er schnell die Handbremse ziehen musste!

Er bat Ilaria, eine schlanke nicht sehr große junge Frau mit schwarzen langen lockigem Haar ihren großen schwarzen Augen und einem kleinem Grübchen in der rechten Wange, nach dem Nachtisch mit ihm in den Garten zu gehen, die Mütter schauten sich siegessicher an und sie hauchte ihn an:

„Ja, natürlich gerne!"

Er fühlte sich nicht wohl in seiner Haut, er spielte nicht gerne mit Menschen und ihm wurde klar, er hatte es zu weit getrieben und nun musste er alles wieder in die richtige Fahrbahn lenken.

Er lief schweigend neben ihr her und suchte nach Worten. Dann drehte er sich zu Ilaria um, die ihm lächelnd und erwartungsvoll mit ihrem Gesicht sehr nahe kam. Erschrocken von der Erwartungshaltung, die von ihr aus ging starrte er sie an. „Oh je", dachte er, er hatte gehofft das Getue beim Essen wäre auch ihr auch auf die Nerven gegangen. Aber, so wie das hier aussah, lag er etwas falsch, „Scheiße..!" Er blickte grübelnd über den beleuchteten Garten, der romantisch zum Verweilen einlud. Er beschloss ohne Schnick Schnack einfach als ihr Freund mit ihr zu reden. Es würde schon keine Tragödie werden!

Etwas hilflos und sehr ungeschickt legte er los. „Ilaria, wie hübsch du geworden bist! Es hat so richtig Spaß gemacht heute Abend mit dir zusammen zu sein. Es ist ja schon lange her. Sag mal, hast du schon einen festen Freund? Oder gar feste Absichten? Ich kann mir vorstellen, dass du jeden Abend vergeben bist, so wie du aussiehst?" Sie schaute ihn etwas erstaunt an, meinte etwas sarkastisch.

„Du bist mir ein Spaßvogel! Natürlich gehe ich gerne aus, aber was heißt hier „feste Absichten", du weißt doch, wie es läuft!

Glaubst du, wir wären heute Abend hier, wenn du nicht hier wärst? Nein, es ist doch klar, was sie beabsichtigen und ich will dir etwas dazu sagen: Ich bin nicht dagegen! Wir kennen uns schon so lange, wir sind uns nicht fremd, in diesem Fall würde ich mich gerne in deine Arme begeben!"

Bernando rang mit sich und war doch etwas außer Fassung, denn mit so einer direkten Aussage hat er nun doch nicht gerechnet und er musste eine Lösung finden, die ihn nicht und auch Ilaria in keine peinliche Situation brachte. Außerdem hatte er ja die kleine Hoffnung, sie für sein Anliegen zu gewinnen. Was im Moment aber nicht sehr gut aussah!

„Ilaria, du weißt, wir haben schon so viel Zeit in unserer Kindheit und in der Teenie Zeit verbracht, dass war sehr schön, aber weißt du, das heißt doch nicht, das es auch Liebe werden könnte? Unsere Eltern, sie denken es sich so ganz einfach! Sie kennen sich, sie haben sich immer verstanden, also, ist der Rest doch ganz einfach! Die Familien kennen sich auch. Aber dem ist nicht so! Sei mir nicht böse, ich sage es dir, um dir keinen Kummer zu bereiten, mein Herz ist vergeben!"

Ihr war es nicht anzumerken, dass sie eine Welle der Traurigkeit zu überrollen drohte. Leicht amüsiert versuchte sie aus der Situation das Beste zu machen. „Fast hatte ich mir so etwas gedacht, denn deine Show, die war so aufgesetzt, eine gute Nummer, ich musste innerlich darüber lachen, aber ich nahm es wohl zu persönlich!" Dann meinte sie ernster:

„Sicher, ich hätte es schon nett mit uns gefunden, aber um es ehrlich zu sagen, ich habe da auch so meine Liebe und du bestärkst mich darin, mich nicht den Wünschen unserer Eltern zu beugen". Sichtlich erleichtert grinste er sie glücklich an. „Das ist doch gut! Dann können wir beide mit leichten Herzen zu unseren Eltern an den Tisch gehen und uns gegenseitig von unserer Liebe erzählen! Ich denke, dass es ein toller Spaß wird, vor allem für die Väter, deren geschäftliche Fusionen als Seifenblasen wieder einmal zu schnell platzen! Die Väter, sie werden ihre Geschäfte neu ordnen müssen! Kämpfe um deine Liebe, gebe nicht nach, es ist dein

Leben. Du musst nur an dich glauben und auch versuchen deinen eigenen Weg zu gehen." Hand in Hand gingen sie ein Stück durch den Park und liefen dann über den beleuchteten Weg zurück zum Haus. Er erzählte ihr dabei von seiner Carola, die die Liebe seines Lebens war und er alles für sie tun würde. Er schubste sie leicht und meinte im kameradschaftlichen Ton.
„Gehen wir in die Höhle der Löwen und wir spielen unser Spiel!"
„Danke, so wird es doch noch ein Abend der Überraschung und wir können Freunde bleiben! Ich freue mich schon jetzt, wenn du mir Carola vorstellen wirst."
„Weiß dein Vater schon, dass du in festen Händen bist?"
„Ja er weiß es und wir sind beide im Moment, sagen wir es so, in Verhandlungen, eben wie Vater und Sohn geschäftlich zusammen arbeiten. Nur meine Mutter hat noch keine Ahnung und morgen früh wird sich das Gewitter gewaltig entladen. Aber ich lasse mich nicht von meinem Weg abbringen, die Zeiten des absoluten Gehorsams sind vorbei."
„Na, das klingt ja sehr romantisch!" Kam es mit einem ironischen Grinsen von ihr.
„Ach du kennst das ja mit unseren Familien, sie können nicht so schnell umdenken, es bedarf unserseits Geduld, eine Menge Mut und Fingerspitzengefühl!"
„Hast du das?"
„Ich muss es haben!"
„Klingt auch recht geheimnisvoll!"
„Ja und nein, so komm, lass uns hinein gehen, sonst denken sie noch, wir haben schon heimlich geheiratet!"
Wie nicht anders zu erwarten war, schauten vier Paare, nur Lorenzo blickte skeptisch, sie neugierig und erwartungsvoll an und sie mussten sich das Lachen verkneifen, taten so, als seien sie miteinander in Einklang. Sie plauderten über ihre Liebsten, aber so, dass die Eltern nicht so recht heraus bekamen, wer denn damit gemeint ist? Nur Lorenzo durchschaute das Spiel und warf Bernando ein paar zornige Blicke zu. Aber tief in seinem Inneren imponierte es ihm, wie sein Sohn ohne Abzubiegen seinen Weg

ging. Der Rest des Abends verlief, wie nicht anders zu erwarten, harmonisch und am Schluss waren sich die Mütter einig, es konnte nur eine Fortsetzung geben!

Bernando fiel völlig erschöpft in sein Bett und hatte nur einen Gedanken: „Das mach ich nicht noch einmal! Ich mach mich doch nicht zum Affen, weil es Mami und Papi es so gerne wollen?
Hey, wer bin ich denn? Ich haue morgen hier ab und das war's dann!" Aber das funktionierte nicht so ganz, fiel ihm ein! Da gab es noch etwas, weswegen er ja auch hier war! „Oh Mann," er wollte das alles nicht, aber für Carola tat er das, „verzeih mir, wenn ich einen Moment wütend war, aber es geht schon wieder, ich hab ja zum Glück dich!" Sendete er seine Gedanken an sie.

Der junge Tag er versprühte eine Energie und Fröhlichkeit mit seiner morgendlichen Wärme, so als möchte er der Welt zeigen, welche Kraft sie geben konnte. Der Vogelgesang, war erfüllt von sprühendem Leben sie zwitscherten und jubilierten in dieser morgendlichen Frische Bernando rieb sich die Augen, griff neben sich, glatt und jungfräulich lag das Kopfkissen da. Ach ja, er war ja bei seinen Eltern! Er staunte, dass die Sonne schon so hoch am Himmel stand, sprang aus dem Bett, reckte und streckte sich.
Na, dann mal auf in den neuen Tag und ging Richtung Bad.
Frisch geduscht wird sich der Tag mit seinen Widrigkeiten sicher besser überstehen als er in den lichtdurchfluteten Wintergarten ging er seine Mutter bei einer Tasse Kaffee sitzen sah und ihm kam sofort der Verdacht, dass es nicht die erste Tasse war, eher so, als ob sie auf ihn gewartet hatte. Sie schaute ihn mit einem bekümmerten Blick an, widmete sich dem Brötchen, das sie mit einem bewusst herzhaften Schnitt teilte.
Er beugte sich zu ihr und gab ihr einen betont herzlichen Kuss auf die Wange.
„Na, Mama, ich hoffe, du hattest eine gute Nacht?"

„Danke, die hätte allerdings besser sein können und auch dir einen guten Morgen!" Betont besorgt und innerlich seufzend, fragte er sie: Fehlt dir etwas, „hast du Sorgen?"

Oh weh, dachte er, das war keine gute Frage. Ich ahne, jetzt geht es los, also rüste dich innerlich, sei stark!

„Eigentlich nicht, wenn du nicht wärst!" Kam es sehr spitz und strich dabei die Butter auf die eine Brötchenseite als könnte sie damit alles was sie beunruhigte glatt streichen. Sie schaute ihn mit verletzten und zornigen Augen an.

„Ich, Mama! Was habe ich denn getan? Hätte ich Ilaria noch küssen sollen?", versuchte er sie abzulenken.

Wütend schleuderte sie ihm entgegen.

„Du bist unmöglich! Die Show die ihr beide abgezogen habt, glaubt ihr im Ernst, wir Mütter haben das nicht durchschaut? Was sollte das? Wir wollten einfach einen Abend, an dem ihr wieder ein wenig mehr Kontakt bekommt und was macht ihr? Eine Komödie!!" Zornig ließ sie einen Löffel mit roter Marmelade auf die Brötchenhälfte fallen und biss unwillig hinein. Es kam ihm vor, als würde sie am liebsten das, was sie erboste weg beißen.

Bernando lachte laut los und sagte:

„Ja, Mama, wenn man die Drehbücher schreibt, dann passiert es halt, dass aus einem Drama eine Komödie wird. Bevor das Drama passiert!!"

„Von welchem Drama sprichst du denn?", und blickte ihn wütend an.

Er griff nach der Kaffeekanne um sich zu sammeln.

„Komm Mama, wir wissen es doch alle, dass es kein Zufall war. Das Essen mit Ilaria und ihren Eltern. Ilaria und ich hatten einfach das Spiel auf unsere Art gespielt! Du weißt auch, das es darum auch nicht geht! Ich denke, dass Vater schon mit dir gesprochen hat und es ist ein guter Einstieg für das Gespräch, das ich mit dir führen möchte!" Giftig blickte sie ihn an und schob dabei unwillig ihre Tasse etwas zur Seite.

„Was möchtest du mir sagen?"

„Ja, ich habe ein Problem, das ich gestern mit Vater besprochen habe und er ist bereit mir zu helfen. Natürlich ist es mir auch klar, dass ich meine Freiheit, die ich mir genommen habe, damit aufgehoben wird und ich wieder ein Mitglied der Familie bin. Ich hoffe, dass es nur in einem wirklichen Ernstfall sein wird, Vater gab mir sein Wort und ich werde, wenn es sein muss, die Ehre der Familie vertreten. Es freut dich sicher, dass ich wieder öfters hier sein werde."

„Das ist das erste vernünftige Wort, nur warum klingt es so bitter und da muss es doch einen Grund geben? Kannst du mir jetzt erzählen, was dich dazu veranlasst hat? Geht es wirklich nur um diese Frau, wo dein Vater helfen soll?"

Er holte tief Luft und „ja, Mama, dass ist es! Ich habe mir Tag und Nacht überlegt, was für einen Weg ich gehen soll. Leider finde ich nur diesen Weg für mich und Carola!"

Bernando erzählte noch einmal seine Geschichte und in seinem Inneren machte sich die Sehnsucht breit, Carola zu sehen, sie zu hören, sie einfach in diesem Moment an seiner Seite zu haben, um das hier nicht alleine durchzustehen.

Seine Mutter hörte still zu, aber ihre Gesichtszüge, ablehnend, mit einer nicht zu durchdringenden Kälte verrieten, was sie davon hielt.

„Vorab erst einmal die Frage an dich? Haben wir dich nicht so erzogen, dass du weißt, was Pflichtbewusstsein und Verantwortung bedeuten? Glaubst du etwa, dein Vater oder ich hätten unser Leben gestalten können, wie wir es wollten? Wir hatten auch unsere Träume, es gab auch eine Zeit, wo wir frei sein konnten, in gewissem Grad, nicht so wie ihr, aber immerhin, es gab es! Jeder wusste, wohin er gehörte, wo sein Platz war, da gab es für niemanden ein *Aber*. Die Familie stand an erster Stelle, man hatte sich zu fügen! Glaube mir, auch für uns war es nicht leicht und in unserem Inneren gab es auch ein Aufbegehren. Nur unsere Erziehung, Tradition und Pflichtbewusstsein hielten uns davon ab, alles zu zerstören."

„Pflicht! Wer sagt denn, dass ich keine Pflicht übernehmen will? Aber ich weigere mich, eine Frau zu heiraten, damit es nur um die Bereicherung und um die Geschäfte der Familie geht. Ich möchte die Frau, die mich liebt und mit der ich leben will, egal, ob sie der Familie und den Geschäften von Nutzen ist. Es ist mein Leben, euer Problem ist es und das schon seit Generationen, dass Ehen nach Vorteilen geschlossen wurden. Was ist heute? Es ist ein Clan entstanden, wo jeder dem anderen misstraut. Ihr alle habt Macht, aber wem ist es von Nutzen? Euch, klar! Aber wo ist Fairness, wo sind Ehrlichkeit und auch Gerechtigkeit geblieben? Ihr steckt doch alle in einem Sumpf! Mit all dem Blut, was an euren Händen klebt. Ihr könnt doch gar nicht mehr gerecht sein, euer aufgeblasenes Gebäude mit seinen Intrigen wo jeder jeden beobachtet. Na klar, da sind solche Hochzeiten das Beste, alles unter einem Dach! Wann wacht ihr auf?
Vielleicht sind wir es, die dem allen ein Ende machen wollen und einfach nur ehrlich mit uns selbst und dem anderen gegenüber sein wollen."
Empört reagierte sie.
„Junge, bist du solch ein Traumtänzer? Glaubst du nicht, dass auch wir davon geträumt haben, frei zu sein, nicht abhängig zu sein von dem großen Clan? So einfach ist das nicht! Sicher, hätten wir keine Kinder, dann würde es mit uns enden. Aber so ist es nicht und tue nicht so, als wären wir Barbaren, wenn Not ist, dann wird geholfen, und stell es nicht so dar, als würden wir nur an uns denken. Es muss im Gleichgewicht sein, wir helfen und dafür wird uns geholfen. Was ist daran verkehrt? Selbstverständlich erwartet jeder von uns, dass er seinen Platz kennt. Dann noch eines, unterschätze nicht die Macht! Sie ist ein Suchtstoff! Hast du davon geschnuppert, wirst du süchtig, sie berauscht dich und beherrscht dich! Vielleicht bist du anders, aber noch hast du von dieser Droge nichts genommen. Du siehst nur die eine Seite. Aber eines Tages wirst du das Erbe antreten, dann verstehst du es. Ich vergleiche es oft mit Bildern die ich aus Filmen kenne. Männer, die auf einer großen Karte Krieg spielen, die Schiffe und Soldaten hin und her

schieben. Sie nutzen ihre Macht und das bis zur bitteren Neige! Wir Frauen, wir gehören zu dieser Macht dazu, denn was bei Männer Anerkennung mit Titel oder Rang ist, ist bei Frauen das Schalten und Walten im Haus. Glaube nur nicht, dass wir das nur im Haus tun, da sind wir das Aushängeschild, wir können es uns leisten, mit Juwelen und Seide herum zu laufen, aber wir, wir haben im Schlafzimmer, wenn niemand sonst zuhört, ein gewaltiges Wort! Diese Macht, die gehört uns Frauen, keine würde je sagen, *das habe ich meinem Mann geraten!* Nein, wir tragen einen Schmuck mehr, hören geduldig zu, wenn die Ideen umgesetzt werden. Das ist hier vielleicht in Sizilien besonders, die Geschichte, sie ist schon so alt. Sie funktioniert in allen Familien, ob mächtig oder klein. Ja, mein Sohn, so ist es mit der Macht! Ich, ich habe keine Lust, mir diese Macht nehmen zu lassen, ich bin damit aufgewachsen und somit kann und will ich nicht einfach von dir eine Frau vorgesetzt bekommen. Dein Vater und ich, wir sind zu lange ein eingespieltes Team und ich habe noch so ein paar Karten, die ich in das Spiel bringen kann! Nein, so wie du es dir denkst, so läuft das nicht!"
Er stand vor ihr, stützte die Ellenbogen auf den Tisch und schaute sie flehentlich aber auch selbstbewusst an.
„Mama, mir ist es Ernst! Ihr habt nur die Option, Vater hilft mir und du akzeptierst Carola, oder wie sie dann heißt, oder es ist das letzte Mal, dass ihr mich hier seht! Ich bin auf das Erbe nicht scharf! Weißt du, du solltest mal an meine Schwester denken! Was für ein mieses Spiel da gespielt wurde! Nur weil Maria eine Lesbe ist, was habt ihr da getan? Der Familienclan suchte nach einem schwulen Mann, der aber, ist ja klar, für die Familie nützlich war. Ihr habt sie einfach mit diesem Mann verheiratet, Pietro ist immer in eurer Schuld und vor allem in eurer Hand. Aber ob Maria glücklich ist, dass geht euch total ab! Übrigens, wir leben im 21. Jahrhundert, falls dir das entgangen ist! ICH will das so nicht! Ist das klar genug!"
Ihre Wangen röteten sich, nur mit Mühe konnte sie ihren Unmut und sich zurückhalten. Sie war es nicht gewöhnt, dass man ihre

Anweisungen nicht befolgte. Sie griff an ihre Perlenkette, eine Bewegung, die sie immer machte, wenn es in ihr arbeitete. Ihr Blick ging zu einem Ölportrait von Lorenzos Vater, schaute es fast bittend an, um ihn dann mit harter Stimme anzufahren.

„Nun fang nicht mit Maria an! Überlege doch selber einmal! Hier auf Sizilien, eine Frau, die Frauen liebt! Selbst du müsstest wissen, was das bedeutet! Öffentlich, bei der Familie! Was hätte sie und wir alle zu ertragen gehabt? So ist es doch gut! Maria lebt ihr eigenes Leben und ihr Mann auch. Sie haben so eine Art „großzügiges" Haus, wo seine Freunde (besonders einer) und ihre Freundinnen (besonders eine) offiziell leben. Ansonsten hat jeder eine Wohnung. Natürlich hat Pietro manchmal etwas zu tun, aber wie hätte er seine Neigungen hier auf Sizilien ausleben können?"

Er stemmte seine Arme wütend auf die Hüften, ihm wurde heiß von dieser Einstellung, auch wenn er ihr zugestehen musste, dass sie Recht hatte, was Maria anging. Aber es ging ihm trotzdem auf die Nerven, so wie sie es sahen.

„Mein Gott, ihr habt eine Begabung, alles für euch ins rechte Licht zu setzten, dieses wenn wir nicht wären, dann… dann wären sie vielleicht in einem andern Land, wenn es für sie wichtig gewesen wäre, aber stehe doch dazu, dass ihr mit den Menschen spielt. Leider ist es ja so, die meisten Menschen reden zwar viel, aber wenn es um Fakten geht, dann kuschen sie. Sie beneiden alle, die etwas anderes machen, aber als Antwort kommt dann: Würde ich ja auch machen, aber da ist das Haus, die Oma, ja, vielleicht in ein paar Jahren…! Ja, das ist so, aber wenn es so ist, dann ist es die Entscheidung jedes Einzelnen, ihr trefft Entscheidungen und Maria hat sich als brave Tochter gefügt!" Mit einer wegwerfenden Bewegung, die ihre Armreife leise zum Klingen brachte, sagte sie:

„Ach, nun komm, ich denke Maria geht es nicht schlecht, nie hätte sie es hier als Lesbe geschafft, eine eigene Galerie zu haben, also sei mal nicht so überheblich! Du als normaler Mann, was weißt du denn schon von den Schwierigkeiten wenn man anders gestrickt ist!" Seinen Zorn, den er empfand, wollte er wieder in den Griff bekommen und bemühte sich wieder um einen sachlichen Ton.

Nur an seinem Adamsapfel konnte man erkennen, dass es ihm nur mäßig gelang.

„Natürlich, da gebe ich dir ja auch recht und es ist ja auch gut, dass Maria gut leben kann, es geht mir ja einfach nur um das Grundsätzliche."

„Das ist schwierig! Jeder denkt, wenn er dem anderen in einer Situation helfen kann, dann erwartet man, dass es auf Gegenseitigkeit beruht. Weißt du, es ist viel schwieriger! Stell dir eine Szene vor: Ich bin eine kleine Putzfrau in einer Großbäckerei, ich habe Hunger und nehme mir zwei Brötchen. Leider werde ich beobachtet und folgendes passiert: Da ist ein Lustmolch der droht mir mich anzuzeigen und lässt sich bezahlen. Zweitens, ich fliege raus! Drittens, mein Vater kennt jemanden, der das regelt, und die kleine Putzfrau kommt ungeschoren davon. Dafür will der, der geholfen hat, auch geholfen bekommen. So ist das nun einmal, ob im Kleinem oder im Großen! Was ist daran nicht normal? Daran wirst du auch nichts ändern und ich bitte dich, dein Bild von der Familie doch ein wenig ins bessere Licht zu rücken."

„Mama, es ist lieb, dass du vielleicht im Falle Marias richtig gehandelt hast, was aber noch lange nicht heißt, dass ich mich euch beugen muss. Ich werde mein eigenes Leben führen, mit der Frau, die ich will und es gibt für euch nur die eine Chance. Ja oder nein!" Sie ging Richtung Kamin, rückte einen Kerzenständer unbewusst hin und her, krampfhaft überlegte sie. Sie wollte ihn nicht verstoßen, endlich war er wieder da, aber sie wollte dieses Mädchen nicht! Soll er sich mit ihr amüsieren, aber heiraten? Niemals! Warum sollte ihr das nicht gelingen, was schon Jahrhunderte lang gelungen war? Sie wandte sich ihm zu, ihre Miene hatte wieder diesen liebenswerten Blick.

„Ich muss nun mit deinem Vater sprechen und wie du mir sagtest, billigt er es, dass sie neue Papiere bekommt. Da machst du ihr doch eine große Freude, also lass dir doch Zeit. Überstürze nichts! Oder ist es dir soo wichtig, dass du sie uns hierher bringen wirst? Damit wir sie kennenlernen sollen? Wenn dem so ist, musst du wissen, wir tun es nur deinetwegen." Etwas erstaunt blieb er vor ihr stehen, gab sie so schnell nach?

„Ja, da ist dann nur noch eine Kleinigkeit mit einer Bitte! Ich erwarte von euch beiden, dass von keiner Seite anzügliche Bemerkungen fallen, wie zum Beispiel besonders von dir liebste Mama. Gestern, als Ilaria mit ihren Eltern hier war, hätte alles schön sein können, aber dann kam prompt, „ach sie verstehen sich ja so gut, was für ein schönes Paar!" Da bist du doch Spitze, nicht wahr? Einen Satz von euch mit solchen Anspielungen, dann ist sie sofort weg, ja, sie würde sich bei dir noch entschuldigen, aber sie wäre für mich für immer weg. Aber das solltet ihr bedenken, ich bin es dann auch, für immer! Behaltet es gut!"

Ihre Miene veränderte sich schlagartig, schon wieder einer dieser unverschämte Forderung, wie sie sich zu verhalten habe. Was ging nur in diesem Jungen vor, hatte ihm diese Frau den Kopf total vernebelt? Wo war seine Erziehung hin? Mit einem kalten Lächeln kam es von ihr:

„Ich behalte es und ich werde mich zurückhalten, aber wenn sie unmöglich ist, dann kannst du das nicht von mir erwarten! Bisher war es in dieser Familie üblich, dass wir gutes Benehmen an den Tag legen. Was ich bei dir im Moment vermisse!"

Er grinste leicht, so kannte er sie! Mit einem leicht süffisanten Lächeln verbeugte er sich.

„Wenn das so ist, dann bin ich ganz beruhigt!" Er hatte das dringende Bedürfnis aus diesem Raum und der Diskussion zu entkommen. Er beugte sich zu ihr, küsste sie auf die Stirn.

„Mama, ich muss jetzt los, ich hab dich lieb und grüße mir Vater ganz lieb, wir sehen uns bald!" Überrumpelt von dieser spontanen Situation konnte sie im Moment nur enttäuscht reagieren.

„Nun, ich bin gespannt, was dein Vater für Papiere besorgen wird und wie es weiter geht! Mach's gut und fahr vorsichtig." Sie versuchte, gelassen mit ihrer Art von unausgesprochenem Vorwurf von ihm Abschied zu nehmen.

Seine Gedanken waren noch im Wintergarten bei seiner Mutter und noch war er völlig aufgeregt, als er durch die Vorstadtstraßen, vorbei an den Villen, die versteckt hinter großen Mauern lagen, auf die Autobahn fuhr. Seine Gedanken kreisten um Carola, wenn er sie dann einmal bei seinen Eltern vorstellen sollte. Er musste den Kopf schütteln. Sie werden nie verstehen, dass ein anderes Leben auch möglich ist,es war immer so und wird immer so bleiben. Diese Machtkämpfe und Intrigen, wie diese Geschichte mit dem gepanschten Wein! Er wollte nicht wissen, was Vater aus Rache gemacht hatte? Einen Olivenhain oder Weinreben in Brand gesetzt? So ganz zufällig?" Das wollte er besser gar nicht wissen! Er wollte Carola heute sehen und ihr seinen Plan unterbreiten, er hoffte nur, dass sie damit einverstanden war. Sicher nicht gleich, da gab es bestimmt ein ganzes Stück Überzeugungsarbeit! Aber dann würde sie sicher zustimmen und alles würde seinen Weg gehen. Sie soll diesem Michael gar nicht mehr sehen müssen. Niemals mehr!

Gegen Mittag war er in seinem Büro, machte sich ein paar Gedanken, wie er Carola erzählen kann, dass er bei seinen Eltern war. Er wollte sie es jetzt gleich wissen lassen. Es war blöd gewesen, dass er es ihr nicht vor der Abfahrt gesagte hatte. Er wählte ihre Nummer, um ihr zu sagen, dass er wieder in Cefalu war und das er seine Eltern besucht hatte.
„Das finde ich ganz toll von dir und du wirst mir davon erzählen."
Sein Herz fing stürmisch an zu schlagen. Sehnsuchtsvoll kam es heiser von ihm:
„Ich habe dich so vermisst, warte nur, nicht ein Stück bleibt von dir übrig, ich bin am verhungern!" Als Antwort drang ein sehnsuchtsvolles Auflachen von ihr, an sein Ohr.
„Gut das zu wissen, dann werde ich mich mal gut würzen, scharf oder mild?"
„Scharf, ganz scharf!!"
„Musst du noch viel arbeiten heute?"
„Das bekomme ich hin! Noch muss ich hier über meinem Terminkalender brüten, du kannst dir nicht vorstellen, was hier ab geht! Pedro ist gerade dabei, mit Handwerkern zu verhandeln, dass

sie so schnell wie möglich loslegen können. Ich glaube es wird alles großartig!" Er lächelte in das Handy und sein Blick wandert zum Fenster hinaus, auf den Verkehr und über die Häuser zum Meer.

„Vergiss aber bitte nicht, mich in deinen Kalender einzutragen, ich möchte ganz viel von deiner Zeit! Also, bis heute Abend, ich hole dich ab und überlege dir, was wir kochen wollen." Er konnte es kaum erwarten endlich wieder bei ihr zu sein.

„Mach ich und bis in ein paar Stunden…" hauchte sie ihm ins Ohr. Er versuchte sich zu konzentrieren, seine Sekretärin hatte ihm einen Berg Arbeit auf seinen Schreibtisch gelegt und kam herein, um ihn an einen Termin zu erinnern. Eine resolute Frau, nicht mehr jung, ihr rundes Gesicht mit den dunkelgrauen Augen, denen hinter einer Brille nichts entging. Sie war immer korrekt in einem Kostüm mit weißer Bluse gekleidet, mit einem praktischen Kurzhaarschnitt und sie hatte ihre Arbeit fest im Griff. Er blickte sie an und auch wenn er es ihr sehr selten sagte, wusste sie, wie wichtig sie ihm war. Er vergaß seine Eltern, die Stunden vergingen wie im Flug und er musste sich beeilen, pünktlich bei Carola zu sein.

Wie schön sie aussah, wenn sie in ihrem Element war, alles war bei ihr in Bewegung, ihre Arme sie flogen wie ein Schwarm bunter Schmetterlinge, die Hände machten die reinste Zeichensprache, ihr Kopf schaute hier und dort hin, sie war ganz in ihre Arbeit vertieft. Es war zwar Ruhetag, aber den nutzten Pedro und sie aus, um für das neue Restaurant die Pläne fertig zu stellen. Er schaute ihr einen Moment lang zu, bis sie ihn entdeckte, auf ihn zu eilte und in seine Arme sprang. „Hallo mein Schatz, wie schön dich zu sehen! Che bella giornata. Ich bin sofort fertig, dann können wir fahren."

Beim Ausladen der Taschen, schaute er sich erstaunt um.

„Sag mal, hast du gar nicht bei mir gewohnt?"

„Nein, ich war in meiner Wohnung, da muss ich mich ja auch blicken lassen, und den Staub weg pusten."

In der Küche, jeder hatte ein Glas Wein vor sich stehen, sie schnippelten Gemüse, er rührte in einem Topf, der Kochdunst hing

mit seinem deftigen würzigem Geruch verlockend in der Luft. Sie hob ihr Glas, trank einen Schluck und fragte ihn:
„Erzählt du mir, was du bei deinen Eltern gemacht hast? War es schön? Sicher hatten sie sich gefreut, dich wieder einmal gesehen zu haben." Er rührte ausgiebig in dem Topf, um die richtigen Worte zu finden.
„Ja, sie freuten sich und ich werde dir beim Essen alles erzählen. Wollen wir auf der Terrasse essen, oder ist es dir zu kühl, lenkte er etwas ab?"
„Ich denke, mit einem Pulli wird es draußen noch schön sein, ich decke den Tisch und hole für uns die Pullis."
Nach einem großen Schluck Rotwein holte er tief Luft und sagte dann:
„Weißt du, ich sagte dir ja, dass ich ein paar Tage brauche, um eine Entscheidung zu treffen und diese Tage sind nun vorbei. Ich habe dir einen Vorschlag zu machen." Erschrocken blickte sie ihn an.
„Uff, muss ich Angst haben?"
„Nein, musst du nicht, aber es wird dich etwas verwirren! Höre mir bitte jetzt einfach nur zu! Ich habe alle Möglichkeiten durchdacht, auch, dass du zu Michael fährst, aber diesen Gedanken habe ich schnell verworfen. Die Gefahr, dass er dir nur die Hölle heiß macht und das auf sehr lange Zeit, das ist mir einfach zu riskant. Ich kenne ihn ja nicht, aber seine Eitelkeit dürfte stark in Mitleidenschaft gezogen sein, da weiß man nie…Er kann sich auch nach drei Jahren alles Mögliche ausdenken und dann nimmt es kein Ende. Er nahm ihre Hände, sah ihr ins Gesicht und sagte vorsichtig. Keiner hat dich in irgendeiner Form gesucht, weder in den Zeitungen noch über die anderen Medien war etwas. Du warst sehr schlau, wie du deine Flucht organisiert hast und das ist unsere Chance! Dich gibt es einfach nicht mehr! Ich habe mit meinem Vater gesprochen und er hat so seine Leute, die dir perfekte neue Papiere geben. So haben wir mit niemanden Ärger, du musst dich nicht mehr quälen und Michael, ich denke, er hat dich längst abgeschrieben. Vielleicht ist er gar nicht böse darüber, dass du fort bist. Ich würde Himmel und Hölle in Bewegung setzten um dich

zu finden. Ich denke, er wird dich dann einfach nach der Frist für tot erklären lassen, oder sein Leben so leben wie er es für richtig hält."

Carola schaute mit großen erschrockenen Augen zu ihm auf und konnte nur stottern:

„Mich soll es nicht mehr geben? Einfach ausgelöscht? Das kann doch nicht dein Ernst sein! Außerdem, wie stellst du dir das vor! Es kennen mich alle hier als Carola, manche kennen auch meinen Nachnamen, da kann ich nicht auf einmal als Rita Schmidt auftreten!"

„Ich weiß, das ist ein kleines Problem, aber es ist machbar! Pedro, den müssen wir einweihen, wir erklären allen, dass dir dein zweiter Name besser gefällt, - vor allem mir - und du wirst sehen, wie schnell alle sich daran gewöhnen. Nach kürzester Zeit wird niemand mehr dich als Carola kennen. Mein Vater bat mich, mit dir über den Namen zu sprechen, hauptsächlich den Vornamen, denn er soll dir ja gefallen. Alles andere, da müssen wir uns auf den Experten verlassen."

Sie zog die Stirn in Falten, sie fühlte sich unbehaglich, das war etwas, was über ihr Verständnis ging. Sie hatte doch genug angerichtet und nun sollte sie zu einer anderen Person werden? Gebannt schaute sie den kleinen Staubpartikeln zu, die in der Abendsonne tanzten. Leicht schaudernd gestand sie.

„Oh, ich weiß nicht, ob ich das will! Ist es nicht einfacher ich fahre nach Deutschland und stelle mich den Schwierigkeiten? Sicher wird Michael froh sein, wenn er mich los ist."

„Glaube mir, ich habe das hin und her überlegt und mein Bauchgefühl sagt ganz klar, Nein! Vertraue mir, uns wird es besser gehen, wenn wir diesen Weg gehen! Eine Frage habe ich aber an dich, du kannst dir auch Zeit dafür nehmen, es ist zu wichtig. Wenn du dir, was mich angeht, nicht ganz sicher bist, so überlege es dir genau, denn dann lassen wir alles so wie es jetzt ist. Ich liebe dich und möchte mein Leben mit dir verbringen, ich möchte mit dir Kinder haben und du musst dir sicher sein, dass du das auch so möchtest." Erstaunt über diese Frage wurden ihre Augen groß, wie konnte er nur solch eine Frage stellen? Hatte sie ihm nicht oft genug gezeigt, wie ernst es ihr war?

„Ich brauche keine Zeit zum Überlegen, ich möchte das alles auch, aber sag mal, sollte das eben ein Heiratsantrag gewesen sein?" neckte sie ihn, um das Unbehagen, das seine Frage in ihr verbreitete ins Spaßige zu bringen.

„Ja das ist so, wie ich es sagte, wir Sizilianer halten unsere Frauen fest, du sollst das auch wissen, aber der Heiratsantrag, der kommt in gebührender Form und wenn alle Hürden genommen sind. jetzt kann ich nur immer sagen, ich liebe dich von ganzen Herzen und ich werde dich immer lieben!"

Flehend und traurig und nach einer anderen Lösung suchend stammelte sie. „Gibt es wirklich keinen anderen Weg für mich? Wie soll ich lernen, mich daran zu gewöhnen, woher ich komme, alles wird neu sein." Er rückte näher an sie heran, nahm sie in den Arm, strich ihr über das Haar und sagte tröstend. „Komm, wir gehen einmal so einige Vornamen durch, vielleicht gefällt dir einer, oder vielleicht fällt dir ja einer ein, den du schon immer schön gefunden hast." Sie macht sich los von ihm und einen Moment ging ein Lächeln über ihr Gesicht. „Sabine finde ich ganz schön!"

„Na, du Sabinsche? prustete er los. Ich kannte während des Studiums mal eine Sabine und alle nannten sie so. Sei nicht böse, das ich lachen muss! Der Name ist wirklich schön."

Lachend kniff sie ihn.

„Du bist ganz schön blöd! Weißt du das?"

Aber wie ist es mit Estella? Was „Stern" bedeutet und du kamst ja wie ein Stern zu mir geflogen", und strich ihr dabei sanft über die Haare.

„Ja, der gefällt mir und eine beste Freundin hieß so!"

„Estella mein Stern, nicht schlecht, daran kann ich mich gewöhnen!"

Sie seufzte und konnte nur stotternd sagen:

„OK, dann mach einen Sekt auf und wir trinken auf Estella, die auf Sizilien lebt!"

Erleichtert, dass diese Hürde doch recht einfach genommen wurde, ging er pfeifend in die Küche. Carola saß wie ein Häufchen Elend da. Was hatte sie da alles bloß angestellt! Ihr ganzes Leben stand wieder einmal auf dem Kopf, sie hatte das Gefühl, dass sie immer mehr die Kontrolle verlor, nur weil sie den Kopf in den Sand steckte und tat, als hätte sie sich in Luft aufgelöst. Jetzt kam sie aus dieser Gasse nicht mehr heraus, sie musste sich damit abfinden, dass sie nun die Rechnung präsentiert bekam. Seufzend sagte sie zu sich, „also Carola, ups, Estella, fang wieder mal ein neues das Leben an, dieses mal begrabe ich mich auch noch selbst. Aber hoffentlich das letzte Mal!" Er goss erleichtert den Sekt ein und sie prosteten sich zu, als Carola/Estella dann fragte:

„Du hast gar nichts von deinen Eltern erzählt? Ich kann mir gut vorstellen, dass sie nicht gerade hell begeistert waren, als du ja nun notgedrungener Weise von mir erzählt hast. Oder hast du da von irgend einem Mädel erzählt? Wenn ich mich in deine Eltern so hinein versetze, muss es ziemlich heiß hergegangen sein, der Sohn hat eine verheiratete Freundin und die nun neue Papiere bekommen soll, und auch nicht aus gutem altem Hause stammt. War deine Mutter bitter enttäuscht, dass sie nicht mitmischen konnte bei der Wahl? Also erzähle mir, wie deine Ohren etwas gestutzt wurden!" Damit schnappte sie sich seinen Kopf und untersuchte seine Ohren gründlich. Er sträubte sich, schüttelte sich ein wenig unwillig.

„Natürlich waren sie nicht begeistert, aber ich denke, dadurch, dass ich ja jetzt wieder etwas näher in den Schoß der Familie zurück gekehrt bin, hat sie das etwas sanfter gestimmt."

„Du hast dich also wieder mit ihnen, sagen wir es einmal so, ausgesöhnt?"

„Ich hatte ja keinen Krach mit ihnen, ich will nur mein eigenes Ding machen, ohne sie, da brauchte es ein wenig Abstand zwischen uns, aber nun kommen wir uns halt wieder ein Stück näher." Meinte er betont locker. Sie musste ja nicht merken, dass es nicht so einfach gewesen war.

„Das finde ich ganz prima und vielleicht, wenn sie es mögen, lerne ich sie ja auch bald kennen!"
Die abendlichen Sonnenstrahlen wärmten sie, als habe sie einen schützender Schal um sich. Um dann im Meer zu versinken und löschten die Heiterkeit und auch die Sorgen des Tages langsam aus. Aber noch wollten ihre sorgenvollen Gedanken sich nicht verscheuchen lassen. Beide lagen wach, wälzten sich im Bett. Carola war das Herz schwer, und Bernando dachte düster daran, dass er nun der Verpflichtung nachkommen würde wenn es sein musste, da er wieder zur Familie gehörte. Hoffentlich war der Preis nicht zu hoch, den er bezahlen musste. Aber für sie würde er alles tun!
Carola/Estella versuchte, die Gedanken zu vertreiben, aber sie wusste, dass es nicht richtig war, so wie sich alles verselbständigt hatte. Sie müsste sich durchsetzten, alles regeln, wie es richtig wäre. Aber dann kam ihr der Gedanke, so war es doch gut, denn es stimme ja, niemand suchte nach ihr. Wenn Michael zur Polizei gegangen war, vielleicht hätten sie ihre Spur gefunden? Es war schon komisch, dass ein Mensch einfach so verschwinden konnte! Nirgendwo war zu lesen, dass eine Frau verschwunden war! Sie hatte lange Zeit viele Zeitungen gelesen oder Nachrichten geschaut. Sicher hatte Bernando recht, Michael suchte sie gar nicht. Vielleicht kam es ist ihm auch gelegen, so sang und klanglos seine Frau los zu sein. Preiswerter war es auch, denn er hätte mehr als 20.000 € zahlen müssen.
Wahrscheinlich turtelte er mit seiner Freundin herum, oder auch mit mehreren. Ist doch auch praktisch, er konnte ohne zu Lügen sagen, er ist verheiratet, und hatte damit seine Freiheit. Er war ja immer sehr diskret und geschickt mit seiner Freundin, aber ob er je daran dachte, sie hätte wirklich nichts gemerkt? Schon alleine der Duft seiner Freundin, schwebte durch das Haus wenn er spät nach Hause kam und sie noch im Wohnzimmer saß. Hör auf darüber nachzudenken, die Würfel waren gefallen und es war richtig so und sie war jetzt Estella! Morgen war ein neuer Tag! Sie war schon müde, warf sich noch einige Male hin und her und da fiel ihr noch

ein Spruch ein. *Die Vergangenheit hat uns in mancher Hinsicht gelehrt, wie man es nicht machen soll; wie man es machen soll, bleibt die Aufgabe der Zukunft.* Ein kluger Spruch von diesem Fritz Stern dachte sie schläfrig.

Die nächsten Wochen plätscherten wie die Wellen. Sie waren ausgefüllt mit Arbeit, so dass sie überhaupt nicht zum Nachdenken kam und sie abends todmüde war. Dann hatte sie auch noch ihre Wohnung, die endlich auch gekündigt werden musste. Zwei Wohnungen brauchten sie wirklich nicht mehr, denn Bernandos Wohnung war einfach größer und es war so zur Gewohnheit geworden, bei ihm zu bleiben. Sie musste heute Abend wirklich mit ihm darüber reden, sie lebten so richtig in den Tag hinein!
Bernando machte sich Gedanken, es waren nun vier Wochen vergangen und er hatte noch nichts von seinem Vater gehört. Außerdem mochte er mit Estella (komisch, wie schnell er sich an den Namen gewöhnt hatte) mal wieder einen Ausflug machen, nicht so weit weg von hier, aber das würde ihr sicher gefallen.
„Eigentlich könnte ich ja gleich mal auf einen Café zu Estella fahren und mit ihr darüber reden."
Er ging am Strand entlang, der jetzt fast leer war, der Sommer hatte sich verabschiedet und mit manchem Regenguss meldete sich der Herbst und zeigte sein raues Gesicht, nicht immer, aber immer öfter. Alles lief richtig gut, er musste lächeln, als er daran dachte, wie sie allen erklärt hatten, dass er Carola immer Estella nannte, weil es ihr zweiter Name war. Jetzt war sie halt Estella! Einige schauten erstaunt, misstrauisch, zweifelnd, was das sollte. Aber alle Freunde akzeptierten es mit der Zeit. Pedro schaute ein wenig nachdenklich, ihn zu hintergehen, das wäre nicht möglich gewesen. Bei einem Abendessen hatten sie ihm fast alles erklärt, sie wussten, er würde zu allem schweigen. Eine Carola, die würde er nie gesehen haben! Nun freute er sich, sie zu überraschen und im ersten Moment fiel es ihm nicht auf. Erst war es nur eine kleine Geste, als er den Mann sah. Ein unscheinbarer Typ, beinahe wie der Kommissar aus einer Fernsehserie, der immer in einem

zerknittertem Mantel herum lief. Seine Gedanken waren schon wieder woanders, als sein Blick noch einmal auf die Gestalt fiel. Ein leichter Schauder fuhr über seinen Rücken und schon waren sie da, die Alarmglocken, sie läuteten Sturm! Es war überhaupt nichts auffälliges, aber die Art wie er zu Pedros Restaurant schaute, halt, nein, der schaute ganz gezielt auf Estella, abwechselnd auf ein Foto und dann auf sie. Bernando überlegte fieberhaft, was er tun sollte und ging spontan auf den Mann zu, tat so, als würde er ihn nicht sehen und rempelte ihn sachte an.
„Oh scusi, das tut mir leid, ich habe Sie nicht gesehen."
Der Mann schaute ihn etwas ratlos, erschrocken und überrascht an und auf
Deutsch sagte er:„es ist nichts, es ist doch nichts passiert!"
„Oh. Sie sprechen deutsch? Machen Sie Urlaub hier? Eine schöne Sprache, ich habe in Deutschland studiert, kann ich Ihnen helfen? Jetzt ist für Sizilien auch eine schöne Zeit, kaum Touristen, gegen den Regen gibt es ja Schirme!" Er merkte, wie der kalte Schweiß langsam ihm den Rücken hinunter lief und wischte sich den Schweiß von der Stirn, aber es war schon ganz gut, er zeigte Interesse und er hatte ihn erst einmal an der Angel. Sein Gegenüber blickte verlegen und schaute dabei wieder genau zu Estella hin. Es war ihm anzusehen, dass er möglichst schnell zu Estella wollte, um festzustellen, ob es die Frau auf dem Foto ist. Zerstreut antwortete er Bernando: „ich, eh, ach ich, ja ich mache ein paar Tage Pause hier. Aber wenn Sie hier leben, ich habe doch eine Frage!" Er holte das Foto und zeigte es ihm. „Kennen Sie zufällig die Frau?"
Bernando hatte Mühe sich nichts anmerken zu lassen. Auf dem Foto war eine junge Frau, die lächelnd an einer Blume roch und diese Frau, war Estella! Blitzartig jagten tausend Gedanken durch seinen Kopf. Was sollte er tun? Der Mann durfte nicht merken, dass er das Foto erkannt hatte und vor allem musste er diesen Kerl von hier weg lotsen. Er glaubte vor ihm öffnete sich die Erde, um ihn zu verschlingen. Ihm wurde schwindelig und er holte tief Luft

und wurde ganz cool! Völlig überrascht schaute er auf das Foto und tat ganz fassungslos.

„Nein, halt, diese Ähnlichkeit! Nicht zu glauben! Ich könnte schwören, dass das Pedros Frau ist!" Er lachte Herrn Maier an, „aber sie lebt hier schon immer, die beiden sind schon ewig verheiratet." Er drohte spaßig mit dem Finger. „Sind Sie etwa ins geheim in sie verliebt? Aber Vorsicht, Pedro ist sehr eifersüchtig, wir sind ja schließlich Sizilianer! Wir lieben es gar nicht, wenn andere Männer in unsere Frauen verliebt sind. Aber es stimmt, beim Hinschauen gibt es eine leichte Ähnlichkeit!" Entrüstet schnaubte der Mann ihn an.

„Nein, ich bin nicht verliebt in sie, ich werde mich hüten! Ich will einem Freund einen Gefallen tun, dem seine Frau abhanden gekommen ist. Diese Ähnlichkeit, ich kann es nicht glauben! Ich könnte schwören, das sie das ist."

„Sie ist ihrem Mann oder Freund davon gelaufen?"

„So kann man es sagen und glauben Sie mir, der ist ziemlich sauer und wenn ich sie finde, dann lohnt es sich für mich!" Ihm fielen sofort die ersten Wochen ein, wo dieser Michael im fast täglich die Bude einrannte, um zu hören, was er heraus gefunden hatte. Es hatte lange gedauert, bis er ruhiger wurde und später kam es ihm vor, dass er sich langsam veränderte.

Aus seinem Zorn wurde Verzweiflung, dann wurde er immer stiller, es wurde unheimlich mit ihm, wenn man ihn kannte! Ein Dunst von Resignation hatte ihn fest im Griff.

Keine Zornausbrüche, nur die resignierte Frage „gibt es etwas Neues?" In der letzten Zeit hatte er sich gar nicht mehr gemeldet, aber er hatte gehört, dass nach seinen anfänglichen Zorn er sehr ruhig wurde und seine Frauenbekanntschaften rapide abgenommen hatten, ja, es schien so, als wären Frauen für ihn ohne Bedeutung geworden.

„Also, ich lebe ja schon viele Jahre hier und man kennt sich hier sehr gut, wenn da so eine fremde Frau käme, also das hätte ich gehört! Haben Sie schon mehrere Leute gefragt?" Musste er einfach etwas mulmig fragen. So viele Gedanken jagten ihm durch den Kopf. Was konnte er mit diesem Mann machen? Nie darf er auch nur in die Nähe von Estella kommen! „Nein, ich bin ja heute erst hier angekommen und bin nur spazieren gegangen als ich diese Frau dort sehe, mit dieser Ähnlichkeit.

Ich hatte mir für einen Moment Hoffnung gemacht, dass ich endlich diese Frau für meinen Freund gefunden habe!"

Bernando überlegte fieberhaft, wie er ihn am besten von hier fort locken konnte, denn wenn Estella merkte, dass jemand sich für sie interessierte, dann würde es eng! Er grinste den Unbekannten fröhlich an, machte eine Geste zum Meer und meinte lässig.

„Wie wäre es, ich habe gerade Zeit und es ist schön, wieder einmal Deutsch zu sprechen, darf ich Sie zu einem Drink einladen und dann überlegen wir, wie ich Ihnen helfen kann! Ich bin Bernando" und streckte ihm die Hand entgegen.

„Mein Name ist Maier, Bernd Maier und ja, gerne, das ist sehr nett von Ihnen!" Überrumpelt und sichtlich überrascht machte er sich einige Gedanken. So spontan ihn einzuladen? Na ja, die Italiener waren halt Südländer und warum nicht? Er hätte schwören können, dass es die Frau war, aber so wie dieser Bernando das sagte, warum sollte er ihn belügen? Es sah auch nicht so aus, als ob sie sich näher kannten! Er fand, das es ein guter Auftakt für seinen Urlaub war. Morgen war ja auch noch ein Tag, wo er in dem Lokal ein Bier trinken konnte und sich die Frau aus der Nähe anschauen wird.

„Kommen Sie", meinte Bernando in einem lockeren Tonfall, „wir gehen in die Altstadt, da gibt es so richtig schöne kleine Bars und der Himmel ist zwar ziemlich dunkel, es wird aber keinen Regen mehr geben." In Gedanken spielte er viele Möglichkeiten durch. Gut dass er als Tourist hier ist und heute wird es bestimmt nicht mehr regnen, wenn ihm nur etwas Geniales einfallen würde, wie dieser Mann hier verschwinden kann?

In der Bar bestellte er für Bernd ein Bier, für sich ein Glas Wein, schon um seine Nerven zu beruhigen. Leider fiel ihm nur sein Vater ein, der bei diesem Problem helfen konnte, er hatte sofort dabei einen bitteren Nachgeschmack im Mund, aber dachte er verächtlich, für Drecksarbeiten war er doch genau der Richtige! Er stand auf, klopfte Maier leicht auf die Schulter, während er die Gäste unter die Lupe nahm. Niemand der ihn kannte, das war sehr gut! Jede Menge Touristen, die sich lebhaft unterhielten und mit sich selber beschäftigt waren.

„Ich verschwinde kurz, ist ein Mann auch noch so schön, er muss auch mal…, na Sie kennen ja sicher den Spruch! Bin gleich wieder da!" Lächelnd winkte Maier ihm zu, „ja, ja den Spruch kenne ich, bis gleich!"

Schon auf dem Weg zum WC wählte er die Nummer von seinem Vater und wartete ganz ungeduldig. „Prego" bellte es am anderen Ende der Leitung. „Vater du musst mir helfen!", bat er verzweifelt und versuchte seine zittrige Hand ruhig zu bekommen. Der Lärmpegel drang wie durch Watte zu ihm, er sah die Gäste in Zeitlupe ihr Glas erheben. Die Welt schien stehen zu bleiben. Er schilderte die Situation und einen kurzen Moment herrschte Schweigen, dann sagte sein Vater:

„Franco kommt und übernimmt das. Du unterhalte ihn, zeige ihm was, egal wie, Franco wird in ca. zwei Stunden an der Kathedrale sein und dann übernimmt er ihn! Erleichtert konnte er nur, „danke Vater!" sagen.

„Ist schon gut, dafür ist die Familie ja da, nicht wahr?"

Bernando ging mit noch weichen Knien zum Tisch zurück und fing an zu erzählen was es an Besonderheiten hier zu sehen gab. Als wäre er selbst überrascht, meinte er euphorisch.

„Wenn Sie Lust haben, zeig ich ihnen im Schnelldurchlauf Cefalu, es wird Ihnen gefallen! Ich habe ja gerade Zeit."

Maier schaute verwirrt auf sein Bier, er wusste nicht, wie er sich verhalten sollte. War das hier üblich? So einfach ihn fast wie einen Freund zu behandeln. Er wollte zu gerne in dieses Lokal und sich die Frau näher betrachten. Unsicher und verlegen drehte er sein Bier und nickte zustimmend.

„Ich finde das wirklich sehr nett von Ihnen. Zu zweit macht es ja auch viel mehr Spaß, dafür lade ich Sie zum Essen ein, wenn Sie uns zu einem netten Lokal führen, ich habe nämlich Hunger!"

Bernando freute sich im Stillen, das ging ja besser als geplant, das Essen soll er gerne haben! Beim Hinausgehen, beobachtete er die Gäste aber keiner schaute auch nur kurz zu ihnen hin.

Er führte ihn durch die engen Gassen, die Stufen hinunter zu dem antiken Waschhaus, wo die Frauen ihr Wasser holen. Treppen rauf, um die Aussicht zu zeigen, um dann in einem kleinen Lokal beim Essen zu landen. Er redete und redete, bestellte ein Bier und einen Grappa nach dem anderen, um diesen Maier bei Laune zu halten. Maier war anzusehen, das die Biere und die Grappas ihre Wirkung zeigten, er hatte rosige Wangen und sein Wortschwall wurde immer eifriger.

„Das war aber richtig lecker, ich denke, heute ist so ein richtiger Glückstag für mich! Wenn die anderen Tage auch so werden, dann kann ich sicher sagen, das waren die schönsten Ferien für mich." Bernando schaute verstohlen auf seine Uhr und hob sein Glas, „als Abschluss schauen wir uns noch die Kathedrale an, dann haben wir für heute genug gesehen, morgen ist ja auch noch ein Tag! Wo wohnen Sie denn?"

„Ich muss gestehen, da habe ich noch nichts, erstens sind wir uns gleich über den Weg gelaufen und sicher ist hier im Moment nicht sehr viel los." Erleichtert, denn das wäre zu einem Problem geworden, aber so?

„Richtig, ich kann Ihnen da auch helfen, ich rufe gleich an, es ist ein nettes kleines recht preiswertes Hotel und als Abschluss zeige ich Ihnen die Kathedrale." Was für ein Glück, dass er mir in Arme lief! Er ging drei Schritte von Maier weg und tat so, als reservierte er ein Zimmer. Auch wenn es ein Alptraum war, er durfte nicht daran denken, wenn Franco ihn dann übernahm….

An der Kathedrale erzählte ihm einiges über den Bau, als jemand ihm auf die Schulter klopfte. Er drehte sich sich um und rief freudig: „Hey Franco! Was für ein Zufall! Mann ich habe dich ja schon lange nicht mehr gesehen! Das ist Bernd Maier, ich zeige ihm gerade Cefalu und das ist ein sehr guter Freund von mir, Franco."

„Hallo!" Franco klopfte ihm auf die Schulter vor Begeisterung und meinte:
„Mensch, darauf müssen wir einen trinken! Bernd, Sie kommen doch mit?" Meier war verlegen und auch etwas enttäuscht dass dieser Freund plötzlich da war, aber er wollte sich auch nicht aufdrängen.
„Ich möchte wirklich nicht stören, Sie haben sich sicher viel zu erzählen." Lachend legen sie den Arm um ihn.
„Ach das ist doch völlig egal, drei Männer, das passt doch. Also los, Jungens!"
Bernd fühlte sich kurz überrumpelt auch ratlos, so eine Situation kannte er nicht, es war Zuviel für ihn, denn er war doch immer alleine, er wollte sich einerseits lieber verabschieden, aber es reizte ihn auch und so dachte er, was soll's? Es wird ein Abend, an dem ich nicht alleine bin und morgen war ja auch noch ein Tag!
Franco sagte ganz nebenbei, „wir könnten ein Stück hinaus fahren und als Bernando erwähnte, dass Bernd noch nicht im Hotel war, welches er ihm besorgte hatte, meinte Franco, kein Problem, sie würden schön rechtzeitig zurück sein. Sie steuerten die nächste Bar an und er war auch hier erleichtert, das nur Fremde zu sehen waren. Bei einem Wein und Bier, dazwischen einen Grappa (für Bernd) ging das Telefon! „Prego"? Sein Gesicht bekam einen düsteren sorgenvollen Ausdruck. „Ja, oh weh," meinte er mit sehr erschrockener Miene, „ja, ist doch klar, ich mache mich sofort auf den Weg! Bis gleich!" Neugierig wandte sich Franco zu ihm.
„Was ist denn los?" fragte er.
„Mein Vater war dran, mit meiner Mutter ist etwas nicht in Ordnung, es geht ihr gar nicht gut, ich soll sofort kommen, er war sehr aufgeregt, was normalerweise nicht zu ihm passt." Franco legte tröstend den Arm auf seine Schulter. Bernando machte ein betrübtes Gesicht. „Wir werden uns sicher noch sehen."
„Es tut mir wirklich leid, Bernd, Franco kümmert sich um dich."
(er wollte besser nicht wissen, wie er sich kümmert)
„Aber ich will doch niemanden zur Last fallen," lallte Bernd nun etwas, „ich kann doch alleine in das Hotel gehen, du hast mir

schon soviel Zeit geopfert." Bernando wandte sich zu Franco mit einem Zwinkern, „nichts da, Franco macht das gerne!"

Er verabschiedete sich und verließ fast fluchtartig das Lokal und versuchte, das flaue Gefühl loszuwerden, denn ihm war klar, Bernd würde spätestens in ein paar Stunden von der Bildfläche verschwunden sein. Mein Gott! Was hatte er da bloß angestellt! Das war doch gar nicht sein Ding! Er flüchtete vor seiner Familie, um solch eine Situationen nie zu erleben und jetzt steckte er mittendrin! Er hatte sich wie ein kleiner Junge benommen, der etwas angestellt hatte und nun seinen Papa als Hilfe brauchte. Mensch, wieso war ich auch so in Panik geraten, ohne mehr zu überlegen, was ich hätte anders machen können. Steckte allen Sizilianern so etwas im Blut, dass sie so handeln? Warum kam dieser Spion nach all der Zeit hierher? Wie kam er in diese Ecke? Das hätte ich alles erst einmal erfahren müssen! Zum Glück wusste er, dass er mit niemanden gesprochen hatte. Wie sollte er das verarbeiten und er konnte noch nicht einmal mit Estella darüber reden! Auf gar keinen Fall, es wäre die Katastrophe! Sein erstes, nein, eigentlich das zweite Geheimnis, denn über seine Familie wusste sie die Wahrheit auch nicht! Wenn das mal gut ging? Er fuhr mit versteinertem Gesicht zu Estella und versuchte sich wieder in den Griff zu bekommen, vor allem, dass sie ihm nichts anmerkte.

Estella war in der Küche und dabei, eine neue Pesto Soße zu probieren, die sie als besondere Spezialität in das Programm aufnehmen wollte. Heute Abend waren sie bei Pedro, was er normalerweise als Freude empfand. Es waren immer sehr schöne lustige Stunden, die sie so dicht am Wasser verbrachten. Er ging auf Estella zu, umarmte sie von hinten, küsste sie auf den Nacken.

„Hallo, mein Liebling, entschuldige, es wurde etwas später heute, ich vergaß ganz dich anzurufen." Da fiel ihm ein, dass sie hier bei Pedro zusammen essen wollten. Das verführerisch duftende Blubbern vom Topf, erinnerte ihn daran. Jetzt musste er schon wieder lügen! Peinlich berührt schaute er den Dampfschwaden zu, die sich zur Abzugshaube hinauf kringelten. Mit einem um

Entschuldigung bittenden Blick „Leider habe ich schon gegessen. Bitte sei mir nicht böse, es waren wirklich wichtige und schwierige Verhandlungen. Du weißt, ich tue das nicht gerne." Sie drehte sich halb zu ihm um, lächelte ihn zärtlich an.

„Ich weiß es ja und es ist auch nicht schlimm, da gibt es morgen halt deutsche Schinkennudeln!" Sie reichte ihm den Kochlöffel, steckte ihn in seinen Mund. Fragend blickte sie ihn an. „Und? Ist es mir gelungen? Ich weiß ja, du machst ja die beste Soße! Einen Wein trinkst du aber mit uns? Machst du den Wein auf, uns ist nach diesem Tag nach einem guten Schluck!"

Bernando schüttete fast das ganze Glas hinunter und Pedro schaute ihn besorgt an. Irgend etwas war ihm heute passiert? So kannte er ihn nicht! Schweigend hatte er am Tisch gesessen seine Gedanken waren ständig auf Wanderschaft. Pedro stand auf und fing an die Teller übereinander zu stellen und meinte entschuldigend:

„Ich räume noch schnell alles weg, ich bin recht müde, es war ein langer Tag. Ihr könnt schon fahren, ich bin hier gleich fertig." Estella sprang auf. „Kommt nicht in Frage, ich mache das schnell," schnappte sich die Teller und verschwand. Pedro wusste, dass sie so reagieren würde, setzte sich und nutzte die Gelegenheit.

„Was ist los? Du siehst aus, als wäre eine Dampfwalze über dich gefahren.", fragte er besorgt, „kann ich dir helfen?" Bernado seufzte.

„Nicht heute, dafür brauche ich mehr Zeit, aber danke und pass mir auf Estella auf!"

„Na klar mache ich das, wir Sizilianer halten doch zusammen," versuchte er die Situation zu lockern. Aber er ahnte, das etwas passiert war, was mit Estella und ihrer Vergangenheit zu tun hatte.

„Du, ich muss mit dir über meine Wohnung reden." Sie kuschelte sich an ihn und er küsste sie mit einer Leidenschaft, dass sie ganz benommen wurde. Sie murmelte verwirrt von seiner stürmischen Umarmung. „Wir wollten doch reden? Oder verschieben wir es auf morgen oder später?" Sie konnte diesen Küssen nicht länger widerstehen und gab sich der Leidenschaft hin. Er liebte sie

verzweifelt, mit all seinen Ängste, den Zorn und hielt sie umklammert, als wäre es das letzte Mal. „Ich liebe dich so sehr," flüsterte er in ihr Ohr, es wird alles gut, alles wird gut!", sagte er mehr zu sich selbst.
Sie wunderte sich ein wenig, über diesen impulsiven Ausbruch, es musste etwas vorgefallen sein. Oder er hatte mächtig viel Ärger. Sie schaute ihn besorgt und zärtlich an. „Willst du mir etwas sagen? Hast du Probleme? Oder willst du mich verlassen", versuchte sie ihn zu necken. Abwehrend und bemüht normal zu klingen, „nein mein Herz, alles in Ordnung, ich möchte einfach dich nur immer lieben."

Bernd Maier

Als Bernado fluchtartig das Lokal verlassen hatte, holte Franco noch zwei Bier und zwei Grappas und erzählte von dem Leben auf der Insel und fragte Bernd so ganz nebenbei aus. So erfuhr er, dass Bernd wirklich nur Urlaub auf Sizilien machen wollte, aber der Fall Carola Steinert, der lag ihm halt auf der Seele, dass er so gar nichts heraus bekam und alles im Sande verlief. Sicher, der Steinert, der hatte sich wieder beruhigt, er hatte ihm den Auftrag nicht entzogen, aber beide glaubten nicht mehr daran eine Spur zu finden. Für ihn war es aber eine Sache der Ehre, dass er jeden Fall, den er bekam, löste. Die Statistik zeigte, das jeder irgendwann einen Fehler machte und so würde ihm der Zufall irgendwann helfen und dann Peng, ging die Falle zu! So hatte er sich zur Gewohnheit gemacht, wenn er auf Suche nach einem Vermissten war, sich überall die Leute genauer anzuschauen. Auch im Urlaub ließ ihn seine Spürnase nicht los. Der Tag heute war sehr verwirrend, und auch aufregend. Dieser Bernando und dann jetzt Franco, sie waren so nett zu ihm, fast schon zu nett! Er hatte ihn in dem Moment angesprochen, an dem er diese Frau sah! Sein Herz hatte gerade einen Sprung gemacht, aber der sagte es mit einer Überzeugung und auch fast entrüstet, dass er selber dann glaubte, das es ein Trugbild war. Jetzt saß er hier mit Franco, in seinem Kopf brummte es schon, aber er wusste nicht, wie er sich zurück ziehen konnte und es war ja auch sehr lustig! Wann erlebte er schon solch einen Abend? Auch Franco hatte er von seinem Verdacht erzählt. Der zuckte nur mit den Schultern. Aber morgen würde er doch hingehen und sie genauer anschauen und ihr ein paar geschickte Fragen stellen, seine Spürnase schlug zu sehr aus. Er musste dem Nachgehen, man wusste ja nie! Er wurde in seinen Gedanken unterbrochen.

„Weißt du was Bernd, schau der Himmel ist wieder ganz klar, es ist so ein schöner Abend, die Sonne begleitet uns noch eine Weile, ich habe eine tolle Idee, sie vertreibt dir deine Gedanken an diese Frau. Ich fahre öfters gerade im Herbst mit meinem Boot so ein kleines Stück raus, der Blick auf Cefalu ist einfach wunderschön und ich verspreche es dir, du wirst es garantiert niemals vergessen!" Bernd musste sich anstrengen, denn es fiel ihm recht schwer, Sätze zu formulieren.

„Meinst du, nach all den Bieren ist das nicht gefährlich, sollen wir das noch machen?" Franco lachte und knuffte ihn in die Seite. „Du hast da mit Grappa und Bier einen mächtigen Vorsprung. Ich nicht! Los komm, sonst wird es für dich zu schnell dunkel!"

Sie gingen in die kleine Bucht am Rande der Altstadt und stiegen in ein kleineres Motorboot. Bernd Maier saß etwas zusammen gesunken in dem Boot, es schwankte, nicht nur vom Bier und er kämpfte gegen die Übelkeit an. Sie fuhren auf das Meer hinaus, und als sie schon recht weit draußen waren, drehte sich Bernd mehr aus Höflichkeit um, um zu sagen, dass die Stadt wirklich schön vom Meer her aussah, mit ihren vielen Lichtern, die gerade angingen. Da sah er in Zeitlupe, wie etwas auf ihn zu kam. Ein harter Schlag traf ihn, er sackte zusammen, ein kurzer Gedanke zuckte ihm durch den Kopf.

„Was war das denn?" Mehr merkte er nicht mehr. Er stürzte immer tiefer in ein schwarzem Loch und er hauchte sein Leben mit einem letzten Seufzer aus. Franco suchte in den Taschen nach dem Foto und band ihn als Paket zusammen. An die Füße und an die Arme kamen dicke Betonsteine. So ging dieser Bernd Maier auf seine letzte Reise, so nah seinem Ziel und doch so weit entfernt, in die Tiefen des Meeres. Ob er je wieder auftauchen würde, aus eigenem Willen sicher nie mehr. Seine Spur, sie war verloren gegangen auf seiner Reise auf Sizilien.

Vielleicht war es seine Seele, die auf der Fahrt zum Hafen Franco plötzlich erschaudern ließ. Ihm war seltsam zumute, ihm kam es vor, als streiche etwas über seinen Wangen, ein Windhauch empfand er, wie den Atem eines Geistes. Eine eisige Kälte machte sich in ihm breit.

Nach einer langen Weile, als sie endlich erschöpft und beruhigt aneinander gekuschelt lagen, fing Estella noch einmal wegen der Kündigung der Wohnung an. Gedankenverloren hörte er dem Wind draußen zu, der ihm drohend etwas zu zuflüstern schien. „Du wirst deine Strafe bekommen." Wolken jagten am Mond vorbei und er wusste, dass es für ihn eine lange schlaflose Nacht werden würde. Er streichelte sachte über Estellas Haar und versuchte neutral zu klingen. „Ich wollte dir schon die ganze Zeit den Vorschlag machen, dass wir die Wohnung aufgeben, aber ich war mir nicht so sicher, ob du sie so als eine Art Alibi behalten willst. Mir ist das nur recht, wenn du sie kündigst. So muss ich nicht mehr schmachten, wenn du nicht bei mir bist." Sie küsste ihn und mit bedauernder Stimme.

„Ach du Armer, wenn ich Zeit habe, dann bedaure ich dich!" Sie löste sich von ihm, um kurz aufzustehen, sie sah ihn ernst an.

„Dann wäre das geklärt, aber sage mal, ist heute etwas passiert? Du warst echt merkwürdig, so als wäre der Teufel hinter dir her?" Erschrocken, dass sie etwas bemerkt hatte, drehte er sich verlegen zur Seite.

„Nein, es war nichts, ich hatte nur ein wenig Ärger, da will mich ein Kunde übers Ohr hauen und ich muss ihm beweisen, dass ich recht habe. Alles in Ordnung!"

Estella glaubte ihm nicht so recht, aber sie dachte, was soll er denn vor ihr verheimlichen? Er hatte einfach keinen guten Tag gehabt, sie lässt ihn dann besser in Ruhe! Sie schloss kurz die Augen, beugte sich hinunter und atmete seinen Geruch ein, den sie so liebte, als das Telefon zu läuten anfing.

„Wer ruft denn jetzt noch an, geh du, für mich ist es sicher nicht." Sie befreite sich von Bernando und beobachtete ihn, wie er nackt aufstand, um an das Telefon zu gehen.

„Prego? Hallo Vater! Was gibt es so spät noch? Ist etwas passiert?" Sofort verkrampfte er sich und Angst machte sich breit, dass seine Schonfrist schon abgelaufen ist.

„Ich wollte das heute bei unserem Gespräch nicht erwähnen, aber die Papiere sind da! Wie gewünscht mit dem Vornamen Estella, den Rest werdet ihr ja sehen! Also, dann kommt her und wir werden dann deine Freundin uns einmal näher anschauen! Sag nichts, dass war ein Scherz! Das andere Problem von dir ist erledigt! Es war für Franco kein Problem, auf ihn ist Verlass. Gute Nacht und von Mama einen Gruß." Erleichtert ließ er den Hörer sinken.

„Dein Vater?" Sie sah, wie erleichtert er aussah. „So spät noch? Ist es wichtig?"

„Nein, alles ist in Ordnung, deine Papiere sind da, wir können sie in den nächsten Tagen abholen." Erstaunt schaute sie zu ihm auf.

„Wir, du meinst, du willst, dass deine Eltern mich kennen lernen wollen?" Grinsend nickt er ihr zu.

„Ja sicher! Nach dem sie dir eine neue Identität besorgt haben, sind sie natürlich neugierig, für wen sie das getan haben. Aber bevor wir nach Palermo fahren, möchte ich gerne einen Tag mit dir verbringen und dir wieder etwas von Sizilien zeigen. Meinst du, dass du dich morgen frei schaufeln kannst?" Erstaunt über diese plötzlich Einladung grübelte sie. „Morgen?" In Gedanken ging sie den morgigen Tag durch.

„Ja, das geht. Wohin wollen wir denn fahren?"

„Das erzähle ich dir morgen, jetzt lass uns schlafen, ich bin hundemüde."

„Ich auch! Guten Nacht *mia cara* - schlaf schön."

Aber er konnte noch nicht schlafen, düstere Gedanken jagten durch seinen Kopf, er sah sich vor seinem Vater stehen, der ihm Aufträge gab, die ihm den Angstschweiß auf die Stirn trieben. Er versuchte, diese Bilder zu vertreiben, nur, er wusste es genau, er hatte sich als Sohn wieder in die Fangarme seines Vaters begeben müssen und ihm graute davor, dass es ihn verschlingen könnte. Aber auch, dass die Liebe zu Carola eines Tages darunter leiden wird. Mit der Lösung des Problems von Herrn Maier hatte er seine letzte Freiheit verspielt. Jetzt war er wieder im Familienclan gefangen!

Der Morgen zeigte sich mit seiner kühlen klaren Herbstluft, die Sonne lud geradezu ein, sich in ihren recht warmen Strahlen zu aalen. Er versuchte, die dunklen Gedanken erst einmal zu verdrängen.

Estella lag noch schlafend und zusammen gerollt wie eine Katze in dem zerwühltem Bett. Er stand auf, kochte Kaffee und deckte den Tisch, holte die letzten Blüten von dem Oleanderstrauch und stellte sie in eine Vase.

Etwas später hörte er sie telefonieren, sicher sagte sie Pedro, dass er heute auf sie verzichten müsste und er beobachtete, wie sie dabei durch den Raum ging. Immer in Bewegung, ging es ihm durch den Kopf, man glaubte, sie hätte gerne zwei Arme mehr. All das möchte er nicht mehr missen!

Estella kam freudig in die Küche schaute auf den Tisch, freute sich und meinte mit einem Lächeln. „Oh, *che bello*" (oh wie schön) und schnappte sich ein Brötchen.

„Wohin willst du denn mit mir fahren?" Er goss Kaffee ein, reichte ihr die Milch und gab ihr einen Kuss.

„Ich dachte, wir schauen uns die moderne Wallfahrtskirche der schwarzen Madonna von Tindari an. Deshalb modern, da sie um die alte Kapelle herum gebaut wurde, so in den 50iger Jahren. Das ist nicht sehr weit weg, so ca. 110 km von hier in Richtung Messina.

Wir fahren auf der Küstenstraße entlang, es dauert zwar länger, aber ich finde es schön durch die Orte zu fahren. Sie sind für mich so, als ob wir eine Zeitreise in die Vergangenheit machen. Badesachen nehmen wir auch mit!" Sie hielt inne, gerade wollte sie in ihr Brötchen beißen.

„Du willst baden gehen? Es ist Herbst!" Sie schauderte. „Ohne mich!"

„Das war ein Spaß, aber das Wasser ist jetzt noch schön warm und herrlich zum Baden. Es gibt viele kleine Buchten zum Träumen." Er neigte sich ihr zu und flüsterte ihr zärtlich ins Ohr „und zu lieben," Die Liparischen Inseln sind von dort ganz gut zu sehen. Dorthin müssen wir auch einmal fahren."

„In Ordnung, ich bin in einer viertel Stunde fertig! Und „*Sara una bella gionata per noi*. (Es wird ein schöner Tag für uns)"

„Schau, schau, dein Italienisch wird immer besser, bald werden wir uns nur noch in meiner Sprache unterhalten können. Aber unseren Kindern wirst du deine Sprache lehren, darauf bestehe ich!"

„Oh, dass wusste ich noch gar nicht! Wir bekommen Kinder? Was du so alles weißt? Wann und wie viele werden es denn sein, du *Sapientone*?" (Schlauberger)

„*Se il tempo e li per noi, cara*" (wenn die Zeit für uns da ist, mein Schatz)

„Na gut, dann haben wir noch einen Tag so ganz für uns, *sono felice*!" (ich freue mich)

Bernando hatte recht, die Straße an der Küste war sehr schön. Immer wieder streckte das Meer seine Hände, nein seine kleinen weißen Kämme aus, um sie einzuladen, mal anzuhalten, was auch verlockend war, denn schnell ging hier nichts und in den Orten musste man aufpassen. Autos streckten ihren Po auf die Fahrbahn raus, die Mopeds schlängelten sich auf abenteuerliche Weise um alle Autos herum und auf die Fußgänger, wurde nur geachtet, wenn es nötig war. Denn es galt, wer die Straße überqueren wollte, der schaute kurz davor verstohlen nach links und rechts und ging los. Nur nicht zögern, denn das könnte gefährlich werden, es wurde dann als Stehenbleiben ausgelegt. Auf diese Weise passierte recht wenig! In jedem Ort war die Kirche der Mittelpunkt, meist auf dem Dorfplatz und jede vermittelte den Eindruck, dass es ein Haus war, das Respekt verlangte. Sie dachte sich, dass es ja kein Wunder war. Sie hatte gehört dass 80% der Bevölkerung katholisch war. Da herrschte die Kirche, die Menschen richteten sich nach den Gesetzen der Kirche und sicher wurde auch in den Familien das Gesetz Gottes sehr ernst genommen. Besonders in einem Mehr-Generationen-Haus. Was natürlich auch zu Konflikten führte, dachte sie, denn wenn sie so an Deutschland dachte, jede dritte Ehe wurde geschieden, wie ging das hier so? Scheidung? Sicher ein Thema, was es öffentlich in solchen kleinen Orten nicht so einfach gab! Sex vor der Ehe? Na ja, dass gab es auch schon immer, da kann die Kirche ja nicht so genau hinschauen, aber sicher herrschte in vielen Familien noch die Meinung, das Mädel muss unschuldig sein.

In den Straßenkaffees saßen nur Männer, sie kannte das ja auch von Cefalu, aber so beim Durchfahren der Orte fiel es doch mehr auf. Die hohe Arbeitslosigkeit und die südländische Art zu leben. Es gab den Männern die Möglichkeit, zu einem Plausch am Vormittag dem Haus zu entfliehen. Die Frauen, hatten ja ihre täglichen Aufgaben und das Sagen im Haus.

Die Straße schlängelte sich am Wasser entlang, es glitzerte in der Sonne und sah türkis, blau auch grün aus, ein Farbenspiel je nach den Wolken, die dem Wasser immer eine neue Farbe gaben. Sie hielten an und liefen ein Stück am Strand entlang. Sie blieb stehen und schaute nachdenklich auf das Meer hinaus. Ihr war, als wollte das Meer mit ihr plaudern.

„Schau, heute leuchte ich fröhlich und ich bin gut gelaunt, aber ich kann mich sehr schnell verwandeln, ich werde dann zu einem fast grau-schwarzen bedrohlichen Monster. Ich kann mich leuchtend, fröhlich, einladend geben, ich kann mit der Sonne tanzen und glitzern, ich habe jeden Tag mein Spiel, ich springe in kleinen Sprüngen, mit kleinen weißen Kämmen. Ich hüpfe übermütig an den Strand, um mich dann mit vollem Übermut zu überschlagen. Aber ich kann auch mächtig und gewaltig hoch springen, um mich mit Getöse auszutoben. Es gibt für mich zornige Tage, dann werde ich schwarz, meine weißen Kämme steigen drohend hoch und ich bin nicht mehr einladend und meine Macht kann sehr gierig sein. Ich werfe mich tobend an den Strand, eile wieder zurück, um mit neuem Schwung wieder voller Zorn an den Strand zu donnern. Wenn mir das nicht genügt, dann verschlinge ich alles. Da werde ich gierig und ich kenne keine Grenzen. Was sich mir in Weg legt, das vernichte ich. Ich werde geliebt und gehasst, es ist der ewige Kreislauf und zu glauben, mich zähmen zu können. Nein, das schafft niemand. Manchmal kommt es dann zum Zweikampf mit mir, manchmal bin ich gnädig, manchmal auch nicht, so bin ich eben…!"

Gebannt schaute sie auf das Meer, starrte fasziniert auf das Spiel der Wellen.
„He, du bist ja so still? Was denkst du? Gefällt es dir?"
Ihr Blick verlor sich über dem Wasser und sie wandte sich ihm zu.
„Ja es ist wirklich schön und ich hatte eben so meinen gedanklichen Austausch mit dem Meer, es hat heute so viele Farben, es war mir so, als wüsste das Meer heute noch nicht, welche Laune es haben will."
Er bückte sich, nahm eine Hand voll Sand und ließ ihn durch seine Finger rinnen. Nachdenklich schaute er dem rieselnden Sand zu und meinte zu Estella, „du hast recht, das Meer kann uns viel erzählen, heute hat es gute Laune, aber ist oft launisch, wie du es sagst, aber im Sommer, da hat es meistens sehr gute Laune und zeigt es uns auch. Komm laufen wir zum Wagen, weiter geht es!"
Nach einer Weile meinte Bernando. „Aber nun kannst du aufpassen, gleich kommt der Capo Tindari zum Vorschein und oben auf dem Berg siehst du die Kirche stehen. Es gibt eine Legende, die muss ich dir erzählen. Am Fuße von diesem Felsen liegt wie verzaubert die traumhaft schöne Lagunenlandschaft von Marinello mit seiner kleinen türkisfarbenen Wasserflächen, die je nach den Gezeiten verschiedene Muster in weiß und rosa auf die schimmernden Sandbänke zeichnet. Die Legende sagt: Sie entstanden, als das Kind einer Pilgerin, die über das schwarze Antlitz der byzantinischen Madonna schimpfte, die Klippen hinabstürzte. Doch das Wasser zog sich zurück und dank der *Vergine nera* - ein weiches Bett von feinem Sand entstand - und rettete das Kind."
„Eine schöne Geschichte! Oh ja, sieh nur, da sieht man den Berg mit der Kirche, ganz schön hoch! Müssen wir da hinauf laufen?"
„Nein, es gibt einen Parkplatz und von dort aus können wir mit einem Pendelbus hinauf fahren."
Da jetzt keine Saison war, waren sie fast alleine in dem Bus, der sich die steile Straße hinauf schlängelte. Schon vom Bus aus war der Blick einfach wunderschön. Oben an einen kleinen Platz, der mit einigen Verkaufsbuden bestückt war, die ihre Souvenirs

anboten, führte eine Straße das letzte Stück bergauf. Oben zeigte sich die Kirche mächtig und stolz mit ihrer breiten Treppe. Davor ein recht großer Platz und Estella konnte sich gut vorstellen was es bedeutete, wenn die Pilger hier in Massen am 8. September ankamen. An diesem Tag wird zu Ehren Marias Geburt gepilgert und gefeiert. Alles wird geschmückt, besonders das Marienbild, es ist ein Festtag. Die Kirche war recht übersichtlich, ohne allzu viel Prunk, aber einladend, um dort einen Moment inne zu halten. Gerade diese Schlichtheit, sie lenkte nicht ab, sie berührte das Herz und öffnete es, um kurz anzuhalten. Am Eingang stand rein zufällig, so war der Eindruck, ein Engel in Menschengröße und Estella legte ihre Hand schüchtern mit einer stillen Bitte auf ihn.

„Ich muss dir noch etwas erzählen zu der schwarzen Maria. Die Legende sagt, dass das Bild in einer Kiste angeschwemmt wurde so im 8/9 Jahrhundert. Das Gnadenbild trug die Inschrift NIGRA SUM SED FORMOSA (ich bin schwarz, aber schön)."

„Schön, es ist sehr beeindruckend und all das berührt mich sehr! Aber komm, lass uns mal an der Brüstung hinunter schauen, das scheint ein schöner Blick zu sein."

Die Sonne wärmte sie und verzaubert alles mit ihren warmen Licht. Estella streckte ihre Arme hoch, drehte sich der Sonne zu und rief laut:

„Du schwarze schöne Madonna, ich bitte dich, behüte alle, die auf dich schauen und wenn es möglich ist, auch diesen Kerl dort, ist das machbar?" Sie blickte dabei nach unten und staunte über ein Naturschauspiel. Eine langgezogene, ins Meer ragende Sandbank, mit einem weit reichenden Blick auf die Felsen von Tindari, das Hinterland von Milazzo bis zu den Liparischen Inseln.

„Komm wir gehen noch zu einer Ausgrabungsstätte des Antiken Tyndaris, dort wurden die Überreste der Stadtmauer, einer Basilika und einem griechischen Theaters ausgegraben."

Estella stand etwas später in dem Theater und sagte ganz leise „hallo Bernando" und laut und deutlich war es bis zum letzten Platz zu hören. Sie wanderten alles ab und immer wieder waren sie von dem Ausblick auf das Meer verzaubert.

Es schien, als wären sie auf einer einsamen Insel, alles war so still. Die Vergangenheit nahm sie ganz in ihren Bann und als sie die Augen schloss,
meinte sie, das Lachen der Frauen zu hören, die durch die Säulen gingen und sich gerade etwas lustiges erzählten. Einen Moment lang hatte sie das Gefühl, als wäre sie mitten unter diesen Frauen, die lachend und plaudernd in ihren weißen Kleider mit den goldfarbenen Gürteln und den Bänder in ihren Haaren, die im Wind flatterten, an ihr vorbei liefen. Manche mit Körben und Krügen auf dem Kopf. Der Duft der Pinien hing in der Luft. Stimmen holten sie aus der Vergangenheit zurück. Sie wandte sich ihm zu, der gelassen auf einer Steinbank saß und ihr zusah.
„Ist das schön! Ich danke dir für diesen schönen Tag, ich könnte hier noch lange bleiben. Ich schloss die Augen und mir war, als wäre ich für einen Moment Gast in der Vergangenheit gewesen. Alles wurde lebendig.
Lange hatten sie bei einen Glas Wein am Abend noch über den Tag erzählt als er auf seine Eltern und die Papiere für sie zu sprechen kam.
„Meinst du, dass du dir in der nächsten Zeit zwei Tage frei nehmen kannst? Ich hätte gerne etwas mehr Zeit, ich kann dir Palermo zeigen und ich möchte, dass meine Eltern dich etwas besser kennen lernen. Ich werde immer an deiner Seite sein, sie werden keine Gelegenheit haben, dich zu kränken. Wenn sie dich näher kennen, werden sie sehen, dass es eine gute Wahl war, die ich getroffen habe und wir alle werden es leichter haben."
„Natürlich müssen sie mich kennen lernen, aber ich weiß, dass vor allem deine Mutter es schwer mit mir hat, denn ich passe nicht in das Bild, das sie für passend hält. Aber ich verspreche dir, dass ich nicht gleich passe, aber wenn ich merke, es geht überhaupt nicht, dann bitte, lass mich gehen."
"Das wird nicht geschehen, ich lasse dich niemals gehen! Denke bitte immer daran! Vergiss es nie!"
„Nein, werde ich nicht, aber ich habe schon ein ganz schönes Herzklopfen davor. Sag mal, als Sizilianer bist du doch auch

katholisch? Ich habe noch gar nicht bemerkt, dass du sehr fromm bist? Wie ist es mit deiner Familie? Mir kamen heute auf der Fahrt so einige Gedanken, was die Kirche angeht. Die Kirche hat doch hier ein großes Wort zu sagen, oder besser, die Menschen leben mit der Kirche und ihren Vorschriften. Ist das auch noch bei den jungen Leuten so?"

„Ja das stimmt schon, wir leben mit der Kirche und ich gehe auch zur Messe, aber meistens mache ich das zwischendrin, wenn ich Zeit habe und ich gehe auch beichten. Bei meinen Eltern gehen alle Sonntags zur Messe, das war so und wird so bleiben."

Sie schaute ihn fragend an.

„Dann musst du ja ständig beichten gehen, denn du begehst Sünde mit mir!"

„Ich kann es nicht leugnen und ich beichte das auch, aber das ist doch auch gut so, ich beichte und alles ist doch in Ordnung!"

Lachte er sie spitzbübisch an.

Einen Moment lang war sie einfach nur sprachlos und fragte sich, ob er das ernst meinte, was er da von sich gab.

Sprachlos und irritiert konterte sie

„Ich muss sagen, dass ist mir etwas zu einfach! Ich hatte auch einmal vor Ewigkeiten so einen Freund und hatte es nie verstanden, er *sündigte* und mit der Beichte war alles vergeben."

Verständnislos konnte er nur den Kopf schütteln.

„Ich denke, du bist selber katholisch, also ist dir das doch vertraut, auch wenn du es nicht so mit der Kirche hast. In eurem Land ist alles viel großzügiger, meine ich jedenfalls. Weißt du, du kannst nicht in einem Land wie diesem plötzlich alles auf den Kopf stellen, die Jungen, die versuchen schon, sich mehr Freiheiten zu erkämpfen, aber noch sind da ihre Eltern mit der ganzen Verwandtschaft mit ihren Traditionen. Es wird darauf geachtet, dass alles so bleibt, wie es immer war!"

„Das heißt, wenn ich mir das so überlege, dass es ein junges Paar nicht leicht hat, wenn die Voraussetzungen nicht stimmen. Es heißt auch, es geschieht wie in Deutschland vor noch 50 Jahren. Heimlichkeiten, Sex irgendwo versteckt, immer mit der Angst

erwischt zu werden. Oder gar, dass sie vor der Ehe zusammen ziehen, all das wird hier also verwehrt! Oder besser gesagt, sie müssen in die Stadt ziehen?"
„So hart würde ich es jetzt nicht sagen, aber du hast Recht. Hier in den Orten, da ist es nicht so ganz leicht, jung zu sein und ich sage das als Mann. Junge Frauen haben es auch heute noch schwerer. Nicht nur bei den wohlhabenden alten Familien wird über die Jugend bestimmt, es geht durch alle Reihen. Es hat sich nicht sehr viel geändert, die Frauen sind die Herrinnen über Haus und Hof, aber wir Männer haben das Sagen und es ist bekannt, dass die Gewalt gegen Frauen in ganz Italien ein Problem ist und so ganz langsam gibt es jetzt Anlaufstellen für Frauen. Die aber nur in großen Städten. Es ist ein Tabu-Thema und da habe ich mit meinem Gott Streit, denn Kirche soll doch dazu da sein, Trost und Geborgenheit zu geben und nicht, dass sie zulässt, in welchen Fesseln ihre Schäfchen zu leben haben. Dann sind sie die Schafe, wenn sie sich beugen, nur weil Dinge so sind wie sie sind, heißt das nicht, dass sie immer so bleiben müssen."
Erleichtert lächelt sie. „Jetzt bin ich aber froh, ich habe gerade angefangen mir Sorgen zu machen, dass ich mich all den Gesetzen beugen muss."
„Ich finde es schön, in der Kirche zu sein, es kommt für mich auch nicht in Frage ohne Gottes Segen zu heiraten und ich finde auch den Schwur „in guten und in schlechten Tagen" wichtig. Es ist doch ein Schwur, der für beide gilt und der soll auch vor Zeugen gesagt werden. Ich möchte mein Leben nach Christlichem Glauben leben, aber nicht so, dass ich nicht selber entscheiden kann, wie ich meinen Glauben leben will. Gott ist gütig, also verzeiht er den Menschen, auch bei denen er feststellen muss, dass sie ihren eigenen Weg gehen. Nur Menschen können sagen, das geht nicht! Oder wenn eine unverheiratete Frau schwanger wird. Es ist trotzdem ein Kind Gottes, mit oder ohne Trauschein. Was haben Menschen darüber den Finger zu heben und zu meinen, sie müssten darüber urteilen?"

„Schön dass du so darüber denkst, mir geht es ebenso, Gott ist etwas, was ich im Herzen trage, ich kann mich ihm anvertrauen, aber kein Mensch hat das Recht, im Namen Gottes über mich zu bestimmen. Natürlich ist es richtig, dass es die 10 Gebote gibt und leider verstoßen wir alle zu oft gegen die Gebote. Es ist auch richtig, dass der Pfarrer in seinen Predigten versucht, seine Schafe zu führen und sie daran zu erinnern, dass wir auch an unseren Nächsten denken sollen, aber mich soll er leben lassen wie ich es will. Ich kann auch verstehen, dass andere Gläubige mit unserer „Freiheit" nicht gut zu recht kommen. Wenn ich mir überlege, da kommt eine Familie aus dem hintersten Zipfel der Welt nach Deutschland. Für sie muss diese Freiheit ja unmoralisch wirken, die europäischen Mädels mit ihrer oft recht sparsamer Kleidung, sie schminken sich, gehen mit Jungens aus. Das ist eine Welt, die diese Menschen einfach als Sünde empfinden müssen. Ich denke auch, dass wir in vielen Dingen auch überheblich sind! Wir glauben, alles zu wissen und so, wie wir leben, so ist es richtig. Nur, wenn ich hier das in den Dörfern so sehe, wo ist zwischen den "fremden" Menschen und den Menschen hier ein großer Unterschied? In den Großstädten oder auch in Deutschland, ja da haben sich die jungen Menschen schon lange angewöhnt, zu leben, wie sie es wollen. Kirche ist nicht mehr gefragt. An den Kirchenaustritten ist das ja zu sehen. Dass wir denken können, wie wir wollen, dass wir selbstbestimmt handeln können, das ist ein großer Gewinn, darüber können wir nur dankbar sein. Aber wir sind ja nicht alleine auf dieser Welt. Respekt ja, das sollen alle Menschen gegenseitig haben, das wäre schön. Toleranz und sich gegenseitig akzeptieren, so könnten wir alle lernen voneinander. Aber auch das muss von allen Seiten kommen. Entschuldige, ich habe mich jetzt richtig in Rage geredet, aber jetzt wo ich hier leben, erlebe ich eine andere Welt und ich setzte mich natürlich damit auseinander und nun stecke ich auch noch mitten in einer katholischen Familie!"

„Wir beide können nur in unserem kleinen Umfeld dafür sorgen, dass wir mit Nächstenliebe den Menschen begegnen und somit auch zufrieden leben können.

Aber lass uns jetzt schlafen, du kleine Revoluzzerin, es war so ein schöner Tag…."

Er grübelte nach diesem Gespräch noch eine Weile und es wurde ihm ein wenig bange, denn Estella wusste nichts von den Machenschaften seines Vaters, wo es nicht nach christlichen Maßstäben zuging, aber der Gang in die Kirche, der war wichtig! Nach außen, da waren die kirchlichen Gesetze wichtig! Irgendwann wird Estella alles erfahren müssen, aber jetzt nicht, wir führen unser Leben, ich muss zusehen, dass es auch unseres bleibt!

Nur lag da diese Last jetzt auf seiner Brust, wie sollte er das ertragen? Er war doch Schuld, dass das geschehen konnte, nur weil er schwach war und wie ein Kind nach Papa rief. Würde Gott ihn dafür bestrafen?

Estella war voll mit dem Planen von Terminen beschäftigt, die neue Küche in dem Restaurant war ein einziger Traum. Modern, praktisch und mit viel Platz und alles so dicht am Strand. Sie können sich ausbreiten und was das Beste war, sie waren nun Partner, Pedro und sie. Ihr Bereich war das Gestalten und Planen und sie hatte das Sagen in der Küche. Ja, überlegte sie, was war aus der Strandbar geworden? Sie hatten einen Namen, ihre Küche war sehr bekannt und Feste ausstatten, das waren die Höhepunkte! Sie hatte aber auch immer tausend Ideen, wenn es um die Gestaltung einer Feier ging. Jetzt im Herbst war es etwas ruhiger, dafür kamen die Cefaluaner, um Geburtstage, Hochzeiten oder bei einem guten Essen den Abend mit Freunden zu genießen.

Heute war sie etwas nervös, denn gestern Abend hatte er ihr gesagt, dass es Zeit war, ihre Papiere zu holen, sie hatten es lange genug hinaus gezögert.

Aber es half nichts, sie musste auch diese Situation meistern und sie würde es auch! Sie gestand sich auch ein, dass sie sehr neugierig war, auf diese Familie. Nur, sie ahnte auch, dass diese Familie sicher eine andere Schwiegertochter haben möchte.

Sie hatten sich das Wochenende vorgenommen, im Lokal gab es gerade kein Fest, Pedro konnte den Laden alleine schmeißen, er hatte ja auch Hilfe. Wie würden der Eindruck sein, den die Eltern von ihr und sie von ihnen haben würde?

Sie musste noch zum Friseur, vielleicht noch ein Kleid kaufen und wo gab es den Mut zu kaufen? Es würde schon schief gehen dachte sie sich und machte sich wieder an die Termine.

Bernando hatte sich bei den Eltern angemeldet und noch einmal deutlich gemacht, dass sie nichts Abfälliges zu Estella sagen sollten. Die Eltern waren einen Moment sehr pikiert, sie waren es schließlich nicht gewöhnt, dass sie Anweisungen bekamen und hatten nur mit Mühe eine Bemerkung zurück gehalten. Ihm war es wichtig, dass Estella ein Mitglied der Familie wurde, da er ja wieder in ihrem Schoß zurück gekehrt war, oder sollte er sagen festgehalten wurde? Nur das zählte im Moment! Sie hatten beschlossen, dass auch Maria mit ihrem Mann da sein würden, das würde die Situation entschärfen und seine Schwester würde ganz bestimmt nett sein.

Auf der Fahrt nach Palermo war Estella recht schweigsam, aber auch Bernando schwieg, obwohl ein Lächeln über sein Gesicht huschte, wenn er Estella anschaute. Er freute sich erst, wenn der schwierigste Teil hinter ihnen lag.

Der Felsenberg von Palermo tauchte vor ihnen auf und die Ansiedlungen wurden immer dichter, so wie der Verkehr auch, der nun, da sie der Stadt immer näher kamen, sehr lebhaft wurde. Durch das Gewimmel der Stadt am Hafen vorbei, kurz konnte Estella den Palast und das Theater sehen, aber der Verkehr ließ auch einen Beifahrer nicht träumen. Die Häuser wurden wieder weniger, die Straße führte sie auf einen Berg hinauf und Estella konnte erkennen, das sie in eine Gegend kamen, wo der Wohlstand zuhause war denn die Bauweisen der Villen verrieten, dass sie hier zum Teil vor langer Zeit erbaut wurden und sie sahen gepflegt und umsorgt aus. Er bremste und fuhr langsam auf ein großes schmiedeeisernes Tor zu, das sich leise öffnete. Ein großer gepflegter Garten breitete sich vor ihren Augen aus. Das leise Knacken beim Schließen des Tores empfand sie plötzlich als würde sie eingesperrt, wie das Eintauchen in eine andere Welt. Geschmackvoll waren die Beete und die Wege mit ihren Bäumen. Nur das Geräusch des Wagens war zu hören. Ab und zu drang das Zwitschern der Vögel zu ihnen und erinnerte daran, dass es wohl auch Menschen gab in diesem Paradies. Sie fuhren ein ganzes Stück auf dem Kiesweg, bis das Haus zu sehen war. Estella dachte, „Haus kann man das wohl nicht nennen, es sieht eher nach einem Schloss aus!" Majestätisch stand es vor ihnen, sofort fühlte sie sich kleiner und spürte, wie ein Hauch von Panik sich bei ihr breit machte. Das Haus sah abweisend aus mit seinen hohen Mauern und den Fenstern, die kalt über alles zu blicken schienen. Sie fragte sich, ob es Absicht war, dass das Eingangsportal so wuchtig war, damit der Besucher sich klein und gleich in eine Demutshaltung fallen sollte? Ihr Blick ging über die hohen Rundbogenfenster, blieb an den üppigen Figuren hängen, die am dem Giebel saßen, die Eleganz der weißen Säulen und der seltsam geformten Eisenbaluster. Fasziniert schaute sie auf den Formenreichtum dieser wirklich ausgefallenen Stilmischungen aus Elementen der italienischen Renaissance und der griechischen Antike. Sie staunte über diese gewaltige Größe, dass sie gar nicht bemerkte, wie sich die schwere Tür öffnete und ein Mann heraus trat. Steif in seiner Uniform, sehr darauf bedacht, keine Miene zu verziehen, und leicht demutsvoll öffnete er die Autotür von Bernando und machte eine Verbeugung. Bevor sie ihre Tür selbst öffnen konnte, wurde auch diese mit einer Verbeugung geöffnet. Nun hieß es *auf in den Kampf*! Sie lächelte und der Mann sagte sehr freundlich und höflich „herzlichen Willkommen in *Casa la Zisa*. Wenn Sie mir bitte folgen möchten?" Bernando legte seine Hand auf die Schulter des Dieners und fragte ihn vertraut. „Wie geht es Ihnen Silan, wie ist die Stimmung an Bord?"

Mit einem verschmitzten Lächeln zu Bernando, meinte er, „wie immer alles im grünen Bereich!" er griff nach Estellas Hand und drückte sie, sein Lächeln sollte ihr Mut machen, aber sie sah ihm an, das es nur Schau war. Er war nun auch richtig nervös. Estella wäre am liebsten erst einmal in der Halle stehen geblieben, so sehr war sie von diesem Eindruck überwältigt. Alles sehr geschmackvoll, nicht überladen, ja fast wirkte es auch kühl und abweisend, aber das war es nicht, es hatte etwas Altes Gediegenes. Eine Halle, der man es ansah, dass sie viel gesehen und sicher auch gehört hatte. Die Bilder der Vorfahren, die an den Wänden hingen, der anmutigen Zwillingsbögen von dem Treppenaufgang, die auf beiden Seiten zur Galerie des ersten Stocks hinaufführten, wirkten auf sie, als wären sie lebendig und schauten sie etwas genauer an, um sich dann später darüber zu äußern, wer diese Person wohl sei und ob sie hierher passte? Er nahm sie sanft am Arm und meinte, „komm, wir werden erwartet!" Von der Halle aus gab es mehrere Türen und auf eine gingen sie zu. Er öffnete die Tür und als erstes konnte sie ein Kaminfeuer sehen und davor standen sie, alle! Ihr rutschte das Herz gleich ein Stück in Richtung Schuhe, aber sie reckte sich gerade, atmete tief ein und ging an seinem Arm in den Raum. Vor einer eleganten Dame blieben sie stehen.

„Mama, darf ich dir Carola" er stutzte, „nein, Estella vorstellen, Estella, dass ist meine Mutter Lucia."

Mit kaltem Blick wurde sie von oben bis unten gemustert und sie spürte die leicht ablehnende kühle Haltung.

„Guten Tag Fräulein Estella, schön, dass wir sie begrüßen dürfen," und wandte sich ihrem Sohn zu. Mit wärmeren Ton, „lass dich umarmen. Gut, dass du da bist mein Sohn!" Sie drückte ihn, er machte sich frei und wandte sich seinem Vater zu.

„Vater, darf ich dir Estella vorstellen. Estella, mein Vater Lorenzo!"

„*Buon Giorno signorina Estella*, es ist mir eine Ehre!" Die Hand, die er ihr reichte war kühl und fest, keine Miene verzog sich in seinem Gesicht. Nur seine Augen musterten sie neugierig, ohne ein

Zeichen von Missbilligung oder einen Hauch von Anerkennung. Kühl stand er vor ihr. Ein Frösteln überfiel sie, aber da rief freudig er, „na, dass nenne ich ja echt eine Überraschung! Maria! Wie lange habe ich dich nicht gesehen?"
Maria umarmte ihren Bruder herzlich und sagte:
„Als ich hörte, du kommst, musste ich dich sehen!" Sie wendete sich Estella zu und mit einem warmen herzlichen Lächeln, „du bist also Estella! Komm; lass dich umarmen und sei herzlich willkommen in dieser Familie!"
Einen kurzen Moment glaubte Estella einen sarkastischen Unterton zu hören, aber dann schob sie das zur Seite und ließ erst einmal den ersten Eindruck auf sich wirken. Er plauderte mit seiner Schwester und Lucia nahm sie am Arm und führte sie zu einem Sessel. Ihre Augen suchten ihn, er schaute sie lächelnd an und sie blickte schnell weg. Stocksteif saß sie da, doch ihre Augen tasteten möglichst unbemerkt jeden Gegenstand im Zimmer ab, um einen Eindruck von den Bewohnern und dem Haus zu bekommen. Ein Mädchen, im klassischem kurzen schwarzen Rock mit weißer Bluse und einer kleinen Spitzenschürze kam herein mit einem Tablett. Sie bemühte sich, unbeteiligt zu blicken, aber ihre Augen verrieten ihre Neugier. Die dunklen Augen registrierten alles genau, um es dann allen in der Küche zu erzählen, und Estella konnte sich einen Moment lang alles genauer anschauen. Lucia, eine schöne Frau, stolz, sehr elegant angezogen, mit einem blauen Seidenkleid, das ihre schlanke Figur zart umspielte, einem Seidenschal um die Schultern und einen Schmuck aus Gold, der sehr filigran gearbeitet war. Aber sie hatte auch etwas in ihrem lächelnden Blick, dass deutlich zu verstehen gab, ihr habe man sich zu beugen und mit einem Lächeln ihre wahren Gedanken und Gefühle verbarg. Dass sie hier diejenige war, die bestimmte wo es lang geht! Eine Frau, die es gewohnt war, sich in allen Situationen zu beherrschen und zu herrschen.
Der Vater, groß, stattlich, aber nicht übergewichtig, mit einer selbstbewussten Ausstrahlung und Augen, die sein Gegenüber

intensiv musterten. Auch er, im Anzug, perfekt und teuer. Das Tuch in seinem Kragen sollte von seiner Strenge ablenken.

Sie konnte im Moment noch nicht sagen, wie sie auf sie wirkten, dazu war der Auftritt so perfekt, sie waren es gewohnt, mit Publikum umzugehen und sie gehörte zu dem Publikum.

Maria, sie war so ganz anders, sie war auch schick, aber eher lässig gekleidet, mit einer sportlichen Hose, einer Seidenbluse, um die Schulter lag lässig ein Pullover. Sie stellte sich selbstbewusst dar, aber etwas störte Estella. Die Augen, sie passten nicht zu der Heiterkeit, die sie verbreiten wollte. Etwas bedrückte sie, ging es ihr durch den Kopf.

Man reichte Tee, verteilte kleine Kuchenstücke und Estella wurde gebeten, etwas von sich zu erzählen. Sie fing mit ihrer Ankunft in Cefalu an, wie sie Pedro kennen gelernt hatte, was sie tat und welchen Herausforderungen sie sich selbst gestellt hatte.

Sie vermied es, von ihrem früheren Leben zu erzählen. Alle hörten ihr zu, als sie erzählte,wie sie Pedros Strandbar total ummodelte, wie sie Keramik in St. Stefano di Camastra kaufte und damit anfing, etwas Besonderes zu machen was auch sehr schnell Anerkennung fand und heute gehörten Pedro und ihr ein schönes Restaurant. Sie bieten sehr gutes Essen an, mit schönem Ambiente für besondere Anlässe.

„Hatten Sie keine Schwierigkeiten mit den Behörden?", fragte Lorenzo etwas hintergründig und zu Bernando gewandt. Ist das nicht jener Pedro, mit dem du früher öfters unterwegs warst? Er nickte ihm zu.

„Nein, im Gegenteil, alle waren sehr nett und vor allem am Anfang hatten sie uns sehr geholfen!" Maria rief ihr bewundernd zu „also, das klingt toll, ich werde dich unbedingt besuchen, das muss ich mir ansehen."

Die Gespräche plätscherten hin und her und Estella merkte sehr wohl, wie kritisch Lucia sie anschaute und sie konnte sich schon gut denken, dass sie versuchte, etwas zu finden, um sie in die Enge zu drängen. Aber das ginge nur, wenn Bernando nicht dabei war. Lorenzo stand auf, schaute auf seinen Sohn und Estella an und meinte: „in einer halben Stunde in meinem Büro." Damit ging er aus dem Raum, hinterließ einen frostigen Windhauch, der durch den Raum zog. Lucia stand auch auf und meinte auf ihre kühle Art: „Ich denke, ihr wollt erst einmal in eure Zimmer gehen wollt, und euch frisch zu machen. Um 20 Uhr sehen wir uns bei Tisch!" Damit verließ auch sie den Raum. Maria konnte sich ein Lachen nicht verkneifen.

„Willkommen in dieser Familie, war das eben nicht wieder so etwas von herzlich? Eisberge sind gar nichts dagegen!"

Beide standen auf, er nickte seiner Schwester zu. „Hast du etwas anderes erwartet?" Er umarmte seine Schwester, nahm Estella am Arm. Sie verließen den Raum und wandten sich der Treppe zu. Estella schaute auf die Gemälde der Vorfahren, die bis zur Empore hinauf an der Wand hingen. Bei jedem Bild, an dem sie vorbei kam, kam es ihr vor, als wollten diese Damen und Herren ihr etwas sagen. Sie wurde kritisch beobachtet, aber sie lächelte alle an. Sollten sie doch über sie lästern! Oben versanken ihre Füße in dem dicken Teppich, als Lucia ihnen nachrief: „Estella, Ihr Zimmer ist das gegenüber von Bernando." Beide schauten sich etwas erstaunt an, aber sie konnten sich ein Grinsen nicht verkneifen.

„Willkommen in meiner katholischen Familie! Wir werden also schön sittsam sein, so ist das halt hier auf Sizilien! Immer schön den Schein waren. Regen wir uns nicht auf, die zwei Tage vergehen ja schließlich und außerdem, wo ein Wille ist, da gibt es auch einen Weg, auch in dein Zimmer."

Estella trat in ihr Zimmer und war von der Schlichtheit des Raumes, der trotzdem mit sehr guten Geschmack eingerichtet war, begeistert. Ein Zimmer, in dem jeder sich gleich wohl fühlte. Schöne Sizilianische Fliesen mit einem weißen dicken Teppich, einzelne geschmackvolle antike Möbel und cremefarbene Wände mit ebenso cremefarbenen Gardinen. Eine große Vase mit einem bunten Blumenstrauß, der wie ein Willkommensgruß aussehen sollte.

Sie räumte ihre Sachen in den Schrank und dachte daran, dass sie sich gleich mit dem Vater treffen würden. Sie hatte ein wenig

Angst, ob sie dem gewachsen war? Wenn nicht, dann war sie sofort weg. Sie wollte sich nicht beschimpfen oder demütigen lassen. Sie hatte auch ihren Stolz! Noch konnte sie zu allem nein sagen. Sie konnte ja die Abneigung verstehen, sie hätten sich bestimmt nicht so eine wie sie ausgesucht, eine Frau mit Vergangenheit!

Sie schaute aus dem Fenster und ihr Blick ging weit über den wirklich wunderschönen Garten, nein, weitläufigen Park. Wunderschöne alte riesige Bäume standen stolz mit ihren weit ausgebreiteten starken Ästen da. Hände legten sich ihr auf die Schulter, sie schreckte zusammen. Er stand, lässig gekleidet hinter ihr, um sie abzuholen.

Sie bewunderte auf dem Weg in das Büro die Familienporträts, diese Frauen und Männer, sie alle sahen sehr stolz etwas steif und unnahbar aus.

Bernando klopfte und ein kurzes „Herein" kam aus dem Büro. Der Vater saß hinter einem großen mächtigen Schreibtisch, der mit etlichen Holzschnitzereien verziert war, sicher ein Stück, das schon sehr viele Jahrzehnte auf den Beinen hatte, da wirkte selbst er nicht mehr riesig, aber Dominat schon.

„Na, da seid ihr ja, dann wollen wir loslegen!" Er kam hinter seinem Schreibtisch hervor und sie setzten sich in eine Sitzgruppe, in die sie versanken.

Er hatte Papiere in der Hand und faltete sie auseinander, schaute Estella an und fragte sie: „Wie ist Ihr Vorname?" Estella stutzte kurz und antwortete „Estella". Gut!

„Also, schaut her. Sie heißen ab jetzt Estella Brugner, geboren in Österreich, das Geburtsdatum ist geblieben. Sie kommen aus Graz, von Beruf Einkäuferin eines Modekonzerns. Eltern früh gestorben durch einen Autounfall am Brenner am 12.02.1988. Sie sind bei einer Tante Erika in Wien aufgewachsen, machten Ihr Abitur und Sie begannen mit 18 Jahren in Graz eine Ausbildung in einem Modekonzern. Unverheiratet, keine Kinder und Sie kamen 2013 nach Sizilien auf Urlaub und blieben hier. Das ist in Kürze Ihr Lebenslauf, lernen Sie es sehr gründlich. Es dürfen keine

Unsicherheiten zu merken sein. Denn es ist ihr Leben und kein anderes. Mit kühler Miene und etwas ablehnend überreichte er ihr die Papiere und sie konnte nur ein schüchternes „Danke" sagen. Er machte eine leichte ablehnende Handbewegung.

Bernandos Herz machte einen Freudensprung, nun stand ihrer Zukunft nichts mehr im Wege.

„Vater, ich danke dir für deine Hilfe und wie ich dir ja schon sagte, bin ich für dich und euch da."

„Das freut mich und wir hoffen, dich öfters wieder hier zu sehen, natürlich Sie auch, Estella."

Er stand auf, nahm seinen Sohn kurz in den Arm und ging aus dem Raum. An der Tür drehte er sich noch einmal um, sah seinen Sohn an und sagte:

„Wenn du nachher kurz Zeit hast, ich möchte mit dir etwas besprechen."

„Ja, Vater, ich komme dann!" Verlegen und auch verloren standen sie beide in der Mitte des Arbeitszimmer. Es war so ein entscheidender Augenblick, sie hielt ihre Geburtsurkunde und ihren neue Ausweis in den Händen. Aber es fühlte sich falsch an und durch die Kälte hier im Haus merkte sie, das die Eltern es nur für ihn getan hatten, dadurch hatten sie ihren Sohn wieder. Er spürte, wie irritiert Estella durch das Verhalten seiner Eltern war, aber er konnte nichts tun, er hatte getan, was er tun musste. Hoffentlich würde der Preis nicht zu hoch werden!

Sie sah ihn an und merkte, dass ihn vieles beschäftigte und sie wollte nur raus aus diesem Raum.

„Komm, lass uns noch ein wenig in den Garten gehen, er ist so schön, ein paar Schritte werden uns gut tun." Sie musste sich ein wenig bewegen, alles war so verwirrend hier. Natürlich gaben sich alle Mühe, aber es war so undurchsichtig. Sie fühlte sich, als laufe sie auf Watte. Beide waren recht schweigsam bis plötzlich Bernando sich zu ihr umdrehte und meinte.

„Wir fahren morgen nach Palermo, ich werde dir die Stadt zeigen, wie kein Tourist sie sieht." Erleichtert, dass sie hier kurz entfliehen konnten, lächelte sie ihn an.

„Schön, ich freue mich, aber schau mal nach oben, der Himmel war fast schwarz geworden, ich denke, wir müssen etwas rennen, es fängt gleich mächtig an zu regnen. Wer ist erster am Haus?" Erleichtert, das die Gedanken zwischen ihnen erst einmal unterbrochen waren, lachte sie ihn an. „Dann mal los, ich besiege dich." Sie rannten um die Wette, Estella hatte einen winzigen Vorsprung und freute sich, als sie als erste an der großen Eingangstür zum Stehen kam. „Erste!" Schon fielen die ersten dicken Tropfen. „Es wird gleich schütten, da hatten wir aber Glück, komm wir ziehen uns schnell um und treffen uns im Kaminzimmer."
Beide verschwanden in ihre Zimmer und neugierig fragte sie sich, wie das Abendessen wohl ablaufen würde, sie war auf alles gefasst. Zum Glück hatte sie ein Kleid gekauft, das elegant und modisch war und genau hierher passte. Es schmeichelte ihr und sie verzichtete auf Schmuck. So konnte sie getrost der Hausherrin gegenüber stehen. Noch ein wenig Lippenstift, einen zufriedenen Blick in den Spiegel und sie verließ etwas nervös das Zimmer. Auf dem Flur mit seinem langen dicken Läufer, der jeden Schritt verschluckte, lief sie in Richtung Kaminzimmer. Sie hörte Stimmen und blieb unwillkürlich stehen, nicht um zu lauschen, sie wollte einfach nicht stören. Von der Brüstung aus sah sie einen Mann in der Halle stehen, der nicht aussah, als würde er in Geld schwimmen, der nervös seine Mütze knetete und sehr bedrückt wirkte. Er hatte zu dem Diener etwas gesagt. Lorenzo kam in die Halle begrüßte den Mann fast väterlich und fragte „Na Claudio, wo drückt denn der Schuh?"
Claudio sank fast auf die Knie und Estella hörte etwas wie *Pacht nicht bezahlen, Frau und Kind krank*. Lorenzo wurde noch väterlicher, nahm ihn an der Schulter und sagte „du weißt doch, wir sind eine große Familie, jeder hilft jedem, natürlich helfe ich dir, du lässt auf meine Kosten einen Arzt kommen und die Pacht, da mach dir erst einmal keine Sorgen! Komm in zwei Tagen zu mir, ich habe eine Aufgabe, die du mir erfüllen kannst, wie es in einer Familie üblich ist, jeder hilft jedem. Er griff noch in seine

Tasche um ein paar Scheine heraus zu holen, reichte sie dem armen Mann, der wurde noch kleiner vor Demut, Scham und Unterwerfung.

„Danke Patron, ich stehe immer in Ihrer Schuld." Väterlich aber auch bestimmend. „Geh jetzt, ich habe noch zu tun und alles Gute für deine Frau, grüße sie von mir."

Rückwärts ging der Mann Richtung Tür und Estella hätte fast laut gelacht über diese Unterwürfigkeit, aber dann wuchs in ihr ein Gefühl des Stolzes auf diesen „Patron," so viel Menschlichkeit hätte sie ihm gar nicht zugetraut! Er wird von nun an, wie er sich auch benehmen mag, der Mann sein, der gütig zu anderen ist. Ihr fiel das Gespräch mit Bernando über die Kirche ein. Dann lebte er nach den Gesetzen der Kirche im positiven Sinn, jedenfalls was Hilfsbereitschaft und Güte angeht. Das erfüllte sie mit Bewunderung und das hätte sie nie erwartet.

Sie ging in das Kaminzimmer, wo sie Maria antraf, die in ein Buch vertieft war.

„Hallo, ich hoffe ich störe dich nicht, aber Bernando wollte mich hier treffen."

„Nein du störst nicht, im Gegenteil, so haben wir beide endlich Zeit, uns ein wenig kennenzulernen. Möchtest du etwas zu trinken, auch einen Portwein?"

„Gerne."

Jede hielt ihr Glas etwas verlegen in der Hand, beide überlegten, wie sie in ein Gespräch kommen könnten, Maria musterte Estella verstohlen und musste sich eingestehen, dass sie Estella sympathisch fand. Beide machten gleichzeitig den Mund auf, um etwas zu sagen, sie mussten lachen und das Eis war damit gebrochen.

„Du zuerst Maria!"

„Ich wollte dich fragen, wie es kommt, dass mein Bruder alle seine Vorsätze über Bord geworfen hat, was hast du mit ihm angestellt?"

„Das kann ich dir nicht sagen, ich wollte es lange Zeit gar nicht, aber unsere Gefühle waren einfach stärker und eines Tages wurden wir davon einfach überrollt.

Wir hatten gar keine Chance und konnten uns nicht dagegen wehren. Ich wollte, aber bei dem Mann!" Dabei schaute sie zärtlich Bernando an.

„Das klingt schön, ich beneide euch darum, eure Liebe zu zeigen und offen leben zu dürfen."

„Du klingst so traurig? Bist du nicht glücklich mit deinem Mann?"

„Mit Pietro? Ich weiß nicht, ob Bernando es dir erzählt hat, aber ich liebe eine Frau! Ich bin mit Greta schon viele Jahre zusammen, aber meine Familie, sie tat alles um den Ruf der Familie zu wahren. Ich sträubte mich, aber letztlich musste ich mich beugen. In unserer Gesellschaft hier in Italien und Sizilien da gibt es solche *Freiheiten* nicht. Meine Eltern boten mir dann die Chance an, Pietro zu heiraten, der natürlich für meinen Vater arbeitet, oder besser, sie machen gemeinsam Geschäfte. Nach außen war damit alles in Ordnung und ich fand sehr schnell heraus, dass Pietro eine Schwäche für Männer hat. So geht es uns nach unseren gesellschaftlichen Gesetzen sehr gut, Pietro ist höflich und kann sehr witzig sein. Nur ist es eben so, dass ich mit Greta nicht zusammenlebe, wir leben im Schatten und können nur als Freundinnen in der Öffentlichkeit sein."

„Oh, das finde ich mehr als traurig und ich dachte, auch dieses Kapitel würde der Vergangenheit angehören. Aber da hat die Kirche wieder einmal die Menschen in ihren Klauen, sie können sich nicht befreien, noch nicht, und vor allem nicht hier. Obwohl es ja heißt, wir sind alle Kinder Gottes, aber es gelten halt Regeln, wo manche Kinder weniger Gottes Kinder sind. Dabei bin ich der festen Meinung, Gott ist es völlig egal, wer wen liebt, nur die Menschen, sie legen es sich so zurecht, im Namen Gottes. Hast du einmal *Eunuchen für das Himmelreich* von Uta Ranke-Heinemann gelesen? Da wird uns Frauen so manches klar, wie Menschen, in dem Fall natürlich Männer die Kirchengesetze ausgelegt, besser geschrieben haben."

„Nein, nie von dem Buch gehört, aber ich werde das lesen, das werde ich mir gleich besorgen und mit einem verschwörerischen Lächeln, sicher werde ich dann deine Gedanken besser verstehen.

Du machst dir über vieles Gedanken, das finde ich gut. Ich glaube, es liegt auch daran, dass in Österreich und auch in Deutschland, England oder Frankreich vielleicht durch den Krieg die Familien in alle Winde zerstreut wurden, sich alles verändert hatte. Die alten Familientraditionen mit der Strenge der Großmütter und Mütter, sie verloren sich. Na, und ab den 60iger Jahren, da hatte es den Frauen ja gereicht, sie haben für mehr Freiheit für sich gekämpft. Ihnen haben wir viel zu verdanken. Natürlich gibt es noch Menschen, die sehr christlich leben, aber ich denke, sie tun es aus freien Stücken und nicht mehr auf Druck der Familie."
„Das gibt es natürlich auch hier in Italien. Aber es ist schon so, besonders auf dem Land, die Familie die bestimmt, wo und wie es lang geht. Die jungen Leute haben ihre Freiheiten, die Mädels laufen auch in knappen Kleider herum, gehen aus, aber sie kennen ihre Grenzen."
„Zu dir Estella, ihr lebt zusammen? Wie wird es weitergehen für euch? Wird Bernando weiterhin seinen eigenen Weg gehen, auch ohne Einwilligung der Eltern?"
„Ja, wir leben schon eine Weile in Cefalu zusammen und ich denke, dass Bernando immer seinen Weg gehen wird und wir haben schon vor, zusammen zu bleiben, so lange es uns gefällt, aber von Hochzeitsglocken ist noch keine Spur."
Maria lachte ihr glockenhelles Lachen.
„Schade, ich wollte mich gerade als Brautjungfer anbieten! Wenn ihr heiratet, dann gäbe es endlich einmal wieder ein riesiges Fest und glaube mir, dass kann Mutter prima, sie geht darin auf, jammert und stöhnt, aber wehe es würde ihr jemand etwas abnehmen."
Verlegen und nachdenklich wagte Estella den Einwand.
„Ich denke, den Gedanken musst du verschieben, soweit sind wir noch nicht und ganz ehrlich, es erschreckt mich, hier eine Hochzeit zu feiern mit Menschen, die ich alle nicht kenne."
„Hast du denn keine Familie?"
„Nein, meine Eltern hatten vor langer Zeit einen Unfall und meine Tante, die mich aufzog, ist auch schon verstorben. Ich habe

niemanden mehr." Sie staunte, wie leicht ihr der Lebenslauf von den Lippen kam.

„Oh, dass tut mir leid, ich stelle mir das nicht sehr schön vor, keine Familie zu haben, egal wie sie sind. Aber du hast ja nun uns und ich habe jetzt so etwas wie eine Schwester." Sie nahm Estella in den Arm und meinte freudig, „du musst unbedingt mal zu uns kommen, nein, nicht zu Pietro, ich habe noch eine Wohnung, Gretas und meine, unsere Höhle, da machen wir uns dann einen tollen Frauentag!"

Bernando ging mit einem unguten Gefühl zu seinem Vater, denn er ahnte, dass sein Vater entweder etwas von ihm wollte oder er über die Geschäfte etwas zu hören bekam, was er lieber nicht wissen mochte.

Sein Vater saß in seinem Sessel und der Rauch seiner Zigarre hüllte ihn ein, schemenhaft, entrückt, wie von einer anderen Welt, so saß er hinter dem Zigarrenqualm. Bernando schob sich einen Sessel näher heran und setzte sich ihm gegenüber. Erst schwiegen sie eine Weile. Dann kam es hinter seinem Zigarrenrauch von ihm.

„Dir ist es also ernst mit Estella? Du weißt, dass wir das nicht so einfach billigen können. Eine Frau, die verheiratet ist, wenn auch jetzt nicht mehr, aber in unserer Familie, da wurde immer so geheiratet, dass alle Seiten es als eine gute Familienvereinigung ansahen und somit zusammen gewachsen waren."

„Vater, ja, ich breche mit euren Traditionen, ich werde morgen mit Estella nach Palermo fahren, ihr die Stadt zeigen und werde ihr in der *Kapelle des Palazzo die Normanni* meinen Heiratsantrag machen." Eine besonders dicke Zigarrenwolke kam auf ihn zu und vernebelte für einen Moment den Raum.

„Weiß deine Mutter davon?"

„Nein noch nicht! Ich werde es morgen Abend, wenn Estella „Ja" gesagt hat verkünden."

„Hältst du das für klug? Du kennst deine Mutter! Du brichst mit allen Traditionen und wie stellst du dir die Hochzeit vor? Du weißt schon, dass eine Hochzeit eine wichtige Sache ist. Wenn schon keine neue bekannte Familie dazu kommt, so wäre es eine absolute, Konfrontation für die Gesellschaft, so etwas gibt es einfach nicht!"

„Vater, das weiß ich im Moment noch nicht und dazu wird Estella ihre eigene Meinung haben, lassen wir das Problem im Moment ruhen!"

Seine Stimme wurde wieder kalt und etwas lauter.

„So einfach geht das nicht, eine total unbekannte Person, ohne Familie, ein Nichts! Es wird, und glaube es mir, einige Unruhen geben und es passt mir so ganz und gar nicht! Sie werden herum schnüffeln und wenn sie etwas heraus bekommen sollten? Was dann? Ich kann mir im Moment solch einen Ärger nicht leisten!"

„Das kann ich mir gut vorstellen, denn du bist doch der Patron und *dein Wille geschehe!*" Kam es bissig von Bernando, der am liebsten davon gestürmt wäre. Lorenzo seufzte unwillig auf und stieß wieder eine große Rauchwolke gegen die Decke. Sein Arm machte eine wegwerfende unwillige Bewegung.

„Ich wollte deine Meinung zu einer wichtigen Sache hören!" Lenkte er von dem Thema ab. „Du weißt ja, dass es mit den Schutzgeldern nur noch so eine Art Nebenerwerb ist, wir haben da schon sehr lange ein gut gehendes Geschäft mit dem Drogenhandel. Mit den Amerikanern sind wir gut im Geschäft und wir haben auch hier die Zollfahnder gut im Griff. Wenn es wieder einmal eine Razzia gibt, dann gibt uns der Zoll vorher einen Tipp und die Schiffe sind sauber. Auch sind wir schon eine Weile in Europa im Müllgeschäft und zwar sehr geschickt. Aber es gibt hier im Lande so ein paar Umweltbewusste, die haben bei manchen von uns erbauten Miethäuser Erdproben entnommen und haben natürlich festgestellt, das da Problemmüll vergraben wurde. Natürlich konnten wir das geschickt regeln, aber es ist nicht gut, dass überhaupt herum geschnüffelt wird. Als wenn das jemanden stören würde! Die Häuser wurden darauf gebaut, wo soll da das Problem sein? Meine Frage an dich, überlege doch einmal, wen wir am besten in den Ruhrpott schicken könnten, wer dort der richtige Mann ist. Ich hatte schon einige aus Pietros Familie, oder

auch ihn selbst im Visier, aber vielleicht fällt dir noch jemand ein."
Völlig überrascht von dieser Frage, meinte er.
„Du fragst mich? Du kennst doch meine Meinung! Drogen! Giftmüll! Wenn ich das schon höre! Hört das denn nie auf? Kommt dir nie der Gedanke, wie viele Menschen daran zu Grunde gehen? Du kannst doch nicht deine Hände in Unschuld waschen, sonntags in die Kirche gehen, eine großzügige Spende für bedürftige Kinder geben und solche schmutzige Geschäfte betreiben. Was ist das mit dem Giftmüll? Was macht ihr da schon wieder für Geschäfte?"
Lorenzo stand wütend auf, dass sein Sohn aber auch sogar kein Verständnis für ihn hatte!
„Es ist ganz einfach, wir kaufen den Müll, den ja niemand haben will, natürlich mit der Auflage, dass wir alles ordnungsgemäß entsorgen. Wir verschiffen den dann nach Afrika. Aber manchmal vergraben wir ihn halt unter Neubauten. Geschäfte sind halt nicht immer so, als würde ich Butter verkaufen! Aber wir brauchen einen Mann, der sein Handwerk versteht, was hältst du von Pietro? Bis jetzt hat er sich mit allem womit ich ihn beauftragt hatte, sehr gut geschlagen."
„Du fragst mich da einfach zu viel, du weißt, dass meine Meinung von Pietro nicht besonders ist, aber ich hänge ja auch nicht in euren Geschäften mit drin. So wie ich ihn einschätze, ist er für dich richtig. Ein Wolf im Schafspelz! Dann sorge noch dafür, dass er dort immer genug *Spieljungens* hat. Hier ist ja alles perfekt getarnt!" Kam es recht höhnisch und verbittert. Es war hier nicht seine Welt und er schämte sich. Warum konnte er keinen ganz normalen Vater haben? Lorenzos Puls raste jetzt auch, warum musste sein Sohn so sein? Wütend bellte er ihn an.
„Hör damit auf, ich will davon nichts wissen!"
Bernando konnte noch nicht aufhören und schlug noch einmal in die Kerbe. „Ich weiß, die wunderschöne Hochzeit von Pietro und Maria, perfekt arrangiert von dir. Du hast ihn damit gekauft, er wurde zu Wachs in deinen Händen, deine Tochter ist Ehefrau, seine und ihre Neigungen wurden vertuscht, alle sind glücklich!"
Wütend brüllte Lorenz.

„Bernando, vergiss dich nicht, es gibt nun einmal bestimmte Regeln, an die müssen wir uns alle halten und Traditionen sind nun einmal für alle verpflichtend! Wir leben nicht in einem Land, wo jeder das tut was er möchte, dafür hält hier die Familie zusammen und das bleibt auch so, weil es immer so war!" Resigniert meinte Bernando. „Selbstverständlich! Nimm Pietro, er wird es schon gut machen. Vater, darf ich gehen? Estella wartet schon! Es ist Zeit zur Mutter zu gehen, ich muss mich noch umziehen." Er stand auf, deutete eine Verbeugung an, wendete sich ab und ging zur Tür hinaus.

Lorenzo schaute missmutig durch seinen Qualm, der im Moment so aussah, als würden zornige Rauchschwaden zum Angriff starten. „Bis gleich!" Wieder stellte er sich die Frage, was er falsch bei der Erziehung gemacht hatte.

Er ging aus dem Zimmer, in ihm tobte es. Sein Gesicht verzerrte sich, sein Puls raste. Als würden Zorn, Wut und Enttäuschung gleich explodieren. Immer das gleiche Lied, Erpressungen, schiefe Geschäfte, anderen Schaden zufügen, um selber daran zu verdienen, immer schön im Hintergrund bleiben, sich nicht offenbaren, wie ein Spinne in ihrem Netz. Die schmutzige Arbeit machen ja andere! Er atmete tief durch, ging in das Kaminzimmer und sah erfreut, wie Estella und Maria in einer fröhlichen Stimmung waren. Wenigsten was, dachte er und setzte sein berühmtes Bernando Lächeln auf.

„Na ihr beiden, wie ich sehe, habt ihr euch schon ganz gut kennengelernt? Sag mal Maria, wo finde ich hier einen Whisky?"

Maria schaute auf ihren Bruder und ein Schatten wanderte über ihr Gesicht. Sie ahnte, dass es wieder mit dem Vater zu tun hatte, immer wenn er so ein Gesicht machte, gab es etwas, womit er nicht nicht einverstanden war. Sie bewunderte ihn dafür, dass er so unbeirrt seinen Weg ging. Warum schaffte sie das nie? Er ging einfach aus dem Elternhaus und machte sein Ding. Warum kam er eigentlich zurück? Nur weil er Estella der Familie vorstellen wollte? Nie und nimmer! Er wusste doch genau, was es hieß, eine oder einen Fremden in die Familie zu bringen und soweit sie es heraus gefunden hatte, war Estella keine reiche Frau, geschweige mit einem tollen Stammbaum. Also warum kam er her? Da muss noch etwas anderes sein, was kann das nur mit ihr zu tun haben? Wenn er mir Estella vorstellen wollte, dass hätte er einfacher haben können.

„Du warst wirklich lange nicht mehr hier, ich hole dir einen!"
Bernando gab Estella einen Kuss und seufzte.

„Ich wollte, wir wären wieder zuhause," flüsterte er ihr zu, nahm dankbar den Whisky und trank einen großen Schluck.

„War etwas?" fragte Maria, du siehst so aus, als hätte man dich auf dem falschen Fuß erwischt."

„So kann man es formulieren, aber du kennst das ja, hier im Hause es ist halt „*La familia della casa commune*" (die gemeine Hausfamilie). Die Frage ist nur, was man unter „gemein" verstehen kann...!"

Er stellte sein Glas ab und meinte zu den beiden: „Ich muss mich schnell umziehen, ich bin gleich wieder da." Estella und Maria schauten ihm mit einem betroffenen Schwiegen nach. Kurz darauf kamen Lucia und Lorenz herein und eine gezwungen Unterhaltung begann. Sehnsüchtig blickte Estella zur Tür, bis Bernando wieder da war.

Das Hausmädchen kam herein, um zu melden, dass das Essen bereit sei. Sie hakten sich ein und mit einem verschwörerischen Lächeln betraten sie den Speiseraum, wo ein hübsch gedeckter Tisch auf sie wartete. Estella wollte sich schon lobend äußern, aber ein kleiner Druck von Bernando ließ sie schweigen. Ein Mann trat lächelnd auf Estella zu und fragte, ob sie Estella sei?

„Ich bin Marias Mann Pietro und leider etwas verspätet." Ein gut aussehender Mann, registrierte sie, schlank mit warmen Augen, sehr charmant. Leider auch schwul, schade für die Damenwelt, grinste sie für sich. Er neigte sich galant über ihre Hand, hauchte mit einem galanten Lächeln einen Kuss darauf. Er wendete sich Maria zu und gab auch ihr einen flüchtigen Kuss auf die Wange. Sie setzten sich, Lorenzo saß an einem Kopfende, Lucia am anderen und sie jeweils an den Seiten. Lucia fragte Estella, ob sie sich schon wohl fühle und Estella beteuert, wie hübsch ihr Zimmer sei und überhaupt das wunderschöne Haus, der Garten, alles sei atemberaubend. Bernando habe ihr darüber sehr wenig erzählt und so sei sie total überwältigt.

Lucia fing an zu erzählen, wie sie das Haus von Lorenzos Eltern übernahm und umgestaltete, wie viel Arbeit es sie gekostet hatte, alles so zu planen, wie es jetzt war und es immer noch sehr viel ihrer Zeit in Anspruch nahm.

„Wissen Sie Estella, man hat ja so viele Verpflichtungen, die ständigen Einladungen. Gerade als Bernando das letzte Mal hier war, da hatten wir die reizende Ilaria hier, aus sehr gutem Hause und die beiden verstanden sich sehr gut, sie kennen sich ja auch schon ewig. Sie spielten Tennis, gingen tanzen. Nun ja, es war ein besonders schöner Abend und wir alten Eltern hatten unseren Spaß, den beiden zu zu schauen. Ja, da macht es richtig Freude, ein schönes großes Haus zu haben, um schöne Abende zu verbringen, wie…,

„ja Mutter, ich gebe dir recht, so wie heute Abend und wir danken dir dafür! Trinken wir auf euch, auf dich, Maria und auf dich, Estella, ich wünsche mir, dass wir uns alle hier wohlfühlen und danke euch, dass wir bei euch sein dürfen!" Lucia schaute einen kleinen Moment verwirrt, denn sie wurde doch gerade unterbrochen, wo sie noch einmal Ilaria erwähnen wollte. Wie kam ihr Sohn dazu sie zu unterbrechen? Estella hatte auch etwas erstaunt Lucias Rede verfolgt und der überschwänglichen Erwähnung von Ilaria. War da etwas, was sie nicht wusste? Ach Quatsch, das ist doch nur ein typisches *Muttergehabe*, das mir deutlich zeigen soll, dass ihr Sohn andere haben könnte. Aber ein leichter Groll zog sich bei ihr zusammen!

Da kam von Lorenzos Seite die Frage:

„Sagen Sie Estella, Sie erzählten, dass sie mit Hilfe von diesem Pedro aus einer kleinen Bar etwas besonderes, einen Geheimtipp in Cefalu, erschufen? Wie ging das, so ohne Hilfe?"

„Nun, Pedro hatte so Einiges zusammen gespart, aber ihm fehlte es an Ideen, er machte einfach seine kleine Bar und ich war ihm erst dankbar, dass ich bei ihm arbeiten durfte, aber dann sah ich einfach, dass da mehr zu machen war und na ja, Ideen hatte ich eine Menge, etwas konnte ich finanziell auch dazu beitragen Pedro sagte einfach, „Dann mach mal!" Ich glaube, es ist wie bei Ihnen Lorenzo, Pedro glaubte an mich und er half einfach, so wie Sie es doch auch tun. Einfach diese Nächstenliebe, das finde ich bewundernswert. Jetzt sind Pedro und ich Partner, jeder trägt seinen Teil zum Gelingen bei."

Erstaunte Blicke und der Blick von Lorenzo war unergründlich, er schaute Estella an, durchdringend, er konnte mit dieser Äußerung nichts anfangen. War es eine Provokation? Nahm sie ihn auf den Arm, oder was sollte das eben? Auf was bezog sie das? Maria tat so als habe sie sich verschluckt, Pietro schaute etwas irritiert seine Frau an, als auch schon Lucia ablenkend fragte, was sie denn morgen unternehmen wollen.

„Ich werde Estella morgen Palermo zeigen, wie es die Touristen nicht sehen, das hässliche unserer Geschichte, aber auch etwas was die Menschen ausmacht. Natürlich werden berühmte Gebäude mit ihrer Geschichte dabei sein."

Lorenzo setzte an, um eine Bemerkung zu machen, aber ein Blick von Bernando ließ ihn verstummen. „Verdammt",dachte er, „in welchen Zeiten leben wir, da verstumme ich, nur weil mein Sohn mir einen Blick zu wirft!"

Lucia fragte Estella etwas provozierend, wo sie denn ihre Kleidung einkauft und Estella antwortete ihr lachend, „in keinem noblen Geschäft, dazu fehlt mir das Geld, ich kaufe das, was mir gefällt und bezahlbar ist."

Auf Lucia war Verlass und so kam es prompt etwas spitz von Lucia, „daran dachte ich nicht, aber wenn Sie ja jetzt an Bernandos Seite sind, da haben sich ja alle Probleme gelöst, nicht wahr?"

Estella hielt ihre Gabel in der Hand, um sie gerade in den Mund zu schieben, als ihr alle Farbe aus dem Gesicht wich. Sie legte ihr

Besteck sehr ordentlich an seinen Platz, stand auf, verneigte sich vor Lucia und Lorenzo und sagte eiskalt,
„ich habe mir alles im Leben selbst erarbeitet, ich habe es nicht nötig, mir Ihren Sohn zu angeln und noch etwas, ihre Anspielungen auf die wunderschöne Ilaria, ja, es war wohl Bernandos Entscheidung, sie nicht so toll zu finden und es tut mir für Sie auch echt leid, aber ich brauche das hier alles nicht! Ich liebe diesen Mann und bis vor kurzen wusste ich nicht, aus was für einer feinen Familie er stammt. Meine Bedenken, die wusste er, ich habe volles Verständnis, dass Traditionen erhalten bleiben, aber ER sagte, bleib bei mir! Entschuldigen Sie mich bitte, aber ich denke, ich sollte besser in meine Welt zurückkehren, ich brauche das hier nicht und Bernandos Geld schon gar nicht." Sie wollte sich abwenden, aber da war auch schon Bernando an ihrer Seite, schaute alle an und sagte:
„Wollt ihr das wirklich und seid ihr euch bewusst, was ihr gerade macht?"
Kurze Zeit herrschte Schweigen, alle waren wie erstarrt, so etwas hatte ja noch nie jemand gewagt und in Marias Augen stand die volle Bewunderung. Pietro wusste nicht wohin er schauen sollte, er war es nicht gewöhnt, eine eigene Meinung zu haben, aber was ihn am meisten erstaunte war sein Schwiegervater. Der stand auf ging auf Estella zu, schaute ihr in die Augen und sagte: „Entschuldigen Sie, wir wollten Sie nicht erschrecken. Ich denke wir alle brauchen etwas Zeit, damit wir uns alle besser kennen lernen." Er ging wieder zu seinem Platz und nahm einen Schluck Wein. Lucia ihr war es anzusehen, das sie um ihr Gesicht zu wahren, etwas sagen musste. Sie kam stolz bemüht, ihre Gedanken nicht sichtbar zu machen auch auf Estella zu.
„Verzeihen Sie, ich wollte Sie niemals kränken, aber ich sehe, dass ich Sie mit meinen Worten getroffen habe. Das war nicht meine Absicht. Setzten Sie sich wieder, wir alle möchten doch einen netten Abend verbringen!" Sie nahm sie in den Arm und flüsterte ihr zu.

„Es wird noch so manche Prüfung kommen, aber Sie müssen noch viel lernen!" Estella verschlug es die Sprache, sie konnte diese Worte nicht recht einordnen. Was war das eben? Kampfansage, oder war es eine Hilfestellung?

Lucia ging mit erhobenem Kopf wieder zu ihrem Platz. Sie hoffte, dass die Situation gerettet war. Sie hätte nicht gedacht, dass diese junge Frau so reagieren würde. Ich werde ihr schon zeigen, wer hier der Boss war! Sie setzte sich, nahm ihr Glas und trank allen zu. Maria hatte dieser Szene amüsiert und erstaunt zugesehen. „Alle Achtung Estella", dachte sie, „du hast eine Portion Mut!"

Bernando stand dieser Szene etwas überrascht gegenüber, denn er war immer noch auf der Verteidigungsspur und konnte so schnell nicht folgen, was da im Moment gerade passierte. Es brauchte einen Moment, bis er begriff und konnte es nicht glauben, seine Eltern gaben nach, so sah es jedenfalls im Moment aus! Jetzt musste er etwas tun um diesen Moment festzuhalten. Er drehte sich dem Mädchen zu, das am Tisch bediente und rief laut „lasst uns Champagner trinken!" Der floss dann auch, ein recht entspannter Abend mit lustigen Anekdoten folgten, Maria prostete Bernando zu und meinte trocken:

„Na wie viele Schweißperlen hast du dir schon abgewischt? Auf Estella, eine mutige Frau! Ich freue mich sehr, da habt ihr heute einen Sieg errungen!"

Estella schlich sich leise in Bernandos Zimmer, schaute sich verblüfft um, ein richtiges Jungendzimmer! Im Regal standen Autos, ein großer Kran, Bücher, viele CD's und Poster hingen an den Wänden. Auf Zehenspitzen ging sie vorsichtig zu einem Regal, viele kleine und größere Autos standen in Reih und Glied. Sie musste lächeln und schaute zärtlich auf den Schlafenden. Sie setzte sich auf sein Bett und flüsterte in sein Ohr. „He, du Faulpelz, du wolltest mir doch Palermo zu Füßen legen? Dann aber mal raus, du Faultier!" Er blinzelte sie an, wunderte sich, dass sie angezogen bei ihm saß. Dann fiel ihm ein, dass sie bei seinen Eltern waren. „Moralisch alles bestens!", kam es auch prompt von ihm. „Ich komme ja schon, nur noch schnell unter die Dusche, dann geht es los!" Sie stand auf, um zur Türe zu gehen.

„Aber stopp, so kommst hier nicht aus dem Zimmer, küsse mich jetzt hier gleich und sofort, damit dieses Zimmer kein Jungendzimmer mehr ist, sondern das Zimmer von einem richtigen Kerl, der diese Frau hier und jetzt am liebsten möchte." Er griff nach ihr, warf sie auf sein Bett und begrub sie unter sich. Seine Hände wühlten in ihrem Haar, seine Küsse waren heiß, er möchte sie einfach jetzt und hier besitzen. Sie strampelte sich frei und meinte atemlos:

„Halt, hier und jetzt geht nicht, wir sind in einem ehrenwerten Haus und wir wollen doch nicht, dass der dünne Waffenstillstand gleich wieder unterbrochen wird." Seufzend gab er sie frei, maulte leise wie ein kleiner Junge, „ist ja schon gut, dann gehe ich eben duschen!"

Mit einem sehnsüchtigen Blick löste er sich von ihr und ging mit einem herzzerreißendem Seufzer zur Dusche. Estella kicherte leise vor sich hin und schloss leise die Tür hinter sich.

Unter der Dusche ging ihm der gestrige Abend durch den Kopf und er murmelte vor sich hin, „was für Fähigkeiten Estella doch hat, unglaublich. Sie hatte einen Sieg errungen, wenn auch nur gestern. Ich traue ihr zu, dass sie meiner Familie wenn nötig die Zähne zeigen wird."

Die Geschehnisse des letzten Abends hatten wohl auch in der Küche Gehör gefunden, denn es wurde ihnen ein köstliches Frühstück serviert, alle Leckereien der sizilianischen Küche standen bereit.

Estella stand vor all den Köstlichkeiten, sie konnte sich nicht entscheiden, was sie nehmen sollte. Sie hatte weiße Jeans mit einer blauen Bluse an, den Pulli lässig über der Schulter. Lucia kam herein, blieb einen Moment stehen und musterte Estella. Ihr Blick hatte einen Moment lang etwas anerkennendes, aber schnell verhärtete sich ihr Blick.

„Guten Morgen, ich hoffe Sie haben gut geschlafen. Gut, dass Sie einen Pulli dabei haben. Es wird recht frisch, wir haben keinen Sommer mehr! Viel Spaß wünsche ich Ihnen." Sie setzte sich, goss sich Kaffee ein und breitete die Zeitung aus.

Später, auf der Fahrt in die Stadt konnte sich Bernando das Lächeln nicht verkneifen. Estella grübelte immer noch über den Abend, wie er geendet hatte. So sind beide auf unterschiedlichen gedanklichen Ebenen. Estella bewunderte den Hafen, dahinter tat sich der gewaltige Felsberg auf. Sie merkte gleich, der Verkehr auf dem Rest der Insel und der hier in Palermo, da lagen Welten dazwischen. Die Vespas waren das Hauptverkehrsmittel, sie schlängelten sich überall durch, irgendwie ging alles! Sie fuhren an Brunnen und schönen alten Bauten vorbei, bis sie vor dem Palazzo die Normanni standen. Bernando erklärte ihr, dass der Palazzo der Sitz des Parlaments war. Aber das besondere sei die Kapelle! Er erzählte ihr, das es in Palermo *DIE* Kapelle ist, in der man auch heiraten kann. Was auch getan wurde. Estella hielt den Atem an, als sie diese Kapelle betrat. Tief beeindruckt, und berührt bestaunt sie diese Besonderheit. Drei Religionen waren hier mit ihren Eigenheiten vereint. Es war ihr, als würden drei Religionen sagen.
„Wir sind das Sinnbild, dass es möglich ist, dass wir alle miteinander leben konnten, ob Christ, Jude oder Moslem. Hier ist ein Beweis! Jeder glaubte an seinen Gott und diese Kapelle mit ihrer Schönheit zeigte es in all den vielen Mosaiken und Darstellungen." Mit großen Augen bewunderte sie die feinen Arbeiten der damaligen byzantinischen Baukunst, was für Meisterwerke! Als sie entstanden war hier noch tiefstes Mittelalter! Oder die Ikonen der Orthodoxen Kirche. Jesus und Maria sie stehen als Gemeinsamkeit der Religionen und sie stellte sich die Frage. „Was haben wir heute? Zu sehen ist nur Krieg! Da wird fanatisch gekämpft, wie ein Glaube sein soll. Blut so weit man sehen kann! Heute kämpfen Muslime gegen Muslime, sie zerschlagen ihre Kultur, ihre einmaligen Zeichnungen, Mosaike, nur, weil es wieder einmal darum geht, wie der Mensch die

Religion auslegt! Wie haben die es damals geschafft, was heute so schwer ist, denn einfach war es sicher auch damals nicht!" Als sie diese Herrlichkeit sah, vereint unter einem Dach, Christentum, Judentum und der Islam, in einer Schönheit, die Estella fassungslos machte. „Mein Gott, warum war es so etwas im Jahre 1132 möglich, dass ein König Roger II. sagte, er möchte eine Kapelle haben in der alle drei Religionen vereint waren. Jahrhunderte später spürt man wenig davon, bei manchen verbohrten Menschen. Hier sind sie vereint, friedlich und tröstlich für die Seelen. Mit seiner islamische Kunst, den christlichen Mosaiken und den jüdischen Symbolen. Es war so wunderschön."
Sie wandte sich glücklich zu Bernando um. „Ich danke dir dafür!"
Er schaute sie mit einem seltsamen Blick an. Verwundert schaute sie ihn an, er hatte so einen merkwürdigen Gesichtsausdruck, den sie nicht deuten konnte. Da sank er vor ihr auf die Knie.
„Estella, ich habe diesen Ort ausgewählt, da es mir der einziger Ort schien, der dich beeindrucken würde und den ich auch für ernsthaft genug hielt, um dir eine Frage zu stellen. Willst du meine Frau werden?"
Estella stand da, sie begriff gar nichts, nur das Bernando vor ihr kniete und etwas sagte, sie wollte in die Knie gehen und helfend eingreifen, als eine innere Stimme ihr sagte, „halt, höre zu!"
Sie hörte zu und alles was sie verstand, war, „es ist der passende Ort, dir eine Frage zu stellen!" In ihren Ohren rauschte es, was ist das hier, an diesem Ort? Völlig verwirrt fragte sie ihn. „Bernando, hast du etwas?"
Er blickte sie fassungslos an.
„Ich? Nee!" Ein wenig irritiert schaute er sie an und als er sah, dass sie seinen Antrag gar nicht wahrgenommen hatte, konnte er nur loslachen.
„Mensch, ich versuche gerade in klassischer Form dir einen Heiratsantrag zu machen und du fragst *hast du etwas*?!"
Sie lachte, nahm sein Gesicht in ihre Hände, neigte sich zu ihm hinunter und meinte ernst, „es tut mir leid, ich habe manchmal wirklich ein Geschick, in einen Fettnapf zu treten! Aber weißt du,

das alles hat mich so umgehauen, die Geschichte, die mir hier in so einer kurzen Version auf dem Silbertablett serviert wurde und das in unserer heutigen Zeit. Es war zu viel für meinen kleinen Kopf!"
Sie streichelte ihn liebevoll und flüsterte:
„Es ist der beste Ort aller Zeiten und ich weiß, dass du ihn extra dafür ausgesucht hast, du mir damit zeigen willst, wie sehr du mich liebst. Darum, gib mir noch eine Chance, denn es ist ein wichtiger Moment für uns beide und wir einen wichtigen Schritt tun wollen dann an diesem Ort.
„Mach's bitte noch einmal."
Sie schaute verträumt mit klopfenden Herzen auf Bernando, der vor der mit vier Evangelistensymbolen geschmückten Kanzel stand, sie sanft zu sich umdrehte, vor ihr auf die Knie sank, ihre Hand nahm und laut in die Kapelle sagte.
„Estella Burgner, ich bitte dich hier vor den drei Religionen, möchtest du meine Frau werden? Ich schwöre, dass ich dich immer lieben und ehren werde in guten wie in schlechten Zeiten, bei Gesundheit und Krankheit."
Estella stand da, ihr Herz war so voller Liebe zu diesem Mann und sie sagte:
„Unter diesen drei Religionen gebe ich dir mein JA, mit all meiner Liebe, bis das der Tod uns scheidet. Alle die hier zu ihrem Gott beten, sind Zeuge meiner Worte."
Bernando sprang auf und verneigte sich in drei Richtungen um zu sagen.
„Ihr ward Zeuge, hier und jetzt beginnt die Zukunft und ein Versprechen, egal welche Religion unsere Kinder haben werden, sie sollen sie richtig nutzen, egal ob Jude, Christ oder Moslem, der Mensch macht die Religion und sie soll unsere Herzen berühren und nicht die Fäuste."
Bernando und Estella standen unter der Kanzel Hand in Hand, der Welt entrückt und doch mitten im Leben.
„Du, was für eine tolle Idee, mich gerade hier zu bitten, mein Leben mit dir zu teilen. Aber, was wird deine Familie dazu sagen?

Deine Mutter wird ausrasten! Weißt du genau, was du ihnen antust?"

„Nun, Vater weiß es schon. Meine Mutter wird es von ihm gehört haben, dass heute der Tag aller Tage ist!"

„Deine Mutter? Nach dem gestrigen Abend? Sie ist noch lange nicht mit deiner Entscheidung einverstanden."

„Nun, sie hatte noch einmal ihre Karten auf den Tisch geworfen, aber hatte sie nicht schon klein beigegeben? Es bleibt ihnen nichts anders übrig! Außerdem kann ich mich gut erinnern, dass sie dich in die Arme nahm! Das war doch schon ein großer Schritt."

„So, nun komm, jetzt schauen wir uns Palermo an!"

Es ging durch Straßen mit Häusern, denen noch anzusehen war, dass es hier einmal ein besseres gesellschaftliches Leben gab. Sie schaute intensiv auf ein besonders pompöses Haus. Sie hörte die Kutschen über das Pflaster fahren, die Diener, wie sie eifrig die Türen aufrissen und das Rauschen der kostbaren Kleider der Damen, wenn sie aus der Kutsche stiegen. Heute herrschte hier auch ein reges Leben, nur anders.

Da standen große Töpfe auf den Balkonen und die Pflanzen ranken sich an den Wänden rauf und runter. Es hatte seinen eigenen Stil und zeigte, dass auch die Menschen die heute in diesen Häusern leben, sie lebendig machten. Als sie die Via-Vittorio Emanuele verließen, erklärte Bernando, dass sie jetzt im Albergheria-Viertel waren, das im Mittelalter einmal das Händler- und Handwerkerviertel gewesen war. Durch den zweiten Weltkrieg wurde das Viertel stark bombardiert und wurde somit zum Armenviertel der Stadt. Sie kamen in eine schäbige Straße und Estella dachte erschrocken, „hier möchte ich nicht alleine sein!" Zu sehen waren einstmals prächtige Häuser, ein richtiger Palast war noch zu erahnen, aber statt Türen wehten Stoffbahnen im Wind. Es gab einen Pferdestall, neugierige Kinder sprangen umher. Aber niemand schaute sie grimmig oder böse an. Estella schaute erstaunt und neugierig auf diese fremde Welt. Bernando erzählte von dieser Straße, dass sich niemand darum kümmerte und die Regierung die Leute in andere Häuser verpflanzte. Die Mafia hatte

Gelder für sich behalten und nichts investiert. Heute war dieses Viertel schon ein Stück Nostalgie! Im Stillen dachte er: „Ich rede von Mafia und Geld, ich sollte da schleunigst ein anderes Thema anfangen, das könnte mir einmal sauer aufstoßen!"

„Komm lass uns weiter gehen. Hinter der Via Porta di Castro war schon handwerkliches Treiben zu hören. Es wurde geklopft, gehämmert und geschliffen. Hier wurden Haushaltswaren aus Kupfer, Blech oder Zinn feilgeboten und kurz danach kam ein Markt, der Ballaro´Markt, der Fisch und Fleischmarkt mit seinen Gerüchen und eben allem, was ein Markt so her gab. Ein Durcheinander von Menschen, Klängen, Farben und Düften. Marktschreier boten lautstark schreiend in den engen Gassen ihre Waren an.

„Sag mal, hast du mich mit Zauberhand in den Orient versetzt? Das ist doch nicht mehr Europa? Aber ich finde es toll, ich mag solche Märkte und komm, da müssen wir auch gleich einen Kaffee trinken."

Eine ganze Weile schauten sie dem Treiben zu. Sie bummelten durch die Einkaufstrasse, kamen an Brunnen vorbei, nach einer Fahrt mit der Pferdekutsche hatten sie ein wunderbares Essen im Sonnenschein am Hafen. Nach einem Glas Wein nahm er ihre Hand und meinte, dass er noch eine Überraschung bereit hätte und ihr unterwegs dazu was erzählen wollte. Sie schaute ihn neugierig an und er bestellte ein Taxi, welches sie zu ihrem Auto brachte. Bernando fuhr aus der Stadt hinaus, an schönen Häusern vorbei und schon bald schlängelte sich die Straße bergauf. Durch Pinienwälder mit Picknick-Plätzen und Wanderwegen.

„Wir fahren jetzt noch auf den *Monte Pellegrino,* dort gibt es einen wunderschönen Blick. Wenn wir Glück haben, können wir bis Cefalu schauen. Oben gibt es eine Kapelle, die in den Felsen gebaut ist, zur Ehrung der hl. Rosalia. Rosalia wird hier in Palermo sehr verehrt und am 4. Oktober, pilgern sehr viele Menschen den ganzen Berg hinauf, um ihre Fürbitten bei Rosalia zu beten. Die Sage erzählt, dass Rosalia vor sehr langer Zeit sich von ihrer Familie abwendete und auf den Berg stieg, um in einer Höhle zu wohnen. Sie war mit dem Leben, wie es ihre Familie lebte, nicht einverstanden und sah wohl keinen anderen Weg für sich. Keiner hatte sie je wieder gesehen. Als die Pest das Land beherrschte, da träumte ein junger Mann, dass Rosalia zu ihm sprach: „Wenn du in diese eine Höhle gehst, dann wirst du meine Überreste finden und euch alle wird die Pest verschonen." Der Mann sprach mit seinem Priester, der das sehr ernst nahm und so machten sich der Priester und der junge Mann auf den Weg zu der besagten Höhle. Sie fanden Rosalias Gebeine und die Pest verschonte alle! So wurde Rosalia für viele eine Heilige."

„Das ist eine schöne Geschichte, ich bin schon sehr neugierig! Aber allein der Blick ist wirklich einmalig." Sie kamen an den Parkplatz und es sah aus, als wäre die Kirchenvorderfront an den Felsen oder an den Berg geklebt worden. zusammen mit etlichen Stufen die hinauf führten. Sie gingen in die Kirche und sahen im blauen Licht eine Madonna, die vom Felsen herunter schwebte. An den Wänden hingen viele Zettel mit Fürbitten, Wünschen, Danksagungen, Taufkleider, Brautschleiern. So viele Hoffnungen und Wünsche waren an Rosalia gerichtet, die als Statur in einem Glassarg lag. Estella schaute gerührt auf all diese Fürbitten, die vielen Blumen und Kerzen und weckte in ihr den Wunsch, auch eine Kerze anzuzünden und sie bat um Glück und Zufriedenheit für Bernando und für sich. Aber auch andere Gedanken schlichen sich ein! Was tust du Estella? Glaubst du wirklich glücklich zu werden? Da gibt es immer noch Michael, auch wenn du ihn verdrängt hast. Du hast dich aus dem Staub gemacht, ohne zurück zu blicken. Dann kam auch prompt die Gegenseite, die zu ihr sprach. „Hat er mich denn vermisst, mich gesucht oder vermisst gemeldet? Nein! Er war ja vielleicht froh, dass ich verschwand, so kann er doch leben, wie er es will, also brauche ich mir keine Gedanken zu machen, ich lebe jetzt und ich bin sehr glücklich!" Sie zündete noch eine Kerze an, mit dem Gedanken, dass sie hoffentlich alles richtig gemacht hatte.

Zurück im Elternhaus, als sie in ihr Zimmer wollte, wandte sich Bernando an sie, schaute sie zärtlich an und meinte, ob sie ihm einen Gefallen mache.

„Natürlich, was soll ich tun?"

„Ich sehe dich so gerne in dem roten Kleid, würdest du es für mich heute anziehen?" Estella erstarrte, wurde etwas blass. Oh nein, fing das schon wieder an? Ging es ihr durch den Kopf, aber als sie in sein Gesicht sah, sah sie nur Liebe und etwas, worauf er sich zu freuen schien. Sie nickte ihm lächelnd zu.

Etwas aufgeregt begab sie sich in das Esszimmer, und erschrak, denn alle waren schon da, sie sah auf die üppigen Blumengestecke auf einem wunderschön gedeckten Tisch, mit einer Fülle von roten Rosen und einem Meer von leuchtenden Kerzen. Sie schaute erstaunt auf den Tisch und überlegte, ob Bernando ihr etwas von einer Festlichkeit erzählt hatte, die sie vergessen hatte? Sie warf ihm einen unsicheren Blick zu ihm hin, aber er strahlte sie an, sagt mit einem glücklichen Lächeln an, „du siehst wunderschön in diesem Kleid aus, es passt zu diesem Abend."

Champagner perlte in den Gläsern, Bernando stand auf, erhob sein Glas und schaute Estella an.

„Liebe Familie, ich habe heute veranlasst, dass der Tisch eine besondere Note bekommt, ganz in der Farbe der Liebe und ich möchte euch eine sehr erfreuliche Mitteilung machen. Heute Morgen habe ich Estella in der Kapelle des Palazzo dei Normanni gefragt, ob sie meine Frau werden will. Sie hat JA gesagt!" Er griff in seine Tasche, nahm Estellas Hand und streifte ihr einen Ring mit einem Saphir, besetzt mit Diamanten über den Finger. Estella schaute überwältigt auf ihre Hand und auf ihn, er nahm ihren Kopf in seine Hände und küsste sie.

Einen Moment lang herrschte absolute Stille am Tisch. Lucias Miene wurde zu einem Eisberg, aber sie hatte sich sofort wieder im Griff. Maria schluckte und wischte sich eine kleine Träne fort. Lorenzo, der ja wusste, was sein Sohn vor hatte, hob sein Glas und sagte ernst:

„Dann wollen wir auf das Paar trinken und dich, Estella, lass dich in unserer Familie willkommen heißen und den Beiden alles Gute wünschen." Alle klatschten, Gläser klangen, Glückwünsche und Umarmungen folgten. Estella nahm das alles wie in einem Traum war. Lucia trat auf sie zu, schaute sie ernst an und sehr bemüht, Haltung zu wahren und den richtigen Ton zu finden, „ich hoffe, dass du glücklich wirst und ihr euren Weg gehen könnt, wie ihr es euch vorstellt. Auch wenn ich dir vielleicht etwas weh tue, aber einfach wird es nicht werden.Ich werde mich bemühen, dir dabei zu helfen." Sie nahm sie kurz in den Arm und sagte dann, „na, dann können wir das köstliche Essen genießen!" Maria fragte, wann sie denn heiraten wollten.

„Von mir aus schon gestern, aber ich denke, dass wir das in der nächsten Zeit bereden werden," lächelte er Estella glücklich an. Das war natürlich ein Stichwort für Lucia, die sofort sagte:

„Mein Gott, da haben wir wirklich viel zu besprechen, denn es wird das Fest werden! Es wird endlich wieder einen Anlass geben, dass wir ein rauschendes Fest feiern können! Es ist schon lange her, dass wir ein gesellschaftliches Ereignis hatten. Estella, ich hoffe du wirst diesem Fest gewachsen sein." Sie biss sich auf die Lippen, so einen kleinen Hieb, den musste sie los werden! Dabei merkte jeder ihr an, dass ihr schon tausend Dinge durch den Kopfe gingen.

Bernando sah, wie Estella einen etwas entsetzten Gesichtsausdruck bekam.

„Mama, ich glaube, das müssen Estella und ich erst einmal bereden. Heute ist erst einmal unsere Verlobung!"

„Ja sicher, aber so eine Hochzeit, das heißt viel Vorbereitung, da müssen wir gleich morgen damit anfangen!"

Estella saß da und in ihrem Kopf rauschte es, denn das wurde ihr sofort klar, wenn es eine große Hochzeit gab in diesen Kreisen, dann würden Fotos in wer weiß wie vielen Zeitungen erscheinen und was dann? Nein, es darf und kann nie eine große Hochzeit geben, man würde doch über die Braut vieles wissen wollen und womöglich Nachforschungen anstellen. Ein Skandal wäre das! Das musste sie verhindern mit allen Mitteln! Das schöne Essen wollte ihr nun nicht mehr so recht schmecken und sie wurde sehr still. Das fiel nur Bernando auf, die anderen fingen an zu schwärmen, machten Pläne, erzählten heitere Anekdoten von verschiedenen Hochzeiten. Für sie war es ein heiterer Abend.

Endlich war es geschafft, sie war noch bei Bernando im Zimmer und er fragte sie besorgt, was sie denn so bedrückte? Estella erzählte ihm mit Tränen, was passieren würde, wenn es eine große Hochzeit geben würde. Er schaute sie an und meinte, „du hast da schon recht, wir werden einen Weg finden, mache dir heute keinen Kopf darum, wir schaffen das!" Aber dachte er, wie soll er das Mutter beibringen, ihre Welt würde wie Glas zerspringen, denn eine Hochzeit im kleinstem Kreis, einfach undenkbar, hier auf Sizilien wo Hochzeiten so wichtig waren, nicht nur was die Familie anging, mit ihren gesellschaftlichen Verpflichtungen, nein es war hier auf der Insel und auch auf dem Festland einfach undenkbar. Mutter würde einen Herzanfall bekommen! Da hatte er echt ein Problem, es würde Kämpfe geben! Ich kann nur auf Vater hoffen, der ja Estellas Vergangenheit kannte. Er konnte sein Mitstreiter sein.

„Wir werden jetzt erst einmal nach Hause fahren und in Ruhe darüber sprechen und ich werde mit Vater einen Plan ausarbeiten." Vater! Mein Gott, er wandte sich immer mehr der Familie zu, aber was sollte er tun? Ohne Vaters Hilfe bekam er das nicht hin. Ich konnte nur hoffen, dass seine „Hilfe" nicht gebraucht wurde, wenigstens nicht so schnell!

„Komm „*il mio preferito*" (mein Liebling), lass uns die Probleme auf morgen verschieben Wie war das bei *Vom Winde verweht*, verschieben wir es auf morgen…!"

Der Morgen war, wie zu erwarten, von Lucias Festvorbereitungen geprägt, sie ließen sie lächelnd gewähren und verabschiedeten sich nach dem Frühstück. Lucia meinte noch zu Estella, „ich übernehme die Planungen, mache dir darüber keine Sorgen." Estella nickte nur und war froh, als sie im Auto saßen. Still saß sie da und überlegte. *Santa MaDonna, ci siamo un poáddosso!* (Heilige Madonna, da haben wir uns etwas eingebrockt) Wie konnten sie das lösen? Kam jetzt schon die Strafe, weil…, nein daran wollte sie jetzt überhaupt nicht denken…

Michael

Er hatte sich in den vielen Monaten daran gewöhnt, dass das Haus leer war, wenn er nach Hause kam. Dolores, sie war ihm treu geblieben, hatte immer etwas gekocht, aber so alleine am Tisch, da landete das Essen von ihr meistens im Müll und er ging essen. Sein Zorn hatte sich nach den vielen Monaten gelegt, des öfteren überlegte er abends, wenn er bei seinem Glas Wein saß, warum das alles aus dem Ruder gelaufen war. Manchmal machte er sich Gedanken darüber, was er falsch gemacht hatte. Das waren dann sehr unangenehme Gedanken, die er gerne verdrängte.

Wieder saß er alleine in seinem Haus und seine Gedanken waren trübsinnig, er fühlte sich einsam, dieses leere Haus mochte er nicht. Nachdem Carola fort war, hatte er sich in seinem Zorn mehr Nadine zugewandt, hatte ihr offen erzählt, dass er verlassen wurde, war mit ihr öfters aus, verbrachte viel mehr Stunden als früher bei ihr, aber er durfte nie über Nacht bleiben. Er fragte sie, warum das Ganze, er bräuchte doch keinen Schein mehr zu wahren, aber Nadine antwortete fast ärgerlich, dass es darum nicht ginge. Sie hatten eine Abmachung, so ab und zu, mehr nicht. Sie habe nicht vor, ein engeres Verhältnis mit ihm einzugehen. Das war hart für ihn! Er war es nicht gewöhnt, abgewiesen zu werden. Dann keimte in ihm der Gedanke, dass Nadine ihn für ihre Interessen benutzt hatte und es am wenigsten um ihn ging. Auch so heute wieder, sie kam aus London, er holte sie am Flughafen ab, bei Giovani gingen sie essen und unterhielten sich über einige Geschäftspartner, machten Späße und lästerten über ein paar Golfpartner. Später dann in ihrer Wohnung gab sie ihm nach einem etwas enttäuschendem Schäferstündchen, zu verstehen: „Weißt du, ich glaube, wir kennen uns schon zu lange, es ist nicht mehr spannend für mich und ich merke, dass dich deine fortgelaufenen Carola sehr beschäftigt, lassen wir beide es sein!" Er schaute sie erst verblüfft an, aber dann ertappte er sich, dass es ihm egal war. Er nickte ihr zu und er musste sich zusammen reißen, das sie ihm seine Erleichterung nicht ansah.

„Wenn du meinst!" Damit stand er auf, zog sich an und ging ohne ein weiteres Wort an Nadine aus der Wohnung. So einfach war das! Es hatte ihm überhaupt nichts ausgemacht. Wenn er ehrlich war, so war er froh, dass es so einfach eine Ende nahm. War es auch so einfach für Carola gewesen? Hatte sie nie Gewissensbisse oder Sehnsucht nach ihrem alten Leben? War es ihr einfach egal, dass er hier mit seinen offenen Fragen saß? Er fragte sich, warum er nie zur Polizei gegangen war, vielleicht hätten die mehr heraus bekommen als Maier, aber er wollte einfach nicht, dass sein Privatleben im ganzen Ort in die Öffentlichkeit gerückt wurde. Seinem Umfeld hatte er irgendwann einfach erzählt, das sie ihn verlassen hatte. Aber dann stand eines Tages doch die Polizei vor der Tür und stellte ihm Fragen. Ein Nachbar hatte sich so seine Gedanken gemacht. Er erklärte alles, man befragte noch seine Putzfrau, die ja gesehen hatte, wie sie fort fuhr.
Nach diesen Befragungen, schaute man ihn etwas mitleidig an, aber er verzichtete auf eine Suche durch die Polizei.
Die Bank bestätigte, dass sie Geld abgehoben hatte und mit ihrem Wagen alleine weg gefahren war. Wenn er daran dachte, wie alle getuschelt hatten, wie es ihn doch gekränkt hatte, das natürlich niemand sehr erstaunt war und er so manche Bemerkung hörte, wie, es wundert mich gar nicht! Jetzt fragte ihn schon keiner mehr und er fing selber an zu glauben, dass sie für immer weg war. Ab und zu war er mit einem Bekannten einen Trinken, aber großes Mitgefühl hatte keiner gezeigt. Da fiel ihm ein, dass er von Maier schon eine Weile nichts mehr gehört hatte. Sonst rief er immer wieder an, verfolgte eine Spur, wie vor einiger Zeit, um zu sagen, dass er in den Urlaub fuhr, aber das war jetzt auch schon wieder eine lange Weile her. Er musste ihn anrufen!
Wollte er denn überhaupt wissen, wo sie war? War es nicht die Angst, plötzlich einer Situation gegenüber zu stehen, die er nicht wollte? Wenn es ihr nicht gut ging? Das war unwahrscheinlich, denn wenn sie krank oder was auch immer wäre, dann hätte er es erfahren. Sie wollte einfach von ihm fort und sie hatte es eiskalt durchgezogen! Dass hätte er ihr nie zugetraut! Sie hätte auch mehr

Geld mitnehmen können, aber sie nahm sich nur ihr *Gehalt* mit. Fast musste er lächeln darüber, aber eben nur fast! Er saß da und ließ seinen Gedanken freien Lauf. Die ganzen Monate liefen wie ein Film vor seinen Augen ab. Beruflich, da lief es wie immer gut, eher noch besser. Durch seinen Zorn hatte er noch mehr Biss und konnte sich so richtig hinein beißen. Privat gönnt er sich einen kleinen *Trost*, aber mehr wollte und konnte er nicht geben. Nadine, nun ja, sie hatte wohl Recht, ihr Verhältnis war von Anfang so festgelegt, dass es keinerlei Verpflichtungen gab und sie hatte ihm eben gezeigt, dass es reichte!

Wie sollte es weiter gehen? Er würde weiter erfolgreich sein, aber diese ganzen Frauengeschichten, nein, die wollte er im Moment gar nicht mehr! „Ich lebe hier und lasse erst einmal alles laufen. Irgendwann wird es eine Lösung geben und sei es, dass Carola vor der Tür steht und die Scheidung will. Auch das kann gut sein!" Der Gedanke erschreckte ihn, aber dazu war er doch Realist genug, diese Möglichkeit einzukalkulieren. Eigentlich wäre das eine gute Sache, denn dann müssten sie sich beide gegenüber stehen und die Wahrheit sagen. Sie müsste vor allem sagen, warum und weshalb! Vielleicht könnte er dann seinen Frieden finden. Er kam sich vor wie eine Spinne, die in ihrem Netz lauerte, um auf ihre Chance zu warten. Eigentlich feige von ihm, so überließ er alles dem Schicksal, oder wie man es nennen mochte. Was so gar nicht seine Art war. Sie ist fort und wenn sie ein neues Leben will, dann muss sie kommen! Ja, das ist gut, dann muss sie kommen! Er goss sich noch einen Wein ein und er fühlte sich jetzt einigermaßen gut!

Estella

Wieder im Restaurant gab es zum Glück viel zu tun aber Pedro merkte sehr wohl, dass Estella etwas bedrückte. Wieder stand sie am Fenster und blickte mit leeren Augen in die Ferne. Sie sah nicht den strahlenden Himmel, nicht das blaue Meer, wie es vergnügt hin und her wiegte. Er schaute sich das eine Weile an, dann nahm er zwei Weingläser rief sie zu sich und fragte sie.

„Also jetzt mal raus mit der Sprache, wo drückt dich denn dein Schuh? Da hast du einen tollen Ring am Finger, normalerweise laufen die Frauen mit einem verklärtem Blick umher und sehen sich als Braut und du siehst aus, als stecke dir eine Spagetti quer im Hals! Wir kennen uns doch nun lange genug, spuck es aus!" Sie griff nach dem Glas, wollte einen Schluck trinken, stellte es aber wieder hin.

„Ach es ist so schwer! Bernandos Familie, sie möchte eine Riesenhochzeit und ich kann und will das nicht!"

Er schaute sie verblüfft und ungläubig an:

„Sag bloß, gibt es das? Eine Frau ohne große Hochzeit? Ja, wo gibt es das denn? Da verschulden sich Familien auf Jahre, nur wegen dem einen Tag und du sagst, nee Danke!"

Unwirsch machte sie eine wegwerfende Handbewegung und meinte verzweifelt.

„So einfach ist das nicht! Ob ich es will oder nicht hat mit meiner persönlichen Vergangenheit zu tun und glaube mir, es ist ein Problem!"

Er kratzte sich am Kinn und sah sie nachdenklich an, denn ihm wurde klar, was sie meinte.

„Ich weiß das schon seit dem ersten Tag und ihr habt es mir ja auch erzählt, als du deinen neuen Namen angenommen hast. Kannst du mehr darüber reden?"

Unglücklich meinte sie. „Bitte verstehe das nicht falsch, aber ich möchte es lieber nicht in allen Einzelheiten erzählen, ich möchte es einfach vermeiden, dass ich womöglich zu sehr in Gewissensnöte gerate, es ist sowieso manchmal kaum zu ertragen...."

„Noch mehr Geheimnisse? Natürlich machst du mich neugierig, dazu muss man kein Genie sein, wenn du dich daran erinnerst wie du hier angekommen bist. Eine Wolke voller Geheimnisse schwebte um dich herum, aber ich nahm es dir nicht übel. Ich kann dir nur sagen, wenn du jemanden brauchst zum Reden, du weißt, ich kann schweigen!"
Sie beugte sich zu ihm und nahm ihn in den Arm. „Danke dir! Es hat mir auch so schon geholfen, du bist schließlich mein bester Freund."

Bernando saß in seinem Büro und telefonierte mit seinem Vater er fragte etwas ironisch. „Na wie stehen die Aktien mit der Windenergie? Hast du dich für Pietro entschieden?"
„Ja, wir hatten am Dienstag eine Sitzung und alle waren für Pietro."
„Wird Maria ihn begleiten?"
„Ich denke nicht, sie hat ja mit ihrem Geschäft zu tun und sagen wir es so, sie lebt ja ihr eigenes Leben. Pietro wird sich hoffentlich so diskret verhalten, dass die Mäuler nichts zum Reden haben. Deutschland ist ja allem gegenüber sehr offen."
„Wie geht es Mutter mit ihren Plänen bezüglich der Hochzeit?"
„Wie wird es schon gehen, in das Haus kommt man nur, wenn man über Berge von lauter Katalogen klettert, die fein säuberlich sortiert sind." Bernandos Lachen klang ein wenig hilflos.
„Das dachte ich mir schon, darüber müssen wir dringend reden! Du kennst Estellas Geschichte und darum kannst du dir ja zusammenreimen, dass diese Hochzeit so nicht laufen kann. Schließlich möchten wir doch keine schlafenden Hunde wecken. Ich will nicht daran denken und bei der Vorstellung, was nur ein Foto in einer Zeitung anrichten kann, daran will ich gar nicht denken! Ich bin diesen Weg mit den neuen falschen Papieren gegangen, also muss es einen Weg geben, der für uns und auch für euch tragbar ist. Stell dir den Skandal vor, wenn deine Gegner die wahre Geschichte auch nur ansatzweise raus bekämen? Sie hätten dich doch gleich am Haken, das Risiko ist einfach zu groß".

„Natürlich habe ich mir meine Gedanken gemacht und ich bin froh, dass du das Thema ansprichst, so können wir gemeinsam planen, was wir tun können. Lucia wird diese Pille schlucken müssen, anders geht es nicht. Ich habe Lucia und Maria gleich gesagt, dass über eure Verlobung geschwiegen wird. Denn wie du sicher weißt, ist eine Verlobung auch ein Grund, es öffentlich zu bekunden."

„Ich habe da auch eine Idee! Wir heiraten in aller Stille und Mutter kann dann ein Fest geben, wo Estella als meine Frau vorgestellt wird. So ist es dann ein normales Fest und es gibt keine schöne Fotos von der Braut. Denn soweit ich es in Erinnerung habe, sind bei einem normalen Fest keine Fotografen auf Lauer. Wir müssen uns nur eine gute Geschichte ausdenken, wieso ich plötzlich eine Frau habe, so dass keiner in den Abgrund taucht, um eine Leiche zu finden."

Lorenzo seufzt und man konnte hören, wie er an seiner Zigarre zog.

„Eine recht gute Idee, wir werden eine Geschichte finden. Was sagt Estella denn dazu? Sie möchte doch sicher eine richtige Hochzeit? Na ja, das hatte sie ja schon einmal!" Kam es dann doch etwas bissig durch das Telefon. „Entschuldige!"

„Ist schon gut, sie will ja eine kleine Hochzeit und über ein Fest danach darüber kann ich mit ihr reden. Kompromisse müssen wir alle machen!"

„Gut, dann sind wir ja schon ein gutes Stück weiter, wir hören wieder von einander!"

Bernando saß noch einen Moment still da, er dachte daran, wie er Estella kennenlernte, wie sich alles entwickelte und nun stand wieder ein Problem im Raum. Auch das würde gelöst werden und eine Hochzeit war ja nun wirklich kein Problem, noch dazu, wo sie nicht darunter leiden würde, dass es nur eine kleine Hochzeit geben würde, umgekehrt, da wäre es ein Problem. Also werden wir es einfach gelassen angehen, es wird schon schiefgehen mit dem Fest danach! Vater hatte ja genug Beziehungen so dass neugierige Reporter bestimmt nicht dabei sein würden. Aber da saß tief in ihm die Angst - dieser Mensch, der Estella erkannt hatte und er zum Glück eingreifen konnte. Aber was für Folgen würde es da noch geben? So ganz konnte er das nicht wegstecken, denn Mord bleibt Mord, auch wenn er ihn nicht begangen hatte und es war auch nicht gerade ein Glücksstein für ihr gemeinsames Leben. Es musste sein!" Bitter dachte er. „Fängt man einmal an, vom legalen Weg abzugehen, so hat es meist Folgen! So lange Estella von dem allen nichts erfährt war es gut, ich werde damit schon zurecht kommen!" Damit verließ er sein Büro, kaufte etwas für den Abend ein und freute sich auf Estella, heute wollten sie den Termin für die Hochzeit festlegen.

Estella plante noch an einer Sitzordnung für eine Geschäftsfeier als sie merkte wie spät es schon war. Das Lokal füllte sich zusehends und sie warf einen stolzen Blick auf alles, die vielen schönen Details, auf den hübsch gedeckten Tischen. Ja dachte sie, dass war ihr wieder gut gelungen und die Kasse klingelte heute wieder tüchtig. Sie stand auf, gab Pedro einen Kuss auf die Wange und fuhr nach Hause. Sie hatte jetzt einen schicken Fiat, sie hatte nach Bozen eine Notiz geschickt, den Wagen verkauft und das Geld für die Abmeldung überwiesen und somit war auch dieser Kontakt unterbrochen.
Der Wagen passte genau hierher und der Verkehr, der war schon lange kein Problem mehr für sie, sie ertappte sich dabei, dass sie inzwischen sehr italienisch fuhr, was sie im Moment bewies, denn sie wollt so schnell wie möglichst bei ihrem Liebsten sein.
Bernando erwartete sie schon, er küsste sie liebevoll und sein Duft umhüllte ihre Nase. Ein ungemütlicher Tag war es heute, draußen heulte der Wind um die Häuser. Der Kamin brannte und Estella setzte sich mit einem Wein davor und lauschte dem Sturm, der sich mit all seiner Gewalt auszutoben schien. Die Bäume schüttelten sich, bogen und wanden sich, es schien, als wollten sie Widerstand leisten. Das Meer hatte eine bedrohliche schwarze Farbe und die weißen Schaumkämme sahen von der Ferne aus, wie die Zähne eines Raubtieres, das sich bereit machte zuzubeißen. Wie gebannt

schaute sie den Gewalten der Natur zu und dachte. Nein, bei so einem Wetter wollte sie auch nicht heiraten, die Blumen sollten blühen und die Sonne sollte die Welt heiter stimmen. Vor allem sollten sie beide von den warmen Strahlen geküsst werden.

Bernando kam herein, küsste sie, zog sie hoch und schob sie an den Tisch. „Hmm, dass sieht lecker aus und riecht auch so gut, ich habe auch einen Mordshunger." Sie tranken sich zu und Bernando erzählte beim Essen von dem Telefonat mit seinem Vater.

„Stell dir das mal vor, er übernimmt es, mit Mutter zu reden und ihre Vorbereitungen zu stoppen, aber dafür müssen wir einen Preis bezahlen. Mutter macht nach unserer Hochzeit ein Fest, was ihr die Gelegenheit gibt, ihr Gesicht zu wahren und um endlich wieder zufrieden zu sein. So hat sie ihr Fest, aber es wird eine normale Einladung sein und du bist einfach als meine Frau dabei. Keine Presse wird sich auf dich stürzen. So wird dich kein Reporter fragen, wann wir uns kennengelernt und wann wir geheiratet haben und wieso nur im Kreise der Familie! Leider wird niemand die schönste Frau auf die Titelseiten bringen, was natürlich schade ist," meinte er grinsend. „Natürlich wird es nicht einfach und wir können nur hoffen, das von den Gästen niemand zu neugierig wird." Ich habe da auch schon eine Idee, wie wir uns verkaufen und wir werden eine perfekte Vorstellung geben. Du stammst aus Österreich und es war einfach dein Wunsch dort zu heiraten, da du keine Familie mehr hast und du es nicht fair gefunden hast, hier ganz ohne eigene Familie mit so einer großen Sippe zu feiern."

„Klingt ja nicht schlecht, das könnte so gehen, wenn niemand auf die Idee kommt, alle Standesämter ab zu klappern! Aber das denke ich auch nicht, so interessant bin ich schließlich nicht, außer meine Vorgeschichte, die sicher niemand vermutet. Wobei es natürlich gar nicht um mich ginge, sondern nur um deine Familie. Ich habe mir am Kamin gerade überlegt, dass ich gerne im Frühling heiraten möchte, jetzt ist es so noch nicht schön und mit Sonnenschein wird es einfach schöner. Ich möchte, dass die Sonne uns den Weg zeigt und unsere Herzen wärmt, auch von anderen." Dachte sie. „Im April ist es ja schon recht warm, wie wäre es dann?"

„Wann immer du möchtest! Es ist ja nicht mehr lange dorthin! Ich werde uns schon einmal anmelden und dann stürzen wir uns in unsere private Hochzeitsfeier! Meine Eltern und Maria mit Pietro müssen schon dabei sein. Wo meinst du wollen wir feiern? Bei Pedro? Ich glaube er wäre es uns nie verzeihen und total beleidigt sein, wenn wir ihn übergehen."

„Sicher soll Pedro dabei sein, ich denke, dass er mein Trauzeuge sein wird, aber was die Feier angeht, das bekommen wir hin, ohne dass Pedro sich kümmern muss. Ich kann es gar nicht glauben, dass wir beide ein Leben zusammen verbringen wollen. Es war doch alles erst gestern?!"

„Es wird der schönste Tag für uns und ich kann es kaum erwarten! Aber genug geredet, ich habe Hunger auf einen besonderen Nachtisch. Den genießen wir bis der Mond sein Licht ausschaltet, weil es ihm dann genug der Freuden ist". Damit hob er sein Glas, sie stießen an und Bernando freute sich schon, sie nach oben unter Küssen in ihr Schlafzimmer zu tragen, um dort auf das Bett zu fallen. Er malte es sich beim Kauen aus, dass sie nicht schnell genug ihre Kleider ausziehen können, weil die vielen Küssen, Liebkosungen und die Leidenschaft sie ganz einfach überrollen würden. Der Mond dachte hoffentlich noch lange nicht daran sein Licht auszuschalten.

Das Telefon klingelt, Estella meldet sich mit *„Pedros Cucina Culinary"*, da kam auch schon ein Wortschwall von Lucia,

„Hallo Estella, ich bin total aufgelöst! Das kann doch nicht sein, keine richtige Sizilianische Hochzeit? Weißt du, was das hier heißt? Was habt ihr euch dabei gedacht? Wir haben doch genug Kompromisse gemacht, was verlangt ihr denn noch alles?" Estella hörte einen Moment zu, wie Lucias Atem sehr heftig an ihr Ohr drang, dann sagte sie ganz ruhig.

„Lorenzo hat dir doch sicher die Gründe genau erklärt und du bekommst ja dein Fest, du musst uns einfach verstehen und glaube mir, ich hätte dir deine, äh, unsere Hochzeit gerne im großen Stil gegönnt!"

Ihr schneller werdender Atem hörte sich in Estellas Ohren bedrohlich an, aber nach einem gewaltigen zornigen Schnaufer bemühte sich Lucia ruhiger zu werden.

„Ja, ich verstehe das schon, aber es ist so unfassbar, ich muss das erst einmal richtig verdauen und wie habt ihr euch das denn überhaupt vorgestellt? Ihr könnt euch das gar nicht vorstellen, was das hier zu bedeuten hat, wie wir da stehen! Bernando muss das doch wissen und er bricht aber auch mit allem!"

„Nun wir werden hier in Cefalu heiraten mit euch und mit Maria natürlich, ganz klein und du kannst dann bei deinem Fest alles nach deinen Wünschen machen. Es ist halt nur keine Hochzeit Ich wollte dich da noch um etwas bitten. Ob du dir wohl Zeit nehmen kannst, mir beim Kleid aussuchen zu helfen?" Der Gedanke kam ihr ganz spontan, als Lucia so aufgeregt war, dass sie ihr leid tat und dass es ihr vielleicht etwas half. Ein kurzes Schweigen und Estella wappnete sich schon auf eine gallige Antwort. Aber zu ihrem Erstaunen kam es freudig.

„Natürlich" kam es auch prompt, „dass mache ich doch sehr gerne, ich kenne auch ein paar Geschäfte. Wir machen uns einen schönen Tag und werden das schönste Kleid finden. Wenn du magst nehmen wir auch Maria mit." Sie merkte gar nicht in ihrer Freude, dass sie doch diejenige war, die Anweisungen gab, so herzlich wie sie klang.

„Oh ich freue mich, dass ich dich begleiten darf, sag mir einfach Bescheid, wenn du Zeit hast!"

„Das mache ich und ich freue mich schon auf unseren Tag."

„Mach's gut und liebe Grüße an Bernando. Ciao!"

Die Leitung war unterbrochen und Lucia schaute nachdenklich auf den Hörer. Es kam ihr jetzt zu Bewusstsein. „Donnerwetter, das war eben ein sehr geschickter Schachzug von Estella, nicht schlecht! Es hätte von mir sein können. Sie ist nicht dumm, das gefällt mir, aber warum müssen diese beiden einfach alles auf den Kopf stellen?" Warum waren sie so stur? Aber Estella würde sie noch kennen lernen, sie gab noch nicht auf und sie würde auch diesen Tag nicht klein beigeben. Sie würde sie mit ihren

Argumenten unter Druck setzten. Was diese Hochzeitseinladung anging, da war das letzte Wort noch längst nicht gesprochen!
„Puh," ging es Estella durch den Kopf, da hatte sie genau im richtigen Moment den Einfall gehabt, und warum sollte sie sie nicht beraten? Sie hatte einen sehr guten Geschmack und etwas Besonderes sollte es ja auch sein. Da hatten Lorenzo und Lucia ja einiges an Diskussion hinter sich. Sie wäre gerne Mäuschen gewesen, andererseits gut, dass sie nicht in der Nähe war, ihr hätte der Kopf geraucht!

Bernando quälte sich mit dem Gedanken herum, wie es mit seinen Eltern gehen sollte, beide benahmen sich am Telefon locker, es war kaum etwas von einem Zerwürfnis zwischen ihnen zu merken. Aber er konnte es sich schon denken! Sie wollten ihn in der Familie, er war ihr einziger Sohn und sie klammerten sich an die Traditionen. Estella hatte ihm gerade von dem Gespräch mit seiner Mutter erzählt und dass sie sich treffen wollten, um das Kleid gemeinsam zu kaufen. Das war ein geschickter Schachzug, aber ob das gut gehen würde? Er kannte seine Mutter nur zu gut!

Die Woche darauf fuhr Estella nach Palermo, wo sie sich mit Lucia und Maria treffen wollte. Ihr Herz klopfte schon, denn sie war sich wohl bewusst, dass Lucia eine Kämpferin war. Ihre Vorstellungen war klar definierte, was richtig und falsch war.
Im Kaffee Palermo saßen die beiden schon, als Estella schnellen Schrittes hinein kam. „Entschuldigt bitte, aber hier einen Parkplatz zu finden, gleicht einem Weltwunder." Sie zog ihre Jacke aus, beim Laufen war ihr recht warm geworden. Sie winkte einem Kellner und bestellte sich einen Cappuccino. Sie schaute sich kurz um, ein hübsches Kaffee mit gemütlichen kleinen Tischen und bequemen Sesseln. Große Gemälde von jungen Künstlern dominierten den Raum, was aber nicht störend wirkte. Im Gegenteil! Lucia fing auch gleich lebhaft an aufzuzählen, dass sie drei Geschäfte kannte, die wirklich schöne und besondere Kleider

hatten. Als Lucia noch kurz zur Toilette ging, nahm Maria ihre Hand, lachte sie an und fragte sie spitzbübisch, „was hast du für einen Plan? Ich war aus allen Wolken gefallen, als Mutter mich anrief. Es war zwar sehr clever von dir, sie hatte das auch sicher bemerkt. Ich hoffe, du weißt dass du dich auf dünnes Eis begeben hast. Mutter gibt nie auf! Ihr habt mit allem gebrochen, was sich in ihren Augen gehört." Sie streichelte ihre Hand meinte tröstend, „ich bin ja bei dir!"

Sie zogen von einem Geschäft in das andere. Lucia hatte die Führung übernommen und Estella stellte sich die Frage, warum sie Lucia diesen Vorschlag gemacht hatte. Im dritten Laden wurden sie fündig, besser, Lucia wurde fündig! Das Kleid war ein Traum und Estella fühlte sich wie eine Prinzessin. Sie glaubte, eine fremde Frau stehe ihr gegenüber, als sie in den Spiegel blickte. Lucia und Maria klatschten vor Begeisterung in die Hände. Beim Preisschild schnappte sie nach Luft und wollte das Kleid gleich wieder weglegen, aber Lucia griff es sich und ging zielstrebig auf die Kasse zu. Estella wollte protestieren. Lucia schaute sie streng und etwas entrüstet an, meinte ärgerlich zu ihr:

„Das Kleid ist angemessen, auch wenn du andere Vorstellungen hast. Noch haben wir die Gelegenheit alles so zu machen, wie es immer üblich war. Du hast dich in diesem Kleid gesehen und es steht dir einfach sehr gut. Wo ist das Problem?! Ganz Sizilien würde dir zu Füssen liegen." Wütend legte sie das Kleid an die Kasse und bitter raunte sie ihr zu, „was bist du nur für eine Frau? Habt ihr in Deutschland verlernt, wie Hochzeiten sind? Wenn du schon meinen Bernando heiraten willst, dann könntest du auch unsere Art, wie eine Hochzeit sein soll, akzeptieren. Es ist der größte Tag im Leben einer Frau und der Start in ein Leben, das dir Respekt und Achtung geben wird. Warum glaubst du, verschulden sich Familien auf Jahre hinaus? Es gehört sich einfach so und es ist nun einmal das Ereignis und keine Familie möchte als Geizkragen dastehen. Ich weiß, warum alles so ist, aber ich könnte das schon regeln, wenn man mich lassen würde," musste sie doch noch loswerden. „Sollen wir also zulassen, dass wir blamiert und beschämt werden? Eine Hochzeit ohne Gäste! Du solltest es dir überlegen und du wirst mich verstehen!" Estella hatte geduldig zugehört, sie verstand den Kummer von Lucia, aber sie musste ihr eine Abfuhr mitteilen.

„Lucia, ich weiß nicht, wie weit Lorenzo mit dir gesprochen hat. Wenn dem nicht so ist, was ich nicht glaube, dann bitte frage ihn, er wird es dir erzählen. Es tut mir leid, es geht einfach nicht, du weißt es und du möchtest es nur nicht glauben! Ihr wollt doch sicher auch keinen Ärger wegen mir haben. Wer kann mir garantieren, dass kein Reporter Fotos oder gar Nachforschungen macht?" Maria stand dabei und fragte sich, was zum Kuckuck hatte Estella für ein Geheimnis? Hat Vater etwas damit zu tun? Es muss da etwas geben, denn warum brachte Bernando Estella in das Elternhaus? Das wollte sie doch genau wissen, bei nächster Gelegenheit!

Estella war nach wie vor konsterniert darüber, dass sie solch ein teures Kleid tragen sollte, sagte sich aber, wenn es unbedingt der Wunsch von Lucia war! Sie war schon aufgebracht genug und wenn sie die winzig kleine Hochzeitsgesellschaft zu sehen bekam, wird sie hoffentlich keinen Anfall bekommen! Sie wird noch genug enttäuscht sein.

Sie gingen noch Mittagessen und Lucia gab sich sichtlich Mühe, sich mit spitzen Bemerkungen zurück zu halten. Estella wich aus, wenn es um den Hochzeitstag ging, sie wollte hier und jetzt keine weiteren Diskussionen.

Der 15. April zeigte sich mit seiner Blütenpracht, der leuchteten rosa Mandelbäume. Die Luft war satt geschwängert mit seinem berauschenden Frühlingsduft und dem strahlenden Sonnenschein. In den Orangenbäume blitzten die weißen Blüten, vereinzelt hingen noch ein paar Orangen als Farbtupfer in den Bäumen. Auf den Wiesen wiegten sich sanft im Wind die blühenden Mimosen mit dem aufgeregtem Summen der vielen Insekten.
Estella rekelte sich im Bett, kuschelte sich an Bernando und genoss es, von der morgendlichen Sonnen begrüßt zu werden. Aber nur einen Moment lang, dann nahm die Aufregung Besitz von ihr. Heute war *der* Tag! Heute wurde sie Bernandos Frau, sie war so glücklich! Aber da waren sie wieder, diese schrecklichen Gedanken! Ja, sie hatten die einfachste Lösung, aber war es auch die richtige? Hätte sie doch besser alles regeln sollen? War das nicht ein sehr schlechter Start in diese Ehe? Würde sie es eines Tages büßen müssen? Wie hieß es so schön: „Die kleinen Sünden bestraft der liebe Gott sofort, bei den großen Sünden, da dauert es etwas länger." Wenn sie diese Gedanken doch endlich los wäre, aber sie wusste, das würde nie sein! Sie konnte ein Seufzen nicht unterdrücken, aber lenkte sie sich von den trüben Gedanken ab, der Tag heute würde viel zu schön werden und sofort flatterten die Schmetterlinge in ihrem Bauch. Sie beugte sich zu Bernando und küsste ihn auf die Nase. Der gab ein leises Brummen von sich. Sie lag noch einen Moment in seinen Armen und ließ die letzten Wochen vorüber ziehen. Nach langem Hin und Her, der sehr vielen Streitgesprächen hatte es Lorenzo doch geschafft, dass Lucia klein bei gab. Irgendwann hatte sie es einsehen müssen, das es keine andere Möglichkeit gab. Auch dass sie bei der Trauung dabei waren, dass es keine Szenen mehr gab, hatte Bernando nach vielen Diskussionen geschafft. Sie seufzte leise, beugte sich noch einmal über ihn, gab ihm einen kleinen Kuss und flüsterte in sein Ohr:
„Du, nur damit du es weißt, heute heiraten wir!" Sofort war er hellwach, grinste sie an und meinte trocken:
„Na dann aber mal los! Was machen wir noch hier im Bett?" Er schlang

die Arme um sie, schaute ihr in die Augen und sagte strahlend: „Mein liebes Fräulein, in ein paar Stunden bist du meine Frau und niemals lasse ich dich wieder los." Sie machte sich mit einem unergründlichem Lächeln frei. „Nix da, jetzt wird aufgestanden, es wird geduscht und sich schick gemacht!" Damit küsste sie ihn und entwand sich ihm, stand auf und ging in Richtung Bad. Dort stand sie vor dem Spiegel und legte ihre Hände sachte über ihren Bauch. Seit drei Tagen wusste sie es. Sie erwarteten ein Kind! Ihr war ständig übel und sie fühlte sich vor allem morgens ganz elend. Aber darauf wäre sie alleine nicht gekommen! Bis Pedro nach einem schlimmen Übelkeitsanfall mit einem Grinsen einfach so sagte, „na Mädel, wann ist es denn soweit?" Sie schaute ihn an wie von einem anderen Stern, bis es ihr wie Schuppen von den Augen fiel. Wann hatte sie ihre letzten Tage? Wie konnte das überhaupt passieren? Sie nahm doch die Pille! Natürlich!, fiel es ihr heiß ein! Ihr war doch furchtbar schlecht, musste sich übergeben. Nachdem sie die Pille genommen hatte! Die war ja kurz darauf im WC gelandet! Am anderen Morgen weckte Bernando sie zu liebevoll und sie dachte nicht an die Pille, die im WC war. Sie glaubte es erst, als sie sich einen Test aus der Apotheke holte. Es war eindeutig rot zu sehen! Erst wollte sie gleich zu Bernando eilen, aber dann dachte sie, „wenn das kein Hochzeitsgeschenk ist?"
Sie streichelte noch einmal ihren noch flachen Bauch und ging gut gelaunt unter die Dusche. Punkt 9.00 Uhr mussten sie fahren. Um 11 Uhr war der große Moment. Noch einen Schluck Kaffee, essen ging gar nicht. Voller Erwartung fuhr sie los und überließ erfahrenen Händen ihr Haar und ihr Gesicht. Zuhause half Maria ihr in das Kleid aus cremefarbener Rohseide. Ein enges Oberteil mit einem Bolerojäckchen, einem langen Rock, der nach unten immer bauschiger wurde und mit einem Kranz aus Perlen seinen Abschluss fand. Perlen auch über das Kleid verteilt, als hätte der Himmel sie regnen lassen. Ein Gesteck aus Perlen mit cremefarbene Blüte, zierten ihre hochgesteckten Haare. Maria schaute sie an und griff in ihre Tasche. Sie holte ein besticktes Batist Taschentuch hervor. Legte es Estella in die Hand und sagte:

„Jede Braut muss etwas Geborgtes, etwas Neues und etwas Altes tragen. Das ist das neue von mir und reichte ihr ein Taschentuch mit wunderschöner Häkelarbeit. Von Pedro soll ich dir das „Alte" geben." Einen Armreif aus Silber der sehr filigran gearbeitet war. Mit feuchten Augen nahm sie den Reif und streifte ihn über ihre Hand. Von Lucia soll ich dir das Täschchen geben, das Geborgte.
Dann ging sie die Treppe hinunter und betrat das Wohnzimmer wo ein aufgeregter Bernando stand und sie mit offenem Mund anstarrte. *„Tu sei il sole die mio cuore"* (du bist die Sonne meines Herzens) konnte er nur sagen:
„Du bist einfach wunderschön!"

Am Standesamt stand schon ein nervöser Pedro, der in seinem Anzug sehr elegant aussah und voller Stolz war, dass er Trauzeuge sein durfte. Lucia und Lorenzo standen mit Pietro etwas nervös vor dem Standesamt. Lucia im eleganten orangefarbenen Kostüm mit dem passendem Hut und Lorenzo italienisch klassisch im schwarzen Anzug. Pietro ganz in seinem Stil, in einer eleganten hellen Hose mit dunklem Jackett. Freudig blieben ihre Augen an all den Freunden hängen. Darunter Corinna mit ihrem Freund.
Als sie ankamen und ausstiegen, sah Estella den bewunderten Blick von Lucia und Lorenzo, lächelte ihnen dankend zu. Pietro trat zu ihr und küsste ihr mit seiner charmanten Art galant die Hand, wobei sein kleiner frecher Schnurrbart sie kitzelte. Überrascht schaute sie in viele Gesichter, Freunde von Pedro und auch Bekannte, die sie hier alle kennengelernt hatte. Auch Bernandos Freunde hatten es sich nicht nehmen lassen, sich mit ihnen zu freuen. Also doch eine etwas kleine, aber nicht zu kleine Hochzeitsgesellschaft. Sie schaute alle an und lächelte Lucia an. Der man ansah wie zerrissen ihr Herz war. Sie kam sich wie in einem Film vor, wo sie am liebsten mit dieser Mutter geweint hätte. Aber sie stand hier, ohne mindestens hundert Gästen. Ein kurze feierliche Zeremonie und schon war es amtlich, sie waren ein Ehepaar. Pedro hatte für einen kleinen Sektempfang gesorgt und er hatte Anweisung gegeben, die Sektkorken richtig laut

knallen zu lassen. Wie Schneeflocken regnete der Reis auf sie, an diesem schönen Frühlingstag. Glückwünsche, Sektgläser die aneinander stießen, klangen wie Musik und sie beide schauten sich glücklich an. Sie hielt ihr Sektglas in der Hand bis Bernando meinte:
„Na nun komm und trink einen Schluck mit mir und auf uns, du nippst ja nur!" Sie schaute ihn nur wissend und geheimnisvoll an und gab ihm einen Kuss.
Er wandte sich an seine Eltern und alle die gekommen waren.
So ihr Lieben, nun folgt uns zur Kirche, damit alles seine Ordnung hat und der da oben uns seinen Segen gibt!" Meinte er mit einem Kopfnicken in Richtung seiner Eltern. Glücklich saßen sie im Auto, Pietro fuhr sie in einen ca. 15 Minuten von Cefalu entfernten kleinen Ort. Kurvenreich schlängelte sich die kleine Straße den Berg hoch. Estella wurde ein wenig unruhig und hatte ihre Bedenken. „Hoffentlich wird mir nicht schlecht!" Eine kleine Kirche, die von weitem, am Berg zu sehen war, war ihr Ziel. Schon als sie in den Ort fuhren hörten sie das fröhliche einladende Glockengeläute. Sie parkten vor der Kirche von wo aus eine große Freitreppe zu einem Platz hinaufführte. Dort war ein Spalier aus herrlichen Frühlingsblume. Sie wunderte sich über dieses Blütenspalier, denn sie hatte das nicht bestellt! Unter dem Glockengeläut gingen sie alle durch das Spalier, wo sie am Eingang der Kirche der Pfarrer begrüßte. Lucia vergoss jetzt schon ein paar Tränen, aber nicht aus Rührung, sondern eher aus Enttäuschung, das war doch hier keine richtige Hochzeit! Die paar Gäste, sie füllten die Kirche nicht bis zum letzten Platz. Die Orgel setzte ein und beide gingen hinter dem Priester zum Altar, wo die zwei Trauzeugen Pedro und Maria auf sie warteten. Eine schöne Trauung war es und beide schauten sich an und jeder sagte dem anderen, *für immer und ewig*! Ergriffen hörten sie dann dem Glockengeläut zu. Ihre Herzen waren leicht wie eine Feder, die im Wind schwebte. So fühlte sich Glück an, dachte sie und ein nicht endender Kuss besiegelte ihren Schwur. Als sie aus der Kirche traten, waren sie alle überrascht von dem gewaltigen Gesang der

vielen Vögel. Von allen Seiten hallte es über die Berge. Sie beugte sich zu ihm und fragte ihn, „wer hat denn dieses schöne Blumenspalier bestellt?" Er strahlte sie voller Stolz an. „Ich wusste doch, das du Blumen liebst und ich wollte sie dir nicht zu Füßen legen, aber über dein Haupt." Mit Tränen in den Augen konnte sie nur sagen: „du bist mein Leben und ich bin du und du bist ich!"
Zurück in Cefalu im *Pedros Cuciana Culinary*, hatten die Angestellten alles verzaubert, die Tische war wunderschön gedeckt und der gekühlte Champagner perlte in den Sektkelchen. Pedro hatte alle, die zur Kirche kamen, eingeladen, sein Personal hatte schnell gehandelt. Estella versuchte es geheim zu halten, sie tat nur so als würde sie von dem Champagner trinken und in einem unbemerkten Moment schüttete sie ihn hinter sich in einen Blumentopf. Pedro klopfte an sein Glas, stand auf und erzählte über die beiden, wie sie sich bei ihm kennen gelernt hatten, wie Bernando sich verzweifelt bemühte, Estella zu erobern, was ihm erst nach langer Zeit glückte. Er sei stolz, sie als Freunde zu haben, stotterte er etwas holprig und musste schlucken, aber auch wenn er es verdrängte, zwei Tränen suchten sich ihren Weg.
Maria umarmte sie beide und hauchte ihnen in das Ohr, dass es auch so eine schöne Hochzeit sei. Pietro machte es Maria nach und meinte zu ihnen:
„Mein Gott seid ihr mutig! Ihr habt euch durchgesetzt für eure Liebe. Meinen Glückwunsch! Möge das Glück euch lange erhalten bleiben."
Etwas mulmig warteten sie, was wohl von den Eltern kommen mochte, sie würden sicher nicht gegen die Etikette handeln und schweigen.
Lucia stellte ihr Glas auf den Tisch, holte etwas aus ihrer Handtasche und ging auf die beiden zu. Estella nahm bang Bernandos Hand, ihr Herz klopfte ihr bis zum Hals. Er strich ihr tröstlich mit dem Daumen über die Hand und sie blickten Lucia entgegen.
Lucia breitet die Arme aus und nahm ihren Sohn in den Arm. Trat etwas zurück sagt ernst zu ihm:

„Du übernimmst eine Menge Verantwortung, denn eine Ehe besteht nicht nur aus dem Verliebtsein. Mache deine Sache gut, ehre und achte deine Frau, sie ist das Fundament deines Hauses. Sorge dafür, dass dieses Haus nie Risse bekommt und werdet glücklich." Sie wandte sich Estella zu, auch sie nahm sie in den Arm. Dann öffnete sie ihre Hand, in der eine Kette lag. Eine Weißgoldkette mit einem herzförmigen Saphir, der von zwei Flügeln mit Diamanten gehalten wurde. Lucia legte ihr die Kette um, küsste sie auf die Stirn und sagte: „Es gibt zwei Colliers, eines das ich von meiner Mutter zur Hochzeit bekam, das hat Maria zu ihrer Hochzeit erhalten, wie es Sitte ist. Dieses war von meiner Schwiegermutter, das ist für dich. Möge es euch und dir Glück bringen. Wir Frauen tragen eine besondere Verantwortung und leider wurden wir nicht darauf vorbereitet. Ihr seit heute zwar schon sehr modern und viel selbstbewusster, aber glaube mir, auch du wirst es lernen müssen, das wir Frauen besser eine Familie leiten können, wenn wir diplomatisches Geschick anwenden. Es ist ein Weg des Lernens, auch für sich zu lernen, nein sagen zu können, nur so können wir geachtet werden. Wir können viel Macht haben, wenn wir diese Macht besonnen einsetzen zum Wohle der Familie. Ich wünsche dir, dass du die Geschicke der Familie immer richtig leiten kannst, denn das wirst du tun müssen. Männer leben auf einem anderen Stern, sie lieben uns, tun alles für die Familie, aber glaube mir, sie verlassen sich auf uns. Wir sind der Pfeiler, an dem sie sich anlehnen können.

So wie ihr eure Ziele durchgesetzt habt, ihr habt das Zeug, es zu meistern. Auch wenn ich nicht alles gut finde."

Estella hörte ihr zu und sie stimmte ihr insgeheim zu. Diese schöne stolze Frau, die alles souverän im Griff und die Geschicke der Familie in der Hand hatte, aber auch streng an Traditionen hing und diese sehr hoch hielt. Was mag in ihr im Moment vorgehen? Estella kämpfte mit einer Träne im Auge, die sich selbständig gemacht hatte und sagte:

„Ich danke dir und ich weiß, wie schwer es für euch heute ist und ich verspreche dir, das ich unser Haus immer gut behüten werde."

Mit einem Zwinkern, „ich habe ja dich, die ich fragen kann."
Lorenzo räusperte sich und kam auf sie zu.
„Lucia hat es ja mit ihren Worten schon gesagt du, Estella, du wirst euer Haus gut führen und du Bernando hast jetzt eine große Aufgabe vor dir. Da ich weiß, das euer Fundament noch gar nicht steht, ist das mein Geschenk an euch. Möge es von Glück gesegnet sein." Er nahm Estella in den Arm und küsste sie auf die Stirn.
„Willkommen. Trinken wir auf dieses Paar!" Und gab den beiden einen dicken Umschlag. Bernando gab Estella den Umschlag, den sie voller Neugier öffnete und fassungslos darauf starrte.
„Bernando bitte schau dir das hier an!" Er warf einen Blick auf die Papiere und schaute zu seinem Vater. Estella konnte sich gar nicht sattsehen, was sie da sah. Spontan wandte sie sich Lorenzo und Lucia zu.
„Da brauche ich mir um Langeweile keine Sorgen machen." Lucia meinte lächelnd:
„Da ist ja genug Platz für unsere Enkelkinder!"
Ein wunderschönes älteres Haus, nein Villa mit großen Fenstern und Türen die auf eine große Terrasse gingen mit einem fantastischen großem Garten mit Blick auf das Meer, ein Traum! Sie konnte es nicht fassen, dass sie solch ein Geschenk bekamen. Sie glaubte zu träumen, solch ein Geschenk zu bekommen, wo sie beide sich allem widersetzt hatten und sie kam sich wie eine Prinzessin vor.
Nach dem Essen, jeder außer Estella war in heiterer Sektlaune, sie konnte geschickt das Trinken vertuschen, schaute sie glücklich in diese kleine Runde, die nun ihre Familie war. Nur Pietro war sehr still, er warf ihr ab und zu einen bewunderten Blick zu, aber er fühlte sich nicht sehr wohl. Sie stand auf und setzte sich zu ihm. Einen Moment lang suchte sie nach Worten, die ihm zeigten, dass sie ihn verstand, aber sie wollte ihn auch nicht verletzen. So sagte sie:
„Ich kann mir vorstellen, dass du dich nicht sehr glücklich fühlst, welche Gedanken du hast und was deine Wünsche sind. Sei aber glücklich, dass ihr euer Leben trotzdem leben könnt. Auch wenn

bei dir im Moment nicht alles so ist, wie es uns nach den Kämpfen im Moment geht!" Er lächelte sie höflich, bewundernd an, hob sein Glas und meinte herzlich:

„Ihr habt euch mit eurem Mut einen kleinen Fortschritt erkämpft, seid stolz darauf und möge das Glück immer auf eurer Seite sein." Er trank einen Schluck und mit einem kleinem Zögern, „so lange wie es euch gewährt wird!"

Er trank sein Glas mit einem Zug aus, nahm ihre Hand und hauchte einen Kuss darauf. Sie stand auf und die Worte hallten in ihr nach.

„So lange wie es euch gewährt wird!" Was wollte er ihr sagen? Oder bildete sie sich etwas ein?

Später nahm Estella Bernando an die Hand und flüsterte ihm ins Ohr: „Wir brauchen mal kurz frische Luft!" Sie gingen an den Strand, schauten dem Spiel des Wassers zu, das sich heute am Ufer wie übermütige Kinder benahm. Sie nahm seine Hand, legte sie auf ihren Bauch und sagte:

„Das hier ist mein Geschenk für dich und uns. Es war wirklich keine Absicht, aber das Schicksal meint, wir sollten Eltern werden." Bernando hielt die Hand auf ihren Bauch, schaute sie verständnislos an und so langsam dämmerte es ihm, was Estella da gerade zu ihm gesagt hatte. Freudestrahlend schaute er sie an, hob sie hoch und rief überwältigt.

„Ich werde Vater! Das ist wirklich das allerschönste Geschenk! Na, dann können wir noch ein Sahnehäubchen heute darauf setzen! Seit wann weißt du das?"

„Auch erst vor drei Tagen, ich ahnte nichts, mir war nur so erbärmlich übel als Pedro eine Bemerkung machte, da ging bei mir ein Kronleuchter auf."

„Wieso habe ich nichts gemerkt, dass es dir schlecht ging?"

„Ganz einfach, ich wollte nicht, dass du dir Sorgen machst und konnte es gut vertuschen mit ein wenig Glück!" Glücklich hob er sie hoch und drehte sich mit ihr.

„Dann wollen wir die Bombe hoch gehen lassen, auf das Mutter wieder ein neues Gedankenspiel hat und sie wieder Pläne machen

kann, denn darauf können wir uns verlassen!"
Freudig kamen sie in den Raum, staunten noch einmal über die festliche Atmosphäre, die für sie beide gezaubert worden war. Überall standen große gelb-rosa Blumengebinde, die auch auf den Tischen standen. Im ganzen Raum standen Kerzen in verschiedenen Größen. Alle waren heiterer Stimmung, Gläser klangen aneinander und herzhaftes fröhliches Lachen klang zu ihnen. Aber keiner achtete auf ihre strahlenden Gesichter, denn Brautpaare hatten ja immer ein glückliches Lächeln! Sie stellten sich an das Tischende und klatschten in die Hände. Alle schauten erstaunt auf. Bernando verkniff sich ein Lachen, hob sein Glas, meinte mit ernster Miene: „Ach ja, so ganz nebenbei, nur damit ihr es wisst, wir werden Eltern!" Die *Bombe*, sie schlug ein und wie erwartet meldete sich Lucia freudig mit geröteten Wangen: „Ich kenne da ein paar Geschäfte die ganz reizende Kinderzimmer haben." Estella schaute auf sie alle, musste lächeln. Ja, jetzt hatte sie sie! Ihre Familie! Mit Lucia und Lorenzo würde sie noch ihre Kämpfe haben, aber war das nicht in jeder Familie so? Mal mehr, mal weniger... es war wirklich eine schöne Hochzeit!

8 Monate später

Die warme Oktobersonne brachte die Blätter der Bäume zum leuchten und ließ die Landschaft fast golden glühen. Estella, die auf ihrer Liege in eine Decke gehüllt, etwas erschöpft auf der Terrasse lag, reckte ihr Gesicht den warmen Strahlen zu. Alles ging nun schwerfälliger von der Hand, sie war im achtem Monat, sie hielt ihr Gesicht in die spätherbstliche Sonne, jetzt konnte sie es gut in der Sonne aushalten.

Sie streckte sich und machte ein paar Entspannungsübungen. Die Hände ruhten auf ihrem runden Bauch, sie schloss die Augen und die letzten Monate zogen an ihr vorüber.

Welch ein Trubel! Nach der Hochzeit hatten sie sich gleich das Haus oberhalb von Cefalu angeschaut und waren sofort ganz begeistert. Die Hausseite zum Garten verzückte sie besonders, die großen Glastüren, die geschlossen waren, weckte sofort bei ihnen die Sehnsucht sie weit zu öffnen. Sie durchstöberten alle Räume, machten Pläne und standen auf der Terrasse, schauten über das Meer, das weiter unten ihnen fast zu Füßen lag mit der alten verträumten Stadt. Der große sehr gepflegte Garten, wurde von liebevollen Gärtner - Händen gehegt.

Wochen waren vergangen mit Einkäufen, Planungen und Lucia hatte ihr immer hilfreich zur Seite gestanden. Bernando meinte zu dem Treiben nur, „du kannst das viel besser, du machst das schon" und verschwand in sein Büro. Lucia sagte lächelnd, „siehst du, sie verlassen sich auf uns, er ist eben auch nur ein Kerl!"

Aber manchmal ging ihr Lucia auch auf die Nerven, sie behandelte sie, als wäre sie eine Porzellanpuppe. „Pass auf, hebe das nicht auf, isst du genug Obst? Lege dich hin, du arbeitest zu viel." Sie musste aufpassen, dass ihr die Regie in ihrem Haus nicht abhanden kam. Es ging ihr gehörig auf die Nerven, so bevormundet zu werden. Bernando war auch nicht besser, aber ihm konnte sie klar machen, dass sie nicht krank, sonder nur schwanger war! Ihr ging es gut, sogar sehr gut! Sie fühlte sich toll und alles machte ihr Spaß, es ging ja um ihr Zuhause! Am Anfang, als sie durch die

Räume ging, hatte sie das Gefühl nicht alleine zu sein. Sie blieb lauschend stehen und tatsächlich hörte sie es! Diese Haus lebte! Sie meinte, Kinderlachen zu hören, kleine Kinderfüße, die eifrig umher liefen. Sie glaubte zu hören wie Kinder sich unterhielten, Musik schien in einem der Räume zu spielen, etwas wehmütig und sehr verträumt. Aus dem Esszimmer glaubte sie das Klappern von Tassen zu hören und ein ganz leichter Tabakgeruch geisterte aus dem Herrenzimmer. Verzaubert stand sie da. Sie tauchte in die Geschichte dieses Hauses ein und ertappte sich, wie sie leise Richtung Arbeitszimmer ging. Sie hatte den Türgriff in der Hand, um leise die Tür zu öffnen wollte die Männer zu sehen, deren Gemurmel zu hören war, die sich sicher nach dem Essen zurück gezogen hatten. Sie zog ihre Hand zurück, schüttelte über sich selbst den Kopf. Sollen doch die Geister hier leben! Sie mochte das und flüsterte leise den wisperten Stimmen zu. „Ich höre euch und achte euch. Wir halten das Haus in Ehren und Kinderlachen wird es ja auch geben!" Sie wandte sich ab und ging in den Garten. Sie sah einen Moment dem Gärtner zu, der fröhlich vor sich hin sang bei seinem ewigen Kampf mit dem Unkraut. Sie erzählte niemanden von den *Gespenstern*, es war ihr Geheimnis, nur sie hörte die Stimmen dieses Hauses!
Ja, jetzt war fast alles fertig! Gestern kam per Bote die wunderschöne Wiege, in der schon die Urgroßeltern von Bernando gelegen hatten. Wunderschön geschnitzt mit einem zartgelben Seidenhimmel und gelber Bettwäsche mit Spitzeneinsatz. Darauf lag eine Spieluhr als Mond. Sie stand nun mitten im Zimmer. Die Wände des Zimmers waren bemalt mit Apfelbäumen und Blumen, Schmetterlinge mit ihren ausgebreiteten Flügeln, die aussahen als würden sie über der Wiese schweben. Vögel saßen in den Zweigen und eine Sonne mit strahlendem Lächeln leuchtete über allem. Versteckt hinter einen Apfelbaum konnte man den Mond entdecken, der vorsichtig durch die Äste lugte.
Estella streichelte ihren Bauch und fing an, ein Kinderlied zu singen. Sie genoss diese Zeit jetzt. Sie war so beschaulich, aber mit dem Wissen, dass bald dieser kleine Mensch richtig bei ihnen

sein wird, alles stand bereit, sie freuten sich alle so auf ihn oder sie. Alle waren sehr gespannt, ob es eine Prinzessin oder ein Prinz sein würde! Sie wollte es nicht wissen und beinahe hätte ihr Arzt sich verplappert.

Ja, dachte sie, die Monate waren wirklich sehr ausgefüllt und als die Maler und Handwerker das Haus mit Lärm erfüllten, da hatte Bernando eine wirklich schöne Idee. Er holte die Koffer und meinte salopp, „so mein Schatz, jetzt werden wir zum Ätna fahren und ein paar Tage in einem wunderschönen Ort verbringen, lass dich überraschen!" Sie fuhren los, erst Richtung Palermo, bogen aber dann hinter Bagheria in Richtung Caltanissetta ab. Die Autobahn hörte sich an, als würde Ball gespielt werden. In regelmäßigen Abständen klang es so als würde der Ball aufschlagen. Bum Bum... Vor Caltanissette ging es weiter nach Catania. Erst wollten sie dort Halt machen, aber dann wollten sie wie geplant doch zum Ätna und so schlängelten sie sich auf der SP10 den Berg hinauf. Eine ganze Weile gab es noch Häuser, aber dann führte die Straße sie weiter nach oben und so langsam kamen einzelne Lavastreifen, die wurden dann zu breiten schwarzen Flüssen. Immer mehr wurde das Bild erschreckend, zwar wuchsen schon wieder zaghaft die ersten kleinen Blumen und Pflanzen, aber es zeigte die Zerstörung, die Gewalt der Natur. Oben in fast 3000 m Höhe suchten sie sich einen Parkplatz und Estella schaute fasziniert, aber auch sehr nachdenklich auf die schwarze Landschaft, denn jeder wusste, das der Vulkan nur schlief und er konnte jederzeit sein glühende Masse über die Welt spucken. Leider hatte das Wetter beschlossen, den Ätna zu verstecken, dicke Wolken hüllten ihn ein, als würde er unter einer Daunendecke liegen. Zum Glück hatten sie ihn von der Autobahn aus sehen können, wie er seine morgendliche Pfeife rauchte, er hatte einen mächtigen Zug, den Qualm paffte er tüchtig aus.

Sie standen etwas frierend da und fragten sich zweifelnd, ob sie mit der Seilbahn nach oben fahren sollen. Sie verzichteten, denn es war schon sehr kühl in dieser Höhe. Sie schlenderten herum und schauten auf die Ebene, die sich zu ihren Füßen ausbreitete wie ein großes breites grünes Band. Auf einem Krater pilgerten die Menschen wie auf einer Spirale den Berg hinauf. Nachdenklich, blickte Estella auf die schwarze Landschaft, staunend meinte sie, „wie hilflos wir doch gegen diese Naturgewalten sind. Man müsste sich öfters daran erinnern, dass wir nur Gast auf dieser Erde sind. " Wieder unten an der Küste in Richtung Taormina gab es hübsche Badeorte und manchmal dachte sie, ja sicher werden wir hier halten, aber die Fahrt ging weiter und wieder ging es den Berg hinauf, als sie Bernando fragte, wie kann man nur einen Ort so hoch oben auf den Berg bauen, wenn der Strand so schön ist? Ein großes Parkhaus beendete die Fahrt und sie wusste noch, dass sie etwas komisch schaute, was das wohl sein sollte? Aber als sie mit dem Fahrstuhl hinauf fuhren und ausstiegen, da bot sich ihnen ein ganz anderes Bild! Taormina, eine hübsche, gepflegte Stadt fast ohne Autos, die standen ja in der Garage unten am Fahrstuhl! Aber mit Geschäften die zeigten, dass hier ein Urlaubsort war. Sie erinnerte sich, wie toll es war, durch die Gassen zu schlendern und alles zu bewundern. Bernando musste sie wegzerren, um sie in ihr Hotel zu führen. „Wir werden in dem legendären Hotel Belle Epoque wohnen, es liegt direkt am Teatro Greco und viele Berühmtheiten wohnten schon hier. Jetzt sind wir hier, das ist meine Überraschung!" Überwältigt konnte sie nur ihm zunicken und fühlte sich als Star und es war schön, so verwöhnt zu werden. Sie genossen diese Tage! Wie frisch Verliebte turtelten sie durch die Gassen, schauten sich die Verzierungen an den Häusern an, in den Geschäften gab es sehr viele Besonderheiten zu entdecken. Kein Wunder, dass so viele Besucher es anzog. Sie fühlten sich wohl und genossen diese Vielseitigkeit des Ortes. Nicht nur für die Tagesgäste, die in Massen auch hier waren. Es gab so viele kleine Ecken und Gassen, die eine Überraschung boten. Um an das Theatro zu kommen, mussten sie sich leider unter den Touristenstrom mischen, aber dort konnten sie in aller Ruhe das Theatro eroberten und malerisch als Hintergrundkulisse schaute der Ätna stolz über alles, trug eine weiße Mütze und dampfte fröhlich vor sich hin.

Die Heimfahrt ging durch die Berge was schon recht abenteuerlich war.
Busse hätten hier keine Chance gehabt. Drei schöne Tage waren das, aber wieder in ihrem Haus, da ging es dann los mit dem Einrichten und auch ihre Arbeit bei Pedro erforderte ihre Zeit.
Ach ja, fiel es ihr ein, da war ja auch noch das Fest bei Lucia! Ja, es war ein gelungenes Fest und man sah den Gästen an, wie erstaunt sie waren, als Estella als Bernandos Frau vorgestellt wurde. Viele kamen auf sie zu und gratulierten, fragten sie, wieso man sie noch nie gesehen hätte? Sie erklärten warum und wieso und mischte sich so schnell es ging unter die Gäste. Estella sah sehr wohl, wie hinter ihren Sektgläsern leise getuschelt wurde und sie verstohlen gemustert wurde. Aber wie immer war auch hier Lucia perfekt. Sie erzählte allen, was sie hören wollten, aber ohne konkret etwas zu sagen. So schluckten sie bereitwillig die Geschichten und Informationen hinunter und mit einem etwas mitleidigen Lächeln wurde sie in die Gesellschaft aufgenommen! Nach einer Weile waren alle mit sich und den anderen Gästen beschäftigt. Lucia war glücklich und auch etwas milder gestimmt, sie buchte den Abend als Erfolg für sich ein. Sie wollte Estella zeigen, wie die Feste auszusehen hatten. Sie hatte aber auch alles gegeben. Das Fest musste einige Besonderheiten bieten, wie zum Beispiel ein kurzes Theaterstück, um etwas von Estella abzulenken. Danach verfolgte sie voller Spannung und tausend Ängsten sämtliche Zeitungen. Auch deutsche Zeitungen und Klatschblätter durchforstete sie. Nichts! In der hiesigen Zeitung gab es nur ein Foto von Dona Lucia mit Patron Lorenzo Contarini und einen lobenden Bericht über das gelungene Fest, wie man es von der Familie gewohnt war. Den Kindern Maria mit Ehemann Pietro und Bernando mit Ehefrau Estella. Ein paar bekannte Namen folgten noch, das war es zum Glück!
Jetzt wollte sie die letzten 4 Wochen in Ruhe hier verbringen.

„Estella? Bist du da?" Bernando eilte auf die Terrasse, kniete vor ihr nieder und schaute besorgt aus. „Ist alles in Ordnung?"

„Liebling, mir geht es gut und sind es nicht ständig eure Worte, ich soll mich ausruhen? Nun tue ich es und du bist aufgeregt!"
„Ja ich weiß, aber ich werde schließlich das erste Mal Vater, hast du eine Ahnung wie anstrengend es ist? Nur mein Bauch schafft das nicht so wie du! Leider hast du ja keine Gelüste, sonst würde ich das mit dem Bauch schaffen. Ich freute mich schon auf die nächtliche Nascherei, oder auf all die Begierden, die Schwangere doch so haben sollen. Aber nichts, ich armer werdender Vater durfte keine Vaterschaftsgelüste haben! Schade!"
Sie musste laut lachen, sah ihn vor sich knien, wie ein aufgeregter Junge, der auf seine Überraschung wartet. Ihr Blick wanderte zu einem Blatt, was sanft von dem großem Baum segelte und um seinen Kopf schwebte, um dann auf dem Boden zu landen.
Sie kraulte ihm das Kinn und meinte lachend, „ach du armer werdender Vater! Aber tröste dich, danach musst du nicht hungern." Er nahm sie in die Arme, kauerte sich dicht neben sie und beide genossen die letzten Sonnenstrahlen. Sie stand behäbig auf, ihre Haare hatte sie zu einen Pferdeschwanz gebunden, die leichte Bräune fiel nun besonders auf in ihrem leuchtendem gelben Kleid, das ihren Bauch zu vertuschen versuchte. Sie ging über die Terrasse und Bernando schaute ihr hinterher und murmelte, „mein Gott, wie ich diese Frau liebe! Sie wurde mir vom Himmel geschickt!"
Heute hatte seine Mutter angerufen mit der Bitte, dass Estella die letzten Wochen doch lieber bei ihnen sein sollte, wegen einer besseren Klinik und besseren Ärzten. Aber er wusste, dass er auf Granit beißen würde, wenn er das Estella sagte. Sie hatte hier ihren Arzt, sie hatte alles geplant, nein das würde sie bestimmt nicht tun! Er stand auch auf, ging in das Haus, was nun ihren ganz persönlichen Stil hatte. Ein Haus das viel über die Bewohner aussagte, ein Haus zum Wohlfühlen und die ganze Einrichtung, sie passte einfach dazu. Fast glaubte er zu hören, dass ihm jemand leise zustimmte. Er schaute sich um, schüttelte den Kopf sagte zu sich selber, „ich glaube, ich höre schon Geister, jetzt spinne ich schon!"

In seinem Arbeitszimmer hörte er das Telefon läuten und sein Vater war am Apparat.

„Na, du werdender Großvater, was hast du auf dem Herzen?" Versuchte er locker, aber Bernandos Stirn zog sich gleich in Falten und er bekam einen angespannten Ausdruck.

„Wie, was soll Pietro getan haben? Er hintergeht dich? Man sägt doch nicht den Ast ab, auf dem man sitzt! Meinst du nicht, dass es wieder mal nur eines der blöden Gerüchte ist? Nein! Ach so, genaueres weißt du noch nicht? Nein, das kann jetzt nicht dein Ernst sein! Ich fliege doch nicht nach Duisburg, wo meine Frau hier hochschwanger ist, da hast du doch sicher noch andere Leute. Wieso geht das nicht? Nun komm aber, was heißt, du kannst im Moment nur mir trauen? Ja, ich weiß, dass es noch vier Wochen bis zur Geburt sind, aber wohl ist mir nicht dabei. Lucia? Natürlich wäre das die Option, aber ich finde das einfach nicht gut!"

Er stand blass und steif da, er wusste, seine Schonzeit war mit diesem Anruf abgelaufen. Das traf ihn doch sehr hart, er hatte gehofft, sein Vater wäre klug und ließ ihn in Ruhe. Es ging noch eine Weile hin her, er stand auf, lief unruhig umher und versuchte eine Lösung zu finden. Aber ihm wurde hier in diesem Moment klargemacht, dass er jetzt an der Reihe war. Er hatte immer noch das Telefon am Ohr und warf es unwillig auf den Schreibtisch und lief aufgebracht im Zimmer auf und ab. Was macht dieser Pietro da eigentlich? Er sollte doch in Duisburg einfach nur der Beobachter sein, Gewinne und Verluste notieren, Kontakte knüpfen, etwas manipulieren und bei Verhandlungen immer darauf achten, dass bestimmte Abschlüsse die Firma *Kompanie of Energie* bekam. Was hatte ihn denn da bloß geritten? Dass er ein Armleuchter und auch ein Idiot war, wusste er schon immer, treu dem Patron ergeben, aber der konnte sich doch denken, dass der Alte überall seine Vögelchen hatte, die ihm alles zwitscherten! Oh Mann, wenn ich ihn erwische, der bekam was von ihm zu hören! Jetzt wegzufahren! Er war nun richtig wütend, auch, weil er nicht so recht wusste, wie er das Estella erklären sollte. Da musste er sich wohl wieder eine kleine Lüge ausdenken. Schon wieder! Sein

Lügenberg wurde wieder ein Stück größer! Dass Lucia hier sein würde, beruhigte ihn, aber er fand das alles einfach rücksichtslos und unmöglich!

Sie saßen in ihrer so wunderhübschen altmodischen und auch modernen Küche an dem großem Holztisch, den sie so liebten, beim Abendbrot. Die Gewürzsträuße die verteilt in der Küche hingen und die Töpfe mit Kräutern am Fenster, den bunten Schüsseln, seine Teller und Krüge gab allem eine Lebendigkeit. Das abendliche warme Licht mit seinen letzten Sonnenstrahlen, die auf dem Fußboden mit seinen typischen sizilianischen Fliesen tanzten. Der große Naturholztisch, an dem sie saßen, mit Brot, Käse und Tomaten. Er goss sich einen Schluck Wein ein, schaute besorgt Estella an.

„Du, mein Vater hat ein Problem!" Er erklärte ihr, dass er für zwei Tage nach Duisburg müsse, für eine geschäftliche Absprache, die Pietro nicht alleine treffen konnte und dass Lucia sich angeboten hatte, zu ihr hierher zu kommen. Sie war gerade dabei das Brot zu schneiden und holte tief Luft. Er nahm sie in den Arm, sagte leise, „es tut mir furchtbar leid, aber ich muss meinem Vater diesen Gefallen tun."

Estella wunderte sich etwas, aber dann sagte sie sich, dass es ja wohl normal war, wenn Bernando einmal seinem Vater helfen musste. Sie küsste ihn, meinte tapfer lächelnd, „dass ist doch selbstverständlich, mach dir bloß keine Sorgen! Wir beide sind ganz friedlich." Dass Lucia kommen wollte, war ihr gar nicht recht, sie war besorgt, sie würde ihr kaum Luft zum Atmen lassen. Das musste sie ihr ausreden! Nicht, dass sie Lucia nicht mochte, aber sie war eine typische italienische Mama. Und dann war auch immer noch dieser Machtkampf zwischen ihnen. Sie gab ihr immer mal wieder zu verstehen, dass sie sich zu wenig in die Familie einbrachte, zu sehr ihren eigenen Kopf habe. Sie hatte sich schon sehr zurückgenommen, aber sie ließ es sie immer mal wissen, wer der Boss war. Sie war ja schließlich nicht alleine im Haus. Sie würde Sara, ihre Hilfe, bitten hier zu schlafen. Da konnten dann alle zufrieden sein. Sie wollte diese vier Wochen voll genießen, ohne gute Ratschläge sein und den Oktober, mit seinem Farbenspiel mit Warten auf ihn oder sie verbringen.

Drei Jahre später

Matteo, wo steckst du? Estella lief in den Garten und lächelte, als sie ihren Sohn mit einem großen Laster in dem großen Sandkasten kämpfen sah, den Bernando gebaut hatte. Er wurde in acht Tagen drei Jahre alt, ein lustiges und sehr pflegeleichtes Kind. Seine schwarzen Locken kräuseln sich wie bei seinem Vater und er musste alles erobern, nichts war vor ihm sicher.

„Mama komm schau mal, was der Laster alles kann!" Lächelnd ging sie auf den kleinen Mann zu, der in dem Sandkasten kniete, der seinen Laster schwer mit Sand beladen hatte und nun mit vielen Worten, die er mal laut oder leise von sich gab, vor sich hin schob. „Ja, mein Schatz, du und der Laster habt wirklich eine schwere Arbeit. Aber schau einmal zum Himmel, der wird schon dunkel und gleich kommt der Sandmann. Da muss ein großer Baumeister Matteo in sein Bett und wir wollen doch die Geschichte weiterlesen."

„Bitte Mama, nur noch ein wenig, bitte!"

„Nein, morgen ist wieder ein neuer Tag, da hast du wieder ganz viel Zeit. Die Dusche wartet und es gibt deinen Lieblingstoast. Schau mal, der Laster hat auch sehr viel gearbeitet, der ist auch müde." Matteo schaute auf seinen Laster, streichelte ihn und meinte, „na gut, ich komm ja schon! Guten Nacht Laster, bis morgen. Ist der Papa schon da?"

„Nein mein Großer, Papa kommt aber bald."

Wieder einmal war Bernando für seinen Vater unterwegs und er würde vor dem Wochenende auch nicht hier sein. Estella seufzte, wenn sie an ihn dachte, er wirkte schon eine ganze Weile so bedrückt, manchmal auch etwas gereizt, besonders wenn sie ihn fragte, was denn los sei. Seit sein Vater ihn immer öfters brauchte, rumorte irgend etwas in ihm. Wenn sie wenigstens wüsste, um welche Geschäfte es ging, aber er wich ihr immer aus. Dabei erzählte er ihr sonst immer, was in seinem Büro los war. Aber wenn es um seinen Vater ging, da bekam sie nur ausweichende Antworten. Sie musste wirklich mit ihm reden, so konnte es auch

nicht weitergehen, es belastete sie beide. Sie überlegte, wann das eigentlich anfing. Ja, das war als sie mit Matteo schwanger war, vor drei Jahren, da musste Bernando nach Duisburg, ab da ging das Telefon öfter und er war nach jedem Anruf wütend. Aber was immer es auch war, Bernando machte, was von ihm verlangt wurde. „Es hilft nichts, darüber müssen wir endlich reden," sagte sie laut zu sich. „Mama was sagst du da?" Estella erschrak, sie war so in Gedanken, sie hatte Matteo ganz vergessen. Sie streichelte über seinen Kopf, sagte lächelnd zu ihm, „dass der Papa dir vielleicht ein Auto mitbringt." Sie bückte sich, hob ihn in die Höhe und lief schnell auf das Haus zu. Dort setzte sie ihn wieder ab, holte Luft, legte beide Hände auf ihr Kreuz.
„Meine Güte bist du schon schwer geworden, ich bekomme ja kaum noch Luft!"
Das Telefon klingelte, sie nahm erwartungsvoll den Hörer. „Hallo Schatz" sagt sie freudig und lachte gleich darauf.
„Ach Pedro, mit dir habe ich im Moment nicht gerechnet, meine Gedanken waren gerade bei Bernando. Was gibt es? Was, für 130 Personen sollen wir ein Fest ausrichten? Wann soll das denn sein? In vier Wochen! Ich bin morgen bei dir und mache mir heute Abend ein paar Gedanken, wie wir das gestalten und was wir alles brauchen. Mach dir keine Sorgen, bisher haben wir alles geschafft und freue dich doch darüber, dass wir so begehrt sind! Bis morgen Pedro, schlaf schön." Sie legte den Hörer auf und lächelte vor sich hin. Ja das ging auf ihr Konto, was sie aus Pedros Strandbar gemacht hatte und wie das neue Restaurant lief. Es machte ihr jetzt noch Spaß, auch wenn sie nicht mehr jeden Tag dort war, vieles erledigte sie von Zuhause aus. Zum Glück hatten sie gutes Personal, so dass sie nur noch für das Planen da war und nur ab und zu neue Rezepte ausprobierte. „Na gut, dann werde ich mich nachher hinsetzten und mir überlegen, was gekocht wird und welche Deko dazu passen wird." Damit ging sie aus den Raum und rief laut:
„Komm Matteo, wir verschwinden jetzt ins Bad ich freue mich auf einen frisch gebadeten Matteo."

Sie sah ihm zu, wie er mit seiner Ente spielte und ihre Gedanken waren wieder bei Bernando. Warum konnte er mit mir nicht über seinen Ärger reden? Wieso war es ein Geheimnis, was er für seinen Vater tun musste? So schlimm konnte es ja wohl nicht sein und was konnte es schon für Geheimnisse geben? Sie konnte das einfach nicht verstehen! Auch Lucia tat es ab, als sie einmal fragte, welche Arbeiten Bernando zu erledigen hatte. Es war typisch für sie!

„Das geht nur die Männer etwas an, damit müssen wir uns zum Glück nicht beschäftigen, sie sollen sich ja auch ihre Nase nicht in unsere Arbeit stecken." Es gab aber Kümmernisse und sie wollte nicht länger zuschauen! Unwillig zitierte sie einen Spruch. *Vôi fari parrari lu mutu? Lèvacci lu sò affannutu. (Willst du den Stummen zum Reden bringen? Dann musst du ihn aus seiner Not befreien).* Den Eindruck hatte sie, dass sie ihn befreien musste. Nur wovor? Gedankenverloren blickte sie in die Nacht hinaus, aber selbst der Mond konnte ihr keinen Trost geben. Sie wandte sich ab und seufzte. „Es wird alles wieder gut" sagte sie sich und fischte Matteo aus dem Wasser.

„Macht's gut ihr zwei," rief sie Matteo zu, der mit seinen Legos einen großen Turm baute. Sara, die für alle eine gute Seele des Hauses war, lächelte zurück, „bis heute Nachmittag." Estella war schon fast an der Tür, als sie zurück lief, nahm ihn in den Arm und gab ihm einen herzhaften Kuss. „Bis nachher mein Schatz!" Sie ging, wohl fühlte sie sich nicht, es widerstrebte ihr zu gehen. Jeder Schritt fiel ihr schwer. Eine Angst schlich sich in ihr ein, als würde etwas passieren! Blödsinn schimpfte sie sich, sei nicht albern! Es war in der letzten Zeit alles zu viel. Sie war einfach ein wenig überarbeitet, die Nerven, sagte sie sich, mehr war das nicht! Manche Tage waren halt so, sprach sie sich selber Trost zu. Matteo war in guten Händen und sie konnte sich ihrer Arbeit widmen.
Sie saß mit Pedro und dem Personal an einem Tisch und sie gingen ihre Ideen durch, sie besprachen den Arbeitsablauf, was alles zu tun war, jeder seinen Aufgabenbereich bekommen hatte und alle

bei einem Kaffee noch die Einzelheiten durchgingen. Pedro schaute ab und zu Estella besorgt an, sie wirkte bedrückt. Darum betonte er mit Stolz, „Estella, du bist echt ein Genie, was du für Ideen hast! Die Gäste werden begeistert sein." Als das Personal zu seinen Aufgaben ging, hielt er es nicht aus und er fragte sie direkt. „Ist etwas nicht in Ordnung? Du siehst aus, warte mal, wie heißt das nochmal? Ja! Wie *Mogghi onestra, tisoru ch´arresta, mogghi trista é peju di la pesta (*Eine ehrliche Ehefrau ist ein Schatz, der bleibt. Eine traurige Ehefrau ist schlimmer als die Pest)" Sie musste lachen, aber ein fröhliches Lachen war es nicht, ein trauriger Ton schwang deutlich mit. Mit versuchter Leichtigkeit sagte sie betont fröhlich:

„Pedro, du übertreibst wie immer," wendete sich ab und meinte; „ich gehe noch an den Schreibtisch, um mein *besorgtes Ehefrauengesicht* bei der Arbeit abzulegen." Sie winkte ihm zu, damit er ihr bekümmertes Gesicht nicht sah und bevor sie den Raum verließ rief sie ihm noch zu; „Sara geht mit Matteo noch auf den Spielplatz, ich habe Zeit." Mit einer großen Tasse Kaffee setzte sie sich und vertiefte sich in ihrer Arbeit, als das Telefon ging. Sie nahm ab, war etwas irritiert über die Nebengeräusche die an ihr Ohr drangen.

„Signora" kam es aufgeregt von Sara, „ich konnte wirklich nichts dafür, es tut mir so leid", schluchzte sie. Estella sprang auf, ihr wurde kalt. Eine eiskalte Hand umschloss ihr Herz, das wie wild zu schlagen anfing. „Ruhig, ruhig", sagte sie sich.

„Sara sage mir, was ist los!" Sie konnte kaum atmen, so nahm die Angst Besitz von ihr und ließ ihre Stimme zittern. Sara schluchzte laut, konnte kein Wort heraus bringen. Estella stand wie zu einer Salzsäure erstarrt da, ihre Hand umklammerte die Stuhllehne, sie atmete tief durch und sagte ziemlich laut und drängend.

„Sara, was ist los!"

„Wir wollten über die Straße gehen, da kam ein Auto, es war ein ganzes Stück von dem Zebrastreifen entfernt. Erst fuhr er sehr langsam, aber dann gab der Fahrer Gas!

Matteo riss sich los, wollte schnell über die Straße laufen, es sah so aus, als ob der Wagen auf Matteo zu steuerte, er hat ihn angefahren. Wir sind hier im Krankenhaus."
Ihr zitterten die Knie, vor ihren Augen verschwamm alles und sie versuchte einen klaren Gedanken zu fassen.
„Oh mein Gott, ich komme sofort!" Mit Mühe konnte sie das Telefon hinlegen. So zitterten ihre Hände, ihr war nur schlecht. Ihr Gefühl, es hatte sie nicht getäuscht. Lieber Gott, bitte, bitte lass mir meinen Matteo, er ist doch noch so klein." Pedro kam ins Büro wollte sie etwas fragen und stutzte. Sah sie kreidebleich am Schreibtisch stehen.
„Was ist los mit dir? Ist etwas passiert?"
Eine dunkle Ahnung nahm Besitz von ihm. Sollte das heitere Leben, was die beiden führten vorbei sein? Er rang nach Fassung.
„Ich muss ins Krankenhaus" stammelte sie, „Matteo, wurde angefahren." Pedro zuckte erschreckt zusammen.
„Du fährst überhaupt nicht, in der Verfassung, in der du bist! Ich fahre dich." Pedro zeigte seine sizilianische Fahrweise, die Nase fast an der Windschutzscheibe, die eine Hand ständig an der Hupe, so raste er durch die Stadt. Mit einer weinenden Estella neben sich. Sie liefen, stolperten in das Krankenhaus, fragten sich durch und sahen eine völlig verzweifelte zusammengebrochene Sara, die einen Verband trug.
„Wo ist Matteo"?
„Er ist noch bei dem Arzt."
„Was fehlt ihm, ist er schwer verletzt?"
„Ich weiß nicht, es ging alles so schnell. Zum Glück waren gleich Leute bei uns und kümmerten sich um uns. Der Krankenwagen war auch sofort da, jetzt ist er bei dem Arzt zur genauen Untersuchung." Estella holte tief Luft und schaute sich suchend um, sie konnte ihre Ungeduld und ihre Angst nicht beherrschen. Eine Schwester kam vorbei, Estella hielt sie an und fragte sie, wo ihr Sohn ist.
„Sie sind die Mutter? Ihr Sohn wird gerade behandelt, der Arzt wird gleich bei Ihnen sein, ich kann leider zu dem Zustand ihres

Sohnes nichts sagen. Wir tun alles, haben Sie keine Sorge, möchten Sie einen Kaffee, ich hole ihn für Sie, setzen Sie sich bitte, Sie sehen wirklich nicht gut aus."

„Danke!" Pedro hielt Estella am Arm und sie setzten sich auf einen Stuhl. Sie wandte sich Sara zu und versuchte, so ruhig wie möglich, den Sachverhalt zu hören und zu verstehen.

„Also, nun erzähle mir bitte genau, wie das passiert ist."

„Wir sind zum Spielplatz gelaufen und als wir eine Straße überqueren wollten, habe ich, wie ich es immer mache, Matteo genau erklärt was er machen muss, wenn es über die Straße geht. Es war nur ein Auto zu sehen, was aber sehr langsam fuhr, fast schlich und noch weit weg war. Wir waren ja auf dem Zebrastreifen und dieses Auto fuhr langsam, wir hätten genug Zeit gehabt, die Straße zu überqueren. Aber dann, mein Gott, es ging so furchtbar schnell, da raste diese Auto einfach auf uns zu. Matteo riss sich los, ich rannte zu ihm, aber da war dieser Wagen auch schon da und hatte ihn und mich erwischt. Zum Glück, nur weil Matteo los gerannt war, hat uns das Auto nur etwas erwischt. Er lag einfach nur da und das Auto gab Gas und war mit quietschenden Reifen weg!", schrie sie es heraus, „warum macht ein Fahrer so etwas?", schluchzte Sara. Sie sah alles wieder genau vor sich.

Estella saß wie versteinert da, es hörte sich an, als wäre das Absicht gewesen? Wer um alles in der Welt, konnte ein Interesse haben, einen kleinen Jungen einfach zu überfahren? Ganz tief in ihrem Inneren meldete sich eine Stimme. Es gab so viele ungeklärte Fragen, aber was hatte das damit zu tun? Sie schob diese Stimme fort, sie wollte sie nicht hören und sie sagte sich, „komm, jetzt suche nicht bei anderen die Schuld, es wird sich aufklären." Sie fragte Sara:

„Konnte niemand das Nummernschild erkennen?"

„Nein, der war so schnell wie er kam, so schnell fuhr er auch weiter."

Wieder kamen ihr die Zweifel, ob das alles einfach nur ein schlimmer Zufall war? Sie schaute hoch und sah, wie ein Arzt auf

sie zukam. Schnell stand sie auf und ging auf ihn zu. Er blickte sie an und fragte:
„Sind sie die Mutter von Matteo?"
„Ja, das bin ich, was ist mit ihm?"
„Kommen Sie, setzen wir uns und sie dürfen auch gleich zu ihrem Sohn. Also, ihr Sohn hatte großes Glück, er hat sich den Arm gebrochen, hat ein paar kleine Prellungen. Wir müssen ihn noch einen Tag beobachten, ob auch sonst alles in Ordnung ist. Wir behalten ihn mindestens noch ein - höchstens zwei Tage hier. Natürlich stellen wir gerne ein Bett für Sie in sein Zimmer."
Erleichtert, das nicht schlimmeres passiert war, sagte sie froh, „Ich danke Ihnen und ich darf jetzt zu ihm?"
„Selbstverständlich!" Schnell eilte sie in das Zimmer. Matteo lag etwas verloren in dem großem Bett und sie nahm ihn in den Arm wiegte ihn, bis er sich befreite und vorwurfsvoll sagte: „Mama, ich bin doch schon groß."
„Ja mein Liebling, das bist du und ich hab dich auch so lieb. Tut es arg weh?"
„Nein tut es nicht mehr, hier schau mal, dass habe ich für meine Tapferkeit bekommen." Stolz zeigte er eine Schnur mit Spritze, Pflaster und Binden. „Die bekommen nur tapfere Patienten," sagte er sichtlich beeindruckt.
„Ich bin auch stolz auf dich, mein großer Held!" Eine Schwester schob ein Bett für sie herein und Estella benutzte die Gelegenheit Bernando anzurufen. Sie war etwas überrascht, wie er reagierte. Sie hielt das Handy etwas von ihrem Ohr, denn er schrie: „Sag, dass es nicht wahr ist," rief er voller Verzweiflung, „das kann und darf nicht sein! Nimmt das denn nie ein Ende?" Estella fragte etwas irritiert, „kannst du mir bitte sagen, was du meinst?"
„Liebling, ich komme sofort, alles wird gut, glaube mir!" Estella klappte ihr Handy nachdenklich zu, ihr war als stehe sie an einem Abgrund. Sofort überfiel sie diese Angst. „Nein," dachte sie, „bitte nicht", aber diese innere Stimme flüsterte ihr penetrant ins Ohr, jetzt kommt die Rechnung für all das, was sie getan hatte. Bitter sagte sie zu dieser Stimme, die sich da meldete: „Nichts wird je

vergessen, immer werden uns die Sünden und die Vergangenheit einholen und die Rechnung ist meist hoch. Aber bitte doch nicht auf Kosten von Matteo, das lasse ich nicht zu!" Was es auch immer sein mag. Der „Unfall" war etwas, wovon sie keine Ahnung hatte, noch nicht, aber nie sollte Matteo das Opfer sein! Hatte sie in einer Traumwelt gelebt? Was war los? Hatte es mit Bernandos Vater zu tun? So grübelte sie. Aus welchem Grund war das alles so schwer geworden, seit das Verhältnis zur Familie in einigermaßen ruhigen Bahnen lief? Hatte sie nicht die Familie wieder zusammen gebracht? Sie stutzte, wie war das damals? Eigentlich hatte seine Familie sie natürlich total abgelehnt, aber dann hatte Bernando seinen Vater um Hilfe gebeten, wegen ihrer Vergangenheit. Ja, und ab dann war er wieder für seine Familie da, ein vollständiges sizilianisches Familienmitglied! Sie fand das gut, auch wenn sie ihre eigenen Vorbehalte hatte. Lucia hatte ihr geholfen, besonders seit sie Großmutter war. Aber, überlegte sie, Bernando musste Aufträge für seinen Vater erledigen, was ja in einer Familie normal war. Aber, warum sagte Bernando nie etwas über diese Aufträge? Wieder klingelte ihr Handy, Lucia war dran, sehr aufgeregt und besorgt.

„Soll ich zu dir kommen?"

„Lieb von dir, aber ich bin hier bei Matteo, ihm geht es gut, nur ein Armbruch und ein paar kleine Prellungen. Lass mal, uns geht es gut!"

„Du brauchst dich nur zu melden, wir sind für euch da und" sie hörte sich an, als hätte sie einen Kloß im Hals, „mache dir keine Sorgen!" Estella dachte, „sie hat gut reden, sich keine Sorgen machen?" Sie hatte im Moment das Gefühl, den Boden unter den Füssen zu verlieren. Sie wandte sich Sara zu, die wie ein Häufchen Elend zusammen gesunken da saß. Sie strich ihr über das Haar.

„Komm Sara, Pedro fährt dich nach Hause, ich bin ja hier und bitte mache dir keine Vorwürfe, du hast keine Schuld daran! Bitte ruhe dich aus, Matteo ist ja zum Glück nicht schwer verletzt." Zu Pedro gewandt meinte sie, „ich denke, du kannst nach Hause fahren, ich bleibe hier," und ein wenig verlegen legte sie eine Hand auf seine

Schulter sah ihm in seine sorgenvollen Augen. Danke, es ist schön, dass du mein Freund bist! Du bist wirklich immer für mich da." Sie drückte Pedro, dem das etwas peinlich war und eine kleine Träne machte sich auf die Wanderschaft. Beide küssten Matteo, streichelten ihn und verabschiedeten sich. Sie setzte sich zu ihm ans Bett und erzählte ihm eine Geschichte. Er hatte sich ganz dicht an Estella gekuschelt erzählte ständig, was passiert war, bis seine Augen immer kleiner wurden und er einschlief. Es war schon ziemlich spät, Estella wusste nicht, ob es ein Traum oder Wirklichkeit war, sie sah sich an einem See, Matteo und sie tollten herum, ein Mann stand ein Stück entfernt und er lachte ihnen zu, er kam langsam auf sie zu. Sie schaute ihn an und dieser Mann war Michael! Verwirrt schlug sie die Augen auf und sah Bernando vor dem Bett stehen.

„Hey," flüsterte er, „ich bin es." Sie sprang auf und fiel ihm schluchzend um den Hals und murmelte, „er lebt, mein Gott, er lebt." Er nahm sie in die Arme, flüsterte ihr liebe und tröstende Worte zu, aber sie hatte zu viele Fragen an ihn, die sie ängstigten. Sie wusste, die Antworten würden ihr nicht gefallen. Sie hörte seinen Herzschlag und merkte, dass auch er Angst hatte. Seine Umarmung hatte nicht die Kraft, sie weich zu stimmen. Alles erschien ihr plötzlich unwirklich, sie empfand es falsch und verlogen. Sie fuhr ihn an, fragte ihn direkt:

„Hast du damit etwas zu tun? Sag mir endlich die Wahrheit!" Bernando schaute sie voller Verzweiflung an. Er dachte, „nein, lass es nicht wahr werden, sie ahnt, sie fühlt es, dass es etwas mit der Familie zu tun hatte." Lauter als sie es wollte, schrie sie ihn an.

„Was ist los? Ich habe zu lange geschwiegen! Was immer es ist, das können die doch nicht tun! Rache an einem Kind? Seit Monaten bist du schweigsam, sagst nichts, was du für deinen Vater zu tun hast. Hat es damit etwas zu tun? Sag es mir!" Verzweifelt blickte er sie an, sein Herz zog sich schmerzhaft zusammen. Nein er konnte seine Vermutung nicht aussprechen, nicht hier und nicht jetzt. Sie lag nun schluchzend in seinem Arm und krallte sich an seinem Jackett fest und er versuchte sie zu trösten.

„Es war doch wirklich nur ein Unfall, wir werden es heraus bekommen und Matteo wird wieder gesund!" Aber er wusste, das mehr dahinter steckte. Er selbst war ja ein Schuldiger! Aber sagte er sich, diesmal wird er sich nicht vor der Aufgabe drücken, er musste und würde diesem schmutzige Geschäft ein Ende machen. Es reichte ihm! Natürlich war es nicht geplant, oder gar mit der Absicht, dass ein Kind zu schaden kam. Es war eine der typischen Situationen! In dem Dorf hatten sich viele gegen seinen Vater gewendet und Vaters Männer hatten versucht, für *Ordnung* zu sorgen. Natürlich eine *Ordnung*, wie er es wollte! Er selber war mit dabei und er hatte die Aufgabe, den Bewohnern zu sagen, dass sie betraft würden. Er hatte es mit seinen Worten versucht, ihnen versucht zu erklären, dass sie einen gemeinsamen Weg finden würden, er ihnen helfen will. Die Dorfbewohner drohten, waren zornig und hörten ihm nicht zu und griffen seine Leute an. Es war nicht vorgesehen, aber es passierte. Es kam zur Schießerei. Wer genau anfing, war im Nachhinein schwer zu sagen. Ein kleiner Junge lief in das Schussfeld und wurde von einer Kugel von der Truppe seines Vaters getroffen. Wie sollte er das Estella erklären, dass nun Blutrache die Folge war! Er wusste, warum er all dem den Rücken zu gekehrt hatte und er sein eigenes Leben leben wollte. Bitter wie Galle kam es ihm hoch. „Ja, bis ich meines Vaters Hilfe brauchte! Alles der Liebe wegen! Schon hatte er ihn wieder in seine Klauen und was war jetzt, wieder Blut und wieder Blut! Wie konnte er das bloß Estella erklären? Sie wird ihn, seine Familie hassen. Was sollte er tun? Ihr alles erzählen? Aber ja, das musste er! Viel zu lange stand das zwischen ihnen. Sie, die für jeden da war und immer für alles eine Erklärung hatte. Sie, die immer an das Gute glaubte und nun musste er, gerade er, ihr Dinge erklären, die so schwer zu erklären waren? Wie er aufgewachsen war. Warum, schrie er stumm, muss alles kaputt gehen, was so wunderschön war? Wie kann ich meine kleine Familie retten, meine große Liebe?" Estella schaute ihn an, fragte ihn:

„Was hat das alles zu bedeuten? Du bist schon lange nicht mehr der, in den ich mich verliebte, was ist geschehen? Sag es mir, endlich!" Bernando nahm ihre Hände fest in seine Hand, Tränen nehmen ihm die Sicht, er versuchte Worte zu finden aber es war ihm, als würde ein Zementsack auf ihm lasten.

„Hör zu, es fällt mir so schwer, dir meine Schwäche zu zeigen, aber es ist so! Ich hatte mich von der Familie gelöst, ich war frei von all den Verpflichtungen, bis du in mein Leben getreten warst und ich hätte alles getan. Dann waren da deine Problemen. Wer konnte diese Probleme lösen? Mein Vater! Gerne nahm ich es an, da du mir so viel wichtiger warst! Ich wusste, dass mein Vater mich benutzen würde, wenn es für ihn nützlich war, aber ich hatte die Hoffnung, er würde mich aus allem raus halten. Obwohl ich es eigentlich hätte wissen müssen! Schließlich bin ich ganz bewusst mit dem Wissen wieder zurück in die Familie. Ich verdrängte es einfach und hoffte auf das Wunder, dass alles so blieb, wie es war. Ja, so rutschte ich wieder in die Verpflichtungen hinein. Erst sagte ich mir, na ja, etwas muss ich ja gutmachen, aber dann wurde es mehr und mehr. Ich war plötzlich mittendrin! Ich bin auch Kind meiner Erziehung. Pflicht der Familie gegenüber ist bei uns etwas, was über allem steht! Mit nichts zu erklären! Aber, ich sage es dir beim Leben unseres Sohnes, es wird das letzte Mal sein, dass es so ist, wie es immer war! Ich mache dem ein Ende! Es kann doch nicht sein, dass alle in der Kirche sitzen um sich danach an die Kehlen zu gehen! Mein Herz, mein Liebling, nie liebte ich dich mehr, aber ich muss einen Weg gehen, schon Matteos wegen, ich muss diesem Wahnsinn ein Ende bereiten. Erschrocken blickte sie ihn an, er der so fremd vor ihr stand und doch so nah.

„Was um alles willst du tun?"

Er fing an, ihr alles zu erzählen, was in diesem Dorf geschehen war, wie er sich damit quälte und nun eine Entscheidung getroffen hatte. „Ich werde in das Dorf gehen, mit der Familie des Jungen reden, mich entschuldigen für das, was die Männer meines Vaters alles getan haben und Kompromisse schließen." Ungläubig schaute sie ihn an, „meinst du, dass es klappt? Ich stelle mir das nicht einfach vor, was ich so über Blutrache gelesen habe. Warum hast du nie etwas davon erzählt? Geht es aber nicht noch um etwas

anderes? Es muss ja etwas mit dem Dorf zu tun haben und deinem Vater."
„Ja, das Dorf lehnte sich gegen meinen Vater mit seinen ungerechten Methoden auf. Ich weiß nur, nichts zu tun, das bringt uns alle nicht weiter. Ich hatte es ja schon versucht, aber mein Vater? Er hat seine eigenen Methoden. Ich will, dass diese Morde endlich aufhören!"
„Bernando, ich habe solche Angst, wo ist unser Leben hineingeraten? Es war doch alles so schön! Warum hast du nie etwas gesagt? Sicher hätten wir einen Weg gefunden, nun stürzen wir alle wie ein Wasserfall in eine tiefe Schlucht." Sie hielten sich umschlungen, aber es lag etwas zwischen ihnen, etwas, was beide nicht greifen konnten, was aber angstvoll und bedrohlich war. Sie löste sich von ihm und legte sich in das Bett neben Matteo. Verloren stand er in dem Raum, schaute auf die beiden und verließ mit verzweifeltem Blick und gesenktem Kopf das Zimmer.

Matteo fand seinen Gips sehr aufregend. Der Arzt sagte Estella, dass alles in Ordnung sei und sie nach Hause durften, worüber sie sehr erleichtert war. Ihr lebhafter Sohn war dabei sich mit der ganzen Station anzufreunden, was für die Schwestern einerseits erheiternd war, aber ihren Arbeitsablauf doch ein wenig behinderte. Bernando wartete vor der Klinik auf sie und Matteo fing gleich an zu quengeln, „bitte eine Eis, ich möchte ein sehr großes Schokoladeneis." So landeten sie erst einmal in einer Eisdiele. Matteo zeigte allen voller Stolz seinen Gips, nur Estella und Bernando hatten ein gequältes Lächeln.
Er hatte sich in sein Arbeitszimmer verzogen, Estella hörte ihn auf und ab gehen und dass er telefonierte, natürlich, dachte sie, nun muss er mit seinem Vater ein paar deutliche Worte reden. Vorbei war es mit den Heimlichkeiten, ab heute gingen die Uhren anders, es soll einfach wieder so werden, wie es einmal war. Soll sein Vater doch alles selber machen, er kann nicht immer die anderen für seine Drecksarbeit vor den Karren spannen, das soll er mal schön alleine machen. Das was Bernando ihr so nach und nach

scheibchenweise über die Familie erzählt hatte, jetzt konnte sie sich einen Reim daraus machen. Natürlich würde er das ganz anders darstellen und sicher hat er seine sehr eigenen Methoden zu versuchen, alle moralisch unter Druck zu setzten, Er hatte ja seine Leute gut erzogen, wenn sie an die Szene dachte, als sie damals ein Gespräch in der Diele mit anhörte. Dieser arme Mann, der in Schwierigkeiten und argen Nöten war und unterwürfig wie ein geprügelter Hund angekrochen kam. Wie war sie damals beeindruckt von seiner Großzügigkeit gewesen! „Wir sind doch eine Familie, jetzt helfe ich dir, du wirst mir auch einmal helfen können." Wie falsch das jetzt klang! So hatte er es auch mit Bernando gemacht, er gab etwas, aber dann hat er zu gehorchen. Ihr lief jetzt noch Gänsehaut über ihren Rücken, wenn sie daran dachte, als er ihr alles erzählt hatte.

Bernando kam aus dem Büro, blass sah er aus, angespannt waren seine Züge. Er nahm Estella in den Arm, hielt sie ganz fest und sagte:

„Ich gehe morgen in das Dorf und regle das, erkläre den Menschen, dass ich hinter ihnen stehe und dann ist Schluss mit meinem Vater." Erschrocken blickt sie ihn an.

„Ich habe Angst, meinst du nicht, dass es gefährlich werden kann?"

„Ich glaube es nicht, ich bemühe mich, ihnen klar zu machen, dass meine Absichten friedlicher Natur sind. Aber einer muss doch den Anfang machen, natürlich ist es auch ein Risiko."

„Oh Bernando, muss das alles sein? Wie kannst du annehmen, dass du etwas erreichst? Was willst du diesem Dorf anbieten? Hat er dir die Wahrheit gesagt? Wusstest du, was dein Vater da durchziehen wollte?"

„Ungefähr ja, das Dorf sollte mehr Schutzgeld zahlen, sie verdienen ganz gut mit ihrer Weinernte. Mein Vater wollte durch seine Männer das Geld erpressen, oder ihre Ernte wäre zerstört worden. Ich sehe keinen anderen Weg, es muss einfach aufhören! Ich werde ihnen zusichern, dass sie nie mehr Schutzgelder zahlen müssen. Ich werde dafür sorgen, dass das ein Ende haben wird!"

Sie standen beide am Bett ihres Sohnes, jeder war mit seinen eigenen Gedanken beschäftigt. Er beugte sich hinunter und küsste ganz zart Matteo, flüsterte kaum hörbar, „du bist so tapfer und du wirst, was immer auch geschehen mag, immer deine Mama haben, ich habe dich so lieb."

In dieser Nacht liebten sie sich mit der Verzweiflung eines Ertrinkenden, als würde sie das Meer in seinem ganzen Zorn mit einer brausenden Welle verschlingen. Er umklammerte Estella, er wollt sie nicht loslassen, niemals! Erschöpft, aber ohne Erleichterung, lagen sie sich in den Armen, die Angst sie lag wie eine große dunkle Wolke über ihnen. Beide waren vor Angst innerlich zerfressen, aber keiner mochte den anderen damit belasten. Die ungeweinten Tränen, sie hätten das Meer füllen können, aber das Meer würde sie zornig ausspucken. Unruhig schliefen sie mit dem Gedanken „würde diese Nacht doch nie vergehen..." endlich ein.

Estella blinzelte, sofort zogen die schwarzen Gedanken auf, die ersten Sonnenstrahlen, die sich auf ihrem Gesicht verirrten, sie konnten die finsteren Wolken, die im Raum hingen, nicht verdrängen. Sie griff zu Bernardos Bettseite, aber die war leer. Sie fand ihn auf der Terrasse mit einem Kaffee und ernstem Blick. Blass sah er aus als sie auf ihn zu ging, nahm sein Gesicht in ihre Hände und sagte mit all ihrer Liebe zu ihm:

„Ich weiß, dass du in dem Dorf die richtigen Worte finden wirst. Du mit deinem Gespür, wie man mit Menschen umgeht. Ich glaube fest daran! Kannst du mich nicht mitnehmen?" Er nahm ihre Hand und schaute sie an.

„Ich hoffe es, ich nehme dich in meinem Herzen mit, dann kann es nicht schief gehen!" Er bemühte sich mit einem zaghaften Lächeln, wenigstens ihr die Angst zu nehmen.

Matteo kam auf die Terrasse, „Mama, Papa, mir ist langweilig, komm und baut mit mir einen großen Turm," rief er unwillig. „Wir kommen", riefen sie beide und waren froh für einen Moment abgelenkt zu sein. Estella nahm Matteos Hand und sagte: „Mach das mit Papa, ich mache uns ein tolles Frühstück. Ist das in

Ordnung?" Zornig stampfe er mit den Füssen auf und sagte trotzig, „ich will aber jetzt mit euch einen Turm bauen!"
Matteo saß noch am Tisch und aß sein Müsli, Bernando ging zu ihm, gab ihm einen Kuss, umarmte Estella, gab sich betont heiter.
„Dann bis in ein paar Stunden, meine Lieben!" Sie hörte, wie er seinen Wagen anließ, sie stellte ihre Tasse heftig auf den Tisch, drehte sich um und sie rannte schnell den Kiesweg entlang. Er sah sie im Rückspiegel, ließ die Scheibe herunter und fragte sie überrascht, „ist noch etwas?" Sie merkte, wie ihr die Tränen hoch stiegen und versuchte sie verzweifelt zu unterdrücken. Mit erstickter Stimme brachte sie mühsam heraus. „Nein, ich möchte dich nur noch einmal küssen." Sie nahm seinen Kopf in die Hände, küsste ihn und Tränen liefen über ihre Gesichter. Er wischte über ihr Gesicht, küsste sie und leise flüsterte er ins Ohr.
„Alles wird gut!" Sie spürte noch seine Wärme unter ihrer Hand, die auf seiner Schulter lag, als er langsam los fuhr. Ihre Hand wurde langsam von seiner Schulter gelöst und hing kraftlos an ihrem Körper. Lange sah sie ihm nach, bis der Wagen um die Ecke verschwand. Das dumpfe Gefühl einer Ahnung überrollte sie mit der Gewissheit, dass sie diese Angst dieses mal sehr gut einordnen konnte. Unruhig ging sie im Garten auf und ab, stillsitzen konnte sie nicht. Zum Glück kümmerte sich Sara um Matteo. Sie könnte das heute nur sehr schwer tun. Stunde um Stunde wartete sie, sie rief bei Lucia an, nichts! Unruhig lief sie im Zimmer herum, sie blieb am Fenster stehen, schaute auf die unendliche Weite des Meeres bis zum Horizont. Mit ihren Tränen verschleiertem Blick war dieser Tag grau, bedrohlich mit seinem diffusen Licht, das sie ersticken drohte. Die Unruhe machte sie total fertig, nichts konnte sie machen, selbst das Spielen mit Matteo wurde zur Qual. Sie zuckte zusammen als das Telefon klingelte, sie sprang mit Erleichterung auf, obwohl ihr Herz ängstlich zitterte. Freudig kam es von ihr.
„Bernando, endlich, ich war so schrecklich nervös!" Sie stutzte.
Wer ist da?"
Ihr freudiges Gesicht fiel ein Kartenhaus zusammen.

„Ach Lucia!, ich dachte es ist Bernando, ich warte schon so lange auf seinen Anruf. Warum dauert es so lange, bis er sich meldet. Er weiß doch, dass ich mir Sorgen mache!" Ihre Hände fingen das Zittern an, sie hatte das Gefühl, ein Abgrund tat sich vor ihr auf.
„Wie nein, was ist los?" Den Hörer, den sie nur mit Mühe halten konnte, drohte ihr aus der Hand zu fallen. Eine Eiseskälte hatte sie erfasst. Die Worte von Lucia drangen wie in Watte gepackt kaum zu ihr durch, nur diese zwei Worte.
„Bernando passiert!"
„Hör zu, es ist ihm etwas schreckliches passiert! Ich komme sofort zu dir. Nein, ihr kommt bitte hierher, das ist besser. Unser Fahrer kommt euch abholen. Packe ein paar Sachen ein" hörte sie wie durch einen dicken Wattebausch Lucia.
„Was ist denn passiert?", konnte sie nur flüstern.
„Ich erzähle es dir hier, es ist besser so!" drang es in ihr Ohr. Estella legte den Hörer auf, sie musste sich festhalten, alles drehte sich, sie glaubte, der Boden tat sich wie ein riesiger Schlund auf, der sie verschlingen will. In ihrem Kopf war nur ein Dröhnen, „Bernando schreckliches passiert, was ist passiert, nein, ihm ist nichts passiert, nein, bitte nein!" Wie in Trance packte sie ein paar Sachen ein und wartete. Bleich saß sie auf der Stuhlkante, Matteo schaute sie mit großen Augen an. Auch er spürte, dass etwas passiert war, er kuschelte sich ängstlich an sie, die ihn nur automatisch streichelte, ihn dann in den Arm nahm und ihr Gesicht in seinem Haar versteckte. In ihr schrie es laut, es ist nichts, gar nichts! Nur das Ticken der Uhr an der Wand drangen zu ihr durch. Ihre Welt schien still zu stehen. Ihr kam es vor, als habe die Welt aufgehört sich zu drehen. Sie spürte, das eine kalter Wind aufkommen würde.
Sie hörte ein Auto, die Tür klappte zu und Schritte kamen auf das Haus zu. Sie wollte aufspringen und laut Bernando rufen. Erwartungsvoll und hoffnungsvoll mit einem kleinen Glanz in ihren Augen, blickte sie zur Tür. Die öffnete sich, aber ihr Blick wurde wieder stumpf. Nein, es war nicht Bernando, es war der Fahrer von Lorenzo, der ernst auf sie zukam, ihr beim Aufstehen

half, alles kam ihr unwirklich vor, sie ging, ihre Schritte, sie waren hölzern, steif, sie wollte doch gar nicht gehen…

Die Fahrt rauschte an ihr vorbei, in ihrem Kopf hatte sich ein Leere breit gemacht, nur dieser eine Satz, der spulte sich in ihrem Kopf ab. „Bernando etwas passiert." Matteo war immer noch ängstlich an sie gekuschelt, ihm sah man die Fragen an, die er sich aber nicht traute zu stellen. So anders war seine Mama, da war etwas, was er nicht verstand und ihm solche Angst bereitete. So eine Angst hatte er noch nie. Sie war wie der böse Wolf, der ihn fressen wollte. Der Wagen hielt, die Autotür wurde geöffnet, Arme streckten sich in das Auto, zogen sie sanft hinaus und sie lag in diesen Armen, sie wusste nicht einmal in welchen. Sie wusste nicht, wo sie war, sie hörte Stimmen, aber diese Stimmen rauschten an ihr vorbei. Sie sah Maria, die sich zu Matteo beugte, ihn auf den Arm nahm und mit ihm zum Haus ging. Mechanisch machte auch sie einen Schritt nach dem anderen. Im Kaminzimmer sah sie das flackernde Feuer und Erinnerungen stiegen quälend in ihr hoch. Ein Schrei löste sich in ihr, er klang tief und dumpf, als würde alles Leben in ihm enthalten sein. Lucia hielt sie im Arm, streichelte sie. Estella schaute sie mit hoffnungslosen, fragendem Blick an. „Ist es sehr schlimm? Lass mich zu ihm gehen, egal wie schlimm er verletzt ist." Lucias brach es das Herz, sie so zu sehen und sie selber brachte kaum die Kraft auf, diesen Schmerz auszuhalten. Sie nickte ihr nur zu und konnte es auch nur leise stotternd sagen:

„Es tut mir so leid, er ist", hier brach auch ihre Stimme „er ist tot!" Estella löste sich, wollte einen Schritt auf dem Sessel zu gehen. Wie in Zeitlupe sackte sie zusammen. Hände hoben sie auf, setzten sie und ihr wurden zwei Tabletten in den Mund geschoben. Wasser rann in kleinen Rinnsalen das Kinn hinunter, sie schluckte und hatte den leicht bitteren Geschmack im Mund. Lucia führte sie in das Zimmer, in dem sie hier das erste Mal geschlafen hatte. Schemenhaft erkannte sie es. Lucia legte sie vorsichtig auf das Bett, deckte sie zu, hielt ihre Hand und wartete bis sie in das Tal des Vergessens gesunken war.

Mit einem bleiernen Gefühl und Ratlosigkeit wachte sie auf. Wieso war sie hier? Aber mit ihrem Erwachen kam auch sofort die grausame Wahrheit kalt, herzlos und brutal. Estella lag noch einen Moment regungslos da, versuchte die schreckliche Stimme zu verdrängen, die in ihrem Kopf so furchtbare Worte sagten, aber nichts half, diese schrecklichen Worte, sie drängten sich so brutal in den Vordergrund „*...schreckliches passiert, Bernando...!*" Sie stand mühsam auf, zwang sich unter die Dusche zu gehen, sie wollte diese Stimme loswerden, aber auch unter der Dusche verfolgten sie sie. „*Passiert, etwas Schreckliches....*" „Nein" rief sie, „es ist nicht wahr, hört auf," aber sie wusste, es war wahr! Mit schweren Schritten ging sie die Treppe hinunter, ging auf die Tür zu dem Salon zu und öffnete sie langsam. Sofort kam Maria auf sie zu, nahm sie in den Arm und geleitete sie zu einem Sessel. Alle standen sie stumm, bleich, fassungslos da. Nur Lorenzo hatte einen zornigen Blick in seinem blassen Gesicht und als Estella in dieses Gesicht sah, da kam ihr das ganze Elend hoch und etwas explodierte in ihrem Kopf, es überkam sie ein Gefühl der absoluten zornigen Ohnmacht, sie verlor die Kontrolle über sich und ging auf ihn zu und schrie ihm ins Gesicht.

„Du elender Mörder, du bist an allem Schuld! Du mit deinen miesen Geschäften, du hast Bernando nur benutzt und nun ist er wegen dir tot." Sie boxte ihm wild auf die Brust, schrie, „du verdammten Mörder, an dir klebt doch nur Blut. Warum durfte er nicht sein, wie er wollte?" Sie war völlig außer sich, alle im Raum starrten sie entsetzt an. Jemand zerrte sie von Lorenzo weg, sie wurde in ihr Zimmer gebracht, wieder wurden ihr Tabletten und Wasser eingeflößt, dann versank sie wieder in das Nichts.

Es war dunkel als sie die Augen öffnete, in ihrem Kopf hämmerte es, sie wollte nur wieder schlafen, aber es dröhnte in ihrem Kopf „*...Bernando Tod, schrecklich...*" Sie versuchte das Dröhnen zu ignorieren, sie wollte wach sein, sie erinnerte sich, dass sie Lorenzo attackiert hatte, es war ihr auch nicht peinlich, aber sie wollte sich dem allem stellen, nein, sie würde nicht noch einmal die Nerven verlieren. Wie konnte ein Vater nur damit leben, es war alles zu viel für sie, aber Lorenzo, sie musste ihn einfach attackieren, so wie er dastand! Er war doch an allem Schuld, wie konnte er es wagen, Schmerz zu zeigen? Matteo! Sie musste sich um Matteo kümmern, das armes Kind, was musste er leiden? Sie stand auf und schlich in das Zimmer von ihm. Ganz verloren lag er zusammengerollt in dem großen Bett und er sah so hilflos aus. Sie hob die Decke hoch und legte sich zu ihm.

„Mama, ich habe gar nicht gemerkt, das du bei mir geschlafen hast? Kommt der Papa auch bald? Wenn wir hier sind, dann ist Papa doch auch immer hier? Kommt er bald? Ängstlich schaut er sie dabei an. Sie drückte ihn an sich, auch damit er ihre Tränen nicht sah. „Ach mein Schatz, es ist so schwer zu verstehen, aber Papa kann nicht zu uns kommen, er wohnt jetzt ganz weit weg, oben bei den Sternen und schaut dir zu und passt jetzt immer auf dich auf. Damit dir nie wieder etwas passieren kann." Sie kämpfte mit den Tränen, die drohten zu einem reißendem Fluss zu werden, sie konnte sie nur mit großer Beherrschung zurück halten. Sie durfte hier und jetzt nicht weinen, sie musste stark bleiben, für Matteo.

„Aber warum wohnt er bei den Sternen? Hier bei uns ist es doch viel schöner und ich kann mit Papa spielen, da oben, da kann ich doch nicht hinauf, es ist so hoch, ich finde das ganz blöd! Ich will, dass er hier herkommt. Das darf er nicht machen!" Trotzig mit Tränen in den Augen, schaute er fragend auf sie. Um Fassung ringend, „ja ich weiß, ich finde das auch ganz blöd, aber Papa meinte, dass er da oben eben besser auf dich aufpassen kann. Ich bin auch sehr traurig darüber. Wir beide, wir sind ganz tapfere Helden und wir versuchen nicht mehr traurig zu sein. Sonst ist Papa auch traurig und das wollen wir doch nicht? Versprochen?" Matteo schaute sie an, zweifelnd, mit Tränen in den Augen meinte leise schluchzend.

„Wenn du meinst, dass es Papa da oben besser findet, als bei uns," er schwieg kurz und überlegte. „Ich muss mir das überlegen, ob ich tapfer sein will. Können wir denn nicht zu ihm?" Estella drückte ihn fest an sich und die Tränen wollen mit aller Macht sich

vordrängen, aber sie schluckte und verbannte sie, sie musste jetzt alleine durch das tiefe Tal der Tränen wandern. Aber jetzt nicht! Nein, die Tränen sie halfen ihr jetzt auch nicht! Bemüht einen lockeren Ton zu finden meinte sie:
„Komm, wir beide stehen auf, ich glaube Oma hat das Frühstück schon fertig."
Maria saß noch am Tisch und schaute ihnen mit traurigen Augen entgegen, die von Tränen gerötet waren. Sie versuchte Matteo ein etwas fröhliches Gesicht zu zeigen und fragte ihn, ob sie beide nach dem Frühstück eine kleine Fahrradtour machen wollen.
„Oh prima! Tante Maria, das wollte ich doch so lange machen…"

Der Vormittag verging zäh wie Kleister, immerzu kamen Leute, Blumen wurden abgegeben, leise Worte des Trostes mit leisem Schluchzen drangen durch alle Türen. Estella nahm die Hände, die ihr gereicht wurden, hörte die Worte und doch verstand sie sie nicht. Sie befand sich in einem luftleeren Raum, nichts konnte sie berühren oder erfassen. Bei ihrer Schwiegermutter konnte man nur an ihren Augen sehen, da waren jetzt die kleinen Falten tiefer, die zeigten ihren Kummer, aber nach außen, war sie die Herrin, die keine Gefühle zeigte. Sie traf Entscheidungen, hatte alles im Blick und sorgte dafür, dass Estella nur mit den wichtigsten Menschen in Berührung kam. Sie sah, wie einer der Polizisten mit Lorenzo in sein Arbeitszimmer ging. Sie konnte nicht anders, sie musste lauschen, was die Polizei zu sagen hatten. Sie schaute sich in der Eingangshalle um, kein Mensch war zu sehen, sie stellte sich an die Tür und hörte gerade, wie einer der Polizist erklärte, dass ein Dorfbewohner nur einen Warnschuss abgeben wollte. Es hatte eine heiße Diskussion gegeben und er wollte einfach nur diese Streitgespräche unterbrechen, die zu eskalieren drohten. Er hatte mit allen gesprochen und Versprechungen gemacht, aber es war schwierig gewesen, viele wollten ihm nicht recht glauben. Bernando sei gerade in die Kugel hinein gelaufen. Die ersten Untersuchungen hätten ergeben, dass es ein Querschläger war. Die Kugel sei von einer Eisenplatte abgeprallt. Sie lehnte an der Wand,

ihre Knie zitterten, sie musste sich festhalten. So sinnlos! Warum musste das passieren? Er wollte doch nur dem Allen ein Ende bereiten? War der Hass auf Lorenzo so groß, dass sie ihm nicht glaubten? Sie hörte, wie er anfing mit eisiger Stimme zu sprechen. „Ob Zufall oder nicht, schafft diesen Kerl in den Kerker, er hat geschossenen und ich werde dafür sorgen, dass er bestraft wird!" Sie wandte sich von der Tür ab, nein sie wollte nichts mehr hören, sie würde sich sonst einmischen und dazu hatte sie im Moment nicht die Kraft. Obwohl sie zu gerne da hinein gehen würde, um zu sagen, dass hier der eigentliche Mörder saß. Aber sie wusste, dass es so sinnlos wäre! Als Bernando ihr alles erzählt hatte, brauchte sie eine kleine Ewigkeit, um es zu begreifen, in was für einer Familie sie war!
Die Stunden, zogen sich endlos dahin, sie fiel in einen traumlosen Tiefschlaf, der für eine Weile Erlösung brachte.

Der Donnerstag Morgen strahlte eine trügerische Heiterkeit aus. Noch hatte es den Eindruck, als wolle die Sonne sie alle trösten und mit ihrer Wärme umhüllen. Nur im Haus herrschte eine Unruhe mit einer voll Trauer erfüllten Stille. Nervosität lag wie dicke Nebelschwaden in der Luft. Keiner wagte ein lautes Wort zu sagen, die einzelnen Wortfetzen drangen gedämpft durch die Trauer geschwängerte Luft. Estella schaute auf den schwarzen Hosenanzug, der am Schrank hing, ging darauf zu, um ihn anzuziehen. Da kam ihr mit einem bitteren Nachgeschmack ein Vers in den Sinn *„Kleine Sünden betraft Gott sofort, bei größeren, da dauert es etwas länger."* War das für sie nun die Bestrafung? Aber sie wurde doch nicht alleine bestraft? Matteo wurde der Vater genommen. Was hatte er mit ihren Sünden zu tun? Heute würde ihr Bernando seinen letzten Platz bekommen, endgültig, „nie mehr... nie mehr, es war so gemein, dieses nie mehr!" Zornig riss sie den Anzug von dem Kleiderbügel und schrie schluchzend auf. „Ich hasse dieses *Nie mehr!*"
Sie trat aus dem Haus, bemerkte wie der Tag sich verändert hatte, grau, bedrohlich und mit einem diffusen Licht. Der Himmel

trauert, ging es ihr durch den Kopf. Sie blieb stehen, ihr verschleierter Blick erfasste die dunklen Wolken am Himmel mit seinem heftigen Wind, der wütend über den breiten Kieswege blies. Auf dem Weg zur Kirche sah sie die vielen Menschen, wo kamen die alle nur her? War sein Mörder auch darunter? War das hier in diesen Mafiakreisen so üblich? Ihre Gedanken liefen wie in einem Hamsterrad. Alle wie sie jetzt hier am Grab standen, waren für sie Mörder und ganz vorne Lorenzo! Sie fühlte sich ausgebrannt und in ihrem Herzen war es dunkel, wie der Himmel jetzt schwarz war. Da fing der Regen an und weinte große Regentropfen der Trauer. Sie tropften von ihrem Haar, wurden zum Rinnsal, der über ihre Wangen lief. Sie stand verloren am Grab und fühlte sich furchtbar alleine. Mit Matteo an ihrer Hand schaute sie ungläubig zu, wie der Sarg verschwand. Auf ihren Lippen formten sich ein Wort, sie wollte „HALT" rufen, „lasst den Scherz, es ist genug!" und doch wusste sie, es war hier kein Scherz, es war das Ende! Die Rose in ihrer Hand, sie küsste sie, dann ließ sie sie fallen. Ihr kam es vor, als ob sie wie in Zeitlupe ganz leise hinab schwebte zu ihm auf den Sarg. Es war der letzte leichte Kuss, ganz zart und sanft und doch so endgültig und für ewig. Matteo schaute sie an und auch er machte es seiner Mama nach. Er verstand das hier nicht, was war das da unten? Warum waren alle so traurig. Nein es gefiel ihm nicht, er wollte nur fort von hier. Estella drehte sich vom Grab weg und stellte sich mit Matteo neben Lucia. Die Beileidsbekundungen rauschten an ihr vorbei, sie war mit ihren Gedanken bei der einsamen Rose, die nun ganz dicht und doch so fern bei Bernando lag.

Der Alltag er nahm wieder seinen Anlauf, das Leben ging ja weiter und Estella wollte am liebsten mit Matteo wieder nach Hause fahren, sie wollte dort trauern und Bernandos Geruch noch einatmen, solange er noch durch die Räume wehte. Sie wollte die tausend Dinge berühren, die er auch berührt hatte, sie wollte den Schmerz einfach zulassen. Beim Mittagessen gab sie ihren Entschluss bekannt, natürlich schaute sie in betroffene Gesichter, aber sie erklärte, dass sie hier nicht trauern konnte. Lorenzo schaute sie kühl aber sichtlich um Nachsicht bemüht an. Er stand auf und sagte: „Ich möchte dich noch kurz in meinem Büro sprechen." Sie blickte ihn verwundert an, aber er hatte sich schon abgewendet und ging hinaus. Wenig später, als sie ihm gegenüber saß, etwas unbehaglich, ihr fiel ein, das sie sich noch nicht für den Vorfall ihm gegenüber entschuldigt hatte, aber das hatte sie auch nicht vor. Lorenzo steckte sich seine Zigarre an, schaute ihr in die Augen, blies eine Rauchwolke über den Schreibtisch, bevor er los legte.

„Es ist am besten, ohne viel herum zu reden, dass ich gleich zur Sache komme. Wie du ja weißt, sind wir auch deine Familie, wir sind immer für einander da. Hier in Italien oder in Sizilien ist der Vater der Beschützer aller Mitglieder. Ich bin es, der für das Wohl der Familie zu sorgen hat. Das war schon immer so und wird auch so bleiben und so habe ich dir folgendes zu sagen. Da jetzt Bernando nicht mehr bei uns ist, da ist es Familiengesetz, dass wir für dich und Matteo da sind, wir alle kümmern uns um euch. Ich möchte, dass du hier wohnst, du kannst den Seitenbau umgestalten, du hast völlig freie Hand. Du kannst, wenn du das möchtest, auch wieder arbeiten gehen, wir möchten euch nur hier bei uns haben und für euch sorgen."

Estella glaubte nicht richtig zu hören! Was wollte er von ihr verlangen? Sie merkte wie der Groll in ihr hochstieg. Bittere Wut stieg in ihr hoch und hinterließ einen ekelhaften Geschmack auf ihrer Zunge. Mit Mühe konnte sie sich beherrschen um freundlich, aber auch bestimmt zu klingen.

„Das ist sehr nett von dir und der Familie, aber ich fühle mich in unserem Haus sehr wohl und auch Matteo hat dort Freunde, die braucht er jetzt besonders. Ich werde dein Angebot nicht annehmen können, vielen Dank, dass ihr euch um mich sorgt, wir werden natürlich immer in Kontakt bleiben und Matteo ist ja für euch nicht aus der Welt" ‚fügte sie als Trostpflaster noch hinzu.

Lorenzos Stimme hatte nun einen leicht gereizten Ton.

„Meine Liebe, es geht nicht darum, was du möchtest, du wirst bei uns wohnen und Matteo findet hier auch seine Freunde. Ich

möchte, dass die Frau meines Sohnes mit meinem Enkel unter meinem Dach wohnt."
Eine leichte Röte im Gesicht verriet, dass sie sichtlich erregt war.
„So, du bestimmst also wieder einmal! Vor langer Zeit hatte ich dich bewundert, als ich durch Zufall ein Gespräch mit anhörte, wie einer aus dem Dorf Hilfe brauchte. Du warst so gönnerhaft, ich hatte damals wirklich geglaubt, du wärst ein Menschenfreund, dabei gabst du ihm einen kleinen Krümel und hast dann um so mehr von ihm gefordert. Was war ich so stolz, einen solchen Schwiegervater zu bekommen, Du warst für mich der edelste und hilfsbereiteste Mensch. Aber ich fiel tief, als ich begriff, wie die Wahrheit aussah. Also wirst du verstehen, dass ich mit Matteo nicht hier bleiben will und kann."
Er stand auf, um seinen Unwillen über diese Sturheit nicht zu deutlich zu zeigen.
„Ob du willst oder nicht, die Gesetze in der Familie sind so, da hättest du keinen Mann aus Sizilien heiraten dürfen, meine Liebe. Das hättest du vorher bedenken können und glaube jetzt nicht, du könntest dich wieder einmal über alles hinweg setzen! Das ist mein letztes Wort! Mein Fahrer fährt euch in euer Haus, du kannst in aller Ruhe deine Angelegenheiten regeln, der Rest hat Zeit. Noch etwas, du kannst natürlich tun was dir beliebt, aber, auch das sind unsere Gesetze, Matteo gehört in diese Familie, nur in diese! Ist das deutlich genug? Ich habe mit dir sehr viel Geduld und habe auch Verständnis für deinen Schmerz, den wir auch haben! Aber ich habe es so beschlossen und damit bleibt es so!"
Sie saß einen Moment erstarrt da, sie wollte es erst nicht glauben, was sie da gerade gehört hatte. Schon wollte sie aufbrausen, aber ihre innere Stimme warnte sie und sie überlegte kurz, wie sie reagieren soll. Sie musste Zeit gewinnen und meinte darum kühl, „nun gut, ich werde fahren, es wird sich alles zeigen." Lorenzo schaute sie erstaunt an, dass sie so schnell nachgab, es brachte ihm etwas aus der Fassung. Damit hatte er nicht gerechnet, er hatte mehr Widerstand erwartet aber auch er zog es im Moment vor, zu schweigen. Kalt blickte sie zu ihm.

„War das alles?" Fragte sie eisig und stand auf, „ich möchte noch vor dem Abend zuhause sein."

„Ja, du weißt jetzt alles und wir alle denken, dass du dich nach einer Weile wohl fühlen wirst und es hat ja auch Vorteile für dich, Matteo hat immer jemanden, der sich kümmern kann. Baue dir den Seitentrakt um wie du möchtest, sparen brauchst du nicht, damit kann ich den Schmerz wenigstens etwas lindern." Sie stand an der Tür, wollte etwas sagen, aber sie biss sich auf die Lippen. Sie möchte am liebsten laut schreien, aber sie ging betont langsam hinaus, nur nicht zeigen, was sie fühlte! In ihrem Kopf überschlugen sich die Gedanken über das, was ihr gerade brutal ins Gesicht gesagt worden war. Unterm Strich gesagt. Sie durfte gehen, aber Matteo, der gehörte ihr nicht!" Unglaublich, so etwas gab es doch nur in einem Roman, das hier war aber kein Roman, noch nicht einmal ein schlechter, es war die Realität mit seiner ganzen Brutalität!

Sie stand in ihrem Schlafzimmer, alles war ihr vertraut, dort lag Bernandos Pullover, den er wieder ausgezogen hatte. Sein Kopfkissen hatte noch seinen Abdruck und nun hielt sie seinen Schlafanzugjacke in der Hand und vergrub ihr Gesicht darin und atmete seinen noch erhaltenen Geruch ein.

Dabei ging ihr auch die kurze Unterredung mit Lucia durch den Kopf. Nachdem sie von Lorenzo wieder in ihr Zimmer wollte, hatte Lucia sie in der Halle angehalten. Sie bat sie in den Salon, bat sie , sich kurz zu setzten, blickte sie sorgenvoll an und sagte zu ihr:

„Weißt du, es wird dir im Moment alles sehr hart erscheinen, was Lorenzo zu dir sagte und im Moment wirst du auch alles ganz anders empfinden. Denke bitte daran, dass du nicht alleine bist Aber glaube mir, du bist noch jung, das Leben geht weiter. Lass uns dir in dieser schweren Zeit helfen. Es wird dir leichter fallen, wieder in ein normales Leben zurück zu kommen. Ich freue mich sehr, dich hier zu haben, du bist mir wie eine Tochter geworden und ich glaube, wir können uns gegenseitig helfen."

Sie stand verwirrt da, wollte Lucia auch nicht vor den Kopf stoßen. So meinte sie verlegen:
„Ich muss erst einmal kurz nach Hause, ich muss einiges regeln und auch nachdenken." Lucia nahm sie in den Arm und meinte zu ihr.
„Mach das, lass dir alle Zeit der Welt und denke daran, wir sind für dich da!"

„Mama, gehe ich morgen in den Kindergarten?" Sie schreckte zusammen, legte die Jacke wieder auf das Bett und wendete sich Matteo zu.
„Ja mein Schatz, Morgen siehst du deine Freunde wieder und heute darfst du bei mir im Bett schlafen und es gibt noch eine ganz lange Geschichte."
„Prima, ich putze mir ganz schnell die Zähne und dann bin ich schon da." Grübelnd stand sie da, was sollte sie tun? Ihr Bauchgefühl sagte ihr, dass sich Unheil ankündigte. Die Worte von Lorenzo, standen drohend da, schaffte sie es, sich der Familie zu widersetzen? Er hatte sie doch total in der Hand! Er selbst hatte ihr die Papiere besorgt und er konnte ihr das Leben zur Hölle machen. Da kam ihr der Gedanke, dass sie morgen mit Pedro darüber reden würde. Der stand ja schließlich mit beiden Beinen auf der Erde und er konnte ihr vielleicht einen guten Rat geben und er ist Sizilianer und garantiert kannte er die Familie sehr gut! Warum hatte er mir nie etwas mehr darüber erzählt, oder mich gewarnt?
Blass, mit dunklen Ringen unter den Augen begrüßte Pedro sie mit einem traurigem Lächeln und er nahm sie in die Arme.
„Hallo, meine Liebe, komm her in Pedros alten Arme." Estella wollte es nicht, aber sie konnte ihre Tränen nicht zurück halten. Auch Pedros Augen wurden sehr feucht. „Weine dich aus in meinen Armen, ich halte dich. Dass du schon wieder hier bist, es wundert mich, ich denke, dass du doch noch andere Dinge im Kopf hast, als das hier und das Lokal?"
„Ach Pedro," kam es von ihr mit einem Schluchzen an seiner Schulter und ihr Tränenausbruch glich einem Wasserrohrbruch.

„Es ist so schwierig verworren und schwierig, ich komme mir wieder wie in einem Albtraum vor. Ich möchte trauern, aber darf es nicht, noch nicht! Im Moment habe ich wieder einen Sack voller Sorgen. Ich weiß wieder einmal nicht, was ich tun soll."
„Komm, setzten wir uns, trinken einen Grappa und du erzählst mir einfach alles." Immer wieder von Weinkrämpfen unterbrochen erzählte sie von der Unterredung mit Lorenzo. Er hörte zu und seine Miene wurde immer sorgenvoller und ernster.
„Das gefällt mir gar nicht, überhaupt nicht und was ich dir jetzt sage, wird dir auch nicht gefallen! Du weißt ja nun genug über diese Familie und eines kann ich dir sagen, Matteo, den geben sie niemals aus ihren Klauen! Dich billigt man, du bist die Mutter, du kannst bei ihnen wohnen, man respektiert dich, aber du kannst auch gehen, aber ohne ihn! Bernando war ihr einziger Sohn und sie haben nur diesen Enkel! Sie werden wie Löwen um ihn kämpfen, es geht da auch um das Erbe, das Matteo einmal antreten muss. Wenn du dich sperrst und willst in deinem Haus bleiben, dann werden sie dir das verschließen und du wirst gezwungen sein, bei ihnen zu wohnen. Kennst du den Schenkungsvertrag von eurem Haus? Sicher gibt es eine Klausel. Sie werden dir die Hölle auf Erden bereiten, sie werden dir, wenn du dich weigerst, alles nehmen, auch unser Restaurant. Mir macht das nicht so viel aus, aber wie wird es dir ergehen? Leider hast du in solch eine Familie eingeheiratet. Als ihr euch besser kennen gelernt hattet, da wollte ich oft dir einiges über unser Land mit seinem Methoden sagen. Hätte ich dich warnen sollen? Das war nicht meine Aufgabe, das hätte Bernando tun müssen. Und zwar rechtzeitig! Ich bat ihn öfters es zu tun, aber er zögerte es hinaus. Das hilft dir jetzt auch nichts mehr!" Sie schaute ihn ratlos an.
„Was nun?"
„Ja, wie soll ich dir das so sanft wie möglich sagen, sie haben Macht über dich, wenn du nicht spurst, wer weiß, was da passieren kann? Ich meine, du musst, ob es dir recht ist oder nicht, von hier verschwinden und das sehr schnell!"

Geschockt schaute sie ihn an. „Was, ich soll wieder fliehen? Oh nein!" Sie stand versteinert vor Pedro, griff sich in die Haare und schüttelte heftig den Kopf. „Ich will das nicht! Das hier ist die Heimat von Matteo!"

„Jawohl du musst, wegen ihm! Du hast nur diese eine Chance! Bleibst du hier, bist du in den Klauen der Familie und Matteo wird unter ihren Fittichen groß werden. Du wirst keine Chance haben, das zu verhindern. Willst du das? Ich male mir nicht gerne Dinge aus, aber du bist in einer Mafia Familie, es ist kein Einzelfall, das hier Frauen verschwinden. Es gibt Unfälle, Unglücke oder eine Krankheit? Keiner weiß das!"

„Nein auf keinen Fall gebe ich nach!",sagte sie trotzig, wischte sich die letzte Träne mit einer wütenden Handstreich fort, obwohl sie wusste, dass er Recht hatte.

„Estella, du bist eine eingeheiratete Frau in diesem Mafiaclan. Bernando, wollte mit dem allen nichts mehr zu tun haben, aber er ist nicht mehr da! Sie werden dich mit der Sache, die Lorenzo für dich geregelt hatte, immer unter Druck setzen. Sie machen nichts umsonst und glaube mir, sie gehen über Leichen...!"

„Wie kann es sein, dass sich mein Leben wieder mit einem Schlag so ändert?" Sie schlug mit der Hand auf den Tisch, so dass der Wein, der noch dort stand etwas überschwappte und sich eine kleine Pfütze auf dem Tisch ausbreitete. Es sah wie eine Blutlache aus, die langsam zu einer Lache wurde. In ihrem Kopf schwirrten es wie in einem Bienenstock, ihre Gedanken flogen wie ein Schwarm Vögel hin und her, sie wollte sie ordnen und eine Lösung zu finden.

„Wie viel Zeit habe ich? Oder besser, wie viel Zeit bleibt mir?", fragte sie sorgenvoll Pedro. Ernst blickte er sie an und sagte mit trauriger Miene:

„Gar keine!"

Sie sackte förmlich in sich zusammen und blickte ihn mit großen Augen und voller Entsetzen an.

„Aber ich kann nicht einfach meine Handtasche und Matteo nehmen und gehen! Ich habe Verantwortung für mein Kind, es ist nicht mehr so wie früher! Ich muss doch planen, organisieren, packen und was noch alles. Mein Haus zu verlassen, das tut so weh!", seufzte sie laut auf. Resigniert kam es von ihr.

„Aber ich sehe es leider auch so, mit großem Gepäck kann ich nicht fort."

Tränen liefen ihr immer wieder über das bleiche Gesicht und sie schreckte zusammen, als eine Tür zu knallte, die Vorhänge sich aufbauschten und eine bedrohliche Wirkung hatten. Mit fahrigen Händen suchte sie in ihrer Tasche nach Papier und einem Stift, legte es vor sich, holte Luft und gefasst meinte sie:

„Dann werden wir jetzt hier und sofort meine Flucht planen!" Pedro nickte erleichtert und fing an.

„Du brauchst als aller wichtigstes Geld! Ich werde dir von unserem Geschäftskonto deinen Anteil auszahlen, na wenigstens so viel wie es möglich ist. Du plünderst euer Konto, aber bitte löse nicht die Konten auf, da sitzt du sofort in der Falle. Aber erst kurz bevor die Bank schließt. So wie hier alles korrupt läuft, würde dein Schwiegervater es schneller wissen als du zur Tür draußen bist. Ich besorge euch noch für heute einen Flug. Du unterschreibst mir Vollmachten für dein Konto, eventuell kann ich so nach und nach Geld abheben und dir dann immer etwas schicken. Denn an dein Konto wirst du sicher nicht mehr können. Sicher wird dein lieber Schwiegervater als erstes die Konten sperren." Sie stöhnte auf, „aber ich habe doch ein eigenes Konto!"

„Für einen Lorenzo ist das doch kein Problem, er hat seine dreckigen Finger überall!"

„Das kenne ich doch alles, ein Alptraum, dass sich das alles wiederholen soll. Nur das ich dieses Mal gezwungen werde und ich nichts dazu kann. Wie kann man nur so grausam sein?"

„Du besorgst dir in Deutschland ein neues Handy mit Karte und nimmst wieder deinen alten Namen an. Ich besorge mir auch ein Handy, womit wir in Verbindung bleiben können. Am Anfang nur kurz und selten!" Er stand auf und ging ein paar Schritte. Sie sollte nicht sehen, dass er sich auch Sorgen um sich machte. Wenn Estella verschwunden war, was werden sie tun? Na klar, sie

würden dann hier auftauchen! Er möchte aber diesen Gedanken wegschieben, aber es saß hartnäckig in seinem Kopf. Ihm wurde ganz schlecht, denn als er sich umsah, alles war so hübsch mit viel Liebe gestaltet. Es konnte, wenn sie es wollen, in ein paar Minuten ein Schutthaufen sein. Was würden sie mit ihm machen? Sie riss ihn aus seinen dunklen Gedanken,
„Pedro, ist das richtig, was wir jetzt planen, wird dir auch nichts passieren? Ich mache mir auch darüber Sorgen." Bemüht seine eigene Angst zu verbergen, meinte er betont lässig
„Du weißt, wie schwer es mir fällt, dich gehen zu lassen, aber glaube mir, du wirst hier nicht froh, du musst fort denn hier würdest immer in Angst leben und das sehr schnell, mir wird hier nichts geschehen." So standen sie sich gegenüber, schwiegen und schauten sich mit verweinten Augen an. Sie umklammerten sich, als könnten sie sich retten und wussten doch, dieses Gebirge der Einsamkeit und des Schmerzes, das musste jeder für sich alleine besteigen. Über die steilen Felsen, über die tiefen Schluchten auf und ab steigen. Estella löste sich aus der Umarmung, wischte sich über das nasse Gesicht und schaute sich mit der bitteren Gewissheit um. Das dies das letzte Mal war! Sah sich alles genau an, sie wollte nichts vergessen. Wieder schien die Sonne wie damals, als sie das erste Mal diesen Strand betrat. Damals hatte sie ein schweres Gepäck auf ihren Schultern und jetzt? Jetzt ging sie wieder mit noch schwererem Gepäck. Müde und resigniert hob sie ihre Arme und schaute Pedro hilflos und traurig an. Sie wendete sich zur Tür, öffnete sie und ein heftiger Windstoß riss ihr die Tür aus der Hand. Ein kühler Wind schlug ihr entgegen. Sie fing die Tür ein, ging hinaus und schloss sie hinter sich.
Eilig ging sie zur Bank, es fiel ihr schwer, nicht aufgeregt zu erscheinen. Die Angestellten lächelten ihr teilnahmsvoll zu. In ihrer Tasche waren nun etliche tausende Euros, zum Glück hatte sie auch ein eigenes Konto, wo sich einiges angesammelt hatte. Mit dem geborgten Geld von Pedro hatte sie im Moment keine finanziellen Sorgen. „Lorenzo traue ich alles zu! Hoffentlich kann Pedro sich das Geld nach und nach wieder holen". Auf dem

Heimweg ging sie in Gedanken die Kleiderschränke durch, denn es musste für jedes Wetter etwas dabei sein. Vor allem praktisch! Das Wetter war in Deutschland meist immer kälter, als sie es hier gewöhnt waren. Ihr Kopf fühlte sich an als würde ein großer Schlagbohrer sie bearbeiten. Alles was sie fühlte, war ein einziges Chaos.

Verloren stand sie in ihrem Haus und glaubte ein leises Weinen zu hören, ein aufgeregtes Wispern. Ihr war, als wäre sie umgeben von allen Bewohnern, die voller Trauer waren. „Ja," sagte sie: „Ihr seid traurig, ich bin es auch und bitte passt auf alles auf, ich komme wieder, ganz bestimmt und versprochen!" Obwohl sie es in diesem Moment selber nicht glaubte…

Einen kleinen Koffer hatte sie nur mit Spielsachen gepackt, damit Matteo wenigstens etwas Vertrautes dabei hatte. Im Kindergarten sagte sie der Erzieherin, dass sie ab morgen für eine Weile bei ihren Schwiegereltern wohnen würde. So würde erst einmal keiner fragen. Im Auto erklärte sie Matteo, dass sie eine Reise machen und mit einem großem Flugzeug fliegen würden. Zum Glück nahm er es freudig auf. Das Wort Flugzeug hatte etwas Magisches für ihn. Aber dann kam er in das Haus und sah die Koffer. „Mama fahren wir jetzt wieder zu Oma und Opa? Müssen wir da mit dem Flugzeug fliegen? Ich will doch in den Kindergarten! Morgen kann ich doch wieder dorthin? Ja?!" Kritisch schaute er auf die viele Kleider und die vielen Wäsche, ihm gefiel das überhaupt nicht. Dicke Tränen liefen über sein Gesicht, er drehte sich um und stürzte in sein Zimmer. Aber auch da sah er Pullover und Hosen, die zum Einpacken bereit lagen. Er nahm seinen Teddy und drückte ihn fest an sich setzte sich in eine Ecke, weinte still und sein Gesicht war voller Traurigkeit.

Beim Packen überlegte sie, wie sie das Matteo alles klar machen konnte, das war jetzt ihr größtes Problem! Es würde durch das Flugzeug nur einen kurzen Aufschub geben. Aber dann? Wie wird er reagieren, wie sagte sie ihm, wohin sie fahren und warum? Wo sie es nicht einmal selber wusste! Nur, um sie ging es nicht, Matteo war noch so klein und muss nun all dies erleben. Wie soll

sie ihm das alles erklären können? Wie wird ihr Leben aussehen? Der Flug ging nach München, das war das Einzige im Moment, was sie wusste! Und dann? Er wird das alles nicht verstehen. Wie denn auch! Seine Welt wurde ja auch gerade auf den Kopf gestellt. Pedro hatte ihr mitgeteilt, dass um 18.00 Uhr das Taxi kam, ihr Flieger ging um 21 Uhr.
Pedro saß im Taxi, er wollte sie ein Stück begleiten und sich von ihnen verabschieden. Kurz vor dem Flughafen würde er dann wieder mit dem Taxi zurückfahren. Er wollte aufpassen, ob sie verfolgt wurden, oder irgendeine Auffälligkeit zu sehen war. Aber sie sollten besser nicht zusammen am Flughafen gesehen werden. Still saßen sie, kein Wort konnte trösten oder gar Mut machen. Das Taxi hielt an der letzten Tankstelle vor dem Flughafen und beide bemühten sich um Haltung. Sie standen sich gegenüber, im Schnelldurchlauf kamen ihr all die Szenen der vergangenen Jahre, das alles sollte jetzt in diesen Minuten vorbei sein? Er drückte sie an sich, sprach ihr Mut zu, obwohl ein dicker Kloß ihm im Hals saß. Er machte sich Vorwürfe, dass er sie nicht gewarnt hatte, gleich als sie Bernando kennengelernt hatte. Aber es war doch nicht seine Aufgabe gewesen! Der Flieger wartete und sie konnten es noch nicht begreifen, was das nun bedeutete! Wann würden sie sich wiedersehen? Pedro drückte Matteo und er konnte die Tränen nicht zurück halten. „Ich wünsche dir ganz viel Spaß." ,kam es mit unterdrücktem Schluchzen. Estella nahm ihn in den Arm, auch ihre Tränen hatten sich wieder ihren Weg gesucht, aber tapfer sagten sie sich, das sie sich nicht unterkriegen lassen würden! Alles würde irgendwann wieder gut werden! Noch einmal eine Umarmung, er stieg wieder ein, winkte, bis seine Hand immer kleiner zu sehen war und verschwand. Matteo blickte sie irritiert an, „Mama, warum seid ihr so traurig? Wir fahren doch nur mit einem Flugzeug weg und kommen doch wieder!" Estella wischte sich über das Gesicht setzte ein gequältes Lächeln auf, streichelte sein Haar.
„Weißt du, Abschied ist immer traurig, aber du hast Recht, wir sehen uns ja alle wieder!" Schon wurde er abgelenkt, denn sie

kamen an den Flughafen und Matteo war von den wartenden Maschinen begeistert. Mit Herzklopfen gingen sie durch die Menschenmenge zum Einchecken. Zum Glück hatte Pedro 1. Klasse gebucht. Es waren nur wenige Leute dort und alles ging sehr schnell. Sie war unruhig, ihre Blicke gingen suchend umher, nur jetzt nicht entdeckt werden, das wäre die Katastrophe! Sie war gerade dabei ihre Pässe einzustecken, als sie stutzte. Nein, dass durfte jetzt nicht sein! Wie gelähmt sah sie wie ein Mann sich durch die Menschen drängelte und sie glaubte schon, es sei einer von Lorenzos Männern. Aber dieser Mann blieb außer Atem vor einer Frau stehen, die er erleichtert in den Arm nahm. Sie atmete aus, die Farbe in ihrem Gesicht kehrte zurück und war froh als die Angestellte ihr die Unterlagen überreichte, dass sie jetzt schnell aus der Halle verschwinden konnten. Matteo nörgelte, er fand das ganz blöd, er wollte nicht fort, er wollte hier bleiben. Traurig blickte sie ihn an. Er müsste ja auch längst im Bett sein und fing an, übermüdet zu sein. In der Lounge nahm sie ein Glas Sekt um ihre Nerven zu beruhigen, Matteo klebte förmlich an der großen Glasscheibe, um den Maschinen beim Start oder bei der Landung zu zuschauen.

Als der Flieger kurz nach 21 Uhr abhob, lehnte sie sich erleichtert zurück, diese erste Hürde lag jetzt hinter ihr. Matteo schaute verzückt auf die Lichter unter ihnen und seine Müdigkeit war erst einmal vergessen. Aber als nur noch die Sterne und der Mond zu sehen war, fing er wieder an zu schmollen. Sie versucht ihm zu erklären, dass sie einfach in die Ferien fuhren. Er legte seinen Teddy vor sein Gesicht und sie konnte hören, wie er sich bei seinem Teddy beschwerte. Aber dann wurde er doch wieder neugierig und fragte sie: „Mama, man das sind ja wirklich große Flugzeuge! Fliegen wir ganz weit in den Himmel hinauf? Können wir dann Papa auch sehen? Ob Papa mal kurz uns besuchen kommt, wenn wir so dicht bei ihm sind?", rief er aufgeregt und hatte dabei zum Glück erst einmal seinen Kummer vergessen.

„Na, vielleicht sehen wir den Stern vom Flugzeug aus und dann winken wir dem Papa zu.

Ich werde ihn suchen und Papa gibt uns dann ein Zeichen."

„Mensch Mama, schau dir das an, das sieht ja aus als wären wir über riesige Wattewolken, es sieht so toll aus! Mama, ich glaube da vorne, ist das der Stern von Papa? Wo ist der Papa?" Sie schaute den Sternenhimmel ab, ob da nicht ein besonderer Stern zu sehen war, den Matteo auch erkennen konnte.

„Schau mal, dort der Stern, der gerade blinkt, siehst du den dort, da ist Papa."

„Papa hallo, siehst du mich? Ich bin ganz schön dicht bei dir, Mama, ich habe es genau gesehen, Papa hat mit den Augen gezwinkert." Sie hatte keine Ahnung von Sternen, aber dieser eine war größer und leuchtete besonders stark. Neben Estella saß ein junger Mann, der bei diesen Worten etwas belustigt lächelte und zu ihr sagte:

„Als ich klein war, da sah ich auch überall etwas, ich ging meinen Eltern ganz schön damit auf die Nerven." Sie schaute zu ihm und meinte entschuldigend, „in diesem Fall ist es etwas anderes, Matteo hat gerade seinen Papa verloren und ich suchte einen Stern aus, da weiß er, wo sein Papa ist."

Erschrocken schaute er sie an und kam ein wenig ins Stottern.

„Oh Entschuldigung, ich wollte nicht verletzend sein. Nur, der Kleine erinnerte mich so an mich, wie ich überall Gespenster und andere gruselige Dinge sah." Sie sah ihn mit einem kleinem Lächeln an, schätzte ihn so auf dreißig Jahre. Blond, blaue Augen mit lustigen Sommersprossen, nicht sehr schlank, soweit sie es sehen konnte, mit Jeans, weißem Hemd und einem roten Pullover. Ein sympathischer junger Mann dachte sie. Sie beugte sich Matteo zu, dem anzusehen war, das er gleich einschlafen würde. Zu ihm gewandt, meinte sie mit einem kleinen zögerlichen Lächeln.

„Es ist schon okay!"

Matteo kuschelte sich in seinen Sitz ganz klein zusammen, hielt seinen Teddy fest umschlungen und schlief ein. Der junge Mann fragte Estella.

„Waren Sie in den Ferien auf Sizilien? Es ist eine so schöne Insel. Ich habe mir sie nicht so groß vorgestellt, drei Wochen reichen da

nicht, die sind echt zu kurz, um sich alles anzuschauen."
„Nein, ich lebe dort schon etliche Jahre und es ist wahr, die Insel ist einfach fantastisch. Ich hatte mich damals sofort in sie verliebt. Haben Sie nur Urlaub auf der Insel gemacht, oder war es eine Rundreise? Alleine? Oh Entschuldigung, das ist mir peinlich, ich wollte jetzt nicht indiskret sein, aber so alleine ist es doch nur ein halber Spaß!" Traurig dachte sie, ja wenn man einsam ist, macht alles nur wenig Spaß, seufzte sie schmerzvoll und schaute zu dem einen Stern.
Er lachte sie mit einem warmen natürlichen Lächeln an.
„Nein, nur Urlaub war es nicht! Meine Eltern besitzen ein Hotel und ich war auf einer Tagung, wie heute moderne Hotels zu führen sind und dann hängte ich eben noch ein paar Urlaubstage dran."
„Wo waren sie denn überall?"
„Natürlich der Ätna, Palermo, dann fuhr ich die Küste entlang, Tabilina gefiel mir und ein Ort gefiel besonders, ich glaube, Cefalu hieß der Ort. Ich saß dort in einem Restaurant direkt am Strand, dort herrschte ein Flair, ich wollte gar nicht fort und das Essen, einfach traumhaft, alles ganz frisch, zu zivilen Preisen." Sie musste lächeln und dachte, Zufälle gibt es, die gibt es gar nicht, toll, von einem Fremden so ein Kompliment zu hören! Neugierig, ob wirklich ihr Restaurant gemeint war. „Wissen Sie noch, wie das Lokal hieß?"
„Oh warten Sie mal, es war etwas mit Pedro?" Estella musste nun lachen, was den jungen Mann etwas irritierte. Beruhigend hob sie die Hand.
„Ja das Lokal kenne ich, ich habe es mit Pedro so gestaltet wie es jetzt ist, vorher gab es nur eine Strandbar." Ungläubig schaute er sie an. „Nicht möglich! Erzählen Sie mir das doch bitte genauer!" Estella überlegte kurz, was sollte sie dem jungen Mann erzählen? Ihre Lebensgeschichte sie kam ihr im Moment so unglaubwürdig vor und die wollte sie ihm sicher nicht erzählen!
„Oh wissen Sie, das ist ein recht lange komplizierte Geschichte, aber ich erzähle Ihnen die kurze Version." Sie erzählte wie sie auf die Idee kam, aus der einfachen Strandbar eine besondere

Strandbar zu machen und dann kam das moderne Restaurant und sie hätte nie geglaubt, dass es so ein Erfolg werden würde.

„Meine Güte, dass hört sich wie ein Roman an! Machen Sie jetzt Urlaub in München?" Estella schaute unsicher den jungen Mann an, aber ehe sie die Worte zurück halten konnte, erzählte sie in kurzen Worten, was geschehen war und das sie jetzt irgendwo untertauchen musste und hoffentlich schnell eine Arbeit finden würde. Er blickte sie mit einem mitleidigen Blick an und bemühte sich ihr ein Mut machendes Lächeln zu zeigen. Um seine Verlegenheit zu überbrücken, meinte er betont fröhlich.

„Mein Gott, ich habe mich nicht einmal vorgestellt. Ich bin Thomas Schlüter, der Sohn des *Seehotels Seerose.*

„Carola Benzig" sagte sie, ohne zu überlegen und sofort dachte sie, wie schnell ging ihr das denn eben von den Lippen? Thomas schaute sie nachdenklich an, schwieg eine Weile, dann platze er damit heraus.

„Ich falle jetzt etwas direkt mit einer spontanen Idee in ihre Pläne und es ist auch wirklich eine ganz verrückte Idee, aber, entschuldigen Sie, wenn ich zu direkt werde, mir kam da ein Gedanke! Sie sagten, sie suchen etwas zum Untertauchen und eine Arbeit? Ich weiß es nur zu genau, dass wir dringend jemanden suchen, der für die Gäste da ist, so quasi die Seele des Hauses. Es ist naheliegend, dass ich jetzt an Sie denke, denn Sie waren ja im Restaurant für besondere Feierlichkeiten und für das Ambiente verantwortlich. Die Dame, die wir hatten, hat uns leider aus privaten Gründen verlassen und das, was Sie mir erzählt haben und was ich durch Zufall in Cefalu gesehen hatte, das bringt mich auf diese Idee. Sie sind genau das, was wir suchen! Kommen Sie mit, schauen Sie es sich in Ruhe an, kommen Sie dann erst einmal an, seien Sie unser Gast und entscheiden sich dann." Carola schaute ihn total sprachlos an, an diese Wendung hatte sie wirklich nicht gedacht! Sollte sie, oder sollte sie nicht, das war jetzt die Frage? Was hatte sie denn sonst für Möglichkeiten? Nichts! Sie schaute hinaus in die Nacht, ihre Augen suchten nach dem Stern. Hatte womöglich Bernando seine Finger im Spiel? Passte er doch auf sie auf? So ein Zufall, das war doch schon mehr als merkwürdig. Sollte sie zugreifen?

Warum nicht, er sagte ja, sie solle erst einmal ankommen und sich alles anschauen. Sie gab sich einen Ruck, denn sie hatte ja selber noch nicht einmal kurz darüber nachgedacht, was sie in München machen sollte, wohin sie fahren wollte.

„Ich bin zwar etwas überrascht von dem Vorschlag, aber wissen Sie was, ich komme mit und dort werden wir ja sehen, auch was Ihre Eltern dazu sagen." Er strahlte sie an und sagte freudig:

„Das nenne ich spontan! Toll! Ich bin mir sicher, dass es Ihnen bei uns gefallen wird. Wir werden von München mit dem Zug nach Kufstein fahren, dort steht mein Auto. Wir fahren dann zum Egelsee, der zu Tirol gehört, und der von den hohen Gipfel der Berge eingebettet liegt. Ein wunderschöner Seerosensee, dort liegt unser Hotel. Ich mache Ihnen einen Vorschlag. Es ist schon recht spät, ich habe in München ein Hotelzimmer gebucht und ich rufe nach der Landung dort an. Ich hoffe sie haben noch ein Zimmer. Wenn nicht, schlafe ich auf dem Fußboden," lachte er sie an. „Ja, das ist nett von Ihnen, ich dachte auch schon daran, es wird vor allem für Matteo zu viel. Vielen Dank, Sie sind wirklich sehr liebenswürdig. Aber das mit dem Fußboden wird hoffentlich nicht nötig sein," lächelte auch sie, „es wäre sicher eine arge harte Herausforderung. Denn der Zug, geht erst morgen früh."

„Na nun übertreiben Sie mal nicht, ich hätte auch keine Lust, die Nacht am Bahnhof zu verbringen,

Sie war noch ganz verwirrt, dass sie so schnell wieder ihren alten Mädchennamen angenommen hatte und nun lag sie neben Matteo in dem Hotelbett, alles lief noch einmal wie ein Film in ihren Kopf ab. Wieder fragte sie sich. „Bernando, hast du das eingefädelt, dass dieser Thomas neben mir saß? Sorgst du dafür? Die Chancen dürften nicht schlecht sein, dass wir verschwinden können. Dort an dem See, wer kommt denn darauf, dass wir gerade dort sein sollen?" Sie knüllte ihr Kopfkissen zusammen und murmelte, „warum bist du nicht hier bei uns? Es ist so schwer, ohne dich! Nimm mich doch einfach in den Arm, nur heute Nacht." Matteo

fing an sich aus ihrem Arm zu befreien und protestierend meinte er, „Mama du erdrückst mich ja!" Einen Moment lang musste sie überlegen, dann lachte sie ihn an und sagte ihm, dass sie dachte, er wäre ein Kopfkissen. Dann schnappte sie ihn sich und rief ihm zu. „Kitzel Attacke!"
Pedro! Mensch den hatte sie bei der Aufregung fast vergessen! Sie stand auf suchte das neue Handy, wählte und war erleichtert einen verschlafenen Pedro zu hören. Sie erzählte ihm kurz von Thomas und wo sie morgen hinfahren würde. „Egelsee" fragte Pedro, „was und wo ist das denn? Ich denke , es liegt nicht am Meer, versuchte er zu scherzen."
„Ich erzähle es dir morgen Abend und genau, ich habe auch keine Ahnung, aber es ist weit weg."
„Das ist schon einmal gut, hier ist es noch alles ruhig. Ich denke, morgen oder übermorgen bekomme ich bestimmt einen Besuch, aber ich nix wisse! Ich Pedro, ich leben im Tal der Ahnungslosen," versuchte er, mit diesem holprigen Satz ihr keine Sorgen zu machen.
„Pass trotzdem auf, hörst du, schau dich ab und zu um, sei auf der Hut! Vielleicht solltest du zwei starke Männer an die Tür stellen!" Betont mutig bellte er in die Leitung.
„Iche bine stark wie großer Löwe." Aber, kam es jetzt ernst von ihm, „es ist Ernst! Pass du auch auf, schaue dir die Männer genau an und drehe dich ruhig auch einmal um."
„Das mache ich und Pedro, ich danke dir für alles, ich wünsche mir, dass wir uns bald wiedersehen, sieh zu, dass der Laden läuft und hab einen gute Nacht." Nachdenklich klappte sie das Handy zu und seufzte. „Hoffentlich habe ich keinen Fehler gemacht? Hätte ich mich einfach mehr mit Lorenzo auseinander setzten sollen? Vielleicht hatte er einfach nur gepokert um sie einzuschüchtern. Wenn er gemerkt hätte, das mit ihr nicht zu spaßen ist und alles wäre dann gut. Quatsch! Pedro hatte vollkommen recht, mit ihm war nicht zu spaßen und er machte schon gar keine Scherze! Es war richtig, was sie getan hatte und sie war sich sicher, dass Bernando wo immer er war, auf sie

aufpassen wird." Nachdenklich legte sie das Handy auf den Tisch und schaute sich in dem Hotelzimmer um. Schlicht aber nicht ungemütlich, hell und freundlich. Auf dem Weg zum Bad ging ihr noch durch den Kopf. Quadratisch, praktisch gut! Na ganz scheint mein Humor doch nicht verloren zu sein, lächelte sie und hielt ihr Gesicht unter die Dusche.

Matteo hüpfte ganz aufgeregt hin und her, noch nie war er Zug gefahren und fand es total cool. Thomas musste grinsen und meinte: „So muss ich auch gewesen sein, laut meinen Eltern, na, dann werden Sie ja noch ihren Spaß haben, wenn er so ist, wie ich war!" Thomas erzählte über das Hotel, dass schon seine Großeltern das Haus gegründet hatten, eben ein richtiger Familienbetrieb. Sie schauten der vorbeifliegenden Landschaft zu und den Bergen die sie immer mehr einhüllten und immer mächtiger näher kamen. Je näher sie sich Kufstein näherten umso unruhiger wurde Carola. Sie stand auf, sie musste sich kurz bewegen. Sie lief durch den Waggon, an den gut besetzten Sitzen vorbei, ein Stimmengewirr umhüllte sie. Das Rattern des Zuges mit seinen Bewegungen, sie taumelte fast, es schlug alles wie eine riesige Welle über ihr zusammen. Sie hielt sich fest und eine besorgte Stimme fragte sie, ob ihr nicht gut sei. Müde hob sie den Kopf und schüttelte ihr Haupt. „Nein danke, es geht schon wieder!" Mit etwas unsicheren Schritten ging sie wieder zu ihrem Platz. „Was ist Ihnen? Sie sehen ganz blass aus? Warten Sie, ich hole etwas zu trinken." Sie sank in den Sessel, schloss die Augen und versuchte ihre innerlich Aufruhr wieder in den Griff zu bekommen. Thomas kam mit einem Glas Wasser und reichte es ihr.
Ob das Thomas Eltern wirklich recht war? Er brachte eine Frau mit, die bei ihnen arbeiten soll. Ob sie sich nicht überrumpelt fühlten? Oder dachten sie vielleicht…? Aus dem Lautsprecher kam die freundliche Stimme, „in wenigen Minuten erreichen wir Kufstein, wir bedanken uns…!"
Matteo sprang sofort von seinem Sitz auf und wollte schon loslaufen. Am Jackenzipfel erwischte ihn Carola gerade noch.

„Halt junger Mann, nicht so stürmisch, wir gehen zusammen, ist das klar?" „Ja Mama, aber ich kann doch…?"
„Nein habe ich gesagt, ist das klar? Hier, deinen Koffer, den nimmst du bitte!"
„Ja, ich bleibe ja hier" kam es etwas mürrisch.
„Das ist aber ein tolles Auto," jubelte Matteo, als sie in den Jeep stiegen und war voll begeistert. Die Fahrt führte sie an Kufstein vorbei, es ging durch ein Waldgebiet und dann sahen sie den See. Verwunschen lag er dunkel und geheimnisvoll da. Nebelschwaden zogen über das Wasser, beim flüchtigen Hinschauen hatte man den Eindruck, als zog ein Wassergeist seine Runden, leise darauf bedacht in weiten Wogen über das Wasser zu gleiten. Die Seerosenblätter, wiegten sich sachte auf dem Wasser und eine großer Vogel nahm auf dem Wasser Anlauf und schwang sich in die Luft. Thomas zeigte nach vorne, „schauen Sie, da vorne sehen Sie unser Haus!" Ein großes einladendes Haus schmiegte sich an den Wald mit dem Rücken zu einem hohem Berg, davor war eine weitläufige Wiese, die bis zum Seeufer reichte. Kaum hatte das Auto angehalten, stürmte ein älteres Ehepaar mit einem freudigen „Hallo" und erwartungsvollen Blicken aus dem Haus. Sie umarmten ihren Sohn stürmisch und wendeten sich neugierig Carola zu. Freundlich reichten sie ihr die Hand. „Herzlich willkommen, unser Sohn hatte uns gestern Abend schon einiges von Ihnen am Telefon erzählt und uns sehr neugierig gemacht."
„Guten Tag, ich bin Carola Benzig und das ist mein Sohn Matteo, ich hoffe, dass Thomas uns nicht etwas voreilig hierher mitgenommen hat."
„Oh nein, das hat er genau richtig gemacht, aber kommt erst einmal herein, das Essen ist auch gleich fertig." Carola schaute sich diskret beim Eintreten um. Was sie sah, gefiel ihr, aber typisch, dachte sie sofort, gleich fielen ihr Dinge auf, die etwas anders sein könnten. Eine Empfangshalle mit viel Holz, aber es wirkte alles etwas zu dunkel, wenn es auch einen gemütlichen Flair hatte. Sie gingen in den privat Bereich, wo sie ein hübsch gedeckter Tisch erwartete. Thomas Mutter neigte sich zu Matteo

und sagte leise zu ihm, „ich glaube, ich sehe es dir an der Nasenspitze an, du magst Pommes und Hähnchenschenkel?"
„Cool, das ist genau mein Lieblingsessen, woher weißt du das und ich habe einen großen Hunger!"
„Ich sehe das den kleinen Jungen einfach an den Nasenspitzen an, die zucken dann so." Er griff sich an die Nase, befühlte sie und meinte dann, „aber die zuckt ja gar nicht!" Alle lachten und schon war die erste Verlegenheit überwunden, sie saßen alle am Tisch, als ob sie sich schon lange kannten. Thomas erzählte von seiner Reise. Thomas Mutter streckte ihr die Hand hin und sagte, „Ich bin Elsa, das ist Günter, es ist für uns alle einfacher, uns beim Vornamen zu nennen."
Später, in ihrem Zimmer, musste sie sich erst einmal sammeln. So nette Leute! Richtig zum gern haben, sie fühlte sich sehr willkommen und sie nahm sich vor, alles zu tun, dass sie hier arbeiten konnte.
Sie packte noch schnell die Koffer aus und machte mit Matteo einen langen Spaziergang am See. Träumerisch blieb sie am Ufer stehen und blickte auf die grünen Blattteller der Seerosen, mit den cremeweißen und rosafarbenen Blüten. Fasziniert verfolgte sie die vorbei schwirrenden Libellen, deren türkis funkelnde Flügel schillernd über dem See tanzten. Matteo wunderte sich über den See, da am Horizont ein Ufer zu sehen war. Er jauchzte, als er einen Frosch sah, der laut quakte und dann ins Wasser platschte.
Diskret schaute sie sich das Haus an, um nicht zu neugierig zu erscheinen. Bei manchen Dingen blieb sie grüblerisch stehen, schüttelte über sich selbst den Kopf, „Carola, bremse dich," aber sie konnte nicht anders, sie sah sofort, was sie alles ändern könnte. Mit Kleinigkeiten gäbe es eine große Wirkung. Nicht so allgemein, nein, mehr im Detail, hier und dort ein wenig mehr Farbe, na ja, so eins zwei größere Dinge schon, aber da müsste sie ja erst einmal wissen, welche Gäste kamen, wie überhaupt die ganze Situation war. Diese unglaubliche Ruhe, sie wusste gar nicht mehr, dass es so still sein konnte. Cefalu, da waren immer Geräusche. Auch dort

wo sie wohnten, es gehörte dazu, es war so lebendig voller Leben und nun so eine stille Oase!

Am anderen Morgen, Matteo spielte am Seeufer, schaute sie sich in aller Ruhe das Hotel genaue an. Sie stand in der Empfangshalle in Gedanken versunken, eine Welle der Traurigkeit war dabei sich über sie zu legen, als ein Ehepaar auf sie zukam.

„Oh guten Morgen, können Sie uns helfen? Wir würden heute gerne etwas unternehmen, aber meine Frau ist etwas fußlahm, ich möchte aber nicht mit dem Auto fahren, was kann man da tun?"

Einen kleinen Moment fühlte sie sich überrumpelt und ratlos. Aber nur einen Moment, dann lächelte sie die beiden an und meinte:

„Da schauen wir doch einmal, was ich für Sie tun kann!",und überlegte, „mein Gott, ich habe doch gar keine Ahnung, was es hier zu erobern gibt? Aber Gast ist Gast, es machte sich nicht gut, zu sagen, ich weiß es nicht!" Am Tresen, schaute sie die Prospekte durch, tippte eifrig „Kutschfahrten" in den Computer ein. Dabei lächelte sie dem Ehepaar zu. Freute sich im Stillen, als sie Erfolg hatte. Ein Telefonanruf und schon hatte das Ehepaar einen wunderschönen Ausflug, sie konnte noch in einem urigen Gasthaus eine Vesper zum Genießen vorschlagen. Als sie das dem Paar anbot, waren sie völlig begeistert und bedankten sich überschwänglich. „Wissen Sie, es ist wunderschön hier, diese Ruhe und dieser See, er tut uns gut, aber es gibt halt, wenn die Füße streiken, nicht so viel Möglichkeiten. Im See darf ja leider nicht gebadet werden, das wäre so ein Sahnehäubchen," lächelten sie ihr zu. Als die Kutsche kam, stiegen sie freudig ein und winkten Carola. Sie drehte sich um und stand Elsa gegenüber. Carola fiel erst jetzt ein, dass sie eigenmächtig gehandelt hatte und machte ein betroffenes Gesicht.

„Es tut mir leid, ich bin da wohl etwas über das Ziel hinaus geschossen, aber das Ehepaar war so niedergeschlagen, da habe…"
Elsa lachte.

„Halt! Sie waren einfach toll! So aus dem Bauch heraus, wo Sie doch noch überhaupt keine Ahnung von unserer Gegend haben. Sie haben das, was wir für unsere Gäste brauchen! Thomas hatte total recht, Sie machen das einfach echt hervorragend! Ich denke, wir beide setzen uns hin und machen einen Arbeitsvertrag, natürlich nur, wenn Sie das mögen? Aber erst einmal kommen Sie hier an, es hat Zeit."

„Oh ja, das mache ich gerne, ich fühle mich sehr wohl hier und es macht wirklich sehr viel Freude." Elsa beobachtet Carola unauffällig und ihr fiel sofort auf, dass es nicht nur der Kummer über den Tod ihres Mannes sein konnte. Da war ein Schmerz in ihrem Gesicht! Da musste es noch etwas geben, man hatte den Eindruck als umgebe sie ein Schleier voller Geheimnisse.

Am Abend versuchte sie Pedro zu erreichen, aber er meldete sich nicht. Es wird ihm doch nichts passiert sein? Es war gar nicht seine Art und er hatte immer sein Handy in der Tasche! Es wird doch nicht? Bitte nicht! Ihren Kopf sank auf ihre Arme und der Schmerz des Verlustes, dieses Wissen, das Bernando niemals mehr da sein wird, überrollte sie wie eine Lawine. Sie fühlte sich gefangen in ihrem Gefühlschaos. Ein lauter Schrei suchte sich seinen Weg, er hallte noch in ihr nach, aber der Schmerz blieb. Keine Träne fand den Weg, dieses Leid zu mildern. Mit einem Seufzer richtete sie sich wieder auf. Es half nichts, sie war nicht alleine, sie musste tapfer sein. „Ich muss für Matteo stark bleiben, er ist ja ein Stück von Bernando."

Sie verbrachten die Tage mit langen Spaziergängen und mit Sandburgen bauen am Strand. Als sie durch den Ort liefen konnten sie den Kindergarten begutachteten. „Mama da will ich hin, darf ich morgen?" Warum nicht, überlegte sie, dann könnte ich ja anfangen zu arbeiten? „Na gut junger Mann, dann fragen wir doch gleich nach?" Die Leiterin war eine vor Lebensfreude sprühende und temperamentvolle Frau, die sich gleich zu ihm beugte und ihm sagte, „ich bin die Elfie und wer bist du?"

„Ich heiße Matteo und ich möchte hier in den Kindergarten!" Meinte er sehr bestimmend. Elfie richtete sich auf, „dass nenne ich Glück, gerade wurde ein Platz frei! Wenn du magst, kannst du morgen kommen." Matteo hüpfte den ganzen Weg vor Freude und für sie konnte ab morgen der Alltag beginnen.

Ihr war, als sollte alles so sein! Der Arbeitsvertrag und auch Carolas Ausweis wurde erneuert. Sie hatte erklärt, das sie es im Ausland einfach vergessen hatte und das sie es erst bemerkt hatte, als sie sich anmelden wollte. Ihrem Mädchennamen, erklärte sie Elsa einfach so, dass sie nach dem Tod ihres Mannes vor den Schwiegereltern geflohen war und sie darum ihren Mädchenname behalten wollte. Die Suche nach einer kleinen Wohnung war auch erfolgreich verlaufen. Bei einem Spaziergang durch den Ort blieb Matteo vor einem Haus stehen, das versteckt hinter Bäumen stand. Blumenkästen mit hängenden Geranien, die blauen Klappläden leuchteten im Sonnenschein und Matteo rief, „Mama da möchte ich wohnen! Das Haus sieht so lustig aus, fast wie bei Pippi Langstrumpf." Sie wollte schon weitergehen, als sie an dem kleinem Gartentor einen Zettel bemerkte. *3 Zimmer Wohnung zu vermieten.*

„Na dann haben wir vielleicht Glück, wenn du das möchtest, dann schauen wir mal, ob das geht! Komm, wir klingeln." Es dauerte einen Moment, sie wollte sich schon abwenden, als sich die Haustür öffnete und eine ältere Frau um die sechzig mit grauen gelockten Haaren, etwas pummelig, mit einer bunten Schürze erschien, die genau zu diesem bunten Haus passte, und rief neugierig.

„Wer ist da?"

„Wir haben den Zettel gelesen wegen der Wohnung," rief sie der Frau etwas zu laut zurück. Ist sie noch frei und dürften wir sie anschauen?" Mit einem scharfen Blick wurden sie gemustert und misstrauisch begutachtete. „Na klar, kommen Sie herein!" Carola hatte den Namen auf dem Briefkasten gelesen und streckte der Frau die Hand hin.

„Guten Tag, mein Name ist Carola Benzig und das ist mein Sohn Matteo. Sie sind Frau Stöcklin?" Deren Augen blieben bei ihm hängen und fragte ihn mit einem schelmischen Augenzwinkern: „willst du die Wohnung auch sehen? Dann kommt!" Sie ging vor ihnen die Treppe hinauf und öffnete die Tür. Zuerst ging es in die Küche, die voll eingerichtet war und was sie erfreute, sie hatte helle schöne Farben. Das Wohnzimmer wirkte freundlich und sonnendurchflutet. Matteo fragte ungeduldig, „wo ist denn mein Zimmer?"

Frau Stöcklin lachte, „dann komm mal mit, ich glaube ich weiß, was du für einen Raum möchtest." Sie öffnete eine Tür und Matteo beobachtete fasziniert das Schattenspiel, das vor seinen Augen durch den Raum tanzte. Ein großer Apfelbaum stand vor dem Fenster mit seinen ausschweifenden Ästen, die wiegten sich auf und nieder als begrüßten sie den neuen Bewohner.

„Ja, das will ich haben!" Er stellte sich mitten in das Zimmer und sah begeistert den wanderten Schatten zu. Er streckte die Arme aus und fing an die Schatten zu fangen, dabei lachte er laut vor Vergnügen. Carola wandte sich fragend Frau Stöcklin zu. Die nickte sie freudig an.

„Ich freue mich, das Sie hier wohnen möchten. Wissen Sie, meine Tochter wohnte hier, aber sie zog nach München und so alleine hier in dem Haus? Es ist so leer! Sie sind genau das, was ich mir dachte, so kommt doch wieder Kinderlachen in den Garten und in das Haus." Zu Matteo gewandt, meinte sie schelmisch. „Rate mal, was im Garten an einem Baum hängt?" Matteo grübelte und dann strahlte er Frau Stöcklin an.

„Eine Schaukel?"

„Genau! Die findest du, wenn du in den Garten gehst, ich rede noch kurz mit deiner Mama."

Alle halfen ihr und nach kurzer Zeit hatten sie die kleine Wohnung, mit geschenkten und gebrauchten Möbeln und mit ihrem Talent zu einem gemütlichem Zuhause gemacht. Das neue Leben hatte begonnen! Es war für sie wichtig wieder selbständig zu sein. Den Kindergarten fand zum Glück Matteo gleich sehr cool und er ging jeden Morgen mit Begeisterung hin. Die Gäste liebten sie, immer fand sie etwas, was den Gästen gefiel, aber es nagte an ihr, dass mehr aus dem Haus zu machen wäre. So fing sie vorsichtig an, bei Elsa anzufragen, ob sie ein paar kleine Veränderungen vornehmen dürfe. „Na klar! Wir haben ja von Thomas gehört, was du in Cefalu hattest! Wenn es über tausend Euro geht, dann rede mit uns, aber für jede Idee sind wir offen!" So fing sie mit der Empfangshalle an. Neue Gardinen, in hellen leuchtenden Farben, aber nur als Schals, Licht sollte hinein, Licht und Schatten sollte auf den Fliesen tanzen und die Blumen in großen Vasen zum Leuchten bringen. Die Sitzgruppen lockerte sie mit bunten Kissen auf, Bilder mit warmen hellen, fröhlichen Farben, die zu der Landschaft passten, aber doch neutral genug, sie hingen als Farbtupfer an den Wänden. Jeder neue Gast bekam gleich bei der Ankunft einen *Egelseeer Aperitif,* der sehr bald als Geheimrezept galt. Sie begrüßte jeden neuen Gast persönlich und informierte sie über die Gegend mit ihren Ausflugsmöglichkeiten. Ihre Tage waren ausgefüllt, sie war ständig in Bewegung, nur nicht still stehen bleiben, wenn sie auch wusste, dass sie es übertrieb. Denn da kam der Schmerz, den ließ sie nur nachts zu. Sorgenvoll beobachtet Elsa sie. Matteo ging es gut, er hatte neue Freunde und tollte den ganzen Tag herum.

Mal im Kindergarten oder am Ufer des Sees. Manchmal vergaß sie sogar Cefalu mit dessen Bedrohung und sie begann für einen Moment lang sich wieder frei zu fühlen. Aber wenn es am Abend ganz still war, Matteo schlief, dann stürmten die Bedrohungen auf sie ein, sie konnte fliehen, wohin sie wollte. Immer würde die Angst da sein. Die kleine heile Welt, sie erschien ihr sehr zerbrechlich. Dann machte sie sich Sorgen um Pedro. Sie hatte ihn öfters erreicht und wie sie es vermutet hatte, hatte er kurz nach ihrer Flucht mächtig Ärger bekommen. Nach vier Tagen erschienen zwei bullige Kerle. Sie waren höflich, aber es war auch nicht zu übersehen, dass sie keinen Spaß verstanden. Sie fragten, ob er etwas von ihr gehört hatte, sie würde doch bei ihm arbeiten. Er machte ihnen klar, dass sie ja in Trauer war und er nicht wusste, wo sie war. Sie fragten ihn noch einiges, traten rein zufällig einen Tisch um und drohten ihm. Eine Woche später waren sie wieder da, drohten ihm nun sehr deutlich. Er blieb standhaft, aber es brachte ihm ein blaues Auge, eine dicke Lippe und eine angebrochene Rippe ein. Aber sie konnten nichts aus ihm herauspressen. Das Handy hatte er in einer Flasche versteckt, Der Boden hat ein passendes Loch, in das das Handy genau hinein passte. Sie war sich sicher, dass sie ihn im Auge hatten, auch wenn sie im Moment Ruhe gaben.

Wie so oft machte sie sich vor dem Schlafengehen eine Tasse heiße Milch mit Honig, in der Hoffnung, dass die Alpträume sie in Ruhe ließen. Nur wenn Bernando sich im Traum bei ihr einschlich, da wollte sie ihn festhalten, wollte ihn dicht an sich ziehen, aber er entzog sich ihr, war nie greifbar.

Pedro

Was er ihr nicht erzählte! Schon am anderen Tag nach ihrer Abreise wurde ihr Haus durchsucht und wie er von einem Freund von der Bank hörte, wurden ihre Konten gesperrt. Auch hatte er gehört, dass am Flughafen Nachforschungen gemacht wurden. Sie hatte gerade noch rechtzeitig die Kurve bekommen! Die Drohungen, die sie ihm dann ins Gesicht sagten, die wollte er ihr lieber nicht sagen. Er hatte schon Handwerker beauftragt, alle Fenster und Türen mit Gittern zu versehen. Aber er wusste auch, wenn sie ihm schaden wollten, dann machten sie es! Er musste nur aufpassen, (auch leider nun bei seinen Angestellten), dass niemand in der Nähe war, wenn er mit Estella sprach. Das war eines ihrer Spiele, Leute zum Spionieren zu ködern! Auch wenn es ihm sehr weh tat, es war gut, dass die beiden weg waren, so schnell ihre Füße sie trugen. Wenn er daran dachte wie sein Gesicht zerfiel, als sie ihm in seinem Taxi zum Abschied zugewinkt hatten. Mit dem Wissen, seine Sorgen, die würden nicht lange auf sich warten lassen.

Er fuhr in den ersten Tagen immer mal an ihrem Haus vorbei und da standen sie. Lauernd auf ihre Beute, die ihnen entwischt war. Am zweiten Tag waren sie schon bei ihm, noch recht höflich. Stießen rein zufällig einen Tisch um. Sie fragten, ob er wüsste, wo sie sei. Aber schon acht Tage später kamen sie, kurz bevor er schließen wollte und sie fragten ihn noch einmal, wo Estella war. Dann begannen sie zu randalieren und zwei der Hühnen nahmen ihn sich vor. Er hatte Estella nur die halbe Wahrheit erzählt, um sie nicht zu beunruhigen. Isabella seine Angestellte, sie war gerade auch im Lokal, als sie kamen. Sie war so klug und hatte sich gleich versteckt. Als sie genug Kleinholz gemacht hatten und er sich nicht mehr rühren konnte, zogen sie laut unter wüsten Drohungen ab. Isabella rief einen Krankenwagen und er musste über eine Woche in der Klinik bleiben. Isabella und die anderen hatten so weit es ging wieder aufgeräumt, aber öffnen konnte er nicht. Das Handy war zum Glück gut versteckt und er holte es auch nur hervor, wenn

er alleine war. Ihm fiel nach einigen Tagen auf, das Isabella nervös wirkte, ihn beobachtete, besonders wenn er telefonierte. Als das Lokal wieder offen war, merkte er sehr schnell, das er bespitzelt wurde. Als es ihm zu blöd wurde, knöpfte er sich Isabella vor und fragte sie, wer sie bedrohte. Sie wand sich, aber dann erzählte sie ihm, dass ein Mann gekommen war, der verlangte, dass sie genau aufpassen sollte mit wem und mit welchem Telefon er telefonierte. Sonst würde ihr und ihrer Familie Schreckliches passieren. Wie gut, dass er nicht leichtsinnig war, ging ihm durch den Kopf. Wochen und Monate gingen so in das Land, mal mehr mal weniger wurden alle seiner Schritte beobachtet. Dann war da dieser Tag, erinnerte er sich. Er saß über Rechnungen, die noch heute bezahlt werden mussten, als es ihn plötzlich fror. Die Tür wurde mit einem Schwung geöffnet. Ihm war, als würde ein kalter Schwall Luft sich im Raum breit machen, was nichts Gutes versprach. Er schaute hoch, eine elegante Dame ging mit herrischem, stolzen Schritten durch das Restaurant, musterte ihn kurz und kalt, um sich etwas abseits an einen Tisch zu setzen. Isabella fragte sie, was sie möchte. Mit einem höflichen aber sehr bestimmenden Ton hörte er sie sagen: „Einen doppelten Espresso und ihren Chef!" Pedro sah sie beim Eintreten und ihm war sofort klar, diese Frau, war kein Gast! Er ging auf sie zu, verneigte sich leicht und fragte:
„Was kann ich für Sie tun?"
„Setzen Sie sich!" Im Raum wurde es still, alle starrten verstohlen auf diese Frau. Isabella flüsterte, „das ist wie die Ruhe vor dem Sturm!"
Pedro setzte sich, musterte dabei diese Frau. Elegant sah sie aus, in ihrem Kostüm mit dezentem Schmuck, Make Up und die Frisur tadellos. Er ahnte sofort, wer diese Person war! Isabella kam mit zwei Espressos, stellte sie etwas zittrig vor die Dame und Pedro hin, bemüht ihre Unruhe nicht zu zeigen. Diese nahm die Tasse, trank einen Schluck und beobachtet ihr Gegenüber mit kaltem Blick. Sie stellte die Tasse behutsam ab, wischte sich dezent über ihren Mund und ihre erste Frage, sie kam mit der Schnelligkeit

eines abgeschossenem Pfeils. Ihre Worte waren in dickes Eis verpackt.
„Wo ist Estella?" Dabei blickte sie ihn durchdringend und kompromisslos an.
„Sparen Sie sich jegliche Ausflüchte, ICH glaube Ihnen nicht!" In ihm arbeitet es, wie sollte er reagieren, dass sie von ihm überzeugt wurde. Er holte er tief Luft, blickte sie kühl an und meinte:
„Ihre Truppen haben sich doch hier schon ausgetobt, warum sollte ich jetzt was anderes sagen? Ich weiß es nicht! Sie war so klug, es mir nicht zu sagen!"
Ein winziges kleines Lächeln schlich sich in ihr Gesicht, sie versuchte eine besorgte Stimme zu bekommen, aber ihren eiskalten Augen gelang das nicht. Als sie sagte:
„Wissen Sie Pedro, ich bin Estellas Schwiegermutter, ich liebe sie und meinen Enkel. Ich mache mir furchtbare Sorgen, sie war so durcheinander. Ich bitte Sie, helfen Sie mir! Es soll auch nicht Ihr Schaden sein!"
Kühl mit einer leichten Drohung in seiner Stimme. „Ich sage es Ihnen ganz ehrlich! Es war ihre Abmachung, das ich keine Ahnung haben sollte, wo sie ist. Sie ahnte, was mit mir und ihr geschehen würde. Gerne wüsste ich, wie es den beiden geht." Er strich über den Tisch, eine Geste die fast liebevoll wirkte und ihn daran erinnerte, wie sie diese Tischwäsche damals ausgesucht hatte. Er wendet sich ihr zu und bissig schleuderte er die Worte entgegen: „Genau das hatte Estella ja befürchtet, was Sie hier alle veranstalten würden. Sie hatte sie wohl alle sehr gut gekannt!" Ein Flackern in ihren Augen verrieten ihm, das er sie getroffen hatte und es freute ihn, fast musste er grinsen.
„Hören Sie, wir wissen, dass Sie ihr einen Flug nach München gebucht hatten. Sie musste ja ein Ziel haben? Es bleibt auch unser Geheimnis. Haben Sie Adressen von Freunden, Familie von ihr?" Er lacht höhnisch, „ich habe gar nichts! Der Flug, er hatte freie Plätze, ich kann Ihnen wirklich nicht helfen! Der Flug hätte auch nach Bagdad gehen können, Sie können mich gerne wieder zusammen schlagen lassen, das Lokal demolieren, Ihre Methoden

kennen wir ja. Wir leben ja auf Sizilien! Haben Sie sonst noch welche Fragen? Der Kaffee geht aufs Haus und jetzt entschuldigen Sie mich!"
Er stand auf, das Scharren des Stuhles auf dem Steinfußboden hörte sich wie ein entrüsteter Aufschrei an. Sein Blick ging zur Tür die sich gerade öffnete und mit einem leichten Quietschen mit hin und her schwang. Gerade wollte er sich mit einer leichten Verbeugung verabschieden, als sie ihn festhielt. Zornig schaute er sie an und er glaubte es nicht, ihr Gesicht war plötzlich weich, sorgenvoll und traurig. Lag es am Licht oder sah er wirklich eine Träne, die sich selbstständig gemacht hatte?
„Bitte, sagen Sie ihr, dass ich sie und Matteo vermisse und dass mir das alles leid tut." Resigniert meinte sie noch leise, „Ja Sie habe ja Recht, wir leben auf Sizilien!" Es berührte kurz sein Herz, er wollte einen Trost sagen, aber wieder ging eine Verwandlung in ihr vor, sie wurde zur stolzen Dona Contarini und wie von einem fernen Ufer hallten ihm kalte Worte entgegen.
„Wir finden Sie, mag es auch eine Weile dauern, darauf können Sie sich verlassen!" Sie ließ ihn los und ging stolz durch das Lokal, sich bewusst, dass mehrere Augen ihr nachschauten. Als sie durch die Tür war, krachte diese laut zu, Gläser klirrten leise um der Stille Platz zu machen, die kurz eintrat. Mit einem Seufzer der Erleichterung erwachte das Leben in dem Restaurant wieder.
Aber er wusste, sie würden keine Ruhe geben! Arme Estella…..

Carola

Sie hatte so viele Ideen in ihrem Kopf. Das Hotel war zu ihrem Leben geworden. Gerade heute hatte sie ein wichtiges Gespräch mit Elsa und der Bank und dem Bürgermeister. Sie hatte schon ganz am Anfang das Gefühl, dass etwas fehlte. Nun, jetzt wusste sie es! In dem See durfte ja leider nicht gebadet werden, ein sehr großes Manko! Aber sie hatte da eine Idee! Eine große Schwimmhalle unter Glas mit großen Schiebetüren, sodass die Gäste bei jedem Wetter an dem wunderschönen Seeufer mit seinen Bergen liegen konnten. Auch im Winter würde die Sonne ein perfektes Urlaubsgefühl in der Glashalle vermitteln. Sie hatte bei der Verwaltung Geldmittel ausgehandelt und noch etwas Tolleres erreicht. Einen eigenen kleinen Haussee, direkt am Egelsee, der mit dem Seewasser gespeist wurde. So konnten die Gäste vom Pool direkt in den eigenen See. Das sollte heute genau besprochen werden! Viel hatte sie in den vielen Monaten erreicht, sie rechnete mal nach, wie lange sie schon hier waren. Es waren tatsächlich schon 16 Monate!

„Und hiermit eröffnen wir unser *Badehaus mit unserem eigenem See* und wir wünschen all unseren Gästen ein ganz besonderes Urlaubserlebnis!" Mit diesen Worten eröffnete der Bürgermeister die gläserne Schwimmhalle mit den großen Schiebetüren, die nun alle geöffnet waren bei dem Kaiserwetter heute und den Zugang zu dem eigenem Haussee frei gaben. Die vielen Liegen, die je nach Wetter im Glashaus oder draußen auf der Wiese standen. Der Bürgermeister lobte alle, dass es eine Bereicherung für die Region und besonders für den Ort sei und dass sich diese Glashalle harmonisch in die Natur einfügte. Später sagte er zu Carola, „Sie haben mit Ihrer Idee ein Meisterwerk für den Tourismus in unserer Gegend geschaffen." Natürlich freute sie sich, aber im Stillem sagte sie sich, es ist immer dasselbe! Bei Michael, da habe ich auch die Herausforderung geliebt, als es zur Routine wurde, bin ich abgehauen. Nein, korrigiert sie sich, so war das nicht! Meldete sich prompt ihre ermahnenden Stimme, das lag doch nur an Michael! Ja, das stimmte, aber nüchtern betrachtet, war es so. Sie fühlte sich eingeengt, richtig entfalten konnte sie sich nicht. Feige hatte sie sich aus dem Staub gemacht! Wie es ihm wohl ging? Lange hatte sie nicht an ihn gedacht. Dann war da Cefalu mit Pedro, wieder diese Herausforderung und ein Erfolg! Aus anderen Gründen hatte sie sich davon gemacht. Nun hatte sie wieder neu angefangen Was kam noch? Da wollte sie aber etwas festhalten! Michael? Wie hatte er sich benommen? Das durfte sie nicht vergessen, oder redete sie sich das nur ein, um ihr Gewissen zu beruhigen? Pedro? Sie hatten so gut zusammen arbeiten können und waren ein perfektes Team.

„Dann mach mal, du wolltest es doch wissen!" Das waren immer seine Worte. Es hatte Spaß gemacht Ja, sie hatte Talent und konnte damit zum Glück ihren Lebensunterhalt verdienen. Das hier war sie! Fleiß und Begabung, sie ging nicht unter, es würde immer einen Weg geben! Sie schnaufte leicht resigniert. Leicht gesagt! Immer ihren Weg gehen? Wenn es so blieb, dann wäre sie ja völlig zufrieden. Wenn es so blieb! Ihnen ging es gut! Mehr wollte sie nicht.

Pedro, ja das war wirklich der einzige Kontakt zu ihrer Vergangenheit! Wie hatte man ihm zugesetzt! Gedroht, ihn zusammengeschlagen, aber er blieb stur wie ein sizilianischer Esel und sie konnten ihm nichts nachweisen. Er hatte versucht in anderen Orten Geld von ihrem Konto zu holen, aber Lorenzo hatte alle Konten sperren lassen. Irgendwann ließ man ihn in Ruhe. Selten rief sie ihn an, schon aus Angst, dass er in Schwierigkeiten kommen könnte. Alles war so weit weg…! Vor allem am Tage, in der Nacht, wenn sie nicht schlafen kann, da standen sie alle bedrohlich an ihrem Bett. Sicher war sie immer noch schreckhaft, wenn sie fremde Männer sah, sie schaute sich auch öfters um. Aber ihr Leben war jetzt hier, Matteo und sie, mehr brauchte sie nicht. Sie versuchte , ihre Trauer und all den Schmerz im Griff zu haben. Die Wochen und Monate reihten sich zu einem Jahr, das Leben lief seinen Gang. Wieder zeigte sich der Sommer in seiner Schönheit, wenn auch mit recht kühlen Tagen. Aber dem Hotel machte das gar nichts! Ausgebucht, und das bis in den Herbst, Elsa wollte es gar nicht glauben!

„Du mit deinen Ideen, nie wären wir darauf gekommen! Zu unserer Zeit war das mit dem Baden noch nicht so wichtig, hier kamen die Menschen eher zum Wandern her, also wären wir nie auf die Idee gekommen und hätten den Mut gehabt, so viel zu investieren. Gut das Thomas dir mit der Idee zur Seite stand! Ich muss es immer wieder sagen, das war Schicksal! Das du neben ihm im Flieger gesessen hast, dass kann doch kein Zufall sein? Der Günter, der sagt natürlich, ich spinne! Aber ich glaube daran, da war mehr im Spiel! Was meinst du dazu?" Ernst blickte sie Elsa an.

„Ich denke oft darüber nach und ich denke auch, dass mein Bernando seine Finger im Spiel hat, dass er auf uns aufpasst und mir hilft, somit kann es kein Zufall gewesen sein."

Sie lächelten sich verschwörerisch an, „ja wir Frauen, wir ticken zum Glück halt ganz anders als die Mannsbilder und zum Glück verstehen wir uns beide. Es musste halt alles so sein! Du hast ganz schönen Schwung hier herein gebracht."

Carola unterhielt sich gerade mit einigen Gästen und gab Tipps, was sie alles unternehmen könnten, als ihr Blick an das Seeufer ging. Fasziniert schaute sie auf einen Reiher, der wie ein schöner, reiner, makelloser Geist aus dem Riedgrasfeld aufstieg, um elegant über das tiefgrüne Wasser zu streifen und in den Baumwipfel zu gleiten. Es hatte so etwas friedliches. Ihr Blick wanderte zu einem Mann und einem Jungen die Ball spielten. Sie erschrak, denn der Junge war Matteo! Mein Gott, dachte sie, der Junge weiß doch ganz genau, dass er nicht mit Fremden spielen soll! Das sah für sie zu vertraut aus. Es überlief sie eiskalt, „bitte nein, man wird sie doch nicht gefunden haben?" Sie geriet völlig in Panik. Tausend Gedanke rasten ihr blitzschnell durch den Kopf, was sollte jetzt nur tun? Wenn ich hinaus laufe, dann erkennen sie mich sofort. Elsa muss ihn holen! Sie entschuldigte sich für einen Moment und

lief eilig zu ihr. Völlig aufgelöst zerrte sie Elsa von ihrem Schreibtisch und stammelte, „du musst Matteo draußen holen, ganz schnell bitte. Dieser Mann, er darf mich nicht sehen! Elsa schaute sie verwirrt an, stand auf und sagte:
„Nun mal langsam, was ist los!" Carola holte tief Luft und versuchte so ruhig wie es ging, die Lage zu erklären. „Dieser Mann, der könnte aus Sizilien sein, ich kann da nicht raus, aber du kannst den Jungen holen, bitte!"
„Komm beruhige dich, ich laufe ja schon, aber sicher irrst du dich." Sie drehte sich um und lief mit schnellen Schritten auf den See zu. Carola stellte sich hinter die Tür und schaute ihnen vorsichtig hinter her, was nun geschehen wird. Elsa redete höflich mit diesem Mann und Matteo lachte ganz fröhlich. Sie drehte sich zu ihr um und winkte ihr zu, dass sie kommen soll. Sie nahm sich zusammen, sagte sich, dass sie hoffentlich wusste, was sie da tat. Langsam ging sie über die Wiese auf die drei zu. Nach dem Regen von heute morgen glitzerte das Gras wie tausend kleine Diamanten und von allen Bäumen tropften kleine Wasserperlen herunter. Der fröhliche Vogelgesang verlor sich über dem See und manch ein Vogel nahm ein erfrischendes Bad. Sie flogen übermütig über den See. Innerlich hatte sie schon Worte, die höflich aber doch sehr deutlich sagten, dass sie doch gefragt werden wollte, wenn man mit ihrem Sohn Fußball spielte. Sie ging auf diesen Mann los, der von hinten nicht unbedingt wie ein Killer aus Sizilien aussah, aber wie sah denn ein Killer aus Sizilien aus? ‚ging es ihr gerade durch den Kopf. Ihr Herz schlug Purzelbäume vor Angst. Da drehte sich der Mann gerade lachend um. Carola glaubte einen Moment lang, eine Fata Morgana zu sehen, es war, als ob ihr jemand einen Eimer eiskaltes Wasser über den Kopf goss. Unvermittelt blieb sie wie versteinert stehen. Dieser Kerl dort, der gerade lachte sie auch anstarrte, als wäre sie ein Geist, dieser Typ dort war Michael! Unfähig auch nur einen Schritt zu tun, schoss ihr ein Gedanke durch den Kopf, wie sie sich gerade fühlte. Als schwimme sie wie ein schillernder Fisch im Wasser, um dann durch das hurtige Gurgeln von den Wogen verschlungen zu werden. Einen kleinen

Moment wünschte sie sich eine Ohnmacht, oder sonst irgendetwas, aber nur nicht, Michael gegenüber zu stehen! Ihm schien es nicht besser zu gehen, er schaute sie an als würde er ein Gespenst sehen. Seine Miene erstarrte, fassungslos starrte er auf diese Gestalt, die da in einigem Abstand versteinert vor ihm stand. Gedanken, Gefühle und Bilder rasten durch seinen Kopf. Tausendmal hatte er sich Situationen vorgestellt, wenn er sie wieder sehen sollte. Das hier, dass konnte nicht sein, das war einfach unmöglich! Aber auch wenn er die Augen schloss, sie stand noch da! Eine Mischung von Überraschung, Ungläubigkeit aber auch mächtigem Zorn kämpften in ihm und waren nur zu gerne bereit, sich von ihm zu befreien. Sekundenlang starrten sie sich an. Beide holten tief Luft und fingen gleichzeitig an.

„Du hier? Das kann jetzt nicht wahr sein!" Stumm und fassungslos standen sie sich gegenüber, Ratlosigkeit und Verlegenheit, wie ging man mit so einer Situationen um? Dieser Spuk konnte nur eine Hirngespinst sein!

Aber es war wahr! Carola, der alle Farbe aus dem Gesicht gewichen war, konnte nur stammeln

„Was machst du hier?" Er versuchte mit Fassung zu reagieren und nicht zu sehr seine Unsicherheit zu zeigen.

„Gegenfrage und was machst du hier?"

Elsa schaute irritiert auf diese Szene, das hier konnte sie nicht verstehen, es war ein absolut deutscher Mann, er war ein Gast und hatte mit Sizilien nichts zu tun. Aber die beiden sahen aus, als wäre der Leibhaftige ihnen erschienen. Sie standen sich total geschockt gegenüber, keiner war in der Lage, irgendwie zu reagieren. Matteo schaute sich die Situation an, konnte es auch nicht verstehen, was die beiden hatten. Was war denn passiert? Er hatte ihm doch nur seinen Ball vor seine Füße gekickt und der Mann hatte ihn zurück gekickt und dann hatten sie ein wenig Fußball gespielt! Er verstand das nicht, er hatte doch nichts Böses getan! Als er seine Mama so sah, bekam er ein schlechtes Gewissen, zupfte sie am Ärmel und meinte, „Mama ich habe doch gar nichts Schlimmes gemacht, aber der Mann, der kann so toll

Fußballspielen! Der ist nicht böse!" Sie beugte sich zu ihm hinunter, weil sie nicht wusste, was sie tun sollte. Verwirrt konnte sie nur sagen, „Nein mein Schatz, der Mann macht kleinen Jungen nichts." Sarkastisch ging es ihr durch den Kopf, das nennt man wohl Ironie des Schicksals! Wieso, weshalb und überhaupt wie konnte das passieren, hier an diesem See, ausgerechnet hier? Es kann doch nicht sein, dass in diesem großem Europa ausgerechnet ein Michael Steinert sich hierher verirrte? Das war doch gar nicht seine Welt hier? Auch er starrt fassungslos auf das Bild, was vor ihm stand. Nein, das konnte nicht sein! Er sah Gespenster, oder sonst was, aber Carola hier, vor ihm, nein das glaubte er einfach nicht! Mit einem Kind! Wie gut sie aussah, zwar irgendwie anders, als er sie kannte, wenn er ehrlich war, so sah sie noch schöner aus. Dabei zog sich sein Herz zusammen. So standen sie sich gegenüber, sprachlos, irritiert, nicht wissend, was man nun machte! Matteo, er rettete sie alle, er sagte einfach, „Manno was steht ihr so blöde herum, ich hatte gerade einen super Ball mit äh..mit dem Mann da. Echt, wie der den Ball kickt, einfach spitze!" Carola und auch Michael wachten aus ihrer Erstarrung auf, schauten sich an und mit einem betretenem Lächeln sagte Carola, „Matteo, das ist Michael, ich kenne ihn schon sehr lange." Matteo schaute erstaunt zu dem Mann hoch.

„Schade, dass ich dich nicht schon länger kenne, es macht Spaß mit dir Fußball zu spielen."

„Du, das finde ich auch und wir werden das wiederholen, aber bist du mir böse, wenn ich deine Mama ganz kurz entführe?" Lässig und froh, dass er doch nicht Schuld war, meine er: „Ist schon klar. Ich übe den Abschuss, den du mir gezeigt hast, du darfst ihn dann bewundern! "

Carola und Michael gingen beide mit steifen Schritten, wussten nicht, wie fing man jetzt so plötzlich an zu reden? Wie verhält man sich in solch einer plötzlichen Situation? Da rief Elsa ihnen nach, „Setzt dich doch mit dem Herrn auf die Terrasse, da ist im Moment nichts los, ich lasse euch Kaffee bringen." Sie drehte sich um, winkte Elsa zu, und rief ihr zu. „Danke, das machen wir!" Sie

gingen langsam auf die Terrasse zu. Carola nahm allen Mut zusammen und sagte:
„Ich weiß, dass ich viel zu erklären habe, aber das geht nicht hier und in fünf Minuten. Es ist eine lange Geschichte und ich weiß, alles, was ich jetzt sage, muss in deinen Ohren höhnisch und zynisch klingen. Wie kommst du hier an das Ende der Welt? Der, der doch immer mitten im Leben steht, der nie Zeit hatte und wenn, dann warst du eher in einem Golfclub? Ich komme da echt nicht mit, ich bin sprachlos!" Sie hatten die Terrasse erreicht, er schob ihr höflich den Stuhl zurecht und sie fragte:
„Was ist mit dir passiert?" Dabei setzte sie ein ironisches Lächeln auf und meinte spöttisch, „haben deine Mitarbeiter dich zur Ruhe verdonnert? Oder bist du gar am Durchdrehen?" Er versuchte seine Verwirrung und auch seine Verletztheit nicht zu zeigen. Ein verrutschtes Lächeln über ihre Worte schaffte er geradeso. Wunderte sich über ihre forsche Art, so kannte er sie gar nicht, oder hatte er sie nie richtig gekannt?
„Ich weiß dir muss das echt abartig vorkommen. Aber, um die Wahrheit zu sagen, ich wollte diese Ruhe hier, vielleicht kennst du mich ja auch nicht mehr, nach all der Zeit!",konnte er sich nicht verkneifen. Der Kaffee stand vor ihnen, sie nahm einen Schluck, stellte die Tasse vorsichtig ab, damit er nicht sehen konnte, wie ihre Hand zitterte. Verstohlen begutachtete sie ihn, denn er hier?
„Mach keine Scherze! Du und Ruhe, hier in dieser so einmaligen ruhigen landschaftlichen Idylle, das kann ich nicht glauben! Mit wem triffst du dich hier? Entschuldige, das wollte ich jetzt nicht sagen. Das tut mir wirklich leid, ich bin nur sehr verwundert, aber dein Name ist mir bei der Anmeldung gar nicht aufgefallen, aber das heißt auch nichts."
„Du wirst es mir nicht glauben, aber ich bin einfach nur für mich hier! Ein Freund empfahl mir dieses Haus, nachdem es so schön modernisiert wurde. Als Oase der Ruhe, ich wollte einfach einmal Ferien vom Ich machen!" Sie schüttelte ungläubig den Kopf, „du und *ich selbst sein*, entschuldige wenn ich darüber lächele, ich kann es nicht glauben." Ein wenig gekränkt und irritiert schaute er

sie an. Eine Mischung aus Gekränktheit aber auch Neugier, kämpften mit ihm.

„Ich kann es mir vorstellen, dass du es nicht verstehst. Verstehe ich dich? Aber vergiss bei deinem ganzen Gedankenspiel nicht, es sind einige Jahre her, dass wir uns gegenüber standen und etwas gemeinsam hatten!" Ungewollt kamen die Worte bitter, was er sofort bereute, aber sie schwangen noch wie der Nachklang einer traurigen Melodie. Kühl blickte sie ihn an.

„Das mit den Gemeinsamkeiten, da müsste ich sehr nachdenken. Was waren das für freie Zeiten für Gemeinsamkeiten?"

Groll stieg in ihm hoch, nein, so wollte er kein Gespräch, aber es ließ sich nicht vermeiden. Die Luft zwischen ihnen, sie war voller Schwingungen, nur es waren keine harmonischen. Es war eher wie stark aufkommende Wind, der Regen brachte, ein sehr kalter Regen im kalten Wind.

Sehr selten kam es bei ihm vor, dass er sich einer Situation hilflos ausgeliefert sah. Wie im Moment. Nie hätte er erwartet, ihr so gegenüber zu stehen. Tausend Möglichkeiten hatte er in seinen Gedanken gesehen, aber nun das hier? Am liebsten hätte er jetzt einen Schnaps getrunken aber selbst das könnte falsch ausgelegt werden. Er versuchte einen möglichst ruhigen und normalen Tonfall zu finden.

„Nun, sagen wir es einfach einmal ganz locker, ich meine zu wissen, dass ich einfach so über Nacht verlassen wurde. Oder ist mir etwas entgangen?"

Nervös zupfte sie an ihrer Bluse herum. Es war ihr unangenehm, aber sie musste das hier und jetzt aushalten.

„Ja, ich gebe dir Recht, ich habe dich verlassen, es war feige und es hat mich all die Jahre sehr belastet. Ich weiß nicht, wie weit du über uns nachgedacht hast, was schief gelaufen war, also, was soll ich dazu sagen?" Michael schaute Carola an und meinte nachdenklich.

„Weißt du, nach all der Zeit und vor allem, da wir uns einfach so unverhofft gegenüberstehen, ist es für uns beide jetzt sehr wichtig, einfach die richtige Worte als Anfang zu finden. Vielleicht fangen

wir mit der Gegenwart an?" Beide saßen sich steif gegenüber, wie ging man in so einer seltsamen Situation miteinander um? Schuldgefühle, Vorwürfe und tausend Fragen möchte man sofort dem anderen in das Gesicht sagen oder gar einfach schreien. Beiden war an ihren Minen deutlich anzusehen, wie es in ihnen arbeitete, nein nur jetzt nichts Verletzendes sagen, das gab es ja in der Vergangenheit mehr als genug. Sie schauten auf den See, der friedlich, fast schwarz dalag. Nur das Wiegen der Seerosen zeigte, das die Welt keinen Atem angehalten hatte und die großen Blätter schien ihnen fast tröstlich zuzuwinken. Sie atmeten tief ein und Worte lagen ihr schon auf der Zunge, als beide gleichzeitig anfingen, etwas Neutrales und Banales zu sagen. Michael lachte etwas gekünstelt, sagte:
„Ladys First!" Verstohlen warf sie immer mal einen Blick auf ihn, verwundert sah sie die Veränderungen, dass er trotz der Situation hier gelassener wirkte. Er sah verändert aus. Er hatte nicht mehr dieses Gehetzte, diese Arroganz an sich. Auch seine Kleidung hatte sich geändert. Noch immer gut und auch teuer, aber sie war lockerer, nicht mehr so steif.
„Weißt du, da es das Schicksal so wollte, dass wir uns hier gegenüber stehen, müssen wir beide einen Weg finden, um in Ruhe über alles zu reden (in Gedanken fügte sie hinzu, soweit das bei ihm möglich ist). Ich mache dir einen Vorschlag! Lass uns einfach vom hier und jetzt anfangen, quasi als Einleitung. Jeder stellt seinen Frust erst einmal hinten an." Erleichtert schaute er sie an.
„Natürlich möchte ich wissen, warum und wieso, aber ich bin bereit, dass du es mir alles einfach etwas später erzählst. Ich bemühe mich, still zu sein, kein Vorwürfe, ich habe Zeit!" Sie konnte es nicht zurückhalten und lachte auf, „du und Zeit? Das gab es doch noch nie," konterte sie spontan mit einem spöttischen Unterton. Sie machte eine entschuldigende Geste und es war ihr anzusehen, dass sie sich über ihre Äußerung arg ärgerte. „Entschuldige!"
Er seufzte hörbar und versuchte ruhig ihr seinen Gedanken dazu zu sagen. „Ja, aber manchmal ändern sich Dinge, was immer so war,

muss ja nicht immer so bleiben und das hier ist ja wohl für uns beide eine recht große Herausforderung!" Carola schaute hilfesuchend in die Ferne und versuchte zu ergründen, was mit ihm war, denn das hier war nicht der Michael, den sie kannte. Kann es sein, dass Menschen sich so ändern? Nein, er ganz bestimmt nicht!
„Nun," sagte sie, „wie stellst du dir das vor?"
Michael atmete etwas auf, das war doch schon einmal ein kleiner Schritt und meinte, „nun, wir könnten zum Beispiel noch einmal einen Kaffee trinken und uns auch über Matteo unterhalten. Hast du einen Mann dazu und was ist dir alles passiert?" „Einfach so!" Sie zögerte kurz, „ja, wir können es probieren!"
Mit einem erleichtertem Aufatmen meinte er auch gleich, „weißt du was, halte mich jetzt nicht für einen Alkoholiker, aber ich könnte einen Schnaps vertragen, du nicht auch?" Sie machte eine Bewegung, die einer Flasche glich und grinste ihn erleichtert an.
„Da gebe ich dir Recht und zwar einen Doppelten! Warte, ich hole ihn uns." Dabei war sie froh einen Moment alleine zu sein, den Kopf frei zu bekommen und ein Konzept zu erstellen. Sie musste sich Mühe geben einen normale Gang zu gehen, denn sie hatte das Gefühl, völlig neben sich zu stehen. Sie blickte zum See. der von dichten grünen Schatten geheimnisvoll sich auf den auflösenden Tag vorbereitete um der Nacht zu weichen und sah ihren Sohn, wie er eifrig mit seinem Ball übte.
Als sie mit dem Schnaps zurück kam, sah sie, wie Matteo auf Michael zu ging. Er redete mit ihm, der Kleine nahm seinen Ball und düste ab. Er wendete sich zu Carola meinte etwas zu locker: „Ich habe dann noch eine Verpflichtung." Und mit einem missglücktem Grinsen fügte er hinzu „mit deinem Sohn, wenn du es erlaubst!"
„Na, dann komm, trinken wir auf diesem merkwürdigen Tag und, wie klein diese Welt doch ist!" Sie schaute ihn irritiert an, hob die Schultern, seufzte, und nickte. „Na gut, machen wir das!" Misstrauisch fragte sie ihn: „Was hast du denn Matteo gesagt?" Sofort war wieder das ungute Gefühl da. Er sah es ihr an und meinte etwas ironisch,

„keine Sorge, ich sagte ihm nur, dass er in Sichtweite noch etwas Ball spielen darf, ich dann komme und er dann ein großes Eis bekommt, nur wenn du es natürlich erlaubst."
Zerstreut und verwirrt reichte sie ihm den Schnaps und um etwas zu sagen, meinte sie locker: „Nicht so viel schnacken, Kopf in den Nacken. Prost."
Sie konnte es nicht glauben, hätte sie das eben nicht gehört, was er zu Matteo sagte. Das klang ja so, als ob er genau wusste, wie man mit Kindern umging? Irritiert meinte sie, „dort ist eine Bank, mit einem schönen Blick auf den See und ich kann meinen Fußballer sehen." Verlegen ging sie einen Schritt voraus, er sollte ihre Verwirrtheit nicht sehen. Grübelnd wanderten ihre Augen über den See der sich in der Ferne verlor.
Steif saßen sie auf der Bank, jeder versuchte seine Hände, die nicht stillhalten wollten, in den Griff zu bekommen. Die Welt schien den Atem anzuhalten, so still erschien es ihnen. Es war ein Gefühl da, als hätten sie noch keine Grenze überschritten, obwohl sie sich dieser Grenze schnell näherten und sie vielleicht auch ein zweimal darauf getreten waren. Es war ihnen auch klar, dass sie irgendwann ein Stadium erreichen würden, wo sie ins Taumeln geraten. Das Leben auf der einen Seite mit dem auf der anderen Seite verglichen. Sie würden sie überschreiten, irgendwann oder etwas verdorrte in ihnen und starb ab. Sie umklammerte das Schnapsglas, er blickt ratlos auf seine Schuhe, als hätten die eine Besonderheit.
Währenddessen herrschte im Hotel Aufregung, Elsa brachte die Neuigkeit in die Küche. „Carola, unsere Carola, das gab es ja noch nie, die sitzt mit einem Gast beim Kaffeetrinken!" Immer wieder versuchten alle einen Blick auf die beiden zu bekommen. Wer mag das sein? Sie sehen aus, als würden sie sich gut kennen, aber sie benehmen sich schrecklich verkrampft. Sie klebten förmlich an dem Fenster und jeder wollte etwas mehr sehen.
Mit grüblerischen Blick schaute er auf den See und auf Matteo und konnte sich nicht zurück halten. „Du siehst einfach noch toll aus! Ich muss dir das einfach sagen."

„Danke, aber darum geht es doch gar nicht, oder hattest du dir vorgestellt mich alt und hässlich wieder zu sehen?" ‚musste sie etwas lächeln und drehte sich damit zu ihm um.

Sie schauten sich schüchtern in die Augen. Etwas ratlos hob er die Schultern und ließ sie resigniert sinken.

„Nein, ach weißt du, so gut bin ich doch nicht, in mir ist ein Vulkan von Gefühlen. Ich möchte nicht, dass er zum Ausbruch kommt, also bitte ich dich, mir alles irgendwie und scheibchenweise zu erklären." Sie schluckte. „Gut, ich verstehe das, aber ich bitte dich, lass mir ein wenig Zeit, ich muss das hier verdauen und möchte mich nicht in falschen Worten verlieren." Er konnte sie jetzt ruhig anschauen und bemerkte, das sein Herzschlag merklich heftiger wurde. Was ihn irritierte und es brachte ihn durcheinander. „Okay, dann genießen wir das hier einfach und du erzählst mir etwas über Matteo? Er ist wirklich ein lieber und auch ein cleverer kleiner Mann." Sie hatte ihre Hände zu Fäusten geballt, ihr Blick blieb starr an einer Seerose kleben. Dann nahm sie all ihren Mut, schaute ihn an und erzählte in wenigen Worten wie alt er war und was es für lustige Geschichten mit ihm gab. Sie erzählte nur, das es schon eine große Weile lang keinen Mann dazu gab, da der leider verstorben war. Dass diese ganzen Jahre mehr als eine Stunde Zeit brauchte, um sie ihm zu erzählen. Über manche kleine Geschichte mussten beide lachen und merkten es gar nicht, wie sich ihre Verkrampftheit aufzulösen begann.

Matteo stapfte mit großen Schritten auf sie zu. „So, hier bin ich mit einem riesigen Hunger auf das größte Eis aller Zeiten!" Strahlend stand er vor ihnen und schaute fragend Michael an. Der stand auf, strich leicht über sein Haar und war über die Unterbrechung dankbar. Er war verwirrt, fühlte sich sich dieser Situation hilflos ausgeliefert. Sie gab ihm etwas Zeit das alles hier zu verdauen.

„Dann müssen wir sehr schnell das größte Eis aller Zeiten bestellen, ich glaube, das hast du dir verdient." Einen Moment stand er ratlos da, dann bückte er sich zu Matteo, hob ihn hoch setzte ihn sich auf die Schulter und lief schnell auf die Terrasse zu und setzte ihn auf den Stuhl. Carola sah dem Ganzen mit großen Augen zu, was sich da vor ihren Augen abspielte. Sie konnte das nicht glauben. Seit wann gab er sich mit Kindern ab? Die waren ihm doch, sie nannte es mal milde gesagt, „so etwas von egal!" Etwas verlegen, wie ein Junge, der etwas angestellt hatte, stand er vor ihr. „Sagst du ja?" ‚fragte er und sie schaute ihn ungläubig an, „Was meinst du?"

„Ich meinte, ob wir bei einem Abendessen in aller Ruhe uns einiges von der Seele reden könnten? Vielleicht kommen wir der Vergangenheit ein kleines Stück näher."

Sie kämpfte mit sich, wusste nicht, was sie ihm darauf antworten sollte.

Über den großen Eisbecher gebeugt, kämpfte Matteo sich durch die Eiskugeln. Sie schauten ihm zu und der letzte Löffel Eis war noch nicht in seinem Mund als er mit seinem Ball schon wieder am See war und der Ball hinein fiel. Michael sah, wie er in den See rannte und ehe Carola das richtig mit bekam sprang er auf, rannte zum See, hinter Matteo her und schnappte ihn sich. Erst jetzt merkte er, dass er gerade einmal bis zu den Knien im Wasser stand. Sie schauten sich an und an sich hinunter und prusteten los. Sie angelten den Ball heraus und wateten Hand in Hand zum Ufer und spritzen sich dabei nass. Carola die auch aufgesprungen war, stand mit einem belustigendem Lächeln am Ufer.

„Nun sag mal, was treibt ihr denn da? Ihr seht ziemlich pitsche patsche nass aus!" Michael machte ein betrübtes, aber mit einem lausbubenhaftes Lächeln und meinte: „Was sollte ich denn machen? Ich sah nur wie er in den See hinein lief, der Ball war viel zu weit weg, konnte ich wissen, das der See hier noch so flach ist? Ich dachte, ich muss ihn retten, obwohl ich ehrlich gesagt kein Held bin." Eine spitze Bemerkung lag ihr auf den Lippen, aber sie schwieg und wieder kam ihr das alles so fremd vor. Aber ein Grinsen konnte sie sich nicht verkneifen. Was so ansteckend war, das sie alle drei sich bogen vor Lachen. Aber sie wunderte sich schon wieder. Michael rannte einem Ball hinterher um ein Kind zu retten? Befremdlich und mehr als merkwürdig! Matteo lachte immer noch und fand das sehr lustig!

„Ich hätte den Ball doch auch einfangen können. Da kann ich doch stehen!"

„Du hast ja recht, aber es sah für mich so gefährlich aus und da bin ich halt los gerannt!"

„Du wolltest halt ein Held sein, ich hätte das auch so gemacht," erklärte Matteo trocken und sprang lachend Richtung Haus davon. Nachdenklich liefen sie in Richtung Hotel, dabei waren die nassen Spuren wie ein Pfad bis zum Hotel zu sehen. Carola ging sehr nachdenklich in das Haus, erledigte die Aufgaben, die heute noch anstanden, aber ihre Gedanken schweiften immer wieder ab. Warum musste das passieren? Jetzt, gerade wo sie ihren Frieden wieder gefunden hatte. Ja, sie wusste es, die Vergangenheit, holte einem immer wieder ein. Hatte sie wirklich geglaubt, dass das mit Michael für alle Zeiten erledigt sei? Zu glauben, die Zeit würde eine Decke der Verschwiegenheit über alles legen? Nein! Hier und jetzt bekam sie ihre Quittung und sie konnte nicht wieder weglaufen, jetzt musste sie Rede und Antwort geben.

„Mama" rief Matteo, „darf ich mit Michael Boot fahren?" Carola drehte sich abrupt um und starrte auf das Bild was sich ihr bot. Ihr war, als würde sie auf einer Eisfläche stehen, die gerade mit ihr einbrach, was sollte sie tun? Sie sah die beiden an der Tür stehen, so als wären sie die dicksten Freunde. Die Frage tat sich auf, was wollte Michael eigentlich? Wollte er sie etwa beeindrucken? Wie das? Sie würde ihn in recht kurzer präziser Form über ihre Beweggründe ihres Wegfahren informieren und das war es dann. Er soll wieder verschwinden!

Beide standen vor ihr, sie holte tief Luft, schaute Michael an und war über sich selber erstaunt denn die Worte die sich selbständig machten, ohne das sie das erlaubte überrumpelten sie einfach, als sie ihn anblickte und fragte

„Hör mal, wenn du es einrichten kannst, dann komm morgen Abend zu uns. Ich möchte Matteo nicht alleine lassen. Ich koche etwas, du darfst auch einen Wein mitbringen." Er blickte sie erstaunt an, dass hätte er nun nicht erwartet, nickte und versuchte nicht zu überrascht zu schauen, obwohl er das Gefühl hatte, das etwas in ihm gerade durcheinander geriet.

„Mama, darf ich?" Irritiert schaute sie auf ihren Sohn. Sie war über ihre Aussage noch so erschrocken, wieso hatte sie ihn zu sich eingeladen? War sie von allen guten Geistern verlassen? Spielte ihr Unterbewusstsein ihr einen Streich? Wollte sie, dass er sah, wie sie jetzt lebte? Sicher, sie ließ den Kleinen nie alleine, aber er hätte auch hier schlafen können. Jetzt musste sie da auch durch! Selber Schuld!

„Was darfst du?" versuchte sie wieder Herr ihrer Sinne zu werden.

„Mensch Mama, mit Michael Boot fahren!"

„Ich denke, das ihr beide euch erst einmal trockenen Klamotten anzieht." Beide schauten sich an, wie von einem anderen Stern. Sie blickten sich an, hoben die Schultern und grinsten sich an. Matteo schaute sie entrüstet an. „Mann Mama, bist du blind? Kannst du nichts sehen? Wir haben doch trockene Sachen an! Ich habe doch hier immer Ersatz Hosen." Ihr Blick wanderte an den beiden herunter, sie kam sich recht blöd vor. Wortlos drehte sie sich um und ging durch die Empfangshalle, stockte, drehte sich um.

„Ach so, na klar darfst du das!" Sie hoffte damit genug Abstand zu haben, um ihre Gedanken wieder auf normal zu bekommen und niemand ihre Verwirrtheit sehen konnte.

Gerade zündete Carola die Kerze auf dem Tisch an, als es klingelte. „Das ist Michael, ich mache schon auf" hörte sie Matteo, der schon zur Tür stürmte. Sie wunderte sich, wie Matteo auf Michael reagiert, so als ob sie sich ewig kannten.

„Mama, Mama, das hast du noch nie gesehen, so ein Traktor!" Mit geröteten Wangen rannte er auf sie zu und zeigte ihr einen großen Traktor. „Was der alles kann! Das ist so toll! Danke Michael." Michael überreichte ihr eine Flasche Wein und holte hinter seinem Rücken einen Strauß rosa Rosen hervor. Verlegen überreichte er ihr sie.

„Ich danke für die Einladung." Carola lagen schon die Worte „es sei nur ein Arbeitsessen" auf den Lippen, aber sie verkniff es sich.
„Setz dich, ich bin sofort fertig." Er schaute sich um und konnte nur staunen. So lebte sie? So einen ganz anderen Stil hatte diese Wohnung, aber musste er sich eingestehen, alles wirkte sehr gemütlich. Komisch ging es ihm durch den Kopf, wenn ich an unser Haus denke, alles war so klar und, so bemerkte er es, so nüchtern. Alles hatte seinen genauen Platz, mit seinen wertvollen Details, aber das hier? Es waren Räume, die lebten! Ja dachte er, sie waren lebendig! War und bin ich so blind gewesen? Aber sie war doch auch daran beteiligt gewesen, rechtfertigte er sich. Je länger er sich umschaute, um so mehr sah er Carolas Handschrift, die warmen Farben dort auf dem Schrank, ein paar Bilder mit einem kleinem Blumengesteck. Der Sessel mit einer Stehlampe, der geradezu zum Entspannen einlud. Er ging zu dem Sessel, vor dem mehrere Bücher lagen, hob eines hoch und wollte gerade den Titel lesen, als Carola mit einer Schüssel herein kam. Sie hatte ihre Haare zusammen gebunden, ein paar kleine Haarsträhnen, die sich losgelöst hatten, fielen ihr wie verloren über die Stirn und kräuselten sich im Nacken. Beschwingt kam sie mit leichtem Schritt, ihr buntes Kleid umschmeichelte sie, wobei der weite Rock übermütig um ihre schlanken Beine wippte. Ihn überkam das Gefühl eines Verlustes, er kam sich hilflos vor, erinnerte sich plötzlich, so war Carola auch gewesen, als sie zusammen zogen, ganz am Anfang. Es irritiere ihn und er wurde sehr nachdenklich, es tauchten so viele Fragen auf mit einem beklemmenden Gefühl. Er hatte vor den Antworten Angst! Er goss ihnen den Wein ein, sie hoben das Glas, um mit einer leichte Verlegenheit einen Schluck zu trinken. Matteo nahm ihre Hände und sagte fröhlich, „Piep Piep Piep, ich habe euch alle lieb und guten Appetit." Ja, das war ihm jetzt vertraut, es schmeckte wie er es von ihr kannte, einfach gut! Er wollte nicht schon wieder ein Kompliment machen, also fragte er Matteo.
„Sag mal, schmeckt es dir auch so gut? Ich könnte jeden Tag Spagetti essen."

„Na klar, es ist ja mein Lieblingsessen, ich glaube, gleich platze ich!", und schob sich eine Gabel voll mit Spaghetti in den Mund. Die Spagetti-Soße war an seinem Mund und bis zur Nasenspitze zu sehen. Niemanden störte es! Fasziniert starrte er einem Moment darauf und dabei ging ihm durch den Kopf, was hätte ihn das früher gestört Mit vollen Backen grinste Matteo ihn an, versuchte ihm zu sagen, „aber es kommt doch noch das Beste, der Nachtisch!"

„Dann lasst euch Platz dafür," konterte Carola und du weißt, mit vollem Mund spricht man nicht." Michael machte ein wehleidiges Gesicht, grinste ihn an.

„Oh weh, aber weißt du was, ich habe immer einen Reservetank."

„In echt?" staunte der. Wie bekommt man denn den, verrätst du mir das?"

„Mal sehen, aber da müssen wir noch ein paar Runden Fußball spielen, ist das okay?" Mit Augenzwinkern nickte Matteo.

„Na gut, das machen wir!"

Bemüht eine unkomplizierte Unterhaltung zu führen, verging die Zeit schnell.

„Los mein Großer, jetzt ist Bettzeit, also ab in das Bad und Zähne schrubben, ich komme dann." Michael saß nachdenklich am Tisch. Er ertappte sich immer mehr, dass er sich in dieser Umgebung wohl fühlte, dass es so ganz anderes war, wie er es gewohnt war und was er auch für gut befunden hatte. Sie beide lebten so ganz anders damals und es schlich sich ein Gedanke ein. Liebte Carola das damals gar nicht? Warum fand er das hier sehr schön? Er ging mit seinem Glas Rotwein zu dem Sessel, der zog ihn magisch an und setzte sich. Stand noch einmal auf, legte eine CD ein mit David Garret. Gute Musik dachte er und machte es sich bequem. Dieser Sessel, das nicht zu helle Licht, diese ganze Umgebung, es schlich sich etwas in ihm ein. Nie mehr aufstehen zu wollen. Gedanken schoben sich dazwischen, aber er schob sie fort. Nur noch einen Moment lang hier das Jetzt genießen! Carola kam wieder herein, stutzte kurz, machte noch eine Flasche Rotwein auf und setzte sich in den anderen bequemen Sessel. Verlegen drehte sie ihr Glas suchte nach Worten und nahm einen Schluck Wein.

„Ich erzähle dir nun meine ganze Geschichte, aber ohne die Beweggründe zu erklären, das wäre zu viel für einmal. Ist das in Ordnung?"

„Gut, ich höre zu und für alle Fälle, falls ich das ertränken muss, es ist noch ein Flasche im Flur, für alle Fälle!" Sie zog die Beine auf den Sessel schaute ihn etwas besorgt an und fing an. Von dem Abend, den Unstimmigkeiten und dem unglaublichem Drang zu fliehen. Ohne Plan und ohne Ziel. Er wandte ein, „aber zur Bank hast du es geschafft!" Schon versteifte sie sich, beruhigend legte er die Hand auf ihre und meinte, „du hättest doch viel mehr mitnehmen können, ich war damals erst zornig, aber nach einer Weile hat es mich sogar amüsiert, *Gehalt*, da warst du ja noch recht preiswert. Aber ich bin schon wieder still!" Erzähle weiter, „wieso Sizilien?"

„Durch ein Plakat!" Ein Auflachen konnte er nicht zurück halten. In echt?, durch ein Plakat?"

Sie erzählte von Pedro der Bar und wie sie gelebt hatte. Er hörte zu, nur als Bernando in die Geschichte einfloss, da verkrampfte er sich und sein Gesicht wechselte die Farbe zu blass hin. Aber er schwieg! Die Flasche Wein vom Flur neigte sich arg dem Ende zu, die Geschichte von ihr auch. Sie saßen da, schauten sich an, es waren genug Worte, sie schwangen wie ein Echo im Raum. Stumm saßen sie sich gegenüber, aber es war kein feindliches Schweigen. Die Kerzen flackerten und warfen ihre Schatten an die Wand und auf ihre Gesichter. Wie Geister der Vergangenheit, die jetzt hier im Raum herum irrten, die noch nicht zufrieden waren, aber sich dem eben Gesagten beugen mussten. War das nun Schicksal, dass sie hier saßen? Michael stand auf, schaute auf sie herab und sagte:

„Nun liegt es an mir, dich um ein Abendessen zu bitten, damit ich dir von den Jahren erzählen kann, dann werden wir weiter sehen. Er wendete sich der Tür zu, winkte ihr zu. „Bleib sitzen, ich finde schon hinaus und danke für den Abend und schlaf schön." Sie schaute ihm nach, wie er durch den Flur ging und die Tür mit einen leisen dumpfen Knall zu fiel. Was blieb, war ein zarter Duft von seinem After Shave.

Unruhig wälzte sie sich in ihrem Bett umher, böse Träume verfolgten sie. Alle standen sie vor ihr, bedrohten und beschimpften sie. Dann sah sie Bernando, der einsam in der Ferne stand und nach ihr rief. Sie wollte auf ihn zu laufen, aber er wich immer ein Stück zurück, sie konnte ihn nicht einholen. Schweißgebadet wachte sie auf. Alles war wieder da und doch war alles anders, sie konnte und sie wollte nichts mehr verschweigen, sie wollte alles klar stellen und Schluss mit den Geheimnissen machen! Vielleicht verstand Michael sie dann ein wenig. Warum hatte sie ihm nichts von Bernandos Eltern und der Bedrohung durch sie erzählt? Es war ja nicht wichtig für ihn, das hatte ja mit ihnen nichts zu tun und ging ihn nichts an.

Die nächsten Tage sah sie Michael immer mal im Hotel, oder er kam und fragte ob er mit Matteo ein Eis essen dürfe. Oder sie sah ihn, wie er mit ihm Fußball spielte. Er ging ihr nicht aus dem Weg, aber er suchte auch nicht ihre Nähe. Als sie sich wieder einmal über den Weg liefen, hielt er sie kurz am Arm fest, fragte sie, ob sie sich nicht einen Tag Urlaub nehmen könnte. Er würde gerne einen Tag und den Abend mit ihnen verbringen. „Du weißt, auch du musst meine Jahre hören! Und ich möchte den Rest über dich auch noch hören. Warum dann nicht mit ein wenig mehr Zeit?" Fragend schaute er sie an. War da ein ängstlicher Unterton, fragte sie sich? Einen ganzen Tag mit ihm? Wäre dass nicht ein wenig zu viel? Etwas zögernd meinte sie. „Ich werde sehen, dass ich morgen frei bekomme, das wäre der einzige Tag, sonst habe ich keine Zeit. Ist das okay?" Freudig hob er seine Arme. „Prima, dann sehen wir uns morgen früh um 9 Uhr? Ich hole euch ab." Einen ganzen Tag? Wieso ließ sie sich darauf ein? Was bezweckte er damit? Mann, hatte er Mut! Sie konnte nur hoffen, dass es keinen Streit gab, denn ihrer beider Vulkane waren noch mächtig am Brodeln!

„Matteo nun halte doch einmal still, Michael kommt gleich, wir wollen doch fertig sein." Er entwand sich ihr, „Mama, es hat schon gehupt, ich bin doch schon fertig angezogen, ich gehe schon!" Da stand er auch schon vor der Tür und meinte noch, dass sie feste Schuhe anziehen sollten und eine Regenjacke, obwohl sieben Sonnen am Himmel standen. „Man weiß ja nie in den Bergen. Wir machen eine Wanderung zum Pfrillsee, mit Picknick und heute Abend gehen wir schön Essen." Zu Matteo gewandt, „ich habe gehört, dort gibt es auch einen ganz großen Spielplatz." Im Auto erwähnt er nebenbei, dass er morgen wieder nach Hause fuhr. Irritiert und etwas ungläubig, „du fährst morgen schon?",stotterte sie, damit hatte sie gar nicht gerechnet. Kaum, dass sie sich gesehen hatten, war er auch wieder fort aus ihrem Leben. Darum der ganze Tag heute, er geht wieder in seine Welt und ich brauche ihn ja nicht. Es war schon verwirrend genug und es wurde höchste Zeit, dass wieder Ruhe in ihr Leben kam.

„Ja, ich habe meinen Urlaub schon etwas verlängert, aber nun muss ich doch mal nach dem Büro sehen."

„Machst du immer noch das gleiche wie früher?"

„Nein, schon lange nicht mehr, ich habe so manches begriffen, nur war es bei anderen Dingen ja leider zu spät."

„Zu spät? Wieso?" Er warf ihr einen Blick zu.

„Nun, manchmal lernt man leider etwas zu spät, denn du warst ja fort. Ich habe einen langen Lernprozess durchlebt und begriffen, was wichtig und unwichtig ist.

Jetzt lebe ich in ruhigen Bahnen, immer noch erfolgreich, aber es ist nicht mehr der Inhalt meines Lebens. Du glaubst nicht, was ich alles entdeckte, meine Mitarbeiter und ich, wir sind ein Team, ich bin nicht der Boss, wir alle tragen zum Erfolg bei. Das war für mich sehr neu! Wir alle leben nun entspannter, ich selber habe eine Position, wo ich mich nicht ständig beweisen muss. Meine Arbeit ist gut, aber sie frisst mich nicht mehr auf."

„Das klingt für mich alles total fremd und ich kann es gar nicht glauben, dass das von dem Mann kommt, mit dem ich einmal lebte. Mein Gott, wenn ich es mal vorsichtig sage darf, musste das alles so sein? Es kamen von dir immer die Argumente, warum das alles so wichtig für dich war. Der Erfolg, das Ansehen, die

Anerkennung, Geschäftspartner! Erstaunlich, kann ich da nur sagen!" Er nickte nur, sein Gesicht war verschlossen starr auf die Straße gerichtet. Die Landschaft flog an ihnen vorbei wie mit hastigen Flügelschlägen.

„Werde ich von dir wieder hören? Oder werden wir es als ein Zurückschauen und Auflösung der Geschichte einstufen?" Fragte er mit einer gewissen Neugier. Sie sah dabei wie gebannt auf die vorbei fliegenden Bäume und rang um Fassung. Wollte sie nicht, dass er wieder verschwand? Nun saß sie hier ein wenig außer Fassung. Jetzt nur nichts Falsches sagen! Sie versuchte, mit den richtigen Worten ganz sachlich zu klingen.

„Ehrlich gesagt, habe ich mir noch keine Gedanken darüber gemacht. Du warst plötzlich hier, wir haben Worte gefunden, was mich schon sehr erstaunte, aber mehr habe ich mir nicht überlegt. Sicher werden wir von einander hören, sicher möchtest du dich nach all der Zeit endlich scheiden lassen, also überlasse ich das ganz dir."

Sie starrte gebannt auf einen Punkt und wartete, was er sagen würde. Aber was half es denn? Sie konnte ihn doch nicht belügen, nach all den Jahren. Diesen Tag würde sie auch überstehen!

Der Tag am See wurde schön und Michael hatte nicht zu viel versprochen, von dem Spielplatz war Matteo nicht weg zu bekommen. Sie saßen auf der Decke am See, das Picknick war köstlich und sie lachte, „das schmeckt ganz nach der Küche vom Hotel am See." Der Champagner perlte in den Gläsern und ließ die Perlen wie Diamanten funkeln. Er fing an, von seiner Sicht aus die vergangenen Jahre zu erklären. Sie hakte nur einmal ein und fragte ihn.

„Ich dachte, dass du vielleicht froh warst, denn so brauchtest du die heimlichen Stunden mit Nadine nicht mehr." Überrascht blickte er auf.

„Du wusstest davon?"

„Glaubtest du wirklich, ich hätte das nie bemerkt? Aber ich sehe schon, wir beide haben eine Menge zu verdauen, jeder auf seine

Art und man muss schon arg aufpassen, dass wir uns nicht zu sehr in Kleinigkeiten verstricken."
Es war ihm anzusehen, dass es ihm peinlich war, aber er erzählte, dass es bald vorbei war, ja er hatte sich mit einigen Damen amüsiert. So nach und nach hatte sich sein Leben dann verändert. Er erzählte von Maier, der sie finden sollte, aber der war dann auch einfach verschwunden, als er im Urlaub auf Sizilien war. Sie stutzte kurz. Verschwunden auf Sizilien? Nach all dem, was sie so erlebt hatte, machte sie das hellhörig. Neugierig hakte sie nach.
„Sag mal, seit wann ist dieser Maier verschwunden?" Erstaunt überlegt er, „das ist schon mindestens vier Jahre her, so genau kann ich das nicht sagen, aber es kommt so ungefähr hin. Ich hatte mich damit abgefunden, alles lief ja ins Leere." Nachdenklich erzählte sie ihm doch die Geschichte mir ihren Schwiegereltern und von all den Schwierigkeiten, die sie mit ihnen hatte.
„Mir scheint, das unser Leben ganz schön durcheinander gewirbelt wurde, ich wünsche euch beiden, das es nun in ruhigere Bahnen laufen wird." Dabei schaute er verträumt aber angespannt auf den See, wo sich die kleinen Wellen spielerisch kräuseln, die Bäume sich leicht verzerrt eitel im Wasser spiegelten. Er hob sein Glas und trank ihr zu.
„Na, ich denke mit der Scheidung, das hat im Moment Zeit. Mir eilt es nicht und du musst dein Leben erst einmal wieder richtig in den Griff bekommen. Wenn es dir recht ist, dann komme ich ab und zu gerne einmal her, ihr beide tut mir gut. Aber das ist nicht der Grund, ich meine es einfach so, die Tage taten uns doch allen gut. Lassen wir uns überraschen, was auf uns zu kommt! Du hast alle meine Telefonnummern, wenn du etwas brauchst oder sonstige Hilfe benötigst, dann melde dich bitte sofort. Ich werde meinen Anwalt befragen, was er von allem hält und wie man gegen Lorenzo vorgehen kann. Du hörst von mir!"
Sie schaute ihm in die Augen und meinte ernst aber sehr freundlich. „Ich danke dir und gerne würden Matteo und ich dich hier mal wiedersehen. Es ist komisch, früher, da hattest du mir Unruhe bereitet, jetzt gibst du mir Ruhe. Jedenfalls im Moment,

verrückt, nicht wahr?" Sie schwiegen, redeten und mit der untergehenden Sonne war alles gesagt, was zu sagen war. Michael schluckte zwischendurch heftig, aber er hörte zu. Nur manchmal setzte er zur Verteidigung an. Was damals nie möglich war, heute gaben sie beide zu, Fehler gemacht zu haben.

Tage und Wochen flossen dahin, Die Tage waren ausgefüllt, manchmal telefonierten Michael und sie abends. Er wollte am Wochenende kommen und für vier Tage bleiben, Matteo freute sich schon sehr und sie war neugierig, was er von seinem Anwalt mitbringen würde. Nur ihre Ruhe, sie war nicht mehr so ganz vorhanden, eine unerklärliche Unruhe und Ängstlichkeit bemerkte sie öfters an sich, sie ertappte sie sich dabei, dass sie bei jedem Telefonklingeln zusammen zuckte. Gerade eben lief es ihr wieder kalt den Rücken herunter. Das Telefon klingelte, sie meldete sich mit *Hotel am See* und nur ein Rauschen war zu hören. Aber dieses Schweigen es war ihr unheimlich, da war jemand in der Leitung! Sie wollte sich nicht verrückt machen, so etwas kam doch überall vor, versuchte sie sich zu beruhigen. Noch zwei Tage, dann kam Michael und brachte vielleicht Neuigkeiten mit. Sie schaute sich die Gäste, vor allem die Männer, die herein kamen genauer an, aber alle waren guter Dinge und verbreiteten gute Laune. Gerade verabschiedete sie ein älteres Ehepaar, das sich sehr herzlich für all die Mühe, die sie sich gemacht hatte, bedankten. Mit einem Mal hatte sie das Gefühl, beobachtet zu werden und Panik erfasste sie. Sie drehte sich um, sah aber nur einen Männerrücken, der durch die Tür verschwand. Was war das denn eben wieder? Schimpfte sie mit sich, „nun reiß dich aber zusammen, das hatte ich ja noch nie!" War da etwa die Vorfreude auf Michael, ging es ihr noch ironisch durch den Kopf. Ganz bestimmt!! Ja, sie freute sich, aber es war mehr Neugierde, wie sie sich bei diesem Treffen benahmen. Sie schob den Gedanken fort und wendete sich den ankommenden Gästen zu. Der Nachmittag war ein ständiges Kommen und Gehen, sie wandte sich einem neuen Gast zu und schaute verblüfft in das Gesicht. „Michael! Mensch ich habe dich noch gar erwartet, wie

lange stehst du schon hier?" Er lächelte sie verschmitzt an. „Och nicht sehr lange, aber ein schöner Anblick, ich hätte es noch eine Weile ausgehalten! Du hast für mich ein Zimmer? Ich konnte mich schon etwas früher auf den Weg machen."
„Na klar, dass schönste und einladend breitete sie lächelnd ihre Arme aus!"
„Wann bist du denn hier fertig? Ich kann wenn du willst, Matteo schon abholen?"
„Also ich brauche noch eine gute Stunde und wenn du ihn holen willst, treffen wir uns bei mir, oder möchtet ihr hierher kommen?"
„Ich denke, dass ich um ein Eis nicht drum herum komme, ich komme erst einmal hierher." Er drehte sich weg um zu gehen, wendete sich ihr noch einmal zu. „Bis dann, ich freue mich, euch wieder zu sehen…!" Etwas verwirrt blieb sie zurück, sie verstand sich nicht so ganz, sie hatte sich eben echt gefreut, wie er da so vor ihr stand. „Lass diesen Mist, vorbei ist vorbei und außerdem war Michael bestimmt aus tiefster Seele mit Recht arg verletzt. Wer hatte es schon gerne, Frau haute ab, schnappte sich einen Italiener, heiratete den, obwohl sie schon einen Mann hatte und bekam als Krönung ein Kind. Nein, glücklich konnte er darüber nun wirklich nicht sein! Aber er war wieder hier und machte so gar keinen gezwungenen Eindruck. Es hatte den Anschein, als würde er sich freuen…!

Es wurde etwas später, sie beeilte sich, weil sie sich wunderte, wo die beiden waren und blieb vor der Tür stehen. Suchend schaute sie sich um und sah beide begeistert Fußball spielen, sie hatten alles um sich herum vergessen. Ihr kam bittere Galle hoch, sie schluckte, denn es erweckte Erinnerungen in ihr, so ein Bild gab es von Bernando und Matteo, und wenn sie die Augen schloss, dann konnte sie die beiden lachen hören. Lautes glückliches Lachen war auch jetzt, nur war es das Lachen von Michael…! Sie schaute den beiden eine Weile zu und ging dann langsam auf sie zu…

„He ihr großen Fußballer, habt ihr mich ganz vergessen?" Zwei knallrote Gesichter mit dicken Schweißperlen blickten sie schuldbewusst an. „Man Mama, dass haben wir glatt vergessen,

aber weißt du, Michael der hat mir gerade gezeigt wie ich den Ball noch besser ins Tor knallen kann, echt Spitze!"
„Jetzt haben wir uns ein Riesen-Eis verdient und wenn die Mama mitkommt, bekommt sie auch ein kleines Eis," grinste er sie etwas verlegen an.
Bei einem Wein, Matteo war im Bett, als Michael anfing von seinem Anwalt zu erzählen.
„Du hast dich natürlich strafbar gemacht, mit deiner Bigamie, aber das ist weiter nicht tragisch, da bekommst du wahrscheinlich nur eine kleine Bewährungsstrafe, eher eine Geldstrafe. Du hast ja niemanden geschadet. Nur mir! Aber ich bin großzügig und zerre dich nicht vor den Richter." Kam es mit übertriebener Großmütigkeit und mit viel Schalk in seinen Augen von ihm. Dein ehrenhafter Schwiegervater, der für dich die neuen Papiere besorgte und wissentlich damit die Straftat unterstützte, der käme dann auch dran. Aber das kann man wohl vergessen, was du von ihm erzähltest. Was wichtig für dich ist, vor dem Gesetz sind wir immer noch verheiratet, so bin ich der Vater von Matteo!" Sie blickte ihn an, als wäre er plötzlich von einem anderen Stern und verrückt.
„Wie denn das?"
„Ganz einfach, das Gesetz ist so, das in der Ehe immer der Ehemann als Vater gilt. Bernando hätte seinen Sohn adoptieren müssen und natürlich mit einen Vaterschaftstest die Vaterschaft bestätigt, dass er der Vater ist.
Sie schaute ihn ungläubig an.
„Das glaube ich jetzt nicht? Das soll Lorenzo nicht gewusst haben? So ein Mafia Boss und dann würde ihm so etwas passieren?"
„Auch ein *Patron* begeht Fehler! Oder gerade deshalb wollte er, das der Junge bei ihnen bleibt."
Kopfschüttelnd starrte sie ihn an.
„Was soll ich jetzt tun?"
„Erst einmal gar nichts! Solange hier an der Front Ruhe ist, machen wir nichts.

Sollte er dich finden und seine Forderungen wiederholen, dann komme ich in das Spiel."

Sie bekam einen Lachanfall. „Ich könnte mich totlachen, wenn es nicht so ernst wäre, du bist per Gesetz Matteos Vater! So etwas nennt man wohl Ironie des Schicksals, oder wie siehst du das? Aber wenn wir geschieden sind, wie ist es dann?"

„Ich bin immer noch der Vater und den echten Vater den kannst du ja schlecht noch einmal heiraten. Diese Ehe ist und war nicht gültig!"

„Man das klingt alles recht verwirrend, denn es gibt ja auch Fälle wo sich ein Paar verliebt und sie in Scheidung lebt. Das Kind kommt in dieser Phase zu Welt. Also ist der Ehemann der Vater? Haut mich echt um!"

„Ja, da gebe ich dir voll recht, aber in deinem Fall ist das gar nicht so schlecht. Du wartest jetzt erst einmal in Ruhe ab und später, wenn keine Zwischenfälle eintreten, dann kannst du immer noch überlegen, wie du vorgehen willst." Sie sprang auf, lief unruhig hin und her, schob ein Buch zur Seite, hob ein Glas hoch und stellte es wieder hin. Ihr war anzusehen, wie sie das alles aufregte. Blass sagte sie zu ihm:

„Weißt du, es ist ja auch so, ich habe alles zurück gelassen, meine Konten sind gesperrt, das Haus, es gehört doch auch mir, es ist einfach alles dort, was ich liebe. Irgendwann muss ich eine Lösung finden, es sind zwar nur materielle Dinge, aber ich habe auch das Lokal im Stich gelassen und Pedro hat mir sein ganzes Geld gegeben und er kann es sich nicht holen, weil er nicht an die Konten kann." Sie schluchzte auf, alles kam in ihr hoch, sie konnte ihre Verzweiflung greifen, so geballt wie sie vor ihr stand. Dann ist da noch etwas. Ich habe das ungute Gefühl, dass man mich vielleicht gefunden hat. Beweisen kann ich es nicht, nur eine dunkle Ahnung.

Er versuchte sie zu beruhigen. „Eins nach dem anderen!"

„Also wegen dem Geld für Pedro, da können wir, oder ich, doch etwas unternehmen, das ist kein Problem. Alles andere, lass es im

Moment ruhen, vielleicht irrst du dich!" Tränen rannen über ihr Gesicht und voller Verzweiflung fragte sie ihn:
„Sag mal, neige ich dazu, immer wenn es schwierig wird, davon zu laufen? Ich komme mir wie in einem schlechtem Film vor, ich renne dir weg, melde mich nie bei dir, eigentlich hatte ich erwartet, dass du mich für tot erklären lässt, ist doch ganz logisch, oder? Dann baue ich mir das neue Leben auf und was mache ich, als es schwierig wird? Ich packe wieder meine Koffer!"
„Ich möchte jetzt nichts dazu sagen, was uns betrifft. Meine Fehler waren auch nicht ohne. Ich glaube, ich wäre an deiner Stelle schon viel früher abgehauen, so viel dazu! Jetzt, da hast du an dein Kind gedacht, nicht an dich und ich denke, dass dieser Pedro dir genau das Richtige geraten hatte. Mit diesem Patron auf Sizilien ist nicht zu spaßen, Matteo wäre in dem Clan mit seinen Spielregeln aufgewachsen. Das wusstest du in deinem Herzen. Pedro gab dir nur den Schubs!"
Er merkte es beim Aufstehen, das alles etwas schwankte. „Weißt du, dass ich jetzt so richtig einen sitzen habe? Haben wir wirklich drei Flaschen Wein gepitscht? Also mein Auto lass ich mal lieber hier stehen. Die Luft wird mir gut tun. Oder soll ich lieber ein Taxi rufen? Mann oh man!"
Ohne nachzudenken sagte sie spontan. „Du läufst nirgendwo hin, hier auf der Couch mache ich dir dein Bett. Sonst geisterst du durch den Ort und schläfst womöglich auf der Parkbank ein." Damit stand sie auf und holte ihm Bettzeug. Als sie die Coach bezogen hatte, lächelte sie ihn an und wünschte ihm eine gute Nacht.
Heitere Tage folgten, Fremde hätten sie für ein Ehepaar gehalten. Sie vermieden im Moment heiße Themen und unternahmen viel. Matteo vergoss ein paar Tränen beim Abschied und unter Schluchzen sagte er: „bitte komm bald wieder, ich vermiss dich so." Carola wandte sich ab, das wollte sie wirklich nicht, dass er Michael so mochte. Es machte alles so schwierig! Sie kam immer noch nicht klar damit, dass er plötzlich Kinder mochte! Sie war misstrauisch und es war auch etwas Angst dabei, dass er ihr

vorspielte Matteo zu mögen. Nur, warum sollte er das tun? Da war es wieder, sie drehte sich mit ihren Gedanken im Kreis, es ergab alles keinen Sinn! Er hob Matteo hoch und drückte ihn kurz an sich, setzte ihn wieder ab und winkte ihnen zu. „Machts gut ihr zwei, ich melde mich und ich schau mal, wann ich wieder vorbei komme." Am liebsten hätte sie ihm gesagt, bleibe noch etwas hier. Was aber nur mit ihren komischen ängstlichen Gefühlen zu tun hatte, die sie seit Tagen drohend umhüllte. Sie schaute ihm noch einen Moment nach, bis sein Wagen in der Dämmerung verschwunden war.

Drei Tage später, sie stellte gerade große Blumengestecke auf Tische und Anrichten, wieder verspürte sie, als wenn eine Gefahr zu Greifen nah war. Dieses Mal war es so stark, dass sich ihr die Nackenhaare sträubten. Als wenn ein eisiger Wind sie lähmend einfangen wollte. Sie drehte sich schnell herum und erstarrte. Dicht vor ihr stand ein Mann, im schwarzem Anzug, mit stahlharten tiefschwarzen Augen, die sie mit prüfendem und lauernden Blick anschauten. Wie ein Löwe vor dem Sprung auf seine Beute, so stand er da, die eine Hand in der Hosentasche, seine ganze Haltung eine einzige gewaltige Drohung und die sollte wohl auch genauso einschüchternd auf sie wirken. Schlagartig war ihr sofort klar, woher er kam und was er von ihr wollte! Die Hände wurden ihr eiskalt, lagen wie zitternde Fremdkörper auf der Theke, die sie sofort von der Theke nahm und ihr Magen krampfte sich zusammen, sie wollte schreien, aber sie blieb stumm. Er tat so als, als sei er ein ganz normaler Gast, schaute sich interessiert um und sie schaffte es, möglichst gleichgültig an ihm vorbeizuschauen um zu fragen:
„Kann ich Ihnen helfen?"
„Nun ich denke, Sie können mir schon helfen!" Sein Gesicht kam dicht an ihres und zischte ihr entgegen.
„Um es kurz zu machen, ich will das Kind, mehr nicht! Verstanden?" Der Verzweiflung nahe aber sehr zornig empörte sie sich.

„Wie kommen Sie auf die Idee? Was glauben Sie, wo Sie hier sind?"
Hier ist nicht Sizilien! Also machen Sie, dass Sie weg kommen, bevor ich Krach schlage. Sagen Sie Ihrem Boss einen Gruß von mir, er kann mich nicht einschüchtern!"
Gelassen, höhnisch grinsend und eiskalt meinte er:
„Ich bin morgen früh wieder hier, das Kind ist hier und wenn nicht, Sie wissen ja, wie schnell ein Unglück passiert! Glauben Sie nur nicht, wir wissen nicht wo Matteo ist? Wir wollen Ihnen nur den Ärger ersparen, es wäre doch nicht gut für den Kleinen, den Sie doch so lieben? Nicht wahr? Also bis morgen um Punkt neun Uhr!" Ehe sie sich versah, war er auch schon verschwunden. Nur das Schließen der Tür hallte in ihren Ohren. Sie wankte auf einen Stuhl zu, unfähig auch nur einen klaren Gedanken zu fassen. Nein, nein das konnte doch gar nicht sein? Wie haben die uns nur gefunden? Mit Pedro redete sie doch so selten, aber nur dort konnten sie fündig geworden sein. Mit zitternden Fingern wählte sie Pedros Nummer, aber niemand meldete sich! Mist, ob sie ihm etwas angetan haben? Sie musste jetzt überlegen, was sie tun konnte! Alles an ihr zitterte, sie musste sich festhalten, selbst das Atmen wollte ihr nicht gelingen. Matteo, ich muss Matteo holen! Sie schwankte in das Büro von Elsa, die erschrocken aufblickte und ängstlich fragte:
„Um Gottes Willen, was ist denn mit dir los, sag es mir."
„Ich muss Matteo holen, es ist schrecklich, ich muss....!" Elsa sprang auf lief um den Schreibtisch und fing sie auf und führte sie zu einem Stuhl.
„Schau mich an Carola, was ist dir passiert? Ist was mit Matteo?"
Stotternd, schluchzend mit leichenblassen Gesicht, konnte sie krächzen sagen:
„Ein Mann war hier, er will ihn, er will ihn nach Sizilien mitnehmen, ich muss den Jungen holen! Wenn die ihn holen, sehe ich ihn nie wieder, schluchzte sie auf. Ich werde ihn sonst nie mehr wieder sehen..." „Noch mal ganz langsam! Welcher Mann will dein Kind entführen?"

„Es hat mit meiner Vergangenheit zu tun, ich bin doch aus Sizilien, bin vor meinen Schwiegereltern geflüchtet und nun hat man mich gefunden. Sie wollen nur Matteo!"

„Gut, ich hole ihn hierher und dann erzählst du mir diese Geschichte genau und wir überlegen, was zu tun ist. Du fährst jetzt kein Auto!"

Elsa setzte sich besorgt in ihren Wagen, sie kannte die Geschichte ja in etwa, aber dass es so schlimm werden würde, nein, damit hatten sie nicht gerechnet. Das würden sie nicht zulassen. Sollen sie doch in Sizilien ihre Spiele machen, aber hier würden sie sich nicht einschüchtern lassen. Sie würden kämpfen!

Sie kam sich wie ein Löwe im Käfig vor, der immer an seine Gitter stieß. Sie überlegte: ‚seit wann hatten sie sie im Visier? Wussten sie, dass sie hier lebte? Wie konnte das sein, dass sie gefunden wurde? Pedro! Mein Gott sie hatten ihm etwas getan! Sie musste ihn unbedingt erreichen! Schon wählte sie mit zittrigen Fingern seine Nummer. Geh ran, bitte bitte…! Mit sorgenvoller Stimme und überrascht meldete er sich.

„Hallo Carola, was gibst denn? Ist alles in Ordnung bei euch, um diese Zeit rufst du sonst nicht an. Schön deine Stimme wieder zu hören?"

Sie war erleichtert, da es bei ihm nicht den Anschein hatte, dass man ihm etwas angetan hatte, platzte sie heraus:

„Ach bin ich froh, dich so munter zu hören! Ist bei dir auch wirklich alles in Ordnung?" Er lachte und sie sah in Gedanken, wie er sich dabei über sein Haar fuhr.

„Na ja, sie haben hier immer noch ihre Spione, aber ansonsten ist an der Front alles ruhig. Aber du hast doch etwas, was ist los? Sag deinem Pedro, was passiert ist!" Sein Magen zog sich zusammen, denn sein Gefühl sagte ihm, was jetzt kommen würde, das wollte er nicht hören. Schluchzend schrie sie es heraus:

„Sie haben mich gefunden, heute war einer von Lorenzos Leuten hier und sie verlangen Matteo, sie wollen ihn morgen früh haben Ich bin ihnen total egal!" Einen Moment lang war es still in der Leitung, dann hörte man, wie er laut anfing zu schnaufen. Ein zorniges Schnaufen, mit einem tiefen Brummen, was nichts Gutes verhieß.

„Scheiße! Sie sind wie die Schmeißfliegen, erschlagen nutzt bei denen gar nichts! Kannst du flüchten?" Bitter wie Galle spuckte sie es aus.

„Das hätte im Moment keinen Sinn, die liegen garantiert auf der Lauer, ich hatte schon vor ein paar Tagen das Gefühl, eher nur geahnt, dass es mit unserer Ruhe vorbei ist. Diese Vorahnung und ich glaubte auch, ihn gesehen zu haben. Aber da kam ich doch nicht auf die Idee, dass sie mich gefunden haben. Bist du dir sicher, dass sie meine Adresse bei dir nicht gefunden haben? Hast du vielleicht meine Adresse irgendwo notiert, wo sie jemand finden konnte?"

Sie konnte förmlich sehen, wie sich sein Gesicht verzog zu einen empörten Grimasse.

„Also, ich hatte einmal deine Adresse auf einen Zettel geschrieben, damit ich sie in das Handy eingeben konnte. Aber den habe ich doch weggeworfen und das ist auch viel zu lange her!" Konnte das sein, ging es ihm plötzlich durch den Kopf? Nein, denn dann hätten sie nicht so lange gewartet. Wie konnten diese Schmeißfliegen sie nur gefunden haben? Ein großer Verdacht schoss ihm durch den Kopf. Na klar, dass konnte es nur sein! Sie hatte doch ihren richtigen Namen wieder angenommen, na klar! Sie brauchten nur in diese Richtung auf Suche gehen. Lorenzo war ja nicht blöd? Es hatte nur ein wenig länger gedauert. Er hatt doch überall seine Leute. Er erzählte ihr von seiner Ahnung und brüllte voller Zorn in den Hörer!

„Mann das darf doch nicht wahr sein!"

„Es ist okay, ich dachte auch an diese Möglichkeit, aber wie ich es auch drehe, irgendwann hätten sie mich doch gefunden, mach dir keine Sorgen, es wird schon schiefgehen" meinte sie sehr bitter, wenig überzeugend und ohne große Hoffnung von ihr und legte auf. Das konnte es nur gewesen sein! Der Zettel! Pedro hatte ihn sicher irgendwo liegen lassen und den Rest, den konnte sie sich jetzt denken! Mist, Mist! Fort konnte sie nicht, also was sollte sie machen? Sicher war nur, dass sie ihnen Matteo niemals geben würde, sie würden erst einmal nur hier im Hotel bleiben. Hoffentlich kamen die beiden bald, es war kaum auszuhalten! Sie wählte eine Nummer und wartet ungeduldig. „Polizeistation Potzingen."

„Kann ich bitte Herrn Kreutner sprechen? Es ist sehr wichtig." Es knackte kurz in der Leitung und zu ihrer Erleichterung kam die vertraute Stimme „Kreutner."

„Hier ist Carola ich bräuchte deine Hilfe!" Versuchte sie so neutral wie möglich zu klingen.

„He Carola, was ist passiert, wo brennt es?" Meinte er locker, aber er ahnte, dass etwas nicht in Ordnung war, zum Scherz würde sie ihn nicht anrufen. Leider! Stockend, manchmal mit einem Schluchzen erzählte sie so kurz wie möglich die Situation. In der Hoffnung, dass er nicht nachfragen würde, warum es in Sizilien Leute gab, die Matteo unbedingt wollten. So ausführlich wollte sie die Sachlage nicht vor ihm ausbreiten. Noch nicht! Nachdenklich schaute er aus dem Fenster, sah auf die aufsteigenden dunklen Gewitterwolken und meinte ernst. „Ja ich überlege, was wir tun können, ich habe hier keine Leute, die ich zu euch abstellen kann. Aber wir werden ständig bei euch vorbei fahren und ihr gebt ein Zeichen, dass alles in Ordnung ist. Weißt du was, ich komme auf jeden Fall heute Abend und halte Wache. Morgen früh kommt ganz sicher noch ein Kollege und dann schnappen wir ihn. Ist doch gut, nicht wahr?" Er merkte, wie übertrieben und selbstsicher er klang, um ihr die Angst zu nehmen, die wie diese Gewitterwolken draußen zu spüren waren. Ganz sicher war er sich nicht, aber das konnte er ihr ja nicht sagen, aber warum sollten sie ihn nicht schnappen? Aber vielleicht war sie aus irgend einem Grund auch etwas überdreht, und sah etwas, was es nicht gab. Er würde sich das heute Abend genauer anschauen und erklären lassen, diskret auch die anderen befragen. Man würde dann weiter sehen!

Nicht sehr erleichtert, aber froh, dass er ihr glaubte kam es fast wispernd von ihr: „Danke, das ist eine gute Idee und ich hoffe, es klappt alles. Bis nachher!" Sie legte den Hörer nachdenklich auf.

Ein Ansturm von Worten gegen diese Hilflosigkeit, sie wollten heraus. Dieses Auf- und Abtauchen des Bewusstseins in einer sagenhaften Urflut von Gefühlen, es war kaum zu ertragen. Sie fühlte sich wie ein Hamster in seinem Rad, wie ein Löwe im Käfig. Nur das sie die Beute eines Italienischen Raubtier war! Thomas schaute herein und blieb erschrocken stehen.

„Was ist denn mit dir los?" Sie erzählte ihm ganz kurz die Situation und dass sie im Moment nicht wusste, was sie machen soll, aber dass sie Stefan Kreutner angerufen hatte, der am Abend kommen wollte. Fassungslos und ungehalten konnte er nur sagen: „Ihr bleibt einfach hier und Matteo müssen wir nur einreden, dass er nicht draußen spielen darf, das wäre wirklich nicht gut. Ich rede mal mit einem Freund der bei der Polizei in Kufstein ist, ob die nicht mehr tun können."

„Nein, das geht nicht, es ist alles so kompliziert, ich erkläre dir das ein anderes Mal, aber so viel Polizei, das wäre echt nicht gut! Je weniger davon etwas wissen um so besser. Wer weiß schon, wo überall Lorenzo seine Leute sitzen hat. Lass es sein, wenn Matteo erst einmal hier ist, bin ich schon ruhiger!" In diesem Moment kam er auch schon herein, wie immer stürmisch und unbedarft, noch so frei von den Untiefen dieser Welt. Stürmisch umarmte er sie. Sie hielt ihn fest, wollte ihn immer halten, atmete den Duft seiner süßen kindlichen Unschuld ein. Elsa, sie sah wie schwer diese Last sein musste, diese Liebe und Verzweiflung, was dieses Herz zu tragen hatte. Einer musste einen kühlen Kopf jetzt haben und ein paar Dinge regeln. So geht das nicht hier! Wir werden uns wehren!

„Höre zu, ich werde veranlassen, dass ihr ein paar Sachen hier habt. Eine Freundin von mir fährt zu dir nach Hause und packt eine Tasche." Carola hob ihren Kopf, „meinst du, das ist eine gute Idee? Die werden uns doch schon eine Weile beobachtet haben, und wenn du in die Wohnung gehst, wissen sie gleich, dass wir uns hier einnisten, oder was wir auch sonst tun wollen." Elsa strich ihr leicht über die Wange. „Na höre mal, so dumm stellen wir uns

auch nicht an. Nicht ich, sondern jemand der nicht zu deinem Umfeld zählt. Lass uns das ruhig machen!"
„Wie willst du das anstellen?" fragte sie sehr besorgt, sie hatte einfach Angst.
„Schau, dass ist doch ganz einfach! Ich rufe eine Freundin von mir an, erkläre ihr das Nötigste, sie geht in die Wohnung, packt eine Tasche und fährt es zu einem Laden von dem wir Ware beziehen. Der Lehrjunge bringt sie mit bestellten Sachen von uns hierher!" Wieder liefen Carola die Tränen wie ein Wasserfall die Wangen hinunter, tropften auf ihre Bluse. Flüchtig dachte sie für sich, ist diese Qual denn nicht bald versiegt? Wann werde ich das tiefe Tal der Tränen endlich durchschritten haben? Es ist so mühevoll und schmerzlich." Sie nahm Elsa in den Arm und flüsternd konnte sie nur stammeln. „Es tut mir leid, dass ich euch jetzt mit hineinziehe, ich hätte nie gedacht, dass die mich finden!"
„Heute Abend, wenn wir Ruhe haben, dann möchte ich deine komplette Geschichte hören, jetzt wo wir mit im gleichen Boot sitzen. Das hättest du schon längst tun sollen." Carola wischte sich die Tränen fort und nickte. „Abgemacht, ihr bekommt alles zu hören."
Am Abend saßen sie alle vor dem Kamin, im Schein des flackernden Kaminfeuers, was aber auch nur eine Täuschung von Wohlbehagen bei ihnen erzeugte. Sie hatte alles erzählt und nun saßen sie schweigend da. Gespenstisch warf das Feuer rosige Schatten an die Wände, die ihnen wie glühende Monster entgegen schauten. Sie gab sich Mühe, ihre Schwäche zu überspielen, versuchte ein Lächeln, was aber kläglich scheiterte, denn sie ahnte, dass es jetzt nur ein leichtes Unwohlsein war, das sich in den nächsten Stunden ins Maßlose steigern würde. Ihr Blick blieb am Fenster hängen, draußen tobte sich ein Gewitter aus, was zu der Stimmung im Raum passte und bei jedem Donnerschlag zuckten alle zusammen.
Stefan kam herein und erklärte, dass er heute Nacht hier bleiben wird, er und Thomas würden auf jeden Piep achten. „Die sollen nur kommen, lieber gleich als morgen!

Stefan Kreutner, der nicht nur Polizist sondern auch ein Freund von Thomas war, beide hatten es sich hinter der Empfangstheke bequem gemacht, seine Pistole lag griffbereit. Neben ihm stand eine große Kanne starken Kaffees. Alle anderen, außer Matteo, lagen schlaflos in ihren Betten. Nichts geschah, das Gewitter hatte sich auch verzogen und ein klarer Morgen zeigte sich. Carola stand Punkt neun Uhr in der Empfangshalle und wartet auf das, was nun kommen würde. Sie versuchte mit aller Macht, ihre Panik, die ihr die Luft zum Atmen nahm, zurückzudrängen, die dicht unter der Oberfläche ihres Bewusstseins lauerte, da tauchten wie in einer Vision zwei Gestalten vor ihr auf. Die Tür schwang mit einem Knirschen auf, das wie das laute Kreischen eines Zuges in ihren Ohren schrillte. Der Windstoß, der mit herein gewirbelt worden war, ließ feinen Staub im Sonnenstrahl tanzen. Schwere Schritte kamen sie auf sie zu. „Na wo hast du den Knaben? Wir haben nicht viel Zeit um hier mit dir Gespräche zu führen, also sieh zu, dass der Junge hier erscheint." Sie überwand diesen Anflug von Panik, gerade jetzt war Stefan nicht hier, er wollte in der Küche schnell etwas frühstücken. Sie stellte sich dieser Herausforderung und mit kalter zornig erhobener Stimme schleuderte sie es ihnen mitten in ihre unbeteiligten versteinerten Gesichter:

„Der Junge wird nicht erscheinen, nicht jetzt und auch nicht morgen! Fahrt zu eurem Chef und sagt ihm das einfach, Basta!" Der Blick der beiden wurde zu einer eisigen Maske, sie schauten sie an und sagten drohend, „ist das dein letztes Wort? Nun wir werden gehen, aber du weißt ja, es passiert heutzutage so furchtbar viel, *vedremo noi*…(wir werden sehen)." *Strani gangster, il colpo dovrebbe colpirti!*" (Ihr elenden Gangster, der Schlag soll euch treffen). Wütend schleuderte sie ihnen schrill zu, „Ja das ist es und jetzt mal *Arrivederci, aber ma presto*!" Normalerweise verabscheute sie Schimpfworte, aber diese Schei….fliegen, anders konnte sie sie nicht bezeichnen, sollen sich davon machen. Ein hasserfüllter und höhnischer Blick traf sie, sie wandten sich ab und wollten eilig davon gehen. Kurz vor der Tür drehten sie sich um und sie sah, wie ihre Hände in ihre Taschen griffen und Pistolen zum Vorschein kamen. Wie erstarrt sah sie das alles in Zeitlupe und sie konnte nur denken:, „das kann es doch nicht gewesen sein!" Ein vorsichtiger kurzer Blick zur Seite und mit Erleichterung sah sie Stefan, der auch mit seiner Pistole in der Hand gerade eilig aus der Küche kam und rief:

„Polizei, Waffen runter!",schrie er laut, während er um die Theke lief. Plötzlich knallte es, die beiden Kerle rasten aus der Halle, schossen noch einmal blind in den Raum. Stefan rannte hinter ihnen her, aber als er durch die Tür war, raste der Wagen schon den Weg entlang. Stefan stand einen Moment lang verblüfft da und ärgerte sich maßlos, dass er nicht schneller sein konnte. Er hätte jemanden vor dem Haus postieren sollen. Dass da einer im Auto saß und mit laufendem Motor wartete, hätte er sich denken können. Zynisch dachte er. Mafiosi, Gangster! Thomas kam auch aus der Küche gerannt und sie alle sahen dem Verschwinden des Wagens zu. Von Stefan, der erst einmal durch schnaufen musste, kam: „Jetzt können sie zu Papa rennen und Bericht erstatten! So lange haben wir hier Luft!" Aber sein Herz schlug hart, sein Puls raste und schlimme Befürchtungen, machten ihm große Sorgen.

Alle gingen ihrer Arbeit nach, etwas schweigsamer als sonst, aber mit einem höflichen kleinen Lächeln im Gesicht, die Gäste mussten ja nicht unter dieser Situation leiden. Matteo spielte oben, seine Fröhlichkeit lockerte bei allen erst einmal die Stimmung, aber er spürte, dass etwas anders war und fing an zu quengeln. Elsa kam auf Carola zu und sagte bestimmt, „du hörst jetzt auf! Kümmere dich um den Jungen, der quengelt schon, warum er nicht raus und nicht in den Kindergarten darf." Sie überlegte ob sie Michael anrufen sollte, aber sie sagte sich, sie musste das doch alleine entscheiden, wie sie jetzt damit umging. Er würde womöglich sofort kommen, aber helfen konnte er ihnen im Moment auch nicht. Sie konnten nicht einfach so in sein Auto steigen, wer weiß, was dann passierte!

Der Tag ging vorüber, sie konnte wieder nicht einschlafen und sie schreckte bei jedem Geräusch auf. „Du spinnst total," ,sagte sie sich, hier sind wir doch sicher, was soll hier passieren? Aber ihre

Nerven, die zum Zerreißen gespannt waren, die sagten ihr etwas ganz anderes! Wenn sie nicht aufpasste, rissen ihre Nerven wie die Saiten einer Geige. Sie versuchte ruhiger zu werden. Endlich fiel sie in einen leichten Schlaf, träumte von Bernando, der vor ihr stand und der verzweifelt versuchte ihr etwas zu sagen, aber sie verstand ihn nicht! Sie wollte nach ihm greifen, wollte fragen, „was willst du mir sagen?" Er versuchte es noch einmal, hob seine Arme, was wie eine Warnung aussah. Dann verschwand er in einer Nebelwand. Sie schreckte auf, schaute sich suchend um, aber es war ja nur ein Traum! Aber irgend etwas machte sie unruhig, etwas stimmte nicht? Aber was? Alles war ruhig, kein Geräusch war zu hören, sie stand auf und schaute aus dem Fenster und stutzte. Wieso waren jetzt in tiefster Nacht Lichtschimmer zu sehen? Der Gedanke war noch nicht fertig gedacht, da warf sie sich den Bademantel über. Sie ahnte schon, was das für ein Lichtschimmer war! Sie rannte aus dem Zimmer stürmte die Treppe hinunter, wählte zittrig beim Laufen die Nummer der Feuerwehr, sie wusste genau, das was brannte! Die Schwimmhalle! Wenn das Feuer dort nicht schnell gelöscht wurde, brannte das ganze Haus! Zum Glück war das Hotel nicht voll mit Gästen, aber alle mussten vorsichtshalber erst einmal raus. Sie rannte zur privaten Wohnung von Elsa, Günter und Thomas und weckte sie auf. Alle handelten schnell, Carola rannte zurück in ihr Zimmer, holte Matteo aus dem Bett, wickelte ihn in eine Decke und überreichte ihn einem der Zimmermädchen, die zufällig die Nacht im Hotel verbrachte.

„Lass ihn nicht los, Pass auf ihn auf, gib ihn niemanden und gehe in die Nähe der anderen Gäste, hörst du?"

„Ja", stammelte das Mädchen, was völlig verwirrt war und alles noch nicht erfassen konnte. Schon waren die Sirenen zu hören, jeder der Männer kannte seine Handgriffe. Sie musste sich erst einmal um die Gäste kümmern, sie führte sie zu dem Gartenpavillon, wo sich alle erst einmal hinsetzten konnten. Sie besorgte Decken, Getränke und so konnten die Gäste die Löscharbeiten verfolgen. Sie hatte alle Hände voll zu tun und in ihr tobte diese Angst! Gedanken rasten ihr durch den Kopf. Das war doch kein Zufall hier? Die Warnung war ja sehr deutlich, aber dass sich diese Monster ohne Rücksicht auf andere einfach so trauten, das hatte sie nicht erwartet! „Nicht erwartet?" überlegte sie ironisch? Was war mit Bernando? Was war mit dem Dorf, dem ganzen Blutvergießen? Ich war einfach zu blöd, diese Warnung nicht ernst zu nehmen! Matteo? Ich muss nach ihm schauen, die haben doch sicher einen Plan und der kann doch nur hier klappen!? Mein Gott, lass es nicht zu, dass sie ihn schon haben. Bitte! Schon rannte sie über die Wiese und da sah sie es schon! Zwei Männer sie liefen gerade auf das Mädchen mit Matteo zu. Eine Sekunde, die ihr wie Minuten vorkamen erstarrte sie, denn ein Feuerwerk von Möglichkeiten, was sie tun konnte, zündeten in ihr. Sie musste etwas tun, fast waren sie da! Sie spürt Ohnmacht, Verzweiflung, Wut, was in ihr Kräfte frei setzte. Aber vor allem die große Angst, dass ihr Kind entführt wird. Sie raste auf die Feuerwehrmänner zu, sie schrie so laut sie fähig war, „helft mir, schnell…! Mein Kind bitte schnell!" Einer der Männer ließ den Schlauch los und lief sofort auf sie zu. „Nein" schrie sie, dort und zeigte verzweifelt auf die Szene die vor ihr zu sehen war. Sie rasten beide auf das Mädchen zu, sie konnte nur noch schreien, „diese Männer wollen mein Kind!" Gerade als die Männer nach Matteo greifen wollten und versuchten das Mädchen weg zu schubsen, schrie sie, „haltet sie." Der Mann, der immer noch an einen Notfall glaubte, drängte sich zwischen die beiden Männer und zerrte sie zur Seite, versperrte ihnen den Weg. Er griff sich Matteo, wandte sich ab und lief mit dem Kind zu dem Notarztwagen. Sie stand wie versteinert da, schaute dem Feuerwehrmann mit Matteo hinterher und war fassungslos. Das alles ging so rasend schnell, sie sah die Männer, die einen Moment lang überrumpelt und wie vom Blitz getroffen da standen. Sie erwachten aus ihrer Starre und flohen in die Nacht hinein. Carola tröstete das Mädchen kurz, erklärte ihr, dass alles gut sei und lief zu dem Notarztwagen. „Mein Gott, was wird noch passieren, ich bringe hier alle in Gefahr. Im Moment weiß ich nichts mehr!" schrie sie laut in die dunstige Nacht hinaus. Dicke

Rauchschwaden stiegen gespenstisch durch die nächtlichen Dunkelheit zum Himmel empor. Die Rauchwolken, wurden zu Gespenstern, die im Blaulicht und den Scheinwerfern tanzten. Hoch oben zogen die Schleier sich vor den Mond, der sich hinter dem sich auflösenden Qualm verbarg.
Beim Notarztwagen schauten sie die Männer erstaunt an und zeigten auf ein total unbeschädigtes Kind. Sie blickten Carola etwas sauer und unverständlich an und zeigten auf ein unversehrtes Kind. Sie kniete sich vor ihren Sohn, nahm ihn in den Arm und konnte nur sagen: „Danke, ihr habt mein Kind gerettet!" Zwei erstaunte Männer schauten sie an, als wären sie in einem falschen Film! Ungläubig meinte der Notarzt:
„Wie bitte? Das Kind hat nichts, nicht einmal einen Rußfleck!" Sie drehte sich zu ihnen um, strahlte alle an und meinte dann aber sehr ernst:
„Das kann ich Ihnen später erklären, aber glauben Sie mir, ohne Sie wäre dieser Junge jetzt weg!"
Alle schauten sich an und jeder dachte für sich, „leicht durchgedreht, die Lady!"
„Wir müssen dann mal wieder!", murmelten sie vor sich hin und gingen kopfschüttelnd davon, „Sachen gibt es…..?!", hörte Carola noch. Sie drückte Matteo an sich, sie würde ihn nicht mehr aus den Augen lassen. Also ging das hier doch auf das Konto der beiden und natürlich auch auf das Konto von Lorenzo. Der schreckte aber auch vor nichts zurück! Alle Mittel scheinen ihm Recht zu sein. Klar, er setzte seinen Willen schließlich immer durch! Was hatte diese Familie hier damit zu tun? Es war ihm völlig egal, wie viele Menschen womöglich zu Schaden gekommen wären.
Das Feuer konnte schnell gelöscht werden, zum Glück war Carola so schnell wach geworden. Fünfzehn Minuten später und es wäre kritisch geworden, sagte einer der Feuerwehrmänner später, als die Schläuche wieder eingepackt und verstaut waren, die Gäste wieder in ihren Zimmer und in ihren Betten sein konnten. Sie alle saßen um den großen Tisch bei eins zwei Löschbieren und grübelten, wie das Feuer entstehen konnte.

„Also morgen kommt die Polizei mit Fachleuten, die nach der Ursache suchen, aber es sieht jetzt schon danach aus, als wäre das Feuer mit Absicht gelegt worden. Habt ihr eine Ahnung, wer euch eventuell etwas anhängen wollte?" Alle schauten ratlos und müde in die Runde.

„Dann schlaft euch mal aus:" ‚meinten die Männer und verschwanden in die Nacht. Carola lag noch eine Weile wach und gab sich einen Ruck. Sie musste es Michael einfach erzählen, wusste es plötzlich, dass er es verstehen und er ihr etwas Trost geben konnte.

„Michael? Entschuldige, dass ich dich wecke, aber ich muss es einfach loswerden und ich hoffe du bist nicht sauer, es ist ja mitten in der Nacht!" Sie erzählte ihm von den Männern und was nun passiert war. Heftig atmend und angespannt war seine Antwort.

„Hör zu! Ich kommen morgen sofort zu dir, ich werde euch mitnehmen, ich überlege mir, wie wir das machen, aber dort kannst du nicht bleiben. Versuche zu schlafen, ich melde mich morgen früh und am Nachmittag bin ich da. Passt auf euch auf, okay!"

„Ja, danke dir, ich wusste einfach nicht, an wen ich mich wenden sollte. Ich bin total durch den Wind, mir ist als wenn ich vor einem Abgrund stehe und jeden Moment in die Tiefe stürze."

„Versuch zu schlafen, besser, du gehst runter, trinke einen ordentlichen Schluck Schnaps und ab ins Bett."

Alle Gäste, sie hatten natürlich nur das eine Thema und auch die Familie mit den Angestellten, saßen mit bedrückten und sorgenvollen Gesichtern beim Frühstück und diskutierten über diesen Brand, keiner konnte es begreifen, was da in der Nacht passiert war. Nur Matteo sauste herum und erzählte aufgeregt von dem riesengroßem Feuer, mit Flammen bis zum Himmel. Er heiterte die Gäste auf und kurz darauf wurde wieder gelacht und Pläne für den Tag geschmiedet. Die Brandermittler stiefelten durch die Schwimmhalle und untersuchten alles sehr gewissenhaft. Später erzählte einer der Ermittler Elsa und Günter, dass ein Brandbeschleuniger im Bereich der Badetücher gelegen hatte. So hätte der Brand dann auch auf die Sitzmöbel übergreifen können, zum Glück war die Feuerwehr dann schon da.

Ja es war so, nur fünfzehn Minuten später und die Halle wäre weg und das Hotel hätte argen Schaden genommen.

„Ja das sieht mir ganz nach Rache aus und so wie es aussieht, nehmen sie auf uns und unsere Gäste auch keine Rücksicht. Mir scheint, dass das nur die erste Warnung war, ich glaube, die geben nicht auf! Aber wir werden uns und dich schützen, wir werden uns wehren! "

„Ich habe meinen Mann angerufen, er ist heute Abend hier. Er will uns wegholen, wie er das machen will, da habe ich keine Ahnung. Es ist wahr, hier können wir nicht bleiben, es wäre für alle zu riskant." Sie stutzte einen Moment, was hatte sie eben gesagt, *mein Mann*? Elsa nahm ihre Hand und schaute sie besorgt an.

„Wir haben uns so an dich gewöhnt, du gehörst doch hierher? Wie sollen wir dich gehen lassen?" Traurig blickte sie Carola an, wann werden wir dich denn wiedersehen?

„Mir ist der Gedanke auch schrecklich, aber es geht nicht, ich kann nicht andere gefährden und ich bringe Matteo auch in Gefahr. Es muss sein!"

Sie umarmten sich, sie schaute dabei über Elsas Schulter in den ihr so vertrauten Raum. Was hatte sie hier alles verändert und umgestaltet. In die lichtdurchflutete Empfangshalle, sie strahlte einladend und die große Vase mit dem bunten Sommerstrauß machten Lust auf Urlaub hier am Eggelsee. Aber im Moment registrierte das keiner. Ein kleiner Sonnenstrahl wanderte über ihre Gesichter, als wollte sie sie trösten. Ihre Herzen waren schwer wie Blei, jede wusste, es musste so sein.

Michael

Nachdenklich legte er den Hörer auf, was jetzt? Er hob die Hände mit einer hilflosen Geste und fuhr sich mit den Händen durch das Haar. „Klar fahre ich, aber was wird dann? Will ich diese Nähe, kann ich das? Nach all den vielen Jahren?" Eigentlich hatte er die Akte Carola geschlossen, aber jetzt, Jahre später, wo er sein Leben durch die frisch geputzte Brille der Rückschau betrachtete, nahm vieles eine freundliche Färbung an. Aber wie wird es sein, hier? „Ich habe keine Ahnung, was sie über mich wirklich denkt?" Für ihn war sie wieder so, wie sie sich kennengelernt hatten, natürlich war auch sie reifer geworden und sie wirkte so glücklich als Mutter. Was hatten sie und er nur falsch gemacht? Wie sah sie ihn jetzt? „Ich habe mich doch auch verändert! Ich weiß auch nicht, warum ich gegen Kinder war, als ich Matteo sah, da war so gar keine Hemmschwelle, ich mag den Jungen, sehr sogar! Ich muss einfach zu ihnen fahren und wir lassen es auf uns zu kommen. Die Situation erfordert es. Ist das hier und jetzt die Ironie des Schicksals? Tat sich jetzt eine neue Akte auf?"

Unruhig lief er in seinem Schlafzimmer auf und ab, er konnte nicht mehr liegen bleiben. Natürlich freute es ihn, dass sie sich an ihn gewandt hatte, aber es machte ihm auch Angst, sie wieder hier im Haus? Wie würde das sein? Seine Gefühle für sie waren stärker als je zuvor, aber wie würde es für sie beide sein? Die Tage dort, es war wie eine neues Kennenlernen, aber war es nicht noch zu früh für ein Leben hier in diesem Haus? Hausten da nicht zu viele Gespenster, die dann höhnisch hervor kommen? Er raufte sich wieder die Haare, ging hinunter an den Barschrank und goss sich einen Whisky ein. Gedankenverloren blieb er an der Terrassentür stehen und sein Blick wanderte über den Garten, der vom Mond gespenstisch beleuchtet war. Laut zu sich selber sagte er, auch um sich selbst Mut zu machen: „Ich kann nicht anders, ich muss ihr helfen, da müssen wir nun durch, und es wäre sicher einfacher gewesen, im Vorfeld alles zu klären, was sie beide betraf. Aber wir haben jetzt keine andere Wahl, ich muss sie von dort holen! Es sieht so aus, als seien die Würfel ohne ihr Zutun gefallen!" Er wischte die leise Bitterkeit weg, die gegen seinen Willen in ihm aufsteigen wollte.

Schweren Schrittes, als wenn er eine Last tragen würde, ging er zur Bar und wollte sich noch einen Whisky eingießen, stellte das Glas zur Seite. „Besser nicht!", dachte er. Setzte sich an seinen Schreibtisch und fing an einen Plan auszuarbeiten.

Er schrak zusammen, als ein Vogel, der sich auf die Fensterbank setzte, fröhlich trillerte und sich aufplusterte. Müde schaute er zum Fenster, schrieb noch ein paar Zeilen, die er in die Küche legte.

Er duschte heiß und kalt um die Müdigkeit abzuschütteln, machte sich einen sehr starken Kaffee und griff zum Telefon. Punkt neun Uhr saß er im Wagen, neben sich eine Kanne Kaffee und ein Brötchen. Er seufzte laut auf, schaltete das Radio an. Als er Gas gab kam es freundlich: „Keine Störungen auf allen Straßen, gute Fahrt und kommen Sie gut an Ihr Ziel!" Ja, ging es ihm durch den Kopf, gut ankommen werde ich, aber wie wird es weitergehen? Das Ziel wird dann sicher hier sein mit allen Problemen. Ein wenig viel und zu schnell für den Anfang, aber er und sie hatten es sich nicht ausgesucht.

„Wir spielen den Song „Ich mach mein Ding, egal was die anderen sagen..."

Das kann ich im Moment auch von mir sagen, ich mache jetzt mein Ding! Damit blinkte er und mit einem Grinsen fuhr er auf die Autobahn.

Carola

Der Nachmittag begann sich zu verabschieden, als Michael mit schnellem Tempo vor den Eingang fuhr. Sie hörte wie er nach Matteo rief. Schnelle Schritte und noch auf der Treppe war sein fröhliches „Michael" zu hören.

„Das ist aber schön, dass du wirklich so schnell wiedergekommen bist, Hallo!" Er nahm ihn auf den Arm und drückte ihn herzhafter, als er das wollte. Aber sein Herz klopfte, als er den Jungen auf sich zuspringen sah.

„Ich grüße dich und ich hoffe, dir geht es gut?" Aufgeregt machte Matteo sich frei von ihm und es sprudelt aus ihm heraus.

„Du, ich muss dir das unbedingt erzählen, es hat gebrannt mit riesigen Flammen und die Feuerwehr war hier!" Carola stand stumm dabei und schaute sich die herzliche Begrüßung an. Er richtete sich auf und schaute sie sorgenvoll an.

„Wie geht es dir?" Sie zog die Schultern hilflos nach oben meinte leise: , „es geht schon, aber wie du dir denken kannst, schwirrt es in meinem Kopf." Er nickte ihr zu und zögernd strich er ihr über den Arm, darauf gefasst, dass sie die Hand abschütteln wird. Aber sie stand einfach nur still vor ihm. Dieser verdammte Drang, sie einfach fest in den Arm zu nehmen. „War das, das berühmte Helfersyndrom? Oder aber?", ging ihm dabei durch den Kopf. Um sie abzulenken fasste er sich an seinen Bauch, der leicht knurrte. „Erstens, habe ich einen Bärenhunger, den ich stillen möchte, zweitens setzt du dich bitte dann zu mir, damit ich dir meinen Plan erklären kann und dann erzähle mir alles noch einmal in Ruhe." Sie war froh, dass sie eine Aufgaben hatte, stand sie stramm, hob die Hand zur Stirn und grinste ihn zwar etwas gezwungen an, aber ihre Erleichterung war ihr deutlich anzusehen.

„Zu Befehl, das wird sofort erledigt!"

Während er es sich in der gemütlichen Bauernstube der Familie bequem machte und er sich auf den Schweinebraten mit Klößen und Rotkraut freute, - leider nur mit einer Apfelsaftschorle -, gab sie ihm einen genauen Bericht von der Ereignisse, die sich während der Nacht abgespielt hatten. Er schob seinen leeren Teller zur Seite, nahm noch einen Schluck.

„Hör zu, ich habe folgenden Plan! Wir werden von hier losfahren, sobald ich mich kurz etwas entspannt habe und du ein paar Sachen gepackt hast, aber wirklich nur ein paar Sachen." Sie überlegte kurz, was sie hier hatte und merkte, dass es wirklich nur das Allernötigste war. Ein wenig mehr brauchten sie schon.

„Ich brauche ein paar Sachen mehr, vor allem für Matteo, aber ich kann nicht in meine Wohnung, ich bin fest überzeugt, dass das Haus überwacht wird, die wissen doch sicher alles von mir!"

„Ich oder jemand anderes werden das erledigen, das bekommen wir hin."

„Da müssen wir Elsa bitten, sie hatte mir schon einmal ein paar Sachen besorgt. Sie hat eine gute Methode." Michael stand auf und meinte, „mach das, ich gehe mir ein wenig die Füße vertreten und schaue mir die Umgebung genau an."

Sie sprach mit Elsa, die auch gleich mit ihrer Freundin telefonierte. Nach einer Weile kam Michael herein, berichtete, dass in der Nähe ein Wagen mit zwei Mann Besatzung in Blickrichtung auf das Hotel und dem Eingang stand. Elsa erklärte derweil ihren Plan, wie ihre Freundin Kleidung aus der Wohnung holen würde. Thomas meinte. „Das muss ich mir näher anschauen! Ich werde aus der Einfahrt fahren und etwas holprig kurz vor diesem Wagen zum Stehen kommen. Ich werde so tun, als habe ich eine Panne. Ist der Wagen leer, umso besser, ansonsten kann ich mir ein besseres Bild von den beiden machen! Und mir etwas ausdenken als Überraschung."

„Das ist prima, mach das mal gleich! Elsa telefonierte mit ihrer Freundin und erklärte ihr die Lage. „Ich hole meine Freundin ab und schaue, dass wir unbeobachtet eure Sachen holen können. Wenn da jemand auf Lauer liegt, werde ich mir etwas einfallen lassen, um sie abzulenken, bis wir wieder im Wagen sind. Wir kommen schon hierher, keine Sorge!"

Thomas holte seinen Jeep aus der Garage und fuhr langsam und stotternd los. Kurz vor dem schwarzem Audi bremste er und fuhr ruckelnd wieder ein kleines Stück. Dann hielt er an, stieg fluchend aus und schaute unter die Motorhaube. Suchend blickte er sich dabei um und ging auf das Auto zu. Nichts! Er schaute sich alles an, aber kein Mensch weit und breit! Wieder an seinem Wagen, trat er nochmal dagegen, vorsichtshalber und wollte gerade einsteigen. Da hörte er, wie ein anderer Wagen, der weiter weg stand, angelassen wurde und einen Blitzstart hinlegte. Mit großem Tempo verschwand der dunkle Wagen in einer Seitenstraße, bevor Thomas reagieren konnte. „Mist" dachte er, da habe ich mich wohl geirrt! Den sind wir aber erst einmal für einen Moment los!" Er rief Michael an, erklärt ihm, dass er glaubte, dass es ein schwarzer VW Touareg war. Michael entschied, dass er zu der Freundin fuhr und schwang sich in Elsas Wagen. An einer Kreuzung hielt er an. Dort stand eine sehr resolut wirkende Frau, die kurz ihm zuwinkte und einstieg. Die Haare streng straff zu einem Knoten frisiert, ein rundes strenges Gesicht, was aber durch die Sommersprossen weicher wirkte. Ein langer grauer Faltenrock umspielte ihre kräftigen Beine. Die grüne Strickjacke sollte sicher von dem Grau ablenken. Sein Blick blieb an ihren knallroten Schuhe hängen, die waren wohl ihr ganz besonderes Markenzeichen. Ihre Augen musterten ihn, hatten einen durchdringenden forschenden Blick, aber mit einem gewaltigen Schuss Humor, so als wollten sie bis in sein Herz schauen.

„Hallo, ich bin Marianne, dann sehen wir mal zu, dass wir nicht handgreiflich werden müssen...?" „meinte sie zweideutig. Erstaunt schaute er sie an, als sie herzhaft lachte.

„Haben Sie etwa Angst, junger Mann?" amüsierte sie sich, als sie bemerkte, wie Michael um Fassung rang. Sie knuffte ihn leicht am Arm.

„Das war Spaß, ich hoffe doch, dass wir keinen Ärger bekommen, ein wenig Galgenhumor muss schon sein, nicht wahr?" Schnell waren sie in der Straße, die wenig befahren war, nur vereinzelt ging ein Fußgänger die Straße entlang. Aber auch kein schwarzer

Wagen war zu sehen. Schnell war Marianne im Haus verschwunden, er stieg aus und schlenderte gemächlich die Häuser entlang. Ein einsamer Mann mit seinem Hund, der seinen Spaziergang machte. Nichts was zur Beunruhigung Anlass gab, alles friedlich. Mal kam ein Auto, aber keines, was ihm Sorgen bereitete. Nach einer halben Stunde saß er wieder im Wagen, Marianne hatte ihn angerufen, dass sie fertig sei und dass sie gerade zur Haustür ging. Schnell öffnete sie die hintere Tür und warf die Taschen hinein und schwang sich erleichtert in den Wagen. Gerade als sie zur nächsten Kreuzung kamen, sah er den schwarzen VW, wie er in die Straße einbog, wo Carola wohnte und langsamer wurde.

„Na da können sie nun schwarz werden," freute sich Marianne, „ich habe das Licht brennen lassen, sieht doch gleich wohnlicher aus, oder? Ach ja, mit der Besitzerin sprach ich kurz und sagte ihr, dass sie sich keine Sorgen machen soll. Carola wird sich bei ihr melden." Michael lächelte sie stolz an, „nicht schlecht gemacht!"

Carola hatte alles, was sie hier hatte, gepackt und nun saßen sie wartend da. Matteo nörgelte, er war müde und dieses Spiel fand er nur doof. Sie hörte den Wagen, Türen knallten zu, Marianne kam herein und erzählte kurz alles. Michael wirkte angespannt, er wollte so schnell es ging von hier weg. Konzentriert und ruhig machte er einen Schritt nach dem anderen.

Er hatte das Auto am hinteren Eingang geparkt, wo normalerweise von den Gästen kein Auto stehen durfte. Allen war der Schock anzusehen und noch war es nicht richtig in den Köpfen angekommen, dass das hier ein Abschied für vielleicht sehr lange war. Wie damals bei Pedro, dachte sie beklommen. Sie stiegen schnell ein, nachdem es einen hastigen Abschied mit viel Tränen gab. Matteo hatte sie in eine Decke gewickelt und ihn auf seinen Sitz gesetzt. „Hey Sportsfreund, schau mal, was ich für dich habe! Hier ist dein Schmusi Bär und ihr beide kuschelt euch zusammen und träumt beide schön. Augen zu!"

Unfähig etwas zu sagen, ging erst einmal jeder seinen Gedanken nach. Dann erklärte er ihr, wie er die Fahrt geplant hatte.

„An einer Tankstelle nehmen wir einen Autotausch vor, ich habe das schon organisiert. Wie du es vielleicht nicht bemerkt hast, ist das nicht mein Wagen, es ist ein Mietwagen, also ein unbekannter Wagen, nur für den Fall., als kleine Sicherheit, falls diese Männer über mich doch etwas mehr wissen sollten. So sind wir, was ich stark hoffe, für sie erst einmal nicht verfolgbar. Da ich denke, dass wir unbesehen durchkommen werden, können wir nach Hause fahren." Er stockte kurz bei diesem Wort. *„nach Hause fahren*? Tun wir das?" *„Nach Hause*, wie das klang", dachte auch Carola.
Sie schwiegen, bei beiden war die Anspannung groß, Carola schaute ständig besorgt nach hinten, ob ihnen nicht doch ein Auto folgte. Es war zum Glück sehr wenig Verkehr.
„Wir haben wohl Glück?" sagte Carola erleichtert.
„Warten wir es ab, ich denke, blöd sind die ja auch nicht, aber vielleicht haben sie nicht damit gerechnet, dass wir so schnell handeln. Hoffen wir darauf und dass sie nicht mit mir gerechnet haben!" Irgendwo auf dem Weg nach München, nach einem kurzem Handygespräch, fuhr Michael an eine Tankstelle, fuhr dicht an ein Auto heran, das alle Türen geöffnet hatte. Er parkte dicht an diesem Wagen und öffnete die Türen. Er nickte ihr zu und stieg aus. Mit schnellen Schritten ging er auf den Tankstellenladen zu. Carola beobachtete ihre Umgebung, sagte dann zu Matteo. „Komm hüpfe schnell in diesen anderen Wagen auf die hinteren Sitze." Sie stieg eilig aus, schnappte sich Decken und Taschen, und warf alles mit Schwung in den Kofferraum, schaute sich die herumlaufenden Menschen an, aber keiner beachtete sie. Mit einem Satz war auch sie in dem anderen Wagen. Sie drehte sich zu Matteo um, der neugierig und missmutig ihr zugeschaut hatte und meinte zu ihm, „das gehört zu unserem Abenteuer, Michael hat sich das ausgedacht, das ist ganz schön spannend, findest du nicht auch?"
„Und wie lange dauert das Abenteuer? Mir ist langweilig!"
Michael kam zurück, mit einem anderer Mann der neben ihm lief, beide unterhielten sich kurz. Sie winkten sich lässig zu und der Mann stieg in den Wagen, mit dem sie gerade gefahren waren.

Michael kam auf die Fahrerseite, stutzte weil Carola dort saß. „Ich fahre jetzt und du schläfst ein Stück," und mit einem schiefen Lächeln, „ich kann das nämlich!" Er stieg ein, reichte Matteo ein kleines Spielzeug und sie fädelte sich in den Verkehr ein. Erleichtert sagte er zu ihr, „ich glaube, das hat niemand bemerkt oder gesehen, ihr habt das sehr gut gemacht!"

Matteo war wieder am Einschlafen und so ganz langsam entspannte sich Carola. Er hatte seinen Sitz weit zurück gestellt und schloss die Augen. Die Autobahn füllte sich mit dem morgendlichen Verkehr und sie fuhren der Sonne entgegen. Noch kündigte sich der Morgen zaghaft mit seiner Morgenröte an. Als sie in den Himmel schaute schickte sie eine Bitte nach oben. Sie wurde ruhiger, als würde von dort aus ihr Bernando zurufen, „alles wird gut, ich schicke euch meine Liebe und beschütze euch, habt keine Angst!"

Sie wagten eine Rast zu machen, vor allem das Matteo sich bewegen konnte, der trotz Vorlesen und Hörspiel, das Quengeln angefangen hatte. Sie fuhren von der Autobahn in einen kleinen Ort hinein. „Ich brauche jetzt dringend einen Kaffee und so ein richtig dick belegtes Brötchen," meinte Michael und leckte sich schon sehnsüchtig über die Lippen „und ich muss mich mindestens für eine Stunde aufs Ohr legen! Ich kann als Beifahrer einfach nicht schlafen, es hat wirklich nichts mit dir zu tun. Du fährst wirklich gut."

„Ich höre mich auch nicht nein sagen, zu einem Frühstück und was ist mit dir kleiner Mann? Kakao mit einem Nussplunder?"

„Oh ja lecker, aber am liebsten möchte ich nicht mehr im Auto sitzen, sind wir bald da?"

„Es dauert nicht mehr so lange, das verspreche ich dir. das Allermeiste haben wir geschafft." Sie entdeckten ein Kaffee und welch ein Glück, mit einem Spielplatz.

„Meinst du wirklich, wir haben es geschafft?" Besorgt schaute sie zu dem Spielplatz, den Matteo gleich erobert hatte. Nachdenklich legte Michael seine Stirn in Falten. „Die Frage die ich mir stelle, ist, wussten die Männer von mir? Wie lange bist du schon in ihrem

Visier gewesen? Ich denke es steht 50 zu 50 für uns. Ich hoffe nur, dass sie mich mit euch nicht gesehen haben, was gut wäre, denn dann stehen unsere Chancen gut. Zumindest haben wir einen größeren Spieraum. Es verschafft uns Zeit, denn die brauchen wir, bis mein Anwalt seinen Plan fertig hat."
„Was meinst du mit Spielraum? Ist es denn noch nicht vorbei?"
Mit einen zynischen Unterton konnte er sich nicht verkneifen.
„Dein Lorenzo, ich denke er gehört zu der Sorte, die nie aufgeben wird, er wird gründlich nachdenken. Natürlich wird er es für abwegig halten, dass du ausgerechnet bei mir bist. Er wird, was zu hoffen ist, erst einmal „männlich" denken, dass ich dich wohl kaum in meine Arme nehmen werde. Aber sicher geht er auf Suche und schickt sein Wolfsrudel los. Wer weiß?" Wütend und verzweifelt meinte sie: „Ich habe das so satt, ich will einfach nicht mehr!" Und schlug zornig auf ihre Schenkel. Besorgt warf er einen Blick auf sie und meint beruhigend. „Nun bleibe ruhig, ich habe auch einen Plan, aber erst fahren wir nach Hause, schlafen uns aus und ich muss mich auch im Büro blicken lassen, im Moment geschieht nichts, okay?"
„Mein Gott, was hätte ich denn bloß ohne dich getan? Wie kann ich das wieder gutmachen? Ich wäre ziellos einfach los und noch einmal so ein Glück wie bei Thomas im Flugzeug nach München, so viel Glück hat man nicht so oft!" Seine Miene verfinsterte sich für einen Moment und mit beherrschter leiser Stimme, „das lassen wir jetzt echt sein, es ist so wie es ist, warum und wieso bringt uns nichts, manchmal tun wir Menschen eben einfach Dinge, ohne nach dem Sinn oder dem warum zu fragen. Nimm es so hin, wer immer auch unsere Wege leitet, der macht es nach seinem Plan, wir führen es nur aus. Du passt hier schön auf, ich schlafe im Wagen eine Runde. Wecke mich bitte in einer Stunde."
„Mach das! Und ich werde wie eine Löwin auf uns aufpassen, du kannst getrost deine Augen schließen."
Auf dem Weg zu dem Wagen schaute er sich die Umgebung mit den parkenden Autos genau an, aber es war nichts zu sehen was ihm Sorgen bereiten könnte.

Carola wurde immer nervöser und eine bange Unruhe erfasst sie, alles kam ihr so vertraut vor, als sie durch Meinigen fuhren. Die Straßen, die Fachwerkhäuser, vorbei an dem im englischen Stil gehaltenen großen Park, das Theater. Die Stadt ist bekannt für ihre Kultur, alles war so vertraut. Schon bogen sie in ihre Straße ein, nichts war anders, alles wie es früher war. Nur die Büsche und Bäume, recken sich viel mehr hinauf in den Himmel. Matteo schaute aus dem Wagen und fragte sie neugierig.

„Mama, wo sind wir hier? Wohnst du hier, Michael?"

„Ja, Großer, hier wohne ich und schau, wir fahren jetzt in diese Einfahrt und dann darfst du aussteigen." Er schaute zu Carola, die recht blass um die Nase herum aussah und seufzte. Einfach war dieser Moment sicher nicht für sie, aber da musste sie auch durch und meinte recht trocken mit einem Schuss Ironie.

„Ja dann mal willkommen in dem Haus, aus dem du geflohen bist! Na komm, nun schau mich nicht so erschrocken an, so ein wenig Sarkasmus darfst du mir schon gönnen! Es wird bestimmt nicht so schlimm werden, wenn du einen Schritt nach dem anderen machst."

„Du! ‚Ach, ich weiß auch nicht, eine blöde Situation ist es ja schon, wir fahren mitten durch die Stadt, als kämen wir heim, nur dass da etliche Jahre dazwischen liegen, ich verfolgt werde und ein Kind habe. Ich fasse es nicht, es ist ein bisschen viel, nicht wahr?!" Michael konnte sich ein bitteres Lachen nicht verkneifen, „wo du recht hast, hast du recht, ich glaube wir brauchen später einen Schnaps und vielleicht willst du auch aussteigen?" Sie hatte es gar nicht bemerkt, dass er an der offenen Autotür stand und sie wie festgenagelt im Wagen hinter dem Steuer saß. Sie riss sich zusammen, lachte ihn etwas verlegen an, um ihre Unsicherheit zu vertuschen.

„Du bist doch ein blöder Kerl" und boxte ihm scherzhaft auf den Arm. Matteo hatte schon das Haus umrundet, kam zu ihnen, schaute Michael an und meinte.

„Ich bleibe hier, der Garten ist toll mit einer großen Wiese, wo wir ganz prima Fußballspielen können."

Carola wollte schon erschrocken den Mund aufmachen, um zu sagen, im Garten da kann man nicht spielen, aber ein Puff von Michael traf sie und ein Zischen, „lass das!" Lässig nahm er Matteos Hand, beugte sich zu ihm hinunter.
„Erst gehen wir hinein, dann kommt der Fußball dran, ist das für dich in Ordnung?"
„Ja, ja ist schon klar" und sauste los, um im Haus alles zu erobern. Alles in ihr gefror zur Eissäule, mein Gott, das kann nie gut gehen, es wird in der nächsten Stunde den ersten Krach geben! Alles war beängstigend! Das Haus, mit dem Kind, diese ganze Situation. Wie sollte das hier ohne Scherben abgehen? Wie sollten sie beide das nervlich durchstehen? In diesem Moment öffnete sich die Tür zur Küche und Dolores stürmte mit ausgebreiteten Armen, ihrer lauten Stimme und dem herzlichen Lachen auf sie zu.
„Da sind Sie endlich wieder!", und mit einer herzlichen Umarmungen strahlte sie alle an.
„Das Essen ist gleich fertig und ich habe eben ihr besorgtes Gesicht gesehen. Keine Angst, Ich habe auf Anweisung alle zerbrechlichen Gegenstände, die wertvoll sind, verschwinden lassen. Sie brauchen keine Angst zu haben. Mir wurde gesagt, dass ein süßer lebhafter Junge..." und in diesem Moment sauste Matteo um die Ecke, direkt in Dolores ausgebreiteten Arme, die nur „Hoppla" und... "kommt"!,lachend sagen konnte. „Ja wen habe ich denn hier gefangen?" Und schaute ihn verschmitzt an.
„Ich glaube ich weiß wer du bist!" Er schaute sie skeptisch und fragend an.
„Das kannst du gar nicht wissen, ich habe dich noch nie gesehen."
„Oh, kann es sein, dass du Matteo heißt?"
„Woher willst du das denn wissen?"
Sie stupste ihn an die Nase und lachte, „Herr Steinert sagte mir, dass ein Junge, der Matteo heißt, hierher kommt und dass dieser Junge gerne Spaghetti mag." Ein Strahlen ging über sein Gesicht.
„Jetzt gleich?"
„Dann komm mal mit!" Carola schaute den beiden hinterher. Dass Dolores immer noch hier war, hätte sie nicht vermutet, sie muss sie

fragen, warum sie das tat. Wieder kämpfte sie sich durch ein Gefühlschaos, nichts hatte sich hier verändert! Dolores wie immer in ihrem bunten langen Rock und der dazu passenden Bluse. Sie wandte sich zu Michael.
„Erstaunlich, dass Dolores noch hier ist, das hätte ich nicht erwartet." Verloren und verlegen fühlte er sich im Moment, wie verhielt man sich in solch einer Situation? Das, was sie sagte, traf ihn etwas, und er konnte sich eine leicht zynische Antwort nicht verkneifen.
„Du meinst bei mir, dem Ekel?" Sie erschrak, denn sie merkte, dass sie ihn damit verletzt hatte und warf verlegen einen Blick in das Wohnzimmer, beobachtet kurz wie das wechselnde Licht den Raum einladend erhellte. Leise sagte sie ihm:
„Na ja, so besonders hatte sie dich nicht gemocht, aber ich wollte dich nicht kränken."
Nachdenklich schaute er sie an.
„Am Anfang war es auch nur Mitleid sicher auch Neugierde, um zu sehen, was ich so trieb. Aber dann blieb sie mir doch treu, wenigstens eine," strich sich verlegen über die Haare und meinte etwas bitter. Ging auf sie zu und machte eine einladende Geste.
„Nun komm schon, oder wollen wir hier festwachsen? Du kennst dich ja aus, dein Zimmer kennst du ja. Im Gästezimmer neben deinem Zimmer hat Dolores für Matteo sein Reich hergerichtet."
Überrascht blieb sie an der Zimmertür stehen und schaute erstaunt in den Raum. Da gab es Legos, Autos und überhaupt war das Zimmer wunderschön für ein Kind hergerichtet. Sie stand stumm und überrumpelt da, was war hier los, fragte sie sich, ich kann das nicht nachvollziehen. Hatte er damit gerechnet? Habe ich ihm Hoffnungen gemacht, oder hat er Hoffnung? Das ist doch nicht der Michael, den ich verlassen habe, hatte ich Dinge früher überbewertet, falsch beurteilt? Das wollte sie unbedingt klären! Michaels Zimmer war das von früher, wo er ja oft geschlafen hatte, eigentlich fast immer. Sie ging in ihr Zimmer setzte sich, schaute sich um, alles war so vertraut, als wäre sie kurz mal fort gewesen, aber es fühlte sich auch fremd an. Es war ein Zimmer, das ihr

gehört hatte, da hatte auch Michael ihr nicht reinreden dürfen, aber jetzt? Fühlten sich Kinder so, wenn sie nach vielen Jahren wieder in ihr altes Zimmer kamen? Nein, das hier war etwas anderes! Sie wusste noch nicht was es war, aber war diese ganze Situation nicht so absurd? Lachen und Jauchzen drangen aus dem Garten ihr entgegen, auch das ging ihr nicht so ganz in den Kopf. Der englische Rasen! Gepflegt und gehegt, ein Aushängeschild! Jetzt wurde darauf Fußball gespielt! Sie stand auf um mit Dolores in der Küche ein paar Worte zu reden. Dolores drehte sich zu ihr um, nahm sie in die Arme, streckte sie dann von sich und sagte:

„Damals war ich so glücklich, dass Sie den Mut fanden und es wirklich wahr gemacht hatten. Sie glauben es nicht, wie er getobt hatte! Es hatte mich so richtig amüsiert! Eigentlich wollte ich auch sofort gehen, aber ganz ehrlich, das konnte ich mir nicht entgehen lassen! Er war außer Rand und Band, dass er seine Kunstwerke nicht an die Wand warf, war ein Wunder. Ja, die eine Schale im Esszimmer, die hatte er zerschlagen. Gesoffen hatte er und dann hatte er sich wohl „trösten" lassen, aber da wurde nie etwas von Dauer daraus. Er hat wohl gedacht, andere Mütter haben auch schöne Töchter, aber diese Töchter gingen bald wieder. Nach Monaten wurde er ruhiger. Später, änderte er sich immer mehr, in seinem Job, mit seinen Freunden, er machte nicht mehr diese Sachen, bei denen alles so perfekt sein musste. Das gab es nicht mehr! Zwei drei Freunde hatte er noch, mit denen gab es auch Herrenabende, na eben so, wie sich Kumpels treffen. Keine Frauen mehr, eigentlich langweilig, so wie er die letzten Jahre lebte. Aber berichten Sie mal! Was haben sie gemacht?" Carola erzählte in groben Zügen von Pedro und dem Restaurant. Bei Bernando, da war sie sparsam im Erzählen. Es musste ja nicht gleich ganz Meiningen wissen, dass sie Bigamie betrieben hatte. „Richtig haben Sie das gemacht, einfach ein neues Leben und erfolgreich dazu, aber das wundert mich auch gar nicht, so wie Sie das hier alles immer gemeistert hatten! Aber wie kam es, dass sie wieder hier sind? Ihr Mann, der war ganz aufgeregt, als er aus dem Urlaub kam und er mir erzählte, dass er Sie getroffen hatte und dass Sie sich ganz gut verstanden hätten."

„Das ist eine lange Geschichte und vielleicht ist es auch nur ein Besuch hier, es hatte sich ergeben durch ein paar Umstände, dass mein Mann uns hier eingeladen hat." Betrübt, aber auch neugierig meinte sie:

„Da wäre ich aber traurig, denn ich glaube, er ist heilfroh, dass sie wieder hier sind! Das Überlegen Sie sich aber bitte ganz genau, hoffe ich doch und Sie wissen doch, jeder verdient eine zweite Chance! Es ist wirklich unglaublich, wie er sich verändert hat." Sie lachten und dabei schaute sie sich in der Küche um. Ja hier war alles noch so, wie sie es verlassen hatte. Sie strich über den Holztisch, den sie so liebte und ihr war, als wärmte und tröstete der Tisch sie, ihr wurde es behaglich und ihre innere Unsicherheit verschwand für einen Moment.

„Das werden wir sehen, aber jetzt muss ich doch mal nach den Männern sehen, die finden ja gar kein Ende! Wie ich sehe, haben Sie den Tisch schon gedeckt. Wir sehen uns dann wieder morgen, ich freue mich so, dass Sie hier sind Dolores!"

Ein Poltern, Türen schlugen laut zu. Scharren von Füßen, die ihre Schuhe abputzen. Schon kamen zwei total verschwitze Kerle herein, riefen gleichzeitig, „wir verdursten" und beide schauten sie strahlend an und sahen so richtig zufrieden aus. Dolores und sie warfen sich einen verschworenen Blick zu und grinsen sich an.

„Na, was möchten denn die beiden Fußballprofis trinken? Ein Bier für den Großen und eine Limo für den Kleinen?"

„Ne kam es prompt von beiden, wir möchten gerne zwei sehr große Apfelsaftschorlen, schnell, kalt und viel!" Übermütig verneigten sie sich vor den beiden und sie alle mussten lachen.

„Zu Befehl! Und was den einen Fußballer betrifft, so ist eine Dusche dringend vor dem Essen angesagt."

„Unfair! Warum nur ich, das ist so gemein! Immer muss ich Händewaschen und Duschen", und schaute vorwurfsvoll zu Michael hoch.

„Und du, musst du nicht?",fragte er anklagend. „Wieso muss ich duschen, Michael sieht doch genauso schmutzig aus?" Sie schaute auf beide und mit gespieltem Ernst.
„Was soll ich sagen, ab mit euch beiden, aber zackig!" Michael verzog das Gesicht wie ein kleiner schmollender Junge, nahm Matteo an die Hand und murmelte mit einem Zwinkern zu Carola „na los, dann gehen wir halt unter die Dusche! Aber dann gibt es Essen, wir haben Hunger!" Carola stand wieder einmal wie versteinert da, schaute den beiden nach. Wieder konnte sie es nicht fassen, was sie gerade erlebt hatte. Ihr machte nur Matteo Gedanken, sie merkte, wie er an Michael jetzt schon hing, wie sollte sie es ihm dann erklären, wenn sich die Wege wieder trennten? Nein, daran wollte sie einfach im Moment nicht denken.
„Ich verschiebe die Sorgen auf morgen!"
Sie wachte schon sehr früh auf, Gedanken kamen und gingen und bevor sie wieder zu einem Gebirge wurden, stand sie auf, ging in die Küche, um den Frühstückstisch zu decken. Sie zitterte, denn ihr eigenes Haus war ihr fremd, aber es war auch ihr Zuhause. Ihre eigenen Hände waren wie fremde Vögel, die zwischen den Tassen herumflatterten. Sie hielt inne, um sich einen Kaffee in ihren alten und vertrauten Becher zu gießen. Sie stand am Fenster, schaute in den grauen Tag und auf die Regentropfen, die wie kleine Bäche an der Scheibe herunter liefen. Michael stand an der Küchentür und sah ihr zu, wie sie dort am Fenster stand, gedankenverloren in den Regen schaute, mit beiden Händen den Kaffeebecher hielt, in den Becher pustete, um in kleinen Schlucken zu trinken. Die Zeit drehte sich zurück, für einen kleinen Moment sah es aus wie früher. Sie füllte den Raum aus, mit dem Morgenmantel, den sie immer morgens bei der ersten Tasse Kaffee trug. Denn der war ja hier geblieben. Wieder stieg in ihm das Bedürfnis auf, sie einfach in den Arme zu nehmen und schmerzhaft wurde ihm bewusst, dass dieser Wunsch, den er im Moment spürte, sie einfach zu halten, den hatte er früher schon lange nicht mehr gehabt. Sie war damals so selbstverständlich da! Wenn er ehrlich war, wann hatte er das früher zuletzt getan? Nein sagte er sich, darüber wollte er im

Moment lieber nicht nachdenken! Mit einem leicht verlegenen Räuspern machte er sich bemerkbar. Erstaunt drehte sie sich um.
„He, was machst du denn schon so früh hier?" Sie sah ihn an der Tür stehen, verlegen, nachdenklich, in den Augen sah sie ein Hauch Sehnsucht. Er versuchte seine Verlegenheit zu verdrängen und meinte:
„Ich bin schon eine Weile wach und es ist ganz gut, dass wir noch alleine sind. Mir gehen noch einige bestimmte Dinge durch den Kopf, die ich mit dir bereden muss." Sie reckte sich etwas nach oben, um noch an einen Kaffeebecher zu kommen. Ernst drehte sie sich zu ihm um und hielt ihm mit fragendem Blick den Becher entgegen. „Auch eine Tasse?" Füllte seinen Becher, süßte ihn und gab Milch dazu. Sie kam auf ihn zu und reichte ihm den heißen Kaffee, wobei sich ihr Hände kurz berührten. Sie schrak etwas zusammen, diese Berührung war sehr intensiv und eine Wärme durchflutete sie. Sie setzten sich an den Tisch, lauschten kurz dem Prasseln des Regens gegen die Scheiben und der Wind rüttelte im Garten an den Ästen und wehten die Blätter davon. Die Lampe über dem Tisch verbreitete ihr warmes Licht auf sie. Beide schauten sich an, kurz war bei beiden eine Wärme in den Augen, aber so schnell diese warmen Blicke da waren, so schnell verschwanden sie durch die Sorgen auch wieder. „Ich möchte euch bitten, vorsichtig zu sein, wenn es möglich ist, bleibt im Haus. Ich weiß, Matteo wird raus wollen und wenn er unbedingt raus will, darf er nicht zu laut sein. Wenn dieser Lorenzo doch seine Nachforschung voran treibt, kann es schon sein, dass hier demnächst nachgeschaut wird. Mein Anwalt arbeitet gerade an einem Entwurf, wie wir vorgehen können. Aber ein paar Tage Geduld brauchen wir noch. Mit Dolores werde ich noch reden, dass sie niemanden sagen soll, dass ihr hier seid. Falls jemand anruft, gehst du bitte nicht ran, auch nicht wenn es an der Tür klingelt. Bei Dolores ist es wichtig, dass sie überzeugend erklärt, dass es euch hier nicht gibt." Er stand auf, ging auf sie zu und blieb kurz vor ihr stehen, „ich muss jetzt ins Büro, passt bitte auf euch auf." Dieser Drang, er war wieder so plötzlich da, es

schmerzte ihn, dass er dem Gefühl nicht nachgeben konnte. Nein, noch einmal von ihr eine Abfuhr zu bekommen, das könnte er nicht ertragen. Er drehte sich um und ging aus der Küche. Vor der Tür blieb er stehen, schüttelte den Kopf und dachte für sich „was wollte ich denn da eben tun? Habe ich etwa noch so viele Gefühle für sie? Oder war es nur das Bild das für den Moment die Vergangenheit hervor holte? Ach ist ja auch egal! Sie zu küssen, wäre sicher nicht schlecht." grinste er und ging in das Bad.
Matteo war zum Glück noch voll beschäftigt Haus und Garten zu erobern, dass die Welt vor dem Haus noch uninteressant war. Tage flossen ruhig dahin. Sie und Michael saßen abends bei einem Glas Wein und was sie wieder in Erstaunen versetzte, er hörte zu, war neugierig. So erzählten sie sich vorsichtig von den vergangenen Jahren und auch, was mit ihnen geschehen war. Da gab es ja weiß Gott schmerzliche Momente für beide, aber sie merkten, dass jeder seinen Anteil daran hatte. Jeder auf seine Weise. Sie schlief immer noch unruhig, aber es hatte sich ein Gefühl des Vertrauens eingeschlichen. Ja, wenn da nicht Sizilien wäre…

Carola lag in der Sonne, ihre Gedanken waren bei Michael und ihr. Mein Gott, wenn sie nur früher so miteinander geredet hätten! Sicher wäre alles anders gelaufen. Aber vielleicht sollte und musste alles so sein. Verrückt war es schon und in Filmen gab es ein Drehbuch, wo genau stand, wie es weiter geht, sie hatten keins! *Nessuno pasce maestro* (Niemand wird als Meister geboren), ging ihr der Spruch durch den Kopf. Vielleicht waren sie einfach zu jung damals. Leise hörte sie die Türklingel. Irritiert stand sie auf, hörte wie Dolores zur Tür ging und wie sie mit leicht empörter Stimme sagte:
„Wie kommen Sie denn auf die Idee? Die Frau Steinert, die ist doch seit Jahren tot! Wer sind sie denn? Ich habe Sie hier noch nie gesehen? Kann ich Herrn Steinert etwas ausrichten? Haben sie eine Visitenkarte, die ich dem Herrn Steinert geben kann? Wie kommen Sie auf Frau Steinert nach all den Jahren?" Mit einem Knall fiel die Tür zu und Dolores kam aufgeregt auf sie zu.

„Mein Gott," sagte sie mit lauter Stimme, die nicht die ihre war. „Mir zittern noch die Knie, der fragte nach Ihnen! Zum Glück fiel mir rechtzeitig ein, was ich tun soll. Ein mieser Typ war das, so aalglatt und lauernd, sein schicker Anzug konnte mich nicht täuschen. Aber ich glaube, er hat den Köder geschluckt!"
„Danke Dolores, das haben Sie richtig gut gemacht!" Ihr war, als ob sie einen Schlag auf den Kopf bekommen hätte. „Das ging ja wirklich sehr schnell!",ging es ihr durch den Kopf. Mal sehen, was Michael dazu sagen wird! Schnell lief sie in das Arbeitszimmer und wählte mit zittrigen Händen seine Nummer um ihn aufgeregt von dem Vorfall zu erzählen. Er schnappte hörbar nach Luft, schwieg einen Moment lang und meinte recht giftig:
„Nicht zu fassen, die haben es wahrlich sehr eilig! Hör zu, jetzt hilft nur Plan B! Es tut mir für euch wirklich leid, aber es muss leider sein! Ich komme so in drei Stunden nach Hause, es soll alles normal bleiben, dann besprechen wir das genau, Dolores soll bitte auch noch da sein. Ich schicke jetzt sofort zwei Wachmänner zu euch, die als Gärtner getarnt sind. Matteo soll bitte nicht so laut im Garten sein, besser er spielt im Haus. Zum Glück haben wir einen hohen und sehr dichten Zaun. Bis nachher."
Um sich abzulenken spielte sie mit Matteo Mau Mau, was er sehr gut konnte. Dolores war noch einkaufen gefahren und die zwei Gärtner waren bemüht, so unsichtbar wie möglich zu sein. Sie war erleichtert, als sie das Auto von Michael hörte. Wieder hatte er das Bedürfnis Carola in den Arm zu nehmen, um sie zu trösten. Sie stand verloren vor ihm und er konnte gerade noch rechtzeitig die Reißleine ziehen." Matteo stürmte auf ihn zu und hatte schon seinen Ball unterm Arm.
„Kommst du?" Michael zog resigniert die Schultern hoch, meinte zu Carola, wir reden später, dass hier ist jetzt wichtiger, sonst haben wir keine Ruhe zum Reden."
„Ist schon klar!" Er wandte sich um und überlegte. Sie mussten aus diesem Schlamassel heraus, dabei fasste er sich an den Kragenknopf, um ihn zu öffnen. Diese Leute, sie sind wie Zecken, die man nicht los wurde.

Es war ein recht kurzes Fußballspiel mit einer besonderen Regel. Nämlich, dass es ein Spiel ohne Töne war. Erst fand Matteo das lustig, aber recht schnell meinte er, dass sein Lego Auto noch nicht fertig wäre und verzog sich in sein Zimmer.

„Dolores meinen Sie, sie schaffen das, so wie ich Ihnen den Plan erklärt habe? Ich weiß, ich verlange viel von Ihnen!" Selbstbewusst und mit Stolz sagte sie:
„Aber hallo, dass geht klar, da machen Sie sich mal keine Sorgen!"
„Noch einmal den Ablauf für morgen! Dolores kommt wie immer, fährt aber den Wagen in die Garage, etwas später fährt sie kurz zum Einkaufen, fährt dann wieder in die Garage." Zu Dolores gewandt.
„Sie achten wirklich genau darauf, ob Ihnen ein Auto folgt, oder ein Auto mit Insassen hier in der Nähe steht. Dann ladet ihr den Kofferraum, steigt in den Wagen" und zu Carola „ihr duckt euch ordentlich." Wie besprochen fahrt ihr zu dem Parkhaus bei dem Einkaufscenter, dort stehe ich dann auf Deck 5. Sie dürfen dann in aller Ruhe einen Einkaufsbummel machen, fahren dann zurück, bezahlen die sogenannten Gärtner und fahren nach Hause. Sie kommen normal an den nächsten Tagen hierher und schauen sich die parkenden Autos genau an." Um die Stimmung etwas aufzuhellen, bemühte er sich locker zu wirken.
„Machen Sie sich keine Sorgen, ich melde mich auf Ihrem Handy."
Er stand auf, holte drei Gläser und einen Himbeergeist, goss ein und reichte jedem ein Glas. „Trinken wir auf das hoffentlich letzte Unternehmen und auf bessere Zeiten!" Carola schaute ihn an, seufzte tief auf und mit resignierender Stimme murmelte sie.
„Dann werde ich mal wieder nach oben gehen, die Koffer und Taschen holen und ein paar Sachen einpacken!"
„Ja, ich packe es jetzt auch und lasse Sie alleine und fahre nach Hause. Sie halten mich bitte auf dem Laufenden, dass ich mir nicht so viele Sorgen mache muss und wann Sie zurückkommen. Sie schaffen das alles! Meine Gedanken sind bei Ihnen." Damit stand Dolores auf, ging auf Carola zu und drückte sie tröstlich.

„Alles wird gut," flüsterte sie in ihr Ohr und wandte sich ab um zu gehen.

„Ich kann das bald nicht mehr mitmachen, Matteo braucht einen Ort wo er Zuhause ist, er kommt bald in die Schule, da muss er und auch ich in geordneten Verhältnissen leben" schluchzte sie, während sie wieder beim Packen war. Was war aus ihrem Leben geworden? Eine Frau, nun schon zum dritten Mal auf der Flucht war. Was versprach sich Lorenzo davon? Dass wir ihn lieben? Wollte er ihr seine Macht beweisen? Glaubte er, wenn er ihr Matteo wegnahm, liebte Matteo ihn? Er war schon zu groß, um sie zu vergessen. Hoffentlich hatte der Anwalt bald eine Lösung, wie sie vorgehen konnten. Denn das war kein Leben mehr! Bernando, hätte ich ihn geheiratet, wenn ich das gewusst hätte? Aber er war ja nur durch mich in all das hinein geraten, denn er hatte sich ja abgesondert von der Familie. Also war ich alleine an allem Schuld. Diese Erkenntnis stürzte sie in eine tiefe Schlucht voller Schuldgefühle, Verzweiflung und Hoffnungslosigkeit. Eine eisige Hand umklammerte ihr Herz. Wird sie diese Schlucht mit seinen Hindernissen und Gefahren je wieder hinter sich lassen? Oder wird sie sie vernichten?

Erschöpft kam sie die Treppe hinunter, Matteo schlief und es war eine heikle Sache, ihm zu erklären, dass wieder ein Abenteuer bevorstand! Kurz blieb sie stehen, gerade hatte sie angefangen, sich wieder einigermaßen zuhause zu fühlen und ruhiger zu werden. Sie schaute auf Michael, der nachdenklich auf dem Sofa saß, sein Rotwein Glas in der Hand, das er hin und her drehte und der leisen Musik lauschte. Chris de Burgh, sie wusste, dass er das gerne hörte, wenn er Probleme hatte. Er schaute auf und winkte sie zu sich.

„Komm setzt dich, ich habe gerade mit meinem Anwalt gesprochen. In ein paar Tagen hat er alles entworfen, dann handeln wir. Versprochen! Komm trinken wir noch einen Rotwein, der beruhigt unsere Nerven." Als er Carola das Glas reichte, berühren sich leicht ihre Hände, sie zuckten zusammen und blicken sich in die Augen. Fragend, beunruhigend irritiert. Sie nahm das Glas, ging verlegen einen Schritt zurück und trank einen Schluck. Sie wollte diese eigentümliche Stimmung unterbrechen, es verwirrte sie und sie bemühte sich, so normal wie möglich zu klingen.

„Ich habe hoffentlich alles gepackt, was meinst du, für wie viele Tage sollte es reichen?"

„Ich kann es dir nicht genau sagen, aber packe mal für jedes Wetter etwas ein, auch einen Badeanzug." Er drehte sich zu ihr um und lächelte sie an, „Meine Sachen nehme ich schon morgen mit, ihr braucht euch nur um eure Sachen kümmern. Mach dir nicht zu viele Sorgen, wir schaffen es und es wird ein Ende haben!"

„Wohin fahren wir denn? Weißt du das schon?"

„Ein guter Freund hat mir sein Ferienhaus in der Rhön zur Verfügung gestellt. Mach dir nicht zu viel Sorgen, wir schaffen das!" Sie hatte sich hingesetzt und strich sich nervös mit ihren Hände über die Hose hin und her. Sie fühlte sich unwohl, die Luft fühlte sich so schwer an, sie beide, sie spürten es sehr deutlich, es lag eine Spannung zwischen ihnen. Sie stand wieder auf, versuchte einen normalen Tonfall zu finden.

„Ich glaube, ich sollte besser zu Bett gehen." Sie lächelte ihm zu und sah eine Trauer in seinen Augen, nickte ihr zu. „Okay, dann schlaf gut!"

Wie im Trance ging sie zur Treppe, ihr war heiß geworden und es schwirrte ihr der Kopf.

Ein grauer, windiger und ungemütlicher Tag brach an, ein Tag der aussah wie die Stimmung, in der sich alle befanden. Verloren wie ein Schiff auf dem aufgewühltem Meer, das auf der Flucht vor dem Kentern war, ohne Hoffnung einen Hafen zu finden. Ihr Herz zitterte, sie wusste nicht warum es zitterte, oder wollte es nicht wissen. Angst vor der Wahrheit? Welcher Wahrheit? Einen Moment blieb sie noch liegen, am liebsten würde sie hier unter der kuscheligen Decke bleiben. Die Welt aussperren mit all seinen Problemen. Was würde wieder auf sie zukommen? Müde stand sie auf, schlüpfte in ihren Morgenmantel und ging in die Küche und

kochte Kaffee, schenkte automatisch zwei Becher ein, eine schwarz wie die Hölle, einen mit viel Milch und Zucker. Sie drehte sich um und da lehnte er auch schon an der Tür.
„Der Duft lockte mich wieder, um mit dir Kaffee zu trinken." Verlegen stotterte er etwas, „ich meine, ich wusste ja, dass du Kaffee gekocht hast. Ich kenne ja dein Ritual." Verwirrt nippte er an dem heißen Kaffee, meinte dann." Also wir haben alles besprochen, es wird alles gut und mein Anwalt war schon sehr fleißig. Sie tranken stumm ihren Kaffee, bemühten sich, den anderen nicht anzuschauen. Er stellte seinen Becher auf den Tisch, drehte sich ihr zu. „
Ich muss dann, bis nachher..! Passt gut auf und wir sehen uns dann im Parkhaus."
„Danke Michael, da hast du echt was am Hals mit uns!"
Er versuchte es mit einem leichten Lächeln und mit einem leicht sarkastischen Ton.
„Ach, so schlimm finde ich das gar nicht, mit dir wird es einem auch jetzt immer noch nicht wirklich langweilig. Das hätte ich nicht erwartet! Aber" meinte er versöhnlich, „wir schaffen das!"

„Ich will nach Hause, ich will nicht so weit weg, ich will nicht!", kam es ziemlich sauer von Matteo, und Carola hatte ihre Mühe, ihm spannende Geschichten zu erzählen. Doloros war einkaufen gefahren und nervös wartete sie, um zu hören ob die Luft rein war. Die Taschen standen in der Diele, es sah nicht nach einem fröhlichen Ausflug aus, über allem hing ein Vorhang der Verschwiegenheit und auch die Stimmung im Haus war wie das Wetter.
Dolores kam nach einer halben Stunde zurück, erzählte sichtlich aufgeregt, das sie extra ein paarmal die Straßen abgefahren habe, aber wirklich nichts Auffälliges gesehen hatte. Keinen auffälligen schwarzen Mafia-wagen, niemand verfolgte sie. Das Telefon klingelte, sie zuckten zusammen und Dolores nahm wie ein rohes Ei den Hörer, wollte schon los wettern, stutzte und gab den Hörer erleichtert an sie weiter.

„Ich wollte nur kurz fragen, ob bei euch alles klar ist? Kann es losgehen? Ich warte um 11 Uhr auf euch auf Deck fünf." Leise mit einer belegten Stimme kam stotternd von ihr:
„Ja wir machen uns auf den Weg und sie musste ihm das jetzt einfach sagen. „Michael, ich danke dir und ich bin völlig überrumpelt, was du für uns machst!" Gerne hätte er etwas Tröstliches oder auch etwas Liebes gesagt, aber noch stand eine Wand zwischen ihnen. Fast schroff murmelt er.
„Ist schon okay so, passt auf!"
Sie packten alles in den Wagen und wieder nahm sie Abschied von diesem Haus, dieses Mal etwas schwerer und im Stillen wünschte sie sich, dass sie wiederkommen würde.
Matteo saß in seinem Rücksitz und sie kauerte neben ihn, nicht gerade bequem, aber da mussten sie nun durch. Dolores fuhr schnell, immer wieder mit Blick in den Rückspiegel schauend, sah aber nichts, was zur Beunruhigung Anlass gab.
„So" sagte sie, „wir sind jetzt im Parkhaus." Carola hatte sich aus ihrer unbequemen Lage befreit und war erleichtert. Sie schlängelte sich in der Schnecke aufwärts und schaute sich nach Michael um. Am Ende des Parkdecks sah sie ihn.
Er stand vor einem Ford Galaxy und meinte, als er ihren erstaunten Blick sah, „Besser ist besser und es ist mehr Platz!" Er schnappte sich die Taschen, lud sie in den Wagen und drückte Dolores Geld in die Hand.
„Ich weiß nicht genau, wann ich zurück bin. Machen Sie es gut und Danke für Ihre Hilfe und ich melde mich. Sie hüten wie immer gut das Haus!" Ein herzhaftes Drücken und schon saßen sie im Wagen und starteten.
Auf der Autobahn erzählte er ihr dann wohin die Fahrt genau ging. Er fing an zu schwärmen, denn er war vor ungefähr einem Jahr mit seinem Freund Gerd dort. Gerd und seine Frau Julia hatten ihn für ein paar Tage eingeladen. Ein wunderschönes Haus, mit einen wunderschönem Blick auf Wiesen und Wälder. Eine Besonderheit war ein Schwimmbad im Haus, das hatte er aber Matteo noch nicht verraten. Er hatte ein wenig von Carolas Problemen erzählt und

Gerd hatte ihm sofort den Hausschlüssel in die Hand gedrückt. Internet gab es dort auch, so konnte er mit seinem Anwalt die letzten Dinge bereden. Vor allem waren Carola und Matteo im Moment sicher. Der Spuk würde bald sein Ende haben, aber was würde dann werden? Ihm war in den letzten Tagen klar geworden, dass ihm Carola nicht gleichgültig war, nein, eigentlich wusste er es schon beim ersten Mal. Natürlich musste er ihre Offenbarungen erst einmal verdauen, es war schon ein recht harter Brocken, von diesem Bernardo zu hören und der Heirat. Aber er konnte sich gegen seine Gefühle nicht wehren. Manchmal dachte er, dass auch bei Carola noch Gefühle da wären, aber er war sich absolut unsicher. Was sollte er tun? Sie einfach in den Arm nehmen, ihr sagen: „Ich liebe dich noch immer, oder schon wieder?" Er hatte Angst, gestand er sich ein, dass sie ihm sagen würde: „Es ist da nichts mehr für dich da." Es wäre grausam, er konnte sich das nicht vorstellen. Verdammt, er konnte es ja verstehen, dass sie auch ängstlich war, aber merkte sie es denn nicht? Resigniert hob er die Schultern hoch. Na ja, dann machten sie eben weiter so, wenn das ganze Theater vorbei ist, dann würde man sehen ob er den Mut haben wird, sie zu fragen! Wer weiß, vielleicht?

„Du", konnte sie nur mit einem ängstlichen Tonfall sagen, „ich beobachte schon eine ganze Weile diesen weißen Wagen hinter uns. Vielleicht irre ich mich auch, aber er passt sich deiner Geschwindigkeit immer an." Besorgt blickte er kurz zu ihr und dann in den Rückspiegel.

„Na, das werden wir gleich haben!" Er warf einen Blick auf Matteo und meinte zu ihm: „Na Großer, möchtest du einmal ein schnelles Rennen haben?" Begeistert kam es auch prompt: „Na klar!" Er trat aufs Gas und beschleunigte sein Tempo. Erst passierte nichts, der weiße Wagen hielt sein Tempo. Schon glaubte er, dass es nur eine Irrtum war, aber als er den Rückspiegel schaute, da war er wieder da, der weiße Wagen. Verdammt, ging es ihm durch den Kopf, das kann eigentlich nicht sein, wie um alles in der Welt und wo haben sie uns beobachtet? Carola saß stumm und steif mit gefalteten Händen neben ihm. Es kann nicht sein! Er erhöhte die

Geschwindigkeit, der weiße Wagen fiel zurück, um nach kurzer Zeit wieder dicht hinter ihm zu sein. Das wollte er doch jetzt genau wissen, in 3 km war eine Tankstelle, mal sehen, was dann geschah? Kurz vor der Abfahrt zur Tankstelle auf dem letztem Drücker bog er schnell, ohne zu blinken ab. Auf einem Parkplatz hielt er und beobachtete den Verkehr. Nichts geschah! Kein weißer Wagen!
„Und wie war das", fragte er Matteo?
„Machst du das nochmal? Das war echt cool!"
„Mal sehen…" Er schaute auf Carola, die bleich, bemüht Haltung zu bewahren, immer noch steif neben ihm saß. Er nahm kurz ihre eiskalte Hand und drückte sie.
„Ich glaube, die Gefahr ist vorbei, wenn es überhaupt eine war!" Langsam fuhr er wieder auf die Autobahn und fuhr über jeden Parkplatz. In seinem Inneren hatte er beschlossen, wenn der Wagen irgendwo stand, dann würde er zu einem Wolf, der seine Beute zu Fall bringt! Sein Zorn hatte eine Stärke erreicht, um zur Bestie zu werden! Aber außer einem weißen Wagen, aus dem Kinder sprangen war nichts! Wenn nach der Abfahrt auch nichts zu sehen war, dann war es ein Irrtum. Hoffentlich! Vielleicht hatte der Fahrer einfach aus Langeweile ein Spiel mit ihm gemacht. Angespannt fuhr er, bemühte sich, seinen Zorn wieder in den Griff zu bekommen. Er setzte den Blinker und gab sich betont fröhlich.
„Jetzt dauert es nicht mehr lange, wir sind schon von der Autobahn runter und jetzt fahren wir durch einen Wald und einen Berg hoch.", erzählte er Matteo, der wieder ungeduldig wurde.
Nach 30 Minuten schlängelte sich ein holpriger Weg durch einen dichten Wald. Nur ab und zu gab es einen kleinen Ausblick in die Ebene. Ein großes Blockhaus war schemenhaft zu erkennen. Es stand recht stolz und mächtig vor ihnen. Umgeben von dem satten Grün hörten sie in der unglaublichen Stille nur den Ruf eines Kuckucks, der ihnen sein fröhliches Kuckuck trillerte.
„Matteo jetzt mach die Augen ganz fest zu, nicht mogeln. Ich führe dich jetzt zu einer Überraschung." Sie gingen in das Haus, sie mussten Stufen hinunter in die unter Etage gehen.

„So und jetzt mache die Augen auf". Er riss den Schal von seinen Augen, die ganz groß wurden.
„Das ist ja einfach super toll, ein richtiges Schwimmbad!" Schon war er dabei, sich auszuziehen.
Carola schnappte ihn und hob ihn an der Hose haltend hoch.
„Halt junger Mann! Wir schauen uns erst alles hier an, damit du weißt, wo was ist und später, dann darfst du ins Wasser, aber nur mit Schwimmflügeln. Wenn wir so etwas hier finden, denn die habe ich echt nicht eingepackt."
„Aber ich" lachte Michael, „ich wusste ja von dem Bad hier." Sie eroberten das Haus, standen vor einem großen offenen Kamin und Carola staunte über die ausgestattete Küche.
„Das ist wirklich ein schönes Haus, so richtig zum Wohlfühlen. Ich werde uns etwas kochen, ich glaube wir haben alle Hunger." Damit wandte sie sich der Küche zu.
„Ich habe noch einiges eingekauft, ich hole die Tüten aus dem Wagen" rief Michael ihr nach.
„Gut, dann darfst du auf diesen Lausejungen aufpassen." Sie strahlte ihn mehr an, als sie es wollte, als er die Tüten auf die Arbeitsplatte stellte. Sie hatte die Hände auf die Arbeitsplatte gestützt und schaute durch das Fenster in den Wald hinein, der undurchdringbar und dunkel und unheimlich vor ihr lag. Vereinzelte Sonnenstrahlen verloren sich auf den schon leicht gefärbten Blättern, wo einige Schmetterlinge eifrig von Blatt zu Blatt flogen. Bei all dieser Schönheit hier, wenn nur ihr Herz nicht so schwer wäre! Auf der Autobahn, diese Panik, die sie verfolgte, noch bis hierher. Ja, ihre Sorgen, die ihr Herz wie Beton umklammert hielten. Aber da war ja noch etwas, Michael… ! „Ach ich weiß ja, ich will das alles nicht mehr, nach all dem, wie sollte das denn gehen? Vorbei und vergessen? Das kann ja bei meiner Geschichte kaum sein. Warten wir es ab, was sein wird, wenn dieses Drama hoffentlich einmal sein Ende hat!"
Sie saß zusammengekauert in dem großen Sessel am Kamin, das Licht des Feuers tanzte durch den Raum, streichelte ihr Gesicht mit seiner Wärme und der Kerzenschein spiegelte sich in ihren

Augen. Träumend schaute sie in die lodernden Flammen, die unruhig ihr eigenes Spiel trieben. Diese züngelnden Flammen, die tiefrot und gelb wurden, die aber nie gleich blieben. Das leise Knistern des Feuers, es beruhigte sie und es machte sie für einen Moment zufrieden. Ruhig war es im Haus, Matteo schlief, Michael saß noch in dem Büro, sie hörte wie er telefonierte, so konnte sie ihre Gedanken schweifen lassen. Dieses „warum und weshalb", wie oft hatte sie das durchdacht, aber es brachte sie nicht weiter, denn was geschehen war, war geschehen, nichts konnte sie ändern, es war wie in einem Buch. Man liest Kapitel für Kapitel, fiebert mit, wenn ein Schicksal sich ändert und doch liest man fasziniert weiter, um zu erfahren wie es wohl enden wird. Ja dachte sie, so ging es ihr auch! Ihre Vergangenheit steckte noch voll in ihr und sie hatte sie ja auch eingeholt, aber es wurde Zeit, ernsthaft über das Kommende nachzudenken. Sie musste eine Entscheidung treffen, einen Ruhepunkt finden, damit Matteo zur Ruhe kam, sie sich auch auf das Kommende konzentrieren konnte. Nur, wo sollte das sein? Bei Michael? Natürlich waren wieder Gefühle aufgekeimt, oder waren immer noch da. Nur, reichten die aus, mit all dem schweren Gepäck? Wie war das mit dem Vertrauen? Konnte das wieder hergestellt werden? Ach, dachte sie, es war so schwer, so wie dieser Wein hier, er stieg einem total in den Kopf. Wie war das mit den Sünden? *Die kleinen Sünden...!* Sie seufzte auf. Ja ihre waren wohl recht groß! Da hatte sich ganz schön was angesammelt. Sie trank einen Schluck und erschrak, als Michael neben ihr leise sagte: „Was plagt dich denn, dass du so seufzen musst?"

„Ach meine Gedanken, sie drehen sich immer im Kreis herum. Es ist meine Vergangenheit die mich einholte. Es verwirrt mich und dann muss ich einen Ort finden für Matteo und mich, er muss endlich wieder geordnete Verhältnisse haben. Bald kommt er in die Schule, bis dahin muss bei uns Ordnung herrschen." Er setzte sich neben sie, schenkte sich einen Wein ein.

„Ich weiß, darum habe ich bis jetzt auch mit meinem Anwalt gesprochen. Wir werden nach Sizilien reisen und Lorenzo einen

Besuch abstatten." Erschrocken fuhr sie herum, das Rotweinglas neigte sich gefährlich zur Seite.

„Was, wir sollen dorthin? Wie stellst du dir das vor? Er wird mir Matteo nehmen und was dann? Er wird mich vielleicht umbringen lassen. Ich traue ihm alles zu!" Beruhigend sagte er:

„Nun mal langsam! Erstens hast du keine so schlechte Karten, denn wenn er sich bockig stellt und zu keinem Kompromiss bereit ist, dann kommt die Trumpfkarte. Erinnere dich, ich bin vor dem Gesetz der Vater!"

„Du meinst wirklich, dass wir ihn damit weich bekommen? Hast du eine Ahnung!! Wir kommen dorthin, treten quasi als Paar auf und er gibt klein bei? Da kennst du ihn aber wirklich nicht! Wahrscheinlich sind wir dann beide seine Todeskandidaten!"

„Natürlich nicht! Erstens wird mein Anwalt mitfliegen, der deine Forderungen als gesetzlicher Berater vorbringen wird und dir natürlich auch ein Gefühl der Sicherheit geben soll. Ich halte mich im Hintergrund und trete nur auf, wenn es sein muss. Matteo wird in einem Hotel bei - wie heißt er, ja, - bei diesem Pedro sein. Und dann sehen wir weiter!" Sie nahm einen kräftigen Schluck und umklammerte das Glas, als könne es ihr Mut geben. Der Gedanke dass sie dorthin soll, er war ihr so ungeheuerlich. Nur nicht denken!

„Mir wird ganz schlecht bei dem Gedanken, was da so alles passieren kann." Er blickte in das flackernde Feuer und schaute einen Moment lang dem Züngeln der Flammen zu.

„Das glaube ich dir gerne, aber es muss ein Ende haben, damit du und Matteo wieder in Frieden leben könnt, du wieder in deinem Haus wohnen kannst, wieder bei diesem Pedro arbeitest und an deine Konten kannst. Mein Anwalt ist sehr gut und manchmal muss man den Stier bei den Hörnern packen!"

„Wann dachtest du, machen wir das?"

„Gönnen wir Matteo noch 3-4 Tage, er findet es gerade so super hier, ich muss aber für 2 Tage in das Büro und buche uns die Flüge. Versuche dich hier auch etwas zu entspannen, denke positiv. Das ist die Endphase, danach kannst du dein Leben wieder führen so wie du es möchtest." Etwas schmerzte sie! Seine Worte, es waren Worte, die klar aussprachen, was die Zukunft anging. War alles so klar bei ihm?

„Du redest so beruhigend, als ginge es um einen normalen Geschäftsabschluss, warum machst du das alles für mich und Matteo? Nach all dem hast du nun wirklich keine Veranlassung, dich so für uns einzusetzen." Schon tat es ihr, leid, es lag eine Enttäuschung in ihrer Stimme. Aber jetzt war es geschehen, er sollte es eigentlich nicht merken! Michael stand auf, ging ein paar Schritte und blieb vor ihr stehen. Er schaute auf sie herab, nahm alle seinen Mut zusammen, schaute ihr flehend in die Augen.

„Ich weiß nicht, ob es der passende Moment ist, aber du fragtest mich, ich gebe dir eine Antwort. Als ich dich wiedersah, da kam natürlich alles wieder hoch, im ersten Moment hätte ich dir gerne alles an deinen hübschen Kopf geworfen. Aber dann hörte ich dir zu und mein Groll verpuffte, nicht sofort, aber allmählich immer mehr. Denn ich versuchte, mich so zu sehen, wie du mich erlebt hattest. Mir wurde klar, es gehören immer zwei zu allen Entscheidungen und auch zu all den Verletzungen. Viel zu lange sah ich mich als der Betrogene, Verlassene und dann hast du diesen Vorhang zerrissen. Ich sah dich, so wie du schon immer warst, ich sah uns früher. Da dachte ich nicht lange nach, euch zu helfen, es war so klar, ihr brauchtet Hilfe. Und na ja, meine Gefühle, die spielten dabei auch eine Rolle, denn die schlagen nun auch ganz schön Purzelbäume wegen dir und euch!

Wie in alter Vertrautheit legte er seine Hände auf ihre Schultern, streichelte sie ganz sacht. Ganz spontan legte sie ihre Hände auf seine und schaute zu ihm hoch.

„Auch meine Gefühle treiben ein munteres Spiel, aber ich traue diesen Gefühlen nicht, noch nicht, es erscheint mir alles so schwierig. Was auch kommt, niemals mehr laufe ich einfach weg. Auch nicht mehr vor dir. Du hast Recht, machen wir einen Schritt nach dem anderen, was auch noch kommt, wir werden immer Freunde sein."

Michael zog seine Hände weg und ein Schatten stahl sich über sein Gesicht. Wollte sie ihm damit sagen, mehr gab es für sie beide nicht? Sie wollte keinen zweiten Start, aber das war im Moment auch nicht ganz so wichtig. Aber sagte er sich, so schnell würde er nicht aufgeben, er war bereit zu kämpfen, wer weiß schon, was in unserem Buch des Lebens geschrieben stand?

„Komm, lass uns noch einen Schluck auf den schönen Abend trinken, schau nur, wir dick und rund der Mond auf der Tannenspitze sitzt, man könnte meinen, er grinst zufrieden. Fragt sich nur worüber?", lächelte Michael.

„Dann schau dich mal im Spiegel an, dein Grinsen ist dem vom Mond sehr ähnlich. Warum grinst du?"

„Vielleicht, weil es in diesem Moment einfach nur schön ist, kam es leise von ihm!" Sie schaute ihn nachdenklich an, wollte noch etwas Nettes sagen, aber sie schluckte die Worte hinunter.

„Alles hatte seine Zeit, warten wir auf diese Zeit!" Sie hob ihr Glas, streckte es ihm entgegen: „Trinken wir den letzten Schluck auf das Gestern, was vorbei ist und auf das was Morgen sein kann." Der helle Ton beim Anstoßen klang wie ein lieblicher heller einladenden Glockenklang. Einen kurzen Moment lang hing ein Schweigen in der Luft, nicht schwer, eher ein Schweigen der Vertrautheit, das keine Worte brauchte. Der Kamin verteilte mit der letzten Glut seine Wärme. Lange Schatten wanderten durch den Raum. Sie seufzte leise: „Mir wird kühl und ich bin müde. Schlaf gut und träume etwas Schönes."

Sie neigte sich zu ihm und hauchte einen Kuss auf seine Stirn. Völlig überrumpelt saß er da, er wollte nach ihr greifen, aber sie war schon fort! Benommen starrte er vor sich hin. Was war das denn jetzt? Verstehe einer die Frauen! Aber ein wohliges Lächeln gab seinem Gesicht weiche Züge, er nahm sein Glas hob es Richtung Mond und murmelte leise:

„Dann mal auf das, was uns das Leben an Überraschungen bietet!"

Michaels Wagen verschwand zwischen den Bäumen und sofort überfiel sie ein Gefühl der Einsamkeit. Sie schaute ihm noch nach, obwohl er längst verschwunden war. Sie fühlte sich nicht wohl, hier alleine zu sein, aber er hatte ja schließlich einen Beruf. Er hatte weiß Gott schon sehr viel Zeit geopfert, ohne zu murren. Die zwei Tage die gehen auch vorüber! Matteo zupfte sie am Ärmel und holte sie in die Gegenwart zurück.

„Komm wir gehen schwimmen" drängte Matteo und sie liefen um die Wette, zurück ins Haus. Am Abend nahm Carola ihn auf den Schoß und erklärte ihm, dass sie nach Sizilien fahren und dass er dann vielleicht Oma und Opa sehen würde. Erst maulte er, weil er nicht von hier weg wollte, aber dann siegte seine Neugier und er verschwand zufrieden in sein Zimmer, wo sie ihn spielen hörte. Sie nahm ihr „Pedro" Handy und freute sich, dass ein munterer Pedro am anderen Ende der Leitung war. Sie erzählte ihm, was sich alles bei ihr verändert hatte, dass sie mit Michael kommen würde und was sie vorhatten. Er war hell begeistert und versicherte ihr, dass er auf Matteo wie auf seine „Spaghetti Pedro" aufpassen würde. *„Mi manchi molto qui."* (du fehlst mir hier sehr) Diese Worte erweckten in ihr eine Sehnsucht - wie glücklich war sie dort gewesen, was hatten sie beide erreicht! *„Mi troppo"* (du mir auch) bis bald, ich melde mich rechtzeitig. *Arrivederci* Pedro!"

Am nächsten Tag machten sie beide einen Spaziergang durch den Wald, später gingen sie schwimmen und kuschelten sich dann vor dem Kamin und sie las ihm eine Geschichte vor.
Der Abend kam ihr lang und einsam vor, das Wetter hatte sich auch geändert, der Wind heulte um das Haus. Sie stand auf, ging nach draußen und machte alle Klappläden zu und warf noch ein paar Scheite Holz in das Feuer, was gleich hell auflorderte und eine wohlige behagliche Wärme verbreitete. Zusammengekauert saß sie in einem Sessel vor dem Feuer und versuchte zu lesen. Sie war kein ängstlicher Mensch, aber so abgeschieden hier im Wald mit den Geräuschen, die vom Wald her kamen. Wenn es im Haus knackte, schrak sie zusammen und sagte zu sich, „es ist nur der Wind, der draußen an den Bäumen rüttelte und das Holzhaus knacken lässt. Morgen kommt ja Michael wieder…."

Sie stand in der Küche und schälte gerade Mohrrüben, als sie etwas störte. Ein Wagen kam langsam vor dem Haus zum Stehen. Sie horchte und glaubte Schritte auf dem Kies vor dem Haus zu hören. Sofort klingelten bei ihr sämtliche Alarmglocken, sie ließ ihr Messer leise fallen und eilte zu Matteo, der mit seinen Autos spielte. Sie schlich in den Flur und versuchte durch das Fenster etwas zu sehen. Nichts! Aber da hörte sie wieder Schritte! Sie ging in das Wohnzimmer und war froh, dass sie die Gardinen noch nicht aufgezogen hatte. Leise schlich sie an der Zimmerseite entlang und zog die Gardine ein winziges Stück zur Seite. Da stand er! Mit dem Rücken zu ihr. Ihr Herz fing wie wild an zu schlagen und sie schaute sich nach einem Gegenstand um, um sich verteidigen zu können. Sie griff sich den Schürhaken am Kamin und wagte wieder einen Blick nach draußen. Gerade drehte der Mann sich um und sie sah einen ganz normalen Mann, die Hände in den Hosentaschen, mit einem dunkelblauen Pullover. Ironisch schoss es ihr durch den Kopf. „Was heißt schon normal? Wenn man es allen bösen Menschen ansehen würde, wie einfach wäre es!" Er ging wieder weiter um das Haus herum, blieb ab und zu stehen, ging weiter und plötzlich hörte sie, wie er sich an einem Fenster zu schaffen machte. Leises Kratzen war zu hören. Dann waren wieder Schritte zu hören, dieser Mann umrundete das ganze Haus und sie verfolgte ihn im Haus. Als seine Schritte wieder in der Nähe der Haustür waren, verkrampfte sich ihre Hand um den Schürhaken und ihr wurde kalt und heiß. Sie zuckte zusammen, als die Klingel plötzlich zu hören war. Was nun? „Was mache ich jetzt? Ich mache doch nicht diesem Menschen die Tür auf!" Starr stand sie hinter der Tür und lauschte.

„Frau Steinert? Sind Sie da? Ich bin Herr Krüger, ich kümmere mich um das Haus und Ihr Mann sagte mir, dass ich mal vorbeischauen soll." Carola machte einen tiefen Seufzer und öffnete die Tür. Erstaunte Augen blickten sie an, wie sie mit dem Schürhaken in ihrer Hand kampfbereit vor ihm stand.

„Wollen Sie mich erschlagen?" ‚meinte er lächelnd. „Ich soll Sie nur fragen, ob alles in Ordnung ist und ob Sie etwas brauchen."

„Das ist nett von Ihnen und entschuldigen Sie." Sie ließ den Schürhaken sinken, „hier ist es ja sehr einsam und ich hatte mich erschreckt. Kommen Sie doch auf einen Kaffee herein, wenn Sie sich schon auf den Weg gemacht haben."

„Gerne", meinte er amüsiert, „ich verstehe das, ich hätte mich anmelden sollen! Ich kümmere mich um das Haus und habe nur nachgeschaut, ob der Wind keine Schäden angerichtet hat heute Nacht."

So erfuhr sie ein wenig mehr über das Haus und seinen Besitzer und sie empfand dass es eine nette Abwechslung war.

Am Abend kam Michael und sie erzählte ihm mit einem Lachen die Geschichte, nur dass ihr innerlich in diesem Moment nicht zum Lachen war.

Übermorgen sollte sie wieder auf Sizilien sein und sie fragte sich bang, was wird dort wohl auf sie zukommen? Aber morgen wollten sie hier den Tag verbringen, die Ruhe vor dem Sturm, dachte sie ängstlich.

Sie ließen sich von Matteos Fröhlichkeit anstecken, der unbedarft mit ihnen durch den Wald sauste und im Schwimmbad alle trüben Gedanken für eine Weile ertranken.

Im Flugzeug suchte Matteo den Himmel ab und meinte zu Carola, „Mama, warum versteckt sich denn der Papa?"

„Wie meinst du das denn?" „Guck doch einmal aus dem Fenster. Siehst du Papa? Keine Sterne und auch kein Papa!" Sie lachte, nahm seine Hand und sagte „hast du am Tag schon einmal die Sterne gesehen? Papa ist schon da, aber sehen kannst du ihn nur nachts."

„Mann bin ich ein Dabsibär, natürlich!" Dabei schlug er sich mit der Hand an die Stirn.

Herr Ronning, war ein Mann mittleren Alters, gut aussehend, was er auch wusste. In seinem maßgeschneiderten Anzug und seiner gepflegten Ausstrahlung mit seiner unglaublichen Ruhe strahlte er einfach gegenüber seinen Kunden das Gefühl von Vertrauen aus, er vermittelte seinem Klienten eine Gelassenheit, die ihm jegliche

Zweifel von Schuld oder Verlieren nahm. Er neigte sich leicht zu ihr hinüber, meinte mit einem sehr zuversichtlichen Lächeln:
„Ihre Geschichte wird bei mir in die Geschichte eingehen. Denn ehrlich gesagt, mit der Mafia hatte ich noch keinen Fall zu lösen. Ich bin sehr gespannt, dieser Herr Lorenzo hat keine Chance und das wird er deutlich zu spüren bekommen, auch in Sizilien! Ich bin gut vorbereitet."
Sie lehnte sich zurück und versucht den Worten zu glauben. Nur, so ganz wollte ihr das nicht gelingen!

Palermo begrüßte sie mit seinem Verkehr und seiner Hektik, aber es war auch wie nach Hause kommen. Sie nahm alles in sich auf, tausend Erinnerungen stürmten auf sie ein. Sie atmete den Geruch vom Meer ein, die Sonne durchdrang sie bis in den letzten Winkel ihrer Seele. Im Alma Hotel hatte Michael Zimmer reserviert, ein Page öffnete ihre Autotüren und begrüßte sie. Sie schaute sich suchend in der Halle um und da stand er lächelnd, ihr Pedro! Etwas verloren und nervös stand er in der Halle. Sie lief auf ihn zu und umarmte ihn ungestüm. Beiden liefen die Augen über, es störte sie nicht. Er konnte nur stammeln, „was bin ich froh, dich so munter zu sehen!" Sie trennten sich und sein Blick fiel auf Matteo. „Mein Bambini!" Er hob ihn hoch, wirbelte mit ihm herum und rief „*Il Mio Bambino.*" Matteo lachte:
„Ich kenne dich von früher, als ich noch klein war." Pedro lachte und dann standen sich Michael und Pedro misstrauisch gegenüber. Sie blickten sich schweigend an Es war ihnen anzusehen, das jeder für sich eine Mauer der Unsicherheit zu überwinden hatte. Michael kam sich vor, als dringe er in Carolas Vergangenheit ein. Einen Moment lang dachte er voller Schmerz, „das ist also ein wichtiger Teil von Carolas Leben!" Pedro schaute ihn sehr misstrauisch an: „Das ist der Mann, vor dem sie damals geflüchtet war? Unsympathisch wirkt er nicht" Carola überlegte gerade, wie sie diese peinliche und von Misstrauen geschwängerte Luft durchtrennen könnte. Aber da schlich sich bei beiden ein Lächeln sichtbar ein und sie begrüßten sich herzlich. Zu Herrn Ronning

gewandt, meinte Pedro, „Ich hoffe dass Sie diesem sauberen Herrn Contarini das Fürchten beibringen können. Sie werden es nicht leicht haben" und süffisant, „die Luft ist manchmal recht bleihaltig hier!"

Pedro bestand darauf, dass sie morgen nach Cefalu kommen müssten und ihn dort besuchen. Sie setzten sich in eine Nische in der Hotelhalle und Carola erklärten ihm kurz, was sie für einen Plan haben. Als Matteo im Bett war, erzählten sie Pedro wie Michael und sie sich wieder gefunden hatten. Er bekam große Augen, als er hörte, dass Michael Matteos gesetzlicher Vater war und schlug sich vor Lachen auf die Beine. „Das ist ja echt ein Super Ding!" Er erzählte noch, dass die Kerle von Lorenzo ihn nach dem Besuch von Lucia nicht mehr belästigt hatten. Ängstlich schaute er sie an und fragte sie bang: „Du willst da wirklich hin? Du weißt, ich traue denen allen nicht. Du meinst wirklich, du kannst mit deinem ersten Mann und mit seinem Anwalt… oh Entschuldigung," stoppte er peinlich betroffen, und fühlte sich, als sei er in einen großen Fettnapf getreten. „Mein Gott, wie soll ich es denn sonst sagen? Es ist ja schon eine außergewöhnliche Geschichte. Wenn man das alles so geahnt hätte…", stotterte Pedro verwirrt und seine letzten Worte hingen wie ein Echo im Raum. Ein kurzes Schweigen dann streckte Michael Pedro die Hand hin. „Sag einfach Michael zu mir!" Pedro grinste erleichtert „und ich bin Pedro."

„Meint ihr nicht, dass das nicht besonders klug ist, gerade mit dir, Michael, dort aufzutauchen? Der Patron wird Gift und Galle spucken."

„Ich bin ja nicht direkt dabei, aber präsent, die sollen schon sehen, was Sache ist! Mein Anwalt wird die Sachlage und Forderungen vortragen. Ich mich nicht verstecken, ich bin ja schließlich vor dem Gesetz Matteos Vater und das sollen die Mafiosis zu spüren bekommen!", sagte er triumphierend, nicht ohne Stolz und mit einen Lächeln, was alle erheiterte. Es war aber zu spüren, dass er Carola Mut machen wollte. Pedro gab verstohlen Carola einen leichten Schubs und grinste sie wissend an und nickte.

„Wenn das mal gut geht! Ihr habt Nerven! Ich werde alles tun um euch behilflich zu sein."
„Pedro, ich musste etwas tun, Matteo braucht ein geordnetes Leben, ich kann und will nicht mehr mit dieser Angst leben. Michaels Anwalt hat hoffentlich gute Argumente ausgearbeitet."
„Hast du schon angerufen?"
„Noch nicht, ich wollte es erst morgen früh machen, aber wenn ich darüber nachdenke, mache ich es gleich! Was du heute kannst besorgen, dass verschiebe nicht auf morgen..." kam es mit einem schiefen Grinsen von ihr und sie griff nach ihrem Handy. Mit zittrigen Händen wählte sie die Nummer und kurz nach dem Läuten war die Stimme von Lucia zu hören.
„Ich bin's, Car...Estella, guten Abend Lucia!" Ein kurzes Schweigen, dann ein freudiges „Estella, wie schön, endlich etwas von dir zu hören. Wir haben uns schon große Sorgen gemacht, ist Matteo auch bei dir?"
„Aber natürlich ist er das!"
„Ich freue mich schon so, ihn wiederzusehen. Ein großer Junge ist er schon, nicht wahr? Du hättest nicht weglaufen sollen, warum hast du nicht erst mit mir geredet? Es lässt sich alles regeln! Zum Glück ist dir wohl jetzt doch klar geworden, dass wir deine Familie sind!"
Sie holte tief Luft.
„Lucia, ich möchte mit Lorenzo reden und natürlich auch mit dir."
„Selbstverständlich, wann möchtest du kommen? Wo seid ihr denn? Wie lange bist du schon hier? Du kannst doch auch hier schlafen!"
„Nein, ich bin im Hotel und wenn es euch recht ist, komme ich morgen. Wann würde es euch passen?"
„Lorenzo ist im Moment nicht hier, aber ich denke, dass er in diesem Fall seine Termine absagt, also sagen wir um 10 Uhr."
„Gut ich komme dann und - ach ja, ich habe meinen Anwalt dabei, es wird ja so Einiges zu regeln sein. Gute Nacht Lucia." Lucia wollte gerade aufbrausen, als sie merkte, dass Estella aufgelegt hatte.

Lucia und Lorenzo

Lorenzo stand erzürnt am Kamin und wetterte. „Was soll das denn bedeuten? Mit Anwalt! Wo leben wir denn? Hat sie es noch nicht verstanden, dass die Familie das Wichtigste ist. Sie kann uns Matteo nicht vorenthalten! Wir sind seine alleinigen Großeltern! Selbstverständlich mussten wir sie suchen lassen. Dass sie so viel Fluchtenergie besaß, damit haben wir nicht gerechnet. Sicher, die Männer hätten nicht so weit gehen sollen, das Hotel in Brand zu stecken. Aber Auftrag ist Auftrag und es gehört nun einmal auch dazu, ein wenig Schrecken zu verbreiten. So viel war ja bei dem Brand auch nicht passiert! Dass sie zu ihrem Exmann zurückgegangen ist, das ist natürlich nicht so einfach zu verzeihen. Ein komischer Mann! Da verlässt ihn seine Frau, sie heiratet einen anderen und er nimmt sie wieder auf! Kein Sizilianer würde so etwas tun! Im Gegenteil! Das muss wirklich ein Weichei sein!" Er fauchte Lucia an. „Wenn sie es wagt, mir mit einem Anwalt zu drohen... ich werde mich vorbereiten!

Sie setzte sich wieder in ihren Sessel, dieser Anruf hatte sie in Aufruhr versetzt. Sie war seit der Flucht von Estella hin und her gerissen. Einerseits bewunderte sie sehr ihren Mut und ihre kämpferische Entschlossenheit, sie beugte sich nicht und sie war eine Kämpferin. Aber Lucia war auch die Frau von Lorenzo und ihre Vorstellungen von Familie und Tradition waren fest in ihr verankert. Aber seit der Beerdigung von Bernando mit der wütenden Beschuldigung von Estella und dem Angriff auf ihn war sie nachdenklicher geworden. Wenn sie es auch zu verdrängen versuchte, ein Körnchen Wahrheit war da…! Aber, sagte sie sich, Estella hatte einfach keine Ahnung und Bernando hätte ihr mehr von der Familie erzählen sollen. Aber musste sie sich eingestehen, ihr Sohn wollte ja schon lange nichts mehr von den Geschäften seines Vaters wissen. Nur, so wie Estella die Familie sah, so war es doch nicht! Oder etwa doch? Leise krochen Erinnerungen in ihr hoch, die sie aber schnell wieder verschloss. Unsinn! Wer Macht besitzt, der muss auch manchmal streng sein. Sie selbst wusste doch auch nicht, welche Geschäfte Lorenzo machte, wie konnte sich da Estella ein Urteil erlauben? Eines stand fest, Matteo gehörte in die Familie, da würde Estella auf Granit beißen, er war ihr einziger Enkel und Erbe.

Aber sie seufzte resigniert, ihr schwante, dass es schwierig werden würde und dass Lorenzo sicher schwere Geschütze auffahren würde. So wie er gerade reagierte. Bei ihm war eine Verbissenheit, die sie nicht durchbrechen konnte. Sie hatte versucht ihn davon abzubringen, sie so hartnäckig zu verfolgen und sie hatte auch Angst, dass er zu weit gehen würde, es ging ihm ja nur um Matteo! Wenn sie daran dachte, wie er vor Zorn rot anlief, als sie so schnell verschwand. Er schrie seine Leute an, welche Versager sie waren, dass er sie alle in die Hölle schicken würde. Immer war Estella einen Hauch schneller als er und dann tauchte ihr Mann auf, der ihr nun half. Was würde Lorenzo tun, wenn sie morgen mit einem Anwalt hier erscheinen wird? Mit einem mulmigen Gefühl wollte sie aus seinem Arbeitszimmer.

Da sprang er auch schon auf und brüllte:

„Was bildet sich dieses Weib ein? Wer sind wir, dass sie es wagt mit einem Anwalt hier zu erscheinen? Ich werde sie zertreten und diesen Mann dazu! Sie werden den Patron Lorenzo Contarini kennen lernen! Sie spielt mit ihrem Leben, da sind schon andere für immer verschwunden, sie soll bloß aufpassen!"

Sie versuchte ihn zu beruhigen und machte ihm klar, dass er sich erst einmal alles anhören solle und dann überlegen, was klug wäre. Es ginge ja um Matteo, aber er solle erst einmal besonnen handeln.

Er griff zum Telefon, um sich mit seinem Anwalt zu beraten.

Carola

Carola ließ mit zittrigen Fingern den Hörer sinken. „Jetzt wird es ernst!" Der Kampf war angepfiffen. Nervös rieb sie sich ihre Hände und allen wurde schnell klar, mit diesem Wiedersehen zogen dunkle Wolken auf. Schnell kann es zu einem Unwetter werden.

Die Nacht wollte kein Ende nehmen, sie wälzte sich herum, Alpträume verfolgten sie. Einmal glaubte sie zu spüren, dass Bernando ihr tröstend über das Haar strich. Der Morgen kroch vorsichtig, fast ängstlich durch die Nacht und verdrängte ihre Dämonen. Als der erste Sonnenstrahl sie traf stand sie erleichtert auf, machte die Gardinen auf und schaute auf freundliche erste warme Sonnenstrahlen, die sie begrüßten. Sie schaute zum Himmel, der nur kleine verspielte Wolken zeigte. Ihre Blicke gingen suchend in den Himmel und blieben an einer Stelle hängen. „Bernardo, bitte stehe uns bei, schicke mir deine Kraft, ich möchte keinen Streit, ich möchte nur Ruhe haben Und wenn sie nicht einen gewaltigen Schritt auf mich zu machen, kann ich keinen Frieden mit ihnen schließen, Ich will ihnen ja nicht ihren Enkelsohn wegnehmen, aber ich gebe ihn nicht her, niemals! Also mach etwas von da oben! Eine Frage an dich, hattest du deine Finger im Spiel, dass Michael und ich uns wieder getroffen haben?"
Erschrocken blickte sie auf. Matteo stand fragend vor ihr.
„Mama, hast du mit Papa geredet? Es ist doch schon ganz hell, da siehst du ihn doch nicht!"
„Ja ich habe mit Papa geredet, er hat mich auch so gehört, das kannst du auch machen. Hör mal, ich muss heute Morgen etwas erledigen. Du kannst hier im Hotel mit Pedro an den Pool gehen und du musst mir versprechen, auf ihn zu hören, ist das klar?"
„Ist doch klar! Geht Michael auch mit dir?"
„Ja, Michael muss mir helfen, aber mittags sind wir wieder hier."
„Kann ich auch Eis essen?" Sie lachte, strich ihm übers Haar,

„Von mir aus auch zwei."

Die Fahrt zu der Villa verlief recht schweigsam, ab und zu drückte Michael ihre eiskalte Hand und sprach ihr Mut zu.

„Hör zu, es ist alles abgesichert, wenn ich mich nach zwei Stunden nicht kurz bei Pedro melde, ruft Pedro bei der deutschen Botschaft an. Pedro und der Junge werden überwacht, das habe ich schon von Deutschland aus erledigt. Mach dir Bitte keine Sorgen. Bleib gelassen und ruhig und lass den Anwalt reden. Er bringt deine Forderungen vor. Wir werden dann sehen, wie dieser Lorenzo reagieren wird."

„Wir sind da" stammelte Carola." Das Tor schwang lautlos auf und gab den Blick auf den riesigen Garten frei.

„Beeindruckend, das muss man sagen," flüsterte Michael leise und sehr zynisch.

„Machen Sie sich keine Sorgen, ich bin gut vorbereitet," kam es auch etwas angespannt von Herrn Ronning.

Vor der großen Treppe, die zum Eingang führte, kam Silan, der Diener, schon die Treppe hinunter, machte die Autotür auf und mit einem fast herzlichen Lächeln sagte er zu Carola:

„Willkommen Signora." Er beugte sich etwas zu ihr und flüsterte ihr leise zu. „Ich halte Ihnen die Daumen, wir alle tun das!"

Silan ging vor, sie folgten ihm in die Diele und gingen auf die große Tür zu, die zum Salon führte. Michael und sie drückten sich noch schnell fest die Hand, durchatmen und schon wurde die Tür geöffnet. Lucia kam ihr entgegen, nahm sie in den Arm und drückte sie an sich. Ein kleiner Moment, in dem Lucia nur sie selbst war. Der Moment ging vorüber, ihr Blick ging suchend umher. Blieb an Michael und Herrn Ronning hängen. Sie nickte ihnen unterkühlt zu. Sie meinte mit leicht erhobener Stimme zu Carola „Du hast diesen Mann mitgebracht? Wo ist Matteo?"

„Ich habe ihn jetzt nicht dabei, aber selbstverständlich werdet ihr ihn sehen, wenn wir uns einig sind." Sie wandte sich Herrn Ronning zu und stellte ihn als ihren Anwalt vor. „Das ist Herr Steinert," Sie zögerte bei Michael, wie sollte sie es sagen, „mein erster Mann." Schon wehte ein merklich kühlerer Wind durch den

Raum, das Klima wurde ablehnender und frostiger. „Mein deutscher Ehemann", sagte sie in die merkliche Eiseskälte mutig. Lucia schluckte und trat leicht enttäuscht zur Seite und Carola ging mit Herrn Ronning auf Lorenz zu, der sie mit eiskalten Augen beobachtete.

Sie reichte ihm die Hand, die er kühl drückte.

„Guten Tag Lorenzo, dass hier ist mein Anwalt Herr Ronning und Herr Steinert, die mir bei vielleicht komplizierten Fragen zur Seite stehen werden." Ein kurzes „guten Tag, dann nehmen Sie bitte Platz," kam es bellend und unterkühlt mit einer Geste, die sehr danach aussah, als wolle er eine lästige Fliege erschlagen. Sie nahmen um einen kleinen runden Tisch am Kamin in Sesseln Platz. Kaffee wurde gereicht in einer feindseligen angespannten Stimmung, die Luft im den Raum sie roch nach einer bevorstehenden Explosion. Lorenzo setzte die Kaffeetasse fast vorsichtig ab, was für ihn eine bemerkenswerte Geste war. In ihm tobte ein Vulkan, der gerade dabei war, zu explodieren. Aber das würde er nicht tun. Diese Blöße gab er ihr und den beiden Hampelmännern nicht! Aber Carola sah an dieser Geste genau, die zurückhaltende und die mit Wut geballte Anspannung. Er räusperte sich, und fragte arrogant an sie gewandt: „Es verwundert uns doch sehr, dass dein Weg den unseren kreuzt, nachdem du so einfach verschwunden bist mit unserem Enkel, den wir auch jetzt nicht sehen. Was führt dich also zu uns,? Noch dazu mit deinem Geschwader! Willst du Geld? Hatten wir dich nicht in unsere Familie aufgenommen? Ein wenig mehr Respekt hätte ich erwartet!"

Carola holte Luft schaute Herrn Ronning an und versuchte mit normaler Stimme ihm zu antworten.

„Über meine Flucht möchte ich hier nicht viele Worte verlieren. Deine Drohungen waren nicht gerade das, was ich als junge Witwe hören wollte und meine Gründe, warum Matteo nicht unter deiner Obhut leben soll, habe ich dir gesagt. Ich bin gekommen, um euch die Hand zu reichen, damit wir gemeinsam eine Lösung finden, wie wir miteinander umgehen können und ihr Matteo sehen könnt.

Was du alles getan hast ist schon ungeheuerlich, aber ich lasse das alles beiseite, es gilt das Jetzt und Hier!"
„Du meinst, du kannst hier pokern? Du stellst Drohungen in den Raum! Wer bist du, so mit mir zu reden?"
„Halt" kam es von Herrn Ronning. „Kann ich Ihnen bitte die Sachlage erläutern?" Lorenzo musterte ihn und machte eine spöttische einladende Geste. Herr Ronning erläuterte in juristischer Fachsprache die Situation, er erwähnte die gesperrten Konten, die Drohungen und die Bedrohungen.
„Die Forderung an Sie lautet: Nehmen Sie von all den Bedrohungen ab jetzt Abstand. Erst dann ist ein Treffen mit ihrem Enkel möglich." Eisiges Schweigen mit eisigen Blicken. Carola konnte nicht schweigen, es musste heraus! Eine Welle des Ekels überfiel sie und ein Gedanke schoss ihr durch den Kopf. Besser der Ekel als die Verzweiflung, die sie zu ersticken drohte.
„Muss ich wirklich deutlicher werden? Wie kamst du dazu, meine Konten zu sperren, wie kamst du dazu, Pedros Lokal mal so nebenbei ein wenig auf den Kopf zu stellen, ihn krankenhausreif zu schlagen und als Krönung steckst du den Menschen, die du nicht kennst, die dich überhaupt nichts angehen, einfach mal so das Haus in Brand. Wollen wir uns auf dieser Ebene weiter unterhalten, oder geht es ausnahmsweise auch einmal zivilisiert?"
Zornig bellte er ihr entgegen;
„Deine Anschuldigungen sind doch absurd! Habt ihr mich gesehen? Also rede nicht von Dingen, die du nicht beweisen kannst." Höhnisch konnte sie nur antworten.
„Beweisen? Ja, du bist ja so schlau, du hast ja deine Leute für die Dreckarbeit, aber ich sage es noch einmal. Reden wir in Ruhe darüber oder das war es dann."
Hier schaltete sich Herr Ronning ein.
„Erstens möchte meine Klientin an ihre Konten, zweitens gehört das Haus ihr, auch wenn es ein Geschenk von Ihnen war. Somit gehört es auch Matteo. Drittens, die wichtigste Forderung: Sie sind," er hüstelte, „nur die Großeltern, aber meine Mandantin möchte, dass es eine Regelung gibt, wann Sie Matteo sehen

können und dass es in Zukunft keinerlei Versuche gibt, Matteo in Ihrem Sinn zu erziehen. Das ist erst einmal das Wichtigste."
„Was geht mich dein Konto an. Das ist die Sache der Bank. Das Haus gehörte alleine unserem Sohn und der ist nicht mehr, also fällt es zurück zur Familie. Aber gut, machen wir eine Regelung, du hast das Haus und deine Konten. Aber du kannst nicht erwarten, dass wir bei der Erziehung unseres Enkels nicht mitreden sollen, er ist unser Enkel und hier ist es Gesetz, dass ich für ihn verantwortlich bin. Wozu hast du deinen Anwalt und" mit einer leicht verächtlichen Handbewegung zu Michael „diesen Mann, der ja wohl sein Bett mit dir teilt, mitgebracht. Fehlen Ihnen die Worte?"
„Nein mir fehlen nicht die Worte, aber ich höre immer erst einmal zu und fälle dann mein Urteil. Wie ich vernommen habe, bleiben Sie bei Ihrer Meinung"
„Oh, er fällt ein Urteil! Das ist mal ein guter Witz!" lachte er voller Spott.
„Lachen Sie nur, aber dann hören Sie gut zu, denn ich habe Ihnen nun folgendes mitzuteilen." Lorenzo unterbrach ihn lachend, lehnte sich genüsslich zurück und verschränkte die Arme.
„Dann mal los junger Mann, ich bin ganz Ohr!"
„Nun, wie Sie ja wissen, ist und war Frau Steinert verheiratet mit Herrn Steinert und Sie hatten ihr neue Papiere besorgt, damit sie ihren Sohn heiraten kann. Das stimmt doch?" Fast unmerklich verkrampft Lorenzo seine Hände und in seinen Wangen fing es an zu zucken. Er rutschte etwas nervös in seinem Sessel herum, griff sich an die Nase, meinte aber betont lässig.
„Na und! So etwas passiert hin und wieder. Die beiden wollten es halt so! Diese Dame dort" und er zeigte mit leichter Verachtung auf Carola, „sie war ja wohl zu feige ihre Angelegenheiten selber zu lösen." Mit einem gehässigen Blick bemerkte er höhnisch:
Unser Sohn war halt blind vor Verliebtheit, oder besser gesagt, wurde dazu gemacht"
„Das ist auch zweitrangig und wenn der Ehegatte keine Anzeige erstattet, ist es unerheblich. Aber nun kommt es aber dicke für Sie.

Die Ehe mit Herrn Steinert wurde ja nicht geschieden. Die Ehe bestand und besteht immer noch. Auch nach hiesigen Gesetz.
Dann wurden Ihr Sohn Bernando und Frau Steinert Eltern von Matteo."
Überheblich versuchte Lorenzo zu retten, was zu retten war.
„Ja, das ist etwas verzwickt, aber nun ist er ja leider tot und ich bin für meinen Enkel da."
„Da Frau Steinert immer noch mit Herrn Steinert verheiratet war und ist, gilt folgendes Gesetz:
„Wenn eine Frau von einem anderen Mann schwanger wird und sie noch verheiratet ist, so ist der Ehemann der gesetzliche Vater. Der Erzeuger kann sein Kind adoptieren, falls die Ehe geschieden wird. Ist das deutlich genug für Sie?"
Es schien, als ob die Luft stehen blieb, eine eisige fassungslose Stille herrschte. Augen, in denen Ungläubigkeit zu sehen war, schauten sie alle an. Eiskalte Augen, die aber nervös zuckten. An der Nase und auf der Stirnbild zeigten sich kleine Schweißperlen. Lorenzo und Lucia waren fassungslos. Er rang mit sich, wandte sich an Michael und fragte mit zynisch triefender Stimme giftig.
„Ich nehme jetzt einmal an, Sie sind der Ehemann?"
„Ja das bin ich und es war reiner Zufall, dass Carola und ich uns über den Weg liefen. Nach der Brandstiftung war ich da und konnte helfen."
„Sie denken aber jetzt nicht im Ernst, dass ich das einfach so glaube, wir leben hier auf Sizilien, da gelten eigene Gesetzte."
„Auch hier lautet das Gesetz so, daran hätte Ihr Sohn oder Sie denken müssen. Das Leben spiel nun einmal nach seinen eigenen Regeln. Carola oder Estella ist hierhergekommen, um mit Ihnen ein Abkommen zu schließen, sie möchte Ihnen Matteo nicht vorenthalten. Also überlegen Sie genau, wie Sie handeln."
Lorenzo saß da, er sah fast ratlos aus, aber klein bei geben gab es nicht, er wollte und musste der Sieger sein.
„Also gut, wie schon gesagt, sie kann das Haus haben, ihre Konten werden wieder offen sein, aber ich lasse nicht zu, dass mein Enkel nur ein paar Mal zu Besuch kommt, er gehört hierher. Basta!"

Der Anwalt meldete sich wieder zu Wort.

„Estella machte Ihnen ein faires Angebot, sie sollten darauf eingehen, bevor es zu schmerzlich für Sie wird."

„Schmerzlich? Er lachte höhnisch auf. „Für wen? Meinen Sie mich?" Michael beobachtete ihn und da schoss ihm plötzlich Herr Maier durch den Kopf und eine total absurde Idee machte sich selbstständig.Vielleicht ging sein Pokern auf und er kann diesen Patron in die Enge treiben und klein bekommen. Es ist zwar eine sehr wagemutige und verrückte Idee, die ziemlich aus der Luft gegriffen ist und sie konnte sehr schnell nach hinten losgehen. Wenn aber auch nur ein Körnchen Wahrheit dahinter stecken sollte, dann kann es jetzt hier in die richtige Richtung gehen. Wie war das mit dem Stier?

„Ich habe eine Frage", meldete er sich.

„In der Zeit als Carola noch hier lebte, hatte ich einen Detektiv eingestellt, einen Herrn Maier. der sich bei mir gemeldet hatte, um zu sagen, das er Carola oder Estella gefunden habe." Diese Lüge muss jetzt sein, sie half vielleicht! Es war einen Versuch wert! Er sah, wie ein kurzes Erschrecken in den Augen von Lorenzo zu sehen war.

„Er erzählte mir, dass er auf Sizilien war um Urlaub zu machen. Bei einem Spaziergang sah er meine Frau und rief mich an, was er tun solle. Ich sagte ihm, das ich mich melde um ihm zu sagen, wie er vorgehen soll. Nur dazu kam es nicht mehr, Herr Maier war nicht mehr zu erreichen. Da er alleine lebte, keine Familie hatte, wurde er auch nicht vermisst und ich dachte erst, er hatte sich geirrt. Aber als ich Carola wieder traf, fand ich es schon merkwürdig!" Ob man ihm die Geschichte abnahm? Ihm war mulmig zu Mute, aber war da nicht ein Erschrecken zu sehen? Michael schaute Lorenzo in die Augen und meinte lauernd, „merkwürdig, nicht wahr? Ich habe aber vor, da ich schon einmal hier bin, zur Polizei zu gehen. Das Meer verschluckt ja so manchen, aber manches verhakt sich auch auf dem Meeresgrund." Zufrieden lehnte er sich zurück, da hatte er wohl voll ins schwarze getroffen!

Carola schaute ihn erstaunt an, diese Geschichte kannte sie noch nicht. Lorenzo stand auf, ging im Raum auf und ab, es war ihm anzusehen, dass er in Schwierigkeiten war. Er wischte sich die Stirn und es war zu merken, welch einen Kampf er mit sich ausfechten musste. Er überlegte fieberhaft, denn bisher hatte es niemand gewagt, ihn unter Druck zu setzen. Im Gegenteil - er bestimmte normalerweise, wo es langging! Nein, er würde nicht nachgeben, niemals! Er hatte seine Leute und kam bisher aus allen Schwierigkeiten heraus, warum nicht auch dieses Mal? Das sollten sie erst einmal beweisen! Er würde Matteo bekommen, sie würden sich wundern!" Er drehte sich zu Carola und ihrem Anwalt und Michael um, blieb vor ihnen stehen und blickte sie triumphierend an.

„Wohne in deinem Haus, aber wenn du denkst, ich unterschreibe etwas, täuschst du dich. Nicht mit mir! Du hast gar nichts in der Hand gegen mich. Habe ich dich bedroht? Hast du mich irgendwo gesehen? Beweise es mir! Ich habe ein Recht auf meinen Enkel." Mit einem verächtlichen Lächeln zu Michael meinte er:

„Mögen Sie auch der Vater vor dem Gesetz sein." Laut, fast brüllend rief er ihn an:

„Aber ich bin der Großvater!" Herr Ronning setzte an, etwas zu sagen, aber der hob unwillig die Hand.

„Ich möchte Sie jetzt bitten zu gehen, es wurde alles gesagt. Wenn Sie etwas beweisen können, dann melden Sie sich, meine Anwälte werden das dann prüfen! Guten Tag!" Damit wandte er sich um und verließ mit großen Schritten den Raum. Schwer lag das Schweigen drückend in dem Raum und es machte sie alle sprachlos. Damit hatten sie nur entfernt gerechnet, aber nun wurde ihnen klar, wen sie da vor sich hatten. Dieser Patron konnte keine Kompromisse machen, das war er nicht gewöhnt! Sie standen auf, reichten Lucia die Hand, die zum Erstaunen von Carola blass und um Jahre gealtert vor ihnen stand. Carola schaute sie traurig an und eine Flut von Mitleid überrollte sie. „Schade! Ich hätte fast einen Anruf getan und du hättest Matteo in den Arm nehmen können. Leider ist gegen so viel Sturheit kein Kraut gewachsen."

Lucia drehte sich kurz um und griff auf den kleinen Schrank. Sie hielt ihr den Hausschlüssel hin. Carola starrte ihn an, es war ihr Schlüssel, von ihrem Haus!
Damit drehte auch sie sich um und ging aus dem Raum. Bevor sie aus der Tür war, rief Carola ihr noch ein „Danke für den Schlüssel" nach. Vor dem Haus sammelten sie sich erst einmal, als Herr Ronning nachdenklich sagte:
„Da wird einige Arbeit auf uns zukommen und wenn ich es bemerken darf, seien Sie vorsichtig!"
Still und bedrückt fuhren sie in das Hotel, Pedro sah ihren Gesichtern an, dass nichts gut gelaufen war. Es bedeutete, auf der Hut zu sein und aufzupassen. Sie saßen in der Halle bei einem Kaffee und berieten, wie sie vorgehen könnten. Michael meinte:
„Mein vager Verdacht zu Herrn Maiers Verschwinden scheint gar nicht so falsch zu sein. Habt ihr seine Reaktion gesehen? Da müssen wir dran bleiben. Wie und bei wem kann man da zuverlässig beauftragen Nachforschungen anstellen lassen? Dann müssen wir, du vor allen, Carola, musst gründlich überlegen, wie man diesem Lorenzo etwas von seinen Machenschaften nachweisen kann." Pedro fragte besorgt:
„Wollt ihr nun hierbleiben, in diesem Hotel? Carolas Blick verlor sich sehnsüchtig in der Halle, vorsichtig sagte sie:
„Eigentlich möchte ich gerne in mein Haus, da ja alles hier etwas dauern wird." Mit einem fragendem Blick auf Michael: „Wie lange kannst du noch bleiben? Würde es dich stören, bei uns zu wohnen?" Er starrte auf einen Punkt an der Wand, nur an seinen Lippen, die er zusammen presste, war sein innerer Kampf zu erkennen. Gefühle überrollten ihn, die mit ihm stritten. In ihrem Haus wohnen? Dort wo es von seinem Nachfolger so viele Erinnerungen gab? Konnte er das? Aber, sagte er sich dann, was soll das? Durch den Tod von diesem Mann kamen sie letztlich wieder zusammen, da konnte er darüber stehen... Er konnte sie jetzt nicht allein lassen, sie mussten nach Hinweisen suchen. Damit dieser Wahnsinn für sie einmal ein Ende fand. Er schaute in ihr fragendes Gesicht, nickte ihr zu,

„Ja sicher, kein Problem! Ich werde halt von hier arbeiten, Internet hast du ja sicher?" Pedro konnte sich ein leises Lächeln nicht verkneifen, schaute kurz in den Himmel und dachte, „gut gemacht Bernando"!
„Na dann sehe ich euch heute Abend bei mir im Restaurant zum Essen und wir können weiter überlegen. Ich muss jetzt fahren!"

Sie hielt ihren Schlüssel krampfhaft in der Hand, als habe sie Angst, er würde verschwinden. Ein innerer Kampf tobte in ihr, sie würde bald wieder in ihrem Haus stehen, wie es wohl sein wird? Konnte sie es ertragen, mit all den Erinnerungen dort zu leben? Ab und zu schaute sie auf Michael, der sich auf den Verkehr konzentrierte, wie wird es ihm ergehen, wenn er ihr Haus sah? Mit gemischten Gefühlen fuhren sie in die Straße, wo ihr Haus stand. Alles war ihr vertraut, selbst das Knirschen beim Fahren in der Einfahrt zur Garage klang nach Zuhause in ihren Ohren. Matteo rief aufgeregt beim Aussteigen:
„Das Haus kenne ich, da wohnte ich, als ich ganz klein war!" Michael bemühte sich, der Ausstrahlung des Hauses gelassen gegenüber zu treten, eine gewisse Neugier und auch eine leichte Beklemmung, ließen sein Herz stärker schlagen. Es fühlte sich an, als würde er eine fremde Welt betreten. Vorbei an blühenden Oleanderbüschen lockte die große Eingangstür einladend zum Eintreten. Er stand erst einmal still da, nahm diese eigenartige Stimmung wahr, die er aber nicht unangenehm empfand, sofort bemerkte er, dass das Carolas Welt war. Matteo war schon voraus gestürmt, hatte sein Zimmer mit einem lauten Juhu begrüßt. Carola war schon dabei, überall die Fenster und Türen zu öffnen. Der Wind wehte nun mit einem warmen Schwall durch die Räume, blies alles Bedrückende fort, als ob alles zum Leben erweckt werden soll. Gardinen bauschten sich in die Räume und flatterten fröhlich. Er glaubte, leise Stimmen zu hören, die wisperten und erleichtert seufzten. Kopfschüttelnd wandte er sich ab und lauschte den Geräuschen, die von Carola kamen. Sie eilte durch die Räume.
„Entschuldige, ich musste nur schnell alles öffnen, damit die

frische Luft die alte Luft mit seinem Mief vertreibt. Komm, ich zeige dir dein Zimmer und das ganze Haus."

Später, sie saßen auf der Terrasse, bei einem Glas Orangensaft, Matteos Jauchzen war von der Schaukel zu hören und schwiegen eine Weile. Vorsichtig fragte er:

„Ist es sehr schwer für dich hier zu sein? Mit all seinen Erinnerungen?" Verträumt blickt sie in Richtung Matteo.

„Ja und nein! Ich liebe dieses Haus, ich habe es eingerichtet und ich kann mit den Geistern hier gut leben, sie lieben mich." Erschrocken hielt sie inne, das hatte sie noch zu niemanden gesagt. Er lachte leise auf. „Ich hörte sie auch als ich in der Diele stand, sie scheinen froh zu sein, dass du wieder hier bist." Erstaunt und überrascht, dass er sich nicht lustig über sie machte. „In echt, du hast es gehört? Dann höre nicht nur ich sie! Es gibt sie wirklich!" Nachdenklich nahm sie ihr Glas und schaute auf das Haus, es war ihre Burg, ihre Festung, sie fühlte sich in seinen Mauern geborgen und beschützt.

Michael holte sie aus ihren Gedanken.

„Ich glaube, dass wir noch ein paar Überraschungen erleben werden und ich hoffe, dass wir bald etwas in die Hand bekommen, mit dem wir gerichtlich vorgehen können. Ich werde morgen auf jeden Fall versuchen, bei der Polizei eine Suche nach Herrn Maier zu beantragen. Ich glaube ganz fest daran, Lorenzo hatte seine Finger im Spiel. So wie er sich benahm, als ich ihm meine Vermutung an den Kopf warf. Dabei war es echt nur ein Schuss ins Dunkle."

„Ich kann das nicht verstehen, wie sollte er das? Lorenzo lebt in Palermo, wie hätte das funktionieren können? Wenn das wahr wäre, dann gebe es ja," sie schaute ihn entsetzt an, „nur eine Möglichkeit?" Er schaut sie neugierig an und fragte sie: „Welche meinst du?"

„Es klingt verrückt und ich möchte es nicht glauben!" Mit einem flehenden Blick zum Himmel und zu sich selbst sagend, „verzeih mir Bernando wenn ich da diesen Verdacht habe!"

„Ich denke, wenn das so war, dann hätte nur einer gewusst, dass dieser Herr Maier mit mir keinen Kontakt aufnehmen durfte. Was heißt, durch einen Zufall hätte Bernando Herrn Maier kennen gelernt, getroffen, oder wie auch immer, und der hatte ihm von mir erzählt. Vielleicht hatte er mich bei Pedro gesehen? Ich darf nicht darüber nachdenken, dass er vielleicht dafür sorgte, dass Herr Maier verschwand! Selber hätte er das sicher nicht gemacht, aber sein Vater!" Fassungslos starrte sie über das Meer, das heute glitzernd türkis einladend mit seinen kleinen lustigen weißen Kämmen im gleißendem Sonnenlicht bis zum Horizont leuchteten. Diese Erkenntnis raubte ihr den Atem. Sie stand auf, ging über die Wiese, blieb an dem Oleanderbusch stehen, von dem sie vor langer Zeit einmal ein paar Blüten abgebrochen hatte, um sie auf den Tisch zu legen. Wie konnte es sein, das Bernando zu so etwas fähig gewesen war, sie hatten sich doch vertraut! Oder war da doch nicht so viel Vertrauen? Resigniert brach sie eine Blüte ab und zerrupfte sie in kleine Stücke. Michael beobachtete sie, er ahnte was in ihr vorgehen musste. Sie war der Wahrheit sehr nahe gekommen, denn wie anders hätte es sein können? Aber wie war das zu beweisen? Auch wenn man die Leiche finden würde? Bernando war tot! Sie mussten im Umfeld von Lorenzo etwas anderes finden, nur wie? Er stand auch auf und ging langsam auf Carola zu, stand dicht hinter ihr und legte ihr seine Hände auf die Schulter.

„Das ist schwer für dich, aber bitte überlege, wo kann im Umfeld von Lorenzo etwas sein, wo wir einhaken können?" Sie drehte sich zu ihm um, sah ihn grübelnd an, „ich zermartere mir ja schon den Kopf!"

Sie bemühte sich, in einen einigermaßen normalen Alltag zu finden. Michael hatte Bernandos Arbeitszimmer zu seinem gemacht. Es fiel ihm am Anfang schwer, so im Dunstkreis von Bernando zu sein, aber es würde irgendwann zu Ende sein! Er hatte bei der Polizei Anzeige erstattet und gemerkt, dass man seine Anzeige sehr ernst nahm, aber ob da etwas unternommen wurde?

Es war ja auch wie einen Stecknadel im Heuhaufen suchen. Sie konnten es nur hoffen. Carola war oft bei Pedro und hatte, wie war es anders zu erwarten, einige Ideen. Sie hatte Sara angerufen, die erfreut war und sich um Matteo kümmerte. Er wurde Gast in seinem alten Kindergarten. Michael hatte noch eine Stunde Zeit um zu arbeiten, dann kamen beide zurück. Er wollte noch zu Pedro fahren, wo sie zusammen essen wollten. Morgen musste er unbedingt für drei Tage nach Deutschland, auch um mit Herrn Ronning zu sprechen, der nach dem unerfreulichem Gespräch wieder abgeflogen war.

Sie saßen beim Essen, Pedro erzählte gerade, dass es in einem Nachbarort einen Mord gegeben hatte. Carola stutzte, schlug sich an die Stirn und rief in die Runde:
„Mensch! Das ich daran nicht gleich dachte!" Alle schauten neugierig und verwundert auf sie, was sie damit meinte.
„Das Dorf! Bernando er fuhr dorthin um Frieden zu schließen. Sein Vater hatte dort die Menschen unter Druck gesetzt und dann gab es die Dramen mit dem Kind und dann der Schuss auf Bernando. Wir müssen in den Ort zu den Leuten, vielleicht reden sie! Vielleicht wurde ein Dorfbewohner unter Druck gesetzt und hatte einen Auftrag. Nämlich den, Herrn Maier zu beseitigen!"
„Gut Carola, ich muss morgen erst einmal nach Deutschland. Ihr macht nichts! Dann werden wir das in Angriff nehmen. Es wäre toll, wenn die Leute auspacken, dann hätten wir ihn!"
„Aber das muss ich euch auch noch erzählen, es könnte wichtig sein! Kurz bevor ich losfuhr, kam ein Anruf von der Polizei."
„Stellt euch vor, man hat tatsächlich hier in Cefalu ein ganzes Stück vom Strand weg eine Leiche im Meer gefunden. Nett verpackt mit einem Betonklotz an den Füßen. Anhand der noch gerade leserlichen Papiere, die er dabei hatte, weiß man, dass es wirklich Herr Maier war! Nur, wie das nachweisen, dass Lorenzos Finger da im Spiel waren?"
Betreten blickten alle Michael an, dessen Miene sich wie eine dunkle Wolke vor dem Mond mit jedem dieser Worte auch

verdunkelte. Das Essen hatte einen bitteren Nachgeschmack bekommen.

Es war noch recht früh, ein Gewitter hatte in der Nacht über dem Meer und an Land die heiße Luft vertrieben. Die ersten Sonnenstrahlen kamen zögernd, aber gierig trockneten sie die Tropfen von den Blütenblättern. Über dem Tisch lagen die warmen frischen Farben eines heiteren Sommermorgens. Michael biss herzhaft in sein Toastbrot und erklärte Carola. „Ich komme übermorgen wieder, dann werden ich mit Pedro gemeinsam in das Dorf gehen. Du versuchst bitte, näheres von Maier heraus zu bekommen und auch über das Dorf. Macht bitte keinen Blödsinn und du Matteo, pass auf deine Mama auf." Dabei strich er ihm übers Haar.
„Ich komme mit zur Tür." Sie stand auf und ging neben ihm zu Haustür. Wieder einmal kam dieser Wunsch, sie einfach in den Arm zu nehmen. Sie standen sich gegenüber.
Carola schaute ihn besorgt an und ein ungutes Gefühl überkam sie. Sie wusste nicht, wie es kam, aber sie nahm ihn in den Arm und er -nach kurzem verblüfften Zögern - er schlang die Arme um sie. Sie schaute ängstlich zu ihm auf, „Bitte pass du auch auf dich auf!" Er beugte sich zu ihr und küsste sie zaghaft auf den Mund. Sie hielt still und war erstaunt, wie gut und richtig es sich anfühlte. Sie lösten sich, schauten sich verwundert und auch erschrocken an, aber nur kurz, dann schlich sich ein Leuchten in ihre Augen.
„Das ist ein Grund, dass wir uns auf Übermorgen freuen können." Er strich ihr sanft über die Wangen und lief mit forschem Schritt auf den Wagen zu. Sie kreuzte die Arme und blickte ihm nach. „Welche Kapriolen das Spiel des Lebens manchmal mit einem trieb…?" ‚ging ihr dabei durch den Kopf.
Michael konnte es nicht glauben, sein Herz es schlug ihm bis zum Hals. Jetzt konnte doch nichts mehr schief gehen, sie kam und nahm ihn in den Arm! Warum musste er gerade jetzt nach Deutschland, an so einem Tag! Er wollte bei ihr sein, lachen und einfach nur glücklich sein! Seine Gedanken machten vor Glück

tausend Sprünge. Alles erschien ihm heute so freudig, am liebsten wäre er in Schlangenlinien über die Straße gefahren. Er ließ das Verdeck herunter und fuhr zügig mit dem Gefühl von hunderten von Schmetterlingen im Bauch. Die Straße war für hiesige Verhältnisse noch fast leer, kaum ein Wagen war zu sehen. Er schaute ab und zu in den Rückspiegel und stutzte nach einer Weile. War dieser Wagen hinter ihm nicht schon eine Weile da? Er begann langsamer, dann mal schneller zu fahren und beobachtet das Verhalten des anderen Autos. Es war nicht zu übersehen, dieser Wagen verfolgte ihn! Na gut, brummte er grimmig, wenn es so ist, dann wollen wir mal loslegen! Sein Wagen machte eine Satz, als er das Gaspedal durchdrückte. Die Straße fing nun an sehr kurvig zu werden und unwillig erkannte er, dass der Verfolger ihm fast auf die Stoßstange fuhr. Er bremste plötzlich stark ab, er konnte dem Fahrer in das Gesicht schauen. Der zog den Wagen nach links und fuhr nun neben ihm. Dann kam die gefährlich enge Serpentinenstraße, seine Augen wanderten blitzschnell zu Straße und dem Verfolger. Er gab wieder Gas und ließ den Idioten hinter sich. Aber nur sehr kurz, dann kam er ihm wieder gefährlich nahe. Seine Attacken gegen ihn wurden immer heftiger. Michael bemerkte wie seine Hände feucht vor Konzentration und diesem beklemmenden Gefühl der Ohnmacht wurden. Beide Wagen rasten mit quietschenden Reifen durch die Kurven und er wusste, wenn er die Kontrolle verlor, dann ging es ziemlich steil den Berg hinunter. Er überlegte krampfhaft, ob es eine Ausweichmöglichkeit gab, aber nichts, nur diese schmale gefährliche Straße. Wieder war der andere an seiner Seite und versuchte ihn abzudrängen, er hatte Mühe dagegen zu halten und machte selbst einen Schlenker nach links und versetzte dem anderen einen Schlag. Mit Mühe bekam er seinen Wagen wieder in Griff und wollte gerade etwas aufatmen, als von hinten ein gewaltiger Aufprall kam. Er versuchte schneller zu werden, aber er wurde immer wieder attackiert, sein Wagen schlingerte immer mehr und er verlor einen Moment lang die Kontrolle, er sah sich dem Abhang gefährlich nahe und konnte gerade noch das Steuer herumreißen. Er drückte voll auf das Gas,

„nur weg", war sein Gedanke. In einer Kurve passierte es dann. Er bekam wieder einen starken Aufprall von hinten und bevor er den Wagen wieder auf der Spur hatte, war der andere Wagen an seiner Seite und rammte ihn stark nach rechts. Er sah nur noch, wie sein Wagen von Straße ab kam und er sah es wie in Zeitlupe, dass er seinen Wagen nicht mehr halten konnte. Der Abhang, er kam näher und näher und er raste den Hang hinunter. Er merkte, wie er sich drehte, es krachte, polterte und dann war alles plötzlich still.

Das Telefon klingelte, sie wischte sich die Hände trocken, eilte ans Telefon und nahm schnell den Hörer.
„Hier Steinert, Pedros Cuc...". Sie schwankte, hielt sich an der Stuhllehne krampfhaft fest. Alle Farbe wich ihr aus dem Gesicht, sie zitterte als sie wie in Watte getränkt die Worte hörte
„Es gab einen Unfall!" Sie sank in sich zusammen, ein schriller Schrei schallte durch das Restaurant. Pedro stürzte herbei, er nahm den Hörer und fragte, was los sei. Betont langsam drückte er auf Beenden. Besorgt blickte er sie an, holte einen Schnaps, hielt ihn ihr hin, „Hier trink das. Michael lebt! Er ist verletzt, aber hörst du, er lebt! Wir fahren sofort zu ihm." Mechanisch stand sie auf, sie zitterte, konnte sich kaum auf den Beinen halten. Sie ließ sich zum Wagen führen, setzte sich und knetete ihre Hände und schimpfte nicht sehr gerade damenhaft. Pedro telefonierte mit Sara, damit sie Bescheid wusste.
Pedro setzte sich in das Krankenhaus-Café und Carola raste durch die Gänge der Klinik. Am Zimmer 405 bremste sie ab, atmete tief ein, strich sich über das Haar und öffnete leise die Tür. Sie sah ihn und erschrak. Weiße Verbände leuchteten ihr, angestrahlt vom hellen Tageslicht, entgegen. Langsam bewegte sie sich vorwärts.
Sie beugte sich zu ihm und legte ihre Hand sanft auf seinen Kopf. Seine Augen wendeten sich ihr zu und ein Strahlen ging über sein Gesicht. „Carola!" kam es liebevoll. Sie schnappte sich einen Stuhl, zog ihn heran, nahm seine Hand und fragte ihn:
„Was ist denn passiert?"

„Lorenzo hat wieder einmal zugeschlagen, ich bin mir da ganz sicher. Er erzählte, was passiert war und meinte dann, „ja nun liege ich hier mit einen Beinbruch, zwei gebrochene Rippen und ein paar unbedeutenden Schrammen! Mir scheint, langweilig wird es nicht." Sorgenvoll und doch mit großer Erleichterung meinte Carola: „Ach, was bin ich froh, dass du noch lebst, ich hätte es nicht noch einmal ertragen, gerade jetzt, wo wir," hier wurde sie verlegen und wusste nicht wie sie es sagen sollte.

„Na weiter mit, wo wir, meinst du vielleicht, wo wir gerade uns wieder näher gekommen sind?" Verlegen nickte sie ihm zu.

„Ja das meinte ich!"

„Komm mir bitte ein Stück entgegen, damit ich dir einen Kuss geben kann, denn da hätte ich heute Morgen gerne weiter gemacht!"

Es klopfte an der Tür und ein Polizist kam herein. Behutsam kam er näher und fragte vorsichtig. „Geht es Ihnen besser? Sie hatten wirklich einen Schutzengel. Ich habe nur ein paar Fragen zu dem Unfall falls Sie sich erinnern."

„Oh ja, das habe ich noch sehr deutlich vor mir und ich kann Ihnen nur sagen, es war volle Absicht! Jemand hatte mich bewusst von der Straße abgedrängt!" Sein Atem ging heftiger, er wurde unruhig, Schweiß zeigte sich auf seiner Stirn. Denn die Bilder sie kamen in aller Grausamkeit auf ihn zu. Er sah sich den Abhang hinunter rasen, sah vor sich, wie die Welt anfing sich zu drehen, wie Äste krachten und Blätter wie wild herum flogen und es dann still wurde. Der Polizist machte sich ein paar Notizen und sagte:

„Ich kann Ihnen das bestätigen, denn wir haben einen Zeugen, der alles beobachten konnte und der den Krankenwagen und uns anrief. Dieser Zeuge bestätigte, dass der Wagen Sie ganz bewusst verfolgte und er konnte sehen, wie dieser Wagen mehrmals versuchte Sie abzudrängen. Da ihm das merkwürdig vorkam, machte er zum Glück Fotos und filmte alles. Wir konnten den Wageninhaber ermitteln."

„Das ist ja genial! Können Sie mir sagen, wer das war?" Der Beamte blickte aus dem Fenster, wurde etwas verlegen und meinte,

„Sie werden erst einmal gesund, dann müssen Sie Ihre Aussage bei uns schriftlich machen und bis dahin haben wir den Fahrer auch gefunden haben."

Er schloss die Augen und die Bilder machten sich selbständig. Wie er in dem Wagen saß, sah im Rückspiegel den aggressiven Fahrer, wie dieser ihn rammte und er die Herrschaft über das Auto verlor. Aber was hatte der Polizist gesagt? Sie wissen, wer es war! Dann, ja dann hätten wir ja endlich einen Anhaltspunkt, denn dieser Anschlag kam ja nicht von einem Verrücktem, nein der kam von Lorenzo! Was hieß, der Fahrer müsste dazu gebracht werden zu gestehen, wer ihm das befahl. Und das sehr schnell, bevor Lorenzo erfuhr, was die Polizei wusste. Fest drückte er Carolas Hand und meinte euphorisch:

„Wir kriegen ihn! Hast du das gehört! Ich muss hier so schnell es geht raus! Sag bitte Pedro, dass er mich besuchen kommt, er kann mir helfen." Während seine Blicke durch den sparsam möblierten Raum gingen und an dem Kreuz an der Wand hängen blieb. In Gedanken nickte er dem Kreuz zu. „Danke, dass du mir einen Schutzengel geschickt hast." Durch die Auskunft des Polizisten geriet er in eine innere Unruhe, die er kaum bekämpfen konnte. Carola hatte das Fenster geöffnet. Eine Kirchenglocke läutete träge und rief ohne Begeisterung die Gläubigen zur Mittagsmesse. Der Mittag war warm, und eine windlose Luftschicht hatte sich träge wie eine Decke über den Krankenhausgarten gelegt. Sie schaute ihn an und bang fragte sie sich, wenn ihm etwas Schlimmeres passiert wäre, wie hätte sie das ertragen können. Sie fragte sich auch, hätte Lorenzo dann gewonnen?

Sie eilte zu ihm und küsste ihn sanft.

„Ich muss mich jetzt um Matteo kümmern und ich schicke dir Pedro, aber heck bitte keine Dummheiten aus! Es reicht für heute! Bis gleich und du schläfst dann." Sie richtete sich wieder auf, er hielt sie sanft fest.

„Mehr gibt es nicht?" Sie lachte ihn an, strich ihm leicht über die Wange und neigte sich zu ihm legte ihren Kopf sachte an seine Schulter.

„Heute nicht mein Lieber, ich glaube es gab schon mehr, als wir beide es vielleicht wollten." Mit einem schelmischen Grinsen wand sie sich von ihm los.

Pedro, gehst du bitte zu Michael, er wollte was mit dir bereden, aber bitte nur kurz, er soll schlafen!"
„Geht es ihm gut?" kam es besorgt von Pedro.
„Er hatte sehr viel Glück und wie man so schön sagt, er hatte Glück im Unglück, aber das erzählt er dir selber."

Michael konnte es kaum erwarten vor Neugierde, als sie die Stufen zur Polizei hochgingen, denn nun würde es sich zeigen, ob die Ahnungen zutrafen. Sie klopften und ein lautes „herein" schallte ihnen entgegen. Die Tür gab unter einem recht lauten Krächzen nach. Sie blickten in einen Raum, der mit seiner Sachlichkeit jedes Gefühl auf ein Minimum reduzierte. Fast verborgen hinter einem Schreibtisch, auf dem sich Aktenbergen stapelten, blickte ihnen ein Gesicht mit jenem resignierten Ausdruck entgegen, der wohl sagen sollte, dass er völlig überfordert war mit diesem Wust an Arbeit. Aber es war ein freundliches Gesicht, mit leicht abstehenden Ohren und einem Gewirr von Haaren, die den Eindruck machten, als standen sie ihm buchstäblich zu Berge, oder sie widerstanden jedem Versuch, sie mit einem Kamm zu bändigen.
„Sie sind sicher Herr Steinert und Frau Steinert? Kommen Sie, nehmen Sie Platz." Der kleine Raum wirkte auf sie wie eine Spelunke, alles im diffusem Licht, was durch die trüben Fenster kam und ein Sonnenstrahl versuchte den Nebel zu durchdringen. Was einem hoffnungsloses Unterfangen glich. Der Polizist nahm einen Stapel Akten, um sie auf einen anderen Stapel zu legen um einen freien Platz auf seinem Schreibtisch zu schaffen und sagte stöhnend:
„Die Arbeit, sie stapelt sich, es nimmt kein Ende! Ein Kollege hatte Ihnen ja in der Klinik den Hergang geschildert und da wir Aufnahmen haben, steht es fest, dass der Fahrer sie mehr als genötigt hatte."

„Die Aufnahmen? Sie haben den Fahrer schon gefunden? Darf ich fragen, wer das ist? Haben Sie ihn schon vernommen?" Er musste aufpassen, dass er ruhig blieb, den es hing so viel davon ab.

„Ja den Namen haben wir, eine gewisser Herr Carlo Belogie, er sollte zur Aussage kommen, aber er hatte seinen Anwalt geschickt. Natürlich sagte der, dass es ein schreckliches Pech gewesen sei, die Bremsen hätten versagt."

„Kann ich die Adresse haben? Ich würde gerne in Ruhe mit ihm reden, ich will ihn nicht beschuldigen, nur erfahren, was genau war."

Der Beamte kratzte sich in seinem Wust von Haaren, wiegte seinen Kopf nachdenklich. Es war ihm anzusehen, dass er mit sich kämpfte. Mit bedauern sagte er: „Das darf ich leider nicht," aber mit einem Zwinkern, „schauen Sie mal in dem Ort Lascari." Er kramte in den Akten und schob sie von einer Seite zu anderen.

„Ach hier habe ich es ja! Sie dürfen Ihre Aussage hier unterschreiben und dann werden wir es weiterreichen." Sie überschlugen die Zeilen, es war genau die Aussage, die er im Krankenhaus gemacht hatte. Leider konnte er keine Adresse von Herrn Carlo Belogie entdecken, obwohl er verstohlen darauf geachtet hatte. Aber er konnte den Namen von dem Anwalt lesen, Kanzlei Bartolo Bonaventura, Palermo.

Sie saßen bei Pedro, Michael hatte sein Gipsbein mit einem leisen Stöhnen auf einen Stuhl gelegt, und tranken einen Espresso.

„Pedro, wir beide werden uns in dem Ort Lascari umschauen und dann müssen wir versuchen, heraus zu finden, wo alles mit Bernando passierte und Adressen herausfinden. Kennst du nicht jemanden bei der Polizei, der uns einen einzigen Blick in die Akte werfen lässt?" Pedro kratzte sich nachdenklich am Kinn, schaute dabei aus dem Fenster. Dort versank gerade die Sonne im Meer als riesiger Ball am Horizont. Leise hörte sich das ewige Rauschen der Wellen an, als flüsterten sie.

„Was flüstert ihr mir zu?" fragte sich Pedro. „Habt ihr eine Ahnung wie ich helfen kann?"

„He Pedro, träumst du?" holte ihn Michael zurück in die Wirklichkeit.
„Ja ich habe einen Cousin der bei der Polizei in Palermo arbeitet. Ich denke, da wird auch die Akte liegen. Ich rufe ihn gleich an!"
„Tu das, wir haben eine Menge Arbeit vor uns, denn Zeit, die haben wir nicht mehr, wir müssen handeln! Morgen kommt auch mein Anwalt hierher." Pedro rieb sich die Hände in freudiger Erwartung und meinte zur Carola, „meinst du, du kannst morgen den Laden hier schmeißen? Bier, Cola und Wein, mehr wird es ja nicht sein, das wirst du schaffen!" Ein entrüstender Blick traf ihn und spöttisch kam es von ihr.
„Wie könnte ich? Ich mit meinen zwei linken Händen! Pass bloß auf!" Die Serviette die sie gerade in der Hand flog ihm an den Kopf.
Schweigend fuhren sie nach Hause, Carola hing ihren Gedanken nach, alles was damals zwischen Michael und ihr stand, es war Vergangenheit. Als sie ihn vom Krankenhaus abholte, versuchte sie ruhig zu bleiben. Ihre Herz klopfte, denn nach diesen ersten zarten Küssen gab es nun kein Zurück mehr, aber wie sollte das gehen? Es würde sich zeigen und Pläne schmieden, wie wann was gehen wird, das klappt sowieso nicht.
Eine laue Sommerabend verlockte im Mondschein im Garten zu sitzen und es kam wie es kommen muss. Verträumt schauten beide auf das Meer, er legte seinen Arm um sie, sie drehte sich zu ihm und schon lagen sie sich in den Armen. Es war so vertraut und doch so neu, immer wieder mussten sie sich anfassen, berühren und fassungslos dieses Wunder begreifen, was da mit ihnen geschah.
Als sie auf dem Weg zu ihren Zimmern waren, nahm sie seine Hand und er ging mit in ihr Zimmer. Sie lagen sich in den Armen, er murmelte glücklich in ihr Haar, „wo warst du nur so lange? Ich habe dich so vermisst! Du wirbelst mein Leben zwar gerade tüchtig durcheinander, aber es war so still ohne dich. Wie konnte ich nur so blöd gewesen sein."

Sie hielten mitten in dem kleinen Ort, parkten das Auto in der Nähe der Kirche, stiegen aus in die flirrende Mittagshitze. Die Häuser standen abweisend mit ihren geschlossenen Augen um den Kirchplatz herum, kein Mensch war zu sehen. Sie fragten sich, ob sich ihr Problem hier lösen würde, so abweisend und ängstlich wie hier alles erschien. Aber hinter all diesen geschlossenen Läden, da wurde gewispert und sie wurden neugierig angestarrt. Pedro meinte trocken, „wenn wir hier stehen bleiben, dörrt uns die Sonne aus, als wären wir ein Strohhalm. Lass uns dort drüben in das Café gehen, vielleicht haben wir Glück und einer hält hier keine Siesta.
„Hier könnte man meinen, sie verkriechen sich vor Angst in ihre Löcher, alles wirkt so feindselig, aber gehen wir rüber, ein Kaffee ist nicht schlecht." Langsam liefen sie wegen Michaels Bein über den einsamen Platz in der sengenden Sonne und betraten das Café. Ihre Augen mussten sich erst an das dämmrige Licht gewöhnen.
„Es ist als laufe man geradewegs auf einem Abgrund zu," flüsterte Pedro Michael zu. Auf ihren Gruß hin kam von der Theke her ein neugieriger, aber auch kurz angebundener Gruß. Sie setzten sich an einen der leeren Tische und beobachten den Wirt mit seiner schmuddeligen Schürze, einen undefinierbaren Lappen in der Hand. Seine Zigarette hing ihm schief im Mundwinkel. Er schlurfte auf sie zu und meinte
„Sie sind fremd hier? Bleiben Sie länger? Was kann ich Ihnen bringen?" „Bitte zwei doppelte Espresso." Als der Kellner oder Besitzer wieder kam, fragte Pedro ihn, ob er sich zu ihnen setzen wolle, es ist ja kein Betrieb und Mittagszeit im Moment. Der Wirt schaute skeptisch, aber nickte dann. Pedro übernahm die Konversation, das Gesicht wurde zunehmend freundlicher, nur die Neugier, sie war nicht zu übersehen. Sie erwähnten Carlo, erzählten von ihm als alten Freund, die sich leider lange nicht mehr gesehen haben.
„Wissen Sie zufällig wo er wohnt?"
„Ja er, er wohnt hier, aber er ist vor Tagen fort gefahren, keiner weiß wohin. Was wollen Sie von ihm?", kam es wieder sehr misstrauisch. Pedro machte ein enttäuschtes Gesicht und sagte

ihm, „ach ich kenne ihn von früher, schade, aber er hat doch eine Frau, ich meine mich dunkel an sie zu erinnern?"

„Adelia, ja die beiden sind schon ein paar Jahre verheiratet! Sie wohnt die zweite Straße rechts, das dritte Haus links. Ich hole uns noch einen Kaffee auf meine Kosten." Damit wendete er sich ab, schlurfte zu Theke und gleich darauf war das Zischen und Blubbern der Maschine zu hören. Er brachte die Kaffees und Pedro fragte so ganz nebenbei,

„Haben Sie auch davon gehört, dass er auf dem Weg nach Palermo Pech mit seinen Bremsen hatte, die hatten wohl in den Serpentinen versagt und ein Mann hatte wohl dadurch einen Unfall?"

„Ja man hat sich hier so einiges erzählt, aber", er flüsterte fast, „aber das glaubt hier niemand. Hier traut ihm niemand so recht über den Weg, denn er hat zu Leuten Beziehungen, die hat hier sonst keiner. Er wurde dann auch mit einem schicken Wagen abgeholt. Ich will nichts gesagt haben...!"

Sie tranken schweigend ihren Kaffee aus, zahlten und verabschiedeten sich.

„Was machen wir jetzt? Besuchen wir diese Adelia? Carlo ist ja nicht da, aber du hast Recht, vielleicht kann sie uns etwas erzählen."

„Dann mal los und ich bin sehr gespannt, was uns dort erwartet. Wir fahren den Wagen besser in eine Seitenstraße, die unsichtbaren Augen sind garantiert sehr munter hinter den Scheiben," amüsierte sich Michael. „Außerdem wollen wir nicht, dass man uns gleich sieht. Vorsicht ist die Mutter der Porzellankiste, so sagt man doch bei euch," konterte Pedro.

Vor einem unscheinbaren halb verfallenen Haus klopften sie an. Sie hörten schlurfende Schritte die langsam näher kamen und die Tür wurde einen Spalt geöffnet. Sie grüßten höflich und fragten nach ihrem Mann und sagten, dass sie ihn von früher her kannten. Die Tür ging einen Spalt mehr auf und die Frau spähte hinaus, als ob sie nach etwas Ausschau hielt.

„Mein Mann der ist nicht da," kam es unwirsch mit einer leichten Verzweiflung in der Stimme.

„Dürfen wir kurz herein kommen? Wir möchten nur gerne hören, wie es ihm und Ihnen so ergangen ist." Ablehnend, aber auch mit der Neugier kämpfend, rang sie mit sich. Dann öffnete sie die Tür in einen dunklen Gang und ging voraus in ein spärlich beleuchtetes Zimmer. Verschlissene Sessel, die Tapeten lösten sich von den Wänden, aber es war zu sehen, dass sie sich große Mühe gab, es sauber und ordentlich zu halten. Sie machte die Fenster auf und das Licht blendete sie alle. Adelia, die voll in der Sonne stand, mit ihrem verhärmten Gesicht, dem strohigen Haaren, erbarmungslos und trostlos war sie der Helligkeit ausgeliefert. Ihr altes schmuckloses Kleid hing an ihr.

Es ließ vermuten, dass ihre weiblichen Kurven einmal sehr reizvoll waren. Stumm standen sie da, was sollten sie sagen? Es war so beschämend! Vorsichtig fragten sie sie, was ihr Mann arbeitete. Wo er denn sei? Sie saß da, rang mit den Händen, knautschte ihr Kleid.

„Ich verstehe das alles nicht! Er hat schon lange keine Arbeit. Ab und zu bekommt er einen Auftrag, dann reicht das Geld für ein paar Wochen. Vor kurzem hatte er auch wieder einen Job zu machen. Aber dann kamen zwei Männer und nahmen ihn mit. Er sagte mir nur, dass ich mir keine Sorgen machen soll, es sei alles in Ordnung. Seitdem habe ich nichts mehr von ihm gehört!

„Ich verstehe das alles nicht! Er hat schon lange auf keinen gehört! Ich mache mir Sorgen, dass er was getan hat, was uns alle schaden kann, diese Männer waren mir unheimlich!"

„Erzählen Sie uns etwas über den Job von Ihrem Mann. Musste er auswärts arbeiten, oder war er nur tagsüber beschäftigt?" Sie stand da und drehte an ihrem Ring, hilflos wie ein kleines Mädchen, das an einem billigen Kinderring drehte, als erhoffte es von der Berührung eine Eingebung. Stockend wie zu sich selbst sagte sie: „Er bekam einen Wagen und hatte wohl damit etwas zu erledigen, denn er fuhr damit fort. Ich machte mir Sorgen, denn als er wiederkam, da waren ein paar Beulen zu sehen. Er meinte, das wäre nicht schlimm und dann kamen die Männer..." Verloren stand sie am Fenster und ihr war anzusehen, wie sie um Fassung rang.

Die Tränen ließen sich nicht zurück drängen. Sie weinte, denn eine Welt war für sie untergegangen. Nun, da das Haus ihres Lebens erschüttert war, fiel das Elend mit ganzer Macht über sie her, so wie sie es nicht empfunden hatte, als ihr Mann sie zum Abschied küsste. Betreten standen Michael und Pedro da, was sollten sie sagen? Sie gingen auf sie zu, legten tröstend die Hand auf ihre Schulter und meinten, was sicher hohl in ihren Ohren klang.

„Bitte rufen Sie uns an, wenn Ihr Mann wieder hier ist, hier sind unsere Karten und sicher wird alles gut werden." Sie drehten sich um und gingen durch das dämmrige Zimmer, durch den dunklen Flur hinaus in die unbarmherzige Sonne, die sie erst einmal blendete.

„Ja da sind wir wohl zu spät gekommen! Lorenzos Leute haben ihn sich geschnappt und ob er je wieder auftauchen wird, ich bezweifle es stark!"

„Und nun? Wir haben nur noch die eine Chance, hier in dem Ort Leute zu finden, die mehr wissen. Ich bin mir sicher, dass er nicht der einzige ist, der mal etwas erledigen muss. Gehen wir noch einmal zu seiner Frau und fragen nach seinen Freunden?"

„Ein Versuch ist es wert, also versuchen wir es."

Verweint stand sie vor den beiden, überrascht, dass sie schon wieder da waren und verunsichert, was sie jetzt noch von ihr wollten. Ihre Hände verkrampften sich in ihrem Rock. Ängstlich schaute sie auf die Straße, als drohe ihr Gefahr. Es war ihr anzusehen, dass es ihr peinlich war, so verweint vor den Männern zu stehen.

„Entschuldigen Sie bitte, aber wir haben nur noch eine Frage! Hat ihr Mann Freunde hier?" Suchen ging ihr Blick hinaus in den Sonnenschein und verlor sich in den gleißenden Sonnenstrahlen.

„Ja, da ist Aturo und Celso, sie hängen oft ab in Domenicos Bar, aber ob die Ihnen etwas erzählen können...?"

„Wir werden sehen. Aber haben Sie vielen Dank und wenn Ihnen etwas einfällt, rufen Sie uns an." Pedro reichte ihr die Hand und schaute sie verschwörerisch an. „Melden Sie sich bei mir, wenn Ihr

Mann sich nicht meldet, ich habe ein Restaurant und kann immer Hilfe gebrauchen."

Er drückte ihr noch einmal die Hand und winkte ihr noch kurz zu. Er sah Michaels neugierigen Blick und meinte trocken.

„Man ich kann sie doch nicht so hängen lassen, mal sehen, ob sie sich meldet! Auf jeden Fall haben wir jetzt was und nun suchen wir die Bar!"

Die Mittagszeit neigte sich dem Ende zu, Rollläden von Geschäften wurden ratternd hochgezogen. Kinderlachen hallten durch die schmalen Straßen, das Aufschlagen der Fußbälle an den Wänden und auf dem Pflaster war zu hören. Ihre Schritte schallten laut und sie ärgerten sich, dass sie vergessen hatten zu fragen, wo diese Bar war. Sie kamen an einem kleinem Platz und blickten sich suchend um. Gegenüber auf der anderen Seite des Platzes sahen sie ein paar kleine Tische vor einer Tür stehen.

„Lass uns schauen, es müsste das dort sein!" kam es etwas missmutig von Michael. „Mein Bein macht sich arg bemerkbar und protestiert gegen die Belastung, die ich ihm zumute."

„Dominicas *Bar*" las Pedro betont unterwürfig vor.

„Bar ist ja ein dehnbarer Begriff, Spelunke trifft doch eher zu," konterte sarkastisch Michael,

„Lass uns hinsetzen, eine kaltes Wasser werden die hier sicher haben!" Sie strecken ihre Beine aus und Michael legte sein Bein auf einen Stuhl und sie schauten einen Moment dem Tanz von Licht und Schatten zu, als der Besitzer, ein Mann um die 40, mit einer blütenweißen Schürze und mit einem offenen Blick etwas neugierig an ihren Tisch kam. Betont freundlich fragte er: „Was darf ich Ihnen bringen?"

„Zwei Espresso und zwei kalte Wasser bitte." Leise hörten sie das Zischen der Kaffeemaschine und die Schritte des Besitzers näherten sich dem Tisch. Er stellte die beiden Espresso mit dem Wasser auf den Tisch und fragte zurückhaltend aber doch begierig.

„Sie habe ich noch nie hier gesehen!"

Froh, dass er anfing etwas zu sagen fasste Pedro gleich die Gelegenheit am Schopf und fragte ihn:„Stimmt, wir waren hier noch nicht, aber vielleicht können Sie uns helfen? Wir suchen Carlo und seine Freunde Aturo und Celso." Sie beobachteten den Wirt, wie er auf die Namen reagierte, es war aber nur ein kurzes Erstaunen zu sehen.

„Ja die drei sind oft hier, was wollen Sie denn von denen?" kam es jetzt doch misstrauisch.

„Wir wollten eigentlich nur mit Carlo sprechen, aber der ist leider im Moment nicht da, sagte uns seine Frau. Es geht um etwas Geschäftliches."

„Ja, Carlo," kam es lauernd und vorsichtig von dem Wirt, „der hatte einen kurzen Job und es sieht wohl so aus, dass er im Moment Glück hat, er wurde abgeholt. Sicher hat er noch etwas zu erledigen"

„Könnten wir vielleicht die Adressen von Aturo und die von Celso haben", meinte Pedro wie nebenbei und griff dabei über den kleinen Tisch, um sich ein Zuckertütchen zu nehmen. Er öffnete es und ließ den Zucker in seinen Kaffee rieseln. „Es wäre für uns wirklich wichtig!" Der Besitzer kratzte sich verlegen am Kopf, seine Zweifel, etwas preiszugeben, sie waren ihm deutlich anzusehen. Verlegen meinte er, „Sie sind öfter hier," und betonte es mit deutlich abweisender Miene, „mehr weiß ich nicht!" Er wendete sich ab und verschwand durch das dunkle Loch in seine Bar. Pedro blickte zu Michael, zog die Stirn in Falten.

„Da kommen wir nicht weiter, hoffen wir auf unser Glück, was anderes bleibt uns im Moment nicht." Stumm tranken sie ihr kaltes Wasser und den Espresso und ließen die Zeit wie in einem Stundenglas vorüber ziehen, jeder in seinen eigenen Gedanken versunken.

Sie schreckten etwas auf, als sie einen Wagen hörten, der rasch näher kam und vor ihnen am Straßenrand abbremste. Türen schlagen, lautes Lachen hallte über den Platz zu ihnen, sie blickten auf zwei Männer, die beschwingt auf die Bar zukamen. Beide waren groß und schlank, dunkle Haare, in nicht perfekt sauberen Jeans mit weißen T-Shirts. Sie blicken kurz auf sie beide und nahmen am Nachbartisch Platz. Laut rief der eine in Richtung Bar,

„Domenicus, bring uns bitte zwei Bier!" Michael und Pedro schauten sich fragend an. Er beugte sich zu Pedro rüber und flüsterte, „wollen wir uns die zwei zur Brust nehmen?" Als sie gerade hörten, wie der eine sagte:

„Mensch Celso, das mit Carlo das ist doch einfach nur große Scheiße! Du weißt, wie das jetzt läuft! Wir können uns das doch nicht ewig gefallen lassen…!"

„Was sollen wir tun? Du weißt doch, was die sich einfallen lassen, wenn wir nicht spuren!" Michael und Pedro standen fast gleichzeitig auf, nickten sich zu und gingen die drei Schritte auf die beiden zu. Sie verneigten sich leicht und sagten mit gedämpfter Stimme.

„Entschuldigen Sie, wenn wir Sie stören, aber dürfen wir uns einen kleinen Moment zu Ihnen setzen? Wir haben ein großes Problem und wir denken, dass Sie vielleicht die gleichen Sorgen haben." Misstrauisch und bereit sofort aufzuspringen, blickten beide sie mit Argwohn an. Ihre Mienen wurden feindselig und abweisend. Eisige Kälte strahlte ihnen entgegen. Pedro wagte es mit einem verständnisvollen Lächeln.

„Dürfen wir uns einen Moment zu Ihnen setzten?" und meinte spontan mit einem ironischem Lächeln, „keine Sorge wir sind nicht von der Mafia." Verblüfft blickten sie ihn an, schauten sich an und mit einem Grinsen nickten sie zu den leeren Stühlen. Celso beugte sich vor, starrte sie an und fragte leise, „was wollen Sie denn von uns?" Pedro atmete erleichtert auf, die erste Hürde wäre geschafft.

„Es geht um Carlo! Wir wissen, dass er einen Auftrag hatte, nämlich den Wagen von diesem Herrn Steinert," er nickte in Richtung Michael, „auf der Straße so schlimm zu bedrängen, dass es zu einem Unfall führte. Das Pech für die Auftraggeber von Carlo war, das ein anderer Autofahrer das Geschehen filmte und somit auch die Autonummer bekannt ist. Wir wollen nichts von Carlo, uns interessieren nur die Auftraggeber. Denen möchten wir zu gerne den Kampf ansagen, solche Angriffe lieben wir beide nicht!" Betretenes Schweigen, Unsicherheit, Misstrauen, die ganze

Palette war auf ihren Gesichtern zu sehen, was sollten sie tun? Es war ihnen anzusehen, dass sie am liebsten aufstehen und gehen wollten. Pedro versuchte es noch einmal und erklärte ihnen, dass es eine längere Geschichte sei und das sie einfach diesem miesen Spiel der Einschüchterung und der Ausnutzung ein Ende bereiten wollten. Aber es ginge nur mit ihrer Hilfe. Aturo scharrte leise mit den Füßen, es war ihm anzusehen, wie schwer es ihm fiel, denn es könnte ja auch eine Falle sein Er gab sich einen Ruck, hob den Kopf, räusperte sich und fing leise an: „Carlo geht es wie vielen hier, Arbeit gibt es kaum und schnell kommen wir in finanzielle Schwierigkeiten. Der Patron hilft dann." Kommt es sarkastisch, aber auch hilflos von ihm, „aber dafür müssen wir eben für Arbeiten und Aufträge zur Verfügungen stehen."

„Wenn ich das richtig verstehe, musste Carlo so eine Arbeit verrichten?"

„Richtig! Aber dann kamen zwei seiner Männer und nahmen ihn mit. Jetzt ist es uns klar und wir wissen warum!"

„Der Patron, ist das Cotarini?" Betretene misstrauische Gesichter und abwägend, was sie sagen sollen, dann kam es stockend.

„Ja er ist unser Patron, aber ob er wirklich dahinter steckt, das wissen wir nicht so genau." kam es doch vorsichtig.

„Waren Carlo oder Sie beide einmal bei Contarini persönlich?" Verlegen und mit peinlichem Gesicht: „Ja sicher, wenn wir nicht mehr weiter wussten, sind wir zu ihm und er half uns dann, aber er selber gab uns nie einen Auftrag, das war immer ein anderer."

Pedro schwieg und er überlegte, es war ja klar, dass er nicht persönlich kam und Aufträge verteilte. Aber wer war sein Mann im Hintergrund? „Hatte dieser Mann sich nie vorgestellt, gibt es einen Namen? Überlegen Sie bitte ganz genau! Es ist wichtig! Dann könnten wir richtig zuschlagen."

Ratlos schauten sich die beiden an und beratschlagen. Celso blickte sinnend über den Platz wo Licht und Schatten ihr Wechselspiel tanzten und meinte nachdenklich,

„Baroli? Bekali." Aturos Gesicht hellte sich auf, er schlug sich mit beiden Händen fest auf seine Schenkel. „Ja das ist er, Bartolo! Ein

Widerling und aalglatt! Das ist der, der immer kam, wenn es etwas zu tun gab!" Michael und Pedro lehnten sich zurück, endlich ein kleines Stück mehr von dem Puzzle. Sie lächeln die beiden an und meinten erleichtert.
„Sehr gut und ich denke darauf können wir ein Glas Wein trinken!"

„Bartolo? Ich habe den Namen schon einmal gehört, aber ich weiß ihn noch nicht einzuordnen," meinte grübelnd Pedro. „Ich werde mich umhören." Sie fuhren in die Abenddämmerung mit seinem warmen Licht und seinem knallroten Himmel. Sie hatten ihre Wagenfenster offen und die geheimnisvollen abendlichen Düfte stiegen aus den Büschen, dem hohem Gras mit seinen im Wind sich wiegenden Blüten, hervor. Pedro hielt seine Nase an das offene Fenster, „dieser Duft, den gibt es nur hier, ich liebe ihn, es riecht einfach nach Heimat" und atmete tief ein. „Ja" stimmte Michael ihm zu.

Pedro kam mit einem Grinsen wieder an den Tisch, wo noch alle saßen auch Herr Ronning, der gerade laut in die Runde seine Überlegung mitteilte, wie er an Bartolo heran kommen könnte.
„Na klar! Jetzt weiß ich es wieder, es ist der Anwalt!" kam es freudig von Michael.
„Ich habe auch gute Neuigkeiten!", kam es von Pedro. Das Dorf wo das Unglück geschah, es heißt Castelvetrano. Mein Freund hatte sich heimlich die Akte geholt, ein paar Kopien gemacht, die er mir noch durchfaxen wird. Und ratet mal, wer dort immer die Aufträge der Mafia verteilt?" Mit triumphierender Mine schaute er in die Runde. „Genau, Bartolo!" Einen Moment herrschte verblüffte Ruhe, dann brach es aus allen hervor."
„Das ist der Durchbruch!"
Jubelten sie alle gleichzeitig. Herr Ronning meinte dann noch nachdenklich:
„Ich werde mit in den Ort fahren und wenn uns das Glück dort hold ist, werde ich das als Aussage festhalten. Dann werde ich

morgen meine Nachforschungen in Gang setzen, für wen dieser Herr Bartolo amtlich tätig war und ist. Das wird sicher kein großes Problem werden!" Michael beugte sich gedankenvoll über den Tisch, griff in den Brotkorb, nahm sich ein Stück Baguette, lehnte sich wieder zurück, biss herzhaft hinein und grinsend meinte er freudig in die Runde,
„Na dann werden wir gleich morgen dem Dorf einen Besuch abstatten!" Sie hoben ihr Glas, tranken sich zu. „Auf unser Gelingen!"
Zufrieden standen sie auf und gingen hinaus in die Nacht, wo die Dunkelheit eine Decke über dem Meer ausgebreitet hatte. Die Vögel setzten sich mit letztem schrillem Gezwitscher zum Schlaf zurecht und das Laub zitterte wie Federn im leichten Abendwind.

„Auf in den Kampf" kam es von Pedro am anderen Morgen fröhlicher als er sich fühlte, aber er wollte sich selbst einreden, dass heute ein guter Tag werden würde.
Sie fuhren ein Stück in Richtung Palermo, bogen dann auf eine kleine Straße ab und konnten das Dorf schon von weitem sehen. Auf holprigem Pflaster fuhren sie in den Ort und standen wieder vor der Frage wie sie mit jemandem ins Gespräch kommen könnten. Auf einem Parkplatz an der Kirche parkten sie den Wagen unter einem Schatten spendendem Baum und suchten sich ein Café. Sie setzten sich an einen Tisch, wo sie wussten, dass der Wirt sehr genau ihren Gesprächen lauschen konnte. Neugierig kam der auch an ihren Tisch, sie bestellten und fingen ziemlich laut, an über das damalige Ereignis zu erzählen. Sie bauten bewusst ein paar Unwahrheiten ein, die den Wirt, der die Geschichte ja sicher ganz genau kannte, ärgern musste. Er stellte die Espresso dann auch etwas ungnädig auf den kleinen Tisch und musterte sie abwägend, wer sie wohl waren. Er zog sich dann zurück, aber wie sie sehen konnten, nicht sehr weit weg von ihnen, um ja nichts zu verpassen. Sie redeten laut, wie Bernando diesem bösen Spiel ein Ende bereiten wollte, dass er gegen seinen Vater war und welch tragisches Ende alles genommen hatte. Abwartend schlürften sie

ihren Kaffee. Sie hatten noch nicht richtig ihre Tassen abgestellt, da erschien auch schon der Wirt, schaute sich um, als wolle er sicher sein, dass keiner zuhören konnte, stellte sich vor sie hin und bat, sich setzten zu dürfen.
Verlegen rutschte er auf seinem Stuhl hin und her und suchte nach Worten. Sie blickten ihn an und nickten ihm ermutigend zu.
„Verzeihen Sie, aber ich konnte Ihrem Gespräch lauschen und wenn ich darf, möchte ich etwas dazu sagen." Die drei blickten ihn erwartungsvoll an.
„Ja das war damals ein böse Geschichte. Alle hier im Ort waren es so leid, vom Patron so ausgenutzt zu werden. Wir konnten es nicht fassen, dass ein Kind sterben musste, auch wenn es nicht mit Absicht geschah. Die Männer vom Patron brauchten ja auch nicht zu kommen, um uns zu betrafen. Wir schworen Rache! Natürlich hätten wir nie den Kleinen von Bernando getötet, aber der Patron sollte diese Warnung verstehen. Als sein Sohn hierher kam, hatten wir natürlich nicht recht geglaubt, dass er es wirklich ernst meinte und diesem Streit ein Ende machen wollte. Die Gemüter waren sehr aufgeheizt und wie überall, hörten einige auch nicht richtig zu. Es ging recht turbulent zu und viele waren geneigt, Bernando zu glauben. Aber Salvatore verlor für einen Moment die Nerven. Er wollte ihn ja auch nicht treffen, es sollte einfach nur eine Warnung sein und alle sollten einfach nur zuhören, was Bernando zu sagen hätte. Wie er garantieren würde, dass sie endlich in Ruhe leben könnten.
„Dieser Mann, der schoss, war er denn dem Patron besonders treu? Oder war es Schicksal?"
„Nun ja, der hatte sich schon meistens gefügt, er meinte halt, dass wir ja doch nichts machen können. Aber er zeigte auch ganz offen seinen Unmut. Wie wir alle!
„Habt ihr denn mit dem Patron persönlich Geschäfte gemacht?"
„Nein, da kam immer einer von ihm, ich glaube Bartolo heißt dieser unangenehme Mensch. Er ist Anwalt und der kennt kein Erbarmen! Ein eiskalter Anwalt!"

„Könnten Sie uns die Adresse von Salvatore geben? Keine Angst, wir machen keinen Ärger oder klagen an, wir möchten ihn nur etwas fragen."

Er zögerte und es war ihm anzusehen, wie unwohl er sich bei dieser Frage fühlte. Aber dann gab er sich einen Ruck und meinte, „die Straße hier hinunter und dann rechts, es ist das 4. Haus." Sie lenkten das Thema noch auf aktuelle Themen und verabschiedeten sich. Nachdenklich liefen sie die Straße runter und Michael meinte dann, es sei schon schlimm, da bemühte sich der Sohn dieses Vaters und wollte Frieden herstellen und - Bumm - erschoss man ihn…

Vor einem weiß getünchtem Haus blieben sie stehen, holten Luft und klingelten. Drinnen waren Kinderstimmen zu hören, eine Frau versuchte, diese Stimmen zu übertönen und leichte Füße sprangen Richtung Tür. Sie ging etwas auf und ein Junge mit einem schwarzen Lockenkopf und lustigen schwarzen Augen streckte seinen Kopf aus der Tür. Pedro beugte sich zu ihm und fragte, ob sein Papa zuhause sei. Der Lockenkopf verschwand und laut schrie er in das Haus „PAPA". Wieder streckte er seinen Kopf und seinen Oberkörper aus der Tür und fragte neugierig:

„Was wollt ihr denn von Papa? Ich habe euch noch nie gesehen!"

Im Hintergrund hörte man es rumoren und maulend fragte eine männliche Stimme:

„Was ist denn jetzt schon wieder los? Kann man keine fünf Minuten lang seine Ruhe haben?" Schlurfend kamen die Schritte näher und ein verschlafener, gar nicht so schlecht aussehender Mann mit etwas wirren Haaren und einem vier-Tage-Bart, das Hemd hing ihm halb aus der Hose, machte die Tür auf.

„Wer sind Sie denn? Was wollen Sie von mir?", fragte er recht unwillig und etwas feindselig.

„Könnten wir Sie einen Moment sprechen, wir möchte Ihnen nur ein paar Fragen stellen."

„Was für Fragen? Ich habe keine Fragen zu beantworten." Schon wollte er die Tür schließen.

„Es geht um die Schießerei damals, bei der der Sohn vom Patron erschossen wurde."
„Da gibt es nichts zu sagen, es gibt keine Beweise dafür! Was gibt es da noch?", fragte er etwas nervös und ängstlich.
Pedro überlegte, wie er ihn auf die sizilianische Art zu einem Gespräche bringen konnte. Da kam ihm eine Idee!
„Sie wissen doch wie wir Sizilianer sind, stolz, ehrbar und niemals feige und für den Patron arbeiten wir doch alle mehr oder weniger. Willig oder unwillig, wir beide kennen doch den Laden hier! Es ist eigentlich nur Neugierde, denn die absurdesten Geschichten kursieren und wir wollten einfach nur Ihre Geschichte hören. Denn ich kann es nicht recht glauben, dass Sie wie ein wildes Tier um sich geschossen haben."
Salvatore zog seine Stirn in Falten, schaute sehr kritisch und empört über diese Anschuldigung sowie abwertend auf die drei. Er ging einen Schritt zurück und meinte kurz angebunden, „na dann kommt mal rein!" Ein recht freundliches Haus, kein reiches, aber auch nicht ärmlich und das Wohnzimmer wirkte recht behaglich.
Sie setzten sich und Pedro fragte ihn, ob er denn Bernando persönlich kannte.
„Ne, bis zu diesem einem Tag nicht, nur gehört hatte ich natürlich einiges und so ganz wollte ich ihm auch nicht glauben, aber er klang sehr überzeugend. Es war ein Unfall, es sollte nur ein Warnschuss sein, die Leute sollten zuhören, denn die Gemüter sie waren alle recht aufgeheizt. Es ist völliger Blödsinn, ich habe nicht wild um mich geschossen, vielleicht hätte er uns von der Knechtschaft wirklich befreit." Mit bitterem Tonfall fuhr er fort. „Sie können es sich nicht vorstellen, was dann hier los war! Wir alle wurden noch mehr unter Druck gesetzt, wovon wir uns ja befreien wollten. Das ich noch lebe, habe ich nur dem kleinem Quantum Glück zu verdanken! Keiner hat mich verpfiffen, obwohl Patrons Leute nicht zimperlich waren und", meinte er verbittert „meiner Feigheit!"

„Und was noch? So einfach gab sich der Patron doch sicher nicht zufrieden, erst sein Enkel der angefahren wurde und sein Sohn war schließlich tot!"

„Erpresst hat er mich! Ich bin nun noch mehr sein Sklave, wenn ich nicht spure, sterbe ich! Was das heißt, muss ich nicht näher erläutern!" Bitter und verzweifelt kamen diese Worte von ihm und allen dreien kam der Gedanke, wie schlimm es dem Mann gehen musste.

„Müssen Sie denn viel für ihn tun? Oder wie läuft das so?", fragte Pedro mit echter Neugierde.

„Also, da war eine Sache! Vor mehrenden Jahren bevor dieser Schuss fiel. Bartolo gab mir einen Auftrag, den ich aber nicht selber erledigen sollte. Ich bin so eine Art Vorarbeiter" kam es sehr bitter von ihm. „Ich sollte einen suchen, der auch zuverlässig war. Also habe ich mich hier genau umgesehen und hatte Franco gefragt, ob er etwas erledigen kann. Er sagte zu und er musste dann in Cefalu einen Ausländer beseitigen. Das tat er auch, aber trotz der Belohnung, die recht gut war, wird dieser junge Mann nicht fertig damit - und ich auch nicht! Auch jetzt zittere ich jeden Tag. Die Drohung, dass meiner Familie etwas zustoßen könnte, die hatte er deutlich gesagt. Wir alle hier haben Angst, dass zu viel Blut an uns kleben wird. Verstehen Sie nun, wie schwer es hier ist? Wenn ich keine Familie hätte, dann würde ich schon längst…," kam es verzweifelt und unglücklich. „Wir möchten doch hier nur unsere Arbeit machen und alles zu einem vernünftigen Preis verkaufen. Ist denn das zu viel verlangt?"

Michael glaubte seinen Ohren kaum, was er eben gerade hörte! Herr Ronning saß über seinem Notizheft und schrieb mit. Sein Smartphone hatte er ja sowieso eingeschaltet, um das Gespräch aufzunehmen. Cefalu, einen Ausländer beseitigen? Also, das hätte er nicht erwartet! Soviel auf einmal, das hatte sich heute gelohnt. Und immer wieder fiel der Name Bartolo. Er schaute zu Ronning, der ihm grinsend zunickte und seine Notizen wegpackte. Sie standen auf und bedankten sich. Sprachen ihm Mut zu und sagten ihm, dass sie dabei waren, diesem Bartolo und auch Contarini das

Handwerk zu legen. Er sollte versuchen, sich von den Fesseln zu lösen und etwas Geduld haben, er hätte ihnen sehr geholfen.

Mit einer ziemlichen Wut im Bauch stiegen sie in ihren Wagen und schwiegen eine ganze Weile. Michael überlegte dann laut vor sich hin.

„Also dieser Franco hat meinen Detektiv in Cefalu versenkt. Die Leiche, die man fand, hatte schließlich seinen Ausweis. Das passte doch genau!" Er schaute zu Herrn Ronning und fragte:

„Wie gehen Sie da vor? Was kann daraus gemacht werden? Kann man dem sauberen Herrn Bartolo an den Kragen, denn er gab den Auftrag für einen Mord, wird er reden und zugeben, dass Contarini der Auftraggeber war?"

Herr Ronning sah angestrengt auf die vorbei fliegenden Büsche und Bäume und meinte nachdenklich:

„Ich muss alles in Ruhe überarbeiten, wir dürfen keinen Fehler machen. Ich habe zum Glück den Eindruck, dass wir bei einigen Polizeibeamten gute Chancen haben, dass sie uns ehrlich unterstützen. Ich werde versuchen heraus zu bekommen, welche Staatsanwälte und Richter in diesem Land nicht korrupt sind."

Carola erwartete sie schon ungeduldig und machte große Augen, über das, was sie zu hören bekam. Aber sie musste dann erst einmal an die frische Luft, denn die Sache mit diesem Herrn Maier…? Nur Bernando konnte mit ihm, wie auch immer, Kontakt bekommen haben. So war er auch schuldig und hatte Blut an seinen Händen, dachte sie bitter. Ihr ging noch durch den Sinn, ab wann Bernando sich so verändert hatte und es dämmerte ihr, dass das wohl ab jenem Ereignis war. Sie griff sich in die Haare, als wolle sie sie raufen und stöhnte auf.

„Bin ich an allem schuld, mit meiner Feigheit, nicht genug nein gesagt zu haben, damals, als es um die Papiere ging". Vielleicht hatte Bernando einfach nur Angst, wenn sie den normalen Weg gegangen wäre, dass womöglich Michael als Sieger hervor gehen würde und hatte das absolut vermeiden wollen. Es gab keine Antwort mehr darauf und sie musste jetzt auch damit leben! Wenn sie ehrlich zu sich selbst war, kam sie zum Schluss, dass sie ziemlich viel Mist gebaut hatte!

Herr Ronning brütete einen Plan aus und ging damit zur Polizei. Er gab ihnen den Tipp, wer diesen Mord im Auftrag von Bartolo und Contarini begangen hatte und beobachtete genau, wie die Polizei darauf reagierte. Mit Erstaunen konnte er sehr deutlich heraus hören, dass man es bereits ahnte, wer dahinter steckte, es war zu deutlich die Handschrift der Mafia. Aber so war sein Eindruck, war man sehr skeptisch. Contarini hatte zu viele „Spielgefährten", wer weiß, was er im Hintergrund hatte. So hatte er auch erfahren, welchem Staatsanwalt und Richter man vertrauen konnte und er nicht als korrupt galt. Er notierte sich die Namen und machte gleich einen Termin bei diesen aus.

Die nächsten Tage verbrachten sie alle unter einer gewaltigen Anspannung, es war wie vor einem Gewitter, wo der Himmel schwarz wurde und die Luft zum Schneiden war. Michael hatte sich in Bernandos Arbeitszimmer breit gemacht und Carola war tagsüber bei Pedro um zu arbeiten. Er genoss die Stille in diesem Haus und oft schnappte er sich seinen Laptop und arbeitete im Garten. Wenn er dann in das Haus ging, lauschte er, aber die Geister schwiegen beharrlich.

Carola saß an ihrem Schreibtisch und arbeitet einen Plan aus für eine größere Abendgesellschaft, die besondere Wünsche hatte. Gerade kam ihr eine geniale Idee, als die Tür des Restaurants mit einem Schwung geöffnet wurde. Sie rief ohne aufzuschauen, „wir haben noch geschlossen!" Als sie keine Antwort und auch keine sich schließende Tür hörte, drehte sie sich um und sah etwas schemenhaft im Gegenlicht, dass eine Frau im Raum stand. Sie stand auf und ging auf die Frau zu. Erstaunt blieb sie stehen und schaute erschrocken. Sie musste schlucken, die Worte wollten nicht über ihre Lippen.

„Du hier?", stammelte sie.

„Ja ich bin es! Ich hoffe, du hat etwas Zeit für mich, ich möchte mit dir reden."

„Wenn du im Auftrag deines Mannes kommst, dann habe ich nichts zu sagen, ihr hattet eure Chance und meine Abneigung hat sich leider verstärkt durch ein paar weitere Informationen."
„Ja ich weiß, aber du kannst auch vieles nicht verstehen und glaube mir, ich wünschte mir auch, dass manches anders wäre. Aber ich wurde in diese Welt hinein geboren und ich hatte keine Möglichkeit mich zu wehren. Wie auch, ich kannte ja nichts anderes! Ich finde es ja gut, dass du dich wehrst, du bist eine sehr mutige Frau, auch wenn ich vieles nicht billigen kann. Oder noch nicht, denn du öffnest mir ganz schön die Augen. Ich komme, weil es mir das Herz bricht, meinen Enkel nicht zu sehen. Ich wollte dich fragen, ob es denn keine Möglichkeit gibt, wie wir uns mit ihm einfach einmal treffen können? Können wir Frauen nicht ein wenig zusammen halten, abseits dieses Streites? Es war für mich schon ein sehr schwerer Schritt, aber die Sehnsucht hat mich besiegt. Ich würde auch Maria mitbringen, wenn du es willst.", fragte sie bittend.
Sprachlos stand Carola vor ihr, es war ihr anzusehen, wie aufgewühlt sie war und wie ein heftiger Streit in ihr stattfand. Konnte sie ihr trauen? Verstehen konnte sie sie, aber reichte das für eine Begegnung? Sie machte eine einladende Bewegung zu einem Tisch hin und bestellte zwei Espresso bei einer Angestellten, die mit neugierigen und großen Augen die Szene beobachtete. Schweigend nahmen sie einen Schluck, musterten sich gegenseitig. Carola stellte ihre Tasse vorsichtig ab, um ihre Nervosität nicht zu zeigen, und meinte:
„Weiß Lorenzo dass du hier bist?"
„Nein ich hielt es einfach nicht mehr aus. Durch deinen Mut bestärkt und den Gedanken die ich mir persönlich mache, sagte ich mir, vielleicht sollten wir Frauen doch mehr unseren eigenen Wünschen folgen, in dieser Männerwelt."
Bissig konnte Carola nur kontern.
„Nun, nicht alle Männer sind so wie manche hier in diesem Land. Es könnte auch einmal sein, dass euch einmal ein kalter Wind entgegen bläst. Obwohl ich dir generell Recht gebe!" Sie gab sich

einen Ruck. „Ich mache dir einen Vorschlag: Kommt doch morgen Nachmittag zu mir nach Hause, Matteo wird da sein. Aber wehe, wenn du mit gezinkten Karten spielst! Unser Anwalt wird im Hause sein!"

„Ich danke dir und glaube es mir, wir kommen aus Liebe und ich würde vieles geben, wenn Lorenzo nicht so stur wäre." Damit stand sie auf, reichte Carola die Hand und legte ihre andere Hand darüber. Die Erleichterung spiegelte sich in ihrem Gesicht, das weiche Züge bekam. Die perfekte Maske flog wie ein Vogel für einen Moment davon und sie sah entspannt und schön aus.

„Bis morgen und danke!"

Als sich die Tür wieder hinter Lucia geschlossen hatte, tauchten die Angestellten vorsichtig mit neugierigem Blick auf. Sie stand versteinert am Tisch und konnte es noch nicht recht glauben, was da eben gesagt wurde. Waren das ihre Worte? Morgen? Pedro riss sie aus ihren Gedanken und fragte aufgeregt:

„Sag mal, war das nicht eben...?" Sie schaute ihn ernst an und mit einem noch fassungslosen Blick konnte sie nur murmeln

„Sag nichts, aber sie kommt morgen Nachmittag zum Kaffee zu mir, um Matteo zu sehen!" Er schluckte heftig, seine Hände zuckten nervös, schaute sie erbost an.

„Bist du noch normal, oder was hat dich denn geritten? Was werden Michael und Herr Ronning dazu sagen? Willst du alles kaputt machen? Die treiben doch ihr Spiel und du fällst voll darauf rein!" schnaufte er sichtlich wütend.

„Ich weiß, aber es ist wirklich anders und ich nehme die Verantwortung voll auf mich. Sie ist auch Großmutter und eine Frau. Sie hintergeht ihren Mann, das will ja schließlich auch etwas heißen!"

„Pah! Hast du alles vergessen? Aber erkläre du das den beiden! Die tun alles für dich und was tust du?" Damit drehte er sich wutschnaubend um und kurz darauf war lautes Klirren von Glas zu hören.

Nervös brachte sie Matteo in sein Bett, sie machte einen Wein auf und rückte dann mit der Sprache heraus. Michael sah sie erst entgeistert an und es war ihm anzumerken, dass er einiges dazu sagen wollte. Aber er schluckte es herunter. Er trank und überlegte, ob Lorenz wirklich seine Frau vorschickte. Ronning hatte ihn am Nachmittag angerufen und ihm erzählt, dass der Staatsanwalt Haftbefehl für Bartolo erlassen hatte. Er dürfte schon in Untersuchungshaft sitzen. Die Aussage vom Staatsanwalt war eindeutig. Es gab stichhaltige Gründe und Beweise, dank Ronning, die zu einem Prozess ausreichten und damit würde es sicher auch für Contarini eng werden. Es könnte ihn auf die Anklagebank bringen, denn schließlich handelte Bartolo ja in seinem Namen. Er überlegte, ob da ein Schachzug von Lorenzo im Spiel war, dass er Lucia zu Carola schickte? Vorsichtig fragte er sie:

„Bist du dir sicher, dass es nur um die Gefühle der Frau geht und nicht um einen hinterhältigen Trick? Das können sie doch sehr sehr gut, oder?" Er berichtet ihr von dem Anruf seines Anwaltes und dass er doch so einige Gedanken zu Lucia dazu hatte. Sie nickte nachdenklich und war jetzt auch verunsichert. Hatte sie einen Fehler gemacht? Sie stand auf lief unruhig im Raum hin und her und grübelte.

„Meinst du nicht, dass es gehen wird? Du bist doch mit Herrn Ronning da und der Bewacher von Matteo wird auch hier vor dem Haus stehen. Wir könnten ja auch noch einen Polizisten als zusätzliche Sicherheit bestellen? Andererseits will sie Maria mitbringen." Michael blickte sie fragend an, „wer ist Maria?"

„Maria ist die Tochter von Lucia und Lorenzo, sie ist mit Pietro verheiratet. Beide führen jeweils ihr eigenes Leben. Sie ist mit Elena zusammen und Pietro hat wohl so seine Affären, oder ist auch in festen Händen. Du siehst, es wurde nach außen alles gut geregelt. Maria hatte sich zwar gefügt, aber sie ist nicht einverstanden mit dem, was ihr Vater so treibt. Nur offen wehren kann und will sie sich nicht."

„Ich kann dir ja schlecht etwas verbieten, mir ist zwar nicht sehr wohl bei der Geschichte, gerade jetzt, aber vielleicht ist dein Instinkt richtig. Frauen haben ja oft ein besseres Gefühl dafür.

Wir werden uns absichern und du lässt Matteo bitte nicht aus den Augen, versprich mir das!"

Michael hatte sich mit einem großem Becher Kaffee in das Arbeitszimmer zurückgezogen, gedämpft hörte er das Lachen von Matteo und Carola. Sie blieben heute hier und er lehnte sich zurück, um diesen Geräuschen zu lauschen. Wieso hatte er so etwas nie vermisst? Außer lauter Musik mochte er keine Geräusche, wieso war das jetzt so? Jetzt kam es ihm vor, als wäre er in ein neues Leben geschlüpft oder er hatte sich wie eine Schlange gehäutet. Seine alte Haut, sie lag zerknittert, griesgrämig und einsam auf einem großem Haufen Müll. Das hier, es ergab alles einen Sinn und es roch nach mehr. Konnte er es wagen, von seinen Gefühlen und Wünschen zu reden, wenn das hier vorbei war? So viel war er bereit zu ändern, für sie, auch für sich. Er streckte bereits seine Fühler aus, um hier bleiben zu können. Er merkte sehr wohl, dass Carola sich hier zuhause fühlte und bei Pedro. Das war sie, da strahlte sie wie ein Stern am Himmel. Das Telefon klingelte und schreckte ihn aus seinem Gedanken auf.

„Herr Steinert? Hier Ronning, ich wollte es Ihnen nur sagen, das der Staatsanwalt mich anrief. Sie haben Contarini vorgeladen, er drohte gleich mit einem Geschwader von Anwälten, es wird sicher sehr unterhaltsam! Ich halte Sie natürlich auf dem Laufendem. *Per ascoltare di nuovo"* (auf Wiederhören). Nachdenklich ließ er den Hörer sinken, wählte dann Pedros Nummer, um ihm diese Neuigkeit zu erzählen.

Pedro brüllte gleich los. „Ich habe es ihr doch gesagt, dass alles ein Spiel ist, was sie mit Carola treiben. Kannst du es ihr nicht ausreden, ich habe so ein komisches Gefühl im Bauch?"

„Keine Sorge, ich habe mit der Polizei gesprochen, sie fahren hier Streife, der Bodyguard von Matteo ist auch da und meine Wenigkeit."

Michael starrte aus dem Fenster auf das Meer hinaus, das heute recht launisch war. Er beobachtet ein Boot, das wie ein Spielball hin und her tanzte. Ich bin auch launisch ging es ihm durch den Kopf. Er hatte dieses Spiel hier so satt. Er möchte an die Zukunft denken. Hoffentlich bringen sie Contarini hinter Gitter, dann wäre endlich Ruhe! Wieder hörte er das Gelächter von Matteo und Carola aus dem Garten und er stand auf. Arbeiten konnte er im Moment sowieso nicht, er wollte zu dem Gelächter um einfach nur mitlachen zu können.

Matteo wachte gerade aus seinem Mittagsschlaf auf, den er jetzt immer sehr unwillig machen wollte, da hörten sie den Wagen auf dem Kiesweg vor dem Haus vorfahren. Carola schrak etwas zusammen, hoffentlich hatte sie keinen Fehler gemacht, das wäre unverzeihlich. Sie erklärte Matteo, dass seine Oma und seine Tante Maria zu Besuch kommen und dass er artig sein solle. Prompt kam es von ihm: „Mama ich bin doch kein Baby mehr, warum sollte ich meine Oma ärgern, ich habe sie doch schon so lange nicht gesehen."

Michael war zur Tür gegangen, öffnete sie und sah wie Lucia ihn erstaunt anschaute. Er bat sie herein und begrüßte sie beide freundlich aber distanziert und meinte: „Matteo kommt sofort mit Carola, Matteo hat gerade seinen Mittagsschlaf beendet."

Verlegen standen sie in dem Wohnzimmer, Michael bat sie Platz zu nehmen, als Marias Neugier nicht mehr zu halten war:

„Sie sind also Este.., äh Carolas Mann? Meine Hochachtung! Das nenne ich wirklich wahre Liebe, denn das kann es doch wohl nur sein? So wie Sie sich einsetzen!", staunte sie mit fragendem und bewundertem Blick. Michael war von dieser direkten Frage überrumpelt, was sollte er darauf antworten? Ja? Nein? Er konnte nicht mit einem Satz darauf antworten und wollte es auch nicht. Noch nicht! Obwohl ihm diese Maria durchaus sympathisch war. Sicher würde sich eine Gelegenheit später ergeben, mit ihr mehr darüber zu erzählen. So lächelte er sie an, wiegte seinen Kopf.

„Sagen wir es so, das Schicksal wollte es so, dass wir uns über den Weg liefen und gewisse Umstände taten ihr Übriges."

Kinderschritte kamen schnell die Treppe hinunter gelaufen. Lucia sprang von ihrem Sessel auf und wandte sich aufgeregt der Treppe zu. Sie breitete die Arme aus und Matteo stürmte in sie hinein. Michael und Carola standen vor diesem Bild, das sich ihnen bot. Es war so ganz anders als erwartet, hier lagen sich Oma und Enkel einfach in den Armen und - sie konnten es nicht fassen - Lucia liefen Tränen die Wange hinab. Sie drückte, schwenkte ihn herum, dass er jauchzte. Maria ging auf Carola zu, flüsterte leise, „Danke, sie litt furchtbar darunter und ich wiederhole mich, du hast echt Mut!" Lucia setzte Matteo etwas außer Puste ab und strahlte wie ein junges Mädchen.

„Danke, ich bin so glücklich und hätte mich schon längst durchsetzten sollen!" Carola schaute kurz mit erleichterter Miene zu Michael, der ihr bestätigend zunickte.

Lucia bückte sich und hob ein recht großes Paket hoch und reichte es Matteo. „Von Tante Maria und von mir." Seine Augen strahlten schon wegen der Größe und nichts konnte ihn mehr ablenken.

Ernst sah Lucia zu Carola und meinte dann sorgenvoll: „Du hast es sicher schon gehört, das man Lorenzo vorgeladen hat und sein Anwalt verhaftet wurde? Es kann sehr unangenehm werden, er hat eine Menge Anwälte und wird sich zu wehren wissen. Ich wünschte, mein Einfluss auf ihn wäre groß genug, dass er mit dir einig werden könnte. Aber er ist es nicht gewohnt, besiegt zu werden und schon gar nicht von einer Frau! Meinst du, dass wir beide es schaffen, Kontakt zu halten? Deswegen nahm ich Maria mit, sie mag dich und sie konnte uns auch behilflich sein, dass ich diesen süßen Fratz sehen kann."

„Das können wir versuchen und ich wünsche und hoffe, dass dieses miese Spiel bald ein Ende hat. Wenn ich all dies damals gewusst hätte, wer weiß, was ich getan hätte?" Matteo stieß einen Schrei der Freude aus, ein Parkhaus, beleuchtet, mit vielen Autos darin stand vor ihm. Ehrfurchtsvoll fuhr er ein Auto vorsichtig die Rampe herunter und brummte dabei genüsslich.

Schnell war der Nachmittag vorbei und sie versprachen sich, dass sie sich bald wieder treffen würden.

„Siehst du, mein Instinkt lag doch nicht falsch, es war doch gut so, nicht wahr?" flüsterte sie ihm ins Ohr, als sie eng umschlungen am

Fenster standen und dem nun wutentbrannten fast schwarzen, tobendem Meer mit seinen giftigen weißen Schaum-kämmen zusahen. Er strich ihr über das Haar, er machte sich Sorgen. Wie hieß es so schön, *hinterm Horizont geht es weiter…!* Was könnte der Staatsanwalt an echten Beweisen gefunden haben? Franco war verschwunden, Salvatore hatte nur über Bartolo seine Aufträge erhalten. Der Brandanschlag, wo gab es Beweise? Er hob ihren Kopf zu sich und küsste sie, letztlich waren sie durch Lorenzo wieder zusammen gekommen. Da hatte das Schicksal diesem Herrn einen Streich gespielt und er überlegte optimistisch. „Vielleicht wendet sich das Blatt ja doch. Warten wir es ab!"

Michael saß am Schreibtisch und las in deutschen Zeitungen. Er blinzelte und las es noch einmal. *Berühmter Anwalt von Mafia Boss Contarini verhaftet.* Es folgte ein Kommentar, ob dieser aussagen und Contarini belasten würde. Er schlug mit der Hand auf den Schreibtisch, das hätte er nun nicht erwartet, dass so etwas in der deutschen Presse erschien! Sein Telefon klingelte und er hatte es noch nicht richtig am Ohr als Pedro schon rief:
„Das ist ein Ding! Jetzt haben sie ihn am Wickel, das wird sicher ein Spektakel werden! Da waren wir doch richtig gut, ich klopfe uns auf die Schultern."
Er musste lächeln, aber er konnte sich noch nicht freuen, es stand alles erst am Anfang. Auch machte er sich Sorgen, denn er musste dringend nach Deutschland in die Firma. Das konnte er nicht von hier aus erledigen und er musste sich kümmern, Millionär war er schließlich auch nicht!
Carola fuhr ihn zum Flughafen und der Gedanke, dass er, wenn auch nur für vier Tage, nicht bei ihr war, schmerzte sie. Sie umarmten sich innig, er flehte sie fast an, dass sie wachsam sein sollte. Er schaute ihr tief in die Augen, drückte sie noch einmal fest an sich und sagte,
„Du bist der Sinn meines Lebens, was war ich doch so blind, schade um die verlorenen Jahre, ich liebe dich so sehr!" Glücklich, wenn auch mit Wehmut in den Augen, strahlte sie ihn an.

„Ich glaube, dass wir die Lehrstunde des Lebens brauchten und wissen nun, wie wertvoll das Glück ist. Ich liebe dich auch, mein Liebster!"

Auf dem Heimweg fuhr sie zum Kindergarten um Matteo abzuholen. Als sie in die Straße einbog setzte einen Moment lang ihr Herz aus. Polizei, viele Menschen stand am Kindergarten und ihr wurde fast schwarz vor Augen. Abrupt bremste sie stark und flog fast an die Windschutzscheibe. Sie erwachte aus ihrem Schockzustand und sprang aus dem Wagen, rannte auf die Menge zu und bahnte sich ihren Weg zum Eingang. Ein Polizist wollte sie aufhalten, sie brüllte ihm nur zu. „Ich bin die Mutter!" Die Leiterin sah sie und kam schnell auf sie zu und fasste sie am Arm. „Kommen Sie, es ist nichts passiert, alles ist gut!" Sie rief einer Erzieherin zu: „Hole bitte Matteo." In ihrem Büro führte sie Carola zu einem Stuhl und setzte sich neben sie. Dann fing sie an zu berichten. Die Kinder waren draußen und tollten herum. Alles war ruhig, der Bodyguard lief vor dem Zaun auf und ab. Plötzlich hörte eine Erzieherin, wie Matteos Freund nach ihm ärgerlich laut rief: „Wo hast du dich versteckt, ich will dich nicht suchen." Erst reagierte die Erzieherin nicht, aber als sein Freund noch einmal maulte, dass er keine Lust habe ihn zu suchen, machte sie sich auf die Suche und rief zum Glück dem Bodyguard zu, dass sie Matteo suchten. Der rannte gleich den ganzen Zaun ab und sah tatsächlich, wie ein Mann Matteo auf dem Arm hatte, ihm den Mund zuhielt und versuchte, in eine Seitenstraße zu flüchten.

Ihr Bodyguard war echt gut, er rannte auf ihn zu und als der Mann sich umdrehte, um zu schauen, wo sein Verfolger war, war der auch schon an seiner Seite! Mit harten Griff schnappte er sich den Jungen, setzte ihn ab und rief ihm zu: „lauf zurück, ganz schnell." Er wusste ja, dass wir alle wie aufgescheuchte Hühner überall suchten. Eine Erzieherin, die in der Nähe sich umschaute, fing Matteo auf und konnte den Jungen erst einmal trösten. Ihr Bodyguard war dann auch nicht zimperlich, schlug recht heftig zu und hielt den Mann fest. Ich hatte die Polizei schon verständigt und da waren Sie auch schon hier."

In diesem Moment kam Matteo in den Raum gestürmt, stürzte sich in ihre Arme und fing er an, wie ein Wasserfall, die Geschichte zu erzählen. Sie setzte ihn sich auf den Schoss und sagte lächelnd zu ihm. „Langsam mein Schatz, erzähle mir das langsam, was du erlebt hast."
Er wischte sich über die Augen, überlegte kurz, wie das alles kam und legte los.
„Ich spielte mit Gabriele und ich wollte aus dem Spielhaus noch einen Lastwagen holen. Da stand plötzlich ein Mann vor mir. Er nahm mich einfach auf den Arm und hielt mir den Mund zu und lief mit mir weg. Da war ein Loch im Zaun, ich hatte das nie gesehen, da kroch er mit mir durch, ich versuchte mich los zu strampeln, aber er hielt mich so fest, dass er mir weh getan hat. Aber dann kam unser Aufpasser und ich konnte ganz schnell zu Gloria rennen. Mama, ich hatte solche Angst! Ich fand den Mann ganz blöd!" Sie drückte ihn an sich, denn sie wollte nicht, dass er ihre Tränen sehen konnte. Nahm denn das nie ein Ende? Schlug Lorenzo schon wieder zu, nur um sich zu beweisen, wie stark es war? Wütend dachte sie.
„Warte nur, auch für dich kommt die Zeit der Abrechnung, wenn es einen gerechten Gott gibt, dann kommt die Zeit, wo die großen Sünden bestraft werden. Es ist an der Zeit!" Sie streichelte Matteo. „Bleibst du einen Moment hier, ich muss schnell mit der Polizei reden, ich bin gleich wieder da."
„Geh nur, ich gehe wieder zu Gabriele ins Bauzimmer." Sie stand auf, Matteo sauste davon, und sie ging nach draußen, wo ihr Bodyguard gerade etwas unterschrieb. Er blickte auf und nickte ihr voller Zufriedenheit zu. Sie ging zu dem Polizeiwagen, schaute hinein auf einen recht jungen Mann, der gleich den Kopf wegdrehte, als er sie sah. Sie öffnete die Tür und sagte im bitterem Ton. „Sie sind wirklich ein ganz blöder Kerl! Was haben sie sich davon versprochen? Ein Kind zu entführen, sollten Sie auch zum Mörder werden? Was auf Kindesmord steht, brauche ich Ihnen nicht erzählen. Ich wünsche Ihnen, wenn Sie Kinder haben, dass denen nicht auch so etwas passiert. Sie haben das doch nur im

Auftrag gemacht! Wie kann man nur so handeln, sich an einem Kind zu vergreifen!" Ihre Wut auf diesen Menschen, der zwar im Auftrag handelten, sie war so stark, dass sie am liebsten auf ihn eingeschlagen hätte.

So schrie sie ihn nur an. „Zur Hölle mit Ihnen, möge es Ihren Kindern nie so ergehen! Wie kann man nur so sein?" Und schmiss die Tür zu.

Sie wendete sich ab, ging auf den Bodyguard zu um ihn zu danken und drückte seine Hand.

„Das haben Sie wirklich gut gemacht, Danke!" Er lächelte sie an und seine Erleichterung war auch ihm deutlich anzusehen.

Als sie am Abend miteinander telefonierten, gab ihr Michael den Rat, dass Matteo lieber zu Hause bleiben sollte, immer in ihrer Nähe. Er meinte, dass dies vielleicht der Tropfen war, der das Fass zum Überlaufen gebracht hatte. Dieser junge Mann musste direkt von Contarini den Befehl erhalten haben, denn Bartolo saß ja schließlich in Untersuchungshaft.

„Ich werden mit Ronning morgen sprechen, diesem Mann darf nichts passieren, der muss reden! Er wäre der beste Zeuge! Du machst dir bitte nicht zu viele Sorgen, es wird bald alles vorbei sein, ich komme so schnell es geht. Schlafe gut, ich bin bald bei euch."

Am Morgen konnte sie sich nicht zurückhalten und rief Lucia auf ihrem Handy an. Sie versuchte so ruhig wie möglich die Geschichte zu erzählen, ihr die Situation zu erklären. Einen Moment herrschte Stille, dass sie schon glaubte, Lucia hätte das Gespräch unterbrochen. Aber dann meinte sie recht gequält.

„Bist du dir ganz sicher, dass deine Behauptung stimmt? Es ist auch für mich kaum zu glauben, aber eines steht fest, niemals würde Lorenzo den Auftrag gegeben haben, dass der Junge getötet würde. Er ist sein Enkel! Vorstellen kann ich es mir, dass er glaubte auf diese Tour sich Matteo zu holen."

„Da hast du Recht! Aber er versucht, uns das Leben zur Hölle zu machen, statt mit mir eine Lösung zu finden. Warum ist er so? Wir sind, waren seine Familie! Da macht man doch nicht solche Sachen! Er reitet sich immer mehr in sein Unrecht hinein und ich kann und will mit ihm nichts mehr zu tun haben. Tut mir leid, wenn ich dir das so hart sagen muss, aber das jetzt war der Gipfel!"

Lucia seufzt. „Ja ich kann dich verstehen, du hast ihm in seiner Festung ganz schön Feuer unter seinem Hintern gemacht, sagt man das so? Und das war und ist er nicht gewöhnt. Lass bitte uns beide auf einer neutralen Scholle den Stürmen trotzen. Meinst du, dass das geht?", fragte sie mit ängstlicher und trauriger Stimme.

„Wir Frauen sind es doch, die den Ausgleich herstellen und ausbügeln, was manche Herren der Schöpfung so alles verzapfen können. So eins, zwei gute Exemplare gibt es da ja!" meinte sie dann versöhnlich zu ihr.

„Habe ich so etwas nicht von dir gelernt? Jetzt heißt es stark zu sein! Wir bleiben in Verbindung! Wir werden sehen, wie sich alles entwickelt." Nachdenklich legte sie auf, nannte man es Schicksal oder war es einfach nur das, was man Leben nennt? Wir können planen, handeln und doch spielt das Leben mit uns so wie es ihm gefällt. Mir wäre ein normales Leben aber sehr lieb, „also Leben, halte dich daran! Oder hast noch nicht genug an Dramatik?" ‚sagte sie laut zu sich. Sie warf einen Blick auf den Himmel, „hast du deine Hände mit im Spiel und lenkst uns alle? Dann sieh auch zu, dass das hier bald ein Ende hat. Es reicht! Bitte gib mir doch ein Zeichen, dass es so ist, dann wäre ich viel beruhigter!"

Eine helle, silberne Vollmondnacht beleuchtete den Garten, über dem ein zarter milchiger Dunst hing. Michael stand mit Carola auf der Terrasse, sein Arm lag um ihre Schulter wie ein Schutzschild gegen alles Böse.

Herr Ronning war heute bei ihm und hatte ihm berichtet, dass der Mann gestanden hatte, dass ihm Contarini den Auftrag gegeben hatte, Matteo heimlich abzuholen. Dessen Anwälte gaben sofort an, dass es keine Entführung war, es ginge ja um seinen Enkel. Aber die Stimmung in der Bevölkerung und auch in der Presse war sehr kritisch, man wurde mutig! So wie die Polizei ihm berichtete,

kamen immer mehr Anschuldigungen, der Wind drehte sich auf der Insel und blies Contarini scharf ins Gesicht. Es gab auch ein paar andere Anschuldigungen, Drogenhandel, Problemmüll, den man galant unter Häusern vergraben hatte. Die Liste wurde immer länger. Aber erst einmal stand Bartolo vor Gericht, wenn er aussagen würde, dann hätten sie ihren Sieg!
Carola schmiegte sich enger an ihn und fragte.
„Meinst du wirklich, dass alle ihre gerechte Strafe bekommen und wir endlich in Ruhe unser Leben planen können. Kannst du dir das vorstellen? Ohne ständige Unruhe, was wieder passieren könnte?"
Ein kurzes Schweigen, wo jeder seinen Gedanken nachhing. Er lächelt verträumt in die silbrige Mondnacht und drückte sie an sich.
„Oh ja, das kann ich mir und ich hätte so ein, zwei Wünsche, die ich gerne mit dir teilen würde."
Neugierig fragte sie: „Was sind das für Wünsche?" Er überlegte kurz, ob er seinen großen Wunsch jetzt schon äußern konnte, aber der lag schon zu weit vorne auf seiner Zunge und ließ sich nicht mehr zurück drängen. Er schluckte und er hatte etwas Angst vor der Antwort.
„Ich hätte gerne eine größere Familie mit dir."
„Eine was? Aber wir sind doch schon eine Familie?" Da dämmerte es ihr, was er damit meinte.
„Du meinst, noch größer, du meinst," sie schaute ihn mit großen Augen an, das hier war so unfassbar, sie musste erst einmal schlucken. Du meinst allen Ernstes, „dass wir beide Eltern werden sollten?" Sie schaute ihn verblüfft an, daran hätte sie überhaupt nicht gedacht.
„Du überraschst mich wirklich immer mehr, du willst ein echter Vater werden? Ich bin total sprachlos, aber eigentlich hätte ich es mir auch denken können, so wie du mit Matteo umgehst. Ja dann würde ich sagen, hoffen wir für uns, dass dieser Mist hier irgendwann vorbei ist, dann könnten wir es ja anpacken! Ich wäre bereit!" Üben können wir ja schon mal….!", und sie nahm sein Gesicht in ihre Hände und küsste ihn voller Liebe.

Carola schlug die Zeitung auf und las vor. *"Heute erster Verhandlungstag gegen Anwalt Bartolo. Man kann gespannt sein, ob er seinen Auftraggeber beim Namen nennen wird. Es ist einen öffentliche Verhandlung und es wird mit großem Andrang gerechnet. Der erste Verhandlungstag steht unter großen Sicherheitsvorkehrungen."*
„Ich möchte wetten, dass Bartolo seinen Mund hält. Sicher hat ihm Lorenzo eine stattliche Summe geboten, er hatte ja nur Aufträge erteilt, soweit sind seine Hände sauber."
„So sehr viel nutzt ihm das im Knast auch nicht, es werden ein paar Jahre zusammen kommen," meinte Michael etwas sarkastisch und strich sich genüsslich Marmelade auf sein Brötchen. Sie diskutierten über den Prozess als sein Telefon klingelte. Gut gelaunt sagte er:
„Steinert beim Frühstück! Guten Morgen Herr Ronning!" Er lauschte und das Brötchen, das er in der anderen Hand hielt, fiel ihm herunter. Sein Gesicht bekam einen mehr als ungläubigen Blick. „Wie denn das? Wie konnte das passieren? Mitten im Saal? Und der Täter, nahm man ihn fest? Halten Sie mich auf dem Laufenden, es ist nicht zu fassen!" Er ließ das Handy sinken und starrte fassungslos aber ohne es wahrzunehmen auf sein Brötchen, das mit der Marmelade nach unten auf der Tischdecke lag, wo die rote Marmelade sich langsam ausbreitete.
„Stell dir vor, sie haben Bartolo im Gerichtssaal erschossen. Ein Mann kam herein, oder war schon drin, zielte und knallte ihn ab, drehte sich um und tauchte so schnell unter bevor die Polizei reagieren konnte." Er schüttelte den Kopf, schaute sie ungläubig an.
„Was ist das für ein Land hier? Mitten in Europa. Das ist echt ein starkes Stück und passt wieder total zu der Handschrift von Lorenzo. Es ist einfach unglaublich! Wie war das nochmal? Besonders hohe Sicherheitsmaßnahmen? Wirklich absolut sehr sicher!" konnte er nur höhnisch dazu sagen.
Sie überlegten, wer das gewesen sein könnte, denn die Möglichkeit dass es auch ein Racheakt war, war auch nicht auszuschließen.

Carola war aufgestanden, es war ihr anzusehen, dass sie über etwas nachdachte, drehte sich um und meinte nervös:
„Der junge Mann, der gestand, dass er im Auftrag von Contarini Matteo entführen sollte, er musste geschützt werden! Wenn die Anwälte Lorenzo gesagt haben, dass er beschuldigt wird, dass der junge Mann geplaudert hat, dann geschieht garantiert ein Mord an dem jungen Mann. Sie werden nicht zögern ihn umzubringen. Bitte rufe Ronning an, er hat doch einen guten Draht zur Polizei!"
Sie rätselten, ob das Lorenzos Werk war und wenn ja, dann musste er ganz schön in der Klemme sitzen. Wie ein Tiger in Not, der seine Krallen ausfuhr. Ronning sagte, dass er sich mit der Polizei in Verbindung setzen würde und meinte, dass er gehört habe, die Verhandlung des jungen Mannes sollte sehr schnell angesetzt werden.

Michael war schon früh aufgestanden und holte die Zeitung. Ein Bild sprang ihm entgegen, aber da er kein Italienisch konnte, ahnte er nur, was das Bild bedeuten konnte. Er lief in die Küche, wo es schon nach Kaffee roch und hielt ihr die Zeitung unter die Nase.
„Lies das bitte, es hat wohl etwas mit dem Schützen zu tun."
Carola starrte auf das Bild, ihre Augen wurden groß und sie angelte nach einen Stuhl und ließ sich darauf fallen.
„Nein, oh mein Gott! Das ist ja wohl das allerletzte! Arme Maria!"
Sie blickte auf das Bild und völlig verwirrt konnte sie nur stammeln.
„Das ist Pietro, Marias Mann! Er war und ist der Handlanger von Lorenzo. Ich hatte öfter mitbekommen, dass er Bernando seinetwegen um Rat gefragt hatte. Ich wusste, dass es um besondere Aufgaben ging, aber da war ich noch im Tal der Ahnungslosen. Jetzt hat er ihn für einen Mord eingespannt, sein Pech, dass ein Fotograf genau in dem Moment seine Kamera in die Richtung hielt, in dem Pietro mit seiner Pistole auf Bartolo zielte. Der lebt nun auch sehr gefährlich und sicher, wenn er Pech hat, nicht mehr lange!" konnte sie nur mit gerunzelter Stirn sagen.

„Wie wird sich Maria dabei fühlen? Sie sind zwar nur auf dem Papier verheiratet, aber ihr Name erscheint nun auch, ich muss sie gleich anrufen."
In Michaels Kopf überschlugen sich die Gedanken. Lebten sie im Moment hier zu gefährlich? Sollten sie lieben nach Deutschland? Aber es musste hier und jetzt eine Ende finden. Er wollte Ronnig auch nicht alleine lassen. Er goss sich einen Kaffee ein, gab Carola einen Kuss und verschwand in das Arbeitszimmer, seine Arbeit musste er auch erledigen.
Carola rief Maria an, die noch ganz verschlafen klang.
„Entschuldige Maria, dass ich dich aufwecke, aber dann bin ich leider die Erste, die eine schlechte Nachricht hat. Hole dir eine Zeitung, dort wirst du Pietro im Zusammenhang mit der Erschießung von Bartolo auf einem Bild sehen. Leider so, wie Pietro die Waffe genau auf Bartolo hält. Dein Vater gab ihm wohl den Auftrag, nur war ein Fotograf schneller und somit steht der Täter fest."
Carola hörte still zu, wie empört sich Maria über Pietro äußerte, diesen eitlen, eingebildeten und blöden Kerl. Der nur im Schatten von Vater gestanden hätte und allen Mist für ihn erledigte. Das er ihm nicht noch die Füße küsste, war alles. Geschah ihm Recht, wie oft hatte sie ihn gewarnt und ihm gesagt, er soll sich sein eigenes Ding erarbeiten, aber er war keinen Deut besser! Schließlich stammt er ja auch aus so einem Clan. Carola machte ihr noch den Vorschlag, wenn es zu turbulent würde, dann könne sie jederzeit zu ihr kommen. Seufzend beendete sie das Gespräch, es kam ihr im Moment vor, als würden sie auf ein großes Finale zu steuern, nur wie mochte das aussehen? Und vor allem ausgehen? Lorenz hatte viel Macht und viele Menschen, die ihm was schuldeten oder, oder…! Sie beschloss, dass sie für eine kleine Weile zu Pedro fahren sollte, sie musste den Kopf etwas frei bekommen. Als sie auf dem Kiesweg zur Straße fuhr, entdeckte sie ein paar Reporter, die wild los fotografierten, aber es gelang ihr, ihnen schnell zu entkommen.

Eilig lief sie zum Restaurant, öffnete hastig die Tür und blieb überrascht stehen. Um die Theke herum stand ein Rudel Männer und diskutierte wild. Pedro bemerkte sie und kam auf sie zu.
„Was machst du denn hier?"
„Ich wollte einfach mal raus und dachte, hier bekomme ich den Kopf frei. Aber wie mir scheint, ist hier auch die Hölle los!"
„Da kannst du heute in jedes Kaffeehaus gehen, es kocht das Blut der Bürger!"
Er nahm sie in den Arm und wiegte sie leicht.
„Das sind schwere Tage, aber auch sie ziehen wie ein Gewitter vorbei und denke daran; *Dal male nasce spesso un bene* (Aus dem Übel erwächst oft etwas Gutes)."
Sie machte sich frei und ging in ihr kleines Büro. Sie setzte sich und schlug die Hände vor ihr Gesicht. Angst, Wut Enttäuschung, Verzweiflung, einfach die ganze Palette von Gefühlen stürmten auf sie ein. Dass die Menschen diesen Prozess so aufmerksam verfolgten, hätte sie nicht erwartet. Nicht erwartet?, dachte sie höhnisch. Was hatte sie sich gedacht, hier in Sizilien? Die Menschen litten und lebten unter der Mafia. Dass da heiße Diskussionen stattfanden, war doch klar! Sie wischte sich über die Augen, schaute auf ihren Terminkalender, aber sie konnte sich nicht konzentrieren. Sie stand auf und ging in das Restaurant, schnappte sich Tischdecken und fing an die Tische auf der Terrasse zu decken. Gesprächsfetzen hallten zu ihr, „den müsste man abknallen, dann wäre es wenigstens einer weniger. Aber was wird sein - er kommt davon! Wir müssen uns wehren, gemeinsam sind wir die Stärkeren!" Sie setzte sich an einen Tisch, schaute gedankenverloren auf den Strand und blieb an zwei kleinen Kindern hängen, die vergnügt ihre Sandburg bauten. Eine Tasse Kaffee wurde ihr hingestellt, sie schrak zusammen und sah auf Lina, die sie mitfühlend anblickte.
„Komm, hol dir auch einen Kaffee und setz dich einen Moment zu mir" meinte sie lächelnd zu Lina. Die stürmte davon und war sofort mit ihrem Kaffee und mit einem Stapel Servietten, die gefaltet werden mussten, wieder da. Schweigend tranken sie, sie

sah zu wie eine Serviette nach der anderen gefaltet wurde. Lina fing an zu erzählen, wie aufgeheizt die Stimmung im Ort war, wie alle gespannt gewesen waren, ob Bartolo verurteilt würde, ob er gegen Contarini aussagen würde Und dann so etwas! Hier war allen klar, das nur er dahinter steckte. Dass ihn sein Schwiegersohn erschoss, sorgt für eine Stimmung, die einem Pulverfass glich. Wie man in den Nachrichten hörte, war die Suche nach dem Schwiegersohn schon eingeleitet.

„Zum Glück haben wir eine Menge Polizisten, die zum Glück für Gerechtigkeit sind", meinte sie tröstend. Mit einem missglückten Lächeln meinte Carola zu Lina:

„Das ist tröstlich, ich habe es so satt, ich möchte einfach nur in Ruhe leben." Pedro kam an den Tisch, legte seinen Arm um ihre Schulter.

„Hier steckt ihr! Ich suchte euch schon". Pedro angelte sich einen Stuhl, setzte sich und bat Lina, ihnen drei Schnäpse zu holen. Er legte seine Hand auf ihre und meinte besorgt:

„Stürmische Tage werden kommen, alle werden jetzt nervös werden, wenn Pietro geschnappt wird, dann wird es spannend!"

Bissig konnte sie sich nicht verkneifen zu sagen.

„Ja - wenn man ihn schnappt! Lorenzo wird schon dafür sorgen, dass er verschwindet, und dann?"

„Ich glaube, dazu wird es zu spät sein, mit dem Foto wird es tausende Augen geben und auch genug Spürnasen, die in jedem Rattenloch herum stöbern. Ich möchte wetten, dass es keinen Tag dauern wird, dann schnappt die Falle zu. Auch ein Lorenzo kann ihn nicht schützen, er kann ihm im Knast helfen."

„Ill vuleano esplode quando vuole, la guerra quando vogliono gli uomini" (Der Vulkan bricht aus, wenn er will, der Krieg, wenn es die Menschen wollen.)

„Pedro, ich glaube, dass ich heute keine große Hilfe bin, ich muss einen langen Spaziergang machen und es zieht mich nach Hause. Lina weiß Bescheid, was zu tun ist, ich besprach alles mit ihr."

„Geh du nur, du hast uns ja gut angelernt und hast uns auch gut im Griff." Mit seinem schelmischen Grinsen und seiner Ironie versuchte er sie aufzuheitern in dem er meinte: „Wohin ist eigentlich der alte Pedro verschwunden? Hast du zufällig eine Ahnung? Sein Doppelgänger sehe ich, aber den alten?" Sie lachte ihn spöttisch an, „ach der, der schaut dir doch ab und zu über die Schulter, merkst du es nicht?" Sie umarmte ihn und winkte allen zu.

Sie ging den Strand entlang, hatte ihre Schuhe ausgezogen, streckte ihr Gesicht der Sonne entgegen. Sie setzte sich in den schon warmen Sand, ihre Füße scharrten im Sand, sie schaute auf die unendliche Weite des Meeres, was heute sanft und friedlich in seiner unendlichen Weite glitzerte. Am Horizonte gab es einzelne Schiffe, deren Rauchsäulen zum Himmel stiegen. Fischerboote tuckerten langsam auf die Küste zu, in ihrem Schiffsbauch die Beute einer nächtlichen Fahrt. Sie atmete tief die würzige Luft ein, hörte das Kreischen der Möwen, die sich auf das Frühstück am Hafen freuten. Sie erinnerte sich, wie alles hier anfing, es war alles so atemberaubend gewesen. Kaum hatte sie ihre Füße hier in den Sand gestreckt, begann damals auch schon ihr Abenteuer. Es sollte alles so sein und es gefiel ihr, sie fühlte sich wohl und sie war damals angekommen. Jetzt war wieder alles im Umbruch. Sie ließ den Sand durch ihre Finger rieseln schaute zu, wie die Sandkörnchen in ihrer Hand weniger wurden. War sie auch so ein kleines Sandkorn? Wohin würde sie rieseln? Nach Deutschland oder blieb sie hier? Sie wusste, Michael beschäftigte sich mit dem Gedanken, hier Wurzeln zu schlagen, aber war das auch sein Leben oder würde er es ihr zu liebe tun? War das gut für sie beide? Sie legte sich in den Sand, schloss die Augen und verdrängte alle Gedanken, sie wollte diesen Augenblick der Ruhe genießen. Vielleicht würde es ja auch wieder so sein, als sie damals hierher kam. Alles kam von alleine und reihte sich wie eine Kette zusammen. Zart streichelte sie der Wind und sie schloss die Augen und fing an zu träumen. Sie sah Bernando, wie er sie anlachte, ihr seine Hand entgegenstreckte. Sie wollte seine Hand ergreifen, aber die wich immer zurück. Er beugte sich zu ihr, sie merkte, wie er sie sanft berührte und flüsterte.

„Du weißt, dass ich immer auf euch aufgepasst habe und ich habe dir Michael wieder gebracht. Das war richtig so, ich stellte fest, dass er dich noch liebt, auch wenn er selber es nicht mehr glaubte. Er passt nun auf euch auf, mich brauchst du nun nicht mehr. Sei glücklich und es wird alles gut, habe keine Angst."
Sie wollte ihn fragen: „Warum ist das alles passiert, wir hätten anders handeln müssen, dann wären wir noch zusammen." Und als hätte er ihre Frage verstanden.
„Hier gibt es kein Fragen, keine Schuld, es ist so wie es ist, aber ich kann eingreifen, aber nur bei den Menschen die ich sehr liebte. Das ist das Besondere."
Sie glaubte seinen Lippen zu spüren , es war wie ein zarten Hauch und sie wollte ihn festhalte, seine Nähe spüren. Aber er entzog sich ihr und wurde zu Nebel, der sich auflöste. Erschrocken schlug sie die Augen auf. Aber nur der blaue Himmel mit seinem warmen sanften Wind war zu sehen und zu spüren. Verwirrt setzte sie sich auf. Ihre Augen wanderten über den Strand. Sie hätte schwören können, dass Bernando da war, er sprach doch mit ihr, war es nur ein Traum? Sie schüttelte leicht den Kopf. Es war so realistisch und das, was er sagte, es war so tröstlich aber es klang nach einem endgültigen Abschied. Irritiert und entschlossen stand sie auf. Abschied? Sie musste doch vor langer Zeit Abschied nehmen! Wieder einmal ging es ihr durch den Sinn, dass es mehr gab zwischen Himmel und Erde, nur mochte man es nicht glauben. Vielleicht war er ja doch da? Sie schaute zum Himmel und meinte ein kleines Aufblitzen zu sehen. Sie blinzelte mit den Augen. „Ach Bernando!" Blieb am Ufer stehen, schaute dem Spiel der winzigen Wellen zu, die munter an den Strand hüpften und sie lief mit der Gischt durch das Wasser. Mit jedem Schritt fühlte sie sich leichter und die Angst vor dem, was noch kommen mochte, wurde kleiner. Bernando sagte doch, alles wird gut...!

Fast fröhlich hielt sie am Kindergarten. Dort sprang ihr Matteo freudig entgegen. Wie immer sprudelte es aus ihm heraus, was er alles erlebt hatte, was alles aufregendes passiert war. In seiner kleinem Welt war wie immer ein einziges buntes Kaleidoskop.

Als sie den Kiesweg entlang zur Garage fuhren mit dem vertrautem Knirschen der Räder auf dem Kies, da überwältigte sie dieses Gefühl wieder so stark in ihr nach Hause zu kommen. Hier fühlte sie sich geborgen. Michael stand an der offenen Garage und ihr Herz machte einen Sprung. Sie sprang aus dem Wagen und lief lachend auf ihn zu. Er öffnete seine Arme und sie ließ sich hinein fallen. Ihr Mund öffnete sich um ihm zu sagen, wie sehr sie ihn liebte, da drängelte sich Matteo dazwischen und forderte seine Recht.

„Ich will auch!" protestierte er.

Sie saßen im Garten, Fußball war angesagt, als es an der Tür klingelte. Sie lief hin und Herr Ronning stand lächelnd vor ihr.

„Hallo, was führt Sie zu uns, haben Sie Neuigkeiten?"

„Jein, ich wollte Ihnen erzählen, was ich gehört habe." Sie machte eine einladende Handbewegung.„Kommen Sie herein, wir sind im Garten, ich hole für Sie noch ein Glas Eistee, Sie kennen ja den Weg."

Als sie in den Garten kam, saßen Michael und Ronning auf den Liegen, sie reichte Ronning das Glas mit dem kaltem Eistee, setzte sich dazu und lauschte.

Er erzählte, dass eine große Ringfahndung nach Pietro lief und dass ein junger Mann namens Grasso, strengstens bewacht würde. Der Staatsanwalt hatte ihm erzählt, dass er von Palermos Stadtverwaltung einige Unterlagen bekommen hatte, aus denen eindeutig hervor ging, dass Contarini beim Bauamt Schmiergelder bezahlt hatte, um bei Neubauten verseuchte Erde vergraben zu können. Es sah ganz so aus, als ob man ihm nachweisen kann, dass er mit dem Müllgeschäft auch in Deutschland tätig war.

Er hatte einige korrupte Leute dort sitzen, aber es gab auch andere und die sahen jetzt die Möglichkeit auszupacken. Dann das Drogengeschäft, da liefen auch die Ermittlungen. Nur, ob es für Mord reichte, stand noch auf einem anderen Blatt! Carola meinte, dass er doch zum Abendbrot da bleiben solle und sie sich gemeinsam die Nachrichten anschauen könnten.

Er hörte wie es an der Haustür klingelte, Michael stand auf um zu öffnen. Überrascht blickte er auf eine aufgelöste Maria, die mit einer größeren Reisetasche vor ihm stand. Sie schaute ihn verstört an und meinte stockend: „Carola bot mir an, dass ich zu ihr kommen kann, wenn...", kam es stotternd. Locker versuchte er die Situation zu entkrampfen.

„Immer hinein in die gute Stube, wir sitzen gerade im Garten, kommen Sie!"

Carola sprang auf und eilte auf Maria zu, sie nahm sie in den Arm und brachte sie zu einem Stuhl.

„Ist etwas passiert, oder hältst du es nur nicht mehr aus?" fragte sie sorgenvoll.

„Ich kann die ganze Presse mit ihrer Belagerung, die ständigen Anrufe und Bedrohungen nicht mehr ertragen. Elena habe ich zu ihren Eltern geschickt und ich, ich bin jetzt hier." Konnte sie nur unter Schluchzen sagen.

„Hier trink erst einmal einen Schluck Wein, gleich essen wir, alles wird gut!" meinte Carola tröstend, nahm sie in den Arm um ihr ein wenig Trost zu spenden und es kam ihr der Gedanke, dass sie das heute schon einmal gehört hatte.

„Leute, es gibt Nachrichten, können wir die bitte hören? Carola bitte übersetzte mir, was wichtig ist", bat Michael.

Verblüffte Gesichter, ein erstauntes „na es geht doch!" und alle sprangen auf, riefen gleichzeitig, „das ging ja mehr als schnell!"

„Pietro Miretti, der Schwiegersohn von Lorenzo Contarini ist heute Nachmittag in einer Tankstelle bei Messina festgenommen worden. Passanten hatten ihn erkannt und die Polizei verständigt. Nach kurzem Widerstand konnte er verhaftet werden. Er wird beschuldigt..." sie machten den Ton leiser, denn den Rest wussten sie ja. Sie setzten sich langsam wieder, schauten auf Maria, die gefasst, blass und ernst alle anschaute.

„Es ist wirklich gut so! Natürlich tut er mir etwas leid, aber er hätte es wissen müssen. Unser Leben war nicht unseres, er glaubte, alles wäre gut und richtig. Ich warnte ihn oft genug und ganz ehrlich, mein Gefühlsleben kommt dadurch nicht durcheinander. Es ist wie bei einem Fisch. *Ill pesce vuole nuotare tre volte, nell´acqua, nell´olio e nel vino.* (Fisch muss dreimal schwimmen, im Wasser, im Öl und im Wein) und dann wird er aufgegessen! Pietro schwamm und tauchte im Teich meines Vaters, er schwamm in den Gewässern meines Vaters, er war ölig glatt und war allen Weinen zugetan. Aber wie das bei Fischen so ist, sie gehen ins Netz oder wenn sie nicht aufpassen, so werden sie gefressen, um es drastisch zu sagen."

Ronning holte gleich seinen Notizblock vor und fing an sich Notizen zu machen. Nebenbei meinte er noch, dass die erste Verhandlung gegen Contarini in drei Tage angesetzt sei.

Carola stand auf und ging nach oben, um das Gästezimmer herzurichten. Sie wählte Lucias Nummer und wartete nervös auf das Freizeichen. Leise und sehr traurig kam das „hier Contarini."

„Carola hier! Lucia, wie geht es dir? Maria ist zu uns gekommen, sie hält die Belagerung nicht mehr aus. Ich wollte dir das nur sagen und ja, wenn du uns sehen willst, bist du gerne gesehen. Keine Angst, wir werden dich nicht benutzen, um etwas über Lorenzo zu erfahren." Ein Seufzen war zu hören und auch ein Unverständnis darüber, was da gerade alles passierte.

„Ich verstehe das alles nicht! Wir haben uns doch gekümmert und natürlich, wie das hier schon immer war, haben wir auch eine Gegenleistung erwartet. Du kannst dir das nicht vorstellen, welch feindselige Stimmung hier plötzlich herrscht. Ich komme mir wie eine Aussätzige vor. Geschäfte werden doch überall gemacht und auch überall nicht immer ganz korrekt. Politik und Wirtschaft sind nicht immer ganz sauber."

Carola schluckte, wie sollte sie ihr klarmachen, dass es Unterschiede gab? Aber das wäre im Moment zu viel, sie war „nur" die Herrin innerhalb des Hauses, was draußen geschah war Männerdomäne.

„Lucia wenn du uns brauchst oder sehen möchtest, dann melde dich und versuche zu schlafen. *Buona notte.*"

Nachdenklich ging sie zu den anderen die Treppe hinunter, bückte sich, um ein Spielzeug, das auf einer Stufe lag, aufzuheben. Wie sollte sich die Zukunft gestalten mit Lucia? Sollte Lorenzo verurteilt werden, wie würde sie es verstehen und wie würde sie sich verhalten? Für sie ging ihre Welt zu Bruch. Ein merkwürdiger Abend neigte sich dem Ende zu, es wurde viel geredet, spekuliert und Maria ging sogar soweit, Herrn Ronning einiges zu erzählen.

„Ich bitte um Ruhe!" donnerte der Richter in den Saal. „Hiermit ist die Verhandlung in der Straftat Staat gegen Herrn Contarini eröffnet." Lorenzo saß elegant in seinem maßgeschneiderten Anzug und umringt von seinen vier Anwälten gelassen da. Nur an seinen Augen konnte man erkennen, dass er angespannt war. Carola, Michael, Ronnimg und Maria waren heute auch dabei, sie wollten diesen Auftakt miterleben, wie Lorenzo sich dem Gericht präsentierte. Lucia saß im eleganten Kostüm gut geschminkt ihre Blässe verbergend, aber ganz Lucia, vollkommen kühl und beherrscht in der ersten Reihe. Carola schaute in die verschiedenen Gesichter, die angespannt, neugierig und auch voller Unmut auf diese Verhandlung warteten. Immer wieder kamen unwillige Zwischenrufe, eine aufgeheizte Stimmung lag in der Luft. Dabei tat sich nicht viel, die Vorwürfe wurden aufgezählt, Daten über den Beschuldigten und die ersten Zeugen wurden vernommen. Dann wurde es still, denn Herr Grasso wurde in den Zeugenstand gerufen. Carola sah zu Lorenzo und es war für einen Moment deutlich zu sehen, wie er nervös zusammen zuckte und versuchte, Blickkontakt mit dem Zeugen zu bekommen. Herr Grasso schilderte, wie er zu Contarini gerufen wurde, der ihm den Auftrag erteilte, den Sohn von Carola Steinert aus dem Kindergarten zu entführen, ganz egal wie. Die Anwälte schossen daraufhin aus allen Kanonen. Wie konnte man seinen eigenen Enkel entführen? Lächerlich! Er bat lediglich diesen jungen Mann, ihn zu holen und nichts anderes! Im Saal wurde der Geräuschpegel höher, der Richter donnerte seinen Hammer auf das Pult und drohte mit Ausschluss der Öffentlichkeit.

So ging es mehrere Stunden, alles wurde ihm zur Last gelegt und zum Erstaunen der Anwälte wurde zum Schluss noch ein Zeuge vorgelassen, der ein Schreiben mit Lorenzos Unterschrift dabei hatte, wo es um den Drogenhandel ging. Die Anwälte tobten, dass ihnen der Zeuge nicht vorher mitgeteilt worden war. Eine hitzige Debatte entstand, der Richter machte dem ein Ende und vertagte die Verhandlung auf den nächsten Tag.

Aufgewühlt verließen sie das Gebäude und immer wieder hörten sie, wie die Menschen aufgebracht diskutierten und Mörder riefen. Sie wollten, dass dem Mafioso endlich das Handwerk gelegt wurde.

Sie gingen auf Lucia zu, die von Reportern umringt wurde und ihr ein Durchkommen unmöglich machten. Sie drängten sich durch, nahmen ihren Arm und zogen sie fort.

„Danke! Das war ja einfach nur schrecklich!"

„Komm lass uns einen Kaffee trinken gehen, ein paar Straßen weiter ist ein Café." Sie stiegen schnell in den Wagen und Michael machte mit quietschenden Reifen einen Schnellstart. Die Reporter standen mit ihren gezückten Kameras enttäuscht da.

Im Café bestellte Michael für alle Kaffee mit doppeltem Grappa. Erschöpft ließen sie sich auf die Stühle fallen, in ihren Köpfen rauchte es und jeder war mit seinen eigenen Empfindungen beschäftigt. Alle stürzten den Kaffee mit Grappa mit einem Zug hinunter, Lucia fand die ersten Worte.

„Ich weiß nicht, wie ich das durchstehen soll, es ist so furchtbar, aber ich kann ihn doch nicht im Stich lassen? Wir sind 40 Jahre zusammen und bis jetzt waren es gute Jahre, aber diese Menschen, sie machen mir Angst! Was wollen sie von uns?"

Carola sah wie gebannt auf ein Bild.

Ein Weinberg mit seinen prallen dunklen Trauben, der eine Teil lag in der vollen Sonne, der andere Teil lag furchterregend eingehüllt in schwarzen Wolken. Ein Reiter in glänzender Rüstung war zu sehen, der aus der Dunkelheit mit seinem edlen Pferd im Galopp heran stürmte und die Rebstöcke zerschlug. Bauern knieten und hoben flehend die Hände zu dem Reiter empor, der grimmig auf sie herab schaute.

Sie hatte Mühe sich von diesem Bild abzuwenden. Es sprach die ganze Tragödie aus! Wie sollte sie es Lucia erklären? Würde sie Lucia das Bild zeigen, sie hätte ihre eigene Antwort darauf.

Als sie Lucia nach Hause fuhren und vor dem Eingang anhielten, konnten sie sie es wieder bei ihr erleben, wie sie zu einer anderen Frau wurde. Ihre ganze Haltung straffte sich, ihr Gesicht bekam diesen beherrschten undurchdringbaren Ausdruck. Silan kam schon an den Wagen, machte mit einer leichten Verbeugung die Wagentür auf und eine perfekte Dame stieg aus. Sie beugte sich noch schnell zum Wageninneren und meinte mit einem kleinen Lächeln. „Danke dass ihr da wart." Sie richtete sich auf und ging stolz aber einsam die Stufen zum Haus hoch. Mit einem tiefen dunklen Wumm schloss sich die Tür hinter ihr. Schweigen fuhr Michael nach Cefalu, ihnen war nicht nach Reden zu Mute.

Sie beschlossen, den Verhandlungen fern zu bleiben, Herr Ronning würde ja in ihrem Namen dort sein und ihnen alles berichten.

Maria saß recht still da, ihr war anzumerken, dass es sie doch belastete, denn Pietros Verhandlung stand auch bevor, er hatte ja einen Mord begangen, er konnte schweigen und von seinem Schweigerecht Gebrauch machen oder seinen Schwiegervater als Auftraggeber angeben. Sie musste zum Glück nicht vor Gericht, um auszusagen. Erstens hatten sie Herrn Ronnig und dann konnte auch sie schweigen. Aber es machte sie nervös. Wie weit würden die Befragungen gehen? Würde ihr Privatleben an die Öffentlichkeit gezerrt werden? Alles was ihr Vater so schön vertuschen wollte, würde dann öffentlich werden. Nicht dass es schlimm wäre, dass sie sich dann nicht mehr verstecken müssten. Aber so durch einen Prozess an die Öffentlichkeit zu kommen, es schauderte ihr. Ihr Anwalt war sich sicher, dass das kein Thema war. Wenn ja, dann hätte es nur etwas mit Pietro und seiner Anklage zu tun, alles andere sei nicht von Bedeutung.

Über Wochen zogen sich die Verhandlung hin, Lorenzos Anwälte waren mit allen Wasser gewaschen und konnten alles so drehen, dass es in einem ganz anderen Licht erschien, und er damit als Unschuldslamm dargestellt wurde. Sie versuchten, Grasso zu entlasten. Nie wäre eine Entführung geplant gewesen! Er sollte nur den Enkel holen, zu den Großeltern bringen. Was ja schließlich kein Verbrechen sei! Der Staatsanwalt konnte Franco nicht festnageln, er hatte ja nur von Bartolo den Auftrag erhalten, aber unschuldig war er nicht. Warum Bartolo den Mord an Maier befahl, das war nicht mehr nachvollziehbar, denn der war ja nun tot! Den Anschlag auf Michael schmetterten die Anwälte nieder, wo war der Täter? Oder der Auftraggeber? Es sah deprimierend aus, aber es war ihnen allen klar, dass Lorenzo unter Umständen als freier Mann das Gericht verlassen wird. Er würde eine Strafe auf Bewährung mit einer stattlichen Summe erhalten, wenn nicht ein Wunder geschah.

Sie alle hofften, dass Pietro zu Vernunft kam und ein wenig seine Haut retten würde, sein Anwalt würde ihm sicher dazu raten. Aber allen war auch klar, dass die Mafia eine große Familie war, man hielt zusammen und Störenfriede wurden beseitigt. Pietro war also in Gefahr! Einerseits hatte er Bartolo beseitigt, bevor er womöglich plaudern konnte, aber wenn Pietro redete, dann drohte ihm das gleiche, oder schon vorher. Selbst der Staatsanwalt und der Richter mussten aufpassen, sie wären nicht die ersten, die erschossen am Straßenrand lägen.

Die Zeitungen überschlugen sich mit ihren Berichten aus dem Gerichtssaal und die Stimmung bei den Menschen wurde je nach Gerichtstag entweder euphorisch oder wütend.

Was aber am meisten auffiel, dass viele sich wünschten, dass Contarini verurteilt würde, am besten wegen Mordes und das wenigstens hier die Mafia zerschlagen wurde.

Pietro stand im Zeugenstand und berichtete etwas stockend, aber mit fester Stimme, wie sein Schwiegervater ihm erzählte, dass Bartolo eine Gefahr für sie alle geworden wäre. Dieser hätte sich von seinem Schwiegervater abgewandt und Lügen verbreitete, eigenmächtig hätte er gehandelt, er hatte sie alle in Schwierigkeit gebracht. Die einzige Möglichkeit war für ihn, dass er diese

Aufgabe übernahm und Bartolo erschoss. Er war seinem Schwiegervater treu ergeben, wie es die Pflicht war in einer Familie und um die Familienehre zu retten. Sicher war es ein Fehler, dass er nicht den Lügen nachgegangen war und somit nicht verhinderte, dass diese Morde geschahen. Aber das konnte er nun nicht rückgängig machen. Sein Anwalt versuchte zu erklären, in welchem Gewissenskonflikt Pietro gestanden hätte und dass man das als mildernd bei der Verurteilung berücksichtigen sollte. Der Staatsanwalt trumpfte da natürlich ganz anders auf. Von labil, schwach und Eigensinn war die Rede und von seiner Homosexualität und seinen wechselnden Partnern. Maria musste auch in den Zeugenstand, versuchte Pietro als liebevollen Ehemann zu beschreiben und von seinen Bemühungen, in der Familie alles richtig zu machen. Mit Herzklopfen wartete sie, dass der Staatsanwalt ihr Privatleben auseinander nehmen würde. Er setzte auch dazu an, aber ihr Anwalt ging sofort dazwischen und der Richter stimmte dem zu.

Beim Plädoyer versuchten die Anwälte, ihn als Opfer seiner Loyalität und seiner Gefühle dazustellen. Er habe zu wenig nachgedacht und wollte seinem Schwiegervater imponieren, der hatte immer seine schützende Hand über ihn gehalten, aber sein Alleingang wurde ihm nun zum Verhängnis. Nie hätte sein Schwiegervater solch einen Befehl gegeben.

Pietro stand wie ein Häufchen Elend bei der Urteilsverkündung da. Da es keine sichtbaren Beweise gab, dass Contarini ihm den Befehl zum Töten gab, wurde er zu einer lebenslangen Haft verurteilt. Mit dem Hinweis, dass das Gericht die Wahrheit ahne, aber ohne Beweise waren ihnen die Hände gebunden, auch wenn Herr Ronning viel zur Aufklärung beigetragen hatte. So kam es zu dem harten Urteil.

Ein paar Tage später fiel das Urteil für Lorenzo. *„Herr Contarini hat sich schuldig gemacht an Erpressung, Geldwäsche, illegaler Müllentsorgung und Drogenhandel. Da ihm all diese Straftaten nur bedingt nachzuweisen waren, erging folgendes Urteil. Fünf Jahre Haft auf Bewährung und 20.000,00 Euro Strafe. Da es hieß:*

„*Für die anderen Anklagepunkte gilt der Grundsatz „in dubio pro reo.“ Eine Tatbeteiligung von Lorenz ist nicht zweifelsfrei nachgewiesen worden...*" im Zweifel für den Angeklagten, mussten wir dieses Urteil fällen, auch wenn es erhebliche Zweifel gibt." So die Worte des Richters. „*Möge sein himmlischer Richter über ihn richten. Die Sitzung ist geschlossen.*" Lorenzos Anwälte klatschten sich in die Hände und selbstbewusst mit triumphierender Miene stand Lorenzo auf, rückte seine Krawatte zurecht und ging stolz umringt von seinen Anwälten Richtung Ausgang, nicht ohne einen vernichtenden Blick auf das Gericht zu werfen. Am Ausgang blickte er stolz auf die Reporter und ein böses „Mörder, Mörder" schallte ihm von einer wütenden Menschenmenge entgegen. Er war dabei die erste Stufe zu nehmen, um den wartenden Reportern zu antworten, als ein Schuss fiel. Er war kaum zu hören gewesen, bei den lauten Schreien der Menschen. „Mörder, Mörder" schallte es über den Platz. Lorenzo stand wie aus Stein gemeißelt da, bekam einen erstaunten fassungslosen Gesichtsausdruck, fasste sich an die Brust und sackte zusammen. Fiel auf die Stufen zu Füssen seiner Anwälte. Einen Moment der Stille trat ein, man schaute ungläubig auf die Gestalt, die da lag. Dann brach der Tumult los! Die Anwälte beugten sich über ihn, einer schrie nach einem Arzt, ein Mann der sich als Sanitäter ausgab, schob sich durch die Menschen zu ihm durch. Er fühlte nach seinem Puls und stellte von Contarinis Tod fest. Kurz brauste ein Bravo durch die Menge, dann sahen die Leute zu, dass sie den Platz verließen. Keiner hatte gesehen, wer der Schütze war und wenn es welche gesehen hatten, so schwiegen sie und schützten ihn.

Lucia, die noch im Gebäude war, kam gerade hinaus und wollte an die Seite ihres Mannes treten als er zusammensackte. Sie erschrak, denn sie hatte den Schuss nicht gehört und glaubte, ihm ginge es nicht gut. Als sie das Blut an der Hand des Anwalts sah, da ahnte sie, was gerade passiert war. Carola, Michael und Maria saßen noch fassungslos im Gerichtssaal, sie wollten sich den Trubel ersparen und starrte auf das Richterpult, als könnte da noch etwas geschehen, was sie aus dem Alptraum holen würde. Sie horchten auf, als die Stimmen anders klangen, ein Bravo nachhallte und andere Stimmen laut wurden. *„Arzt"* hörten sie es rufen und schauten neugierig Richtung Ausgang. Sie standen auf und wandten sich dem Ausgang zu, wo es noch von Menschen wimmelte. Aber irgendetwas war nicht normal. Sie kamen näher und sahen einen Mann auf der Treppe liegen.

„Mein Gott, das ist Lorenzo," entfuhr es Carola. Eine Sekunde lang stand sie erstarrt da, dann sah sie Lucia, wie sie über Lorenzo gebeugt kauerte. Sie ging auf sie zu und hob sie hoch.

„Komm, tue dir das nicht an! Nicht hier vor all diesen Menschen, bevor noch etwas passiert!" Michael und Maria nahmen sie zwischen sich und Carola bahnte sich einen Weg durch die sich schon entfernenden Menschen und eilte zu ihrem Wagen. Ein paar Blitzlichter leuchteten noch auf, dann waren sie durch. Zum Glück stand der Wagen in der Nähe und so schnell es ging, mit der klagenden Lucia im Arm, eilten sie zum Wagen und fuhren eilig davon.

Sie betteten Lucia auf das Sofa, hüllten sie in eine Decke und Michael füllte Gläser mit Whisky. Sie flößten Lucia den Whisky ein, den sie auch brav trank und sie selbst hoben ihre Gläser stumm zum Prost hoch. Carola schossen Bilder von früher durch den Kopf, damals als Bernando starb und sie hier mit Matteo ankam und man ihr die brutale Nachricht erklärte. Sie vor Schmerz zusammenbrach, wie sie ausgerastet war und wie sie wie eine Wilde auf Lorenzo los ging und ihm alles an den Kopf warf. Tage im Nebel nannte sie das später.

Jetzt lag da Lucia noch nicht recht begreifend, was da geschehen war, auf dem Sofa. Aber sie begriff doch, dass etwas Endgültiges geschehen war. Der Schmerz, er würde erst etwas später in seiner ganzen Härte zuschlagen.

Still saßen sie da, jeder musste all das verdauen. Maria, auch wenn Pietro nicht ihr Herz wärmte, so standen sie sich doch nahe. Sie waren zwar vor den Altar mit einer Lüge getreten, aber sie schworen sich die Treue. Nun war dieses Band zerrissen, sie würde die Scheidung einreichen und ganz frei sein. Zum Glück hatte man sie beim Prozess verschont. Höhnisch dachte sie, „Jetzt werde ich sicher als Opfer gesehen, ich arme Frau, die mit einem Homosexuellen leben musste."

Carola überlegte, wer ihren Schwiegervater erschossen haben könnte, war er jemanden zu nahe gekommen, war es Rache? Es gab ja genug Menschen, die ihn beseitigen wollten. Vielleicht waren es Leute aus dem Dorf, die damals Bernando erschossen? Nach dem milden Urteil war es sicher so, das einige gehandelt haben. Auf sizilianische Art eben! Er kam doch in allen Punkten zu gnädig davon. Ob man es je erfahren würde? Auch Michael überlegte, wer es gewesen sein könnte. Seine Gedanken blieben in zwei Orten hängen. Dort herrschte eine ziemliche Wut und er musste spontan an Carlo denken. Der aber war und blieb verschwunden. Der Wind hatte sich gedreht und viele hatten sich gewünscht, dass er eine richtig harte Strafe bekam. Dann dieses Urteil! Das war sicher etwas, was alle erboste. Konnte da der Schütze herkommen? Oder von Franco und seinem Dorf, da gab es auch genug Zorn. Für viele war es ein Segen!

Das Hausmädchen klopfte an und sagte, dass sie im Esszimmer etwas Essen bereit gestellt habe und man sah ihr an, dass sie geweint hatte.

Lucia war eingeschlafen, sie aßen mit wenig Appetit, der Wein pufferte den Schock etwas ab und sie gingen im Garten spazieren. Michael blieb zurück und setzte sich mit Silan an den Tisch, um einige Dinge abzuklären. Silan hatte schon einige Adressen bereit und sie teilten sich die Anrufe. Bei der Polizei erfuhren sie, dass Lorenzo bei der Gerichtsmedizin war, aber man vermutete, dass der Leichnam in etwa drei Tagen frei gegeben würde. Er gab noch die Adresse des Beerdigungsinstituts durch. Zu Silan gewandt meinte er, wir brauchen alle Adressen, um Trauerkarten zu verschicken.

„Ich hoffe, dass ich in Herrn Contarinis Arbeitszimmer alles finde. Könnten Sie mich dorthin führen?"

Er setzte sich an den Schreibtisch und einen Moment lang sah er diesen Lorenzo vor sich, wie er herrisch da stand und keinen

Millimeter von seiner Meinung abwich. Der kalter Zigarrenduft hing schwer in der Luft, aber eben kalt! Vielleicht wäre alles nicht so weit gekommen. Aber da hätte dieser Mann sich etwas bewegen müssen. Wer weiß das schon?
Er suchte nach dem Adressbuch und staunte über die Fülle von Adressen. Da musste Maria helfen, wer hier wichtig war.

Leise betraten sie den Salon, um Lucia nicht zu wecken, aber sie stand am Kamin, stolz und gefasst. Maria ging auf sie zu und nahm sie in den Arm. „Ach Mama es tut mir so leid, ich bin für dich da, wann immer du mich brauchst." Lucia wandte sich allen zu und Carola bewunderte sie für ihre Stärke, die sie ausstrahlte.
„Es ist in allen Familien schon zu solch unangenehmen Zwischenfällen gekommen. Wir wurden in unserer Erziehung darauf vorbereitet. Sicher, es ist schmerzlich, aber normalerweise hätte der Sohn dann die Aufgabe übernommen. Was jetzt leider nicht der Fall ist und eine Frau kann es nicht übernehmen, das ist ungeschriebenes Gesetz und ein Sohn würde jetzt schon planen, wie er Rache nehmen kann. Der ganze Familienclan würde ihm helfen! Was also werden wird, ich weiß es nicht! Ich kann nur sagen, sein Mörder hat gründliche Arbeit geleistet, er löschte damit unseren alten Familienstamm aus. Was ich nach der Trauerzeit tun werde, kann ich im Moment nicht sagen."
Sie wandte sich an Maria, „Dein Vater hat an alles gedacht, wir brauchen uns um Geld keine Sorgen vorbereiten, ich denke, dass du mir helfen kannst."
Carola schaute dieser Szene zu und staunte über so viel Disziplin, was hatte man den Töchtern aus diesen Kreisen alles eingebläut. Mitleid empfand sie in diesem Moment, aber sie wusste auch, dass sie es nicht zu nah an sich heran lassen sollte. Sie musste auch jetzt noch auf der Hut sein. Sie zuckte zusammen, als Lucia ihren Namen sagte. Verwirrt fragte sie.
„Ja bitte?"
„Ich möchte dich auch bitten, dass du uns hilfst. Hier bist du ja die Witwe von Bernando und du bist ein Mitglied der Familie. Was ich

eben gerade sagte, was den Sohn anging, da werden wir ein paar Schwierigkeiten haben. Denn dein Sohn ist hier der Nachfolger! Wie wir das lösen werden, weiß ich noch nicht. Aber wir schaffen das!" Carola wurde etwas blass, schon wieder tauchten Probleme auf, würde das nie ein Ende haben? Sie nickte mechanisch Lucia zu.

„Natürlich helfe ich und werde dir als Schwiegertochter und Witwe deines Sohnes zur Seite stehen." Aber in ihrem Inneren tobte ein mächtiger Konflikt. Konnte sie das wirklich von Michael erwarten das ginge bestimmt zu weit in seinen Augen. Er war doch der Betrogene und alles was mit ihrem Leben hier zu tun hatte, das hatte er weiß Gott in einer bewundernswerten Weise mitgetragen und ihr hilfreich zur Seite gestanden. Aber wird er das jetzt auch mitmachen? Dass sie hier eine trauernde Schwiegertochter spielte? Seine Geduld musste auch einmal zu Ende sein, ich muss mit ihm heute Abend darüber reden!

Carola stand in Gedanken versunken am Fenster, schaute den länger werdenden Schatten zu, was für ein Tag neigte sich dem Ende zu! Wie viele mussten sterben, wie viel Leid geschah in all den vielen Jahren. Und heute die Krönung aller Morde. Würde damit erst einmal Ruhe einkehren? Sie musste mit Lucia eine Lösung finden. Sie würde diese Schatten der Vergangenheit zerstören, die wie Geister wirkten und mit langen Armen gierig darauf warteten, ihre Opfer einzufangen. Für immer und ewig! Sie wandte sich um und meinte, dass sie nach Hause müsse, Matteo würde sicher schon warten. Sie hatte es gar nicht bemerkt dass Michael im Sessel saß. Erstaunt fragte sie ihn: „Wie lange bist du schon hier?" Er lächelte sie ermutigend an.

„Noch nicht sehr lange, ich wollte euer Gespräch nicht unterbrechen." Er wandte sich Maria zu, gab ihr das Adressbuch und meinte zu ihr: „Ich helfe euch gerne. Wenn du alle wichtigen Adressen ankreuzen könntest, denn ich denke mir, dass nicht alle eine Trauerkarte oder Einladung zur Trauerfeier bekommen." Er ging auf Carola zu, neigte sich ihr zu, küsste sie sanft und meinte auch: „Ja, ich glaube wir sollten fahren."

„Maria du meldest dich, wenn etwas ist, ich komme morgen wieder." Sie umarmte Lucia und Maria.
Auf der Heimfahrt fragte Carola Michael ob er mitbekommen hatte, was Lucia gesagt hatte. Er nickte, meinte ernst, „Ja das ist Matteo! Auch wenn uns das nicht so ganz recht ist. Wir werden sehen, wie sich das Verhältnis zu seiner Großmutter entwickelt. Wir beide sind zuständig für seine Erziehung und wir können uns dann nur wünschen, dass er weiß, wie er dann mit seinem Erbe umzugehen hat." Er schaute zu ihr und legte kurz seine Hand auf ihre.
„Eines steht ja nun fest! Sein Großvater kann ihn nicht mehr in seinem Sinne erziehen!"
Eine nicht enden wollende Prozession wandelte hinter dem prunkvollen Sarg. Carola schaute sich an der Kirche kurz um und hatte den Eindruck, dass ganz Sizilien hier versammelt war. Sie alle hatten Lucia geholfen, diese Trauerfeier zu einem letzten festlichen Akt vorzubereiten. Nun gingen sie mit Lucia, Maria und Matteo hinter dem Sarg her, Pietro durfte auch dabei sein. Lucia, wie immer, die Donna Lucia, mit erhobenem Haupt. Aber ihr Gesicht hatte sie hinter einem schwarzen Schleier verhüllt. Die letzten Tage waren ausgefüllt mit den Vorbereitungen, es war noch keine Zeit zur Trauer. Der Notar war gestern da und es erstaunte Carola sehr! Lorenzo hatte auch sie bedacht! Er vermachte ihr einen monatlichen Betrag von 4.000.- € für ihren Lebensunterhalt und für Matteos Ausbildung pro Monat 1000.- €. Sollte er dann studieren, stand dafür auch ein Fond bereit. An seinem 18. Geburtstag erbte er eine Menge Aktien und auch Geld, wie viel, sie hatte sich das nicht merken können, bei all dem Zahlengewirr, das durch den Raum flog.
Ihre Augen verweilten auf den Buchstaben Bernando Contarini. Sie waren an dem Familiengrab angekommen. Kein Regen ließ seine Tropfen der Trauer auf sie alle fallen. Nein, die Sonne kannte keine Trauer, sie heizte allen in der schwarzen Kleidung ein. Jeder versuchte unter dem großen Baum einen kleinen Schattenplatz zu

finden, vielen war anzusehen, dass sie nur aus Pflicht und Ehrerbietung hier waren.

Endlos zogen sich die Beileidsbekundungen hin und in manch einer Miene konnte sie Ablehnung und auch Rache in den Augen aufblitzen sehen. Matteo fing an unruhig zu werden, so lange still zu stehen und er fühlte sich nicht wohl, er erinnerte sich dunkel, das er schon einmal hier stehen musste, bei seinem Papa.

Sie wünschte sich, dass Michael an ihrer Seite wäre, aber er hatte ja Recht, als er meinte, das müsse sie jetzt ohne ihn ertragen. Es würde schon schwer genug werden. Er wollte später kurz vorbei kommen und Matteo holen.

Erschrocken stutzte sie, denn es war Bewegung in die Menge gekommen, sie schaute hoch und bemerkte, dass die Menschen zurück zu ihren Autos liefen. Lorenzo hatte seine letzte Ruhe jetzt und für alle Ewigkeit.

Im Schatten der großen Bäume im Garten waren lange Tafeln eingedeckt worden. Die Bediensteten liefen eifrig hin und her und die Stimmen wurden lauter und gelöster. Manche Rede wurde euphorisch und lobend gehalten. Aber auch Sätze die nach Rache dürstend schwer in der Luft lagen. Gläser wurden erhoben. Carola beobachtete die Gäste und ihr ging durch den Kopf: Über Tote redet man nicht schlecht! Aber man konnte auch sehen, dass sie alle wie eine große Familie hier beisammen waren und ihr wurde klar, man hielt zusammen in guten wie schlechten Zeiten! Hier saßen sie geballt am Tisch, diese Clans. Wie viel Blut klebte an diesen Händen? Wie viele Verbrechen lagen auf ihren Schultern? Aber hier waren sie eine große Familie, überschüttenden Lucia mit Lobeshymnen. Man kümmerte sich liebevoll um Matteo, jeder wollte den Jungen auf den Arm nehmen. Er war ja ein Contarini!

Sie stand auf, sie musste ein paar Schritte gehen, um freier atmen zu können. War das nun das letzte Kapitel? Hatten sie jetzt endlich Ruhe? Das mit Matteo, würden sie meistern. Lucia würde ihm sicher eine liebe Oma sein. Wenn er erwachsen war, dann lag es an ihm, was er daraus machte. Sie hörte Schritte und drehte sich um. Maria kam ihr hinterher.

„Ich muss auch erst einmal Luft holen, es ist eine ziemlich bleigeladene Luft hier," lachte sie. „Aber weißt du, ich denke für uns alle fängt ein neuer Lebensabschnitt an, auch für Mama. Sie erzählte mir gestern Abend, dass sie eine lange Reise machen wird. Ihre beste Freundin, die auch Witwe ist, hat sie schon gefragt. Beide wollen eine Kreuzfahrt um die Welt machen."

„Richtig so! Das ist genau das richtige. Deine Mutter ist so eine attraktive Frau, ich wette, sie wird aufblühen und kommt vielleicht nicht alleine zurück. Ich würde es ihr gönnen und dann hätte sie den Mann, den sie sich ausgesucht hätte." Dabei schoss es ihr durch den Kopf. Oder eine alte Liebe taucht in ihrem Leben auf, was sie wohl sagen würde? Maria holte sie aus ihren Gedanken.

„Ich würde es ihr auch gönnen! Ach ja, ich habe auch Pläne! Elena und ich werden uns irgendwo auf diesem Planeten, wo wir gebraucht werden, ein Plätzchen suchen und wir werden mit meinem Erbe uns etwas gemeinsam aufbauen. Wir denken da an ein Kinderheim mit Schule, oder so ähnlich."

„Das finde ich einfach eine ganz tolle Idee und ich glaube, dass ihr beide da genau am richtigen Platz seid und eine glückliche Aufgabe haben werdet. Wie sich durch Leid und Ärger plötzlich Dinge ändern können? So etwas nennt man das Leben und das ist schön! Die Zukunft hat euch eine Tür geöffnet und das Morgen wartet auf euch. Aber ich, wir drohen mit Besuch!"

Sie fielen sich in die Arme, schauen sich an und meinten beide, „wir sind fast Schwestern und fühlen uns auch so , wir sind uns so nahe und bleiben es auch. Danke, dass du deinen Weg gegangen bist, ich habe aus deinem Mut auch viel gelernt."

„Gehen wir wieder zu unserer schweren Gesellschaft zurück. Wetten, dass in jeder Hose eine Knarre ist? Es wäre nicht das erste Mal, dass einen Schießerei los ginge, aber zum Glück benehmen sie sich noch."

Wieder standen sie alle in einer Reihe, um die Gäste zu verabschieden. Lucia merkte man die Anspannung nun auch an, sie wollte sich gleich zurückziehen.

Sie überlegte gerade, dass sie Michael gar nicht gesehen hatte, wollte er nicht Matteo holen? Wo steckte der Junge überhaupt? Sie hatte ihn schon lange nicht mehr gesehen! Leichte Panik wollte sie überrollen und tausend Gedanken jagten ihr durch den Kopf. Konnte da Lorenzos Macht aus dem Grab heraus noch Unheil anrichten? Hatte da einer von den Gästen womöglich…? Schon wieder einmal legte sich ein eisiger Ring um ihr Herz, sie holte tief Luft und rannte auf das Haus zu, rannte in den Salon, in die anderen Räume und rief laut MATTEO. Sie hörte wie eine Tür aufging und ein fröhliches, „Hier bin ich" zu ihr schallte. Sie rannte die Treppe hinauf, nahm ihn in die Arme und konnte ein Schluchzen nicht zurück halten.

„Ich habe mir solche Sorgen gemacht!"

„Mama, ich bin doch hier mit Michael, wir haben eine richtige Burg gebaut, komm rein." Sie setzte ihn ab und blickte Richtung Tür, da stand Michael und lächelte ihr zärtlich entgegen.

„Hast du alles gut überstanden? Ich dachte mir, dass es hier sicher nicht bis in die Nacht geht und so haben wir uns hier amüsiert. Können wir dann bald fahren?"

Sie setzte sich zu Matteo auf den Boden und um sich abzulenken, baute sie mit ihm an der Burg weiter. Dann richtete sie sich auf, lächelte Michael an.

„Ich sag schnell noch Lucia Bescheid, dann können wir."

Sie ging die Galerie entlang, schaute so manchem grimmig schauendem Ölportrait nickend zu und ging leise zu dem Schlafzimmer von Lucia. Noch nie war sie in diesem Zimmer, und mit einer Neugierde, wie dieser Raum wohl war, klopfte sie leise an die Tür. Ein leises „ja bitte" kam. Lucia lag wie verloren in einem großen Himmelbett. Ihr Gesicht war von ihren offenen Haaren eingerahmt und ließ sie sehr jung und zerbrechlich aussehen. Der Raum war so wie Lucia, edel kühl und vornehm in Blau und Gold. Dicke Teppiche, die jeden Laut verschluckten. Das letzte Licht, das durch die Fenster drang, verfing sich im Himmel über ihrem Bett. Schwere Vorhänge gaben diesem Raum eine Behaglichkeit. Sie ging zu dem Bett und setzte sich auf den Stuhl, der bereit stand.

„Wie fühlst du dich? War es sehr anstrengend, oder war es auch tröstlich für dich mit all diesen lieben Worte und den Ehrerbietungen, die über Lorenzo gesprochen wurden."

Lucia machte eine fast unwirsche Handbewegung, die Carola überraschte.

„Papperlapapp, Worte nichts als Worte, hohle Worte, auf die brauchst du nichts zu geben. Man gibt sich als große Familie, aber mit welch einem Preis? Stur wie eine Herde Esel. Ich bin traurig, so lange habe ich mit diesem Mann gelebt, ich hatte ihn nicht freiwillig geheiratet. Aber da ich so erzogen war, fügte ich mich und war ihm eine gute Frau, meine ich doch! Aber geliebt hatte ich ihn nicht und lernte es auch nicht. Meine große Liebe dauerte nur drei Jahre, dann mussten wir uns trennen. Durchbrennen, den Mut hätte ich nie gehabt. Er schon! Ich werde jetzt anfangen, mein Leben zu leben. Ich denke es wird ein mächtiges Abenteuer. Mach dir also keine Sorgen, wir werden alles schaffen!" Sie lächelte sie dabei wie ein junges Mädchen an.

„Deine große Liebe, lebt er noch? Wie heißt er denn?" Sie war neugierig geworden, was Lucia ihr da so aus ihrem Leben erzählte.

„Ob er noch lebt weiß ich nicht, ich hatte nie wieder etwas von ihm gehört. Er heißt Francesco Balisterie, ob er noch in Neapel lebt, ich weiß es nicht, ist auch nicht wichtig. Er hat sein Leben ja auch leben müssen." Verträumt schaut sie auf ihre Hände.

„Wir waren so jung, aber wir wussten, wir gehören zusammen. Wir alle lebten in der Nähe von Neapel in Afragola. Sein Vater hatte einen Buchladen und Francesco studiert Geschichte. Er schleppte mich in jede Ruine und konnte stundenlang mit Begeisterung über jeden Stein erzählen. Am liebsten fuhr er mit mir nach Tindari. Wir saßen im Theater, schauten über das Meer und jedes Mal sagte er, „schau, da vorne wo die Pinienbäume stehen, dort baue ich unser Haus." Ich ahnte es, dass es meine Eltern nie erlauben würden, dass ich ihn heirate und sagte es ihm. Er nahm mich in den Arm und flüsterte mir zärtlich ins Ohr, lass uns durchbrennen, aber ich war die Vernünftigere von uns beiden.

Ja, dann wurde es mir verboten, mich mit ihm zu treffen und man arrangierte Treffen mit Lorenzo. Sicher, er war nett und bemühte sich sehr um mich und ich merkte, dass er sich in mich verliebt hatte. Ich fuhr noch ein paar Mal heimlich zu dem Haus von Francescos Familie, aber ich stand immer vor verschlossenen Türen. Im Buchladen sagte mir sein Vater, dass Francesco in Neapel bei einem Freund wohnte. Eine Welt brach zusammen, ich konnte es nicht verstehen, schloss mich tagelang ein und dann hielt Lorenzo um meine Hand an." Leise murmelte sie vor sich hin.

„*Alla nascita dell'amore gli amanti parlano del futuro; al suo declino parlano del passato.*"

(Am Anfang der Liebe sprechen die Liebenden von der Zukunft; bei ihrem Ende von der Vergangenheit)

Sie seufzte, nahm ihre Hand. „Verwahre mein Geheimnis gut, dir konnte ich es erzählen." Aber ich möchte jetzt nur noch schlafen, es war recht anstrengend. Ich bin froh, dass ich auf dich zugegangen bin, du bist mir eine echte Tochter geworden. Wie dumm und stur er doch war!"

Carola schaute auf sie und eine Welle der Zuneigung wärmte sie, sie beugte sich zu ihr und gab ihr einen Kuss auf die Wange.

„Schlaf gut. Deine Geschichte ist gut verwahrt und wer weiß, was noch alles in deinem Buch des Lebens steht? Jetzt wurde nur die eine Seite umgeschlagen."

Matteo kämpfte in seinem Zimmer mit seinen Autos, die große Unfälle bauten, man hörte wie er mit sich sprach. Carola räkelte sich noch im Bett und lauschte dem Gemurmel ihres Sohnes. Heute würde endlich Michael wiederkommen. Er war drei Wochen fort, er war dabei, alles aufzulösen, das Haus zu verkaufen und sein Büro nach Sizilien zu verlegen. Lange hatten sie darüber gesprochen, sie hatte ihn beschworen, sich alles genau zu überlegen. Aber er nahm sie in den Arm und meinte, dass er es begriffen hätte, wie sehr sie ihr Restaurant, diese Haus und Sizilien liebte. Er beteuerte ihr, dass es für ihn auch kein Opfer sei, aber er hatte außer seinem großen Wunsch noch einen, der weiß Gott leicht zu verwirklichen sei. Er wollte ein neues Bett in ihrem Schlafzimmer, wo nur er und sie schliefen. Der andere Wunsch, ja daran arbeiteten sie und sie hatte den Verdacht, dass der auch in Erfüllung ging. Aber noch war sie sich nicht sicher.

Wie ruhig plötzlich ihre Welt geworden war, keine Unruhe, kein Zusammenzucken wenn das Telefon ging, das Gestern wurde Vergangenheit und fing langsam an sich aufzulösen. Und das Morgen kann alles sein. Die Zukunft stand für sie bereit, mit all seinen Nuancen...

Lucia war mit ihrer Freundin auf ihrer sechswöchigen Weltreise, sie würde so in zwei Wochen wieder hier sein. Ab und zu kam eine Mail vom anderen Ende der Welt, wie toll es ihnen ginge. In ihr nagte etwas und es wurde von Tag zu Tag mächtiger. Die Geschichte von Lucia und ihrer großen Liebe ging ihr nicht aus dem Kopf. Sie sprang aus dem Bett, griff sich ihr Laptop und gab Francesco Balisterie ein. Enttäuscht sah sie auf die lange Namensliste, wer von den Namen mochte er wohl sein? Er hatte doch Geschichte studiert? Vielleicht? „Oh", sie machte große Augen und ein zufriedenes „ich wusste es doch!" und grinste zufrieden. Denn da stand es! Geschichtsprofessor Francesco Balisterie gab Vorlesungen an der Uni in Neapel und hatte mehrere Bücher veröffentlicht. Sie lehnte sich zurück und atmete laut aus. Wenn das jetzt kein Wink mit einem ganzen Telefonbuch war, aber in Neapel wohnte er nicht. Sie überlegte weiter, an der Uni, konnte man ihr sicher helfen.

Aufgeregt stand sie auf, ging zu Matteo, um ihm guten Morgen zu sagen.

„Mama endlich! Ich habe so einen Hunger!"

„Dann mal los! Komm mit und hilf mir und trage dein Müsli zum Tisch. Mein Bauch knurrt auch mächtig! Weißt du eigentlich, dass heute Michael wieder kommt?."

„Prima, dann baue ich ein großes Haus und wir können zusammen spielen."
Sie schaute ihm zu, wie er schnell sein Müsli verschlang und wunderte sich. Wie groß er schon war! Nächste Woche war sein erster Schultag, es war der zweite Schritt der Abnabelung.
Mit vollem Mund stand er auf. „Ich muss jetzt arbeiten gehen, mach's gut!" und verschwand.
Gedankenvoll räumte sie auf und dachte über die letzten Wochen nach. Kurz nach der Beerdigung, als Michael und sie im Garten standen, da fragte er sie, ob sie es wirklich möchte, dass er bliebe, für immer und ewig. Sie sei hier so glücklich und er hätte in Deutschland alles soweit es ging schon geregelt, Dominik würde alles übernehmen, er würde hier arbeiten und seine Fühler in den Firmen ausstrecken. Aber jetzt könne sie noch entscheiden, ob sie wirklich wolle! Wie sagte er so schön, „auch hier brauchen sie Unternehmensberater!"
Auf ihre Frage, ob er denn in diesem Haus leben kann oder wolle mit seiner ganzen Vergangenheit, lächelte er sie an und meinte: „Der Anfang war schwer, aber irgendwie hat das Haus es mir leicht gemacht. Jetzt liebte ich es" und meinte verschmitzt, „die Geister lieben mich wohl auch!
Sie goss sich noch einen Kaffee ein und griff sich das Telefon, wählte die Nummer der Uni in Neapel. Mit etwas Herzklopfen wartete sie beim Freizeichen. „Hier Universität Neapel" kam es von einer netten recht jugendlicher Stimme und etwas stotternd und auch verwirrt, fragte sie nach der Adresse von Francesco. Einen kleinen Moment des Schweigens, dann fragte sie freundlich, um was es denn ginge, denn sie gäben keine Nummern oder Adressen heraus. So erzählte sie kurz von Lucia und bat sie, die eigene Telefonnummer an den Professor weiter zu geben. Es wäre wirklich wichtig! Sie legte auf und fragte sich, ob diese junge Dame die Nummer wohl weitergeben würde? Wenn nicht, war das auch Schicksal!
Sie standen bei dem Ausgang Passagierankunft, die Maschine aus München war schon gelandet. Matteo hüpfte unruhig hin und her

und beobachtet alle Leute die aus dem ständig auf und zu gehendem Ausgang heraus kamen. Plötzlich sauste er los, schlängelte sich durch die Menschen und rief laut „Papa, Papa!" Michael blieb kurz abrupt stehen, schaute sich schnell um, aber es stimmte, es galt ihm, Matteo rief ihm „Papa" zu. Er ließ seine Tasche fallen, bückte sich und breitete die Arme aus. Er drückte ihn und Carola konnte seine feuchten Augen sehen.

Sie selber musste sich auch über das Gesicht wischen, das hätte sie nun wirklich nicht erwartet! Kurz dachte sie noch, wenn mir das jemand vor vielen Jahren gesagt hätte, ich hätte ihn ausgelacht!

Er kam mit Matteo im Arm auf sie zu und sie drei standen umschlungen mitten in der Menschenmenge, es gab nur sie. Langsam lösten sie sich und Matteo fing sofort an zu erzählen, was er zuhause extra für ihn gebaut hatte. Immer wieder nannte er Michael Papa, so, als wolle er es sich selber beweisen.Das Wort Papa war nun eine Selbstverständlichkeit.

Zusammengekuschelt lagen sie in ihrem Bett und erzählten sich, was alles passiert war. Er richtete sich etwas auf, schaute sie ernst und zärtlich an.

„Jetzt ist es passiert! Ich habe kein Haus mehr, habe in der Firma nicht mehr viel zu sagen, ich begebe mich ab jetzt in deine liebevollen, zarten Hände."

„Hast du Angst?", fragte sie und strich ihm dabei über die Haare.

„Nee, ich wusste, was ich tue und solltest du je wieder einmal auf die Idee kommen wegzulaufen, dann laufe ich dir hinterher. So einfach ist das!"

„Niemals mehr! Da gibt es nämlich ein winziges Hindernis. Ich glaube, oder bin mir sogar sehr sicher, dass ich in den nächsten Monaten Schwierigkeiten bekomme mit dem Davonlaufen. Ich werde ziemlich rund und schwerfällig werden. Es wird nichts mehr so sein wie jetzt."

Er schaute sie an und begriff gar nichts.

„Wieso wirst du auf einmal rund werden?" Sie grinste ihn an und nach einem Stutzen fing er an zu grinsen „Du meinst, wir werden

Eltern?" Er nahm ihr Gesicht in seine Hände und küsste jede Stelle liebevoll.
„Was für ein Tag!" rief er freudig aus. „Ich wusste es, es würde alles gut werden!"

Zwei Tage später holte das Läuten des Telefons sie aus ihren Gedanken. „Steinert." Sie schaute einen Moment verständnislos, dann ging ein Strahlen über ihr Gesicht.
„Hallo, oh das ist schön, dass Sie sich melden Herr Balisterie." Er fragte neugierig mit leicht nervöser Stimme, ob es um DIE Lucia ginge? Sie erzählte ihm, was Lucia ihr erzählt hatte. Kurzes Schweigen, sie glaubte ein Schluchzen gehört zu haben, dann hörte sie nichts mehr. Leise und stockend erzählte er ihr, wie sehr er sie vermisst hatte. Sie fragte, ob sie sich nicht treffen könnten und sie ihm alles in Ruhe erzählen kann. Sie werden dann sehen, was er daraus machen will. Begeistert wollte er am liebsten sofort kommen, aber sie meinte, dass er das wohl nicht so ganz schaffen würde von Neapel hierher. Sie machten einen Termin in Messina am Hafen in zwei Tagen aus. Verwirrt legte sie auf. Dieser Mann, er war völlig außer Fassung und total durch den Wind. Sie konnte es förmlich spüren, wie er nach Fassung rang. Hatte sie auf der leeren Seite in Lucias Lebensbuch etwas sichtbar gemacht? Oder war sie dabei, Schicksal zu spielen?

Etwas nervös bahnte sie sich den Weg zu dem Café am Hafen. Wie würde er wohl aussehen? Was würde werden? Sie hatte als Erkennungszeichen ein rotes Tuch um den Hals und ging auf die Pendeltür zu. Ein Lärmpegel schallte ihr entgegen. Sie blieb stehen und blicke sich suchend um. Eine bunte Gesellschaft füllte diesen Raum, da saßen Hafenarbeiter, aber auch Touristen, die wohl auf die Fähre warteten. Neugierige Blicke trafen sie, die sich dann aber wieder ihren Gesprächspartnern zuwandten. Zögernd ging sie ein paar Schritte in den Raum, als jemand sie von hinten ansprach.
„Frau Steinert?"

Sie fuhr herum und stand einem recht großen, schlanken sehr gepflegten Mann mit weißen Schläfen gegenüber. Ein ernstes aber freundliches Gesicht mit sehr neugierigen forschenden braunen Augen schauten sie an.

„Ja! Hallo, schön dass Sie da sind!" Stammelte sie etwas überrumpelt.

Er beugte sich über ihre Hand, meinte: „Ich glaube wir suchen uns eine stillere Ecke, es ist hier recht turbulent und laut. Eine Straße weiter kenne ich noch ein Café. Kommen Sie."

Schweigend liefen sie die Straße entlang, es war plötzlich diese Unsicherheit bei beiden da, wie begann man ein Gespräch mit einem Fremden, mit so vielen Fragen?

Aber kaum saßen sie im Café, hatten Kaffee bestellt, als er schon fragte.

„Haben Sie ein Foto dabei?"

Überrascht fing sie an in ihrer Tasche zu suchen und fand tatsächlich eins mit Matteo im Arm. Er starrte es an, strich sanft über ihr Gesicht und stammelte.

„Wie schön sie ist, meine Lucia!"

Er legte das Foto auf den Tisch und strich noch einmal verträumt darüber.

„Wissen Sie" fing er an, „damals, wir wussten einfach, dass wir zusammen gehörten. Aber immer wenn ich Zukunftspläne schmiedete, sagte Lucia, dass ihre Eltern es nie gestatten würden. Ich wäre mit ihr durchgebrannt, aber dazu fehlte ihr der Mut, ich ahnte es, sie würde sich den Eltern beugen. So war es dann auch! Eines Tages sagte sie mir dann, dass wir uns nicht mehr sehen durften. Ich bekam es auch gleich zu spüren, denn man war bei meinem Vater und drohte ihm, falls ich jemals wieder Kontakt aufnehmen würde, dann bekämen wir Ärger. Mein Vater hatte natürlich Angst und als kleine Abschreckung schlugen sie die Scheibe von seiner Buchhandlung ein. Lucia kam ein paar Mal, aber meine Eltern machten nicht auf, mein Vater hinderte mich daran. Er schloss mich einfach ein und ich weinte bittere Tränen des Zorns und des Kummers. Dann wurde ich nach Rom geschickt zu einem Onkel, wo ich mein Studium beendete. Ich schrieb ihr viele Briefe, aber ich bekam nie eine Antwort.

Er schaute zu ihr und sagte dann:

„Erzählen Sie mir von ihrem Leben, wie ist es ihr ergangen, war sie glücklich?"

Carola lehnte sich etwas zurück und erzählte, wie sie Lucia erlebt hatte, was sie glaubte, erzählen zu können und fragte ihn, wie sein Leben war und ist, ob er Familie hatte.

„Meine Frau starb vor fünf Jahren an Krebs und meine drei Kinder sind in der Welt verstreut. An der Uni bin ich nicht mehr sehr oft, ich schreibe sehr gerne. Jetzt lebe ich in einem kleinen Ort bei Neapel. Meinen Sie, dass ich Lucia treffen könnte? Ich bin mir sicher, dass sie mir viel zu erzählen hätte. Das Letzte was ich in der Zeitung über sie las, war über ihre Hochzeit und dass sie nach Sizilien gezogen war.

„Ich denke, dass Sie sich unbedingt treffen sollten, ich glaube, dass ihre innere Verbindung nie ganz abgebrochen war. Lucia kommt in zwei Wochen von ihrer Reise zurück, wie wäre es, wenn Sie dann zu uns kommen. Ich werde Lucia einladen und was dann geschieht, liegt in anderen Händen."

Aufgeregt wie ein kleiner Junge rutsche er nervös auf seinem Stuhl hin und her und sein Gesicht gab all die unterschiedlichen Stimmungen wieder.

„Meinen Sie wirklich? Das wir sie so überraschen sollten? Ich kann es nicht fassen, dass ich ihr nach all diesen Jahren gegenüberstehen werde."

„Machen wir es so! Ich rufe Sie an, wann sie kommen wird und ich bin auch schon sehr gespannt und wünsche Ihnen beiden, dass es ein Wiedersehen der Freude wird!"

„Carola" schallte es ihr aus dem Telefon entgegen, „ich bin seit gestern wieder hier, es war der reinste Wahnsinn, was wir alles erlebt und gesehen haben. Es war wunderbar, aber ich bin auch froh wieder zuhause zu sein. Obwohl," stockte sie, „mir erscheint das alles hier plötzlich zu groß, sicher ist das so, wenn man so

lange auf engerem Raum lebte," meinte sie es abhakend. „Wie geht es euch? Wann kann ich euch besuchen? Meine Sehnsucht ist groß und ich habe euch auch einiges mitgebracht."
„Prima! Dann komme doch am Sonntag zu uns? Wir freuen uns!"
Das Gespräch war noch nicht richtig beendet, da wählte sie auch schon die Nummer von Francesco.
„Sie ist wieder hier! Können Sie am Sonntag, sagen wir gegen zwei Uhr kommen?" Ihr Herz klopfte aufgeregt, was hatte sie da angezettelt? Wie wird Lucia reagieren? Sicher würde ihr das Herz stehen bleiben vor Überraschung, aber hoffentlich nur symbolisch!

Carola stand auf der Terrasse und freute sich, das nach dem Regen heute der Himmel in seinem schönsten blau leuchtete, als Vorbote einer gelungenen Überraschung.
Sie stand auf der Terrasse, gleich würde Lucia kommen, sie mussten sich zusammen reißen, dass sie nichts von ihrer Aufregung bemerkte, denn Francesco kam erst um 14 Uhr. Sie wollten erst mit ihr alleine etwas essen, sie sollte auch erst einmal von ihrer Reise erzählen, schließlich waren sie ja auch neugierig. Dann würde man sehen, was passiert!
Matteo hörte sie als erster, er hatte schon eine Weile am Fenster gestanden. Er stürmte auf sie zu und die beiden kamen mit vielen Päckchen beladen auf das Haus zu. Michael hatte einen kühlen Prosecco eingegossen und lauschte den spannenden Erlebnisse. Aber immer öfter ertappte sie sich, dass sie nicht richtig zuhören konnte, ihre Gedanken waren zu sehr auf die spätere Stunde gerichtet. Zum Glück erzählte Lucia so lebhaft, wie sie sie noch nie erlebt hatten, Michael und sie tauschten ab und zu einen Blick. War das dieselbe Frau, die da am Tisch saß, die sie vor vielen Monaten kannten? Sie hob ihre Espresso Tasse gerade, sagte: „Wie schön wieder bei euch zu sein," als es klingelte. „ Oh, bekommt ihr noch Besuch?" Meinte sie etwas irritiert.
Michael und sie standen auf und sagten etwas hastig, „Wer weiß, wir schauen mal nach!" Hastig verließen sie die Terrasse, schnappten sich Matteo, der gerade zu Lucia wollte und sagten

ihm, dass ein wichtiger Besuch für Oma kam und man sie nicht stören dürfe. Etwas beleidigt drehte er sich um und ging in sein Zimmer. Sie machten die Tür auf und blickte erst einmal auf einen großen zartrosa Rosenstrauß und dann auf einen recht blassen Francesco. Er überreichte ihr die Blumen, gab ihr einen Handkuss und murmelte aufgeregt „Danke" Die eine Hand hatte er an seinem Rücken und alle holten tief Luft und führten ihn zur Terrasse. Lucia stand mit dem Rücken zu ihnen und schaute auf das Meer. Francesco stockte etwas, um sich selber Mut zu machen. Dann ging er an ihnen vorbei, in der Hand auf seinem Rücken hatte er einen dunkelroten Rosenstrauß, den er jetzt nach vorne holte. Sie drehte sich gerade um und öffnete ihren Mund, um etwas zu sagen, als sie erstarrte! Starr blickte sie auf diesen Mann, der langsam auf sie zukam. Sie suchte nach einem Halt, in ihrem Gesicht spiegelte sich Ungläubigkeit, Fassungslosigkeit und eine Welle von Sehnsucht spiegelten sich in ihren Augen. Jetzt stand er vor ihr. Beide konnten den Blick nicht von dem anderen lassen, er hob die Blumen zu ihr hoch, murmelte „für dich" und legte sie auf den Tisch. Er wandte sich ihr wieder zu und seine Arme öffneten sich. Nur ein „Komm" war zu hören und sie ließ sich mit einem Schluchzen und Aufstöhnen in seine Arme fallen. „Endlich" hörten sie noch, dann legten sie den Rückwärtsgang ein und ließen die beide alleine. Sie gingen zu Matteo, setzten sich zu ihm auf den Boden und bauten ein Flugzeug aus Lego.

Lange saßen sie, die Uhr tickte und tickte, ab und zu schauten sie sich stirnrunzelnd an, war bei den beiden alles gut?

„Wo seid ihr?" rief Lucia da mit heiterer Stimme, „kommt mal her!"

Sie eilten die Treppe hinunter und blieben abrupt stehen. Vor ihnen stand ein Paar, das um viele Jahre verjüngt schien und denen das Glück förmlich aus dem Gesicht sprang.

Lucia kam auf sie zu drückte sie an sich und meinte schalkhaft, „da hast du ja was Tolles angestellt! Dir kann man aber auch nichts erzählen! Das hast du richtig gut gemacht! Ich hätte nie den Mut aufgebracht, ihn zu suchen. Wie du gesagt hast, im Buch des

Lebens steht viel und scheinbar soll alles so sein! Danke dir! Aber wir haben so viel nachzuholen und wollen uns von euch verabschieden, ich muss ihm doch zeigen in welchem Palast ich meine Jahre verbrachte. Ich melde mich bei dir." Sie wandte sich noch schnell um, schnappte sich ihren Rosenstrauß, roch daran, nahm seine Hand und sie eilten wie verliebte Teenager davon.
Verblüfft standen sie alle da, war das Lucia? Carola schnaubte etwas zornig.
„Diese verdammten alten Familientraditionen!"

Ein wenig ächzend stand sie auf, ihr Bauch war schon eine ziemlich große Kugel, sie wollte nach der Post schauen. Wie immer war der Briefkasten recht voll, sie sortierte die Post und schaute irritiert auf einen Brief. Von Lucia! Neugierig öffnete sie ihn und hielt erstaunt eine Einladung in der Hand.
„Francesco und ich möchten euch gerne einladen, Sonntag den 11. Oktober um 11 Uhr. Es ist uns eine Freude, euch alle hier zu haben."
Nachdenklich stand sie da. Was gab es für einen Grund? Wollen sie heiraten? Nein das würde Lucia im Trauerjahr nicht machen. So weit würde sie es auch in ihrem neuen Leben nicht gehen. Es musste etwas anderes sein, was für sie wichtig war! Seit dem Zusammentreffen der beiden waren ja einige Monate vergangen. Sie hatten sich kaum gesehen, nur Matteo war bei seiner Oma öfters gewesen. Sie musste lächeln, ja die beiden hatten viel nachzuholen! Da fiel ihr ein, dass sie Lucia noch gar nichts von ihrer Schwangerschaft erzählt hatte. Sie musste Lächeln, jetzt brauchte sie es nicht mehr zu erzählen, es war nicht zu übersehen!

Voller Erwartung fuhren sie nach Palermo, alle möglichen Dinge hatten sie sich überlegt, aber so recht konnten sie sich keinen Reim daraus machen.
Vor dem Eingang standen drei unbekannte Autos und ein grinsender Silan öffnete ihre Wagentür. „Herzlich willkommen!"

Sie schaute ihn erstaunt an. „So habe ich Sie ja noch nie lächeln sehen? Gibt es einen Grund dafür? Es steht Ihnen gut!"
„Es hat sich einiges geändert in diesem Haus, wir haben die Fenster geöffnet, damit das Verstaubte hinaus kann. Es weht ein neuer Wind durch die alten Gemäuer, der einfach sehr erfrischend ist."
Carola schaut ihn erstaunt an und wundert sich, was war hier los? Sie stiegen die Stufen hoch und horchten erstaunt. Diese sonst so kalte Halle, sie hatte Töne! Ein Lachen schallte ihnen entgegen und durch die offene Tür zum Salon konnte sie fremde Menschen sehen. Neugierig gingen sie darauf zu und blickten auf eine kleine Gruppe heiterer Leute. Lucia mit einem glücklichen Lächeln hatte sie erblickt und stürmte auf sie zu.
„Meine Lieben, heute möchten wir, dass wir uns alle kennen lernen." Beim Hineingehen sagte sie kurz, „Wisst ihr, wir wollen, dass unsere Kinder sich näher kommen, dass auch wir zu einer Familie werden." Sie blieb vor einem jungen Mann stehen, der eine verblüffende Ähnlichkeit mit Francesco hatte. „Das ist Ricardo, der jüngste Sohn von Francesco, das hier ist meine Schwiegertochter Carola." Sie wandte sich den beiden anderen zu und blieb vor ihnen stehen. „Das ist Rebecca und der älteste Sohn Samuele mit seiner Frau Beatrice. Ja meine Lieben, das ist also Carola mit ihrem Mann Michael und meinen süßen Enkel Matteo. Sie schaute auf Carolas Bauch und strahlte, na dann geht das Leben wieder weiter! Francesco kam auf sie zu und streckte ihnen freudig die Hand entgegen.
„Ich hoffe, wir haben Sie nicht überrumpelt, aber da wir das starke Gefühl haben, der Familie einiges zu sagen, dachten wir, springen wir in das hoffentlich recht warme Wasser" meinte er verschmitzt und Lucia meinte, „Unsere Kinder sollten über uns Bescheid wissen." Franzesco strich Carola dabei er ihr leicht über den Arm. „Dank Ihnen!"
Carola lächelte beide an und meinte: „Es kann ja nur etwas schönes sein, das finde ich eine gute Idee und wie ich sehe, brauchen wir uns keine Gedanken mehr zu machen!" Sie drückte

zur Bestätigung Michaels Hand und schaute sich lächelnd im Raum um. Beinahe hätte sie Maria mit Elena gar nicht gesehen. Schnell ging sie auf die beiden los, umarmte sie herzlich und sagte leise, „Ihr seid ganz schön platt, nicht wahr? Aber habt ihr sie je so glücklich erlebt? Gönnen wir es den beiden!"
Gläser klirrten leise, alle saßen ungezwungen plaudernd beim Essen, fröhlich schallte das Gelächter durch den Raum. Carola trank nachdenklich einen winzigen Schluck von dem sehr guten Rotwein und schaute etwas verträumt über die Tafel. „Wie sich Dinge doch ändern können? Sind wir alle Spielbälle des Lebens? Hin und Her geworfen, zu Tode betrübt und wie in diesem Moment himmelhoch jauchzend? War es gut, dass wir nicht ahnen können, was uns bevor steht, oder war alles nur ein Zufall?" Sie stellte ihr Glas hin, schaute lächelnd zu Michael, der ihr bestätigend zunickte. Er hatte sie auch ohne Worte verstanden. Sie schrak etwas zusammen, als ein helles Klingen zu hören war. Lucia war aufgestanden und hatte an ihr Glas gestoßen.
„Meine Lieben, ich will keine Rede halten, aber wir haben euch, was unsere Zukunft angeht, etwas zu sagen." Sie holte Luft, ergriff Francescos Hand, blickte alle an. Ihr Blick blieb dann bei Maria hängen.
„Ich werde dieses Haus verkaufen, was soll ich mit diesem Monster von Haus? Die Angestellten wissen Bescheid, es ist auch für sie bestens gesorgt und einen Käufer habe ich auch schon! Wir beide möchten irgendwo auf einer kleinen Scholle unser kleines Reich erbauen, aber erst wollen wir wie die Vögel frei sein und in der Welt herum fliegen. Wir werden immer", sie blickte dabei Francescos Kinder an, „an die Mutter von euch und auch an den Vater von Maria denken, sie waren unser Leben. Das gibt es nicht so oft, dass eine Liebe, die auseinander gerissen wurde, wieder aufblühen darf, aber es ist geschehen und wir sind dankbar dafür. Gönnt es uns bitte!"
Alle schauten ernst zu den beiden, es war jedem anzusehen, dass es sicher bei jedem eine Geschichte gab, an die sie jetzt gerade dachten. Dann hoben alle ihr Glas.

„Auf ein glückliches Leben! Genießt eure Zeit, ihr habt es euch verdient!"

Maria gesellte sich zu Carola, als sie kurz im Garten einen Spaziergang machte.
„Ich habe gehört, dass du das arrangiert hattest? Eigentlich müsste ich traurig sein, dass sie dir mehr von ihrer Liebe erzählte, als sie es bei mir je tat. Aber ich bin nur die Tochter!" ‚lächelte sie Carola an, „du mit deiner Geschichte, da war es für sie viel einfacher und gut, dass du das für sie getan hast." Ich habe Mama gar nicht mehr wieder erkannt, was musste sie sich für ein Korsett angezogen haben und was muss es sie eingeschnürt haben. Aber sie hatte treu für die Familientradition gekämpft wollte das wir auch in solch ein Korsett kommen und," sie lachte etwas zynisch, „was meine lieber Vater wohl sagen würde, wenn er sie so sehen würde? Sicher hätte er etwas geplant und ich will nicht darüber nachdenken!"
Carola konnte es sich nicht verkneifen, „ich glaube, er würde sich im Grabe umdrehen! Ich weiß, es ist nicht fair, aber vielleicht hatte auch er eine große Liebe, die er opfern musste?"
„Na, dann wird er sich erst recht umdrehen, dass er es nicht ausleben durfte! Ironie des Schicksals? Wer weiß es schon?", zuckte sie mit den Schultern und schaute nachdenklich zu dem Springbrunnen, in dem sich Spatzen tummelten und ihr Bad nahmen. Sie wendete sich wieder Carola zu und erzählte ihr. „Wir fahren auch bald, ich habe hier inzwischen fast alles verkauft. Wir werden erst nach Afrika gehen und dann nach Asien, wo wir am dringendsten etwas tun können, dort bleiben wir."
In Gedanken fügte sie für sich hinzu, alles löste sich hier auf, selbst das Haus ihrer Kindheit wird es nicht mehr für sie geben. Eigentlich nicht vorstellbar und ein Hauch Trauer überfiel sie dabei. Wer hätte das gedacht!
Lucia gesellte sich zu ihnen, nahm sie in den Arm und beteuerte, wo auch immer sie seien, sie würden sich immer melden. „Stellt euch das mal vor, meine Eltern haben seine Briefe, die er mir schrieb, einfach unterschlagen. Sie logen mich an, sagten mir, er

habe mich fallen lassen und er habe eine Neue, die er heiraten wird, schon bald. Ich war so verzweifelt damals. Aber ich fügte mich.
Na ja, als ich dann verheiratet war, zogen wir nach Palermo, erst in eine wunderschöne Wohnung, wo wir beide uns bemühten, uns kennen zu lernen. Als Bernando kam, wurde alles leichter für mich. Er entschädigte mich für vieles und mein Kummer wurde kleiner.
Leider kamen seine Eltern ein paar Jahre später bei einem Flugzeugabsturz ums Leben. War es Pech oder war es ein Anschlag? Damals war es nicht wichtig für mich, Lorenzo kümmerte sich ja und ich hatte genug damit zu tun, ich musste in die neue Rolle hinein wachsen, alle erwarteten von mir, das ich zur Donna Lucia wurde. Ich meine, ich hatte es gut gemeistert! Aber nun wurde in meinem Buch des Lebens diese eine neue Seite aufgeschlagen. Wer immer dafür verantwortlich ist, wir danken ihm für die zweite Chance!"
Sie nahm Carolas Hand nickte ihr verständnisvoll zu, „ja, und dir auch, denn ohne dich, wer weiß? Sie lachte etwas spitzbübisch, „vielleicht würde ich zu einer verbitterten alten, zickigen Witwe werden und das Personal scheuchen und einsam auf meinem „Thron" sitzen.
Jetzt kommt aber herein, es wird recht kühl." Lachte sie herzhaft, wohl über das eben gesagte. „Aber nur das Wetter wird kühl, unsere Herzen sind heiß von all der Liebe um uns herum.

Wie von Scheinwerfern angestrahlt stand sie in der roten Abendsonne, mit einem zufriedenen Lächeln und einem dankbaren Blick nach oben, zu dem einem Stern, der nur zu erahnen war. Ihr Herz flog hinauf und warf Bernando einen Kuss zu.
„Ich danke dir, dass du in meinem Leben warst und danke dir, dass du uns geleitet hast. Du hast schon Abschied von uns genommen, ich tue es jetzt. Eine neue Zukunft hat begonnen."
Leise murmelte sie noch, „du kannst ja immer zuschauen!"

Michael erreichte sie und legte seinen Arm um sie. Sie legte ihre Hand auf den prallen Bauch, in dem sich das neue Leben bereit machte, diese Welt mit all seinen Nuancen zu erobern.

Sie legte ihren Kopf an seine Schulter und sagte leise: „Hast du nicht auch das Gefühl, dass die Finsternis, die uns so lange beherrschte, sich mit einem gewaltigen Sturm aus dem Staub gemacht hat. Wie klar doch alles geworden ist!"

Er nickte ihr zu schaute zärtlich in ihre Augen, die ihn anstrahlten und ihn mit soviel Zuversicht anlächelte.

„Als ich dir am See gegenüberstand, in diesem Moment war mir klar geworden, was ich verloren hatte. Denn so hatte ich dich kennen gelernt. Ich sah nicht, was du immer wolltest und ich Narr glaubte, unser Leben sei perfekt gewesen. Als ich dann in deinem Sessel saß, ich dein Reich sah, spürte ich, dass was ich an Geld an schaffte, dass wolltest du gar nicht. Das hat weh getan, dass ich so ein Scheusal war.

Niemals mehr werden wir durch finstere Zeiten gehen, unsere Lehrjahre sind vorbei. Die Gesellenzeit haben wir geschafft und nun ist die Zeit der Meister gekommen. Wir beide wir schaffen alles und geben wir unseren Kindern all unsere Liebe, die wir wieder gefunden haben. Eine bessere Schule des Lebens gibt es nicht, mein Herz.

Lass uns ins Haus gehen, zu unseren Geistern und unserem Reich." Er wandte sich Matteo zu, der mit vielen Jauchzen auf der Schaukel saß und rief: „Komm mein Junge, es wird spät, der Sandmann wartet schon auf dich!"

Fest nahm er ihre Hand in seine und sie traten aus dem Glanz der Sonne heraus. Sie wandte ihm ihr Gesicht zu und meinte mit überzeugender Stimme:

„Nulla succede gratuitamente"
(Nichts geschieht umsonst)

Ich danke meinen Mann, der mir immer wieder Mut machte und für seine Geduld. Meiner Tochter Bianca und meinem Bruder Mathias für Korrekturen und Anregungen. Ihre Hilfe wenn der Computer wieder einmal nicht das machte, was ich wollte…
Meiner Freundin Karen für die gründliche Korrektur und noch einen besonderen Dank meiner Tochter Bianca für die Bildliche und grafische Gestaltung des Bucheinbands.